邱华栋 著

译林出版社

图书在版编目（CIP）数据

空城纪 / 邱华栋著. — 南京：译林出版社，
2024.7（2024.9重印）
　ISBN 978-7-5753-0138-1

Ⅰ.①空… Ⅱ.①邱… Ⅲ.①长篇小说 – 中国 – 当代
Ⅳ.①I247.5

中国国家版本馆CIP数据核字（2024）第088348号

空城纪　邱华栋／著

责任编辑　　焦亚坤
装帧设计　　韦　枫
摄　　影　　郭建将　等
校　　对　　施雨嘉　戴小娥
责任印制　　闻媛媛

出版发行　译林出版社
地　　址　南京市湖南路1号A楼
邮　　箱　yilin@yilin.com
网　　址　www.yilin.com
市场热线　025-86633278
排　　版　南京展望文化发展有限公司
印　　刷　南京爱德印刷有限公司
开　　本　890毫米 × 1240毫米 1/32
印　　张　21.625
插　　页　10
版　　次　2024年7月第1版
印　　次　2024年9月第2次印刷
书　　号　ISBN 978-7-5753-0138-1
定　　价　88.00元

版权所有·侵权必究

译林版图书若有印装错误可向出版社调换。质量热线：025-83658316

他就在那里，就在那里
　　已经在戈壁滩上站立了两千年
　　像一个没了头颅的汉代士兵
　　　　依旧坚守着阵地

　　他就在那里，就在那里
　　从未移动，也从来不怕黑沙暴
　　夜晚，大风，洪水，太阳，马匹和鸟群
　　　　以及所有时间的侵袭

——题记

目录

龟兹双阕

    上阕：琴瑟和鸣   003

    下阕：霓裳羽衣   046

    尾曲：龟兹盛歌   085

高昌三书

    帛书：不避死亡   113

    砖书：根在中原   145

    毯书：心是归处   180

    外篇：高昌对马   206

尼雅四锦

    序章：马的一族与鹰的一族   227

    一锦："五星出东方利中国"锦护臂   239

    二锦："长乐大光明"锦裤与"河生山内安"锦帽   254

三锦:"王侯合昏千秋万岁宜子孙"与"延年益寿长葆子孙"
　　锦被　　　273

四锦:"万事如意"锦袍　　295

尾章:前往尼雅废墟　　309

楼兰五叠

一叠:泽中有火　　337

二叠:幸毋相忘　　355

三叠:比龙化影　　377

四叠:沙丘无尽　　399

五叠:尸女复生　　420

于阗六部

钱币部:汉佉二体钱　　443

雕塑部:佛头的微笑　　465

文书部:一封粟特文书　　487

绘画部:于阗花马　　499

简牍部:流沙坠简　　519

玉石部:约特干的月光　　538

敦煌七窟

第一窟:第275窟,一个沙门　　559

第二窟:第285窟,一个凶徒　　577

第三窟：第296窟，一个女子　　595

第四窟：第420窟，一个士兵　　613

第五窟：第158窟，一个商人　　628

第六窟：第98窟，一个国王　　643

第七窟：第17窟，一个学者　　661

后　记

盛代元音　　681

龟兹双阕

上阕：琴瑟和鸣

一

可能就是那个人的出现，给龟兹带来了厄运。当时，我们正在举办一场歌舞会，乐师和舞蹈者的表演到达高潮的段落时，一个人突然出现了。他身着黑衣，面色黝黑，兴许是在脸上涂了颜色，只有牙齿是白的。他跳了一段不断旋转和腾跃的舞蹈。这种舞蹈不是龟兹本地的，像是身毒或康国那边的。他不停地旋转，转的速度太快了，简直让我们头晕，让我们感到迷惑。他的笑容也很诡异，那种笑似乎是在嘲笑，又似乎是在冷笑。等到大家包括我清醒过来，准备抓住他时，他跳入舞蹈队背后的帷幕，已经不见了。

第二天，在龟兹王宫里就出现了怪病。接着，我的绛宾王就病倒了。他发病很急，很快就不行了，躺在那里喘气，身上都是出血性紫癜，一片一片的黑红色，像是不祥的黑玫瑰长在了身上，十分吓人。

我的故事还是由我自己来说吧。女人的故事还是要女人来讲，女人的身影总是不被人看到,她们活在男人的阴影里,活在传说的夹缝里,也许被人听到过,但绝不会在书上有更多的记载。书上记载的大多是男人们之间的征战和争夺权力的故事。所以,我来说说几个在西域的汉家女人的故事。

我叫弟史,我母亲是解忧公主,她嫁到乌孙已经很多年。我是大汉和乌孙结合的产物,我长得不像我父亲,更像我的汉族母亲。我母亲解忧公主是一个非常坚强的女性,她嫁给了雄踞天山北面大草原上的乌孙国的统治者大昆莫。出发之前,她就听说了细君公主此前嫁到乌孙之地,死在乌孙的事。因此,我母亲解忧公主在婚礼前一天的晚上大哭一场,并说从此就不会哭泣了。此后她果真一滴眼泪都没有了。我在出生之后一直到长大成年,就没有看到她掉过眼泪,可见她的内心多么地坚毅。

是细君公主死后,乌孙再次提出了和亲的请求。细君公主的故事是怎样的呢?简单说吧,当年张骞出使西域到达乌孙,打算说动乌孙王与大汉联手,共同对抗匈奴。但乌孙王知道自己的实力没有那么强,而匈奴占据着北部广大的地域,千百万人呼啸而来呼啸而去,就像草原蝗虫一样能把一切都吃光啃净,当然也能把乌孙啃噬掉。

乌孙王的称号叫作昆莫,那年,乌孙昆莫派出使者,赶着一批进献给汉武帝的骏马,跟着张骞来到长安。使者把乌孙的骏马进献给汉武帝,在长安城内巍峨的皇宫中受到武帝的接见,内心感到巨大震撼。武帝很高兴,他喜欢骏马,就把乌孙马命名为西极马。回到乌孙后,使者向昆莫详细报告了大汉王朝都城长安的盛大气象和繁华景象,还有人民众多、国土广袤的情况,令昆莫心生向往。

那时的乌孙昆莫是猎骄靡，他派出使者随张骞到长安觐见汉武帝的事被匈奴人知道了。匈奴单于十分恼怒，派出军马使者来到乌孙，警告乌孙不要和汉朝建立任何亲密关系。猎骄靡已经年迈，他政治经验丰富，善于左右逢源。尽管手下都劝他不要再和汉朝来往，关闭联系通道，可他还是审时度势，决定和大汉联姻。他派出一个使团，这个使团有一百人，赶着一千匹乌孙军马作为聘礼，正式请求和汉朝结亲联姻。

汉武帝大喜，仔细考虑该把哪个公主嫁到乌孙合适。经过一番廷议，武帝下诏封江都王刘建的女儿细君为公主，远嫁乌孙，和乌孙联姻。细君公主哭哭啼啼上路西行，前往乌孙国。这就是女人的命运，即使你是诸侯王的亲女儿，出身于钟鸣鼎食之家，在政治联姻方面不过就是一个工具。我听我母亲说——她也是听别人说的——细君公主身体比较弱，受点风寒就会咳嗽，去辽远的塞外苦寒之地，给一个七十岁的乌孙王当王后，这对她来说太痛苦了。何况这个乌孙昆莫猎骄靡本来就有好几个老婆，已经生了一大堆的孩子。

匈奴人听说乌孙与汉朝和亲，汉朝公主已经在前来乌孙的路上，就向猎骄靡要求和亲，并送来一个匈奴女人，把她嫁给乌孙昆莫猎骄靡。猎骄靡把匈奴公主奉为左夫人，把细君公主奉为右夫人。两汉以"右"为尊，匈奴以"左"为尊，匈奴夫人排在前面。

我母亲告诉我——她也是听别人说的——细君公主嫁到乌孙国，白天要吃羊肉牛肉马肉，喝牛奶马奶酸奶，吃奶疙瘩；晚上睡在大帐里躺在毡子上，以天为屋顶，以大地为床铺，这样的生活对于她来说十分艰苦，简直就是度日如年。好在那年出发之前，汉武帝给了她很多赏赐，除了金器银器和锦帛绸缎、布匹香袋，还有一些乐器，有埙、笛、鼓等，特别是还有一把汉琵琶。这把汉琵琶是汉武帝让宫廷乐师根据秦国琵琶的形状专门为细君公主定做的。琴师把鼓的部分改造成满月形，命名为汉琵琶。后来，在乌孙国，细君公主烦闷的时候，就抱着这把汉琵琶弹奏吟唱，就像把一轮中原的月亮揽在怀里，倾诉着思乡之情。

细君公主比乌孙昆莫猎骄靡要小四五十岁，她住不惯大帐，提出来要在乌孙的冬都赤谷城修建汉地样式的房屋。猎骄靡同意了，在赤谷城盖了一座汉式院落，按照汉族习惯布置屋内陈设。到了冬天，细君公主从伊犁河谷的夏牧场搬到赤谷城的屋子里，取暖设施也好多了，她才感觉好受一些。她每日弹奏那把汉琵琶，以此解闷。

猎骄靡七十多岁，子孙满堂，性情豪爽宽怀。他偶尔来汉式院落看望细君公主，细君公主也是强颜欢笑，陪他一起吃饭，两个人也没有什么话说。等猎骄靡走了，细君公主一个人对着窗外寂寞的月亮哭泣。她想到自己可能无法再返回汉地故乡，满心都是思乡之情，就写下一首诗《悲愁歌》：

  吾家嫁我兮天一方，远托异国兮乌孙王。
  穹庐为室兮旃为墙，以肉为食兮酪为浆。
  居常土思兮心内伤，愿为黄鹄兮归故乡。

汉武帝读到后很受触动，隔年派了一位汉朝使者前往乌孙，专程看望细君公主，并带去很多汉地的绸缎丝帛和风物特产给她，以示安慰。

猎骄靡眼看自己越来越老，身体也有病，感觉自己可能不久于人世，就按照乌孙王室的婚俗习惯，找细君谈，要她嫁给他的孙子军须靡。这对汉家公主刘细君来说，简直是一声响雷，因为这完全违背汉家的道德人伦，她怎么可能和丈夫的孙子婚配呢？虽然军须靡和她年纪相仿，也没有血缘关系，但这件事实在是匪夷所思，对细君打击很大。她坚决反对，并给汉武帝上书，陈述情况，请求汉武帝阻止这件事。但等来的汉武帝的诏书中却说，公主要依照乌孙的习俗来办，因为我大汉要和乌孙联手，一起攻打匈奴人。

老昆莫猎骄靡去世后，军须靡继任为乌孙昆莫，并且娶了细君公主。细君公主对这一残酷的婚姻感到不解和郁闷，汉武帝的诏令又浇灭了她心里的希望之火。细君公主闷闷不乐，加之身体瘦弱，很快就去世了。算起来，细君公主嫁到乌孙到去世，前后也就四年多的时间。

细君公主去世后，军须靡继续向汉朝提出和亲，并派使者送去千匹良马作为聘礼。汉武帝喜欢骏马，他有自己的宏图大略，就将楚王刘戊的孙女刘解忧仪比公主和亲乌孙，远嫁塞外。

听我母亲说，她的祖父刘戊曾经参加过吴王刘濞策动的吴楚七国之乱。那还是在汉景帝朝，晁错的削藩令导致七个诸侯王起兵，他们打着清君侧的旗号，最后七国之乱兵败，刘戊被杀。

从那以后，我母亲这支楚王的王室系统在汉朝宗室中的地位就不断下降，成为戴罪的家族。这一次汉武帝把刘戊的孙女——我的母亲刘解忧仪比汉家公主，是恢复地位，还是进一步地惩罚，我母亲也想不明白。但她觉得，她以一介女子之身远嫁乌孙，与乌孙昆莫军须靡和亲,也是为汉室做贡献。这也告慰了祖父的在天之灵。我母亲这些复杂的内心活动,我是后来在长大的过程中才慢慢知道一些的。

现在,你们就知道了,远嫁乌孙的解忧公主,就是我母亲。

我母亲和细君公主的性格不一样,她出身于这么一个戴罪家庭,自幼比较好强。她是仪比公主,就不是真的汉家公主,是个假公主、侧公主,仅仅是为了与乌孙和亲她才被封为解忧公主。这一点她心里很清楚。在前往乌孙的马车上,我能想象出她流了多少眼泪,以至于后来不再流泪。我母亲知道,从此她的命运将掌握在她自己的手里,眼泪绝对解决不了任何问题,而且还会是软弱的象征,她的心渐渐变得像铁一般坚硬。

我出生以后,母亲内心变得柔软如帛。母亲爱我,我知道母亲希望我回到长安,去大汉都城见识汉家王朝的辉煌,体验都市繁华,学习文化知识,而不是在这塞外的强风大雪中逐渐长大、老去,变成一个整天与牛羊和马群为伍,带着一身腥膻的粗糙女人。

过了些时日,军须靡去世了。按照乌孙的习俗,我母亲又嫁给了翁归靡。翁归靡算是军须靡的堂弟。这是我母亲的第二次婚姻,我就是这一次婚姻的产物,我父亲是翁归靡。

我母亲后来还有第三次婚姻,都是按照乌孙习俗来的。我父亲翁归靡去世后,她的第三任丈夫是军须靡和匈奴妻子所生的儿子泥靡。泥靡为人骄狂,外号"狂王"。算起来,泥靡是我母亲的子侄辈,按照乌孙习俗,竟然成了她的第三任丈夫。当然,这都是后来的事情了。

这就是我母亲解忧公主一生中的几次婚姻。后来,每一次的婚姻都变成了一种政治安排,我母亲也就无所谓了。她真的就像她的名字"解忧"那样,所有的忧愁都被她化解,她是她自己的解忧良药。

我还应该有自己的命运,我的生命应该有另外一种可能。这是我在十七岁的时候,母亲就为我想到的事情。所以,等到那年春天到来,大地上解冻了,雪化了,道路通了,她就派人护送我前往长安,去学习鼓琴,也是学习大汉的音乐和文化,懂得礼仪。如果有可能就让我在长安待下去,嫁一个好人家,这是母亲内心的真实愿望。

我长大的过程中,母亲对我的调教很用心。她带来的汉家侍女都是琴棋书画样样皆能的。细君公主去世之后,留下来一些乐器,特别是那把汉琵琶,就在我母亲手里,她后来都给了我。这些乐器我从小就开始熟悉。

我学会了吹笛子,吹埙,弹琵琶。我不喜欢埙,我觉得埙的音调太悲,一吹起来,山川的景色都变得悲哀起来。这可能和乐器的调性有关,等到我后来到了长安,见到了长安附近那黄土连绵的风景,我才知道,埙是适合那片土地的。我最喜欢的,就是细君公主留下来的那把汉琵琶。满月形的音箱里发出来的是草原上月亮点染后的奇妙的琴音,是月亮本身的光华普照夜晚大地的清音。

我从小就喜欢唱歌跳舞,性格活泼,加之我是母亲与乌孙昆莫翁归靡生下的混血孩子,我和汉家女性温柔温婉的性格不一样,我和乌孙女孩的粗豪笨拙也不一样。我结合了汉家和乌孙两家血统的优点,我很聪慧,这一点像我母亲,我很调皮,爱说爱动,爱唱爱跳。骑马射箭我行,在家里弹琵琶,在外面挤奶放羊抓老鹰,我也行,刺绣擀毡子这类女人干的活我也都可以。长到十八岁,我就已经是一个在天山南北和乌孙大草原上闻名的乌孙大公主了。前来提亲的王族有匈奴人的部落王，也有龟兹国的国王绛宾，我知道了都一概拒绝。

我绝不愿意随便嫁给一个我没有看上的男人，我不想成为政治联姻的牺牲品，就像我母亲解忧公主和细君公主那样。我性格刚烈，随身带着一把锋利的短刀，既是用来防身的，也是用来自杀的。逼我太甚，我就自杀，哪个男人强迫我做我不愿意做的事情，我就杀了他。

我说到做到。这一点我母亲很了解，所以，她暗自欣赏我，也不轻易拂逆我。当我听说龟兹王绛宾派人来向我提亲时，我对他没有一点好感。我母亲告诉我，龟兹王在前些年曾攻击大汉所派的在轮台屯田的汉军，杀了屯田校尉赖丹，成了大汉的敌人。就在不久前，汉宣帝派遣长罗侯常惠来到乌孙，慰问乌孙反击匈奴有功之人，还拜访了我母亲，我也在座，欢宴中，我还表演了歌舞。

常惠前来西域，肯定要对龟兹王绛宾兴师问罪的。果然，常惠从乌孙返回长安途中，征发乌孙、疏勒、莎车等国的兵马五万，讨伐龟兹。这时的龟兹王就是曾向我提亲、才即位不久的年轻的绛宾。眼看大军压境，绛宾不慌不忙，派人去军前对常惠说：杀害屯田校尉赖丹和一些屯田汉军的事不是他干的，是一个叫姑翼的贵族给龟兹前王出的馊主意，他绛宾无罪，现在，他愿意把姑翼交出来让常惠处置。

常惠同意了。绛宾就打开城门，引常惠进入龟兹城，并把龟兹贵族姑翼交了出来。姑翼当时已经是个老头，他没有想到自己的命要断送在这件事情上。常惠下令斩杀姑翼，报了当年赖丹被杀之仇，然后，班师回到长安。

龟兹王绛宾处理这件事的结果,很快被使者传递到乌孙。我母亲对绛宾这么果敢十分赞赏。她觉得,西域地区的城邦小国如果没有在大国之间运筹帷幄的能力,是很难生存下去的,免不了被剿灭的结局。她对绛宾产生了好感。

绛宾是一个对大汉礼仪和文化十分仰慕的龟兹王。乌孙跟大汉和亲后,在抗击匈奴的侵扰方面有了更多的回旋空间,绛宾也看得到。他再次派来提亲使者,带来很多礼物,那些物品都是在高昌和敦煌采买的,我母亲看到这些产自中原汉地的物品,很是喜欢。要知道,乌孙前往汉地,哪怕就是到敦煌、酒泉等郡县,都要走很远的路,而那里是进入长安、洛阳的关口。

睹物思人,睹物思乡。我母亲就想着也要送我前往长安,去学习鼓琴。既然弟史那么喜爱歌舞,就应该好好去学习大汉自家的好东西,同时,也把乌孙的歌舞队带过去,让大汉领略塞外歌舞的强劲和粗豪之风。

听到我母亲对我有这样的安排,我很高兴,就期盼着能早日成行。

夏天到来,乌孙王庭会从伊塞克湖边的赤谷城搬到天山北侧的河谷地带,那里是乌孙的夏牧场。有一座山就叫乌孙山。乌孙昆莫带着几个王后和所有的部属都在这里过夏天,乌孙王族及其所属的子民也都在这片山地、河谷间美丽的大草原上放羊牧马。

整个夏天,我们都在这片河谷、草原和山林地带生活。这是乌孙人最喜欢的季节,在这个季节,骏马被养得膘肥体壮,牛羊也都吃得滚瓜溜圆。到了秋天,我们又开始翻山,前往伊塞克湖南岸边的赤谷城,在那里度过寒冷的冬天。这样的季节轮回,在乌孙人看来就是顺应着地利和天时。

我前往长安是在这年的夏天。从乌孙夏都昭苏大帐出发，我们要穿越天山中的一条古道。这条路蜿蜒盘旋在天山山体中，沿途是特克斯河河谷地带迷人的风景。大片高山草原在眼前展开，乌孙骏马到处都是，白色的羊群散落在绿色的草地上，有时候被空中的云朵布下的阴影所短暂遮蔽。红松、塔松和云杉林在山坡上成片肃立，像是欢送我出远门。之后进山，我们沿着高度逐渐增加的盘山道前往龟兹。

这是一段翻越天山的险路，我们走在一条弯曲行进的盘山路上。这条路上升到冰川地带，跨越咆哮的冰河，沿着冰川的冰舌边缘行进，我们要时刻提防着雪崩的发生。走过达坂路口，寒意消失，我们开始进入缓慢下降的盘山道，高度降低，空气由清冽和湿润变得干燥，抵达拜城的黑英山谷地，从那里前往龟兹王城。黑英山一路上有很多桦树，大片的桦树叶在风中就像是风铃一样响动。

我是第一次出远门，十分好奇我所见到的一切。翻过天山，走入河谷地带，出了天山山脉的前山，湿润的空气变化了，迎面而来的是燥热的空气。我知道，我们要出山了。又走了半天，我们抵达了龟兹。

二

龟兹王城坚固巍峨，一共有三重城。进城的时候我们并不引人注意，可在我们下榻的客栈，已经有很多人围在那里了。我感到奇怪，从马车上下来，看到有一个身着盛装华服的年轻人，头上缠着白色盘头,他看到我,步履轻快地走过来,向我鞠了一躬,说,我是龟兹王绛宾,特地前来欢迎弟史公主莅临龟兹。

我抬眼看他,发现他跟我原先想的不一样。我想象这个龟兹王绛宾可能是一个很凶悍的中年人。没想到,在我眼前出现的他,是一个热情而又英姿勃发的年轻人。他那活泼的眼神,轻快的步伐,从哪里看,都不像是一个龟兹王。可他就是龟兹王绛宾。一瞬间,我心里对他产生了好感。不久前他曾派人去乌孙提亲,被我严词拒绝,现在就这么见面了,我不免感到一丝尴尬。我想,这一次,绛宾在我眼前出现,会不会逼着我做什么事情?我悄悄把手伸向靴子,那里藏着我的那把锋利的短刀。毕竟,我现在在他的龟兹国。

我随行的护卫队首领给他递上乌孙的印信。那是我父亲画押的一个皮制品。然后,我说,我们在这里只住一个晚上,绛宾接过印信看了看,说:公主殿下,我一定会安排好,你们是龟兹国的贵客,先住下来,然后去吃饭。之后呢,在今天晚上,我安排了盛大的演出来欢迎弟史公主,请公主一定要参加啊。

我不会拒绝他的邀请,他的邀请是那么礼貌和温柔。我冲他微微一笑,点了点头。

在客栈安顿下来的过程,我就不细说了。这天晚上,招待我们一行人的晚餐十分丰盛,就在龟兹王城的王宫里。他的王宫不大,但装饰豪华,从外面看是砖石和黄土夯造的房子,有好几层高,室内的一些角落和案几上都摆着花盆,鲜花盛开,绿意盎然,不像我在乌孙的住处那么简陋。我父亲作为乌孙昆莫,平时也是住在大帐中,一般的乌孙人都住在毡房里。

这天晚上的主菜是烤肉，配有很多面食、蔬菜和酸奶。吃饭时绛宾并没有出现，我松了一口气。我悄悄对我的护卫队首领说，明天一早我们就开拔，抓紧时间去长安，不要在龟兹多耽搁。护卫队首领点了点头。

后来我才知道，绛宾听说我要路过龟兹前往长安，就精心准备了这天晚餐后的歌舞会。我们吃了饭，被引导到王宫后院的连廊。连廊通向更加宏阔的大殿。我看到这间大殿时，十分吃惊。只见大殿里到处都装饰着华丽的挂毯，地上铺着花色艳丽的地毯，很多盏油灯在每一根大柱子上点亮，照亮了大殿里所有人的面孔。

我一进来，大殿里就掌声雷动。只见绛宾换上了日常穿的衣服，脚上也穿着很轻便的鞋子。他带着一群乐师和舞女一起欢迎我。乐师手里拿着弦乐器、打击乐器，有的乐器我叫不出名字。他首先说话，向大家介绍我，说是乌孙的公主弟史，今日路过龟兹，希望公主今天在我们精心准备的歌舞会上感到开心。大家又一起拍掌。

我很大方地向他也向大家表示感谢，我问乐师，你们手里拿着的，都是些什么乐器？

他们说，这里有腰鼓、毛员鼓、都昙鼓、答腊鼓、拨浪鼓，还有笙、铜角、横笛和竖笛，这个叫箜篌，那个叫筚篥，这叫都塔尔，那个叫排箫，这个叫羯鼓，那个叫琵琶。

我说，琵琶我知道，你们这里有两种琵琶，一种是曲颈琵琶，一种是五弦琵琶。

绛宾说，早就听说公主是擅长歌舞的，等一会儿，也想请公主给大家表演。现在，我们龟兹人先给公主表演。大家都笑起来，然后落座,歌舞会正式开始。

我就坐在他边上。他时不时偷偷看我,我正襟危坐,不去看他。我闻到他身上有一种淡雅的沙枣花香,这完全不同于草原上男人身上的污浊气味。我觉得这个男人不寻常。可是,我的手又下意识地摸了摸靴子里的匕首。我这是一种矛盾心理的体现吧?

龟兹歌舞很有名,这天晚上我看到了最好的龟兹歌舞。乐师们的演奏精彩绝伦,各种乐器都上场了,主要是三类:打击乐、管乐和弦乐器。乐师们上场,有独奏的,也有合奏的;舞女舞男上场,有独舞,也有群舞,还有演唱。我看到龟兹的箜篌有好几种,有竖箜篌,还有弓形箜篌和一台卧箜篌,由不同的乐师弹奏,声音颜色都不一样。弹奏起来,声如水波荡漾,又如风吹过满山的云杉顶端的沙沙声,又如骏马奔跑过后的草地重新伸展腰肢的柔美和奇妙。高潮的段落,是龟兹乐师把震天的打击乐器和悠长的管乐器以及丰富细腻的弦乐器全部配合起来呈现,形成了合奏的轰鸣与和声的丰富超拔。

我很吃惊,龟兹乐能演奏出丰富的七音阶,这可能和龟兹乐来自天竺,又经过龟兹艺人的改造提升有关系。现场,一支曲子接着一支曲子,一个舞蹈接着一个舞蹈,我看得听得都是如醉如痴的,心里也燃烧着一种热切的火苗,我周围的气氛也越来越热烈。间或还有耍杂技的,这是我第一次看到,太新鲜了!比如龟兹武士舞,绛宾作为国王,他亲自下场,在那巨大的、华丽的毯子上顿足捶胸翻跟头,手里的长刀短刀唰唰舞动,表现出龟兹武士的英勇顽强。绛宾一边表演,一边还笑着看着我。他是很喜欢我,这一次我感觉到了。可我尽量保持镇定,不动声色。还有一个龟兹顶碗舞也很精彩。一个舞女头上顶着的碗越来越多，她还不停地往头上扔，都能一个摞一个地顶着，最后，那么高的陶碗眼看着要倒了，可就是没有一个碗掉下来。那个舞女的身体非常柔软，她翻转身体，头从腿下面钻过来，那些碗还顶在头上。

大家热烈鼓掌，场面十分热闹。每一个节目都很精彩，我很高兴，也很感动，难得绛宾的一番苦心。我对绛宾说，太精彩了！没有想到，龟兹歌舞这么精彩。

这时，绛宾调皮地看着我，说，我听说，公主您是从小就喜欢唱歌跳舞弹琵琶的。这一次公主路过龟兹前往长安，听说是去专门学习鼓琴技艺。我很想请公主弹奏一曲，怎么样？

在大家热烈的掌声中，我站起来。弹奏琵琶这件事，必须内心要燃烧起热情才可以弹得好，我感觉到自己内心的热情了。在绛宾的注视下，乐师递给我一把曲颈琵琶，我摇了摇头。在大家的注目下，我让侍女从我带着的背囊里取出一把他们没有见过的汉琵琶。这把满月般的琵琶一亮相，大家都惊呼了起来。因为龟兹人的琵琶，音箱是水滴形状的，比较小巧，和我的汉琵琶那满月形的音箱无法相比。

大家都屏住了呼吸。我坐在高高的坐榻上，挥手先试着拨弹了几下，琵琶发出了一束清音。我的手就像柳枝拂过春水的表面，扫过汉琵琶饱满端正的形体上的琴弦，琵琶立即发出了轻盈的、蜻蜓点水般的妙音。大家鼓掌，我更是感到激动。我弹奏了一曲我最熟悉的、经常在乌孙的大帐里弹奏的琵琶曲。

此时的我，就像是和这把汉琵琶浑然一体了。随着琵琶曲的弹奏，我进入春夏秋冬的四季轮回里，进入想象那芦苇开花，被风吹散之后飘散在大地上的轻柔里,进入千万匹骏马在河谷中奔腾的景象里,进入特克斯河的近景和乌孙山逶迤而去的远景里,进入母亲带着孩子奔跑在草地上,男人和女人骑着马互相追逐和亲昵的场景中。

各种场面在我的脑海里纷至沓来。我忽然想到,在来的路上,经过特克斯河河谷,我看到一大群黑色的鸟飞起来,就像是藜麦在空中散开那样,一会儿向上,一会儿向下,然后左右东西地飞行。黑色群鸟的飞行轨迹都是曲线,就像是音符在跳跃,又像是旋律在起伏。当时,随行的护卫队首领告诉我说,黑鸟叫作椋鸟,它们在欢快地群舞呢。它们在空中飞舞的旋律,就是我弹奏琵琶的旋律,我的心中鸟群在上下翻飞,大地和草原在茂盛生长。

我一边弹,绛宾一边点头微笑,我可以感觉到他对我的倾慕和赞赏。最后,我来了一个绝活:反弹琵琶。只见我将琵琶忽然放到背后,我的手就像是棉花一样柔软,去弹拨那琵琶的琴弦。大家在惊呼,看不到我的手是怎么反弹的,却听到了琵琶的乐声。我不断翻转身体,我在跳舞,柔软的身体就像多面女神那样快速跃动,而那把汉琵琶也跟着我转,并且在我转动身体的同时发出了琴音。这一刻,是琵琶声和我妙曼舞姿的完美结合,是我弹奏琵琶出神入化的高潮和收束的时刻。

我弹奏完了,四周掌声雷动,歌舞会的气氛达到了高潮,绛宾的眼睛里闪着光亮。他向我走过来,想抓住我的手,他这是要干吗?我轻盈地躲开,笑着不搭理他,逃走了。

晚上,我端详着房间墙壁上漂亮的挂毯花纹,迟迟无法入睡。绛宾派人送来香囊、牛奶和水果。香囊香气馥郁，和他身上那种沙枣花清香不一样，是更加浓郁的香气。水果是甜瓜，吃起来瓜瓤十分柔软，牙齿陷进甜瓜瓤里，香甜可口。我知道绛宾真的喜欢我，猜测明天我可能走不成了，他要竭力把我留下来。

房间里的桌子上还有一罐玫瑰红葡萄酒，和一个单耳陶杯。我倒了一点红酒，喝下去，感到有一种鸽子血的甜腥。这种酒叫慕萨莱思，酿造的时候会放入初生的飞禽。如果绛宾强行把我留下来，我该怎么办？我有点犯愁。也许他不敢这么做。我摸了摸靴子里的短刀，短刀发出了鸣叫。短刀鸣叫，那就是在提醒我，我要当心了。可这个我开始有点喜欢的男人他会把我怎么样？他会强行把我留在这里，然后要我嫁给他，成为他的王后吗？看上去，他好像还没有王后。他不久前才即位当上龟兹王，也许还来不及结婚。我不知道他要怎么样，等到明天再说吧，接着就昏沉沉睡去。

早晨，我被一阵鸟鸣所惊醒，我睁开眼睛，看到窗户外面的花和枝条在风中摆动。鸟鸣欢快而清脆，就像飞泉一样流进来。我拉了一下门外的响铃，侍女敲了我的卧室门。我打开门，她进来告诉我：公主，国王在客厅里等着您呢。

我感到有些紧张，我还从来没有过这样的感觉。我穿戴好洗漱好，出了卧房，来到前厅的回廊里。绛宾嘴里咬着一根长长的青草在回廊那里踱步。他穿着一件花边白衬衣，有束腰，脚上是一双素色的布靴子。他看我出来了，就迎上来说：弟史公主，我今天有一个重要的决定要告诉你。

我看着他，心里有点乱。我从他的眼睛里读到了某种热烈和坚定的东西。他穿越回廊靠近我，动作很矫健，不知道什么时候，他的左手上出现了一束花，右手里还握着一个东西，他把它递给我。我接过来一看，是一块洁白的玉石。

我问：这是什么？

信物，是我母亲留给我的，她已经去世了。我母亲生前要我把这块玉给我喜欢的姑娘。这是我父亲当年给她的信物。弟史，我喜欢你，我早就听说过你，你应该知道我派人去乌孙求婚的事情。虽然你拒绝我了，可我派去的人偷偷画了你的像回来。你肯定不知道，好长时间，我每天看着你的画像发呆。直到这一次，我见到了你的真人。

竟然还有这样的事情，我觉得他有点过分，可也感觉到了他的真心和诚意。

公主，你的母亲解忧公主和父亲翁归靡也尊重你的想法。他们说，是你不同意嫁人，你说你要去长安学习音乐歌舞，不愿意出嫁。他们就允诺了你，拒绝了我。

此刻，我必须要说出我的真实想法了，我微微躬身施礼：尊敬的绛宾王，我确实是想去长安学习的，这次只是经过龟兹，是一定要去长安的。这是不可改变的，所以，我没有其他的选择。我也不想像我母亲那样，把自己的婚姻作为一种牺牲，我要追求我自己的梦想。

绛宾听我这么说，忽然有点激动：好啊！我也喜欢音乐歌舞，你昨天都看到了，那是我的音乐家团队，我的歌舞队。他们表演得很精彩，我为此准备了好久。如果这一次你不经过龟兹，我们就要去乌孙找到你,当面给你表演。你说得好,人都要追求自己的梦想。我想说,如果你答应嫁给我,那么,我愿意和你一起去长安!

什么?绛宾这么说,一下子让我愣住了。他愿意陪着我一起去长安,这会不会是心血来潮呢?我一时间十分迷惑,不知如何应答。想必我的表情也很迷惑。

是的,我愿意和你一起去长安。我一直就很向往大汉帝都长安城,我要去那里,学习大汉的典章制度,用这些来改变龟兹的礼仪制度。我愿意和你一起去长安啊!公主,我早就想好了,你不要觉得我是心血来潮。绛宾高兴得跳起来,就像我已经答应了他似的。

我心里有了些奇怪的暖意,虽然我嘴角上扬,却说:我还不了解你呢。那好吧,既然你盛情邀请,我就在龟兹多停留几天,看看你们龟兹到底有什么好的。

绛宾笑了,他知道我已经动摇了。可是我嘴上还是没有答应。是的,我的命运我做主,从我懂事之后,我就想好了,我一定要嫁给一个我喜欢的男人,不像我的母亲,她嫁给我父亲,到了第二次婚姻才有了一点感情的归宿感。我父亲翁归靡是一个很柔和的男人,对我的母亲很尊重,他们相处得很好,生下了我。

我在龟兹留了下来,我确实也很想多了解他。绛宾陪着我,在龟兹王城内外四处走走看看,让我的好奇心得到满足。他处理公务的时候,我就带着几个人,纵马奔驰在附近的山林和旷野中。

龟兹王城是一座坚固的城市,而城外的龟兹国面积广大,很多都是沙漠戈壁和大山地区。龟兹人在平原灌溉冰雪融水,种植五谷,也有在高山上放牧的牧民。龟兹的子民们性格豪爽,大多喜欢歌舞,他们一高兴，经常在田间地头就跳起舞来了。这都是我喜欢的。我也趁机学习了龟兹的音乐，寻访制作乐器的高人。他们往往隐居在很深的小巷子中那些黄土垒就的房子里，一心一意制作乐器。我还认识了一些民间歌舞能手，我去拜访他们，还一起切磋技艺。

第三天，从乌孙国来了一个人。我一见到她，感到很吃惊。她是我母亲的贴身侍女冯嫽。冯嫽和我母亲年纪相仿，她是当年跟随我母亲出嫁乌孙的侍女，她的故事我后面会讲到。其实，我要讲到四个女人的事情：细君公主、我母亲解忧公主、我本人，还有一个就是冯嫽冯夫人。她现在是乌孙右大将的夫人，一般代表我母亲出行执行公务。所以，我一看见她，就知道她肯定带来我母亲的消息了。问题是，我母亲怎么知道我现在还停留在龟兹呢？这里面，肯定有人捣鬼啊，我把目光投向了绛宾。

绛宾狡黠地冲我笑了笑。我猜可能是他派人前往乌孙，告诉母亲我在龟兹停留着。冯嫽冯夫人一见到我就笑了，很亲切地和我说话，拉了半天家常。她先是在我的耳边低语了一阵子，我的脸上浮起了一片红云。然后，冯夫人就对绛宾说：龟兹王绛宾，你听着。乌孙大昆莫翁归靡和王后解忧公主，正式派我来宣示，他们同意了你向弟史的求婚，并准许按照龟兹的礼仪，在这里给你们举办婚礼，之后你们一起去长安。

我惊呆了，心里有点乱，情急之下，我立即拔出靴子里藏着的匕首，有些慌乱地向龟兹王绛宾刺去。他坦诚地把我留在龟兹，然后又瞒着我，悄悄派使者前往乌孙，向我的父亲母亲再次表达愿意娶我的愿望。这一次，我是不是被他们做主了？此时此刻，我不知道是真生气还是假生气。事后我明白自己是假生气,可是当时,我没有想那么多,我的匕首飘乎乎刺向了绛宾。眼看着绛宾要被我刺中胸膛,那样的话,就会血溅龟兹王宫了,这就成为一件大事了。可绛宾的身姿很灵活,他一闪身,我扑了一个空,他反手一把就把我的匕首夺了下来,扔到地毯上,笑着说:弟史,你这个公主的脾气可真大啊。

我满脸羞惭,不知道如何是好。冯夫人走过来说,弟史公主,不要任性了。这个事情已经定下来了。绛宾,你就按照龟兹王迎娶王后的婚礼仪式举办婚礼吧。我这次前来,就是代表乌孙昆莫翁归靡和王后解忧公主,来参加婚礼的。

我呆住了,快步走到一边去。我的年纪还小,忽然间就这么嫁到龟兹,实在令我有些惊愕。可有时候,女人的命运就是不能自己掌握,我最终逃不过这个结局。冯夫人跟过来,她很了解我,看我心乱如麻,就问我:弟史公主啊,我知道龟兹王非常喜欢你,上次他派了使者去乌孙求婚,你不同意,你母亲拒绝了他。现在,你在这里见过他了,你说说看,你到底喜不喜欢他?你给我说实话。

我点了点头,夫人,说实话我挺喜欢他的。此前我是不喜欢任何男人。现在,我改变了。

冯嫽松了一口气,那不就得了,再说,你们成婚,也有利于乌孙国和龟兹国之间的关系。

我一听这个就生气了,噘着嘴,那我岂不又和我母亲一样,成了和亲的政治工具了!

冯嫽说,女人的命运可不就如此吗?这还是好的。你喜欢他就好了,他比你大几岁,但大得不多,年纪也配。不像早年细君公主嫁到乌孙和亲,那个猎骄靡太老了。你们算是情投意合呢。弟史公主啊,不是我唠叨,我觉得,你得向你母亲学。你看你母亲,当初嫁给猎骄靡的孙子军须靡也毫无怨言。军须靡死了,她又嫁给了翁归靡,所幸的是,翁归靡和你母亲感情不错,接连生下了你的三个哥哥,还有你和你妹妹素光。其实,你这次的婚姻大事,已经算是你给自己做主了。你曾拒绝了龟兹王,可他诚心所致,又来求婚,还向你母亲表达愿意和你一起去长安学习的愿望。这一点对于一个龟兹王来说,实在是很难得。

我心动了。确实,留在龟兹不是我的第一选项,而去长安学习,才是我的渴望。如果绛宾能和我一起去,那也好。

你母亲让我告诉你,龟兹在天山的南边,乌孙在天山的北面。乌孙有六十万子民,龟兹有八万子民。乌孙每年都需要龟兹的五谷杂粮、棉布车具、铁骑酒类,龟兹也需要乌孙的骏马和牛羊牲畜。乌孙和龟兹本来就是山南和山北的近邻。如果你们结婚了,从大的方面来说有利于国家,从小的方面来说,你也喜欢他,这不是很好的事情吗?两全其美啊。再说了,他愿意和你一起去长安学习,这说明一是他真心喜欢你,愿意为你做出牺牲;二是他对大汉文化心向往之,愿意学习汉朝的典章制度和文化礼仪。这是多好的事情呢。

我被说动了:那他要真是和我一起去长安,我就答应和他成婚。说完,我的脸红了,这一次,我有点害羞了。

冯夫人笑了。她向不远处踟蹰的绛宾招了招手:过来吧,你现在可以牵着弟史公主的手了。

三

我和绛宾的婚礼在龟兹王城举行。这是龟兹国的一件大事,婚礼十分隆重。按照龟兹传统,王城之内、宫廷上下到民间百姓,整整热闹了半个月,各种让我眼花缭乱的礼仪按规矩进行。龟兹国王城内外有三重城墙,到处张灯结彩,繁花似锦。龟兹城内的几座佛寺也是梵音阵阵,百姓焚香祈福,人人都很喜悦。龟兹王迎娶乌孙国公主是门当户对的,也是龟兹和乌孙的政治联姻,强强联手,龟兹王城笼罩在一片祥和的气氛里。

冯夫人代表我的父母亲全程参加婚礼,并在各个礼仪环节中代表乌孙。之后,她就马不停蹄地出发,奔向沙漠南道的疏勒国。这些年,作为我母亲解忧公主的特使,冯嫽手持符节,前往天山南道的西域诸国,去面见诸国国王和王后,带去口信和礼物,一方面联络感情,另一方面也是了解诸国情况,及时将各国情况传达到汉廷。

冯夫人自幼就喜欢读书。她父亲是一个史官,母亲去世得很早,她从小就在史馆里陪伴着父亲,看父亲的身影出没于堆积如山的那一卷卷的竹简木简中。父亲告诉她,竹简木简上面记载的,都是国家正典和经国大事,她就梦想着,有一天自己能被记载在竹简木简上。这样的梦想对于一个女人来说,是很难想象的。冯嫽成长在这样的环境里,后来成为汉朝宗室公主们的侍读。

我母亲告诉我说,她十分信赖也非常喜欢冯嫽。冯嫽很善于学习,跟着她来到乌孙，没多久，就学会了说乌孙话。冯嫽每次手持汉节前往西域南道的小国宣示汉廷威仪，笼络各国，带去礼物，很受欢迎。她可以用他们的语言来交流，并无语言障碍。这一点很得人心。他们觉得这个汉地来的冯夫人亲切、温和、大方、公正，在谦逊的举动之下有着坚定的意志，因她背后有一个强大的中原大汉，自然也对她礼貌有加。

有时候，她在某个小国，刚好碰到小国正在发生宫廷变故，或是发生了社会动乱。她有勇有谋，会很快帮助他们分清是非，及时给出建议。她了解各国民情，喜欢在小国的田间地头走动，随便聊天中就能倾听到当地人的心声，善于调解各种纠纷。于是，她的名声在外，大漠南北和天山东西诸国都很钦佩她，她被冠以冯夫人的尊称。

那时，冯嫽还没有和乌孙右大将成婚，一个人带着侍女和护卫队在大漠南北奔走，带回这些小国的内情。汉宣帝即位之后，受我母亲解忧公主的指派，冯嫽启程前往长安，专程向汉宣帝报告乌孙国以及西域各国的情况，使汉宣帝在制定有关西域的政策时有所依凭。

我必须要提到，多年以后，乌孙内部曾出现激烈的权力纷争，那时我母亲已经回到长安养老，冯嫽年纪也大了。可她受皇帝诏令，不顾年迈，从长安出发，作为大汉特使回到乌孙，处理十分棘手的权位之争，化干戈为玉帛，一时传为佳话。冯嫽冯夫人的事迹果真被记载在史官撰写的史书中，她也成为竹简和木简上的一个人物。

大婚之后，天气逐渐转凉。我们商议，等到来年春天天气暖和了，就前往长安学习。我和绛宾成婚后，生活很美满。我希望绛宾把龟兹国治理得国泰民安，成为歌舞之国。只有人民的生活幸福了，他们才会载歌载舞，才会唱起来跳起来。人民的生活悲惨了，他们只会唱哀歌，奏哀曲，不愿意跳舞。

这几个月我也很想做一点事。我关心的一件事情，就是要把龟兹的乐舞整理出来，让龟兹丰富的乐舞艺术全部记载在龟兹的宫廷记录中。这一点，我和绛宾一拍即合。我们太喜欢音乐和舞蹈了，带动了整个龟兹国陷入歌舞的海洋中。每一次在王宫里举办歌舞会，最后都是我和他在众人的欢呼中来到大厅的中央，跳一支手拉手的舞蹈，把这一天欢乐的歌舞会推向最高潮。在白天，他政务繁忙，忙完一些国事，就和我一起整理龟兹乐。碰到不很了解的音乐，就请乐师前来答疑解惑。那段时间里，我了解到很多从南天竺国传过来的音乐，又在龟兹民间寻找艺人一起研究探讨，集合各种乐器，组建王室乐舞班底，整理民间大曲和小曲，几个月过去，我们渐渐把龟兹乐的脉络梳理了出来。

就在我过着甜蜜悠闲婚后生活的那几个月，我母亲解忧公主特地派人前往中原上书汉廷，希望以仪比汉廷宗室女的地位待遇，接待我在长安学习，同时也特加说明，汉家女婿、龟兹王绛宾也和弟史一同前往长安入朝学习。皇帝十分高兴，下诏同意了她的请求。

元康元年（前65年）的春天来了，北山的冰雪融化，河流里流淌着春水。我们准备动身了。想到在长安居住期间可能遇到的各种生活困难和细节，我们进行了充分筹划，准备带去很多龟兹国的物产。绛宾还下令装满两车上好的铁制农具，因龟兹国北山有铁矿，能炼出好铁，打制的铁器十分精良。春暖花开的时节，我们的车队马队浩浩荡荡地出发了，一路沿着天山南麓东行。

路上的景色不像天山南麓沙漠风景那样千篇一律，而是变化多端，令我目不暇接。我对一切事物都感到好奇，在车内撩起窗帘贪婪地看着。我们从龟兹出发，很快到达高昌壁，那里有汉军屯田，屯田之处建有壁垒，所以叫高昌壁。我们在那里补充了更多的粮食，继续前进。有一段路比较荒凉，整整走了七天。后来迎面撞见一座连绵的大山。翻过了黑云岭，就是一道道山梁上的梯田，开着满眼的野花。越向东走，路边的景色就越来越青翠，空气也变得湿润，村庄和城镇多起来，人声也喧嚷起来。

路上走了好多天，到达长安时，天气开始热起来。第一次来到长安，可想而知，长安的繁华胜景令初来乍到的我感受到的震惊程度。绛宾是龟兹王，身份尊贵，作为龟兹王后的我也很尊贵，加上我是解忧公主的女儿，我们专程前来大汉长安学习汉朝的文化礼仪和典章制度，学习鼓琴音乐，在长安很受礼遇。

我们就在长安城内住下来。一天，汉宣帝下诏，要在皇宫接见我们。这是宣帝第一次亲自召见。绛宾给汉宣帝送上从龟兹带来的很多贵重礼物，包括羯鼓和筚篥等西域乐器。汉宣帝对龟兹乐器很感兴趣，拿起筚篥端详个不停，还试着吹奏筚篥，并敲响羯鼓，饶有兴趣地和绛宾探讨龟兹乐和汉乐的不同之处，下令官吏安排好我们的生活起居。

我们住在长安城内西市一个单独的庭院里。绛宾和我都惊叹于长安城的广大无边。长安比龟兹王城至少大十倍，繁华热闹非凡，城内居住着几十万人，其中一些是来自西域诸国和东边、南边大海上的岛国人，有商人、王族质子和庶民、流浪汉，他们的语言和肤色各不相同，都带来了各自的生活习俗，也都能在长安待下来，这让我开了眼界。

长安城很有包容性，气度不凡，海纳百川，这也是很多人喜欢长安的原因。绛宾也感到很欢喜。在长安，他和我学习的侧重点不一样。他重点考察学习汉朝的典章制度与宫廷礼仪。我专门学习中原乐舞，并搜集汉地乐曲乐器。

闲了的时候，我们喜欢在长安城内城外到处走走看看。在长安城外，从东北到西南方向流淌着一条大河，大河围绕着长安城城墙一衣带水而过。在城墙上可以看到大河滔滔，粼粼波光。城内南北东西走向的大道交叉而行，很有规矩。从宣平门通向厨城门的大街平直开阔，还有一条是从霸城门通向直城门的大街。在长安的南区分布着长乐宫与未央宫，长乐宫的北面是明光宫，那里是大汉巍峨庄严、富丽堂皇的宫殿区，在西侧分布着桂宫和北宫，宫殿建筑都是飞檐斗拱，连天蔽日，戒备森严。北宫的南面是一个武库。长安城内的皇宫区、贵族区和居民区分布在不同区域，布局合理，气度不凡。

当时，汉廷有自己的宫廷雅乐，汉廷的乐正是一种官衔，类似乐舞团的团长。我想了解什么乐器，就去找这个乐正，这也是皇帝特许的。乐正就让一些乐师拿着乐器给我演奏，还不断讲解给我听，直到我完全理解了乐器的功能作用和特点。

我发现，中原乐器主要分为三大类，分别是打击乐器、吹管乐器和弦乐器。在打击乐器中，有一些是汉地很古老的乐器，比如编钟，都是铜制的，挂起来，上前敲击，它就会发出有节奏的雅乐。叮叮当当高低错落的深沉、明快的声音,是从中原古代的王朝就流传下来的。还有一种乐器叫磬,也是挂起来,敲击发声。打击乐器首推大钟,大钟的声音敲响后声震屋宇,一般情况下不是用来表演的,而是用于宫廷的大型活动,比如祭祀与庆典活动。小型的打击乐器是铎和铙,此外就是鼓。我这次专门学习了敲击中原的各种鼓。我对节奏很敏感,对打鼓特别有兴趣。你想想吧,一个妙曼的女人身穿宽大衣裳,在大厅的中庭间打鼓,绝对是身手不凡,多么带劲儿!我敲击大鼓的时候飘然灵动,身姿灵活如脱兔,眼波流动如仙女,让他们都感到十分惊讶和震撼。在汉廷,有些鼓不是用来敲的,而是用来装饰的,比如在宫内就有两面巨大的鼓,在皇帝殿前作为装饰。这里还有一种装饰得很奇怪的建鼓,是两边敲击,鼓上还蹲着一只鸟。于是,我试着改造了他们的鼓,用羊皮、牛皮蒙鼓面,做出一些简单的敲击鼓,还制作出一种手鼓,单手就能敲击,鼓身上装有铜环,带着节奏,一手晃动,一手敲击,这鼓声十分欢快。

绛宾对我的这种创造性的乐器改造很欣赏,他和汉廷乐师也交流着我们对乐器的不同理解。绛宾一边耐心学习汉廷的典章礼仪,一边陪伴我学习乐舞,他是决心回到龟兹之后,依照汉廷的典章礼仪改造龟兹国的宫廷制度的。

我知道绛宾一向喜欢吹奏管乐,他对汉地的管乐器很感兴趣。这次来长安,他带来了龟兹的笙箫,搜集了汉地的哨子、埙、笛子,和我一起琢磨。笛子分竖笛和横笛,还有笙竽,笙竽里面有簧片,这些管乐器有的是竹管做的,大多是陶制的。还有一种管乐器叫作吹鞭,汉语叫作筑,是一种没有指孔的直管乐器,很让人开眼。排箫有三十二管和十六管两种，一般都是集体演奏，四个排箫乐师吹奏。箫管一般要用蜡封底，不封底的叫作洞箫。

我对弦乐器也很感兴趣。有一天，我和绛宾饶有兴趣地让汉廷的乐正带领我们去乐府，了解汉廷内藏弦乐器。皇家典藏的弦乐器主要有四种，就是琴、筝、瑟、筑。打开内府典藏乐器库，我惊呆了。我从来没有见过那么多的弦乐器，就像是一排排的美人横卧在那里，又像是一排排的士兵，等待我们去检阅。琴从五弦到十弦的都有，大部分是七弦琴。桐木、梓木是用来制作琴身的，我发现有些琴的尾部是实木的，没有共鸣效果。可是想办法改造了半天，那琴就不是琴了。汉琴一般都是独奏，发出的声音比较清淡、悠远，是长安一些文人喜欢的乐器，不适合龟兹乐那种欢快和热闹的风格。

筝和筑大多是五弦，筝要用手指来弹奏，筑则是用竹尺来敲击，所以说是弹筝击筑。瑟相对比较复杂，瑟的弦比较多，甚至多达二十多根，要双手并弹，左右手都会很忙。乐师教我半天，我也是手忙脚乱，扣、弹、压、拨，动作很多很夸张，却弹不好，所以叫鼓瑟。当然，我们还弹了汉地的琵琶。武帝时改造过的汉琵琶曾被细君公主带到乌孙，我早就见过，它圆满生动，而龟兹的曲颈琵琶声音比较狭小单调，经过我和绛宾的仔细琢磨，汉琵琶和龟兹琵琶演奏时才有了一点合拍的感觉。

我和绛宾在长安的生活和学习都很幸福闲适。有一天，我感觉到身体有些异样，有恶心呕吐的状况。我以为我病了，很担心在长安待不下去。绛宾说，请大夫来看看。汉廷派来太医给我诊断，他察言观色，把脉问诊，然后说恭喜我，我怀孕了，并嘱咐我要少活动，保胎安神为要。

听了这个消息，我和绛宾非常高兴。他很喜欢孩子，两个人商量，这个孩子是在长安孕育的，要给孩子起名叫怀德，就是满怀对大汉的感恩，去光大龟兹的德行。此时，我们已经在长安待了大半年，现在我怀孕了，就要计划返回龟兹的时间了。

就在我们计划返回龟兹的时候，发生了一件事。有一天，有刺客打算刺杀绛宾，他们埋伏在院子门口，等到绛宾下车时突然发动袭击。袭击者有三人，都穿着黑色的衣服，蒙着面，手持长刀，围住刚下马车的我和绛宾。为首的一人不由分说，冲过来挥刀就砍绛宾。绛宾并无防备，他手里拿着一把琵琶，慌乱间迎面一挡，只听咔嚓一声响，那把汉琵琶的音箱被砍中，嗡嗡鸣响着，琴弦绷断。绛宾回过神，一脚踹去，那人闪开，横着又是一刀砍来。绛宾从怀里掏出双管铜筚篥，和他缠斗在一起。马车夫兼护卫反应过来了，他们手拿短刀，和另一个靠近马车的黑衣人对峙。

我手里拿着一面羯鼓，向靠近我的黑衣蒙面人砸去，一边大声呼喊。他挥刀砍在鼓上，咚咚一阵声响，引起了四周居民的警觉。我大声喊叫，将手里的鼓砸去，那人一脚踹在我的肚子上。傍晚的暮色沉沉中只见刀光闪闪，黑衣人闪转腾挪，绛宾勇猛顽强，我被踹中肚子，哎呀一声倒在地上。此时，忽然听到一阵杂沓的脚步声，从西市街巷拐角处出现了一队巡逻的士兵，手持长枪短刀盾牌，正在飞奔过来。

几个黑衣人眼看不能袭杀绛宾，就赶紧向后面退去，转身沿着一条街巷攀墙逃走了，身手十分敏捷。巡逻队首领带兵到了我们身边，查看情况。绛宾的胳膊受伤，但不严重，我半坐在地上，感觉到下身湿冷，出血了，可能胎儿遇到问题了。他下令卫兵继续搜寻追击袭击者，并派人将我们护送到家里。

就是在那天晚上，我流产了，肚子里几个月大的孩子刚成形，说没就没了。这当然是黑衣人踹在我肚子上导致的。幸亏那天我和绛宾手里拿着几件乐器，它们在搏斗中起到了武器的作用。被砍坏的琵琶、有刀痕的铜筚篥、砸破蒙皮的羯鼓成了我们被袭击的物证。袭击者最终没有被抓住，当天他们消失在西域客商和胡人杂居的西市区。他们出手突然，袭击的目标显然是绛宾。我们后来判断，这和龟兹与汉廷交好有一定的关系，也许是匈奴人干的。但是谁在幕后指使、谁策划实施了袭击，始终是一个谜。

大汉皇帝得到奏报，龟兹王和王后弟史在府邸门前受到袭击，十分震怒，下诏严查。几天下来，追查未果，皇帝一怒之下，将数百名从西域来到长安的胡人、浪人和商人全部驱逐出去，也算是给我们一个安慰和交代。

可我永远地失去了一个孩子，这是我最伤心的。绛宾安慰我说，看来时机已到，我们在这里完成了学习。我们回去吧，回到龟兹我们的家里，也许是最好的。

我们决定返回龟兹。在长安待了一年，该学习的都学习了。大汉皇帝赐予绛宾黄金三十斤、绫罗绸缎几百匹，还特授予龟兹王金印紫绶，这表示大汉是龟兹的宗主国，一旦龟兹有事，大汉必发兵征讨。

那一次刺客的袭击对我的心情和身体，都是一个巨大的打击。孩子没了，我这才体会到做女人的痛苦和不易。胎儿在我体内的悸动，我的母性焕发，都因这一次怀孕而产生，我是一个女人，这种感觉很明确。可是，忽然就没了，孩子和我身体的那种充盈感都被破坏了，我整天以泪洗面，成了一个悲伤和软弱的人，即使绛宾劝我也没有用。

我们临行前的一天下午，宣帝派人专门为我们组织了一场杂技表演。这可能是绛宾的主意，他是为了让我高兴起来。

在长安的某处宫苑中，皇帝带着一些汉廷的官员，陪同绛宾和我观看演出。大家穿戴整齐，表情既轻松又凝重。因为，这是一次告别演出，明天，我和绛宾就要返回龟兹了。

杂技表演是精彩绝伦的。此前，我还没有看到过这么精彩的杂技表演，花样太多了。首先，是跳丸和叠案表演。跳丸，就是表演者手里拿着扔起来接到手的皮球，越扔越多，他也变换身姿，不断地扔球，每次球掉落下来他都能接住。叠案是在方形的案子上倒立，从五层案子开始，案子不断增加，他还在上面倒立，一叠一叠的案子加上去，他却仍旧倒立在案子上，案子越来越多，越来越高，倒立者还在倒立着，让我感觉十分惊险。还有扔跳丸飞剑，旋盘子，就是顶着盘子转啊转，盘子就是不掉下来。还有玩旋球的，把一个大球玩得就像是长在上面一样，球怎么滚，他都不掉下来。表演吐火术的人把火吐出去有一丈远，火焰从嘴里喷出去，让我瞪大了眼睛。玩魔术的，也叫幻术，只见表演者的手里、身上的东西一会儿多了，一会儿少了，一会儿没了，一会儿有了，你根本就看不到这一切是怎么发生的。

越往后面，节目越精彩，特别是走索表演，令人心惊胆战。爬竿子是很多人在竿子上爬上爬下，就是不掉下来。还有顶竿子的，一根巨大的像房梁一样粗的竹竿被他顶在胸前，竿子上还爬着一个小人，小人在高高的竿子上翻跟头。还有马车车橦表演，这需要两辆马拉的车，在车上的横杆和竖杆上都有人做各种动作，在两辆马车的杆子上跑来跑去。最后，是人和鸟兽在一起的表演，有孔雀、鸵鸟等大鸟，还有人扮演大型动物的表演。节目很多，令人大开眼界。我和绛宾对汉廷专门组织这样一场欢送会为我们送行心存感激，这也是留给我们的永远的美好回忆。这场杂技表演，让我的心情好多了，我慢慢放松下来，心里也没有那么痛苦了。

返回龟兹的路途十分遥远。离开长安城的一刹那，出了城门，看到远山远河、远天远地在眼前展开，我的心情忽然十分黯淡。我不知道还能不能再回到长安。

返回龟兹的路十分漫长，绛宾比我着急，他担心龟兹国内部生乱。我们离开龟兹有一年了，上次刺客袭击，说明有人对他十分不满。可能是匈奴人，也可能是南部的疏勒人策划的，或者，是车师后国的人干的也说不定。敌人是谁不能确定，的确是一件麻烦的事。

我们带着很多汉廷的礼物和赏赐，还有我们搜集的各种乐器。这些都是我的宝贝，我摸出一把琵琶轻轻弹奏，心情逐渐舒朗起来。外面的风景越走越开阔，也越走越荒凉。窗外风景无限辽阔，也舒展了我的内心。

四

元康二年（前64年），我和绛宾在长安学习期间，有消息带给在长安的我们，说乌孙大昆莫——我的父亲翁归靡去世了。

我对父亲翁归靡的去世感到十分悲伤。作为女儿，我和他的感情很好，他身材胖大，坐在马上，马都要给他压塌了，所以他有个外号叫作"肥王"。但他性情温和，与我母亲解忧公主的感情也很好。我母亲嫁给他之后，和他生了好几个孩子：长子元贵靡，次子万年，三子大乐，我是长女，还有一个妹妹叫素光。

我父亲去世，继承乌孙昆莫的叫作泥靡，外号"狂王"，因为他性格暴躁，很难与人相处。他是我母亲的前夫——乌孙昆莫军须靡和他的匈奴夫人生的儿子。算起来，他是我父亲翁归靡的侄子。

那么，就出现了新的问题。按照乌孙王室的习俗，我母亲要跟新昆莫泥靡结婚。我想，以我母亲的隐忍性格，她一定会和这个比她小很多岁的泥靡结婚的。果然，她和他结婚了。这是我母亲的第三次婚姻。我来数一数吧，第一次，从汉地长安远嫁乌孙，嫁给了军须靡；军须靡死后嫁给翁归靡，也就是我的父亲；就在我和绛宾在长安学习的时候，我父亲翁归靡去世了，我母亲解忧公主嫁给了乌孙新昆莫泥靡。

军须靡、翁归靡、泥靡，我母亲在四十年的时间里先后嫁给了这三位乌孙昆莫。而和泥靡结婚，纯粹就是政治性和习俗性的。她比他大很多岁，现在是个六十多岁、精明强干的老太太，泥靡是个精力旺盛的壮年乌孙男人。我母亲不可能和他建立良好关系。

泥靡当上乌孙昆莫之后，性格更加暴虐。我和绛宾从长安回到龟兹，使者前来报告，泥靡和我母亲的关系不好，在处理乌孙多个部落的关系上十分粗暴，结怨很多。那些遭受了泥靡欺压的乌孙部落首领，就去找我母亲申诉。我母亲立即改变泥靡的做法，公正处理被泥靡搞坏的事情。我母亲对他很不满，因他辱骂过自己，不尊重她，两人发生了剧烈的冲突。从此，两个人在乌孙除了有重要的事情商量才见面，平时基本不见面。

泥靡对我母亲恨之入骨，可我母亲毕竟是汉家公主，她在乌孙当然是势单力孤的，只有她这个汉家公主的身份，让谁都敬仰三分，不敢轻举妄动。无论何时，她的身份是她不变的护身符，狂王再狂，也不敢杀了我母亲。如果那样做，就会引来汉朝发兵攻杀他，这一点，狂王再狂，也是知道的。

又过了几年，到了甘露元年（前53年），我母亲感觉自己年纪大了，快到七十岁了，做什么都力不从心，就想回到长安去安度晚年。可泥靡在乌孙作乱，她又放心不下乌孙国的十几万户，六十万子民们，还要确保乌孙和汉朝的亲密关系，就很有些举棋不定。

为了铲除暗地私通匈奴的泥靡这个后患，她发动了一场除掉昆莫的政变，却没有成功。那时，汉宣帝派出卫司马魏如意、副侯任昌为宣慰使者，前来乌孙联络探望她。我母亲就拟订了一个大胆的计划，她说动了魏如意和任昌两位汉使，决定在汉使和泥靡相见的宴会上，埋伏好刀兵，借助汉使威严，斩杀对大汉阳奉阴违的泥靡，以绝后患。

是冯嫽冯夫人后来给我讲述了那天晚上惊心动魄的一幕。当时，骄横的狂王泥靡骑马带人从远处归来，进入大帐，对汉使施礼，并接受魏如意和任昌的拜贺，魏如意和任昌给狂王泥靡奉上汉廷的各种赏赐。泥靡正在看着那一件件赏赐礼物的时候，我母亲咳嗽了一声，埋伏在外面的杀手立即进来，挥刀砍向泥靡。

泥靡身材高大，身穿护甲，他很狡诈，早就感觉到这天晚上的晚宴有点问题，就做了防备。果不其然，有人冲进来杀他。他拔刀保护自己，但已经被砍伤。他冲向我母亲，要砍杀她，被护卫拦截。一阵混乱当中，他受伤不敌，大喊大叫，门外的骑兵冲进来保护他赶紧逃走，他和属下骑兵向东逃窜，前往匈奴所控制的地区。这场变故来得快，但没有成功。

泥靡逃到匈奴地，向匈奴单于诉苦，请求讨伐解忧公主。大汉和乌孙的关系恶化了。不久，狂王泥靡的儿子领兵从北庭西进，包围了乌孙冬都赤谷城。

我母亲派出冯嫽，星夜前往西域都护府，请求大汉都护郑吉发兵救援。冯嫽那时已经是乌孙右大将的夫人，她只要有机会，就会保护着我的母亲。我可以想象那个深秋，在积雪皑皑的天山间策马奔走的冯嫽冯夫人心急火燎前往西域都护府请求发兵的情景，她穿越天山那无尽的盘山道，抵达郑吉所在的都护府，请来了郑吉发派的西域南道各国救兵。

由于郑吉发兵前来解围，被泥靡的儿子围困的赤谷城得以解围，城内的我母亲安全了。为了修补和乌孙的关系，汉廷派出中郎将张遵前往北庭，亲自慰问在那里依附匈奴人的狂王泥靡，给他带来金子二十斤。张遵带来汉地的药物，让医生治疗他的刀伤，借以修复他和大汉的关系，并告诉泥靡，说他会问责于我的母亲。张遵将两位汉使魏如意和任昌解押回到长安，他们被问责，不久，魏如意和任昌被处死。张遵手下的车骑将军张翁则留在赤谷城，盘问我母亲，要她详细交代和两位汉使密谋杀害狂王泥靡的罪行。我母亲不服，据理力争，历数狂王泥靡和匈奴勾结的桩桩件件，把张翁说得哑口无言。他本来是想问罪于我母亲，整理好口供送到汉廷，治罪我母亲，听我母亲这样辩解，张翁大怒，抓住我母亲的头发使劲往地上磕，我母亲额头出血，仍旧在为自己辩护。

冯嫽立即上前解围，制止他的暴行，拔出刀子警告张翁，不得再对汉家解忧公主、乌孙昆莫王后如此无礼，否则立即斩杀他！张翁这才罢手，带领手下匆匆离去。我母亲担心张翁回到长安向朝廷报告歪曲事实，怕汉廷听信他的一面之词，就让冯嫽起草了一份上书，说清楚整个事情的原委，特别是泥靡私通匈奴、反对汉廷的情况，说自己不如此不足以警告乌孙的亲匈奴势力，让快马将上书火速送往长安。

张翁回到长安，上书朝廷治罪我母亲。结果，朝廷还是更信任我母亲的上书，张翁因殴打我母亲解忧公主、处理不当被治罪，最后，他死在监狱里。

一波未平，一波又起。我父亲翁归靡和他的匈奴妻子所生的儿子乌就屠，也是我的堂兄，他看到狂王失势受伤，躲到匈奴地，感到机会来了。于是他就率领被狂王欺压的几个乌孙部落首领，带领骑兵包围了在东部匈奴地躲藏的狂王泥靡，把他杀了，然后自立为乌孙昆莫。

消息传到长安，汉宣帝十分恼怒，派出破羌将军辛武贤率领一万五千名精兵，快速抵达敦煌，准备联合郑吉的兵马，一起讨伐乌就屠。

在这个时候，冯嫽冯夫人发挥了她的胆识和巨大作用。她的丈夫是乌孙右大将，和乌就屠是从小在草原上一起长大的，西域都护郑吉了解这个情况，希望冯嫽能够在这个紧要关头，劝说乌就屠投降，要他明白他自身的处境。

我母亲和冯夫人这两个女人在险恶的西域环境中早就锻炼出比铁还坚强的意志。冯嫽带着一些乌孙护卫前往北山，去劝说乌就屠。北山是匈奴的盘踞之地，从伊犁河谷走盘山道，穿越整个天山峡谷，再沿着天山北路东行，要七八天才能到达那里。

那时，乌就屠杀了泥靡，正在北山避居，不愿意再回到乌孙大草原。他四下招兵买马，积蓄力量，发动数万乌孙骑兵，准备与汉兵决一死战。他很担心解忧公主以昆莫夫人的名义，发动乌孙诸部落的十多万兵马攻打他，见到是冯嫽冯夫人前来，乌就屠放松了一点。

冯嫽告诉他，你杀了昆莫泥靡自立为王，是不行的。再说，你到底和匈奴亲近，还是和大汉和好，在这个问题上要摆明态度。大汉已经派出一万五千人的精兵，不日将从敦煌出发，前来讨伐你。泥靡虽然令人厌恶，可你杀他后自立为王，也是大汉和乌孙诸部落不能接受的。

乌就屠说，嫂夫人啊，你的丈夫是我的老朋友，我们是一起长大的。现在你来了，那我就听你的。你说，这个事情怎么解决？我已经杀了泥靡自立为昆莫了，总要给我一个交代吧。我猜，解忧公主是不是想让她的儿子元贵靡当乌孙昆莫呢？

冯嫽说，元贵靡是翁归靡和解忧公主的儿子，他继承昆莫是恰当的。不过，元贵靡可以做大昆莫，你做小昆莫，你们一大一小都是昆莫，这样，乌孙的诸部落就都能团结起来。

乌就屠想了想，说，好！这样对我也是一个安慰，我同意。

冯嫽说，我还要把这个事情向大汉皇帝禀报。等我去了长安，得到了大汉王朝的正式册封,你的小昆莫的称号就是被认可的。乌就屠欣然同意了。于是,本来在草原上一触即发的一场乌孙人和汉人之间的血战,就此偃旗息鼓。冯嫽把乌就屠愿意做小昆莫的消息,传递给西域都护郑吉和在敦煌驻扎的辛武贤,让他们按兵不动。

这时,汉廷的快马也来到西域,传令大汉皇帝要召见冯嫽,听她说说西域的事情。冯嫽冯夫人在护卫之下,回到长安。此时距离她跟随我母亲前往乌孙已经有四十多个年头了。她抵达长安时,汉宣帝令文武百官在郊外迎接,长安的百姓围堵住入城的大道,争相一睹这个名声远扬的塞外汉家冯夫人。

汉宣帝召见冯嫽,向她仔细询问乌孙国以及西域各国的情况,还有我母亲的近况。冯嫽都向皇帝做了详细的禀报。针对乌孙的情况,冯嫽建议汉朝册封乌就屠为小昆莫,册封元贵靡为大昆莫。

汉宣帝同意了冯嫽的建议,正式下诏,任命冯嫽为特使、甘延寿为副使,持节乘坐大汉使者的驷马锦车,前往乌孙宣谕。还没有歇歇脚,又从长安出发,想必冯嫽内心十分感慨。她当年从这里出发时才十六七岁,还是一个不谙世事的少女,如今,她已经是一个满头银丝的老太太,却还要为汉家天下大事奔忙,即刻启程,前往那茫茫西域荒蛮之地。

此时的冯嫽,内心对西域也有很多牵挂。她丈夫是乌孙右大将,率领乌孙数万兵马,她还有几个孩子,他们也都成家了,在昭苏草原、伊犁河谷和伊塞克湖南岸的赤谷城分散居住,她也牵挂着他们。乌孙国对于她不再是辽远蛮荒之地,而是一个蕴含着她的感情,带着她很多牵挂的地方。

冯嫽和甘延寿抵达乌孙冬都赤谷城，告知乌就屠前来听诏令。其实，乌就屠已经从北山西来，在特克斯河上游的谷地盘踞，察看动静。听说冯嫽如他所愿带来了汉廷的正式诏令，册封他为小昆莫，他很高兴，于是带着自己的部落人马赶过来。

在赤谷城内，我母亲解忧公主在座，冯嫽作为大汉特使、甘延寿作为副使，升座宣谕皇帝诏书，封元贵靡为乌孙大昆莫，管理乌孙六万户，四十万子民；封乌就屠为乌孙小昆莫，管理乌孙四万户，二十五万子民。这是皆大欢喜的局面。

驻扎在敦煌的破羌将军辛武贤的一万五千名精兵，得到这个消息后，返回了长安。

又过了两年，到甘露三年（前51年），我的哥哥——乌孙昆莫元贵靡因病去世。他的儿子——我的侄子星靡成为乌孙大昆莫。小昆莫还是乌就屠，他一直驻在北山，也就是塔尔巴哈台山一带，与星靡相安无事。

我大哥元贵靡去世那年，大乐也去世了。一下失去两个儿子，我母亲解忧公主感到十分悲伤，她感到自己也将不久于人世，因此十分想念故土，就上书大汉皇帝，请求回到长安养老。

汉宣帝准奏，由冯嫽陪着我母亲，我母亲带着三个孙儿孙女回到长安城。冯嫽的丈夫乌孙右大将那时也已去世，她也想回长安，安度晚年。

她们路过龟兹时，我看到她们悲喜交加。眼看着她们都老了。冯嫽外表强悍冷静，可我的母亲却显得十分忧伤，有一种不堪重负的衰弱感。这与她的两个儿子去世大有关系。这一年，距离我从长安回到龟兹也有十多年。那年回到龟兹不久,我又怀孕了,生下一个儿子,起名叫丞德。丞德迎风而长,当时已经有十多岁。

我看到我母亲解忧公主满脸忧愁,却不知道如何帮助她化解忧愁。解忧解忧,可她身在西域几十年,经历多少磨难,真的是无法解忧!

那天,她紧紧抓住我的手,说:弟史啊,我的女儿,你要记住,女人的命运有时候在自己的手里,有时候在天的手里。我这次回到长安,可能就是和你永别了。听她这么说,我们母女抱头痛哭。

母亲的话让我明白,我们在做最后的告别。果然,她回长安后不到两年就去世了,享年七十二岁。而她在乌孙的时间加起来,却有五十多年。

而冯嫽的故事还没有完。她和我母亲解忧公主回到长安,乌孙的局势变得不稳。继任乌孙大昆莫的星靡很年轻,性格比较懦弱,而乌孙人都是放牧、吃肉长大的,男人大多很强悍。一个性格怯懦的人是镇不住乌孙局面的,有人作乱企图推翻他。星靡写了一封求助信,快马送到长安城。

与此同时,西域都护府也得到乌孙内部亲匈奴势力抬头、企图推翻星靡的消息,并把这个消息送往长安汉廷。汉宣帝召集大臣和才回到长安不久的我母亲商议。

此时,我母亲已重病缠身,有心无力,不可能再返回乌孙。她说,她要和冯嫽谈谈,希望她能返回乌孙,前去辅佐星靡,使乌孙安定下来,与大汉保持良好关系。宣帝觉得可行。

当天下午,我母亲回到宅邸,请来冯嫽。她把目光投向了冯嫽,两个饱经沧桑的女人的目光相遇,我能想象得到她们目光里包含着的那种百感交集，什么都不用说，我母亲眼神里的期待与重托，冯嫽就看懂了。她们是几十年相交结下的深厚情感。我母亲哭了，她说，你了解乌孙，熟悉西域事务，你回去辅佐星靡，就能稳定乌孙。

这时的冯嫽也老了，她并不想回到那天高地阔的乌孙。两个女人回到长安，本来是想一起陪伴着安度晚年的。这下子又有变化，让她无法言说。她们互相看了许久，两个人的手紧紧抓在一起，相对流泪。

冯嫽对我母亲说，好！我回去，我一定把事情处理好！

汉宣帝下诏，冯嫽任大汉使者，并派遣一百名卫兵护送冯嫽前往乌孙，特命她携带汉廷金印紫绶，安抚乌孙诸部首领，给予他们汉朝列侯和大臣相同的地位，让他们辅佐好星靡昆莫，并带给他们很多赏赐和礼物。

冯嫽回到了乌孙。冯夫人回来了！很多人奔走相告在乌孙大草原上，这个情景，我是可以想象出来的。冯嫽不辱使命，她四下奔走，分别找乌孙各路部落首领面谈，授予他们汉朝皇帝赐予的金印紫绶，恩威并施，让那些不满星靡的势力逐渐瓦解。后来，乌孙稳定的局面维持了很多年。

我母亲在冯嫽动身前往乌孙后不久就去世了。有胆有识的冯嫽辅佐我母亲的孙子星靡数年之后，在伊塞克湖畔的赤谷城去世。

好了，细君公主的故事我在前面就说了，我母亲解忧公主的故事也结束了。冯嫽冯夫人的故事结束在赤谷城。四个女人中，还有我的故事没有说完，是不是？

现在告诉你我的故事。当年，我们从长安返回龟兹后，绛宾根据他在长安学习到的典章制度在龟兹国做了一些改革。这些改革有成功的地方，也有失败的地方。一些保守的龟兹王公贵族对他的部分改革进行了抵制，好在这是一个相互妥协的结果。

后来，每隔一年，绛宾就带着我去长安一次，在那里待上一两个月，为的是把龟兹的音乐带过去，为大汉宫廷雅乐创造更为辉煌的气象。每次我们去，都得到了汉廷的热情接待。由于绛宾和我的努力，龟兹和大汉的关系很多年都很亲密。

我的儿子丞德太子也在龟兹长大，成年后，我和绛宾把他送到长安，让他在那里学习文化礼仪。他是以汉廷皇室的外孙身份前去长安的，受到了高规格的接待。

我也在逐渐变老，我母亲和冯嫽冯夫人去世后，身在龟兹的我感到很寂寞。

某一年，忽然间，龟兹王宫内暴发了一种传染病，就是那一次歌舞会上出现的那个黑衣人带来的。他消失在歌舞会上，却释放出几只带病的旱獭，旱獭在宫廷内迅速引发了急性出血热，很多人身上出现了出血性紫癜，很快就惨叫着死去。可怕的黑死病由此在龟兹传播开来。我下令立即关闭龟兹城门，每个区、每个家庭都要隔离开来，王宫内每个房间也要隔离。就在那几天，绛宾，我的夫君也被传染上了出血热。临终前，他躺在我的怀里，让我用细君公主留下来的那把汉琵琶，给他弹了一曲《还相见》，这是我们在长安时谱写的曲子，为的是在一些告别的时刻弹奏。

他枕着我的腿，我弹着唱着的时候，他浑身发烫，胸部都是血斑，微笑着慢慢闭上了眼睛。我大哭，扔下琵琶，把他抱在怀里，大声呼唤他，可是他再也没有醒来。

我也染上了那种病。整个龟兹都陷入黑死病的袭击中。绛宾去世了，我躺在王宫里巨大帷幕围拢的大床上，回想着四个女人的故事。我知道，我也要死了，我让人以最快的速度到长安去把儿子丞德接回来，让他继承龟兹王位。我已经等不及了，躺在那里奄奄一息。我思前想后，把我们几个人的故事全都想了一遍，再过一会儿我就会死去了。

我的怀里抱着那把细君公主的汉琵琶，我相信，以后只要有人弹起这把琵琶来，我的生命就会在旋律中复活。

下阕：霓裳羽衣

斗 艺

我从龟兹来长安，隐居在这里已经有一段时间了。在长安，从西域来的胡人很多，根本就显不出我。长安是一座大城市，是大唐的帝都，非常繁华热闹。他们说长安有一百万人，我觉得肯定有，从每天在我的西市香料铺里走过看过、买和不买东西的顾客流量来看，就能证明这一点。

在我的店铺中，从西域来的香料和从东边大海上来的香料应有尽有。我的店里卖货真价实的好香料，有胡椒、乳香、红蓝花、苏合香、桂皮、花椒、大料、龙脑香、迷迭香、丁香、沉香、安息香、波斯小茴香、青木香、槟榔等几十种，还有一些名贵的药材，像肉苁蓉、胡麻、雌黄、石蜜、羚羊角、犀牛角、丹雄鸡、菩提子、水银、黑盐等，也很受欢迎。我有两个伙计专门打理。你问我有没有龙涎香？有，当然有，麝香呢？那更有了，不过，不要让孕妇闻到，以免流产。有的香料是有毒的，有的则是提神养颜的，还有的，只是增加了食物的香气。此外，女人用的脂粉、香粉，我的店里也有很多种。在长安，无论肥胖的还是苗条的，女人们都很热衷于打扮自己，无论是哪里来的女人，她们都善于精心装扮自己，在额头上点额红，修眉毛，在腮上扑粉，在脖颈上洒香水。经常有贵妇人骑在马上打着伞，路过我的店门前，一路都是香气四溢。

我叫白明月，是龟兹王室白氏的一个王子。但我不想强调我的身份，我是逃离龟兹的，我厌恶残酷的权力之争。现在在龟兹当王的，是一位有身毒血统的人。龟兹残酷的政治斗争让我成了一个失败者，我在白姓王族的帮助下带着助手逃到长安，在这里隐姓埋名待下来。我的族人希望我伺机再回到龟兹，光复白氏王族的荣光，因为在龟兹，多少年来都是白姓王族当龟兹国的国王。在长安，我必须保持沉默，血雨腥风让我惊魂未定，我在长安才得到了稍许的安定。

如此说来，我的香料店铺是个幌子，主要是为了使我隐身于长安，有个饭碗。不像我的隔壁，那是一家波斯人开的珠宝店，老板是正宗的波斯珠宝商人，一个独眼龙，为人极其狡诈。他的店铺里卖的那些金银珠宝，很多都是假货。你一进他的店，就能感受到什么是珠光宝气，什么是金碧辉煌和金玉满堂，可越是闪光的东西，就越可能是假货。金子和银子做的饰物就不说了，他的店里还有绿松石、翡翠、昆仑玉、和田黄玉、砗磲、珊瑚、青金石、水晶、玛瑙、玳瑁、琥珀、琉璃、明月珠、南海珍珠、东珠子、紫贝、文贝什么的，宝贝很多。那家伙以次充好，以假乱真的手法是防不胜防。有时候被人发觉了，回头找他算账，他瞪着一只眼，假装听不懂你在说什么。你要是举拳打他，他就求饶，赶紧给你换真的来。

有时候我还是思念龟兹，思念龟兹国那三重城墙、巍峨的建筑。有太多的记忆……我思念龟兹佛寺众多，梵音阵阵的氛围。这时，备受煎熬的我会把店里的事情交给伙计向小达，怀揣着我的筚篥，出了金光门疾疾地向城外走，走到一处无人的高坡，然后在那里伤心地吹筚篥。只有筚篥的曲调响起来，我思念龟兹的乡愁才会减轻一点。

除了筚篥，去年我在仓皇间来到长安的时候，还带来了羯鼓、大鼓、手鼓、铜角等各式龟兹乐器。在龟兹王宫里长大，我自小就和众位白氏王族宗亲的孩子一起学习龟兹音乐。我擅长的是打击乐器和吹管乐器。弦乐器是龟兹女人擅长的，我并不擅长，但那些弦乐器我都摸过，只是没有带到长安来。

我在吹七孔筚篥的时候，能引来远处的飞鸟谛听。比方说那一天正值黄昏，昏黄的太阳在远处的苍茫之处坠落。一些飞鸟似乎也是从西域飞来的，它们好像能听懂我吹的筚篥曲，呀呀叫着，围绕着我飞行。

在高坡上，在残阳如血的光线里，我被这群鸟包围着，我吹的筚篥声凄清而渺远，诉说着从长安奔向西域大道上的苍茫。我独自在吹奏筚篥，一个白衣秀士出现了，他高声朗诵道：

南山截竹为觱篥，此乐本自龟兹出。
流传汉地曲转奇，凉州胡人为我吹。
傍邻闻者多叹息，远客思乡皆泪垂。
世人解听不解赏，长飙风中自来往。

枯桑老柏寒飕飗，九雏鸣凤乱啾啾。

龙吟虎啸一时发，万籁百泉相与秋。

忽然更作渔阳掺，黄云萧条白日暗。

变调如闻杨柳春，上林繁花照眼新。

岁夜高堂列明烛，美酒一杯声一曲。

我放下筚篥，转身看去，他向我走来。靠近我后，我发现这是一个文人打扮的人，也许是皇帝身边的文侍卫。

他说，我叫杜鹤年，是宫廷教坊诗人。我正在为宫里寻找乐师。刚才，我朗诵的这首诗是几十年前一个叫李颀的诗人，写给筚篥高手安万善的。你知道安万善吗？

我回答他说，当然知道！吹筚篥的高手。

嗯，是的，李颀曾经听过安万善吹奏筚篥，就写下了这首诗。这首诗成了名作，一直在长安传诵。我刚才在一边听了，你的筚篥吹得不比安万善差，我情不自禁就诵起这首诗来。

我笑了，安万善是大名家，我哪里能和他比。不过，我听说他离开长安有很多年了。

杜鹤年说，是呢，我听说他回到西域了。现在，当今圣上正在排演一部歌舞，叫《霓裳羽衣舞》，我在到处打探谁的筚篥吹得好，我就找到了你。我想向宫廷乐队的大乐官推荐你，他们非常需要一个吹筚篥的高手。

我说，我不想参加什么皇家乐队，对皇帝在宫廷里排演什么歌舞曲目也没有兴趣。我只是瞎玩玩，千万不要打扰我的生活。

他没想到我这么说，问：看您的装扮，想必是从西域来的吧？

我收起了筚篥。是啊，我在西市开了一家香料店，那是我的正经营生，吹筚篥不过是玩玩而已，欢迎你来西市店里找我买香料。说完，我转身就走。

杜鹤年在我的身后喊，对了，明天上午，就在西市的彩楼上，长安第一琵琶圣手康昆仑要弹琵琶祈雨，离你那里不远，去看看热闹啊！

我已经飞身向城门跑去，想赶在暮色降临之前，回到我的西市店铺。

第二天一早，我听到西市外面人声嘈杂。我走出店铺，看到外面街面上熙熙攘攘，附近的人都跑出来看，不知道发生了什么热闹事。我忽然想到昨天杜鹤年告诉我的事情，难道真是康昆仑要在彩楼上弹琵琶了？

我把目光投向跑出来的人，他们都是出来看热闹的。我这才注意到在西市居住了这么多的胡人，他们服饰各异、长相奇特，有缠头的，有半裸着膀子的，还有戴装饰了羽毛的帽子的。这些人我在龟兹时也见过他们的同族，可在长安居住的这段时间，我并不知道街坊邻居都是何种人。长安是一座国际化大都市，这些外族人不光是从西边来的，还有北面大草原上来的，东边大海上来的，南边丘陵和山地犄角旮旯来的。有意思的是，他们都赖在长安不走，哪里都不想去，特别是不愿意回到自己的故乡。此刻，他们跑出来，是要看什么呢？一个挤着一个往前走。

我也跟着他们不由自主地往前走，互相簇拥着，四周声音嘈杂，人挤人几下子就到了西市的彩楼下面。但见在彩楼上搭建了一个彩台，上面坐了一个人，手里抱着一件乐器。

"康昆仑啊！长安琵琶第一人哪。"有人在说，"可他这是要干吗呢？"

"干吗，你傻呀？你不觉得长安有一个月都没有下一滴雨了吗？这是祈雨的，朝廷请长安琵琶第一圣手康昆仑弹琵琶，向上天祈雨，普度众生啊。"

我听明白了，不由自主地把手伸向怀里，摸了摸那支银字管筚篥。康昆仑大师坐在装饰的高台上，踌躇满志。他手挥五弦，只听得一阵玲珑声响飘过，就像是一片雨滴洒下来一样。这不过是康昆仑试一下琵琶弦音的开场，大家都喝起彩来。

我抬头看去，长安上空万里无云，太阳正在急速升起，天地之间酷热无比，令人焦躁。大家都屏气凝神，看琵琶大师康昆仑如何弹奏琵琶，祈求天降喜雨。

只见康昆仑闭目养神一小会儿。之后，他忽然睁开眼睛，就像是得到了天启，他的琵琶在怀里活了起来。他的弹法有拨弄、捻动、抹去、收拢、挑开，手指就像着了魔一样让人眼花缭乱，有时快，有时慢；有时急切，有时舒缓；有时清幽，有时暴躁。不知道他弹的是什么曲子，像是我熟悉的从唐初就开始流传，由宫廷乐队总管白明达写的《春莺啭》，又像龟兹乐《火凤》以及《耶婆瑟鸡》，那都是流行了很久的乐曲。

康昆仑今天弹的是什么？我不知道。宫、商、角、徵、羽，他弹的是羽调。我还知道北周时期从龟兹来到长安的高手苏祗婆，他也来自龟兹的白氏王族，在长安开创了七声七调。正是他，把龟兹音乐里的"五旦七调"带到中原长安，使得大唐宫廷音乐得到了突飞猛进的发展。我正在脑子里想到苏祗婆的时候，不知什么时候，在我身边出现了那个独眼龙波斯珠宝商人。他呵呵笑着，好热闹，今天的长安好热闹啊。

我说，当心你的珠宝店被人打劫！

独眼龙转动着仅有的一只眼珠子，现在这么干燥的天气，谁还想当小偷呢。

康昆仑坐在彩台上，身体俯仰自如，左右摇摆，把琵琶弹得上天入地，一片琳琅。宛如夏雨的突如其来，又如春风细雨的缠绵悱恻，再像是秋雨的阵阵凄惨，最后，就像是大雪初歇的完满安宁。戛然而止，康昆仑弹奏了完美的一曲。

大家看呆了，听呆了，不知道说什么了。好久才欢呼，鼓起掌来。有人赞叹道：康昆仑果然是琵琶第一圣手啊，他弹的这一曲《绿腰》，简直是出神入化，苍天有眼，赶紧降雨吧。

是啊，苍天有眼，赶紧降雨吧！大家都焦躁地看着天，可是，此刻天上连一丝云都没有，更别说要下雨了。康昆仑抹了抹一脸的汗水，身上的华服锦衣也湿透了。他站起来，在侍者的引导下，正要走下彩台，这时一个穿着白衣长衫的男子飘飘然上了西市彩台，他说：且慢，早听说康昆仑的大名，也听你弹了一曲。不过如此啊，什么长安琵琶第一圣手，我要和你一比高低。你坐下，且听我弹一曲！

众人惊呆了，难不成今天这弹琵琶祈雨，还成了打擂台？大家欢呼起来。我怀里的筚篥莫名其妙地蠢蠢欲动，这筚篥也不老实，难道它想跳出来，看个究竟？只见这个白衣男子把康昆仑大师推回原座，一转身，从背上取下一把琵琶。白衣秀士年龄不大，十分俊俏，他那束起来的长发在脑后一飘，手挥琵琶，就弹了起来。

外行看热闹，内行看门道。站着弹琵琶的人我没怎么见过，站着打鼓的人我在龟兹倒是见多了。琵琶这么弹，真是匪夷所思，眼见为实了。我聚精会神，看他如何弹琵琶。现在不是祈雨，而是看琵琶手决斗了。似乎是上天也要看看究竟是谁的琵琶弹得好，弹得妙，弹得是感天动地，才能天降喜雨。

这白衣秀士用的是枫香调，等于是羽调的转调，他弹的还是《绿腰》，可调子一变，那整首曲子的风格就大变了。难怪这白衣秀士要站着弹琵琶呢，只见他手挥五弦，琵琶在他手里如同神魔附体，琵琶更有活力了。琵琶声声，宛如洪钟；琵琶阵阵，宛如打雷；琵琶动动，宛如刮风；琵琶当当，宛如池塘。我都不知道该怎么形容这个白衣秀士弹的琵琶了，他把这一曲琵琶弹得是惊天动地、出神入化，就像春雷阵阵掠过了麦苗低伏的田野，又像大雨滂沱中的树木被刮得一阵飘摇。好一曲枫香调的琵琶曲《绿腰》！康昆仑是坐立不宁，看着白衣秀士在一边挥洒自如，左右飘摇。白衣男子不是在弹琵琶，他就是一个仙人！

他弹完了，向康昆仑鞠了一个躬，康昆仑自愧不如，也连连作揖，表示叹服。白衣秀士此时把束带一解，把白色长衫一放，我们仰头观瞧的一刹那，看到了刚才那个白衣秀士竟然变成了一个粉衣女子！原来，这白衣秀士是一个女人。康昆仑惊愕了，他站在那里都不知道该怎么办,一下子又瘫倒在座椅上。侍者赶紧过来,把康昆仑给搀扶着拖走了。粉衣女子也匆匆下楼,转眼就不见了。

我们都目瞪口呆,她去了哪里?她究竟是谁呢?

而且,就在这个时候,大家都在惊呼,眼看着从北面天边疾速飘移过来一团黑云,来到我们的头顶。转眼间,豆大的雨滴就降落了下来,祈雨成功了!大家欢呼起来,人们都在蹦跳着,长安一片热闹,这暑热顿消的快乐顿时涌现在心头。

今天的祈雨成功了!我们被一阵瓢泼大雨浇得浑身湿透,心里都很快乐。特别是在西市居住的这些天南海北、海角天涯的胡人,大家都载歌载舞,在雨中跳起舞来。

我一直在想,那个粉衣女子,她是谁呢?我怀里的筚篥在跳动,似乎这筚篥也认识它的故人。那个粉衣女子,一定是和龟兹有什么关系的。我忽然想到,自己现在就需要隐居,不要被人知道来自龟兹。种种迹象表明,我的愿望可能落空。我悄悄回到了我的店铺。

几天以后,我把店铺门刚打开,就见诗人杜鹤年站在门外,还带着一个人上门了。

你这里还挺好找的,只要是闻着香料的味道,很快就找到了。这西市有好几家香料店,可家家的味道都不一样。

这么说,你是闻着味儿来的喽。我淡然地一笑。

我今天带来了一个人。他来自幽州,外号"王麻子",他可是幽州第一筚篥高手。我告诉他,还有一个筚篥高手隐藏在西市,他就要和你比试比试,这不,他来了。杜鹤年往他的身后一指,一个戴着宽檐圆帽的男人，把帽子摘了下来。

我顿时一惊。这个王麻子，他脸上果然长了大大小小的麻子，坑坑洼洼的，其貌不扬，目光还有杀气。也许高手遇到高手，是情不自禁要比试一番的。我也有好胜心，可一直压抑着。前几天，我在城外高坡上吹筚篥，被杜鹤年听到。他是一个在长安游走的诗人，交游甚广，每天茶会饭局不断，肯定到处说我善吹筚篥，结果就引来了幽州第一筚篥高手王麻子。昨天康昆仑败于假白衣秀士真粉衣女子之手的情景历历在目，今天将鹿死谁手？

来者不善啊。我拿眼往街坊上一看，看看还有什么其他情况。我忽然看见有一辆拉着花帘的马车停在街角，有人掀开车窗帘的一角偷偷望向这边。不知道这是什么情况，难道这个王麻子还有帮手？

王麻子说：听说店主是从西域来的筚篥高手，在下幽州王麻子，要以筚篥会一会店主。

说罢，他从怀里取出来一支筚篥。他的筚篥的管身是竹管，有银丝缠绕，管端镶着发亮的银锡。他说：我吹一曲《斗鸡子》，求教于先生了。说罢，他就吹了起来。

《斗鸡子》，顾名思义，就是斗鸡之曲。既然是斗鸡，那就要体现斗鸡的昂扬激越，斗鸡的鸡飞狗跳，斗鸡的凶悍张扬。可能是为了一举击败我，给我来一个下马威，来一个先声夺人，他起的调子很高，比惯常的调子要高半音。而且，他吹的节奏也要快一些，指法花样也多，吹得摇头摆尾，满头大汗，声震长空，一曲没完，但见树叶纷纷落下。

吹得是不错，我微微点头，杜鹤年在一边也是交口称赞。西市街坊邻居也都出来看热闹，不知道怎么这家卖香料的店门口，大清早的出现了一个满脸麻子的人在那里吹筚篥？这是什么阵仗呀？昨天的琵琶祈雨大赛，康昆仑败给了不知名的粉衣女子，今天这王麻子来到西市吹筚篥，玩儿的又是哪一出？

王麻子的筚篥吹得龙飞凤舞，狂风大作。可他为了表演，太费劲儿，就是这么一曲《斗鸡子》，他吹得汗流浃背，双目凸出。吹完了，他长长吸吐了几下肺气，然后向我一鞠躬：有请阁下。

我淡然一笑，从怀里取出我的银字管筚篥。好吧，那我也吹一曲你刚才那首《斗鸡子》吧。我把筚篥一举，横在眼前，淡然一挥，开始吹奏。我一吹，他就有点惊讶了。因这首《斗鸡子》的乐谱又不在眼前，他是熟练掌握的，我只不过是刚才听他吹了一遍，就能完全按照他刚才吹的曲调，重新吹了一遍。只不过我的起音比他刚才起得低，却更加从容不迫，云淡风轻。我把《斗鸡子》表现斗鸡的那种斗前的虚张声势，缠斗中的难解难分，中场的你来我往的猛攻，以及收尾的筋疲力尽的倦怠，结局的一方追击另一方仓皇而逃的胜利，一幕幕表现得自然生动。我吹的同时，身边人的脑子里想必那一幅幅画面在音色中全部呈现。一曲终了，王麻子脸上的麻子一下子泛红了，他向我鞠躬：王麻子自愧不如！服了，服了！他把自己的筚篥一下子丢在地上，单腿跪在那里表示叹服。

我收起我的筚篥，向他施礼：承让承让。这时，只见心高气傲的王麻子突然一口鲜血喷了出来。他这是血气攻心，承受不了失败，吐血而倒了。

我说：伙计，赶紧的，给这个人喂那还魂丹啊，救人要紧！

入　　宫

那天，幽州筚篥第一人王麻子和我比试筚篥，惨败于我。他吐血摔倒之后，被我们喂了还魂丹，醒来后看到身边围着很多西市看热闹不嫌烦的人，知道自己丢了丑，赶紧掩面羞愧而走。西市的人对我交口称赞，纷纷说，没想到这西市本是胡人杂居之地，竟然是藏龙卧虎之所。

也是在那天，杜鹤年一招手，躲在街角的那辆马车由车夫赶着来到我的近前。帘子一掀，跳下来一个人。我一看，她竟然是那天击败琵琶高手康昆仑的粉衣女子。只见她长得小巧玲珑，粉白可爱，眉目之间还有一种凌厉之气。

杜鹤年说，这位是琵琶高手火玲珑。我现在受大唐宫廷教坊乐正的委托，到处找民间乐师奇人，我找到了你们两个，你跑不了了。白明月，我给你说实话，当今圣上要创作一个大型音乐歌舞节目，十分需要音乐高手的参与。那个王麻子牛皮吹得响，他是我找来和你对阵的，结果他输了，你赢了。那么，你就得跟我进宫去。你赶紧收拾东西，跟我走一趟，我们的宫廷乐队就要开始组建了，你不能再在这家店里隐居，你是从龟兹来的王族白氏之一。我已经把你的背景调查清楚了，白明月啊白明月，明月照我心，你要跟我走！

我很发愁，不去不行吗？杜鹤年指了指街坊门口几个手持利刃的卫兵，说，你不走，他们就得押着你跟我走了。

我指了指火玲珑姑娘说，她也去？

杜鹤年说：当然啊，她不出现，就没有你的现身。当今圣上等不及啊，现在就走！这辆车子就是来接你们的。什么都不用带，宫内什么都有。

我转身回到香料店，和两个伙计交代了一下，就带着个小包裹，里面装着我的筚篥。出来上了车，在这辆四轮马车内，坐了我和杜鹤年，还有火玲珑。昨天她和康昆仑一比高低，令人惊叹，长安城顿时天降喜雨。不过，她今天穿的是绿色裙裾，脚蹬花鞋，笑盈盈看着我：听说你来自龟兹？

我说，是啊，你呢，姑娘？我看你不像是长安人。

我和你是龟兹老乡啊。不过你是王族白氏，我是平民罢了。我也是从龟兹来到长安的，父亲带着我在长安的酒肆和客店里表演谋生。那天我和康昆仑比试琵琶，被杜鹤年发现，他就请我去宫内排演歌舞。这样的话，我和我爹就有饭吃了。她露齿而笑。

这火玲珑还挺会自嘲的。当今圣上要排演一出大型乐舞？我感到纳闷，国事那么繁忙，皇上还有这个心境？

杜鹤年笑了，那是你不知道当今圣上的多才多艺和举重若轻。当今圣上弹琵琶蹴鞠谱曲写歌样样皆能啊！现在皇上需要筚篥高手，我找到你了，白明月。

我说，我只是胡乱吹一吹筚篥罢了，我真是一个卖香料的。

火玲珑笑了，别装了，那个王麻子惨败于你，现在你就是长安第一筚篥高手。你就当仁不让吧。

我闻到了火玲珑身上的香气，那是一种来自昆仑山野火莲的香气。

她看着就是一个玲珑可爱的姑娘，赏心悦目。听说她来自龟兹，我很高兴，就逗她：火姑娘，那个康昆仑号称长安第一琵琶圣手，被你打败后，是不是他也吐血了？谁说自己是第一，肯定要倒霉。

杜鹤年说，那个康昆仑也消失不见了，不知道他去了哪里。火姑娘其实也不是一般人，你让她说说看。

我看着火玲珑，她倒是不忸怩，说她父母亲都是龟兹人。说来话长，当年，北周武帝宇文邕娶了突厥公主，突厥可汗嫁女儿的时候给北周武帝陪嫁了一支龟兹乐舞队。武帝宇文邕也很喜欢弹琵琶，这支随突厥公主陪嫁而来的龟兹乐舞队，带来的乐舞风格叫西国龟兹，特点是欢腾、热闹、奔放、豪迈。西国龟兹乐舞历经北周、隋朝、大唐开国高祖、太宗朝，包括到了当今圣上时期，一直都有发展有继承，不断有龟兹艺人前来加入这个乐舞队中。火玲珑的父亲多年以前来到长安，师从苏祇婆到白明达两代名师，还受到北齐、北周、大隋到大唐宫廷龟兹音乐大师的教导，不因循守旧，锻造出一代新风。后来，回到龟兹，母亲去世，父亲因债务纠纷被伤害致残，一个月前带着火玲珑又来到长安躲避，就在酒肆和客店里以弹琵琶演唱为生。那天，她去药店给父亲取药，结果碰到康昆仑在西市彩楼上弹琵琶祈雨，她按捺不住，上彩楼弹了一曲，竟然击败了康昆仑。这得归功于她手里的这把汉琵琶，它是她父亲珍藏多年的老琵琶，据说汉代的细君公主使用过，一直在龟兹流传着，后来落到她父亲的手里，现在在她的手上。

我问，你这次进宫，你父亲在店里，他怎么办呢？火玲珑俏丽的脸上现出了一点担忧。这时，杜鹤年接过话茬，我都安排好了，让火姑娘一点后顾之忧都没有,你还是多操心圣上的乐舞吧。

我和火玲珑就这样进宫去加入李隆基创作《霓裳羽衣舞》的乐舞班底。我们被杜鹤年带着进入皇宫,直接来到宫内的梨园。进来后我才知道,这梨园在禁苑之内规模很大,有三百男艺人、四百女艺人居住,都是当今圣上李隆基请来演奏法曲和大曲的。看着几百个乐师在我眼前走动,他们拿着各种乐器,轻歌曼舞、纵声高歌,我的情绪也高亢起来。我的生活迎来了意想不到的变化,让我倍感兴奋。我感觉火玲珑也是这样,梨园里的一切都让她感到新鲜。

我们这些被杜鹤年挖掘出来的乐人,接受了当今圣上的召见。

那天,皇上李隆基没穿天子冕服,他穿着圆领口锦缎常服出来接见我们。我有点紧张,毕竟是第一次见到大唐的皇帝,可看到他容光焕发,笑容和蔼,态度亲切,就放松了下来。我们纷纷施礼,皇上示意平身,说:你们都是朕的梨园弟子啊。

杜鹤年紧紧跟在他身边,指着我说:这位,就是我在西市找到的龟兹筚篥高手白明月;这位,是从龟兹来长安的琵琶高手火玲珑。

杜鹤年引见我们之后,皇上很高兴,他寒暄了一阵子,就回宫休息了。

杜鹤年跟着对大家说:这一次,大家聚拢在宫廷梨园乐舞队,目的是排演皇上新写的一曲乐舞《霓裳羽衣舞》。根据皇帝的设想,这一曲《霓裳羽衣舞》将是规模空前、华丽万端、优美无比的乐舞。这是皇帝陛下音乐理想的实现,其中包含了他的一个心愿,那就是他要以这首曲目庆祝杨贵妃从道观中还俗,正式成为他的贵妃。现在距离杨贵妃还俗还有两个月,皇帝陛下要求我们努力在这个时间段里完成乐舞排演。

在梨园待下来，我们开始了紧张的排练。当今圣上这么喜欢音乐歌舞又十分精到，让我感到吃惊。随后几天，我看到梨园里还养了几百个漂亮的服侍宫女，住在宜春北苑，我和火玲珑与几百男艺人和女艺人同住梨园。每次有新的曲目要排演，这些乐师都要上阵表演，梨园女子则是独舞、群舞或者伴舞，也有演唱的。皇上常常亲自来看排演，也下场打羯鼓。发现有人唱得不对，李隆基会挥动手里的鼓杖，说：停，错了错了，你重新唱。这么唱……她们唱对了跳对了，皇上李隆基就很高兴，对了对了，你们呀，果真是我的梨园弟子。

梨园乐师喜欢聊天，我知道了宫内对音乐的态度。隋文帝时期，对西域音乐那种欢闹喧哗十分反感。大唐立国之后，在高祖时期，对西域音乐的态度就有了变化，将西域音乐收入大唐宫廷音乐的九部乐中，进行高雅化的改造。大唐开国皇帝李渊对宫廷音乐格外重视，自登基之后，一开始沿袭了隋朝确定下来的九部乐，后来又增设了一部，使其变为大唐宫廷雅乐十部乐，分别是：燕乐、清商乐、高丽乐、西凉乐、龟兹乐、疏勒乐、高昌乐、康国乐、安国乐、天竺乐。其中六部都是西域音乐，可见西域音乐对大唐的影响。

每个帝王喜欢的音乐风格是不一样的。太宗李世民喜欢的音乐都是大鼓擂动，这和他在马上杀敌、协助父皇夺取江山，以及他与兄弟争夺王位的腥风血雨有关。他特别喜欢的《破阵乐》，由李百药等制歌辞，演出时一百二十人手持利戟，披挂铠甲，擂动大鼓，整齐起舞，声震百里，地动山摇。

后来的唐高宗喜欢的是比较活泼多样的音乐，这和他经常与音乐家白明达切磋有关，有一天他听到黄莺鸣叫，就让白明达写《春莺啭》，谱就了一曲名作。

当今圣上更加喜欢音乐，李隆基把十部乐改为了立部伎和坐部伎，也就是站着演和坐着演两个部分，宫廷乐舞队的规模更大了。所谓堂下立奏，叫作立部伎；堂上坐着演奏，叫作坐部伎，这是对演出形式的一种灵活规范和重要发展。他还尝试让几百个宫女来表演《破阵乐》，这样就把当年太宗的那种雄赳赳、气昂昂的乐舞风格，变成了旖旎万端的宫女舞蹈，有点怪异。

我从乐师的闲聊那里得知皇上自小就喜欢音乐。传说，在则天女皇登基大典的那天晚上，女皇特别高兴，乘兴举办了一个宫廷宴会。受邀而来的群臣和百官都聚集在一起推杯换盏，一派歌舞升平。为了展现女皇的慈祥善美，她的孙子和孙女所组成的乐舞队最后上场。

这一年是天授元年（690年）。武则天端坐在皇帝大位上，目光温暖慈祥。唐睿宗李旦的几个儿女次第登台。首先是五岁的卫王李范上场，他戴着假面具，手持传说中兰陵王所用的宝剑，用稚气的声音念出了庄重的台词：卫王入场，咒愿神圣神皇万岁，孙子成行。《兰陵王》是一出要戴面具的戏剧。传说中的北齐兰陵王长得太英俊，没有杀伐气息，不像是一个王，战场上他一出现，没有人怕他。所以他就戴着一副十分凶恶的面具出现在战场上，冲入敌阵杀敌，敌人溃败。

武则天看到孙子小小年纪，说着这么大的台词，如此端庄可爱，不禁露出慈祥温和的微笑。这也是杀伐果断、处事凌厉的女皇少有的温情时刻。接着上场的是六岁的楚王李隆基，也就是我面前的当今圣上李隆基。那天，他男扮女装，表演《长命女》，博得了满场的喝彩，赢得了女皇的喜爱。那一天的表演，后面还有宋王李成器，十二岁，表演《安公子》。寿昌公主和妹妹——四岁的代国公主李华跳了一曲对舞。在西凉殿上，这些少男少女歌舞队的表演，其乐融融之下隐藏着别人看不见的命运的黑云笼罩和杀机四伏。

就在那时，李隆基已经是一个文艺人才了。李隆基还会打波罗球，而且在当诸侯王的时候，球就打得好。波罗球是一种马上打球的竞技游戏，起源于波斯，自汉代就从西域传到长安来。有一年，吐蕃派遣使者前来迎接和亲而去的金城公主。唐中宗请吐蕃使者在梨园亭子里看打波罗球。吐蕃使者说，我带的人里面，有擅长打波罗球的，请求和你的人打一打，看看谁赢。中宗令内廷的一些人上去和吐蕃人比试，结果全输了。中宗让驸马杨慎交等四名近人上去，也输了。

皇帝感觉没有面子，问：还有谁波罗球打得好？我大唐没人了？

这时，大家才说，中宗的侄子，临淄王李隆基波罗球打得最好。中宗说，那赶紧把他招来上场打球！于是，李隆基气喘吁吁赶来了，赶忙上场。只见他在吐蕃打波罗球的人里左冲右突，英勇无敌，善于找到间隙勇猛突进，身躯十分灵活，就像是旋风回转，雷电突袭，吐蕃人纷纷战败，最终李隆基打波罗球获得大胜。

李隆基很擅长敲击羯鼓。早就听说皇上是打羯鼓的好手，果不其然。梨园里的一面羯鼓，据说就是皇上在少年时候打过的。羯鼓是圆柱形，横着，鼓有两面，一般是放在雕花的牙床上，可以用两只手来左右敲击。但李隆基打鼓不是左右两边敲，而是把羯鼓竖起来，双手只敲打一面。他打起羯鼓来，面不改色心不跳，稳坐鼓前，气壮山河又游刃有余。宰相宋璟形容唐明皇击鼓时"头如青山峰，手如白雨点"。

在梨园，大家熟悉起来，就都称赞当今圣上是一个艺术天分很高、什么都会的皇帝。我知道他还是一个特别会玩的皇帝，可能小时候他就知道皇宫内权力斗争的残酷无以复加，也就把更多的心思放在了游乐玩耍上，这样别人就不会把他当作竞争对手，他也自得其乐。

关于李隆基打羯鼓，还有几个传说：

皇上有一个侄子叫李琎，小名叫花奴，也很擅长打羯鼓。有一次，他正在把羯鼓竖起来打的时候，李隆基一时兴奋起来，就把一朵绢花插在花奴的绢帽上。绢帽是丝帛的，那花就有点歪，别在帽子边看着有点悬。花奴手如雨点打羯鼓，不去理会那朵花，打了一曲《舞山香》，煞是好听。打完了一曲，那朵花也没有掉下来，整个打羯鼓的过程中，他的头部一直很稳当。这让在场的人包括李隆基都大为赞赏。

有一次，皇家音乐总管李龟年吹起牛，说他打羯鼓是下了苦功夫，很用心也很用力，都打废了五十根鼓杖。李隆基淡淡地说：你才打废了五十根，我打废了的鼓杖装满了三个柜子呢。可见李隆基打羯鼓下的力气有多大。

一般来说，打羯鼓的鼓杖都是硬木做的，比如檀木、鸡翅木、花楸木，制作的时候会把鼓杖端头磨圆，李隆基打废了三大柜子的鼓杖，谁能和他比啊。

我们就在皇宫里，在皇上的亲自指导下，开始了《霓裳羽衣舞》的排练，我的筚篥是先声夺人，必须要先入调，起到一个引领的作用。这是皇上的主意。之后，其他乐器才跟上来，依次呈现乐器本身的魅力与特点，将《霓裳羽衣舞》一步步引入下一个段落。

有一天，皇上看我筚篥吹得好，很高兴，他说，你的远亲白明达，他写的《春莺啭》的故事，想必你听说过？

我说，陛下，小的并不熟知这个故事。

皇上说：那还是在高宗朝时期，有一天早晨，高宗在御花园里散步，应该是在兴庆宫内，忽然听到在熹微的光线里，微风拂面之下，有一种好听的鸟叫声，从疏影横陈的林间传来。鸟叫声婉转清脆，欢快动人，那是春莺在叫，可在高宗李治的耳朵里，竟成了一曲美妙动人的音乐旋律。而且，一早在兴庆宫御花园里听到春莺的叫声，被认为是吉祥的兆头。他回到宫内，找来宫廷乐师，让他们根据他所描述的春莺的鸣叫写出一首曲子。各位乐师面面相觑，都说写不出来。此时，从龟兹来的乐师白明达却胸有成竹，他说，皇上，我能写出来。高宗大喜，说：三天怎么样，能不能写出来？白明达胸有成竹地说，陛下，我肯定能完成。果然，几天之后，白明达就写出了《春莺啭》，这是一首春莺啼鸣般好听的乐曲，一共有十一段，段与段之间有着美妙的起伏和连接，天衣无缝，带有龟兹乐的风格，其中两段和春莺的啼鸣惟妙惟肖。

白明达用琵琶演奏《春莺啭》给高宗听，围在边上的臣子和乐师们都听到那婉转起伏、美妙动人的旋律，看到高宗先是拍掌大喜，这才跟着纷纷拍手称快。高宗下诏令，让给这首曲子配上舞蹈和歌唱，并封白明达为太乐署首席音乐官乐正。

讲完高宗和白明达的这个逸事，皇上问我，你叫白明月，白明达是你的什么亲戚呀？

我笑了笑，陛下，不是啊，白明达历经隋炀帝、唐高祖、太宗、高宗朝，和我差着一百年呢。他自北周时期就跟随北周的突厥皇后乐团移居到长安，那是一百多年前的事情了。

李隆基就笑了笑，你们龟兹白姓个个都是有音乐天赋的。

我听说，到了则天女皇朝，大唐的艺术气息变得温和多样。不过，宫廷里的血腥搏杀依旧很可怕。到了当今圣上时期，华美绮丽的风格是他的追求。但这种绮丽听上去有点萎靡不振，缺少了活泼欢乐的元素，华丽中有着一种苍白。

李隆基是则天女皇的孙子，他很喜欢自己的兄弟姐妹，和他们感情很好。刚即位时，有时候他还和兄弟挤在一张大床上休息，枕着长枕头，盖着大被子。各位诸侯王上朝时，谈国家大事、军国要事，关系是皇上和臣子；退朝之后，他们还是兄弟，一起宴饮作乐、斗鸡打球，游猎于郊外，游赏于花园，其乐融融。

李隆基是一个绝顶聪明的人，他可能是以这种方式让自己的诸侯王兄弟沉溺于声色犬马，颓废志气，这样就不会觊觎他的权力。有一次，他突然去造访宁王，宁王是他的兄弟，他看到宁王正在赤膊上阵，一边看着乐谱，一边打鼓，击鼓声声，大汗淋漓，他就大加赞赏。因此，开元、天宝年间，整座长安城陷入胡化的大潮里，这和李隆基的倡导推动不无关系。我作为一个龟兹乐人入宫，也是这个原因。

霓　裳

梨园之内白天很热闹，到了晚上，就会静下来。男艺人和女艺人住在不同的区域。因此，我和火玲珑碰面，一般是在排演的时候。火玲珑和我有点心灵感应，彼此暗暗喜欢上对方了，虽然还没有说破，我开始期盼每天都能见到她，那是一段非常有意思的时光。

那些日子，皇上常来梨园看排演，他也让我给他讲过几次龟兹乐。皇上比较重视西域音乐龟兹乐，喜欢丰富多彩的音乐并且投身其中，其乐融融。我感觉到，李隆基对音乐的态度十分包容，有一种海纳百川的胸怀。皇上说，前些年他作了《光圣乐》，并让梨园乐师演奏。他喜欢在乐舞中营造出一种梦幻般的气氛和成仙得道的仙人环境。在《光圣乐》中，舞者有八十人，都穿着五彩衣裳，戴着鸟头冠，颇受道教的影响。

我看到的李隆基是一个热衷艺术、才华横溢、聪明绝顶的皇帝。他的目光特别深邃，看你的时候即使不说话，也知道你在想什么。有一次皇上问我，你了解苏祇婆吗？他就是龟兹人。

我说，禀报陛下，苏祇婆在长安时，相距现在有一百多年。他是琵琶演奏圣手和作曲家。我听说，他是随着北周武帝宇文邕的突厥皇后阿史那公主的陪嫁乐团，从龟兹来到长安的。他把龟兹带来的音乐理论也就是他的七调理论，教授给隋朝上柱国郑译，郑译采纳了，对提高龟兹乐在宫廷雅乐中的地位，起到很大作用。

皇上说，是的，苏祇婆的"五旦七调"乐论，本身就很好了。他后来进一步推演出了七调十二律，八十四调的乐论，就更加丰富完美了。

我说，皇上，龟兹乐有七调，七调翻译成汉语，就是宫、商、角、徵、变徵、羽、变宫这七调。有平声、长声、质直声、应声、应和声、五声、斛牛声。我给皇上分别发出这七调声，以筚篥吹奏，并让火玲珑以琵琶演绎。

听了我的吹奏，李隆基十分赞赏，说：龟兹的乐器我这里都有。你看，龟兹乐器主要是竖箜篌、五弦、琵琶、筚篥、笛、笙、箫、贝、羯鼓、答腊鼓、腰鼓、鸡娄鼓、毛员鼓、都昙鼓、铜钹等乐器。是不是这些？

我说，够全的了，皇上要什么就有什么。

说到《霓裳羽衣舞》的缘起，皇上告诉我，大凡音乐，艺术创作，都是需要灵感的。这个灵感，来自他的一次郊游。那是去年他去三乡驿游玩的时候，当时春和景明，天光甚好，李隆基兴之所至，在风景开阔处下车远望。看到远处的女几山逶迤远去，宛如一具女体横卧，又有轻纱一般的云雾遮蔽，忽隐忽现，非常神秘美妙。就在这个时候，他的耳边响起了一阵仙乐，那曲调就是从那个时候出现在他耳朵里的。从此，他就萌发创作一曲人间仙曲的想法。而且，独舞环节非杨玉环来表演不可。

回到皇宫，他迫不及待地就把脑海里的旋律以曲谱的形式记了下来。他和杨玉环的恋爱实在是让人感佩。杨玉环很早就和他相互欣赏，她原来是李隆基的儿子寿王的妃子，按道理不能嫁给公公。于是，按照礼仪和规矩，李隆基想了一个法子，让杨玉环去道观出家，成为道号太真的女道士，脱离了尘缘，这样再来一次还俗，就能从杨太真女道士变为独身女人，然后就能册封她成为当今圣上的杨贵妃。这样的巧思妙想，也就只有李隆基能想出来。据说，寿王李瑁丢了杨玉环，内心自然是痛苦的，可是他有苦说不出，只能和堂兄弟薛王一起喝酒，常常喝得酩酊大醉。

我暗自想，李隆基是不是一个好皇帝不好说，但他真是一个艺术天才。他那天看到了独特的风景，产生了游历月宫、听到仙乐的想象，把这个想象化作音乐的曲调，然后在他的脑海里旋转起伏。这绝对是艺术天才做的事情。

《霓裳羽衣舞》是此时的李隆基最操心的事情，也是唐宫内最重要的大曲。他把它献给杨玉环，他心爱的女人。根据他写下的乐谱共有二十四段，分为三大部分，每部分都是一段段连接起来的套曲。因音乐格调是与道教、佛教有关，又叫作"法曲"，法曲是大曲中高雅的部分，是一等曲目，宫廷里的保留节目。

之所以叫作《霓裳羽衣舞》，是因为它一出现的时候，舞者身上都装饰着羽毛，衣服华丽如彩虹一般，所以叫霓裳羽衣。霓裳一般都是丝绸或轻纱做成，质地细腻柔软，小风一吹或者舞者一跳，衣袖和裙裾就会舞动起来，加上舞者手里拿着幡节，这样跳起来就像是仙女在仙境中飞跃、漫步，带有神仙世界和印度佛教想象世界的那种优美华丽。

过了一段时间，西凉府都督杨敬述到长安述职，给皇帝进献了来自佛国印度的佛教音乐《婆罗门曲》。实际上，他根据西凉乐和他的理解稍加改写了一番。这是杜鹤年告诉我的。

李隆基听了《婆罗门曲》，很喜欢。他觉得，从音乐的结构来说，《婆罗门曲》的调性适合放到《霓裳羽衣舞》的结构里，能够增加这首本身就是表现神仙世界仙女下凡、大唐盛世宛如人间仙境的那种美学追求。于是，他就增加了十二段，让《霓裳羽衣舞》变为三十六段。不过，总体结构还是三个部分，依次为散序、中序和曲破。

我听了听由西凉府都督杨敬述进献的《婆罗门曲》，它实际上是经过龟兹乐改编过的佛教音乐。当年我在龟兹的时候就听过《婆罗门曲》，这首曲子本来具有佛教元素，现在由皇上亲自加入道教元素，就具有了更深广的内涵。

《霓裳羽衣舞》所用的乐器有筚篥、琵琶、琴、瑟、筑、箜篌、铙、钹、羯鼓、钟、磬、箫、跋膝、笙、筝等二十多种。最开始的演出形式是独舞，最开始时叫《霓裳》，就是给杨贵妃写的，独舞者也应该是杨玉环。不过那时杨玉环还在道观里，只能让梨园女乐手张云容来扮演独舞的角色。看到宫女张云容领舞跳得非常好，李隆基龙颜大悦，十分高兴。那就是他心目中的杨贵妃的舞蹈，他当时就决定，等杨贵妃从道观还俗归来，就让张云容当杨玉环的侍女。

距离杨玉环从道观还俗归来的日子越来越近，那几天，皇上召集我们，在梨园里天天排练。彩排演出十分成功，张云容的表演天衣无缝，一曲既成，实现了李隆基的艺术理想，他十分高兴，觉得这是上天赐给他的仙乐。

天气越来越热。在宫里，李隆基建有一个凉殿，那是他为了避暑而建的，其实就是把冰窖里的冰块放在屋顶，冰块融化成冰水再流下来，形成一个水帘子。他坐在水帘子后面的亭子里乘凉，有时还叫我们和他一起乘凉。大夏天的，把我和火玲珑等都冻得够呛。火玲珑穿着薄纱，为此感冒了好几天，我很心疼她。

李隆基对自己写的这首献给杨贵妃的音乐曲调十分满意，决定把《霓裳羽衣舞》的第一次演出，放在天宝四年的八月。

杨玉环还俗之后，就住在宫内，和梨园宫女一起排演《霓裳羽衣舞》。已经成为杨玉环侍女的张云容,是除她之外这首曲子的最佳舞者。杨玉环跳累了,就由张云容上场,我们一遍遍排演,直到八月的到来。

天宝四年的八月,大唐皇宫之内十分喜庆。在凤凰园,还俗归来的杨玉环被李隆基册立为贵妃,并举行了册立庆典,仪式结束的最高潮,就是杨贵妃首演《霓裳羽衣舞》。

那天晚上《霓裳羽衣舞》的演出,是我一生中见过的最美的演出,没有之一,就是唯一。这是一首大曲,大曲就是音乐、舞蹈、诗歌相结合的乐舞套曲。演出开始,在凤凰园内艺人们纷纷穿上演出服,我腰扎皮带,头戴缠头,脚蹬白布靴子,靴子十分柔软也适合弹跳。我以筚篥先声夺人。天空中,有一种气氛烘托下来,使得这个晚上成了每个人内心最辉煌的时刻。乐师们分为坐部和立部,十分严整。

《霓裳羽衣舞》一共有三十六段,分为散序、中序和曲破三个部分。散序的部分是自由的散板,由一件件乐器次第加入演奏,这一段没有舞蹈,也没有歌曲,就是乐器的参差交错与连接,节奏悠扬自在。

筚篥开场,我的筚篥声音悠扬,一下子将大家带入一种澄明开阔的空间里,犹如万里无云,又像是白雪初霁。如果此时你闭上眼睛,你看到的就是无尽的原野上白马正在飞驰,但它的动作是缓慢的,无声的,由远及近,慢慢飞跃着向着这边飞跑。接着,是火玲珑的琵琶演奏,一下子就打破了遥远的宁静,她弹的琵琶声就像是火焰在升腾,又像是烈马嘶鸣。一开始是一匹马,紧接着,无数匹马都在奔跑。琵琶弹出了火焰的感觉,弹出了大雨如注的不可阻挡。这是近景的演绎,也是琵琶最能表现自己的地方。

身着红色衣服的火玲珑手里那把琵琶,是汉朝细君公主曾经用过的汉琵琶。几百年之后,这把琵琶发出的声音有着乌孙大草原上万马奔腾的热烈,也有细君公主在塞外思念汉地孤独的悲凉和忧愤。琵琶声声似火焰,烧得人们心头热。弹到关键处,只见火玲珑就像是一团烈火,又像是一匹红马,在舞台中间舞动琵琶,那把汉琵琶在她手里左右翻飞,琴声却依旧不断,令人叫绝。这简直是武功琵琶啊,我们都看呆了,没想到火玲珑就像她的名字一样,像是一团火,又像是飞鸟一样玲珑飞动。

我看到李隆基也摇动身体,情不自禁地跟着火玲珑的琵琶节拍在点着头。皇上是个艺术家!大艺术家!祝愿他万寿无疆,希望他生命之树常青。我喜欢这个艺术家皇帝,正如我不会去当龟兹国王一样。

中序段落开始了,慢拍子的中序引导出两排相对向中间走来的翩翩起舞的舞女,她们的队列长得看不到尽头,几百个舞女都出来了!两排舞女,一排头上梳着高高的九骑仙髻,身着孔雀翠衣,身佩七宝璎珞,另一排舞女则身穿月白纱衣,身佩七宝璎珞,都像是羽化登仙的仙女。乐队齐奏,歌声悠扬,这一段的乐曲节奏固定,是慢板,张云容领唱,器乐伴奏也比较舒缓,逐渐地,节奏开始变快。随着歌声的引领,舞女们轻盈地旋转,或快或慢地踩着节奏,蓦然回首,那人却在灯火阑珊处。手势变幻,美妙无穷,衣裙在表演台的中间,衣袂飘飘,就像是仙女在仙境里走动,忽然就收住了。

第三部分到来了,曲破是《霓裳》的高潮段落。在这一段,乐曲进入节奏明快的段落,曲调活泼热切,音色明亮,华丽奔放,独舞的主角只会是一个女人。

杨贵妃出场了！她那丰满的身体笼罩在轻纱衣服之下，她身体灵活至极，一出场就吸引了所有人的目光。自然，李隆基的眼睛也亮了。杨贵妃按照节拍起舞，这一段由很多段慢板组成，大多是悠扬优美的抒情乐舞，就像是雪花飘洒，又像是天女下凡。这一段是优美的，仿照天上人间的仙女世界和神仙世界。杨贵妃轻抬玉脚，就如仙女下凡。此时，我看到，李隆基甩开皇帝常服，快步走过来，在一边拿起鼓杖亲自打羯鼓，以控制整首曲子的节拍。他这么打羯鼓，我猜一定会让杨玉环心生感动。

杨玉环的舞姿更加妙曼了，她跳得心花怒放，面色鲜艳，保持着灿烂微笑。她知道皇帝的心在她这里，她知道今天的一切都是为了她，这个夜晚，所有这些人，所有的男女乐师舞者、艺人侍者，至少有一千人都在围绕着她，包括那个时刻瞩目于她的皇帝。她如花朵旋转在春天的空气里，如白鹤飞翔在蓝色的天空中，如飞雪飘散在无尽的田野上，如祥云笼罩在仙境般的大唐皇宫里。

杨玉环歌舞相配，乐队演奏非常动情，杨玉环的舞蹈欢腾而激越，歌者的歌声嘹亮高亢，但歌者是舞者的陪伴和陪衬。到曲终的时候，杨玉环的舞蹈动作变得缓慢，却更加悠长，管弦音乐在延长音上绵绵不绝。这个段落，我的筚篥不用吹了，可以休息一会儿了，现在是舞者杨贵妃的天地，是她一个人做主角，所有人的目光都在她身上，她简直比皇上李隆基还要光芒四射。当然，这一切又都是皇帝为她准备的。

我在乐器队帷幕边上，听到不远处的皇上李隆基喃喃自语：精彩绝伦！鬼斧神工！造化天地！只有贵妃跳这个舞蹈才是最合适的，这就是为什么,我写的这个歌舞只能属于她一个人。看她的《霓裳羽衣舞》,才知道什么是回雪流风,那是雪花打着旋儿飘摇着,无论如何不落地,流动的风是怎么样从四面八方吹过来。几乎可以回天转地,就是天地倒悬,换了人间,就是仙境……皇上的眼睛里亮晶晶的,就像是激动的泪花在闪动……

那天晚上,一曲《霓裳羽衣舞》结束,皇上李隆基和杨贵妃先离场。大家意犹未尽,互相致意,在场子里喧腾。

我和火玲珑手拿乐器,她的汉琵琶闪着光泽,我的筚篥轻轻转动。我们互相也有点不舍,情愫在心里酝酿,可表情却是克制而隐忍的。因她要去女艺人住的宫苑,我们只好就告别了。我看着她远去的背影,有点落寞。在我的脚下,随便一踢,都是刚才舞女们掉落在地上的珠玉和环佩,到处都是大珠小珠落玉盘,落了一地,用扫帚一扫,就能扫出来一簸箕。

《霓裳羽衣舞》后来就成为大唐宫廷内的保留演出节目。只要杨贵妃高兴了,或者皇上李隆基开心了,就表演一曲。杨贵妃总是这首曲子舞蹈部分的最佳表演者,每每令观赏的皇上龙颜大悦。

不仅杨玉环的《霓裳》跳得好,她的侍女张云容跳得也很好。那段时间,在宫内,备受明皇宠爱的杨贵妃有时候让张云容来表演。有一次,张云容在秀玲宫中跳了《霓裳》,杨贵妃看了十分激动,提笔写了一首诗赠给张云容:

罗袖动香香不已,红蕖袅袅秋烟里。
轻云岭上乍摇风,嫩柳池边初拂水。

这首诗写得很绮丽，意思就是张云容跳舞时的衣袂飘飘，掀起了一阵香风，这种飘起来的香气久久不会飘散。她那舞蹈的身姿，就像是红莲一样，在秋色秋雾秋烟中朦胧着，显得妙曼而袅袅婷婷，又像是山岭上被风吹来的一朵轻轻的云彩，还像是一根嫩嫩的柳枝，在春天里刚刚发芽变绿，却是第一次拂动那被风吹皱的池水。这首诗把张云容跳舞的身姿描写得无以复加地美好，实际上是写给她自己的。

杨贵妃很喜欢火玲珑，她特别让火玲珑教她学习龟兹乐中的"眉目传情"。这是龟兹乐舞的一大特点。我私下里对火玲珑说，贵妃本来就是眉目传情的高手啊，还用跟你学？她把当今圣上皇帝都给眉目传情到手了，还用你教她？你倒是给我表演一下看看？话虽是这么说，可西域舞蹈技艺里，龟兹乐眉目传情是一大特点，不是汉人的那种美目盼兮，而是热情似火、火辣辣地传递给你爱的信息。这是龟兹乐的大胆热烈。

火玲珑就给我表演眉目传情，我情之所至，一把抓住她的手。正在这时，杜鹤年晃晃悠悠地走过来，笑着说，呵，都牵上手了。

我们赶紧松开手，分开了。

返　　归

在梨园里排演并成功演出《霓裳羽衣舞》大型乐舞之后，有一天，我想回店铺看看，已经被提拔为宫廷乐坊乐正的杜鹤年准许了我的请求。

这天傍晚，我回到西市的店面。自从我到了梨园，我的香料店生意受到很大影响。走近我的香料店，就感觉到有些异样。没有到关门的时候，怎么大门紧闭？我很疑惑，拍了拍，门不开。我就从左边的巷道进去，从后门进了院子。

这段时间，我的香料店里的伙计走了一个，他报名去幽州参军了。现在店里还有一个伙计和火玲珑的父亲住在二楼，怎么现在就关门了呢？在梨园时，有一天我让杜鹤年派人把火玲珑的残疾父亲接到了我的店铺里，一来帮助我照看生意，二来也是为了照顾他。她父亲在我的店里看店，稳定下来，她也很高兴。

此时我感觉不对，就悄悄从后门进了店。店里有两个人在说话。听声音像是来自西域，不是唐音汉语。可能有贼进来了，我想。我忽然闪现，问，你们是什么人，闯到我的屋子里来？

这时，从储物柜那边站出来两个男人，他们身上有一股羊膻味，和我的香料店的香气不协调。他挥动匕首向我扎来，我下意识取出怀里的筚篥一挡，当啷一声响，我的筚篥差点被削断。我猛地吹了一下筚篥，筚篥发出了一声啸叫。那是在通知我的伙计，有情况！

另一个贼人从背后偷袭我，我飞起来一脚，将他踹倒。我的余光告诉我，他们把店里的两个人控制住了，一个是火玲珑的残疾父亲，还有一个是我的店伙计。他们全身被绳子捆起来，嘴里塞了东西，躺在屋角不能动。

傍晚，店里光线昏暗，我翻身躲在柜台后面，摸出一根铁棍。之后，我就和两个贼人继续缠斗。只听见我的铁棍和两个贼人的长棍短刀相碰的铿锵声，那是金属和金属的相遇，那是生和死的较量。我的格斗技巧来自父亲对我的训练。在梨园里的这段时间也并没有荒疏。我闪展腾挪，和那两个贼人对峙，店里的香料包、香料袋在互相追击中四下散开，空气里弥漫着浓郁的香气，两个贼人喘着气，咳嗽着。不过，他们的手里有长棍和短刀，一个对我一阵猛砍，另一个继续偷袭我。

我渐渐感到体力不支。就在这时，我的店铺正门被打开了，光线倾泻进来。从外面进来一个人，我先是闻到了她身上的桂花香气，接着我明白了，火玲珑来了。她手里拿着那把汉琵琶，猛地一弹，琵琶发出了嘈嘈之音，接着，琵琶声轰然一声响，震得我们耳膜疼。真没想到火玲珑的汉琵琶弹起来，还能当武器，只见她穿着一袭红裙，在店里跳跃着，腾挪着，弹着汉琵琶。琵琶声声如响雷，把那两个贼人的耳朵震得嗡嗡的，我们都感觉受不了，琵琶声能让人丧魂失魄！两个贼人扔下了手里的长棍短刀，踉跄着跑出了店门，向西市坊门那边逃去。我追出来跑了几步，天色向晚，没有追上。

这时，一队巡逻的禁卫军听到响动异常，匆匆赶过来，询问我们怎么回事？他们看到我的香料店里，到处都是乱七八糟的。

我告诉他们，我的店面被贼人闯入，他们可能是来偷东西的。一番检查发现，果然丢了一些银子。负责治安的官吏也来察看，根据两个贼人留下的长棍短刀来判断，他们可能是流窜作案的胡人。

我们把火玲珑的父亲和我的那个店伙计松绑，把棉布从他们口中取出来，用冷水喷醒了他们俩。他们被熏香下毒，晕过去了，现在醒来，发生了什么，完全都不知道。我看到旁边珠宝店那个独眼波斯人也跑来看热闹，就怀疑贼人造访和他有关。长安治安官吏把独眼波斯人拉走，讯问了半天，也没有找到他和这件事有关的线索。

后来，我告诉了杜鹤年店铺物品被贼人偷盗的事情，他把我的遭遇报告给了皇上。李隆基下令调查西市的胡人。那段时间里，很多胡人被拉去问话，还有让我指认的，可就是没有抓到那两个贼。这个案子后来也没有破。我想，这是对我的提醒，在长安并不安全。看来，我应该回龟兹去，不能继续在这里待下去。

我在长安的这段时间，龟兹是大唐和吐蕃在西域争夺的焦点。自唐太宗在贞观十四年（640年）灭高昌之后，原地设立西州，龟兹王必须要得到大唐朝廷的册封，被颁发印绶，才有合法地位。在龟兹，大唐也设立了都督府，龟兹王同时是龟兹都督，这也意味着龟兹王只是唐朝的一个地方官，虽然这个都督的职务和王位一样可以世袭。另外，在龟兹驻扎有唐兵，附近还有唐军军屯，龟兹王公贵族也都得到了大唐的优待和笼络。

后来，吐蕃人从高原上下来，曾短期控制过龟兹。大唐设立安西四镇之后，也有一段时间失去了对安西四镇的控制，特别是龟兹。则天女皇时期，正是大唐和吐蕃为了龟兹的控制权激烈战斗的时期。李隆基即位后，在西域，突厥的势力强大起来，李隆基派兵击败西突厥，西域才安定下来。如今，大唐在西域的最高管理机构安西大都护府的大都护，正是李隆基的儿子李琮。不过，他是在长安领着这个职务，副大都护是实权掌握者，驻扎在龟兹。而龟兹王室内部，我的白姓王族，是不是也争斗得更加激烈呢？是不是有人觉得，我可能会回去当龟兹王，就希望把我在长安解决掉比较好呢？有这种可能性。那两个贼人也许就是杀我的刺客也说不定。

思前想后，了解到西域的局势，我有些归心似箭了。有一天，我就问火玲珑，你觉得我应该回龟兹吗？

她说，你是龟兹王族，理应回去。我们早晚要回到龟兹的，龟兹才是我们的故乡。

我说，是啊，小时候在龟兹，我经常流连在龟兹王城西门那条河边。每次抬头向龟兹城望去，西门外伫立着的两尊高达九十尺的佛像，就让人觉得安详。你还记得龟兹城的样子吗？

火玲珑说，当然记得啊。龟兹城也不小，是西域最大的城吧？龟兹城有里外三层，分为大城、内城和王宫。宫墙层峦叠嶂，层层递进，十分严密。佛寺很多，佛塔的塔尖在城北一片佛寺中突出来，晨钟暮鼓，梵音袅袅，我一个姑娘家，就觉得龟兹是最美好的地方。你是住在王城里的，我家是平民，就住在民城，在西门那一片。安西都护府的驻兵官署在东门外，衙门很威严。比较起来，这长安要比龟兹起码大十倍，人口也多十倍。真要是回龟兹，我也拿不定主意，咱们再想想吧。

凡事都需要契机。从我遭遇贼人袭击后一个月，火玲珑的父亲因病去世。临死之前，他拉着我的手说，现在我把女儿火玲珑托付给你，你要娶了她；你要带着她回龟兹，那里才是我们龟兹人的故乡。你们要回去，回到龟兹去……他没说完，就去世了。

火玲珑的父亲是火祆教的信徒，信奉火焰的光明，去世后就火葬了。熊熊大火在火祆教的寺院后面点燃，光明和黑暗的火苗在互相缠斗。在火焰中，看到他的尸身逐渐消失，变成一堆灰烬，火玲珑哭得像个泪人。他就算不把火玲珑托付给我，我也会和火玲珑结婚，一起

龟兹双阙　　　079

生活的。我继续开店铺，也时刻做着回龟兹的准备。

一天，杜鹤年前来找我，他问我，皇帝很关心我，问我愿不愿意在梨园里担任乐官教习，可以指导宫廷乐人研习音乐。我说，我可能要回龟兹了。他回去禀报皇上后，又带话来，说如果想回到龟兹，皇帝会下一道诏令，令我担任龟兹王庭的重要官员。我感恩当今圣上还记得我这么一个小人物。当个官吏很吸引人，可是，我说，杜兄啊，最近我要和火姑娘一起回龟兹，那里有我们的远亲近邻，我现在有些想念他们了。杜鹤年就走了。

那些天，我和火玲珑在整理回龟兹要带的东西。想到回龟兹，心里又有些舍不得离开长安。在梨园给皇上排演乐舞，我们都得到了不少赏赐。钱够花了，有了空闲，我就带着火玲珑在城内游玩，想好好看看这座城市。

在当年，唐太宗灭掉东突厥之后，西突厥向西逃窜，长安有上万户突厥人被安置下来。西域各个小国也派来质子，在长安留驻。西域客商更是往来不绝，还有很多像火玲珑父女这样的西域艺人也在长安住下来。长安一百万人里，胡人至少有十万。长安城内那些鳞次栉比的饭店酒肆、歌楼舞榭，胡人胡商胡姬就在这些地方生存着，影响着长安的气息。李隆基即位后，长安城内胡人更多了，胡化的风气也很浓。据说，有的大唐王子喜欢在自己宅子里骑马，也喜欢通过衣装扮演胡人。

对于这一点，我的内心是有隐忧的。胡人对于大唐来说是个隐患，特别是那些在藩镇领兵的节度使，像安禄山、史思明，都是些性格暴躁、没有儒教修养的胡人，说不定哪一天，就反了大唐。后来发生的事情，果然叫我说着了。安禄山、史思明发动的叛乱，给了李隆基致命一击，最终导致他丢了皇位。这当然是后话了。

长安首先是百戏演出很多，有叫作"大面"的面具戏，还有参军戏、钵头等带有舞蹈的戏剧，也能讲史。魔术表演，大多是吞剑，把人放在箱子里切割，打开箱子，里面的女子又跳出来。还有吐火表演，一个男人不知道喝了什么，不停地吐火，让女人和孩子们尖叫。

我发现火玲珑喜欢杂技表演。比如，在长安，有顶竿表演——一个大汉顶着一根很粗大的竹竿，竹竿上面还有一个小孩子在腾跃，做着各种危险的动作，引起人们一阵阵惊呼，铜钱这时就被哗啦啦扔进了箩筐里。还有女孩子玩绳技表演，在一根很细的绳子上走动，翻跟头，令人胆战心惊。

从波斯来的幻术师据说后来遭到大唐的禁止，因为这些幻术师当众表演割掉自己的舌头、胳膊，甚至是脑袋，可他一转身，舌头、胳膊、脑袋又都复原了。大唐宫廷认为，这是妖术，很容易让人受到蛊惑，就禁止幻术表演。

我比较喜欢看斗鸡，特别是去斗鸡场看一个叫贾昌的人斗鸡。贾昌这人很瘦，下巴老长，很擅长训练斗鸡，在当时的长安很有名。贾昌训练出来一只很有名的斗鸡，那只鸡是一只"呆若木鸡"。我亲眼看过，在斗鸡场，这只鸡被放出来，它往那里一站，就像是一只木头鸡一样，一点都不惊慌。眼看着另外那只斗鸡耸起了羽毛，一副凶神恶煞的样子猛扑过来，这只"木鸡"还是一副处乱不惊、稳如泰山、一动不动的样子。结果，那只本来还叱咤风云的斗鸡一到"木鸡"跟前，忽然就尿了，一下子就铩羽而归，落荒而逃，"木鸡"不战而胜。这就是"呆若木鸡"的来历。贾昌训练的斗鸡都很有组织和纪律，在斗鸡场，他走在前面，后面跟着一百多只斗鸡，整齐划一地一起走路，令人忍俊不禁。

贾昌在长安训练斗鸡，名气大得传到了皇宫里。李隆基也曾接见过他，去泰山封禅的时候让贾昌也跟着去，还带了三百只鸡。不知道是要去干什么，是在泰山上封禅的时候让鸡跟着皇帝在云彩间漫步吗？反正，李隆基喜欢这些邪门歪道的古怪人。后来贾昌的父亲去世，他本来就是一个小商贩，李隆基下诏让官府隆重办他的丧事，一时传为奇谈。

长安的迷人之处太多了，我们转来转去也看够了。要回龟兹了，我把店面交给赵姓伙计，告诉他，好好经营，这店从此之后就是他的了。他感激不尽，不停地磕头谢恩。

一天清晨，城门刚开，我和火玲珑坐着四轮马车，赶着几匹驮带了很多东西的走马，雇了五个力夫，踏上了返归龟兹之路。回去的路越走越荒凉。从长安出发，到达陇东，进入河西走廊后，路途遥远。过了河西四镇，就是伊吾，再过了伊吾，就是高昌了。从高昌往西，我们没有在交河停下，那时的交河也是西州下面的一个小地方。再往西走，走啊走，我们终于回到了龟兹。远远地，我就看到那两尊在西门外伫立着的大佛，正安详地等待着我们的归来，我的心一下子就平静了。

回到龟兹，王室举行了欢迎会。不久，当时的龟兹王，我的叔父去世，龟兹王族想拥护我担任龟兹王和都督。我拒绝了，推举我弟弟当了龟兹王。

我和火玲珑过得很幸福。我组建了龟兹乐的乐舞班，专心整理音乐。我吹筚篥，火玲珑弹琵琶。她把细君公主那把汉琵琶小心翼翼地收起来，不再拨弄，平时弹的有五弦琵琶、曲颈琵琶和西域小琵琶。后来，我们生了两个孩子，他们在龟兹度过了快乐的童年。

十几年之后，从长安传来变乱的消息。安禄山、史思明发动叛乱，皇上李隆基逃亡到蜀地。在某个小地方，受到逃亡将士的逼迫，他让杨贵妃自尽，以熄灭将士的怒火，还处死了杨贵妃的哥哥，国舅杨国忠，并颁布天下勤王的诏书。

我的一个王族亲戚白孝德率领七千龟兹兵，前往长安勤王。

我也在这支勤王的队伍里。不得不说，我爱戴李隆基这个人。他是那么喜欢乐舞艺术，如今他竟然落难了，被叛乱搞得山河破碎，狼狈不堪。我必须有所表示。我在龟兹兵的队伍里担任副帅。我们迅速进军长安。

我们到达甘肃后，得知太子李亨在灵武即位，李隆基退位。我们龟兹兵的队伍就加入他指挥的勤王军队中，继续向着长安进发。

我们的部队越来越壮大，也有蜀地前来会合的勤王部队。有一天，我听到一个蜀地来的人在吹筚篥，筚篥音调特别清奇忧伤。我一看，竟然是昔日相识的梨园弟子张徽。我问他，你怎么在这里，你吹的又是什么乐曲啊？

他见到我也很惊奇，就告诉我，他跟随勤王队伍从蜀地赶过来，打算攻打长安叛军。这首曲子，是李隆基在马嵬坡事变、杨贵妃自尽后写的筚篥曲，叫作《雨霖铃》。

我黯然神伤，说我明白了，你接着吹奏吧。张徽于是继续吹奏。筚篥声悲伤悠远，他的眼角湿润，我也视线模糊。

　　昔日，我曾经在梨园里听过李隆基吹的筚篥曲《杨柳枝曲》和《新倾怀曲》。那两首筚篥曲都非常华美柔情，杨柳依依，含情脉脉。这支《雨霖铃》，仿佛让我看到在蜀地逃亡的路上，李隆基在马车里听到外面凄风苦雨，雨声和马车上的铃铛声交织在一起，叮叮当当，令人愁闷无比。那时的他，一定是万念俱灰地想到他的杨贵妃已经香消玉殒，即使有千般惆怅，万般无奈，也无人听他诉说。只有借着一曲《雨霖铃》，如雨声呜咽，如幽魂哭泣，在雨打风吹去中，寄托他对杨贵妃的无限思念。

　　而我们还在继续行军，准备着收复长安的战斗。

尾曲：龟兹盛歌

一

我近年成为一个民族乐器的收藏者，也得益于王雪的帮助。她毕业于中国音乐学院，专业就是琵琶演奏。我是在一场节庆盛典音乐晚会上认识的她。当时，她弹奏了一曲令我耳目一新的曲子，那首曲子让我想到了古代龟兹音乐的旋律。

演出结束之后，我跑到后台，想和她聊几句。当时，她正忙于音乐会谢幕后的卸妆和整理，我在一边等着，看她有了点空，就走上前和她说话。王雪身材适中，长着白白的纤细的脖颈，有一张俏丽的脸。靠近她，能感觉到她的目光里含着一种清澈的东西，让我觉得她天生就是和音乐有关的。在舞台上，她纤细的手指弹拨琵琶琴弦，那琵琶发出的声音，在婉约轻柔与激越狂放的转换中收放自如。演出那天，她穿着粉红色的衣衫，这衣衫肯定是专门设计的，有着唐风之韵，另外她还披着一身白色的轻纱，轻纱在粉红色衣衫的映衬下显得很飘逸，随着她的演奏在台上飘舞，这身轻纱也成了乐曲旋律的形象表达。

我首先自我介绍，然后说我感觉她的琵琶曲和西域有关系，我非常喜欢。我赞美她演奏得太好了，把我带到了时间和历史的深处。作为年轻的琵琶演奏家，她的表演精彩绝伦，我还没有听到过有比她弹得更好的人。

她觉得我的恭维话有些夸大其词，仰起头，笑着说：得了，今天我比较忙，要不，我们先加个微信，以后再聊哈。

我有点小尴尬，但旋即就和她加上了微信。我说，我是有些体会，几句话说不清的，想写一篇艺术评论发在《艺术报》上。

我们加了微信，然后，当天晚上参与演出的音乐家、演奏家、导演、剧务等一起围拢过来，他们集体合影。他们身着演出服，站在那里，女人华美靓丽，男人英俊潇洒，让我感觉音乐家自有其独特的气质。

后来，我写了一篇有关她的琵琶演奏曲的评论，发表在《艺术报》上。文章见报之后，我把报纸公众号推送的文章发给她，这让她十分惊讶。我从诗歌的意象这个核心出发，将她要表达的有关丝绸之路的文化如何在当代语境中复活，琵琶作为中国乐器、民族乐器的特征表达，以及中国民族音乐未来发展的可能性，特别是如何将其与中国文学例如唐代诗歌结合起来，呈现出汉唐气象的朴实无华和庄严阔大、进取精神和华美壮丽，使其在中华民族伟大复兴中找到属于自己的声音，都写在了文章中。

我写这篇文章的时候饱含热情，想象着她读到这篇文章时的那种喜悦、惊讶和共情，那种温柔、兴奋和激动。我从她作为作曲者和演奏者两方面，谈了作曲者到底要表达什么以及演奏者对琵琶这种乐器的准确把握，最终演奏出完美无缺、令人惊叹的一首曲子。当时，我在节目单上发现，她演奏的那支曲子是她自己写的，叫作《意象丝路》。一般来说，演奏家自己是不作曲的，她小小年纪——当然，她也年近三十，还是一个作曲者，这也是让我惊异的地方。我后来知道，除了演奏，策划组织音乐会才是她最拿手的。

你说，我还能找到一把汉代的琵琶吗？我对王雪说。

我们说着话的时候，是在北五环边的奥森公园里，那里有一条被芦苇和青草围绕的小河。自上次她的音乐会演出之后，我们见了好几次面。

不可能找得到。就说古琴吧，也就找到了几床唐宋时期的琴身。汉代的琵琶？你在做什么梦？那次在小河边，我们刚刚铺开防水毯，我支好两个小案儿，摆好了我的古琴，她取下了她的琵琶，我们在水边的草地上，正打算弹奏一曲。

的确，我承认有一把汉琵琶在我的梦里出现过。那是一把满月样的琵琶，琵琶身形优美，曲线柔和，在时间长河里，它曾在一个个不同的女人手里走过。可它消失在时间的大海里了。听她这么打击我，我的神情顿时有点茫然。

这两个月，我在微信上给王雪发了不少图片，它们都是我收集的一些乐器的照片。当然，我收集的是仿制品，仿制了从汉唐时代就开始出现的中国乐器，后来出现的比如电吉他、钢琴、手风琴、小提琴什么的我不收藏。

看到我发给她的图片，她确实很惊讶。在我的收藏中，竖箜篌、古琴、瑟、筑、琵琶、阮咸、排箫、笙、竽、胡琴、陶埙、横笛、竖笛、筚篥、洞箫、陶铃、檀板、缶、答腊鼓、毛员鼓、都昙鼓、腰鼓、建鼓、羯鼓、打鼓、手鼓、编钟、石磬、坐磬、金铎、铜角这些乐器，一般原物只是在博物馆里出现，我都收藏有精美的复制品。即使是这样，也让音乐演奏家王雪感到惊讶，因为我不是专门搞音乐的。

有这么多的乐器啊，什么时候去参观一下你的收藏？

我就是爱好而已。我很兴奋，这拉近了我们的距离。她对我产生了好奇心，觉得和我有共同话题，这也是我希望的。

接下来，她跟我谈了她正在推进的一个音乐会的演出项目。她说，这台音乐会叫"龟兹盛歌"，目前还在紧张的作曲阶段，我不断和十几位作曲家交流，给他们提供思路。我想在这台中国民乐音乐会中，通过唢呐、二胡、琵琶、阮咸、竖琴、笛子、笙等各种吹打、弹拨和拉弦民族乐器，把千年龟兹的音乐文化与精神体现出来。希望你能帮我的忙，特别是给我一些文学上的启发。

我就给她找了一些唐宋文集中有关龟兹乐的诗词，并着重从诗歌的意象上，谈了如何在音乐中表现有关龟兹的想象之美。我约她吃亚运村的一家台塑牛排，结果她当天晚上并未赴约，说是导师突然叫她去学校谈音乐会的作曲。我这才发现，她是一个工作狂，为了她的音乐事业，她把任何别的事都推到脑后。想想看，她都二十九岁了，还是一位单身女子，一位面容姣好、才华横溢的音乐演奏家还是单身，这是很让人不解的。

我又约她吃徽商故里的臭鳜鱼，打算以鳜鱼之臭提醒她，日常生活本身的五味杂陈。结果，她记错了时间，提前一天就到达了餐厅。

后来，我想到也许我们俩可以在奥森公园的草地上来一个"琴瑟和鸣"的小雅聚，让琵琶和古琴相遇，这个提议她倒是马上就答应了，还认为我的创意绝佳。

为此，我穿上了许久都没有穿过的蓝色长衫，脚蹬一双千层底的黑布鞋，走起来是款款生风，颇有古代文人的范儿。我把从扬州买回来的一床古琴擦拭好，保持整洁，调好了琴弦，试弹了几下，那床仲尼式古琴发出了一串清音。

我的思绪从远古回到眼前的安静：我先来弹一曲《流觞》吧。然后，我抚琴而动。

我们在奥森公园弹琴这件事，至今想起来都是比较有趣而颇显自嘲。也许有些迂腐可笑，与世风不相符合。不过，王雪对我大加赞赏，这使得她摆脱了单位里一个枯燥的下午。等到我笨拙地弹完了《流觞》，她点头表示赞许：怎么说呢，你虽然不是学音乐的，手生，可就像你不是书法家也能写出独具风格的文人字，你弹得有你的风格，弹得很枯瘦。怎么说呢，我听着……很有些高古的那种瘦硬和凄清，这就是古琴的琴音。

我知道她在鼓励我，她也对我很有好感。轮到她弹琵琶的时候，奥森公园河边的水鸟忽然飞来了不少，那些鸟有大有小，有白色的，还有褐色和花色的；有站在浅水中的白鹤，还有掠过河面的燕子。它们都是来听她弹琵琶的。

啊，怎么说呢，她弹的琵琶，就像那一天傍晚的天色，是小风拂面，阵阵清爽，白云朵朵，天上飘过，心情舒爽，在她在我。我不知道她弹的是什么曲子，总之是很好听。路人也有驻足谛听的，跷大拇指的，但这都影响不了我们，我们早就忘记这世界是由很多人构成的，他们来来往往，只为自己的事情在奔忙，他们早就忘记自己内心的声音了。她弹完了，鼻尖上沁出几粒汗珠。

好棒，我说，弹得真好！与这天地万物同呼吸，与这风景飞鸟共时空。

她高兴了。后来，我开始乱弹琴。我弹古琴是个生手，她就手把手教我。我能闻到她身上那淡雅的香气，感受到她吹气如兰。她比较有耐心，并不厌烦我的瞎捣鼓。累了，我们就靠在防水毯的垫子上看天，吃东西，聊天。

这天奥森公园里的"琴瑟和鸣"十分美好，分手的时候，她说，我正在推进"龟兹盛歌"音乐会的筹备，现在是作曲家体验生活和创作曲目的关键阶段，我想尽快去一趟新疆阿克苏，带着几位作曲家和演奏家采风和体验生活，你有时间和我一起去吗？

我很高兴，当然可以啊，不过，我要请几天假。你说，这次去新疆阿克苏，我要是能找到细君公主当年弹过的那把汉琵琶，该有多好。

她笑了，你的这个梦很不靠谱，但你还有梦。那就去找找看！

我还在辩解，我是真的有一种感觉，能如愿找到细君公主用过的那把琵琶。也许，它正在那里的某个犄角旮旯等着我。

二

那年夏天，我和王雪在新疆阿克苏会合时，她带着七八个作曲家和演奏家在那里已经活动两天了。我的工作比较忙,以请年假的方式加上一头一尾两个周末,这样就能有九天的时间待在新疆。新疆太大了,没有十天半个月,连个地州市都走不下来。

我到了阿克苏,先和老朋友沈毅见了面。他在当地文化局工作,开着一辆丰田越野车风尘仆仆地来接我,这是在新疆最给力的越野车,什么样的路况这种车都能应付。沈毅出生在阿克苏,他是"疆二代",父母亲都是"疆一代"。

沈毅觉得我的想法很搞笑,你这次来,听说是要找一把汉琵琶?我觉得你能找到一把维吾尔族老乡用的老坎土曼就不错了。汉代的琵琶,你咋想的?那还不成渣渣了。

我淡然一笑,不再说话。有时候你说多了也没有用。世上的事情,很多都是看似不可能,却又是可能的。

沈毅开车接我来到王雪的音乐创作采风团下榻的宾馆。王雪上身是一件白色防晒服,下身一条浅绿色裤子,脚上是轻便跑步鞋,笑盈盈地迎上来。

我把沈毅介绍给她,文化局沈毅局长,他出生在这里,要问这里的山山水水世情人物,他最了解。

沈毅握了一下王雪的手,王雪好!大美女啊,你的手就像天生演奏家的手。你是李刚的女朋友?他指着我说。

王雪笑了,还不是呢。除非他在这里找到了细君公主的汉琵琶。我们都笑了起来。

我们一起去餐厅吃饭。吃的是羊肉抓饭、烤包子、羊肉串、凉皮子和新疆凉菜,喝的是面包发酵酿造的格瓦斯和一种当地人酿的葡萄酒慕萨莱思。据说，在阿克苏一带，每家酿造的慕萨莱思的口味都不一样。有的人家甚至把没毛的乳鸽或者羊羔肉放到葡萄汁里发酵，这样喝起来那黏稠的葡萄酒里有一种血的鲜美和甜腥感。

这次来到阿克苏，我和王雪的目标各不相同，但殊途同归。我要找汉琵琶的踪迹，还要寻访阿克苏、库车一带的汉唐故城遗址。那些空城，哪里是汉代班超和班勇生活过的它乾城；唐代安西都护府所在的古城遗址又是哪一座；龟兹王城，当时叫延城，在哪里；等等。此外，汉唐一千年间，在这片土地上有很多屯田堡垒、守捉城堡、烽燧和城墙的遗址，这些空城和遗址也都是我想实地探寻的。

我还想寻找一些当地民间艺人所用的乐器。从这些乐器身上，再去追寻汉唐间龟兹乐的踪迹。当然，找到汉琵琶绝对是一个梦。我能带回去一堆乐器，丰富我的乐器收藏就很好了。

王雪的这个音乐会创作团队中有几位很有名的民乐作曲家，他们分布在东南西北的音乐学院里，平时教着音乐课，带着研究生。他们的学生有演奏家，也有作曲家，这一组人在这些天都是流动的，有不断加入的，也有不断离开的。

我和王雪约好，白天我和她兵分两路：一路是沈毅开车带着我，去探寻龟兹遗址和汉唐古迹；另一路是王雪带着她的"龟兹盛歌"音乐会的主创团队，坐一辆考斯特，在当地采风采访、拜访民间艺人，并和当地歌舞团交流，看当地风土人情。

我和沈毅有时候和他们会合，一起去探访当地艺人，大部分时候是我和沈毅去探访那些空城废墟，那是我们两个男人的探寻之旅。在我们的整体日程安排中，最后一天晚上，王雪带的主创团队要和阿克苏歌舞团、民间演唱十二木卡姆的老艺人们，一起举办一场歌舞晚会。在这场肯定十分精彩的歌舞晚会之后，此行才圆满结束，曲终人散，返程回家。

我要先去看看龟兹王城，那座在汉代和唐代的史书里闪耀着光辉的城市遗址。沈毅开车奔走在广袤的荒野上。夏天，新疆的天气干燥炎热，我的嘴唇很快就起皮了，不喝水嗓子里冒烟，喝的很多水又都从汗腺和毛孔里跑掉了。

沈毅说，哎，李刚，那个王雪我觉得不适合你。一看她就是那种忙于事业把什么都丢在脑后的女人。你看她那个能张罗的劲儿，她只是想着她的音乐，她的心里不会有你的。

我笑了，一匹再好的马也会有驯服它的骑手，一个桀骜不驯的女人也有她钟情的男人。

这么说，她钟情于你了？没有看出来呀。沈毅在逗我，除非晚上你溜进她的房间，她不赶你出来，我才相信。沈毅在阿克苏长大，他母亲在这里待了几十年，也不愿意回四川老家，有几百亩的果园需要照料。

我岔开话题，问他，你母亲身体怎么样？

挺好的，七十多岁了，身体相当好。她找了两个帮手打理几百亩农地，种小枣和棉花、花生，收成好的话每年收入几十万元。

我们的车子直奔我心目中的那座龟兹国的都城遗址。到达库车县城之后，在老城和新城之间有个皮朗村，古城遗址就在那里，现在叫作皮朗古城，也就是汉代称为延城的所在。到唐代，延续了魏晋南北朝时候的称呼，叫伊罗卢城。

下了车，我看到皮朗古城位于却勒塔格山的南面，山体看上去就像是一条远古的巨龙死在那里，只剩下了怪石嶙峋的骨骼。库车河在不远处蜿蜒而过，现在正值夏季，山间冲下来的洪水浩荡而过。这龟兹王城选择的地点，地势开阔，有山可以傍依，有水可以滋润，有大道可以通过，是一个在开阔地区筑造的王城。信步走来，我眼前是长长的城垣遗址，长满了青草和小树。在《汉书·西域传》上记载："龟兹国，王治延城。"《晋书》上曾说，这座王城"其城三重，中有佛塔庙千所。……王宫壮丽，焕若神居"，就是华丽壮观的三重王城，就像是神仙居住的地方。

我能想象出，在汉代，龟兹王绛宾从长安回到龟兹王城，一方面大力改革龟兹的衣冠和礼仪制度，另一方面仿照长安城的建设，在外城建造有巡逻道的高大城墙，王城居于三重城的核心，绛宾和他心爱的王后——解忧公主的女儿弟史一起研习龟兹歌舞，教化龟兹子民的情景。虽然，绛宾在龟兹推行汉朝的传呼制度、撞钟敲鼓、鼓乐齐鸣等礼仪，被龟兹一些贵族背后议论为"非驴非马，像是骡子"，牢骚满腹，可绛宾不管那个，他继续推动龟兹的改革，以及与汉朝的交好。

公元前60年，西汉在距离龟兹不远的乌垒城设立西域都护府，第一任都护是郑吉。郑吉也参与到当年细君公主、解忧公主、弟史和冯嫽等几位当时杰出女性的合纵连横中，以及乌孙、匈奴、西汉、龟兹等相互之间错综复杂的政治、经济、军事和文化交流的活动里。到了唐代，这里是龟兹王城和安西都护府的所在地，伊罗卢城。

当然，我对沈毅说，史料记载，唐朝安西都护府的设置与唐太宗在640年灭掉高昌国后有关系。那段时间，天山南道从哈密到高昌、交河，再到龟兹和疏勒，大唐和吐蕃争夺得很厉害。在我们眼前的皮朗古城，蕴含多少历史的烟云弥漫和消散。唐朝的安西都护府，那几十年，有时候在皮朗古城驻扎，有时候不得不搬到高昌，有时候在焉耆，地点变化很大。

我们在皮朗古城内那被青草覆盖的城垣上走来走去，可以感受到干燥的空气在颤抖。沈毅说，这座古城现在保存着三个很高大的土墩，当地人叫作皮朗墩、哈拉墩和哈喀依墩。沈毅懂维吾尔语，他说，皮朗，在维吾尔语里是大象的意思。你看，这土墩子远看多么像一头大象蹲在那里啊。

我发现，皮朗古城的城墙原来肯定比较高，现在残留的部分，有的地方高四米，有的地方高八米。城墙城垣宽在八到十六米，目前残存的周长有六千多米，相当大了。在空城遗址内，偶尔可见地下排水陶管的残片，带有忍冬花图案的方砖残块，还有一些陶器的碎片，闪烁着历史信息。我手里的资料显示，这里出土有开元通宝、大历元宝等唐代钱币，说明汉代到唐代，这里一直就是一个政治经济文化中心。眼前很多红色陶器、地砖、瓦片的碎片，那都是汉砖和唐瓦，记载着两千年以来的岁月风华。

我们在皮朗古城，也就是汉代延城、唐代龟兹王城和西域都护府所在地伊罗卢城遗址转了半天，发了思古之幽情，拍了很多照片。然后，我接着要寻找的，是东汉时期班超带着儿子班勇，就任西域都护之后，所驻扎的龟兹它乾城的遗址。

西汉在公元前60年设立西域都护府的地点是乌垒，也就是现在的轮台县。到了东汉时期的公元91年，班超被任命为西域都护，他将都护府从乌垒城迁到了龟兹它乾城。我来阿克苏之前，就给沈毅去了电话，让他先把这个地点搞清楚，我到了之后，我们就直接去实地探访。

沈毅的准备工作做得相当好。我们从库车皮朗古城遗址出来，直奔东边，走了四十公里，来到了一个叫塔哈其的地方，属于库车县牙哈镇。这里果然有一座古堡遗址的城墙角，宽约六米、高三米的样子。附近还有一个仓库遗址，是一座小地窖，深约两米，被考古工作者确定为军粮屯储地。

看到眼前的遗址废墟，我心潮澎湃，快步走过去，如获至宝。它乾城啊，这里可是班超带着他十岁的儿子班勇居住和生活了十年的地方。我在那个显然是军事堡垒的黄土遗址边转来转去，似乎看到了班超和班勇在这里走动的身影。想想吧！公元91年！从那时到现在，过去了多少年？距今已经接近两千年！看到它乾城现在的模样，我都想流泪了。

在维吾尔语里，塔哈其的意思是"织口袋的人"。显然，这里是传说中古老的军事堡垒。沈毅说。

是的，从谐音来看，塔哈其，它乾城，发音也很接近。我说。站在高高的土墩上，可以看到从乌鲁木齐通往喀什的国道就在北面向南蜿蜒而去。这里自古就是丝绸之路的要道，如今也在交通要道边上。

它乾城，我找到你了！我十分激动，摸出手机，立即给王雪打了一个电话，大喊，我找到了，找到了！

你找到细君公主的汉琵琶了？电话里，她惊呆了。

不不，是东汉西域都护班超和班勇父子生活过的它乾城遗址，我找到了!

啊,听上去她有些失望,我还以为,是细君公主的汉琵琶被你找到了……

我才清醒过来,感觉到自己有些失态。我说,你们那边怎么样?

我们也很好啊,我们在杏园里吃杏子,喝茶吃羊肉串,跳麦西来普呢。你们快来吧。

我看了看表,已经接近六点钟了。可这个时候还是天光大亮,新疆时间比内地时间要晚两个小时。

沈毅说,他知道那个杏园,现在是库车县一个旅游民宿接待点。

走,我们现在就去会合。我说。

他开车速度很快,四十分钟后,我们就到达了库车的杏园民宿。原来这杏园是一家很大的院子,有点农家乐的样子。王雪带着那群作曲家、演奏家都坐在一张拱形葡萄长廊下面摆着的长条桌子边,吃水果和烤肉呢。在那张长条桌子上,可以看到瓜果满桌,大盘的油馕、馓子,长颈茶壶和方块糖,还有大盘的葡萄、黄杏子、西瓜、哈密瓜、黄蛋子甜瓜、库车小白杏,堆得像小山一样。葡萄长廊边上的院子里,种着桃树、杏树、石榴树和无花果树。新疆作为瓜果之乡是名副其实的,特别是夏天来,正是水果收获的季节,能吃到最多、最好、最甜的水果。

王雪对我说,今天下午是我们和当地的艺术家交流音乐的时间。你看看那边。

我顺着她手指着的方向看去,在长廊边还有一个土炕,土炕上铺着图案艳丽的地毯,七八个戴着花帽的维吾尔族男人,个个手里拿着乐器,他们马上要表演了。

啊，我的眼睛闪闪发光，我认得出那些乐器，都塔尔、热瓦普、弹拨尔，还有达甫鼓，也就是外面绷着牛皮、内里有一圈小铁环的手鼓，这达甫鼓打起来，那个节奏没说的！然后，演出就开始了。内地的作曲家和演奏家，现在也蠢蠢欲动，都拿着当地艺人的乐器，开始学习操练。

太有意思了，这才是真采风。他们先是弹唱，接着是跳，跳什么呢？麦西来普啊，当地的维吾尔族小伙和姑娘们，大爷大娘们，连小孩子算起来，个个都会跳麦西来普，他们一对对走上场。王雪的眼睛发亮，她也在跟着节奏晃动身体。我走过去，一把把她拉起来，来吧，姑娘，走吧，跳吧！还犹豫什么？在新疆，该跳就跳，该唱就唱，现在就来跳吧！

我拉着她，跳起了节奏明快的麦西来普舞。麦西来普很好学，一般是对舞、独舞，构成了群舞，这都是可以的，手势千变万化，节奏却是始终如一的欢快。跳吧，在杏园里，这一天我满脑子都是拜访汉代它乾城和唐代龟兹王城时的激动。我看着王雪，王雪看着我，那些作曲家和演奏家，那些当地有着长胡子的戴花帽的维吾尔族艺人，个个都沉浸在此刻的欢乐中。这欢乐是音乐和舞蹈的欢乐，也是人生相遇的永恒瞬间。

三

那几天，沈毅开车带我探查从阿克苏到库车方圆几百公里存在的汉唐遗址。没有到这里实地看过，就不知道这里存在这么多的汉唐遗址。比如，在库车东北方七八公里处的一片戈壁滩高地上，就有一座夯土城墙遗址。这里叫明田阿达古城，刚好在冰雪融水喧腾奔流的乌恰河与伊苏巴什河之间。这是一座有内城和外城的夯土城，残存着土墩和夯土台基。我判断，这里很可能是一座唐代驻兵守卫安西都护府的卫城。

在轮台县东南方二十多公里的地方，在克孜尔河西岸的盐碱地荒漠上，有一座圆形城堡的废墟，残存的城墙周长有一千多米。在遗址空城中到处可见地窑和墩台，土台和陶器的残片很多。沈毅说，这里就是汉代轮台屯田的地方。大汉屯田士兵曾经在这里冶炼铜和铁，在河边种植五谷。

我惊呆了，我能想象出大汉的士兵是如何在这鸟都不拉屎的地方屯田，种出粮食。

我们还去了新和县的玉奇喀特古城，它位于渭干河灌溉的绿洲上，有三道夯土城墙遗迹，分为内城、中城和外城，保留下来的城墙周长六公里。

接着，我们探访了汉仑头国的古城遗址，这座古城在当地的现代名称，叫作奎玉克协海尔古城。此外，唐代的拨换城、大石城、据史德城、乌垒州城、通古孜巴什城、唐王城，这些在唐代史书中出现的城堡，我们一一探访。如今，它们是一个个的夯土废墟，空城遗址。从阿克苏到库车，有很多汉唐年间建造的烽火台、烽燧、戍堡、关戍，特别是汉代修建的克孜尕哈烽燧，远看像是汉代的两个士兵，高高地站在那里，长达两千年。还有防突厥人的唐代有名的关戍柘厥关，诉说着千年间汉唐经营西域的巨大努力。

这些遗址，我都去了，我怀着一颗虔敬之心，一一拜访。

我和沈毅还去了几个古代龟兹有名的石窟。古代龟兹国是一个佛国，伊斯兰化是唐代之后的事情。这里的佛教文化遗存虽然遭到了千年以上的连续破坏和覆盖，但依旧放射着不灭的佛教光华，这体现在这里很多佛教洞窟以及相关的壁画和雕塑上面。

这天下午，我和沈毅又与王雪他们那一队在克孜尔千佛洞会合了。由于要创作"龟兹盛歌"大型音乐晚会，理解古代龟兹佛教文化的包容和善念、辉煌和博大，我们一定要拜访龟兹石窟。

克孜尔千佛洞名气很大，和敦煌莫高窟、山西大同云冈石窟、河南洛阳龙门石窟齐名，开凿年代更为久远，约在公元3世纪就开始开凿。在龟兹文物研究所的专家汪教授带领下，我们前去探访。走过克孜尔千佛洞广场，坐在那里苦思冥想的鸠摩罗什铜像，引领我们走向了历史深处。

一片被流沙所覆盖的石壁上，那一个个洞窟，里面都是佛教壁画和塑像，现存还有二百四十六座。汪教授耐心地带领我们一行人，沿着像是麦积山石窟的盘山铁架子一样的手扶架子，在陡峭的山体边爬上爬下。那一刻，我走在王雪的前面，和她手拉手，走过一个又一个洞窟。在洞窟的壁画边，在雕塑的光影中，我和王雪的关系似乎也在靠近。不过，她的眼睛里闪烁的，还是对龟兹历史文化的那种亲身体验后的兴奋感。

除了克孜尔千佛洞，我们还去了库木吐喇石窟、森木塞姆石窟，这两个存世面积较小的石窟分别位于库车县西北和东北各四十公里的地方。越是偏远的石窟，里面的原始风貌保存得越好，越能亲眼看到距今一千七八百年以前，一直延续到唐宋时期的佛教遗存。

我们在阿克苏地区几个县来回跑，王雪带领的采风创作团队开始写出一些作品。我和沈毅踏寻汉唐古城，也都走了一遍。我搜集了不少阿克苏当地的民族乐器，在沈毅的后备厢里，总是装着我买到和找到的乐器。比方说，我找到了当地维吾尔族艺人用的现代筚篥，叫作"巴拉曼"，有七个孔，簧片用芦苇做成，发出的音十分苍凉高远。

但我寻找细君公主汉琵琶的梦想，一直没有实现。

我们已经在周围几百公里的地方转了一个星期，要结束行程了。这天晚上，在库车县一个影剧院，要举行一个非正式的告别演出交流。库车县给王雪的音乐会主创团队安排了阿克苏艺术团的演出，还有当地维吾尔族老艺人演唱的库车木卡姆等节目，王雪率领的作曲家和演奏家，也会把他们创作的"龟兹盛歌"的部分曲目，做一个汇报试演。这是一个很好的艺术交流晚会。

当天下午，我和沈毅在库车老县城里转悠。库车老县城和新县城是挨着的，老县城保留了很多老库车的民俗风貌。

我们探访了几家手工制作库车土肥皂的作坊，制作过程让我看得很痴迷。库车当地维吾尔族人做的肥皂，一个是一个的，圆锥状的圆坨坨，手感很好，以羊脂油为原料，清洗衣物清洁而清爽。

我们看了制作坎土曼等农具铁器的铁匠铺，还有打制铜壶的一家作坊，规模稍大，似乎是几家人合营的。

当地人喜欢用各种造型华丽奇特的铜壶，这些铜壶的壶身上都有雕饰的伊斯兰花卉图案，繁复、优美，很有装饰效果，实用性也很强。看完了他们的铜壶作坊，我买了大大小小好几把铜壶，店主木合塔尔很高兴，招待我们喝奶茶。

外面的天气酷热难当，可在木合塔尔的作坊后院，搭着一个很大的葡萄架，葡萄架上结着累累的葡萄，一串串垂下来，令人垂涎欲滴。我们聊了一阵子，沈毅对木合塔尔说着，你应该怎么样在电商渠道上进一步打开销售市场等。沈毅的维吾尔语很好，木合塔尔连连点头。

聊天时，我去后院上了个厕所。那是一个很简易的旱厕所。附近还有几只土狗在来回跑。我上完厕所，走回来的时候，不经意地往堆着木柴的院子一角瞥了一眼。忽然，我看到在一堆柴火棒子里，有一个半圆形的东西。我走过去，把它抽出来。

我惊呆了，蹲下来仔细观瞧。在我眼前，赫然就是一把琵琶的大半个身子。真的，是汉琵琶的造型，只是没有头柄挂弦的部分，也没有一根弦。琴身乍一看，就是一块年代久远的木头，发白，有很多裂纹，不细看，没有人知道这是什么东西。

我的心怦怦跳了起来，我判断我找到了汉琵琶。兴许就是细君公主当年用过的那把琵琶。我按捺住内心的狂喜和激动，站起来的时候感到一阵眩晕，这是找到我想要的东西那种幸福的眩晕。这简直是天意，也是命中注定。可是，我必须要稳住自己的心神。

我拿着它慢慢回到葡萄架下的方桌跟前，木合塔尔还在和沈毅说话。我走过去坐下来。木合塔尔看到我手里拿着那个圆圆的木头，说，你喜欢这个？这个是我在那边的土城子里挖出来的，不知道是什么。

打算把它当柴火烧了,还有点用。

我平复了一下心情,说,我想把它拿回北京,在家里做个装饰,这是一件很有意思的装饰品,一块库车圆木片。

我送给你,我送给你!免费!木合塔尔说。他当然不知道这是个什么东西。沈毅也一脸蒙,不知道我怎么对这块烂木头有这么大的兴趣。

我一听木合塔尔这么说,就接着他的话,那就谢谢了。沈毅,麻烦你去车子的后备厢把茯茶和一桶方糖拿过来。

沈毅取出车钥匙,去作坊前门停车处取茯茶和方糖。他递给我,我把一块很重的湖南益阳精品茯茶和一盒方糖递给木合塔尔,谢谢你,木合塔尔,你的铜壶,你的这个木头橛子都很好!这块茶叶和方糖,给你做个礼物和纪念。

木合塔尔很高兴地接过来。在新疆,茯茶和方糖永远是牧区和民族聚集区最喜欢的礼物。

我心里有点着急,想要尽快离开这里。我说,好了沈毅,咱们走吧,回县城宾馆,今天晚上我们还要看告别演出呢。我急急地起身,生怕木合塔尔看出来什么,要赶紧离开。

沈毅不情愿地放下手里端着的奶茶,嘴角还有一块白色的奶酪皮子。木合塔尔送我们出来,随手又递给我一把小巧的立鸟造型的铜壶,朋友,做个纪念!

我们离开了那里。在车上,看着我把圆木片小心翼翼地放进一个黑色的装乐器的锦囊袋里,沈毅有点纳闷,这么一块木头片子,有多宝贵?你给他一大块茯茶,是要干什么呢?木合塔尔的铜壶作坊每年赚不少钱，你买他的铜壶，他也没有优惠啊。

我没有说太多，只说了一句，这个木头片子，也许是有些年头的乐器残片，我要拿回去仔细看看。

沈毅笑了，我看你收藏乐器都魔怔了。好好的乐器收不完，开始收藏残破的，那还有完没完？说笑间，我们的车子直奔宾馆而去。

吃饭的时候，我和王雪在宾馆餐厅里相遇。面对着一桌子的烤包子、拉条子、烤全羊和葡萄酒，我按捺住激动的心情也没有告诉她，我可能找到了细君公主的汉琵琶。我必须保守住这个最大的秘密，现在还不是公开的时候。她能看出来我很高兴，我也能看出来她很满意，满意于这一次的采风创作，已经出了成果。

作曲家的创作热情很高，白天到处跑，那么累，可晚上他们还在写谱子。演奏家也在练习着，大家都进入了状态。怎么样，那些废墟、空城、遗址，你也都跑遍了？王雪的嘴角上翘，带有一丝嘲讽，她可能觉得，我对那些被时间和风沙摧毁得只剩下一些土堆子的汉唐遗迹的探查，不会有什么大的收获。我又不是一个拿着考古铲子的考古学家，也不是拿着洛阳铲的盗墓贼，看一个个的土堆子，有什么兴奋的呢。

晚上的演出一定很精彩。我夸她，你总是能张罗起一场场的盛会。

她的眼睛亮晶晶的。这里是古代龟兹国的所在啊，"龟兹盛歌"的部分曲目，已经有些草稿了，今晚你能看到那些节目。不过，我对库车的十二木卡姆特别感兴趣。

十二木卡姆，是当地的维吾尔族音乐大曲。我觉得，新疆的十二木卡姆在伊斯兰将其音乐结构化之前，很可能和唐代的龟兹乐有关。

你说得有道理呢。她沉吟着，唐代的《霓裳羽衣舞》一开始是十二部，后来变成二十四部。你看白居易写的那首诗《霓裳羽衣舞歌》里，有这么几句，"繁音急节十二遍，跳珠撼玉何铿铮！翔鸾舞了却收翅，唳鹤曲终长引声"。

不不，白居易当时看到的只是《霓裳羽衣舞》的十二段歌舞的部分，这整首《霓裳羽衣舞》根据考证有三十六段。白居易是比唐玄宗晚一些年的诗人，他看到的是一些片段式的双人歌舞。我说。

可即便如此，他还是写出了这首旷世名作。她说。

今天晚上，除了库车十二木卡姆，你们音乐家要演奏什么曲目呢？我问她。

她的心思忽然转移了，她在寻找那些还没有到饭厅的作曲家和演奏家：他们有唢呐，二胡，中阮，琵琶，笛子，笙，锣鼓。合奏，协奏，独奏，狂想，重奏，随想。吹打，拉弦，弹拨……

她有点心不在焉，我估计她在操心晚上音乐会的事。我笑着看着她，还是没有把我找到汉琵琶的秘密吐露出来。

四

当天晚上，天黑了，库车的天空中布满了星星，像是钻石一样熠熠生辉。今晚的音乐盛会是在库车剧院里举行。这个剧院的观众区在重新装修，所以他们把舞台弄成了一个环形剧场，中心是表演区，这样音效会好一些,而圆圈外围搭建了一些梯形的观众椅子。观众不算多,大多是当地文化系统的人,此外,就是参加当天表演交流的艺人们,我大致看了看,也就二三百人的样子。我和王雪、沈毅坐在第一排,我让沈毅把装着我的汉琵琶和笙篥的锦囊袋子,放在我身后的第二排。

我们刚坐定表演就开始了,首先上场的,就是当地的维吾尔族民间艺人组成的库车十二木卡姆表演团。这群艺人都是男人,阵势十分庞大,一上来就是几十个人,他们有三十个?五十个?七十个?我没有来得及数清楚,演出就开始了。只见这些头戴角形和圆形花帽的男人,第一排的盘腿坐在舞台中央巨大的花地毯上;眼前是一面面裹着红条布的鼓,敲鼓的艺人有一排,最近的艺人距离我只有两米远。第二排的是吹喇叭、唢呐的吗?是的,他们手里拿着的是喇叭,喇叭身上也系着红巾子。第三排的手里拿着长柄的都塔尔。最后一排男男女女,手里拿着达甫鼓和手鼓,还有弹拨电子琴,然后,司仪说完话,他们就开始演唱了。

这阵势十分撼人。声音一出来就震动屋顶,气氛一下热烈了起来。库车十二木卡姆热情洋溢,我感觉到周围的温度在激扬的乐曲声中迅速上升。十二木卡姆是几百年来经过无数民间艺人和音乐大师不断挖掘、修改和整理形成的大型曲目,分为拉克、且比亚特、木夏乌热克、恰尔尕、潘吉尕、乌扎勒、艾介姆、奥夏克、巴雅特、纳瓦、西尕、依拉克等木卡姆十二套,最后,还有终曲的阿胡且西麦。

十二套大曲中的每一套,又分为三个部分。大拉克曼由四到十一首歌舞和几首间奏构成,整个大拉克曼的部分都是歌唱家伴奏,情绪特别饱满。第二部分是达斯坦，这一部分的歌曲有很强的叙事性，想来和史诗的片段特别是爱情长诗有关系。第三个部分是麦西来普，这部分的歌舞非常欢快浪漫、活泼动人，节奏感特别强，在这个部分，人人都可以下场跳起来了。十二木卡姆一共有一百六十七首歌曲和七十五首乐曲，集舞蹈、歌唱、演奏于一体，实在是欢乐至极的歌舞大曲。

今天晚上，库车木卡姆艺人们给我们演唱了第一部分大拉克曼。很快就进入第三部分的麦西来普，欢快的歌舞节奏让大家不由得跳起来。我拉着王雪，还有汉族作曲家、演奏家们也都纷纷下场，大家跳起来，跳起来了。

库车十二木卡姆的演出有四十分钟，刚才的表演只是很小一段，就让大家开了眼，情绪很激昂。接着，王雪率领的内地音乐家上场了。

首先出场的，是一位穿着红色锦缎旗袍、身材饱满、面容冷艳的唢呐女演奏家，她往台子中间一站，特别有气场，在她身后是伴奏乐队。她吹起了唢呐，一瞬间我的心脏仿佛停止了跳动，啊，我没有想到唢呐声声就像是一把利剑，一下子刺破了屋顶。如果说木卡姆的乐声能够震翻屋顶，那么唢呐声就能刺破整个苍穹。这个唢呐女演奏家真是中气十足啊，她把唢呐吹成了向苍天发问的一句句话，真切生动，感人肺腑。一下子，就是那一刻，我听出来汉朝大军在龟兹征战的那种气势了。我从这唢呐声中，听出来唐代安西都护府的军马嘶鸣，金戈铁马在月亮下行军的凛然而动，我浮想联翩。王雪的艺术家团队，二胡、笛子、笙箫、中阮、排箫，加上锣鼓喧天，每一个演奏的艺术家都拿出了各自的绝活。音乐或者缓慢或者疾速，或者快捷又忽然转为轻轻的呢喃。汉风阵阵，西域风沙，龟兹壁画上的佛陀微笑，观音身披白纱款款而行。最后，琵琶演奏家上场了。几位演奏家手里拿着的，有西域龟兹小琵琶，有五弦，有曲颈琵琶，也有汉琵琶。琵琶演奏家手挥琴弦，一阵阵大风从天边滚滚而来，就像是马蹄轰隆，又如急雨突降。忽然，一声清脆的鸟鸣打破了战场的寂静，琵琶声声如波浪，琵琶阵阵大风吹。我的心弦也被拨动了，我实在按捺不住激情，从身后抓过锦囊袋，拉着沉浸在音乐中激动万分的王雪说，你跟我出来一下，现在，我想告诉你一个最大的秘密。

她这时满脸疑惑，但也很顺从地让我拉着她出来。她很乖巧，我们一溜烟跑到了剧场外面。

剧场外面一片漆黑，星光却是无比灿烂。我们稍微适应了一下夏夜的黑暗，就看见了彼此那容光焕发的脸。她问我，怎么了？发生了什么事？

我从锦囊袋里摸出那把汉琵琶的残身。满月形的琵琶在星光下发出鱼肚白色。我说：你看，我找到了细君公主的那把琵琶。你看，这就是那把汉琵琶。

她惊呆了，拿过来仔细地端详，还真是的，还真是一把古老汉琵琶的琴身。

这时，我闻到她身上散发的一股奇特的香气，在夜晚，被风吹到我的鼻腔里。我惊讶地看到，她正在变化，她在变，无论样貌还是装束都在变，啊，她变成了一个龟兹古国的女人。我呆住了，问道，你是谁？

她笑了，我是弟史啊，我又是火玲珑。你呢？你知道你是谁吗？

我喃喃地说：我？我不知道我是谁。我是谁？

你是绛宾，你又是白明月。走，你跟我进去，在大殿里，正有一曲最美的歌舞等待我们去演出。我们要进去了。

我再一看，真的啊，我现在华服在身，我难道是绛宾？我手里拿着一支银字管筚篥，难道我是白明月，她是解忧公主的女儿弟史，或者是龟兹琵琶高手火玲珑？王雪身着如雪的白色纱衣，内里是红色衣衫，走动起来如梦如幻，曼妙无比，她左手拉着我，右手提着那把满月形的细君公主的汉琵琶，我们一起向着那时空深处的大殿走去。

我猜想，在大殿里，很多人正等待着我们到来，演奏一曲永不消散的乐音。那是琴瑟和鸣，那是霓裳羽衣，那也是龟兹盛歌。

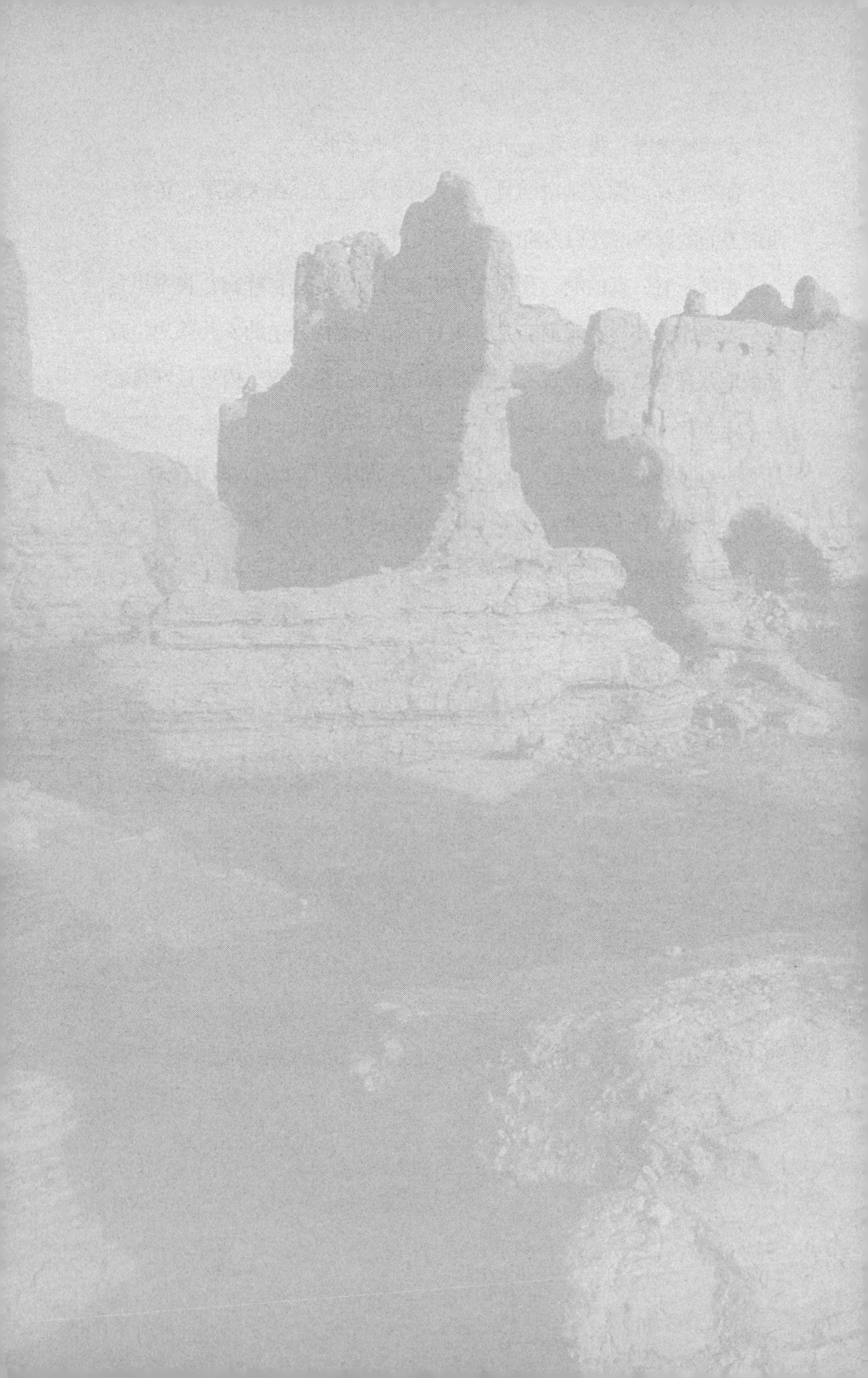

高昌三书

帛书：不避死亡

一

我还记得我亲手种下的那棵树，就在两条河交汇的河岸边，那是一棵白杨树。等我离开交河的时候，那棵树已经长得很粗壮了。每到春天，河岸边的花絮到处乱飞，细小的白絮飞入鼻孔，嗓子眼就会发痒，我就会不停地打喷嚏，眼睛和鼻子开始发红，睡觉时浑身都有些痒痒的。好在这样的情况持续不了多少天就过去了，天气就开始变得越来越燥热。

现在我在大牢里，在等死。什么时候会行刑我不知道，狱卒也不会告诉我，尽管我是一个有功之人。可我只要闭上眼睛，那些往昔岁月就会重重叠叠地出现，像是树上无边无际的杏花和大地上紫茵茵的苜蓿花在一起摇摆，在我的眼前闪耀，不断闪现和消失。这让我心存畏惧和感激。我感激什么呢？我感激现在我还能看到那些峥嵘岁月的影子，那些在西域大漠之野，在层峦叠嶂的高山之下我和父亲征战的岁月，是那样逼真，深深地镌刻在我的记忆里。可我要死了，什么时候死我不知道，我在大狱里，也没有人跟我说话了。

那就让我从源头去想一想，这些年我都做了什么。就像是一束光，总有发源的地方，也像是一条河，是从溪流开始了流向。那么，我是哪一年哪一天看到父亲向我走来的身影，记忆能够告诉我吗？当然了，记忆肯定能告诉我，恍惚间我就看见了父亲班超的身影。父亲的身影并不高大，他很瘦，我还记得，小时候他抱着我，胳膊和手总是很硬，硌得我有些疼。记忆里的父亲经常不在宅子里，他带兵出去打仗，很多天才回来，身上总是有一股马匹身上的沉重气息。脱下铠甲，他从我妈妈的手里接过我，看了一眼，然后把我递还给她，我就开始哇哇大哭了。

我是迎风而长的，长得很快。没有人看见我的生长，就像是没有人能看见草生长。

我和父亲的一生，都和西域有关。这个事情说来话长，我要从头说起。汉武帝时派张骞出使西域，历时数十年，张骞一直和匈奴人周旋。到宣帝时期有了一个机会：宣帝神爵二年，匈奴人内部分裂，匈奴王右贤王和日逐王两人争夺单于大位，右贤王先下手为强，打败日逐王，夺得了单于的大位。日逐王就派出使者前往叩见在渠犁屯兵的汉朝侍郎郑吉，请求归降大汉。

正在渠犁驻扎的郑吉一直警惕地关注着天山北面的匈奴人，他们时不时要袭扰天山以南绿洲上的西域小国。前些年，郑吉曾率兵攻破车师，据守交河城，因交河城是车师国的王城，处于战略要地，匈奴人觊觎已久，郑吉率兵马在此屯田数年，以汉朝的农业技术改造土地，土地变得肥沃，瓜果蔬菜小麦长势喜人，交通要道之上商贾往来云集，交河城作用凸显。

匈奴人曾派出骑兵攻打车师。郑吉记得，他们的骑兵声势浩大，数万人在马上呐喊，围着交河城不停地转圈，马蹄将黄土尘烟踢打得高高扬起，就像沙尘暴席卷了交河城。嘚嘚的马蹄声就像是雷鸣阵阵，白天震天响，匈奴人手里甩着抛石器，不停地将石头抛进交河城，虽然有两条河将交河城围在中间，可眼看着田地里的粮食作物无法收割，城内即将断粮。但不知为何，匈奴人就像是一场风暴，说来就来，说走就走了。

这次日逐王派使者来降，郑吉担心其中有诈，就率领兵马几千人，前去迎接日逐王的队伍。见面晤谈后，发现日逐王是真的来归降大汉的。郑吉非常高兴，立即派快马向宣帝报告。这个消息也让宣帝很高兴，他封日逐王为归德侯，并设置西域都护府，将郑吉提拔为第一任西域都护。这是宣告西域正式被汉朝管辖。因此有一个说法：汉朝的号令在西域广行颁布始于张骞凿空，而成就于郑吉，西域获得了很多年的安宁。

说说后来发生的事情吧。我听说，到了王莽始建国五年（13年），西域小国见到王莽篡权、刘姓汉室不再，就纷纷疏离汉朝。王莽派使者去见匈奴单于，收回刘姓汉室给匈奴的"匈奴单于玺"，改授匈奴单于小一号的"新匈奴单于章"。大玉玺变成了一枚小玉章，匈奴单于感到被降级，受到了侮辱。但当时单于没有发作，而是照样接过来，把王莽派来的使者客客气气地送走。

等使者走了，单于召集手下人商议怎么办。部将们见此情景都很生气，觉得王莽新朝这么对待匈奴，太侮辱人了。但他们纷纷说，反击大汉也要等待机会。不久就发生了一件事：车师后王须置离欲逃入匈奴，被汉朝的戊己校尉刁护捕押至西域都护但钦处，被但钦斩首，须置离的兄长狐兰支率领车师国军民两千多人，赶着牛羊、驾着车马投奔了匈奴。匈奴单于正为玉玺换成玉章的事情愤懑着，看到狐兰支前来投奔，立即发兵攻打交河城，杀了驻守车师后国的城长，打伤王莽军的西域都护司马。

此时，戊己校尉刁护身患重病，他的两个副手——戊己校尉副贰使陈良和终带，因不满王莽篡了汉室的权，看到西域小国纷纷有反意，陈良自称"废汉大将军"，杀死刁护，率领军屯的兵士和他们的家眷两千多人，投奔了匈奴。匈奴单于立即拜前来投奔的陈良和终带为乌贲都尉，负责训练匈奴士兵，熟悉汉朝战法。

又过了两年，西域小国焉耆和北方的匈奴人联手攻打交河城，杀死了西域都护但钦，王莽得知后，派出的竟然是与匈奴和亲的使者，并带了很多让匈奴单于眼睛发亮的礼物。礼物送出了，王莽的使者要求单于把陈良和终带两个叛将交出来。匈奴单于是见钱眼开、见利忘义的人，眼见使者带来了那么多金银财宝和绫罗绸缎，还有牛羊车马，就把那两个汉军叛将交出去了。于是，陈良和终带被带回长安，王莽把他们俩一起烧死了。

那些年，西域的局势比较混乱。接着，小国焉耆反叛，王莽派五威将军王骏、新任西域都护李崇率兵东西夹击，讨伐焉耆。匈奴人和焉耆商议好，要焉耆假装投降，实际上暗中备好了兵力迎战。王骏的大军七千人先期赶到焉耆，结果莎车、姑墨、尉犁等小国的援兵临阵倒戈，焉耆兵出其不意全力攻击，将王骏的七千兵马全歼，西域都护李崇不得不退守龟兹。戊己校尉郭钦的队伍稍后赶到，他发现王骏已全军覆没了，如果和匈奴对抗，兵马太少，就沿着河西走廊退守敦煌。

于是，匈奴人占领了车师前国王城，也就是交河城，在那里插上了匈奴人的狼旗，吹响了他们的长号角，敲响了他们的牛皮鼓。那些见风使舵的西域小国纷纷归顺匈奴，西域和中原的通道绝断，匈奴人也没有东进。这就是"三绝三通"的第一绝。

当时的车师王城交河城，就是我后来在两条交叉的河流岸边种树的地方。这就说到我父亲了。我小时候刚懂事，母亲就告诉我，我父亲素有大志向，为人做事不拘小节，不怕吃苦，很有忍耐力。他口才很好，一般人都辩论不过他。

我父亲班超后来怎么到了西域，这就要说到我的大伯班固了。他被朝廷招纳到洛阳担任校书郎，幼小的班超就跟随他母亲一起来到洛阳。当时，家里很穷，家庭开支全靠我大伯担任朝廷校书郎的那点薪水，钱也不多，几口人在帝都洛阳生活，实在是捉襟见肘。我的父亲班超逐渐长大，被朝廷的文职官员雇为文秘，给他们起草文书，挣点生活费。我父亲后来告诉我，他干文书这一行当工作十分枯燥，整天趴在案头写啊写的，日子都是重复的，工作都是无趣的。坐得时间长了，他感到十分苦闷，有一天，他一下子把手里的笔扔在地上，对左右还在埋头写字的文秘们大声说，不干了不干了！大丈夫要是没有大志向，那就完了！我坐在这里整天消磨时光，真令人烦闷。我多么想效仿当年的傅介子和张骞，在西域立功封侯啊，整天坐在这里抄抄写写，太没意思了。

大家一开始对他投笔于地吓了一跳，听他这么说，就哄笑起来。

一个人说,班超,你这是要投笔从戎啊,你本来就是一介书生,要是去当兵打仗,那可是死无葬身之地喽。

我父亲班超说他当时的表情很鄙夷:你们还笑,你们这帮小子,怎么能知道壮士的志向呢。他把桌子上的活儿丢下就跑了。他去了哪里?他一时冲动就来到街上,其实还不知道去哪里报名参军呢。结果被一个看相的人拉住,那人看了他半天,说,我看你长着燕子一样的下巴,老虎一样粗壮的脖子,你这个人,有大富大贵呢。你这是长了一副要在万里之外封侯的面相啊!他听了,将信将疑,要去远方建功立业的想法就像一颗种子发了芽,在内心茂盛生长。可在大街上转了一圈,还是不得不回去抄写文书,赚点小钱养活老母。

机会来了。汉明帝一向喜欢我大伯,有一天皇帝和我大伯班固聊起我家近况,就问,你有个弟弟班超在干什么呢?

我大伯说,他呀,在给循吏当文书,多少得几个钱,养活我的老母亲。可他总是很不安分。汉明帝就任命班超为兰台令史,算是提拔了,收入稳定一些。这个官职隶属于御史中丞,负责奏折和文书的起草,还负责宫廷藏书的整理校订,俸禄六百石,可以说很不错了。

当时,明帝在位时期北匈奴逐渐强大起来,不断翻越天山南下,抢掠西域小国,还向东打到了河西走廊。酒泉塞一些郡县的城门在白天都是关闭的。明帝看到国库充实,决定效法汉武帝出击匈奴,再通西域,就派奉车都尉窦固、骑都尉耿忠等兵分四路,攻打匈奴。

这次出击,我父亲以假司马的官衔随窦固的部队出击。他们一路急行军,迅速西行,攻打伊吾卢,那里是匈奴人的粮草集结地。结果他们出其不意,成功突袭了匈奴的后勤军备,并配合耿忠在蒲类海打了一场胜仗，斩杀不少匈奴人。窦固在伊吾卢设置了宜禾都尉，在那里开始军屯。耿忠则率兵北上，攻打车师后国。车师后国国王投降，在天山北面的车师前国见到车师后国投降了，也前来投降。车师前国和车师后国都臣属于汉朝。

在这次远征中，我父亲作战勇敢，临危不惧，斩获了不少匈奴人的首级。回到洛阳后，大受朝廷的奖赏。我大伯班固发现，他的弟弟，我的父亲班超还真的不是吹牛，他真能带兵打仗，决定进一步举荐他。那时，明帝想进一步解决匈奴人持续袭扰西域小国的问题，想先文后武，再探匈奴的虚实。我大伯就举荐班超参加了郭恂的使团，出使西域。

他们一行先到了鄯善国。鄯善王广盛装迎接，接待郭恂和我父亲一行，开始几天礼节非常隆重，态度很谦恭。过了几天，忽然鄯善王广态度就冷淡下来，连面也不露了，招待郭恂使团的饭菜也越来越不好。郭恂还在纳闷，我父亲已经猜到这是怎么回事，就冷不丁对接待他们的鄯善侍者说：匈奴的使者来了好几天，他们还要待很久吧？

鄯善侍者大吃一惊，以为班超都知道了，就说，匈奴使者到了三天了。他们就住在距离这里三十里的地方，可能要再待一段时间呢。我父亲告诉我，当时他一听，就把这个侍者控制住，不让他走。当天傍晚我父亲召集使团三十六个人一起喝酒，喝到半酣时，他对众人说，你们不知道，我们现在处在绝境中。匈奴使者也来到鄯善国，鄯善王广对待我们的礼节，是前恭后倨。假如鄯善王广明天把我们都绑起来送给匈奴人，那我们就要死无葬身之地了。大家说说，我们应该怎么办？

大家群情激愤起来，却一筹莫展。有人说，而今我们都在危难之地，生死未卜，命悬一线，我们都听司马的！我父亲看到大家都点头，就说，那好，俗话说，不入虎穴，焉得虎子，我们就在虎穴中。我看只有趁着夜晚，突袭匈奴使团的驻扎地，杀灭匈奴使团，鄯善王广才能善待我们，我们也才能绝处逢生，全身而退。

三十六个人其实也各怀心思，也有犹豫的人，问：这个事要不要和使团主使郭恂一起商议一下呢？我父亲在这时显露出他的果断来：郭恂主使他是一个文书俗吏，写写画画还可以，舞刀弄枪就不行了，听了我们的计划，肯定很害怕，那计划就泄露了，干不成了。要干，就立即动手，事不宜迟。大家想一想，我们出使西域，人死了连个勇士的名头都没有，好歹也要拼死一搏。大家都激动起来，说，好，我们就听司马的，就这么干。当晚，我父亲率领三十六个勇士，武装准备停当后，出发夜袭匈奴使者的驻扎地。

二

我父亲说，那天晚上风很大，风里还裹着沙子，打在脸上很疼。他们在夜色中悄悄摸到了匈奴使者的驻扎地。我父亲派十个人在匈奴使者房屋后拿着皮鼓埋伏好，嘱咐他们只要一看到屋前起火，就使劲儿敲鼓。其余二十六人手持弓箭和短刀，在前门蹲守，准备击杀仓皇而出的匈奴使者。父亲指挥几个人顺着风势点火，在屋前屋后敲鼓呐喊。一时之间，明火冲天。还在熟睡中的匈奴使者不明就里，慌忙从屋子里冲出来，立刻被埋伏在屋前的勇士们各个击杀。没多久，战斗就结束了，他们杀死了匈奴使者和随从一共一百余人。

天亮的时候，大家看到，眼前匈奴人尸横遍地，血流成河。我父亲找到一具匈奴主使打扮的尸体，割取下首级，然后率领三十六名勇士前往鄯善王宫。

鄯善王广在天光大亮的时候打开宫门，看到班超带着一众三十六名勇士，手里提着匈奴主使的脑袋，大惊失色，一下子坐在地上。我父亲说，陛下，我知道你为什么冷落我大汉使团了。原来，你在私下里和匈奴人勾连。我把他们都杀了，从今日起，鄯善国不能再与匈奴勾连，否则，下场也是一样的。

鄯善王广脸色苍白，叩头表示臣服，愿意归属大汉，从此绝无二心。

很快，我父亲击杀匈奴使团的消息在鄯善传开来，鄯善王城内所有人都感到震撼。我父亲班超的英名从此一下子就传开了。

鄯善王广派一个儿子作为质子，跟随班超回到洛阳。

我父亲这一次是扬眉吐气了，也应了那个相面先生的说法：他将在万里之外扬名立万。明帝嘉奖了我父亲，并提升他为司马。

休整一番，再次出使西域，这次我父亲仍带着三十六个人出行。他们经过酒泉塞，出敦煌，从山南道过楼兰，前往于阗国。到达于阗时已经在路上走了几个月。当时，于阗国王叫广德，臣属匈奴，匈奴派了一个监国使者长驻于阗，对于阗进行监视和收税。

我父亲抵达于阗后，国王广德对汉使团态度很冷淡，避而不见，只派宫廷丞相负责接待，酒食都很差。我父亲不为所动，暗中谋划着要行动起来。他带领三十六个壮士先住下来,每天就是上街四下走动,观察了解于阗国的风俗民情,等待着机会。

机会来了。那时,于阗国王信巫,养了一个大巫师。这个大巫师听说有汉朝使团前来,个个骑着好马,就对国王广德说,神发怒了!神告诉我,你不要礼遇汉使,不能善待他们。听说,来的汉使个个都有好马骑,你要让他们挑选几匹好马,赶紧给我送来,只有这样,神的怒气才会消解。不然,于阗可要大祸临头了。

于阗王广德听了,就赶紧派人,前往我父亲的驻地说了来由,索要骏马。我父亲假装同意,说,既然是国王开口,那好啊,就让大巫师亲自前来挑选骏马吧。他喜欢哪一匹,就可以带走哪一匹。

那个大巫师听了,喜不自胜,穿着装饰华丽羽毛的斗篷,后面跟着几个小巫师,来到我父亲他们的客栈。刚一进院子,埋伏在那里的父亲的手下壮士就立即冲出,手起刀落,把这个大巫师斩杀于院子里。几个小巫师见状闻风而逃。我父亲让人将大巫师的头送到于阗王宫,于阗王广德见到大巫师的头,大为惊骇,他这才听说我父亲班超曾经在鄯善击杀匈奴使者团一百多人的壮举,惶恐了半天,下定决心,派兵斩杀了匈奴在于阗的监国使者,前来向我父亲归降。

我父亲用带来的丝绸、玉器、金器等名贵礼物,代表汉朝赏赐给于阗王广德,广德派一个儿子作为质子,前往洛阳。

第二年,我父亲又按照民意,采取计谋,将龟兹打算立为疏勒国王的兜题绑起来,改立疏勒老国王的儿子忠为国王,很得疏勒国的民心。一时间西域南道的几个小国都归顺了汉朝,汉朝与西域再次相通,这是"三绝三通"西域的第一通。

我父亲知道匈奴失去对西域小国的控制权，不会善罢甘休。永平十八年（75年），汉明帝刘庄驾崩后，焉耆和龟兹两国趁机起兵，攻打西域都护陈睦和戊己校尉耿恭。当时，陈睦和耿恭屯田在车师后国的金满城。他们杀死了陈睦和守卫屯田的汉兵两千多人。北匈奴也出兵攻打屯田柳中城的关宠所部。耿恭和关宠带兵顽强抗击，匈奴单于没有击破坚固的城池，退兵而去。

汉章帝即位之后，不想以战事疲惫军民，也得知在西域苦战的耿恭等将士在匈奴人的包围中。他下诏出兵七千人，攻破车师国都交河城，北匈奴的士兵败走天山以北。这时，关宠已经战死，由范羌率领几千兵士将耿恭迎接到玉门。章帝下诏取消西域都护和戊己校尉的设置，把战线收缩到玉门关以内。同时下诏令班超返回洛阳，并且停止了伊吾卢的屯田。

匈奴人的势力趁机南出，再度控制了天山以南的西域诸国，中原和西域断绝了通道，这是"三绝三通"的第二次断绝。

以上这些，一幕幕闪过我的脑海。父亲，当初章帝下诏让你回到洛阳，你为什么不回来呢？暗影中，我看到父亲的影子沉默着。父亲，我忽然想起来，我看到你在杏花树下站着，你在看一个人，你在看谁呢？

我在看一个女人。她后来是你的母亲。当时，正值春天，在疏勒王宫的外墙边上，有一棵非常古老的杏树。我从来没有见过这么大的杏树，它的树端昂扬向上，蓬勃如伞，有两根粗大的树枝向着左右伸展开来，距离地面不高，是横着长的。整棵杏树都在开花，素艳的杏花开得烂漫，开得热情洋溢，开得缤纷摇曳，美极了，令人心醉。就在横着的粗树枝上，在万花掩映中，竟然还站着一个姑娘，她正在端详身边那些盛开的杏花。她穿着粉色的裙子，裙裾在微风下飘动，就像是一个杏花仙女。

我看呆了，儿子，我没有想到有一棵杏树能够这么大，这么古老。这么一棵遮天蔽日的杏树又开满了杏花，而在这么一棵美极了的杏树的树枝上，还站着一个穿着粉红裙子、衣袂飘飘的姑娘，我能不怦然心动吗？她看我在看她，问，你是谁？我看你是个当兵打仗的人对吧？我说，是的，我是从很远的地方来到这里的，我还要回去的。可是，你是谁？她说，我是疏勒王亲弟弟的女儿，我叫西仁月。我见过你的，你和我父王在一起交谈过，他喜欢你。她说着，笑着，就从杏树上跳下来。这时，从旁边的树林里跑出来两个侍女，手里拿着花篮，里面都是杏花和桃花，说，公主，咱们该回去了，不然要被责骂了。西仁月跳下杏树，取下在旁枝上挂着的一个花篮，里面装着淡雅的杏花，她还调皮地向我摆了摆手，三个姑娘笑着跑开了，走远了。

父亲，我知道，那天你碰到的那个姑娘在你的内心掀起了波澜。就是那个姑娘，西仁月，让你萌发了继续待在疏勒的念头，是不是？我问他。我看到父亲在暗影中，脸色忽然有些绯红，当然，在暗影中，这一切都是我想象出来的。在这大牢里，我父亲和我在一起，他的影子和我在一起。这只能是我内心的某种期待，就是我自己的想象。

我知道，后来，你就去找疏勒王求亲，请他把自己的侄女嫁给你。他很高兴，就让你们成了亲，西仁月，她就是我的母亲。但史书不会写到她，你看，父亲，在史书里，我祖父班彪有列传，我大伯班固写的史书也会有你的列传，可是我的妈妈，西仁月，她不会在列传里出现，她只存在我的记忆里，一直温暖着我。

是的，西仁月，她就是你的母亲。一点没错，班勇，你是在疏勒出生的，你的母亲就是西仁月。我四十九岁才得了你这个小儿子，然后，一下子，你就出生了，你就迎风而长，你就长大了。你是在西域长大的，你的母亲是一个西域女人，她叫西仁月。

父亲，我记得我在疏勒一直长到了十岁，然后你把我带到了龟兹它乾城，我在那里又待了十年，长到了二十岁。那么多年里，你在西域一直征战，那时你年纪大了，你老了，你想回到中土汉地，你想回到洛阳。于是，你给我的姑姑——你的妹妹班昭写信，让她近水楼台给皇帝上书，希望能把你召回洛阳，叶落归根。

是的，此前，我就跟皇帝上书说，超自从很久以前在西域，屡屡绝地逢生，战斗不已，年纪大了以后，格外思念故土。臣不敢期望能够到达酒泉郡，但愿能活着来到玉门关！臣已经老病衰困，这一次是冒死恳求陛下，准许我的小儿子班勇，能够跟随安息国贡献给朝廷的礼物的队伍前往洛阳。在我还活着的时候，让我儿子班勇能够亲眼一见中土汉地的繁荣多姿，看到洛阳国都的繁华胜景。

父亲，对的，就是在那一次，我跟着安息国进献大汉的使团来到中土，来到我一直在您的描述下心向往之的都城洛阳。当时，安息国进献给汉朝的礼物，有一头装在铁笼里的狮子，和几只长着非常漂亮尾巴的大鸟。狮子和大鸟都是我没有见过的。在疏勒，我年幼的时候跟随您在雪山、戈壁、冰河和沙漠边走了很多地方，见过不少动物，苍狼、雪豹和野驴、野羊、野骆驼都见过，但没有见过狮子。那是我第一次见到狮子，它是一头公狮子。公狮子一旦发怒，鬃毛竖立，吼叫声几里外都能听见，威风凛凛。我就想，这狮子怎么有点像您，我的父亲？就是那种威风八面的气概，那种临危不惧的精气神。

进献的大鸟也很漂亮，一公一母，鸟长长的尾巴羽毛上还有圆圈，圆圈里有蓝色的圆点，看上去就像是长满了眼睛，十分好看。这种大鸟也关在笼子里，由马车拉着，一路东行。狮子的气味令路上的飞禽走兽都感到惊惧，走兽闻到之后，呜咽着远远地就跑开了，在戈壁上腾起了逃跑的尘埃云团。我看到正在飞行的鸟，由于害怕而突然掉落下来，发出了一阵阵尖厉的鸣叫。掉落在我车上的就有这样的野鸽子，灰色的，眼神是怯懦的。我把它捧起来，小心地梳理它的羽毛，安慰它，直到它重新振作起来，展翅飞走。

大鸟身上散发着一种令人致幻的奇怪气味。我闻到那种气味，就昏昏欲睡，却感觉到自己的身体很轻，能够一下子飞起来。我会飞起来，父亲，看到整个进献的队伍在前进，沿着你从中土一路走过来的路反向而行。我们走啊走，我跟着进献的队伍前往洛阳，一路上所有的景物和人，事物和天气都让我感到惊奇。我太熟悉疏勒城和龟兹它乾城的风景了，来到中土大地，这些都是我从来没有见过的。就是在这次远行前，前往中原的时候，你给我书写了一封帛书。对不对，父亲，你的这封帛书我一直带在身上的。

父亲班超的身影飘动了一下。在监牢里，他的影子很轻。他咳嗽着，说，儿子，什么帛书？我写了什么？我记不得了。

父亲，你记得的，你不会忘记。你看，这帛书就在我的怀里，我拿出来让你看看。你看你写下来的四个字——"不避死亡"。这就是你写给我的帛书。你勉励我,在一面白帛上写下这四个字,你可能觉得,这一次分别,我回到中土,很可能我们父子再也不会相见了。所以你才给我写了这么一句,不避死亡!多好的告诫,多好的人生信条。我知道死亡很可怕,父亲,这些年我跟着你见过了太多的死亡,几乎可说是每天都在和死亡相伴。

你一向是不避死亡的。你处理复杂军务和政务的能力,我都看在眼里,你的那种果敢和机敏,对我也是耳濡目染。到达洛阳后,就有亲戚在迎接我的时候说,班勇啊,你才二十多岁,可看上去就像你父亲一样老了。父亲,到了洛阳我才知道你的名气有多大。你投笔从戎和不入虎穴、焉得虎子的故事,早就在洛阳流传开来,你是大家学习的榜样。可是这封帛书,是你写给我的秘密信笺,是我自己珍藏的,我一直带在身边,秘不示人。这一次我下狱的时候,把它揣在怀里。进入大牢,这封帛书是鼓舞我活着的一个物证,是父亲你给我的遗言。可我也想过,父亲,你真的是不惧死亡吗?你有没有害怕过死亡,哪怕是某一刻,某一天某一场战斗之前,某个白天或者夜晚,你也曾惧怕过死亡?

父亲的身影变得模糊了。在牢房里,我的眼泪也让我的目光变得模糊。我穿过岁月的雾障,看到了这么多年的岁月,我们是怎么走过来的。从西域的大漠高山,干燥的戈壁滩上风滚草在滚滚而行,马蹄嘚嘚,踏着初春的草地,而匈奴人、汉人、龟兹人、莎车人、车师人、姑墨人,很多人的脸就像是杏花、桃花的花朵一样,在我的眼前倏然闪现,明明灭灭,就像你的身影在这间牢房的暗处陪伴我,而我竭力望向你的时候,你又消失不见了。

三

我听到你说,不避死亡,儿子,人不可能不害怕死亡。死亡就是死亡,就是你再也不存在了。人死了,身体会腐烂,留下枯骨,然后枯骨也会粉碎,就不存在了。但不避死亡是必须的,因为我们要常常面对死亡,几乎每时每刻。你害怕死亡,死亡就会找上门,找到你,让你死去。不避死亡,死亡就会躲开你,让你活着。这是我投笔从戎之后,很快就明白了的道理。

父亲,我想起来了,你给我说说当中土和西域断绝了交通,没有了联系,在一通之后迎来了一绝,你又是怎么实现了二通呢?就是中原汉朝第二次和西域相通,那些年,您又是怎么鏖战,怎么在西域如此英勇顽强的呢?我当时还是一个少年,在家里由母亲带大。每年的春天,我的母亲西仁月都会带着我,站到那棵你第一次见到她的杏树上面,采摘杏花,做杏花甜酱。风一吹来,我们就任由杏花飘落在身上。

那个时候,一定是你带兵出征的时候,小小的我能闻到杏花的香气弥漫在我的周围。杏花的香气非常淡雅,几乎到了不存在的地步,但杏花全开了之后,加起来就是最浓郁的香薰,它成为我童年的记忆和母亲身上的气味。杏花也是我关于疏勒的记忆的气味。每次我闻到这种气味的时候,就是父亲你不在家的时候。

好吧,我来想想当时的情况。汉明帝驾崩,焉耆反叛,杀了都护陈睦和军吏,中土和西域第二次断绝通路之后,西域开始战乱。天山南道的龟兹和姑墨发兵攻打疏勒,你只带了不到一千汉兵,和疏勒王忠互相策应,坚守疏勒的几个城池。章帝下诏让你回洛阳,诏书来了,你也想离开疏勒,就在这个时候,你又留了下来。当时是怎么回事?你为什么要留下来?这就是不避死亡吗?

父亲的影子清晰了一些,他飘了过来,看着我的脸。那是几十年前的事情喽。我想想,是的,章帝要召我回去,因他已经把戊己校尉也召回了,不再新派西域都护,还撤销了伊吾卢的屯田,这是第二次绝断了和西域的通路。当时我是想回洛阳去,我离开疏勒的时候,一出门,发现街上站着的全是疏勒的老百姓。我的车马走了一百丈远,就再也走不动了。

为什么呢,父亲?是因为你娶了疏勒王的侄女西仁月,我的妈妈就是疏勒王族,你变成了疏勒人,他们不愿意你回洛阳吗?

当然不是的,是疏勒的王族和百姓们都担心我这一走,疏勒会在匈奴人的强大压力下,遭到其他西域小国的攻打,走向覆灭啊。因此,我要走,他们是举国担忧和害怕,纷纷拦着我的马车,不让我走。我一迈步,都尉黎弇甚至就在我的面前拔刀自刎了!我一下子惊呆了,他死了,我十分痛苦。我还是想回到中土,毕竟是章帝下诏让我回去,我不能抗命。

我继续前行,经过于阗,于阗王侯以下的百姓,见到我,都拦住我,号啕大哭,不让我离开西域。就在这时,我好像听到了我母亲,也就是你奶奶对我说,超啊,你是不是忘记了,你当年一定要效仿张骞和傅介子在西域建功立业的志向了?现在,你还是一个汉军司马,离封侯还差得很远呢。

她的声音对我是个提醒。而你母亲西仁月却一句话都不说，她的目光告诉我，她不会愿意离开疏勒。我就留下来了，你母亲深明大义，她知道我内心的矛盾，我停下脚步，立即返回了疏勒。

这时，在疏勒，有两座城池已经投降了龟兹，龟兹兵和尉头兵联手，正在攻打疏勒。我立即率兵出战，我的汉兵人数不多但十分精锐，善于打仗，我采取各个击破的办法，先击破尉头兵，杀死龟兹和尉头联兵六百多人，安定了疏勒的局面。为了解除威胁，我合纵连横，以疏勒联合康居、于阗等兵马，攻打姑墨的石城，斩杀七百多个敌兵。

我也有战损，我带去的汉兵，虽然个个骁勇善战，但也有伤亡老病。我给章帝上书，汇报我的战绩，强调我采取的总战略是"以夷狄制夷狄"，有两条依据，一是我能联合扜弥、莎车、疏勒、月氏、乌孙和康居这些愿意归顺汉朝的小国兵力，合力对抗龟兹和焉耆这两个归顺匈奴的较大邦国，而不用为我的粮草后勤担心。二是莎车和疏勒广地千里，土地肥沃，草木茂盛，我可用西域之兵和西域之粮，来平定西域诸国的叛乱。希望章帝给我派兵支持，不然，我是独自孤悬在西域南道，人马困乏，恐怕难以支撑太久。

章帝御览了我的上书，在廷议中，大臣都觉得我的建议可行。而且，徐幹愿意带兵支援我，章帝也同意了。没多久，我正在盼望中，朝廷果然派来被任命为假司马的徐幹率领的援兵一千人，他们抵达疏勒，前来支援我，大大增强了我平定西域南道各国的能力和信心。

那些年，我就在接连的鏖战中。我击破投降龟兹的莎车，击败疏勒的叛将，都尉番辰的部队。建初八年，汉廷来了诏书，拜我为将兵长史，徐幹为军司马，我们都升了一级。章帝知道我在西域南道坚守的困难，他另外派遣了卫侯李邑，以护送乌孙使者的名义，前往乌孙，劝说乌孙的大昆莫能与我联手，南北夹击龟兹。

是的，父亲，我知道，就是在这一年里，你按照你设定的计划平定莎车后，将西域南道诸国都归顺了大汉。武攻文卫，你很善于运用计谋和他们相互之间错综复杂的关系。但西域北道的龟兹和焉耆一直不能收服，你一时也没有办法，因你手头的汉兵只有不到两千人，而大漠南道的这些小国一旦自身安定，就不愿意出兵去攻打北方的龟兹。章帝驾崩之后，你感到即位的汉和帝可能有收复西域的大志向，就给汉廷上书，言明西域的形势，力主汉廷派兵攻打西域叛乱小国的总后台——北匈奴。

于是，汉和帝派出大将军窦宪率兵攻打北匈奴，一举打败北匈奴的大军，在燕然山上刻石纪功。第二年，为了策应我对西域北道的龟兹用兵，和帝派出阎槃率领的两千精兵，击溃了占领伊吾卢的匈奴人的一支队伍，车师前国和车师后国也都归附了汉朝。接着，窦宪派耿夔继续追击北匈奴的单于，在金微山一带，大破逃窜到那里的北匈奴人，俘获了匈奴单于的母亲阏氏，以及四千多名匈奴人，只有北单于带着几个护兵向北逃窜，不知所终。

窦宪军大败北匈奴，对父亲收服龟兹和焉耆起到了推动作用。接着，父亲在西域南道抗击大月氏来犯，使得龟兹率姑墨和温宿兵马，前来投降。在和帝永元三年的十二月，汉廷重新恢复了西域都护府，任命父亲您为西域都护，徐幹为西域长史，并继续派出戊己校尉，兵士五百人，驻扎在高昌壁。这是西域"三绝三通"的第二通。

这一年，我十岁了。我记得，父亲，你带着我和我母亲镇守龟兹它乾城，西域都护府设立在这里，徐幹率军镇守疏勒。我在龟兹它乾城跟着你生活了十年，这十年的时间里，我迎风而长，度过了一生中最快乐的时光。我还记得在龟兹，我在那些无边的苜蓿地边呼吸着带着淡淡草香的空气，有时候走在街市上，看到当地居民赶集的情景。很多驴车汇集在一起，忽然，一头驴叫了起来，紧接着，很多驴都在叫，一起汇聚成驴叫的合唱。这是人的集日，也是驴的节日。

就是在那些年，我和一些顽皮的小子在它乾城外的一处悬崖峭壁上，发现了一些奇怪的洞窟，里面有泥塑的佛像和墙壁上的壁画。有一处洞窟，还有和尚的尸骨，被塑造成肉身菩萨。可这并不让我感到畏惧，我很好奇，那些人在墙上画这些壁画做什么。我就这样在龟兹长大，一直到二十岁，到你决定让我跟着安息人进献的队伍去洛阳，我在龟兹的时光才结束。

儿子，那段时间，也是我在西域南北道的战绩达到了辉煌顶点的时期。我也是在这段时间，渐渐感到了身体的衰老。我的体力在下降，我的判断力在下降，我的听力也不行了，有时候要人大声说话，我才能听见。我的视力也在下降，我慢慢变得沉默了。

父亲，西域都护是代表汉廷在西域施行掌管西域诸国军事外交权力的官员，位高权重，你在任上尽职尽责，不许属国交通匈奴，不许属国互相之间发生战争，大动干戈，迎来了难得的和平时期。西域各小国都很崇敬你，爱戴你。

是啊，西域都护，大权在握啊。都护都护，是总护西域南北道诸国，并督查乌孙和康居还有费尔干纳盆地和不花剌等的动静，一旦有情况，就要立即上报朝廷。面对各种叛乱，能安定就安定，不能安定就发兵攻打。西域的屯田校尉也归我管，还有副校尉、司马、千人等辅佐我。无论是汉廷册封西域属国的国王称号，还是授予官号；无论是保护一方安宁，还是协调各国部族的纷争，我都在那里，想办法逐一化解。

父亲，我记得是在永元七年，汉和帝下诏，封你为定远侯，食邑千户。你终于夙愿得偿，封侯了。你当然很高兴，也很感激朝廷对你的嘉奖。

父亲，我记得封侯之后，你的话却越来越少，你会站在高处，向着东方望去。你心里在思念中原，思念洛阳。你不说我们都知道，你想回归故土了。于是，你给皇帝写了一封请求回去的信。和帝接到你的上书，下诏恩准你回到洛阳，来和我们团聚，那个时候我已经回到洛阳有一年的时间了。我们都盼望着你回来。此前我的姑姑班昭也上书和帝，请求皇帝准许你回来。这些都起到作用了，你被允许回来了。

在你从龟兹它乾城出发之前，和帝任命任尚前来接任西域都护。任尚是一位有战功的军人，他曾在大将军窦宪手下领兵，在几年前攻破北匈奴的大战中卓有战绩。特别是他在剿灭匈奴单于的老巢金微山之战中，有勇有谋，大破匈奴，北匈奴残兵从此远遁，没了行迹。这一次，朝廷派他来接任，您对他是怎么看的？我听说，您并不看好他前来接任西域都护一职？

父亲咳嗽了两声，他的面目依旧是模糊的。是的，儿子，我是一个知人善任的人，我了解任尚这个人。他是作战勇敢，但他刚愎自用，有勇无谋，尤其是不善于了解对手。在西域三十一年，我太了解西域小国了。要以夷狄制夷狄，利用他们之间的罅隙互相牵制，不能一味用强。他前来接任我的时候，在它乾城的西域都护府内交接，他还装作谦虚地问我，请问都护，您在西域征战三十年，有什么经验可以传授给我，最需要注意的要害问题是什么？

我看他问得并不诚心，但我还是说了心里话，任尚，你来担任西域都护，是大好事。你看，来到塞外的吏士，很多都是因自己的罪过迁徙过来将功补过的人，并非就是我朝的孝子孝孙。这是汉兵的情况。至于西域诸国的人呢，都怀着夷狄之心。就像是鸟兽一样，你是捉摸不透他们的真实想法的，可以说，难养易败，必须待之以诚心，不能着急。你是一个性急的人，切记要戒急用忍。要知道，水至清则无鱼。总的来说，要宽和对待当地人，凡事简单处理，宽小过，总大纲而已。

我说了这番话，任尚听了，微笑表示感谢。后来我听说，他曾对自己的下属说，我还以为班超有什么奇策呢，结果所言平平啊，并无什么高见，更无良策传授给我了。

其实，我等待让我回洛阳的诏令等了好几年。自从我封了定远侯，我感觉我的人生目标实现了，干什么都不如过去有力量了。现在，任尚接任之后，不管他今后遇到什么，那都是他的事，不再是我的事，我就梦想着解甲归田，回到洛阳安享晚年。

父亲，你还记得吗？就在我从龟兹它乾城启程回洛阳时，你写了"不避死亡"四个字在白帛之上，郑重地把它交给我。我一直带在身边，时时取出来看看。我想，你给我写这封帛书的时候，是不是想着，不会再和我相见了，这就是你当时给我的嘱托和最后的遗言吗？

是的，勇儿啊，你都不知道，在回来的路上，我走到酒泉郡后立即下了马车，抓起了一把土，捂在胸口。我很激动，这就是故土啊，故土和我不相见已经有三十一年了。那时，我又激动又难过，虽然来到河西四郡，距离中土洛阳越来越近，可我的胸胁痛犯了，我难受极了。后面的路，我都是躺在马车里。透过车窗，我能闻到过了天水之后那越来越湿润的空气，能闻到在大地上生长的植物的气息，能闻到牛马新鲜粪便的味道，也能听到经过的一座座市镇的喧闹声，那些人说话的声音让我感到陌生又熟悉。

父亲，二十岁的时候我离开龟兹它乾城，也非常伤感。因为我母亲西仁月陪伴你还要留在龟兹，不知道什么时候才能回到洛阳。临行前，我在它乾城里丧魂失魄、漫无目地走着，来到了一个铁匠铺旁。只见一个铁匠手里的锤子上下翻飞着，烧红的烙铁在锤打中杂质纷飞并被去除，火红的铁条不断变形。我看得入迷了。

那个铁匠看我喜欢打铁，就给了我一只铁鸟。这只铁鸟不大，拿在手里比较沉。它是中空的，体形像是一只鸽子，或者一只大号的麻雀。只要把这只鸟放在有风的地方，风就会穿过中空的铁鸟的身体，它就会发出声音，就像是鸟在鸣叫一样。

离开它乾城的时候，我把这只铁鸟放在了它乾城郊外的一个烽火台上。要是有远处的风暴，要是匈奴人从北部山边席卷而来，我想这只铁鸟就会发出鸣叫声。

勇儿，你是不是觉得你还能再回到它乾城，还能在那里找到那只铁鸟？

也许吧，父亲，我不知道。我回到了洛阳，和我的哥哥团聚了，我们是同父异母,感觉并不亲近。你是接近四十岁的时候离开了洛阳,他们都记不得你的长相了。也许是我在西域待的时间太长了,生活习惯和他们也不一样。倒是我姑姑班昭经常来看我,她对我很好,给我很多的鼓励。我听说,她还在宫中帮我说话,希望给我谋一个职位。

父亲,我回到洛阳后的第二年八月,你也回到了洛阳。算起来,父亲你在西域一共待了三十一年。进入洛阳之后,你告诉我你惊异万端。作为帝都,洛阳王气浩荡,庄严辉煌,无论皇宫还是街市,无论官衙还是民宅,都很整洁。洛水绕城而去,水汽蒸腾,云蒸霞蔚。皇帝接见了你,嘉奖你,拜你为射声校尉,你被封爵,列为通侯,俸禄为两千石。

你走到哪里都有人赞许,但你自己知道,你的身体有恙,你可能不久于人世了。和帝听说之后也很关心你的病情,专门派中黄门太医前来家里诊治,并赐好药。可你的身体每况愈下,这年九月,你就去世了。现在,你就在一片死亡的阴影里,我看不见你了,父亲,我真的看不见你了。

四

我也是老泪纵横,我现在年近五十,是一个半百老人。不避死亡,是父亲你给我的教诲,但我似乎很害怕死亡。在这座大牢里,我就是一个在等死的人。

我的功绩和父亲相比差得太远了。父亲,您去世之后没几年,那个继任西域都护的任尚,他果然是刚愎自用,性情粗暴,做事武断,举措失当,在西域很不得人心。西域南道的诸国发起了叛乱,攻打在疏勒的任尚所部。任尚紧急向朝廷求救兵,朝廷下诏,让西域副校尉梁慬火速率领河西四郡并羌族胡兵,一共五千人马,驰援任尚。结果,梁慬到疏勒的时候,围攻西域都护府的反叛军已经退走了。于是,梁慬将任尚押解回洛阳,段禧被任命为新的西域都护。不久,段禧在龟兹遭到西域南道反叛势力围攻,此时,在天山以北的匈奴势力又反扑过来,梁慬所率的河西四郡兵士中的汉军和羌军发生内斗,很多羌军兵士逃走了,原因是他们不愿意离家太远,去辽远的西域打仗。结果,西域都护的地位和作用衰减。

在这种情况下,汉廷认为,西域相距中土辽远,多有反叛,而军屯、民屯所花费的人力物力与实际效能相比,已经没有什么意义。安帝初年,派遣骑都尉王弘带领关中一彪人马,把西域都护、西域长史,以及在伊吾卢和柳中屯田的吏士全部接回中原。这是后汉和西域之间"三绝三通"的第三次断绝。

父亲似乎对西域后来的变化了然于胸。他问我,在王弘的队伍里,你哥哥班雄也在吧?

父亲,是的,在这次行动中,我被任命为军司马。这是因皇帝记得您的赫赫军功,认为儿子我有在西域生活二十年的经历,对西域的风土人情、山川风貌、王公贵族都很熟悉,就派我跟随王弘,去把都护、长史和那些西域的军屯吏士接回来。我们完成了这个任务,但这是再次关闭中土通向西域的大门,是收缩的。回来的路上,我不断地回头,我想,我还会回来的!我一定会回来。下一次,我就不是这样坐在车里，而是骑在战马上了。我们回到洛阳，此后的十多年里，西域都没有汉吏汉兵。

是啊，儿子，中原与西域再次断绝。可这已经不是我的功业了，勇儿啊，这时我已经死了五年了。我一回到洛阳，西域就发生了这么大的事变，变成了这个情况，事在人为，很多事情的起因还在于人。是任尚做事不妥当，这个因导致了后面的果。可这已经不是我的事情了，我累了，儿子，后面就该你登场了！

父亲的面容在一片微光中消失了。等会儿他还会出来，他喜欢和我说话，尤其是在这个大牢里，他愿意陪伴我。我也五十岁了，我和他的生死分别有二十多年了。我也老了，可父亲刚才说得对！后面的事情，该我班勇登场了。当时，我揣测安帝下诏召回西域都护、撤回伊吾卢等地屯田士兵，是一个权宜之计。匈奴势力因此在西域卷土重来，于是，元初六年（119年），安帝下诏让敦煌太守曹宗派长史索班率兵一千余人西进，在伊吾卢屯田，对遭受匈奴侵扰的西域各国进行招抚，车师前国和鄯善国表达了归附的意愿，北匈奴立即派兵攻打车师前国和鄯善国，并袭击了索班的屯田兵士，杀死长史索班。这一次，汉廷收复西域的试探遭到了挫败。

邓太后召开廷议，一开始我没有参加。很多朝中大臣都认为通西域花费的军力财力巨大，得不偿失，竟然大都主张关闭玉门关，隔绝西域。邓太后无法决断，想到了我，让我参加了朝堂廷议，与各公卿廷议。

父亲，这时您已经去世很多年，可朝廷还记得我是班超的儿子，生在西域，熟悉西域。我知道在这个时候应该怎么办，但我毕竟官小无爵,人微言轻。在这次廷议中,我反复和那些大臣辩论。我认为,现在关闭玉门关,隔绝西域是绝对不可取的。前汉张骞凿空西域,自郑吉首任西域都护算下来,大汉有效统辖西域已经有一百八十年。所以,西域绝不能丢掉不管。我提出两点建议,一是恢复敦煌的驻军三百人,并设置西域副校尉驻扎敦煌;二是前出楼兰,派遣西域长史率领五百人驻扎在那里,这样可以扼住龟兹和焉耆这两个西域北道小国的咽喉,并随时能够通达南道的于阗、鄯善和疏勒等国。

邓太后采取了我的第一项建议。但因汉兵没有前出西域,北匈奴继续侵扰西域北道,并开始侵扰河西四郡的百姓,抢掠一番就跑了。面对匈奴对河西四郡的袭扰,继任敦煌太守的张珰上书汉廷,提出解决西域问题的上、中、下三策。经过廷议,安帝采纳了我的建议,任命我为西域长史,率领五百刑士,也就是被司法判决的刑徒,前往柳中屯田守卫。

我很兴奋,父亲,正是这个决定,使得我重返西域之地。虽然我带领的是五百个刑徒,他们大多是戴罪之身,可只要我能够激励他们的斗志,他们就能成为最好的士兵。这一点,我从父亲您带兵打仗的做法那里,吸取了不少经验。安帝延光三年(124年),在您返回中土洛阳、去世二十多年之后,我来到所属鄯善国的楼兰城。同时,我派出快马信使,告知鄯善、龟兹、姑墨和温宿王室,我班勇回来了,并期待他们发兵,和我一起攻打匈奴。

我回来的消息,立即传遍了西域南道和北道诸国,他们都说,是老都护班超的儿子班勇回来了,他就是在疏勒和龟兹长大的啊。我们愿意归附汉廷,摆脱匈奴人对我们的欺压。匈奴人太坏了,不仅让我们上供，还经常连抢带偷，伤害我们的百姓。

延光四年（125年），我集结鄯善、龟兹、温宿等归降的骑兵和步兵一万五千人，出兵车师前国，攻下交河城，赶走了北匈奴伊蠡王，他的士兵有五千人投降于我，我取得了大胜。这一年的秋天，我又集合河西四郡，以及鄯善、疏勒、车师前国的兵马，向北沿着天山小道，直插车师后国腹地，活捉了车师后国的国王军就，还有驻扎在车师后国的匈奴使者。报仇的时候来了，我下令将他们在索班被害之处斩首，以他们的血，祭奠西域长史索班的英魂。

我这次将车师六国全部平定归顺。父亲，你说过，宜将剩勇追穷寇，趁着战场上一场场的胜利，我带领的兵士战斗力高强。于是，我乘胜追击，继续北进，围追堵截匈奴呼衍王的大部队。父亲，那是一次激动人心的战役，也是我曾经在早年跟随您的时候经历的相似的战斗。在天山以北的大草原和丛林间，在那一片鸟雀飞跃、野羊奔跑的大地之上，旌旗招展，骏马嘶鸣，我的部队和匈奴骑兵战在一起。我巧妙地排兵布阵，弓箭手进行第一波远程攻击。我一声令下，只见晴空之下，万箭齐发，鸣镝声声，响破云霄。离弦的箭飞向匈奴人马蹄震动，远在天边近在眼前的铁甲骑兵队列，一时之间，人喊马嘶，匈奴骑兵成百上千人人仰马翻。紧接着，我下令弓箭手退后继续补充弓箭，部分冲击我部前阵的匈奴骑兵，很快被我前出的钩连枪手钩倒马匹。接着，短刀手上前，手起刀落，匈奴兵立即身首分家血溅草地。接着，我继续下令弓箭手向天空射出第二波箭矢，远远奔袭而来的匈奴骑兵第二阵列怀着侥幸，可忽然被从天而降的响箭击中，骑兵纷纷落地，哀号震天。如此反复三次，数千名匈奴骑兵基本上被肃清了，没有了战斗力,那青草茵茵的大草原上,到处都是匈奴人兜转的骏马和草地上的死者与哀鸣不已的伤者。

我获得大胜,匈奴呼衍王向北逃窜,他的两万人马向我们缴械投降。我抓获了呼衍王的兄长,车师后王加特奴走过来,说他想报仇。他是车师后国的王子,我立他为新王。结果,他亲手杀了呼衍王的哥哥。这样,车师后国和匈奴人之间就有了血仇,从此结怨,不会轻易讲和了。我们在车师后国休整,不断派出探马,寻找匈奴败兵的线索。探子发现经过几次战役,匈奴呼衍王已经远遁漠北深处,不见踪影,估计一时半会儿不会再惦记南侵西域。我们在车师后国和伊吾卢镇守,这里是白山南北相通的要道,从此之后,西域北道的龟兹、鄯善、柳中一直到河西四郡,再也看不到匈奴人的影子。

这是西域"三绝三通"的第三通。现在,只剩下焉耆王元孟还没有归降。永建二年(127年),我上书请求汉廷派兵,支持我攻打焉耆,这是西域最后一个堡垒。顺帝派遣张朗率领河西四郡三千兵马,配合我行动。可就是这一次行动,成了我的罪过,我被征回下狱,全因为张朗!他本来是戴罪之身,想要将功补过,因此,他和我耍心眼,陷害于我。

我当时想,一定要将焉耆这个多年以来都在匈奴和大汉之间首鼠两端的小国收服,我进行了精心准备,绝不打无准备之仗。我征发西域诸国的兵马四万多,从南道走,张朗率领的部队走北道。我们约定了在焉耆会合的日期。

张朗立功心切,就瞒着我进行急行军,加快了进击焉耆的速度,他的人马提前到达,没等到我率领的兵马抵达,就抢先向焉耆发起了攻击。结果，焉耆王元孟战败，派遣使者请求投降，张朗同意了元孟的投降，元孟出城投降张朗，张朗得意扬扬，班师回朝。他这么做，就是把我放在火上烤了。等到我的部队抵达焉耆时，发现焉耆王元孟已经投降张朗，战斗结束了。按照汉朝的法律，我因没有按约定的会合日期到达，犯了罪，被下诏立即撤回洛阳，我就这样被关在监狱里，很难被从轻发落。

父亲啊！虽然我踩着您的脚印，在西域征战数年，取得了一些战绩，打败了匈奴的势力，取得了中土和西域再次通路的胜利。可我却因为这直取焉耆的最后一战功亏一篑，成为戴罪之人，我对不起您啊，父亲！

父亲的影子从暗处飘了出来。他围绕着我飘动。勇儿，这不怪你。战场上形势不断变化，战机也是稍纵即逝。何况，这一次是张朗不讲规矩，不仁不义，因他是要戴罪立功，故意加快前进步伐，导致你没有完成会合，他抢在前面攻下焉耆，取得了胜利，你难道没有申诉？

父亲，我申诉了，朝廷也知道真相。但毕竟这场战事的实际情况，就是我的兵马延迟抵达了。我率车师六部从北道出发，相约疏勒、鄯善兵从南道进击焉耆，我们先行会合，我这一路集结的兵马有四万多。张朗为了邀功，先行一步发起攻击，纯粹是为了他的私利。即使现在在监狱里，我也问心无愧。父亲，我用了四年的时间，艰苦卓绝，第三次打通西域，将为西域赢得今后几十年的安稳，这一点，我有信心，我是死不足惜！

父亲啊，你看，现在汉廷重新设立屯田，在那天山南道广袤的膏腴之野上，列邮亭座座，放置于东西相通的要害之道旁。这条汉武帝命张骞凿空西域的大道虽然有时通，有时绝，三绝三通，三通是怎么通的？是父亲您三十一年的征战，和儿子我这四年多的艰苦努力。如今在这条大道上，再次有了络绎不绝的商旅，出现了驰命走驿、商胡贩客在每个季节、每个时日都有的热闹景象，这都是父亲您和我努力的结果啊。

父亲的影子叹息着消散了。停了一会儿再度聚合。他说，儿子，你无愧于大汉。你的冤屈会被洗雪，你会从这监狱里走出去。向西的大道一直畅通，那是我们共同开掘的大道，大汉的荣光会畅通向西。这时，你应该留下点什么。你要写啊，你看你的大伯班固，他写成《汉书》，你呢？咱家人都是能耍笔杆子的人，你要写下来，写下来。

听父亲这么说，我很激动，我和父亲想到一块儿了。我被关在这里，就一直在写，这卷书就是《西域记》。我不知道我哪一天会被问斩，抓紧写，我要来了麻纸和笔，写《西域记》。父亲，我写《西域记》，就是为了留下我在西域生活和征战的经历，那些所见所闻，西域诸国彼此之间的交通距离和方位，还有西域诸国的人口、物产、气候、兵吏、风俗、地势等各种情况，为后世留下一份记录。

父亲啊，我和您几十年在西域奔走，经营多年，经验一定是宝贵的，功过任由人去评说吧。现在我身陷囹圄，肉身也在老朽中。可我每天都在想念着疏勒的杏花时节，想念龟兹的苜蓿地，郊外那野鸽子成群地飞起来，在它乾城的天空中飞过的痕迹，以及我那只铁鸽子。我想念在西域的童年和少年的时光，想念在龟兹去世的母亲西仁月。父亲，你看，这一卷卷的麻纸就是我写的《西域记》。等到我定稿的时候，再刻写到竹简上，成为一卷无与伦比的大书就好了，也给班固大伯做一点史料的补充。

此时,我拿出您给我写的帛书。父亲,看看您写的四个字:"**不避死亡**"。多么好的四个字,一句话,它引领了我的半生,概括了您的一生,让我在您去世后也继续为大汉统辖西域艰苦卓绝地征战和奋斗。我不知道我会在什么时候死去,现在,我不再害怕死亡,我将超越死亡。我听到有人走近了,是狱卒吗?啊,是的,是狱卒。他打开了牢门,他喊着,班勇,你被免罪了,你要出狱了!

我听到他在大喊,这难道是真的?我能活着走出牢房?我的手里紧紧地抓着父亲您给我写的帛书,老泪纵横。我要站起来,我能走出去,走到阳光之地去。我要回忆一切,写下那些岁月,我是**不避死亡**的人。

砖书：根在中原

一

我是张怀寂，我最近操心的事，是找到一块好墓石，或者烧制一块上好的灰砖作为墓志的材料。在西州，我的墓志铭文写得好人所共知，很多有逝者的人家，特别是那些大户人家，都会选择上好的青砖，请我来写墓志。我的书法因此而扬名西州。找到合适的墓砖是不容易的，其原因在于我比较挑剔。在高昌，每个有点名望的人下葬，都要有一块好墓志。我不想随便找一块灰砖，那太草率了。

可找到一块称心如意的好石头，适宜在上面刻写一篇精美的墓志铭的石头，并不容易。我的想法是，要在母亲的墓志上写下对父亲的评价。我父亲在贞观七年（633年）就去世了，他死的时候正是高昌国比较混乱的时候，当时他下葬，连一块像样的墓石都没有。那个时候我还很小，不懂得这些事情。等到过了五十年，我成了一个半百的老人，就明白这件事的意义了。

我翻看着麻纸家谱，找到了我的祖父张鼻儿、曾祖父张武忠的墓志文。他们的墓志铭文都很简单。我想给我母亲写一篇长的，我要刻在一块岁月很难侵蚀的石头上。最终我找到了一块。这是一块砂岩，墨地刻格刻字，书写的是我母亲麹氏的墓志铭。

这是我最近在忙活的事。现在是战乱年代，自数十年以前，高昌被大唐灭国之后，西域战乱不已，从河西四郡到高昌西州，一直有战乱，世道似乎正在变坏。因此，再也没有比安葬好我母亲这件事情更大的事。在武周永昌元年（689年）十一月二十七日，我写下了母亲麹氏的墓志铭，洋洋洒洒一千余字，寄托了我的无限哀思和怀念：

唐故伪高昌左卫大将军张君夫人
永安太郡君麹氏墓志铭并序

君讳雄字太欢本南阳白水人也天分翼轸之星地列敦煌之郡英宗得于高远茂族擅其清华西京之七叶貂蝉东土之一门龙凤则有寻源……

我给母亲写的墓志铭里，包含着对我父亲一生的总结。我说了，当年他死得太突然，下葬得太匆忙，因高昌国处于战乱中。现在好了，在我写下的母亲的墓志铭里，父亲的一生也显现了出来。这是我专门补救的一件事，有心人才能看出来。

父亲张雄去世的时候，我很幼小，没有关于他的记忆，这次打开墓茔，将他们葬在一起，我才看到父亲去世时的面容。他躺在墓床上，并不显老，他去世时正值盛年，可他得了一种疝气病，腿间肿大，他脸上凝固的是被病痛折磨的表情。我的母亲一心向佛，八十二岁去世时，表情安详。我端详着他们，把他们葬在一起，我的使命完成了。剩下的事就是为我自己寻找一块合适的墓砖了。

我也五十多岁了。做完这个事，我才想到如今的局势。此时，吐蕃人占领了天山北道的安西四镇。他们呼啸而来，呼啸而去，也到西州骚扰。不久前，大唐派出王孝杰带领雄壮的队伍讨伐吐蕃人，计划收复安西四镇。这时，他们刚刚到达西州，我就被命令立即前往王孝杰的中军帐报到，因为我熟悉西域地理和风土民情，我还能舞文弄墨，适合当个参军。

我就要奔赴战场，去和吐蕃人作战了。吐蕃人很凶猛，他们从高原上呼啸而下，占领了大唐的安西四镇，并不断袭扰高昌西州。王孝杰将军作为武威道总管，率领十几万大军，一路西行，途中得知我家四代人都在高昌国为官做事，就征我为参军，在他的大帐下伺候笔墨。

我这一去，很可能会战死沙场，再也不会回到父母的墓前。我的父母就这样埋葬在火焰山下的一片坡地上，遥望远山逶迤而去，还有白云迅疾流逝、眼前沙漠戈壁蜃景扶摇摆动的景象，经历那百年、千年的孤寂。

我策马前去王孝杰军中报到。我到达驻扎在城外的军营，可以看到唐军浩浩荡荡，帐篷连连，旌旗招展，骑兵、铁甲兵和长枪兵、弓箭兵和投石兵、挖掘兵和车弩兵各自在营地活动。号角声声，十万大军军容整齐，士气高昂，一副要将吐蕃人赶到沙漠里的气势。

我来到王孝杰的大帐，直接向他报到。王孝杰好像正在等我似的，他在看着一封文书，摇着头，我进来之后，他就对我说，张怀寂，你可来了。你把这个改一改，文字有些狗屁不通，皇帝陛下看了，会觉得我的大军进展太慢。你改好，我要赶紧派快马给朝廷送去。

我一看，是一份描述唐军进展的战报。我说，将军，您得让参军们先给我说说情况，我才能写得更好啊。他立即让手下的参军过来和我详细说了说。

那天下午，我就在写那一份战报。我写完，王孝杰审读之后，松了一口气，你的文字和书法都很好啊。我也喜欢写写字，在这讨伐吐蕃人的征路上，有你常在我身边很好。这样我们就可以经常切磋书法技艺。很好！他哈哈大笑起来。

晚饭时刻，我们在大帐中摆放的矮桌子边的小马扎上坐下，吃肉喝酒。风灯和各种油灯在帐篷内外点亮了，可这如豆的灯火，无法咬破黑暗的夜空，只能照亮附近军士的脸庞。此时，走出唐军大营，我不知道他们在瀚海里会遇到什么样的命运。我回到大帐内裹着毯子睡着了。

天亮之后，唐军开拔了。几天之后，唐军将向龟兹城发起攻击。吐蕃人在那里严阵以待，一场恶战等在前面。我策马向前，在战士的队列里前行。我们跟随武威道总管王孝杰出征，要讨平吐蕃人的进犯。他们对河西和高昌觊觎已久，在这个季节，我们行军的时候靠近山脚，天上就会飘下大雪。巨大的雪花落在正在急行的兵士的刀背上、枪尖上和盾牌上，打着旋儿又飞起来。

距离龟兹城还有几十里，唐军在山脚下扎营。这天晚上，王孝杰喝着热水，啃着羊肉，在大帐中对我说，你是高昌国生人，你祖上好几代都是高昌国的名臣，你要给我说说高昌国到底是怎么回事。从你父亲张雄说起吧。

好的，王将军。我父亲张雄，生前任高昌左卫大将军，经历麹伯雅和麹文泰父子这两位高昌王，可以说是声名卓著。高昌王族麹氏家族比较古老，其祖上在陇西一带，为避王莽之乱，不得不西迁到达高昌，从麹嘉开始担任高昌王，已经传了八九代了。

将军，高昌国的历史，说来话长了，这要从二百年前说起。那是一个战乱不断的年代。在草原上兴起的柔然部族十分强悍，他们就像是一阵旋风那样席卷而来，掠夺一番财物后就风驰电掣一般又走了。

前汉到了后来对西域的统辖就有些鞭长莫及，王莽趁乱建立的新朝也疏于对西域的控制。北方的柔然部开始崛起。陇右的沮渠氏向西逃走，逃到了高昌地，引来柔然的士兵攻破了车师国王城交河城，建立了北凉政权。但北凉沮渠氏不听柔然的话，建立政权之后，不愿再给柔然献上他们想要的贡品。有一次，柔然派来的使者前来索要贡品，就在城门外进不了城，是北凉沮渠氏下令不开城门。柔然的使者悻悻然走了。柔然王大怒，派大军攻破高昌国，灭掉了北凉的沮渠安周，那是在大魏和平元年，也是高昌北凉承平十八年（460年），柔然立阚伯周为高昌王。

这一年，实际上是高昌称王的开始。以高昌国号建立高昌国，作为高昌新王，阚伯周自然要仰赖柔然的支持，奉行柔然年号。但内心他对柔然的控制并不甘心，只是不得不臣服。过了二十多年，到了太和十二年（488年），天山北部的高车部崛起。高车部有一个特点，那就是他们战车的车轱辘都非常高大，有一人之高，人坐在高车上，都看不见车上的人的脸。他们躲在车上装甲的后面，射出利箭，所向披靡。他们组织起了强大的部队，跨越了雪山和火焰山，南下征讨高昌国王阚伯周。高车上的铁甲护卫令人胆寒，骑兵的铠甲和盾牌也非常坚固。高车部善于驾驶高车，他们还有更高的车，那是云梯车，还有抛石机，能把饭锅那么大的石头抛到天空中，那石头像是巨大的雨滴一样从天而降，砸在高昌城内的民房和护卫城池的土壁垒上，轰然一阵响，它们就全部倒塌了。

高昌城被高车人攻破之后，高车人杀了阚伯周，把与阚氏家族对立的高昌豪族张氏张孟明立为高昌王。张孟明是高车人的傀儡，他奴颜婢膝，对高车人的贪得无厌尽量予以满足，引发了高昌人的不满，他们趁着夜晚，在张孟明一次夜晚出行时刺杀了他。这一年是太和二十年（496年），高昌人拥立从敦煌迁徙而来的马儒为高昌王。

马儒知道，高昌大族的人杀了高车立的国王张孟明，等于是灭了高车人的威风，高车部一定不会善罢甘休。此时，退居大漠北部的柔然也正在和高车部征战，谁的力量强大，谁就会随时进犯高昌国，马儒的地位岌岌可危。马儒经过了长时间的思考，做出了一个重大决定：将高昌国举国向东迁徙，迁到河西一带，也就是去靠近黄河。他东迁的举动包含着向北魏靠近的意思，因此马儒派高昌国掌兵的司马王体玄奉表使朝，带着高昌的马匹和贡物前往北魏都城洛阳，请求北魏朝廷派兵，保护高昌国的东迁。

当时的北魏皇帝很高兴，此时距离北魏灭北凉、统一北方已经过去了几十年。现在，高昌国想要内附，这充分显示了北魏的强大。北魏皇帝孝文帝元宏下令，让明威将军韩安保带领一千多精兵前往高昌国，护卫高昌国举国东迁，并割出距离高昌以东五百里的伊吾作为新国土，以此建立高昌国新王城。

这个决定本意是好的，在高昌国内部却引起了争议。为什么？因伊吾距离高昌只有五百里，距离不太远，还是在高车部和柔然势力袭扰打击的范围里。内附北魏是一种政治选择，但这样的内附在高车和柔然看来却是叛变。所以，即使高昌国迁居到伊吾，还是会遭到他们的报复性打击。于是，高昌国的王族、豪强大户纷纷起来反对东迁到伊吾，伊吾是个鸟不拉屎，四处刮风，毫无遮挡的地方。除非能够东迁到河西四郡地区，处于北魏的势力范围内，高车和柔然才会忌惮，不敢贸然侵犯高昌。

但国王马儒下令说，韩安保将军带领一千人马上要到达伊吾了，高昌国王族和子民们，要马上准备东迁伊吾。就在马儒下令东迁的这一天，高昌国人在大户豪族的煽动之下，群起反抗，一下子就攻占了马儒所在的王宫，那也就是一个高墙大院子而已。他们把惊慌失措的马儒杀了，拥立麹嘉为高昌国王，发动了一场军事政变。从此，麹氏登上了高昌国的舞台。

王孝杰对我说，好，今天就说到这里，明天接着说。我很想听你说一说麹伯雅和麹文泰这父子俩的故事。他们是前后两位高昌王，在短短几十年里发生了大变故，他们都干了什么？大唐灭高昌因何缘故？你父亲张雄当时是高昌的高官，在高昌灭国几年后就去世了，想必和这麹氏父子皇帝关系非凡。明天，我们要迎来一场恶战。吐蕃人盘踞在龟兹它乾城内，我们要发起进攻。你早点回去睡吧。

我回到了我的营帐中，在白毡子上我睡得不踏实。黑夜浸透了大地，深秋的气息从高空俯冲下来，在太阳落山之后，那种寒凉会迅速进入人的皮肤深处,甚至浸入骨头里。好在我是裹着羊皮袄睡觉的。我似乎能听到卫兵的大声询问,以及兵器相交的铿锵声。不过,吐蕃人不会来偷袭,我们人多势众,在山脚的高台扎营,他们龟缩在龟兹它乾城内。

恍惚间,我似乎在睡梦中看到了我父亲,他向我走来,说,怀寂,你给你母亲的墓志铭写得很好,特别是,对我到底是敦煌人还是南阳白水人,做了更正。咱家的祖宗,就是从南阳白水迁居到敦煌,然后又来到高昌的。这一点很好,你写得很好……

我醒了。我闻到了士兵们埋锅造饭吃早饭的味道。他们将生米和肉搅拌,在一口口的大锅里蒸熟,然后快速吃掉。他们精神饱满,意气风发。唐军的队伍从河西郡县征发了不少军士,实力大增。吃了早饭,很快,我听到了进军龟兹的指令。

大地之上,只见旌旗招展,连天的队伍蜿蜒前进。我在王孝杰大总管的身边,他坐在多轮马车上昏昏欲睡,身边围拢着弓箭手、盾牌手和快马参将。王孝杰是一个传奇人物,他的性格豪爽,不拘小节。阿史那忠节作为偏将,也在他身边。他是一个突厥人,骁勇善战。我发现在唐军的队伍中有各种人,汉人、高丽人、羌人、突厥人、鲜卑人都有,在鲜亮的铠甲之下,他们的面孔并不一样,可都是一个个勇武的男人。

大唐军队收复安西四镇的第一场战斗即将打响。大唐设置的安西四镇多有变化,一开始设置的是龟兹、疏勒、焉耆和于阗四镇。前段时间,大唐将焉耆改为碎叶镇,因唐军前出碎叶,在那里进行驻扎守卫,又因为更西边的怛罗斯河畔的怛罗斯城内,也有唐军的队伍驻扎,那是大唐的士兵控制的最西边界。

我很难描述这一天唐军对吐蕃人盘踞的龟兹它乾城的围攻。我们在远远的一处高坡上观战。只见唐军前军阵营中擂动战鼓,战鼓声沉闷而巨大,仿佛要把天都震塌下来一样,咚、咚、咚、咚,一声又一声,一下下的,节奏缓慢但震撼人心,谁听了都会心惊胆战。之后,呐喊声起,看来是铁甲兵前出攻击,投石战车在他们的推动下向龟兹它乾城那黄土城墙而去。

远远地看上去,龟兹它乾城内本来是一片死寂,就像是里面没有一个人似的。突然,吐蕃人就像是一群黑影活物那样出现在城墙上。他们大呼小叫,手里甩着抛石器,向唐军的攻城队伍砸来一块块飞石,砸到盾牌上,咔嚓一片声响,就像是下了一场冰雹。唐军停下脚步,抛石机开始将巨大的石头抛向它乾城。有的石头砸到城墙墙体上,引发了黄土夯土城墙的崩溃。

这一场攻城战是极其壮观的。王孝杰坐在一把大交椅上观战,我们都围在他身边。唐军开始靠近城墙了,向城内射出被点燃的油毡火箭。城墙上的吐蕃人哀号着四下逃窜,城墙被打开了缺口。忽然,城墙门打开了,一彪吐蕃人的骑兵冲了出来。唐军早有准备,弩机兵上前射出一阵箭矢。弩机连发,那些骑兵纷纷从马上掉到地上,被唐军用长枪刺死。一队队骑兵冲出来,接着是一些穿着白色毛毡的壮汉出来,手里拿着长刀冲向唐军。唐军训练有素,不慌不忙。阵法不乱,不同军服颜色的士兵形成方阵,随着高坡上王孝杰将军的指挥进击。王将军运筹帷幄,掌握着战场态势,他下令后,指挥将领手中的令旗不断挥动,我能看到不同的阵法变化和不同的兵种出击,一波又一波的吐蕃人的冲锋,都被打败了。

我迎风站着,能闻到风中传过来人的鲜血的腥味。一定有很多人战死在眼前这场战役中。我的心在颤抖,我看到,王孝杰大总管指挥若定。他经历过很多次和吐蕃人的战斗,在过去和吐蕃的战斗中,他曾经被吐蕃人俘虏过。那是一个传奇的故事,我听说了一些,等到有机会,我会问他到底是怎么回事。这时,只见从斜刺里冲出来一彪吐蕃人骑兵,首领戴着花翎皮帽子,呀呀叫着冲过来,试图冲杀王孝杰的中军帐。

我有点紧张了,但王孝杰稳坐如山,他说:"阿史那,看你的了。"

阿史那忠节拔出大刀,喊了一声,带着钩连枪手大队出击。那一队骑兵约两百人。等到吐蕃人冲到了眼前,钩连枪骑兵螺旋行进,一下子就把吐蕃人的冲锋队打散。他们手里的钩连枪挥舞着,眼看着吐蕃马队的奔马马腿被钩倒,人仰马翻之际,阿史那忠节和短刀手手起刀落,敌人尸首分家。这队企图攻击王孝杰指挥部的小队被剿灭了。我可以看到,远处的唐军从死伤枕藉的城门处冲进城内。很快,它乾城的城墙上,突厥人的狼旗被撤下,唐军的旗帜在迎风招展。到了中午,这座军事堡垒就被拿下了。

捷报传到王孝杰大总管这里,说是吐蕃残兵向西边的碎叶城逃去。下午到傍晚,是打扫战场的时间,我依旧闻到了风中那种浓烈的血腥味。这让我感到很恶心。我骑马跑到了一处高地上,那里是一条水沟冲刷出的一条河道,河道边上的砂岩山体中,有很多的洞窟。在山体坡上,有一处烽火台,已经残破了。

我骑马过去,感觉到风声在变大,轻轻呜咽着,像在哭泣。忽然,我听到了一阵尖厉的、持续的鸟鸣声。很奇怪，此时，下午的光线变得慵懒，我听到这鸟鸣一阵阵从汉代修建的一座残破的烽火台上发出。我去寻找，发现有一只铁鸟，安详地在烽火台的一个小洞中蹲着，就像是在等待我来临，就像是我要找它，而它也在等待我一样。

我慢慢把这只铁鸟取下来，发现铁鸟是中空的，所以风一吹就能发出鸣叫，我小心翼翼地把它装在我的背囊里。它很神奇。我们还要继续西进，前去收复碎叶。这只铁鸟可能会给我带来好运。我感觉到铁鸟在我的背囊里很安详。我想这只铁鸟可能是汉代的遗存，它在烽火台上至少待了几百年，恐怕比高昌国存在的时间更为久远。

二

行军路上休息的时候，我问王孝杰将军，我听说，将军您曾和吐蕃人打了多年的仗，是个传奇人物，还去过吐蕃，那是怎么回事？

王孝杰说，说来话长呢。我出生在长安郊区的新丰，很年轻的时候我就参军了。仪凤三年，吐蕃从青海北上西进，将我大唐的安西四镇龟兹、于阗、疏勒和焉耆都攻占了，昼夜不停地把这些地方的物产用马车拉走。高宗命令中书令李敬玄守住洮河，洮河在河西四郡，遇到吐蕃兵攻击，李敬玄担心守不住，请求朝廷派兵支持。

高宗就下诏在关内河东招募了一支队伍，工部尚书刘审礼任行军总管，我担任行军副总管，相当于这支队伍的副统帅。这年夏天，我们率军抵达了青海大非川。本来是刘审礼和我的部队与李敬玄的队伍会合之后，一起向吐蕃军开战的，但李敬玄按兵不动，吐蕃军熟悉地理环境，我们的军兵不适应高原气候。吐蕃人打仗很勇敢，一下子就把我们的队伍击溃了，刘审礼和我都被俘虏了。不久，刘审礼伤重而死，我被捆绑着带到了吐蕃都城。他们本来想杀了我，结果发生了一件很神奇的事情，直到现在我都觉得很奇妙。

是您乔扮他人，逃脱了吗？

不是。吐蕃的赤都赞普审问我的时候，他表现得很奇怪，他一边问我，一边端详我，表情由厌恶到惊讶，最后到了喜悦。审问完了，就把我给放了。我当时觉得很奇怪，认为他不会放了我，而是一定会杀了我。出了大厅，我问了问身边的人，为什么那个赤都赞普要放了我，而不是杀了我？我都准备好要必死无疑了。你猜他们怎么回答我的？他们说，我们的赤都赞普觉得，你长得像他的父亲，是他父亲的转世，所以他不杀你，放你走了。

张怀寂啊，你说这个事情奇妙不奇妙？这就是我在吐蕃待过，熟悉吐蕃人的缘由。这不，现下又过了这十多年，如今是武皇当朝，我由于有这个经历，就被她提拔为右武卫将军。吐蕃人占领安西四镇后，她很恼怒，我大唐对西域的经营岂能被吐蕃人破坏侵蚀。她觉得我是可用之将，认定也只有我率兵出征，才能把吐蕃人打败。我这就一路征战而来了。好了，你接着给我说说高昌国麴氏掌权的情况吧。

好的，将军大人。我接着讲。那时，麴嘉当了国王之后，于大魏景明三年（502年）正式改元为承平，从此，拉开了麴氏高昌王国的序幕。

麴氏是汉族，执掌高昌国，当时处在一种拉锯的状态中。北方和西北方不断崛起的强权，柔然、高车、突厥人总是对高昌虎视眈眈。而中原地区处于南北朝的纷争格局，北魏又分成东魏和西魏，只能委曲求全。麴嘉派使者向梁朝进贡，虽然萧梁和高昌国隔着千山万水，可高昌国也得寻求实力最强大的政权，与之建立友好关系。从大魏景明三年（502年）到大唐贞观十四年（640年）灭掉高昌国，都是麴氏王族掌权，前后经历了十代。

到了麴宝茂当高昌王的时候，他一方面和北周保持了良好关系，也感受到突厥的挤压力量。大魏恭帝二年，也是高昌建昌元年（555年），木杆可汗统一了北方的广大地区，所属部族袭扰高昌国，掠取牛羊马很多。突厥人是逐水草而居，骑在马上，啸叫于草原。他们长发披肩，衣服左衽，性情豪放，对异族抢掠不断，杀人屠城，手段残忍。他们当时的婚姻习俗是，父亲或者哥哥去世，儿子或弟弟要把庶母和嫂子再娶一次，这样就能保证财产不流失。

麴宝茂看到突厥实力强大，而突厥分为东突厥和西突厥。麴宝茂在高昌和平三年（553年）派遣高昌王族麴斌作为特使，出使西突厥王庭，并提出了一个联姻的请求：他希望迎娶一位突厥王族女子作为妻子。结果，西突厥室点密可汗希望把女儿嫁给麴宝茂。麴斌不敢当场应承，说是回去复命。麴宝茂并未犹豫，迎娶了突厥可汗的女儿。这样等于说他变成了西突厥室点密可汗的女婿，并接受了西突厥可汗授予的官职，成了西突厥的从属和朝贡国。

麴宝茂去世之后，麴乾固于高昌建昌六年（560年）即位，按照突厥习俗，继娶了父王麴宝茂的突厥王后为妻，她是他父王的遗孀，原来的母后。这在汉族人的观念里是匪夷所思的，父亲死了，儿子要继娶母亲，即使不是自己的亲妈，也不得不娶。但为了维系和突厥的关系，保障高昌国的安全，这也是一个权宜之策。

麴乾固在位四十多年，这一段时间是高昌国最为安稳的时期，突厥和中原的强权都没有袭扰高昌，高昌国屹立在大漠北边、天山南边的戈壁上。到了高昌延和元年（602年），麴乾固病死，他的儿子麴伯雅即位，他是高昌麴氏王朝的第八代国王。但他刚登上王位，就遇到了一个问题：按照突厥习俗，他应该娶自己父亲麴乾固的突厥公主夫人，算起来是麴伯雅的母亲为王后。深受中原汉文化影响的麴伯雅觉得这是一件匪夷所思的事情，就在很长时间里拖着这件事。但突厥派使者进行了威逼，即使麴伯雅有一千个不愿意，一万个不答应，也要他娶自己的母亲为妻。

突厥人这种婚俗太野蛮了，简直丧灭人伦啊。王孝杰说。他也不理解。确实，突厥人在大草原上游牧，家庭财产容易灭失，所以，为了财产不流失，一般就是父亲、兄长、叔伯死后，他们的妻子就由儿子、弟弟、侄子接着迎娶为妻，为的是肥水不流外人田。于是，摆在麴伯雅面前的一个最紧要的问题就是，他必须要迎娶父王所遗留下的那个突厥王后——他不得不按照突厥人的婚俗，迎娶奶奶作为自己的妻子，这让麴伯雅大为不快。

怎么能娶我的奶奶为后呢？麴伯雅愤怒而委屈，焦虑而头疼。想到自己的麴氏家族是陇西汉族的名门望族，他自幼饱读诗书，深受儒家文化熏染，现在不得不向突厥这个不开化的习俗低头。他左思右想，怎么想，都觉得继娶突厥奶奶是一件匪夷所思和无法接受的事情。

可高昌王族中有人和他说明了利害关系，指点他，必须要按这个习俗来，否则就很麻烦，突厥人一定会前来兴师问罪。麹伯雅就不得不娶了自己的突厥奶奶为妻。这也在他内心留下了浓重的阴影，为他后来大搞改革创造了契机。

隋大业元年，高昌延和四年（605年），突厥所属的铁勒部落自立为可汗，控制了高昌国在内的天山东段的南北地区，高昌不得不同时向铁勒部和漠北大草原上的西突厥朝贡。由于高昌位于商贸大通道上，往来的客商络绎不绝，铁勒派出了特派员，驻扎在高昌。凡是往来高昌的客商，都要向铁勒的特派机构缴纳一笔税款。这加重了高昌国的税负不说，还影响了高昌国的形象，让麹伯雅在内心对突厥、铁勒这样的北方蛮族十分痛恨。

大业五年（609年），隋炀帝进击盘踞在西域的吐谷浑部落，并向西继续进发，设立西海、河源、且末和鄯善四郡，势力抵达高昌国以东不远的地方。麹伯雅也接待了前来游说的隋朝大臣裴矩。他告诉裴矩，说他要亲自向隋炀帝进贡。这一年，隋炀帝决定在甘肃张掖，接见西域各国前来朝拜的国王或使者。

在当时，张掖是西域商贸丝路上的重镇，隋炀帝要亲临张掖，事先派大臣裴矩在张掖打前站，张灯结彩，好好布置了一番。不仅移栽了道旁的树木，还焚香、喷洒清扫街道，组织了庞大的乐队、舞蹈团和仪仗队，把张掖变成了一个盛世都城。隋炀帝接见西域各国国王和侍者的地方叫作观风行殿。这是临时准备的大殿，被装饰得华丽异常。

这是我母亲告诉我的，我出生没多久，父亲就死了。当时，我父亲也跟随麹氏父子前往张掖。西域各国朝拜隋炀帝的那个排场，不是一般的奢华，而是令人目瞪口呆的奢华。

我母亲告诉我，她听我父亲说，张掖到处张灯结彩，路面尘土不扬，每天都要洒好几遍水；僧侣们焚香念经奏乐，乐师和舞女歌舞升平。特别是，等到隋炀帝驾到，前后十几里地都是骑兵在往来奔腾，战马嘶鸣，彩旗飘飘，无数美女蛾眉细腰，站在马车上作为先导。隋炀帝在观风行殿接受西域小国王侯朝拜，想必这些小国的王侯都感受到了巨大的震撼。

隋炀帝就是喜欢讲排场，好大喜功，弄得王朝覆灭。王孝杰说，所以才叫隋炀帝。

是呢。我母亲说，那年隋炀帝巡行到达张掖，麹伯雅带着麹文泰，和西域二十多个小国的王侯，在张掖临时搭建的观风行殿里，受到隋炀帝的接见。娶了祖母作为妻子，给麹伯雅内心留下了阴影，他带着麹文泰见到隋炀帝，就表达了想和隋炀帝结亲的愿望。在观风行殿里，各种从中原长安运来的珍宝，展示在铺了红布的台面上，从长安带来的乐师演奏的是九部西域音乐。这让西域诸国的王侯们感到无比亲切。

接见仪式完毕，就是盛宴开席。麹文泰很久之后还能回忆起那一天他们吃到的东西，天上飞的，地上跑的，水里游的，土里埋的，很多东西以前都没见过也没有吃过。隋炀帝对西域诸国王侯们的招待，可谓是奢华隆重，盛大丰盈啊。王将军，细说起来，我们张家算是高昌国的皇亲国戚。麹伯雅的原配夫人，是我祖父张鼻儿的同胞姐妹，算起来，王后是我父亲的姑姑，那我和麹文泰就是表兄弟。

就是在那次觐见隋炀帝的时候，麴伯雅决定，带着麴文泰去长安和东都洛阳，一览汉地的风貌，好好学习中原汉地的文化，以改造高昌深受突厥习俗的影响。我的父亲张雄在这一时期被派回高昌，担任大将军，负责监国，以免高昌内部生乱。那段时间，我父亲张雄是高昌的大臣，他熟悉麴氏王室直系和支系错综复杂的关系，了解高昌各个望族之间的关系，掌握兵马，谁都不能轻举妄动。在麴伯雅带着儿子麴文泰在中原长达一年的考察和学习期间，高昌国保持了稳定。

麴伯雅和麴文泰在长安和洛阳游历了一年，他把麴文泰留在洛阳，让他继续学习中原的文化和典章制度，以及经文文学。他回到高昌，筹备改革高昌典章制度和文化习俗。

第二年，麴伯雅和西突厥可汗在武威太守的陪同下，前往涿郡的临朔宫觐见隋炀帝。麴伯雅和隋炀帝已经熟悉，西突厥可汗是在被隋朝军队打败后，不得不前来称臣，一探隋朝虚实的。觐见结束之后，西突厥就臣服了。隋炀帝为了让西突厥可汗和高昌国王看到大隋王朝的强大，就让他们两位西域国王可汗随他东征，讨伐高丽国。隋炀帝征伐高丽的战争取得了小胜，但无法持续，因后勤不足，就班师回到洛阳。

在洛阳，隋炀帝看到麴伯雅忠心耿耿向大隋，就加封麴伯雅为光禄大夫、车师太守、弁国公，这荣誉相当高了。因麴伯雅有结亲的愿望，隋炀帝知道他内心的苦闷，就把和皇室有宗亲关系的宇文氏女子封为华容公主，将她许配给麴伯雅。麴伯雅算是得到了安慰。麴伯雅心满意足，带着满身的荣耀，回到高昌，就开始大刀阔斧进行改革。在高昌王室内，他推行隋朝制定的典章制度和礼仪规范；在社会习俗上,则采取华夏衣冠制度,下令不得再按照突厥习俗穿衣打扮,而是要解辫削衽,推行中原汉地风俗。

王孝杰问,那这会生出乱子吧?高昌国是诸胡混杂的吧?

将军,高昌国的居民,很长时间里都是汉族居多。当年,汉武帝征伐大宛,一部分伤病员就留在高昌壁,后来不断有屯田的汉家兵卒迁徙而来。十六国的时候,中原战乱,很多汉地子民为躲避战乱逃到高昌,就在高昌定居。到了北魏太平真君三年,沮渠无讳将敦煌汉民一万多户迁居高昌。隋末社会动荡,也有很多汉地居民逃到高昌。这也是唐太宗下令平定高昌国的原因,他觉得这里虽然居于塞外,但编户之民几乎都来自中原。

我接着说,隋炀帝听说麴伯雅回到高昌,就开始仿照大隋的典章制度和衣冠制度进行改革,大喜过望。为了支持麴伯雅,隋炀帝下诏对麴伯雅的改革大加赞赏,并送去隋朝的官服民服作为参照。他的诏令说:

> 彰德嘉善,圣哲所隆,显诚遂良,典谟贻则。光禄大夫、弁国公、高昌王伯雅识量经远,器怀温裕,丹款夙著,亮节遐宣。本自诸华,历祚西壤,昔因多难,沦迫獯戎,数穷毁冕,鬄为胡服。自我皇隋平一宇宙,化偃九围,德加四表,伯雅逾沙忘阻,奉贽来庭,观礼容于旧章,慕威仪之盛典。于是袭缨解辫,削衽曳裾,变夷从夏,义光前载。可赐衣冠之具,仍班制造之式。并遣使人部领将送。被以采章,复见车服之美,弃彼毡毛,还为冠带之国。

但就是麴伯雅的这场改革，触动了高昌内部和外部的各种矛盾纠葛，直接导致高昌国发生政变，他被赶下了王位，他的中原化的改革以失败告终。为什么呢？高昌麴氏虽然是汉族政权，但多年以来，匈奴、车师、突厥、高车、铁勒等北方游牧民族部落强权，都先后对高昌的文化习俗产生了影响，特别是在官职和民间习俗上，高昌国形成了自身的特点。

当时，对高昌国影响最大的是铁勒政权，他们派征税使官常驻高昌，每年都要从高昌征税。因铁勒有铁甲骑兵部队，常年在天山南北奔走，呼啸而来，呼啸而去，对高昌的内政形成了很大的影响和压力。麴伯雅的改革刚一推动，就遇到了阻力。无论是朝廷内典章礼仪的改革，还是老百姓衣冠的变化，都形成了两派观点，赞同的，反对的，不适应的，无所适从都有。一时间高昌国内沸沸扬扬，人人都陷入了改革的旋涡里，争论、对立到处都是，改革陷入了停顿。

在铁勒的策动下，高昌国贵族内部也出现了反对派。大业十年（614年）的一天，政变者突然袭击了王府，半夜里，喊杀声震天动地，高昌国到处都是火光。在睡梦中惊醒的麴伯雅不明就里，直到我父亲张雄率兵赶到，才知道是有人发动了叛乱——他们正在城内四处放火，火烧寺庙，还引来北庭铁勒的铁甲骑兵，正在围攻高昌城的南门。

麴伯雅傻眼了，问我父亲，怎么办？我父亲当时是高昌国大将军，他说，三十六计，走为上计，留得青山在，不怕没柴烧。我护送陛下先去龟兹避避风头，看看到底是怎么回事。麴伯雅一听，觉得有道理，这时，麴文泰也从他的府邸中赶过来。父子俩就在我父亲的率兵护送下，凭着夜幕的掩护，狼狈向西而逃。当时，突厥和麴伯雅的关系好，他们就先逃到了龟兹，在那里安顿下来。

高昌城内的政变者上台，改元为"义和"，历史上把这一次的政变叫作"义和政变"。政变者的后台就是铁勒部，而主谋者，就是一直在高昌驻扎的铁勒使者、宁远将军阿都莫。还有一些反对麴伯雅改革的高昌大户和部分麴氏皇族也参加了政变。铁勒控制了高昌国。

我父亲张雄护卫麴伯雅父子西去龟兹，这一去就是六年。这六年时间里，想不到的是，隋炀帝驾崩了，隋朝也灭亡了。武德元年（618年），大唐王朝建立。我父亲得到了中原改朝换代的讯息，就和麴文泰一起筹备反攻，暗地里招兵买马，并厉兵秣马，准备复辟高昌国。他不断策动人马潜入高昌，因多年来在高昌国的经营，各个大户和门阀派系，他都熟悉。武德二年（619年），从高昌来了探子，说高昌的一些望族，打算迎接麴伯雅回高昌。因铁勒部支持的麴氏皇族支系在高昌执政这几年，搞得民怨沸腾，高昌国上下又开始反对铁勒部了。

我父亲是一个心思缜密的人，高昌城内有内应还不行，还得有突厥的支持才可以。于是，突厥派来几千骑兵支援，我父亲张雄这才率兵前往高昌。他练兵练了六年，现在是拿出来的时候了。武德二年，他簇拥着麴伯雅从龟兹一路东进，反攻的队伍在天山南道上掀起了阵阵烟尘。我父亲一马当先，率领雄兵包围了高昌城。

城内的主政者很紧张，城内发生了内应策动的骚乱。忽然，城门大开，我父亲率兵包围了高昌城，结果是兵不血刃，城内的作乱者把自己绑起来，出城跪地投降了。

三

麹伯雅重新当上了高昌国的国王。第二年，麹伯雅改国号为"重光"，意思就是高昌麹氏王国的光复之年。我父亲起到了关键作用，因这一次的重光之功，被麹伯雅任命为高昌国左卫大将军兼领兵部，实际掌握军队的领导权，并被加封为威远将军兼绾曹郎中。

麹伯雅重新登上王位之后，虽然一雪前耻，可很快变得十分消沉。原来，他回来后发现高昌国的子民习俗并未有丝毫改变。这说明他当初的改革毫无成效。他很有挫败感，和我父亲谈话的时候，感到自己很受打击。当初他是为了高昌国的未来着想，才想着要改变人民习俗和王庭礼节典章，却被赶下台了。现在重新复位，他的雄心却没了。他做了一个决定，自己不再处理朝政，让儿子麹文泰走上前台，担任高昌国监国。

这是一项重大的政治举措，麹文泰以监国一职来行使高昌国的管理权，开始推动强化王权。这也是他当年在长安和洛阳观察中原王朝的经验。麹文泰又仿照长安和洛阳的建筑形制，对高昌城进行了改扩建，在外城的外面，又建了一圈大城。城墙修缮和扩建之后，高昌国的内城外城的城墙高大巍峨，宫城戒备森严，有着森严之气，城墙外有壕沟，城墙之内有瓮城、角楼和马面，固若金汤。假如北山游牧的骑兵来袭，只要把城门一关，那他们就攻不进来。城内的房屋按照街坊建造，密密麻麻，没有空地，寺庙林立，佛音荡漾，十分繁华热闹。

这时，往来于长安和康居、大夏的商人络绎不绝，他们都在高昌居住几天，经常有骆驼队停在客店的门口，由于没有客房，只好露宿在外面。

另外，麴文泰大力弘扬佛教，特别是对西行取经的法师玄奘的礼遇，成为佳话。他在城内兴建佛教寺院，将佛教作为高昌国的全民信仰。此时，铁勒支持的义和政变力量全部被肃清，他沿着父亲麴伯雅当年的改革之路前行的阻力变小了。他下诏书，要求高昌国在典章制度和社会习俗方面与华夏大同小异。汉语和胡语通用并行，并设立了经学校，办官学堂，设置经学博士，教授四书五经和诸子百家，还在王宫之内悬挂鲁哀公问政于孔子的画像。

几年之后，麴伯雅死后，麴文泰当了高昌王。我就是在那几年里出生的。所以，有关麴文泰的很多事，都是我母亲讲给我的。

高昌国寺庙林立，麴文泰兴建了王家寺庙的佛塔，成为高昌国内的标志性建筑，从城内的任何一个方向看过去，都能看到佛塔的身影。进入寺院，可以看到窣堵波塔、佛龛以及大小佛像、观音造像，藏经楼内经书被放置在高处，不能沾染尘埃，寺庙内僧人和香客摩肩接踵，香火茂盛，梵乐阵阵，诵经声、钟鼓声、朝拜声、许愿声声声入耳。

我听说玄奘西行的时候，在高昌国被麴文泰拘留了一段时间？

王将军，麴文泰没有拘留玄奘法师。他非常喜欢玄奘，推崇他，想感化他，希望他在高昌国留下来传播佛法。后来玄奘执意西行取经，他就放行了，给玄奘法师准备了很多牛马随行，又给西域诸国国王写信，让他们保护玄奘的安全，一站站接续护送他，并给这些王公都准备了礼物。我还在襁褓中，什么都记不得，我的母亲对此都有记忆。

空城纪

每天我父亲回家之后，都会告诉她，麹文泰如何对玄奘好的，如何想办法要留下法师，请他在高昌国当法师。可玄奘意志坚定，执意西行取经。我母亲是一个虔诚的佛教徒，玄奘来到高昌国时，她也见到过法师的真容。

我母亲听说，玄奘早年跟随兄长出家，四处求教于名僧大寺，因善于辩证，就有了"佛门千里驹"的名声。他自己在学佛的过程中，疑惑越来越多，无法求解，就发愿去佛教发源之地天竺取经，以解答自己的疑惑。他的请求未被批准，那个时候，西行边境需要"过所"，也就是通行证，可他没有。他的西行就属于私自出行，一路上非常艰难，有一次差点被劫道的盗贼给杀了。他在河西凉州停留了一段时间，在那里讲《般若经》《涅槃经》，口吐莲花，精彩绝伦，被从高昌前来游学挂单的僧人听到，玄奘的名声就传到了高昌王麹文泰的耳朵里。

他继续西行，穿越了黑戈壁和大沙漠，历经艰险，到达伊吾，这里距离高昌已经不远了。麹文泰立即派人迎接他。本来玄奘想穿越天山，走北道的可汗浮图城，从那里直达西突厥王庭所在。但麹文泰的盛情邀请使他改变了主意，他就前往高昌国。

他到达高昌城的时候正值傍晚，太阳已经落山，可麹文泰与王妃等一行人，专门在高昌东门处手持蜡烛，等候他的到来。我母亲听我父亲说，我父亲当时在场迎接。玄奘下马，和麹文泰见面之后，见麹文泰作为国王对他礼节有加，非常感动。当天晚上玄奘就住在王宫后院的高阁中。晚上，在月光之下，麹文泰和我父亲陪同他观览夜景，看到高昌城寺院林立，佛塔庄严，在月亮的映照下显得高大挺拔。这简直是一个佛国胜境，令玄奘很心安。第二天他一觉醒来，刚出房门，就看到麴文泰和夫人已经在那里等候了。这让他大吃一惊。

玄奘在高昌的大寺中升座讲经。他讲得非常精彩，以至于天空出现五彩祥云，晴空中白鸟飞过，一些人家的院子里开出平时见不到的花朵。高昌城沐浴在一片佛光的笼罩中。在高昌待了一阵子，玄奘要继续前往天竺取经，这个时候麴文泰很着急，竭力挽留他，希望他能留下来，成为高昌国大寺的主持。

我父亲告诉我母亲，麴文泰对玄奘说，我自从听到法师的名声，就已经心向往之，仰慕不已。现在见到法师举手投足，讲经说道，启迪智慧，心里的喜悦是无以言表的，以至于情不自禁手舞足蹈，欣喜莫名。望法师能留在高昌，受我这个佛门弟子一心供养，高昌国的子民也都是法师的众多弟子。高昌国子民三万多，能成为您弟子的至少三千人，虽不算多，可也是一大盛况啊。敬请法师能慎重考虑，留下来。

可玄奘西行之志是任何力量都无法剥夺的。虽然麴文泰的态度十分谦恭，但他毕竟是高昌国王，还有一种威压在里面。这是玄奘能感受到的。玄奘委婉地说，他的志向就是去西天佛法发源之地求法解惑，法不能得，他肯定不会半途而退。这个志向是一定要实现的，因此，他希望麴文泰国王能准许他西行。麴文泰一看，软的不行，就来硬的了。他威胁说，我知道你是私自西行，一路闯关的，你没有通行证。我要是不高兴，就可以把你送回大唐长安去，我完全可以这么做。法师，还请你好好思量。

玄奘温和地一笑，国王陛下是一个向佛之人，我佛慈悲，因此，国王也是慈悲之人。我的志向就是西行取经，任谁都不可夺志。强扭的瓜不甜，我人留下，心也不在这里，这就毫无意义，还是放我、助我西行为盼。

麹文泰面露愠怒，拂袖而去。并派人看住玄奘，每天让人送来精美的食物，隔三岔五派人劝说他留下来。麹文泰就是不露面。

后来，玄奘看麹文泰不放自己走，就决定绝食，以之明志。绝食的第一天过去，他粒米未进。第二天，滴水未进。第三天，粒米未进。第四天，滴水未进。然后，他晕倒了。消息传到高昌国的佛教徒那里，佛教徒沸腾了，在高昌城内游走呐喊。麹文泰感到事态严重，赶紧前来拜访玄奘，一看他果然是面黄肌瘦，奄奄一息，知道玄奘之志就是西行取经。

麹文泰丢下国王的面子，赶紧同意玄奘继续西行，但说了一个条件，就是希望玄奘在高昌国讲经三十天，等到从天竺归来，再在高昌留驻下来，最好待三年。

玄奘答应了，他说，我愿意讲经说法，为高昌国禳灾祈福，愿高昌国泰民安，万民吉祥安康。

麹文泰非常高兴。第二天，玄奘在麹文泰的安排下，在高昌城北面一处开阔的高地上搭建的大帐中升座讲经，讲的是《仁王般若经》。麹文泰携王后、王子，率领高昌国大小官吏，还有百姓僧众一共五百多人前来听讲。我父亲说，麹文泰亲手持香炉，香炉内香烟袅袅，瑞香扑鼻，在前面迎接法师。等玄奘升座之时，麹文泰忽然跪在地上，以自己的脊背当板凳梯子，请玄奘踩着他的背升座讲经。玄奘心里顿生慈悲和感念，他款步踩上去，升座讲经。麹文泰才站起来，满脸喜悦。

第一天的讲经盛况从此在高昌国传为美谈。此后，玄奘继续升座讲经，麴文泰继续手持香炉，迎接引领，跪在法座前，以背为凳子请玄奘升座。如此连续多天，让高昌国众人看在眼里，记在心上，传在口中。

玄奘讲了三十天后，还是执意西行取经。麴文泰看到他真的是留不住玄奘，就和玄奘促膝长谈，详细说了西行路上可能会遇到的困难，并说他会认真准备，为玄奘西行创造物质条件。说起来，有这些支持：四个沙弥当随从，马三十匹，力夫二十五人随行。法服三十套，因西行路上冷的时候十分寒冷，热的时候热死人。有防寒的面罩、皮衣、手套、皮袜子和靴子，还有防晒的面纱和罩衣。路上用的黄金一百两，银钱三万，绫和绢五百匹，供他往返二十年时间里都足够使用。

玄奘出发那天，麴文泰偕夫人和众多手下，在西门处恭候。玄奘看到眼前几十个人、几十辆马车、几十匹马以及车上、马背上的这些贵重东西，完全惊呆了，不禁泪流满面。另外，麴文泰还给沿途的城邦小国和游牧部落写了二十四封国书，每封国书都附有大绫一匹，作为礼物。大绫比一般的绫要贵十倍，这等于是告诉沿途的国王首领，不要阻拦或为难玄奘法师西行。

麴文泰还说，法师啊，您西行路上，肯定要见到突厥统叶护可汗，突厥所掌握的地区面积广大，控弦兵士几十万，向西走你就需得到他的支持，我单独给他准备了绫绡五百匹、果味两车，这样他会给你更多的支持。玄奘万分感谢。麴文泰说，我还想和法师结为兄弟，不知可不可以？玄奘欣然答应。他们依依不舍地告别，麴文泰和我父亲他们一众人，目送玄奘消失在蜃气浮动的戈壁深处。

王将军，可以说，假如没有麴文泰强有力的资财支持和那二十四封国书、二十四匹大绫，还有他给突厥统叶护可汗写的亲笔信和绫绡五百匹，玄奘西行就不可能顺利到达天竺。玄奘自然铭记在心里。十多年后，玄奘取经返归，翻山越岭抵达于阗后，很盼望能前往高昌，再和麴文泰见面。在于阗，他听到的消息是，高昌国已被大唐所灭，改为唐西州。玄奘在天竺那些年，发生了唐太宗派侯君集率领兵马十多万讨伐高昌国麴文泰的战事，麴文泰成了大唐的敌人，忧愤而死成为灭国罪人。想必玄奘听到这个消息，也是唏嘘感叹，不明就里。他无法理解麴文泰这么一个一心向佛、虔敬无比、诚心诚意之人，怎么就成了大唐的敌人，落得一个国灭人亡的下场呢？

这是玄奘心底的一个疑问。一直到玄奘返回大唐，在长安和洛阳多年讲经译经，他的疑问也还存在，他对麴文泰心存的感激也不能随意表露。

我对王孝杰说到这里，帐外的大风呼呼刮起。我们都沉默了。王孝杰说，玄奘和麴文泰的故事还真有意思。明天，我们要开拔，前去碎叶城剿灭那些吐蕃人，后面可能还有恶仗要打，你也早点休息吧。

四

王孝杰的大军攻下吐蕃人占领的龟兹城之后，一部分吐蕃人西逃，向碎叶而去，还有一部分向南逃窜。王孝杰下令兵分两路乘胜追击，副总管阿史那忠节率领一部人马南讨疏勒和于阗的吐蕃乱兵，王孝杰自己率中军部队启程前往碎叶，打算收复碎叶之后再返回，与阿史那忠节约好在龟兹城会合。

阿史那忠节的队伍一早就出发了。早晨醒来，我看到唐军约三分之一的人马已经不见了。南向攻打疏勒和于阗的吐蕃人，阿史那忠节想必很得力。这个突厥将军勇猛而聪敏，喜欢开玩笑。他觉得我这个高昌人有些太文气，和我父亲张雄的气概没法比。可我怎么能超过我父亲呢？

王孝杰的大军从龟兹出发，沿着天山脚下的古道西行。这是一段急行军。走着走着，前面的路就不好走了。我们要翻越高拔的天山，大军就在别迭里山口外的村镇边扎营，埋锅造饭，四下搜寻翻越雪山的装备。特别是棉衣棉裤和皮衣毛毯，以及肉干和活畜，都要准备充足。不知道在碎叶会有一场什么样的恶战。

大唐军马在乌什休整了两天，军马粮草准备充分了，由当地向导引路，开始翻越天山，直插碎叶。十月的天气，西域已经非常寒冷，一进大山，我更是感觉到山的巍峨、寒风的刺骨和大雪纷飞的飘摇。大唐军队数万人在山道间蜿蜒而行，十分壮观。我跟着王孝杰大将军的中军帐，骑着一匹青鬃马。这匹马很沉默，但很有耐力。我能望见有大鹰翱翔在空中，时不时放出几声尖厉的啸叫。我还看到有一只白头银雕，叼着一只小黄羊从空中飞过。高山塔松和云杉林抵挡了大部分山里的大风，一阵阵暴雪让我们前行的道路充满了艰难。有一队士兵忽然陷入一处山谷积雪中，就像是下面有个窟窿一样，一下子就不见了。

幸亏有熟悉这片大山的向导的引领，我们能够沿着一条近道，不用攀爬那高峻的山峰，而是沿着一条平时走马放羊的弯弯山道而行。即使是这样，穿行在天山之中，士兵们也感觉到恐惧和担忧。走了整整三天，我们穿越了天山，来到一片开阔的原野。这一路上奔袭千里，大唐士兵伤病不少。抵达伊什特克山谷，海拔高度降低了。我感受到了一阵阵潮湿的水汽扑面而来。难道附近有大河或者大湖？我们向前又走了几十里，果然，眼前出现了一面巨大的湖泊，宽广得根本就看不到对岸。向导告诉王孝杰将军，这面湖叫大清池，终年不结冰。碎叶城就在大清池的北岸一片开阔的高地上。

王孝杰很兴奋。唐军也很振奋，就在湖边休整了一天。同时，派出探马前往碎叶城侦查。第二天，大军继续前行，打算一鼓作气攻下碎叶。碎叶是唐代驻军之地，此前，一直有刑徒发配到那里。我没有想到吐蕃人跑这么远占领了碎叶，大唐军必须收复碎叶城。

我记得，攻打碎叶城是在一个傍晚。唐军黑压压地将碎叶城三面围住，只留一个城门，供城内守军投降或者逃跑，在这一处城门外埋伏了刀兵手和骑兵冲锋队，伺机斩杀出城的吐蕃兵。吐蕃兵识破了三面埋伏的用意，坚决不出城。城内吐蕃守军不断放出带着油毡的火箭，箭落在唐军的高车和抛石机上，点燃了木质的车辆。碎叶城城墙是石头垒就，坚固无比，不像一般的夯土城墙，抛石机抛去的大块石头砸不垮。攻城战，一般都是守军占据优势。唐军依靠弓箭手不断射杀城上守军。吐蕃兵骁勇善战，但唐军士气很高，王孝杰教会唐军呼喊吐蕃语"投降"二字，并不断用撞车冲撞碎叶城的城门。城门是碎叶城最薄弱的地方，很快被撞开了。王孝杰身先士卒，在前面冲杀，我也跟在他后面，忘记自己是一个手无缚鸡之力的人。

我身披铠甲站在战车上，挥舞着长刀，向碎叶城冲杀过去。眼看到了城墙下，车子被一块石头撞到车辐辘，我飞起来，就像是一块被抛起来的长条石，掉进了一条壕沟里，齐脖子深的水淹没了我。我想我完了。正在这时，我背囊里的那只铁鸟忽然掉了出来，我把它抓在手里，使劲一扔，铁鸟被我扔到土坡上，它发出了尖厉的鸣叫声，似乎在呼唤着什么。很快，就有一匹青鬃马从远处飞奔而来，它就是我自己的那匹马。在壕沟中，我抓住马镫翻身上马。那只铁鸟还在嘶鸣，我骑马跑过去把铁鸟捡起来，放在我的背囊里。它不叫了。这时，我看到城墙上箭雨落下来，我身边的唐军士兵纷纷中箭，一片哀号。那匹青鬃马驮着我飞快地离开了战场。

碎叶城被唐军攻陷。第二天清晨，碎叶城内到处都是王孝杰大军的旗帜。我们收复了碎叶城，斩杀了部分吐蕃守军，小部分吐蕃士兵逃窜了。我的那只铁鸟也是立了功，它安静地待在我的背囊里。这是我的秘密，我的灵物，谁都不知道。

收复碎叶后，我们在碎叶休整了数天。王孝杰重整碎叶的军政系统，任命当地官吏，那些任命书都是我来书写的。很快，南路来了信使传来消息，阿史那忠节已经收复了疏勒，打败了吐蕃人，吐蕃人退守于阗。他们准备进行收复于阗的战斗，胜利指日可待，唐军有着优势兵力和作战的高昂士气。

我们按照原路返回，从大清池南岸走天山古道，向龟兹行军。回程的路十分顺利，大军一路走过，一群大鹰在天山深处的高空盘旋，跟随着我们，它们一路上能吃到唐军丢弃的牛羊的骨头。

大军到达龟兹，开始休整。我和王孝杰天天谈论书法，比试书艺，

空城纪

说到楷书和隶书之变,唐太宗为什么那么喜欢王右军的书法,等等。

将军,太宗驾崩之后,陵墓中是不是有真迹《兰亭序》?

太宗那么喜欢《兰亭序》,一定拿它陪葬了,我在长安看到过褚遂良的摹本也很好。

我们天天写字聊天,谈天说地,等待阿史那忠节大军的返回。他率领的唐军收复疏勒和于阗进行得比较顺利,吐蕃军迎风而溃,没有和阿史那忠节打正面战,基本上望风而逃。

又过了几天,阿史那忠节得胜北返,我们两支部队会合,从龟兹出发,沿着天山南道向西州行军。抵达交河城后,在城外扎营。

因收复了安西四镇,王孝杰心情放松,十分愉快,他派人火速向长安而去,将胜利收复安西四镇这件大事报告武皇。

这一天,我陪着王孝杰将军在交河城内观览。走着走着,神奇的事情发生了:在通往北大寺的一片台地上,忽然间,我看到一处窣堵波塔上雕了很多小佛像。在第二排,有一座佛陀像盘坐在那里,正在对我微笑。看到佛陀的微笑,一瞬间,我被迷醉了,我感到了心满意足,就像王孝杰将军收复了安西四镇的心情一样。

我背囊里的铁鸟在鸣叫。是的,是铁鸟在叫。我感觉心明眼亮,我似乎明白了什么,走过去,踮起脚尖,把那只铁鸟放到佛陀像边上,之后,我就快步走起来,跟上王孝杰的大伞队伍,前往北大寺。

那只铁鸟就这样被我放在交河城内的一处佛陀像的脚下。

我们从交河很快回到西州城,也就是过去的高昌国王城。西州城内一片安详,我却感到了一股莫名的忧伤。这里是生养我的地方,人们来来去去，却已经物是人非。特别是，麹氏王朝已经覆灭，我们南阳白水张氏，也已经没落，很多佛寺也破败了，僧众变少了。

晚上，驻扎在旧王宫、新西州府内的王孝杰将军邀请了手下将领欢宴一场。酒半酣的时候对我说，你再给我说说，这高昌王麹文泰最后覆灭的情况吧。按说，他不应该有这么一个结局啊，搞得自己国破人亡。

我说，将军啊，这就是高昌作为小国在突厥和大唐之间，没有处理好关系的结果。高昌灭国之后，很长时间，我也在思考这个问题。后来，我终于想明白了：小国在大国之间，不两属无以自安。这是在前朝汉武帝时楼兰王被捉到汉廷，他给汉武帝说的，用来形容高昌国处境也是合适的。只不过麹文泰是一念之差，导致了最终的结局。

听说，麹伯雅死后，麹文泰即位后就按照突厥习俗，娶了实际上是他继母的华容公主为王后？

是的，将军。这说明麹文泰很灵活，也很无奈。麹文泰还带着华容公主前往长安，觐见唐太宗。唐太宗很高兴，赐华容公主姓李，并封她为常乐公主。李姓是皇家姓氏，赐姓是非常荣耀的事情，麹文泰按说是心向大唐的，高昌的宗主国是西突厥，那段时间里，西突厥内部出现分裂，高昌支持唐太宗反对的那一方突厥势力，站错了队。于是，唐太宗派军讨伐西突厥反对大唐的那一派，捎带着就把高昌给灭了。

是的，这个事情我比较了解，王孝杰对我说，那时候，与大唐联系密切的西突厥统叶护可汗被部属杀害，西突厥陷入内部权斗。其中一方是欲谷设可汗，他要求高昌国王麹文泰出兵攻打焉耆，因敌人咥利失逃到了那里。高昌就发兵配合他攻打焉耆，焉耆紧急派使者向大唐求援，唐太宗下令出兵。因为，咥利失可汗是大唐册封的，谁攻击咥利失可汗，谁就在和大唐为敌。欲谷设可汗没有被唐朝册封，尽管他打了胜仗，主宰了西突厥，也不被承认，唐太宗更不愿意看到咥利失可汗的失败导致大唐对西域控制权的丧失。尽管大臣们意见不一，唐太宗力排众议，还是决定出兵西域。

不过，在唐太宗发布的《讨高昌王麴文泰诏》中，并没有说到这一层更深的隐情，主要责备麴文泰，"高昌麴文泰，犹为不轨，敢兴异图，事上无忠款之节，御下逞残忍之志"。这是说在面上的话。

麴文泰觉得唐军不可能讨伐高昌，路途这么遥远，戈壁连着沙漠，道路艰难，后勤补给肯定跟不上，他说了狂话：就是唐军来三万人，我也不怕！他赌唐太宗不会出兵。可唐太宗偏偏下了讨伐高昌的诏令，命侯君集领军发兵十五万人攻打高昌国。听说大唐军队出兵之后，麴文泰心急如焚，西突厥欲谷设可汗也恐惧万分，向西逃窜而去，他的部属在浮图城向唐军投降。

武威路大总管、大将军侯君集攻打高昌的大军旌旗招展，气势撼人，一路挺进，兵临高昌城。这时，侯君集却听到一个消息：麴文泰突然死了，刚刚即位高昌王的是他年幼的儿子麴智盛。原来，侯君集的前锋，大军副总管姜行本此前在伊吾囤积粮草，带着能工巧匠在天山中砍伐树木，制作抛石机和攻城撞车等大量器械，与侯君集在伊吾碛口会合，得到消息后立即报告侯君集，高昌王麴文泰突然因忧惧而死。

姜行本还说，麴文泰的灵柩准备下葬，高昌城内的人聚集在一起，惶惶不可终日。此时我们派出两千精兵，就能一举攻破高昌城。

侯君集听罢，却摆了摆手，下令唐军停止进军，距离高昌数里外，按兵不动。他说，大唐天子是因为高昌王麴文泰骄傲无礼才讨伐他，现在他死了，是天诛地灭，等高昌国葬结束再攻城，我们才是仁义之师与胜之有道。

几天后，侯君集得到消息，高昌城内麴文泰的葬仪结束，他就下令攻城。高昌城内的新王麴智盛不愿投降，唐军以木板填平城外的壕沟，用抛石机砸坏城门和城墙，一拥而入，攻破高昌城。王将军，这就是高昌国覆灭的时刻。那年我才八岁，听到城外唐军喊杀声震天，高昌城内人因国葬而哀痛不已，我十分害怕。我母亲一直在安慰我。当天，高昌末代王麴智盛投降，高昌国灭，麴智盛被押往长安。唐太宗没有杀他，因他当高昌王只有几天时间，罪不在他。从此，高昌国变为唐西州。战争结束，我和母亲没有像很多人那样迁徙到敦煌，依旧住在西州。后来我在学馆教书，就这么过了四十多年。直到前段时间，王将军讨伐吐蕃，收复安西四镇的大军征发各路兵士，我这才应征而来，见证了安西四镇被将军收复的辉煌伟业，重树大唐的威风。

王孝杰的凯旋大军向东开拔。我在西州城墙上望着唐军远去的背影。庞大的军队旌旗招展，车辚辚马萧萧，逐渐掀起的烟尘融为一体，成为一点背影。这背影消失在天边，再也不会回返，使我在此刻感到了惆怅。站在城墙之上，我可以看到，自高昌灭国后，城内很多佛寺已经破败，来往的西域客商也少了，说各种语言的人都回到了他们的故乡。

我终于找到了一块称心如意的灰砖，我打算将来用作我的墓志砖。我时常拿着毛笔蘸水，在方块灰砖上写字，为我自己的墓志铭打草稿。可水写的字，一会儿就消失了，就像我认识的很多人，都消失在时间之海里。

这就是我的砖书，我在草拟着自己的墓志铭。也许最终，我的墓志铭要靠我儿子张礼臣来书写。现在，我是大唐西州人。我生在这里，长在这里，最终，我也要死在这里。在东边城外，是一片巨大的墓地，张氏家族的墓地也在其中。我的祖上来自南阳白水，迁到敦煌后又来到高昌，所以我们是**根在中原**。我的曾祖父张武忠葬在这里，祖父张鼻儿葬在这里，父亲张雄和母亲麹氏也葬在这里。我也老了，可能过不了几年，我也会葬在这里。那么我的儿子张礼臣呢？他可能也会葬在这里。我不停地在灰砖上写着四个字：**根在中原**，这几个水写的字在我的笔下不断重复，在有和无之间，显现和消失。

毯书：心是归处

一

我后来回到京都汴梁，经常注视那张氍毹，一直想弄明白那张厚厚的氍毹上，织的是什么字，又是什么意思，可我却始终没有弄明白。游牧民族的氍毹花织得很漂亮。王德延，你说，这张氍毹的花纹中藏着什么秘密？

王延德，这氍毹是你拿回来的，你理应知道啊。我怎么会知道？

我有时会分裂成两个人，一个是王延德，一个是王德延，这两个人总是在争辩。王德延，我现在谁都信不过，只能和你说话。你就是我的分身，我的亲兄弟，我的心腹，当然我也是你的心腹和兄弟。我们每天都要对话。很多事情就只能是王延德和王德延对话。

王德延，你说说，这世界上有太多的秘密都需要保守，就像是宋太祖到底是怎么死的？那天晚上，他和他的弟弟见面后发生了什么？没有人看见，我也没看见。可赵匡胤忽然驾崩了。有人看到了蜡烛的影子里，有斧头的起落声，这就叫"烛影斧声"。这是一桩极不寻常的事情，你是不是帮后来的太宗皇帝——赵匡胤的弟弟干了什么？

没有啊，王延德，我就是帮着太医找了一些具有毒性的草药。我不知道他拿这些毒草药干什么，你非要扯到太祖驾崩的事情上，那我就不好和你说什么了。不管怎么说，太祖驾崩，赵匡义即位很顺利，大宋的江山十分稳固，对吧。赵匡义是个雄才大略的皇帝，前几年，也就是太平兴国四年（979年）吧，他御驾亲征攻打北汉，将北汉攻灭，北方的五代十国算是都平定了，北宋和大辽形成了对峙的局面。太宗一直有收复燕云十六州的梦想，当时，太宗是志在必得，大辽契丹是功成在我，高梁河之战打得十分惨烈。双方都投入了精锐部队，结果，大辽军大败大宋军，太宗收复燕云十六州的梦想彻底破灭。

是呢，王德延。此前，本朝皇帝每次开御前会议分析大辽契丹人的时候，很多大臣的说法是契丹人不堪一击，他们将在大宋兵马面前迅速崩溃。可事实上并不如此，大辽的骑兵战法独特，作战勇猛，令人胆寒。经此一战，大宋了解到大辽契丹是一个强劲对手。战场上得不到的东西，协议里也不会有。那就需要等待时机。这时机，一是大辽内部产生变故，最好是他们自己窝里斗。北方游牧民族经常会内斗，不是你杀我，就是我毒死你，结果就自乱阵脚。二是大宋要远交近攻，联合其他能够联合的外部力量，实行围堵和策应。

对呀，王延德，太平兴国六年（981年），太宗在皇宫接见高昌回鹘国的朝贡来宾。这是一位都督，他叫作买苏温，带来了高昌回鹘国王的上表，上表对大宋皇帝自称为"西州外甥狮子王"。太宗大喜，他正在筹划着远交近攻的战略，这高昌回鹘就来使者了。热情款待一番之后，太宗下诏组建回访使团，任命了你这个内朝供奉官为主使，殿前承旨白勋为副使，使团一共一百余人，要求在这年的五月启程前往高昌回鹘国回访。

那我去不去呢？王德延，你说，我去不去呢？当时，我王延德接到这一使命，心里还是有点担忧。我怀疑是不是要把我发配到很远的地方去。我知道，这出使高昌，一去就是一两年的时间，路途遥远天气复杂，饮食疾病鞍马劳顿，路上不知道会遇到什么倒霉事。

王延德，太宗的诏令是任命你为主使，使团组建之后立即出发，不得拖延！于是，你们很快就上路了，对吧？

是呢，王德延兄弟，我和白勋很快就率团出发了。说起来，在太宗还没有当上皇帝的时候我就是他的府内人。那时，他的哥哥赵匡胤黄袍加身后当上皇帝，是谓太祖。太祖为人仁厚，杯酒释兵权，解除手下大将们的潜在威胁。但他可能永远都没料到，最大的威胁实际上来自自身的血缘，来自他的弟弟赵匡义。那时赵匡义还是晋王，我就在晋王府内担任给事，给晋王当差。

赵匡义为了避讳哥哥的名字，改为赵光义，他和太祖兄弟俩在外人看来感情很深厚，经常近距离坐在一起谈心说话。太祖五十出头，平时身体非常好，也没有得过大病小灾的，可有那么一天的晚上，忽然就传出他身体有恙，内官紧急通知赵匡义前去宫内伺候。几个时辰过去，传出太祖已经驾崩，遗诏由弟弟赵匡义即位，就是后来的大宋太宗皇帝。但太祖的驾崩很突然，渐渐传出那天晚上宫内有"烛影斧声"，这显然是在暗示赵匡义用斧头砍死了兄长太祖皇帝，夺得大位。这变成了一桩悬案。

根据我服侍赵匡义的经验，我觉得他用斧头杀死兄长，肯定不可能。但他下药毒死太祖的可能性是存在的。对吧王德延，那带有毒性的中草药，不就是你给太医找的吗？不管怎么说，太祖忽然驾崩，然后就是弟弟赵匡义即位，他是最大的受益者，当然要被人怀疑。但无论如何都是赵家的事，天下是赵家的，你管得着吗？太宗的衣食供给都是我这个供奉官在安排，我是太宗的身边人，他对我很信赖，就在于我平时也不多话，但心思缜密，也从不在太宗皇帝面前卖好。宫里的环境很险恶，很多人为了一点权力什么事情都干得出来。我啥都明白，却一直装傻充愣，绝不表现出一点知道内情的样子。

王延德，这次出使，副使白勋也是太宗信赖的人，他是殿前承旨，是皇帝随时下旨他来传令的人，也是太宗信赖的心腹。不过，他和你一起出使高昌，是不是有让他监视你的意思呢？我猜不到。

我觉得不会。这一次太宗派我和白勋出使高昌回鹘，其用意显然在了解西域情况，笼络高昌回鹘国，在对抗大辽时获得策应。可这高昌回鹘国到底是怎么回事，他们的狮子王以外甥自称，是延续唐代的旧称吗？国与国之间建立互信，最重要的还是靠实力。没实力，外甥照样干掉舅舅，就像赵匡义，不是干掉了自己的哥哥，当上大宋皇帝的？

你看你王延德啊，你一不留神就露馅了。

呵呵，没事，没人听得到，我给自己的兄弟，我的分身王德延在说呢，谁都不知道我的真实想法。白勋也不会知道，我当然要防着这家伙。

二

我们的使团一百多人,带着礼物和路上的用度,从京都汴梁出发,一路向北,尽量躲开辽国控制的地区,一直走到夏州的境内,我才放下心来。

我们在玉亭镇停歇了几天,做了一些补给。这里是大宋和西夏的交界地,民风朴实彪悍。饮食很简单,吃的是荞麦粗面,口感太差,和汴梁的细米白面简直没法比。抵达黄羊坪后,当地人和我们以物易物,送来了野生的黄羊肉,肉质粗糙,需要和腊肉放在一起翻炒才可以互相借味,不然,我这个供奉官实在吃不下饭。走着走着,我就知道往后的日程将是漫漫长路,我必须克服自己的娇气。

我们一直在沙漠的边缘行走。沙漠无比浩大,不知道哪里是尽头。动不动就是天地玄黄,风沙弥漫。我们都带着皮水囊铜壶铁桶,走了两天,沙漠不见了,空气也变得湿润,我们来到了啰啰人盘踞的地方,停下了脚步。此前,我并未见过啰啰人,他们穿着皮衣,脑袋上戴着皮帽子,有的人在帽子上还装饰了羽毛,个个身形高大,眼神凶恶。每天都有一大群人,不远不近地跟在我们后面。也不知道他们要干什么,倒是没有突然发动袭击。有的人骑在马上,胳膊上还有大鸟,可能是猎鹰,猎鹰主要抓的是兔子,对我们威胁不大。

我吩咐卫队兵要加强防备,时不时停下来拔剑出鞘,让兵器之间相碰,发出铿锵之声,用以震慑这些蛮族。我想,我们要不是大宋朝廷派出的使团，这些啰啰人肯定会攻击我们的。我们有通译，能听懂他们的话，渐渐有了沟通。他们围拢过来，除了好奇，主要是想要些我们的东西，吃的喝的穿的用的。啰啰人很混杂，有匈奴人、吐蕃人、党项人、吐谷浑人和鞑靼人。

我就下令给他们一些干肉、白布、食盐、烟草和茶叶。当然还有一点大米白面，他们最需要这个了。然后，他们消失不见了。

我们继续前行，路上尽量雇用当地向导。继续西行，就到了黄河边上。我看到，河边有人用羊皮吹起来制作成皮筏子，以这种筏子摆渡。我们的使团一百多号人，一半是兵士，一半是力夫，大家都没出过远门，特别是见到惊涛骇浪的黄河，那真是惊恐啊。

我率先坐在筏子上过河，谁让我是使团的主使呢。我和白勋开玩笑说，我淹死了的话那后面的路就靠你带着大家走，你就是主使了。白勋说，王大人，你可不能乱讲，在黄河边说话要小心，我们又不是不知道黄河的脾气，那河伯每年都要吃人的。

我笑了，好在我们是老家伙，河伯喜欢的是童男童女。我坐在皮筏子上过河。过河的感觉很不好，水面的波涛上漩涡会让皮筏子旋转，水流会使皮筏子上下颠簸，黄河水昏暗发黄，让人猜想下面肯定有大鱼。最终心惊胆战地过了河，一到岸上，我就被颠簸得头晕呕吐。

我们中间也有皮筏子翻了，人掉进水里喂了鱼。皮筏子被一个漩涡捕获了，就忽然倾覆。水手无力控制皮筏子，几个人掉入黄河不见了。我派人去下游寻找，渡河的队伍在河边等了很久，就是没看到尸体。

我们的队伍继续向前走，很快又遇到一片沙漠。当地人叫它六窝沙,沙漠里的沙子很软,驮马走着走着就会陷进去,有个地方更神奇,沙子太深了,眼看着一匹马就被流沙吞没了,它咴咴叫着,我们也没有办法。等到派人把它挖出来,早就憋死了。

我们就雇了骆驼队继续前进。沙漠里不生五谷,除了风滚草,还有一种东西,叫作登香,是可以吃的。在沙漠中行走非常困难,太阳出来我们赶紧走几个时辰,等到中午太阳大了,就找背阴处休息。太阳西斜我们再抓紧时间赶路,每个人都控制饮水量,以免缺水。终于,我们穿越了这片沙漠,走到了一条大河边。他们叫它鄂尔多斯河。在河边走,我看到依靠河水生活的部落。他们都说鞑靼语,见到我们并不害怕,还给我们提供羊奶和马奶。我不明就里,喝了很多马奶子,结果喝醉了,一整天都是昏昏沉沉的。

到达合罗川后,得到了粮食补给。他们告诉我,这里是唐代回鹘公主的居住之地。当地还有一个汤泉池子,大家都跳进去洗了温泉,把这几个月路上的晦气都洗掉了。有导游对我们说,契丹人过去是给回纥人牧羊的,鞑靼人又是给回纥人牧羊的,回纥人迁徙到甘州。这片地方是回纥人、鞑靼人和契丹人争斗得最厉害的地方。

我们后来经过马鬃山的望乡岭,岭上有一个石龛,上面有汉代投降匈奴的李陵题字,我读了一遍,感叹良久。再往前走,经过了格罗美源,那里地势平坦,一望无际,鸥鸟大雁飞来飞去,鸟类很多。

我们还经过托边城,这座城很坚固,也叫李仆射城,城内的首领出来迎接,自号通天王。

我和白勋都笑了,他叫通天王,他不知道我和白勋才是通天之人,是能随时和大宋皇帝说上话的人。什么通天王,就是井底之蛙。好在他为人爽快，给我们送了很多路上用的东西。走了一段长路后，我们到达了伊州。唐贞观六年（632年）设立伊州，统领伊州的将军姓陈，他说，他家在这里几十代人，唐代给陈家祖上的诏敕还在，他拿出来给我们看。

我说，现在中原是大宋的天下，太宗要打败大辽统一天下。陈将军很高兴。

我们在伊州得到了很好的补给，心情大好。伊州这地方出一种蜜瓜，黄白色，吃了嘴角手上都是黏糊糊的，甜死人。还出一种野蚕，这种野蚕能够用来缫丝织锦。我们每天都是煮羊肉、烤羊肉、喝葡萄酒。当地出产一种大尾巴羊，尾巴嘟噜在屁股后面，走起来一颤一颤的，听人说，羊尾巴都是油，轻的一两斤，重的三四斤，都是宝贝。伊州还有一种石头，剖开之后有黑色的镔铁，能够做吸铁石。这里还生长有大片的胡杨树，平时看着像是枯死了，一下雨就生出绿色的枝条，焕发生机，成为戈壁滩上最耐旱的树。

告别陈将军，我们再往西走，地貌又变了。眼前是大片黑色的鬼魅沙漠，蜃气浮动，结果我们有两个人精神错乱，向海市蜃楼跑去，再也没有回来。这时，白勋十分畏惧和害怕，他向我提议我们是不是该退回市镇，在那里待到明年季节合适的时候再继续走？

我没有同意。胆小鬼！我想。我们走了很远，看到一个很小的驿站村镇，叫益都，补充了水和食品。然后，我们又走过纳职城，这座城在鬼魅流沙的西边，汉明帝在这里设置了宜禾都尉。宜禾宜禾，就是在这里种小麦玉米高粱粟子屯田的地方。想当年，大汉军士多么不容易，能在这里种粮食。可现在这里变成了鸟不拉屎的地方，寸草不

高昌三书　　　　　　　　　　　　　　　　　　— 187 —

生，走起来寸步难行。

驼队和马队带的粮食不多了。我们的人在路上已经折损了七八个，有出意外死的，有病死的，也有我说的被海市蜃楼给带走了的，连高昌国的影子还没有看到。

走了三天，在鬼谷口避大风，风大得竟然把一个马夫给刮走了，你信不信？他斜着飞到天上，被龙卷风带走了。我们赶紧设祭坛，让懂道法的人做法驱鬼，抵御大风。不久，强风果然停了，那个刮走的马夫在三里开外的地方抱着一棵树，被我们找回来了。这可真是万幸。

我们继续走，在半山找到一家佛寺，叫作泽田寺，我们就住下来休息。这时，高昌回鹘国王听说我们快到了，就派人前来迎接。我这下才安心一点。

三

我们到达高昌国王城是在第二年的四月。四月里正是大地葳蕤、植物生长的季节，天气也好。我们一行人进入高昌城，但见外城巍峨，城墙将内城包裹起来。进入内城，能看到内城的可汗王宫庄严高耸，寺庙众多，民居紧凑，官署森严，客店很多，分布在几个城门附近，便于住宿。

我没有看到高昌回鹘狮子王阿斯兰汗来迎接我们，只有一般接待人员在引路，觉得很奇怪。我让白勋去询问，答复说，阿斯兰汗在天山北麓的夏都北庭避暑，城内是阿斯兰汗的舅舅阿多于越在监国。可阿多于越也没有出来见我们，我心里纳闷，也有些不高兴。按道理高昌王应该殷勤接待才是，他们玩失踪、不见面，这很奇怪。

我们先住下来，晚上，我问王德延，你说，是怎么回事？

王德延说，那还不简单，肯定有契丹的使者在这里捣鬼。

我恍然大悟。我决定按兵不动，看看这高昌回鹘汗国要怎么对待大宋使团。安顿下来之后，阿斯兰汗的舅舅，监国阿多于越派人询问拜见大宋使团的礼节。来人问我，宋使大人，阿多于越国舅问，因阿斯兰汗不在王庭，他接见你们，你们会跪拜他吗？

大宋和高昌是舅甥关系，我作为使团主使，当然不能跪拜他。

那大人您要是见到我们的狮子王阿斯兰汗，跪拜不跪拜呢？

因大宋和高昌回鹘国是舅甥关系，我是大宋使者，同样不跪拜。

来人听了，施了一礼走了。我和白勋商议：你说他问这些干什么？这本来是很简单的事情。我们是大宋使者，坚决不跪拜。

我们就被晾在那里。此后几天，整个使团的人该吃吃，该睡睡，该玩玩，就是不见监国派人前来会见。

我顺便在高昌国到处走了走。这时候的高昌，已经是夏天，天气非常热，热到什么程度？我亲眼看到，因中午空气太过灼热，以至于有飞鸟被热晕，半空中飞行时，突然坠落于地。这里早晚温差特别大，早晨要穿外衣，一到中午，空气就像是烤炉喷出来的热气一样，让人浑身冒汗。这时，高昌满街的人就不见了。我问好不容易碰到的一个人，大家都去哪里了？原来，很多人躲到坎儿井下面乘凉去了。坎儿井是当地的一大发明，城外不远处一直通向北面天山的金岭上，沿途隔一段距离，就挖出一个洞，下面是水渠，把冰雪融水引进高昌王城，

高昌三书 189

也在城外灌溉农田。高昌附近的农田里，五谷杂粮都有种植，但高昌人更喜欢吃肉。有钱的人呢，吃马肉和牛肉，钱少的人吃羊肉。城内的居民家家户户都养羊。到了傍晚，天气凉爽一点，高昌城内到处都是人，他们喜欢在空地里唱歌跳舞。有一次，我还赶上一次射箭游戏，高昌人在马上奔跑，向靶子射去响箭。在高昌城内，随便走到哪个街区，都能看到怀抱乐器的人在那里弹琴唱歌。他们的乐器有简单的三弦琴，也有琵琶和箜篌这样比较复杂的乐器。女人和男人一样可以在街上走动、相聚。

高昌的佛寺很多，有五十多座，香火都很旺盛。我去拜了几座寺庙，发现佛寺里大都藏有唐太宗和唐明皇的御札、诏书和敕书。听说我来自大宋，寺庙主持就打开给我看了，令人惊叹。这些寺庙还有唐人题写的匾额，寺庙里存有《大藏经》《唐韵》《玉篇》《经音》等佛教经籍。尤其令我吃惊的，是高昌城内还有几座摩尼教的寺院，里面的僧人来自波斯。出入这些摩尼教寺院的人和中土的人长得不一样，高鼻深目，眼睛颜色也不一样。一问才知道，他们是突厥人、样磨人、割录人、黠戛斯人、末蛮人、格多人等等，是从通达西域各国的商道上往来的人，在高昌这里打尖住店，去寺庙里求得内心平静。

我转了好几天，可能是阿多于越得到了什么指示，他派人来说要求见我。就在我们下榻的客店里，这天的傍晚，我和他见面了。他穿着带有花边的白色礼服，花边帽子镶金边，留着长长的山羊胡子，模样是五十开外。身形庞大，一看就是经常吃肉的人，靠近的时候能闻到他身上的羊膻味。

我们互不跪拜，他行了躬身礼，我们落座，彼此寒暄着，他对待我和白勋的态度十分谦恭,招手让人送上礼物。这些礼物令我大悦,有时令瓜果、玛瑙玉石、棉布毛毯、大米白面、牛羊马肉,还有成桶的葡萄酒,一些乐器和家用木器,等等。更奇妙的是,他还带来一个乐队和舞男舞女,准备饭后表演。

我们有通译,和他说话没有障碍,我给他赠送了从开封带来的礼物。成箱的礼物一一抬进来,在他眼前打开,通译一一给他介绍箱子里装的是什么东西。自然,都是大宋出产的各地特产和宝贝。绫罗绸缎、黄金白银,令他两眼放光。他告诉我,他接到阿斯兰汗的指令,说阿斯兰汗在高昌国夏都北庭等着接见我们,我们随时可启程前去与阿斯兰汗见面。

我答应尽快启程,然后,我们的晚宴开始了。我们一百多号人,加上阿多于越带来的几十个王公贵族,大厅里到处都是人。在铺开的一块块绚烂的地毯上,我们盘腿坐下来。大铜盘里盛装着煮好的牛羊肉,盘子里还有取用肉块的小刀。大盘切好的水果摆在一边,木碗里有酸奶,油炸面食盛装在大盘子里。阿多于越站起来致欢迎词,之后,我们一起举起夜光杯彼此碰杯,开始了这愉快的晚宴。这顿招待宴会是在葡萄架下举行的,我们吃得很开心,但我心里的王德延提醒我,你不能吃太多肉,以免消化不良!你不能喝太多葡萄酒,以免酒后失态!好好,我都听你的,谁让你是我的另外一个我呢。我控制不住自己的食欲,吃了不少,喝了不少。

在醉眼蒙眬中,高昌歌舞队上场表演,先是蒙面女人出现了十多个,穿着闪亮的鲜艳的裙子,肚脐眼露在外面,让我惊呆了。接着,穿着白衣服、扎黑色镶金边腰带的男舞者出来了,男女开始舞蹈,随着欢快的乐曲旋转，弦乐手在弹琴，琵琶、手鼓、大鼓、唢呐、箜篌等乐器启奏，一派无比热闹的景象。这样的景象我期待了好几天，今天终于出现，这才是对待大宋使团的规格。

我感到满意，葡萄酒让我头晕目眩。我还闻到了一阵奇异的香气。这种气味可能是那些蒙着黑色面纱的舞女身上散发出来的。她们在旋转的时候围拢我，不断靠近我，黑色的大眼睛看着我，令我头晕目眩。眼前肉身滚滚，不断冲击我的视觉。啊，把持不住了，我的鼻子闻到香风阵阵，这我哪里能招架得了呢？她们要干什么？有个女人小声说，你把我带走吧，今天晚上我陪你，嘿嘿嘿嘿。我头晕目眩了，昏昏欲睡了，毫无防备了，我感觉这个时候我要被魇住了。是不是他们的熏香有问题？现在谁问我问题，我都会讲真话。我的另外一个自我王德延说，傻瓜，你已经醉了，你现在什么秘密都会说出口。赶紧打住，赶紧回去睡觉吧。我挥挥手让那些妖媚的舞女走开。一个蒙面的舞女旋转着靠近我，她向我冲来，似乎要干点什么。就在这个时候，阿多于越走过来，他手里拿着一面皮手鼓，一下挡在那个舞女和我之间，舞女被拦住了，她闪现之后就消失了。阿多于越手里的手鼓已经被一把闪亮的匕首刺穿，匕首的刀身深陷皮鼓，还在兀自颤抖。一个侍从飞快地从他手里把皮鼓拿走。

我顿时清醒了，我知道我遭遇了一场未遂的刺杀，有人要杀我，阿多于越用这面手鼓挡住了杀我的匕首。她是谁？抓住她！可那么多的舞女，她已经消失不见。舞蹈还在进行，我感到紧张，就走向一边。音乐和舞蹈现在更加欢快激越，声震屋宇。阿多于越走过来，凑近我的耳朵大声说，王大人，你们这次来高昌，是要我们与你们一起攻打

空城纪

辽国契丹人吗？

我觉得不应该把话说得太直接，可刚才那个刺杀我的人显然是契丹人派来的。我说，当然，我们出使高昌回鹘国，就是为了说动你们，联手打辽国契丹人。

阿多于越面带忧色，他说，你可能不知道，几十年前大宋还没有建立时，我们就和契丹人建立了友好往来，我们高昌国就给他们进贡，派人去遥远的辽国朝贺。他们派人在这里建立了"高昌国大王府"，有常驻的使者。你们来的这些天，契丹专使一直都在监视着你们。刚才那个女人，她就是来针对你的。幸亏我手里拿着这面鼓，不然你就——

不然我就死了。我说，阿多于越，谢谢你。啊，我明白了，怪不得我们到达后你有好几天都不露面，让我们自己在高昌城里面瞎转，是因为契丹人在捣乱。

阿多于越微微一笑，自然啦，我们也不想和契丹人搞翻了。他们一直虎视眈眈，从北面大草原打过来很容易。但契丹人也知道，从唐朝开始，西州回鹘国和中原的关系就是外甥和舅舅的关系，现在还是这种关系，这一点没有任何问题。所以，我们的狮子王才给你们的皇帝写了一封信。契丹人也不反对我们来往。我们在寻找着一种平衡，希望大人理解。

阿多于越和我说了真实情况。我很高兴，我这天的确有点头晕了，高昌的乐舞太精彩，可也是杀机四伏。欢宴结束的时候，阿多于越送给我一支筚篥，还有一个弯弯的铜角。如果有时间，我请乐师教你吹奏筚篥和铜角。

四

几天后，狮子王阿斯兰汗派人来到高昌，接应我们前往北庭的夏都与他见面。我留下几十个人在高昌休整。阿多于越派遣五十名刀兵护卫我，加上使团的人，一共有一百多人，还有力夫、骑手和马队协助我们。准备停当后，我们就出发了。

向西走了几十里，我们到达交河城。在交河停了半天，添加补给，因翻越北山需要有御寒的衣物和食品。交河城的历史不详，如今几乎是一座废城。据说它已经存在了一千年，是车师人的故都。我从东门进去，前往北城区的佛寺，想在那里的佛寺里上香。

我返回东门，走过一片黄土夯墙时，忽然听到不远处的佛塔上，发出了清脆而绵长的鸟鸣声。我把目光投射过去，没有看到鸟。那地方高过我的头顶，可鸟叫声一直很清晰。一阵清风送来了佛寺那边的香火气，让我精神为之一振。那只鸟似乎在呼唤我，于是我就凑近佛龛，伸手去摸，在佛龛里盘腿而坐的佛像脚下摸到一个东西。我把它拿在手里，仔细一看，是一只满身黄土的铁鸟。像一只鸽子大小，造型很简朴，身体中空，风一吹就发出鸣叫。我就把它收起来，随身带着。我觉得这是交河城给我的礼物，我要带着它，翻越那寒冷的高高的北山。

中午，我们在交河城吃了烤馕和烤肉，队伍就继续开拔。向北走了两天，才抵达金山岭的入口。进山后，随着海拔高度的变化，能看到高山草甸子，接着就是山坡上大片的云杉林。眺望远处的山顶，白雪皑皑的。我很兴奋，见到这样的夏日风景还是第一次。在金山岭中走着走着，就是一阵雨兜头下起来，令人猝不及防。好在我们都带了雨具。我们到达半山腰，看到有一座院落，院门上题有"龙堂"二字，还有一块刻石，上书：小雪山。再往前走，道路上就有积雪了。我们都戴上皮帽子，穿上皮衣、毛毡大衣，把自己裹严实。

翻越小雪山走了一整天，之后是下山路，我们很快抵达高昌回鹘的夏都北庭，在高台寺里歇息。阿斯兰汗派人送来了煮好的羊肉、马肉和灌好的马肠子，这些膳食又干净又好吃，我们饥肠辘辘，美美地吃了一顿。

休息了一晚，第二天我就出来骑上一匹走马，信马由缰，在草原上奔走。我发现北庭的天气十分凉爽，和高昌比起来有天壤之别。高昌的空气像是烤炉里出来的，北庭却凉爽宜人。抬头看天，蓝天白云深处鹰在盘旋，在半山腰的草场上，不时有野兔在奔跑，空中的鹰鹫就开始俯冲，猛地叼起一只肥兔子，再奋力地重新飞入半空。白色的羊群像是围棋子一样落得草地上到处都是，很多马甩着鬃毛，在树林间悠闲地漫步吃草。据说高昌回鹘王、王子和王后都有自己专属的马场，绵延几百里。

此时我心旷神怡，顿时放松下来。我感觉白勋也是，他本来吃不惯羊肉，可自从抵达高昌后这么多天，他是天天吃羊肉，蒸的煮的烤的炒的他都爱吃，还喜欢穿回鹘人的皮衣。

我在等待和阿斯兰汗王的正式会见。我带来了大宋的赏赐，等待着一场正式的活动。但我听说，大辽契丹人的使者也在北庭活动，他们还没有走,阿斯兰汗不好马上见我们。想到契丹人,我感觉在穿越北山的过程中,有被人盯梢的感觉。这是我的直觉,我的直觉一向很好,是不是,王德延?契丹人是在密林里跟着我们走的,还是已经到达了高昌国的夏都?

王延德,你要小心些。那个舞女刺杀你的事情你还没忘记吧。你要防止他们在夏都暗害你,然后嫁祸于高昌回鹘国,酿成外交事件。

对呢。我要提防着。王德延,你给我准备的银碗和银筷子,我带在身边的。有人要是下毒,我能检验出来。必须要防备契丹人在这里对我下毒手。我对王德延说。

我在北庭到处走走看看。北庭的山里出产很多矿石,比如有一种硇砂,硇砂是好药材,也会腐蚀人的鞋子。山间有冒着热气的温泉池子,里面有黑泥,抹在身上可以治疗皮肤病。在山间,因彩虹、朝霞和晚霞以及森林间烟云的变化,处处都是美不胜收的景色。进入北庭城,可看见城里亭台楼榭连绵不绝,城邑小巧而完备。各种肤色和穿戴的人都在走动,北庭人面皮白皙,能工巧匠很多,街面上有很多店铺,金银铜铁器物很常见,有一种长嘴的铜壶造型独特,就像是一只长颈鹤,他们用铜壶来洗手,我的属下也买了几把。

几天之后,阿斯兰汗正式会见我们大宋使团一行。

在夏都王庭,阿斯兰汗偕王后和王子,身着盛装面向东方跪拜,然后起身,接受我代表大宋朝廷赐予的礼物八箱。白勋安排人把箱子一个个抬过来,打开给阿斯兰汗和王后看,并安排通译解说。有乐师敲磬,乐音一响,阿斯兰国王就礼拜一次,我发现阿斯兰汗渐渐面有喜色。接受大宋赏赐的厚礼之后,礼节性活动结束,宴会开始了。这场宴会非常隆重，食物令人垂涎欲滴，乐舞令人眼花缭乱。还有幻术表演、杂耍表演、马术表演、射箭表演等各种游戏。在这个欢宴时刻，我内心保持了警惕，对食物尤其注意。每一种食物被端到我的眼前，我都要用自己的银碗盛装，看看颜色有没有变，再用银筷子翻检一下。

果然，在上手抓肉的时候，给我割取的是羊头肉，最尊贵的客人要吃羊鼻梁上的一块肉。一个包着头巾的男人手拿短刀，割下这块羊头肉递给我。我没有立即吃，而是把肉放在银碗里，那块肉立即变黑了。我脸色一变，站起来想要质问，可那个男人忽然就不见了。大帐里面人太多，进进出出，很难将目标锁定。我知道有人对我下毒，可他们不知道我的分身王德延是一个草药师，熟悉各种毒药。契丹人要想毒死我，也不是那么容易。

欢宴一直热闹到傍晚，阿斯兰汗和王后、王子、公主们，一起欢歌宴饮。天黑之前我们才兴尽而散，没有人知道在这场欢宴的背后，看不见的契丹人和我之间的紧张较量。

第二天，阿斯兰汗派人接我们前往附近的一面湖泊，在湖上泛舟游览。但见远山逶迤，近景葱茏，小风习习，沁人心脾。我们的船在湖面上行走，每次靠岸，岸边就有一个乐舞队载歌载舞，即时表演不同的曲目，实在令人开怀。第三天，阿斯兰汗不再出现，是王子陪同我们游览当地一处佛寺，那座寺庙是唐代贞观十四年（640年）建造的。

我们在北庭待了一阵子，其间不断和阿斯兰汗以及王后和王子见面，交流感情，十分融洽。我告诉他，我们大宋皇帝希望和高昌回鹘建立良好关系，共同对付大辽。我给他讲了现在的天下大势，以及我大宋当今圣上的宏伟志向。我特别提醒他，要对辽国契丹人多加防备，以免今后我大宋猜忌高昌国。他都听进去了，说，我们和中原大宋是外甥和舅舅的关系，这个关系不会变，也不能变。

七月末，我的出访使命告一段落，我们要沿着来时的路返回高昌。临走之前，阿斯兰汗送给我们一些礼物，有花毯、金银器和草药。说等过一个月，他会回到高昌，那时还有高昌回鹘国准备给大宋的进贡，他要派出一个使团带着这些贡品，和我们一同前往大宋都城。

在帐篷里，我展开阿斯兰汗送给我的一张漂亮的氍毹，这是一种单面的、很厚的毛织物花毯。氍毹上不仅有花草纹样，还有回鹘文字。那些文字在烛光下，就像是一种奇怪的虫子在动，我看着看着，这些文字就开始旋转起来，我的目光就陷进去，头就开始晕了。我怀疑这氍毹上的文字有什么魔力，看不出它会伤害我。这花毯有些奇异，我要找机会了解氍毹上的回鹘文到底是什么意思。

回程的路一开始比较顺利。我们在金山岭上穿行，不断遇到雨雪交加的天气。每年七月，高山上的雨雪特别多，常常是这边下雨那边晴。翻越高山，我们下到一处山沟里时，我正在后面走，打算涉水蹚过一条河道，马队在前面已经上岸。忽然，我感觉到，我的背囊里，那只铁鸟似乎在动。我都差点忘记这只我在交河城的一处佛龛中找到的铁鸟。我把铁鸟取出来，中空的铁鸟发出尖厉的鸣叫，我把它放进背囊，正在纳闷，就听到远处的山沟上方传来一阵巨大的轰鸣声。一定是山洪冲下来了。

我惊呆了，赶紧向河岸边跑去。我们的人两岸都有，此时河道中还有十多个人来不及上岸。只见远处的河道中一条黄龙咆哮着，那是一股山洪卷着树枝、石头和泥沙滚滚而来。我一看，此处河道的落差比较大，山洪的水头就像一条巨蟒，轰鸣着游过来，瞬间就到我的眼前。水位迅速上升。我赶紧抓住岸边的一棵云杉，把自己拉离河道。此时非常惊险，咆哮的水头一下子就撞过我的身体，像一条巨蟒一样奔泻而下。我看到河道中的人猝不及防，几个力夫和卫兵被水头击中，顷刻间人仰马翻，被激流冲走了。他们肯定是完了。

这时，我背袋里的铁鸟还在鸣叫，我明白了，它在警告，它在呼唤。这只铁鸟很神奇啊！我抓着杉树，那杉树很细弱，禁不住我的拉拽，一下子断了，我掉进了水里，被后面一股水流裹着向下游冲去。我想我完蛋了。那个瞬间，我想到了这也许又是契丹人干的。他们早就埋伏在这附近，看到我们的使团经过，就放开上游的拦水木栅栏，放水下泄，企图一举将我们全部淹死在这汹涌的山洪中。我听到一阵杂沓的声响，看着一匹白马，从斜刺里冲出，冲向在水流中狼狈不堪的我。它咴咴叫着奔向我，眼神里有一种鼓励，飞奔着，在水流中向我游来，来到了我身边。

我一把抓住它的尾巴，借助浮力靠近它的身体，它长长的马鬃也湿漉漉的，带着我向岸边游去。借助水的浮力和这匹马，我到了对岸，挣扎着从浅水处站起来，爬上马背，它甩着马鬃，咴咴叫着，显得十分欢快。这匹马我完全不熟悉，和使团使用的走马和驮马不一样，是一匹高山骏马，身材高大，步履矫健，就是一匹天马。

暂时摆脱困境，我在马背上十分狼狈。这时，我听到一阵巨响，又一股山洪冲了下来。洪水激流跳荡，水中倾倒的杂木树枝摩擦冲撞着岩石，发出了喊里咔嚓的声响。我策动这匹马使劲奔跑，让它把我带到高处。马停在一棵松树下，前身卧倒，方便我下马，我刚下马，它忽然站起身，快步跑向远处，隐没在山林里。

我浑身湿漉漉的，从背袋中取出铁鸟。铁鸟中空的身体接触到风，又在鸣叫。是这只神鸟保佑了我？一定是的，我佛慈悲啊，我心有余悸，把它放好。山道上的我们再次集合，清点人数后，发现少了四个力夫和五个卫兵。过了一整天，他们才在下游的泥潭中被找到了，被半埋在泥沙河道里，全死了。后面下山的路比较顺利，可是我心情低落。出了浅山，就是通向交河城的大道。在这条大道上，一千年以前车师人走过，从长安出发来到这里的汉朝使节也走过，张骞有没有走过这里？班超呢？他的儿子班勇呢？我在想着他们，觉得背袋里的铁鸟很神奇，它起到了预警的作用。不过，这只铁鸟不属于我，等会儿经过交河城，我要在城内的北大寺还愿，把这只铁鸟重新还给佛龛里的佛像。

我们很快出山，通向交河城的大道上空气干燥起来。到了交河，我们做了休整，我在交河城转了半天，才在北大寺找到那个佛龛。我把那只中空的会在风中鸣叫的铁鸟放到佛龛里佛像盘腿而坐的脚旁，才离开了那里。

我们回到高昌回鹘王城，当地人叫它亦都护城。从这里往西到龟兹，往南到于阗，往北到北庭，往东到伊吾和西夏国接壤的边界，这片广大的地方都是高昌回鹘国的地盘。此时已是七月下旬，秋天的气息从高空散下来。我们的使团在高昌等待着准备返回大宋京都汴梁。

狮子王阿斯兰汗还没有回来，我们约好还要在高昌相见。我经过调查，确认是契丹密探派人在我们经过浅山河道的时候，放开上游拦水木栅栏，企图淹死我们。可他们再次失败，我现在还活着，还在行使着大宋使团主使的责任。他们躲在暗处，利用舞女刺杀我、用毒药害死我、用山洪溺毙我的企图，都泡汤了。

五

到了九月，阿斯兰汗终于从他的夏都返回高昌王城。他的王后、王子，还有很多大臣和随从卫兵，一起驱赶着牛羊和马群翻山越岭回到高昌城。

在高昌城，我密切观察着大辽契丹人的动态。回来之后，我专门派人盯着契丹人的"高昌国大王府"。听说，大宋兴起后，这个王府的门脸变小了，经常大门紧闭。有一天，我派出的人发现，这个宅子的大门开了，门口站着两个契丹人打扮的卫兵。他们装束奇特，头发从脑袋后面一直剃到前额，这叫髡发。密探通报我，辽国使者出了门，正在高昌国城里转悠。于是，我决定找机会下手，刺杀契丹使者。他们暗害了我好几次都没有成功，我要下手了。

我打扮成一个平民，戴着草帽，和白勋一起带着几个人远远近近互相呼应着，也在高昌城里转。我果然碰到了那个契丹使者，他带着几个人大摇大摆地走动着。我正面和他错身而过，只见他的发型也是髡发，眼神凶恶，腰挎长刀和短刀各一把。就在那错身的瞬间，我看到他的嘴唇是裂开的，包不住牙齿，就用一片叶子形状的银护嘴遮盖。原来这家伙竟然是个兔唇，银叶子遮着嘴巴实在怪异难看。行人感觉到契丹人和大宋人都在城内活动，他们纷纷躲避着我们，担心发生刺杀事件，气氛紧张起来了。我觉察到，就在我们跟踪辽国契丹人使者的时候，也有一些人在跟踪我们。他们可能是高昌国狮子王阿斯兰汗派来的人吧。在大街上我们几次想下手都没有成功，眼看着那几个契丹人重新回到了他们的府邸。

晚上，国舅阿多于越派人密告我说，那个豁嘴契丹使者对阿斯兰汗说：我知道中原大宋使团在这里活动好几个月了。你最好早点把他们送走，不要让他们久留，以免给你惹下大麻烦。我听说，他们还想刺杀我。你要转告他们，要是他们真的在这里刺杀我，那我大辽就会灭了你高昌国，也要和大宋全面开战！我提醒狮子王陛下，在唐朝的时候这里就是大唐西州，此前的高昌国又一直是汉人建立的，这里历来被中原看作是汉土。这次，大宋派来的使团其实是来看看他们原来的疆土的，阿斯兰汗，你要小心啊！

听到这个消息，我和白勋商议，既然契丹使者知道我们的意图，那我们是否应该出手击杀契丹使者，先下手为强，其利弊如何？会引发一系列的外交纠纷吗？这一次我率使团出使高昌，契丹在背后作祟，暗害我在先，那我们刺杀他，也是显示大宋的威武。白勋十分犹豫，说，刺杀契丹使者是万万不行的。不仅会让阿斯兰汗处于险境，我们大宋也会处于和大辽的战争边缘。你说的那几次对你的刺杀、暗害，我觉得会不会是你的幻觉呢？

听白勋这么一说，我一方面很生气，另一方面也冷静下来。我就去拜访阿斯兰汗，告诉他，我作为大宋使团的主使，请狮子王转告契丹使者，他在这里挑拨阿斯兰汗和大宋的关系是不妥当的。要早日离开这里的不是我们，而是契丹人，陛下应该尽快把他们送走。

阿斯兰汗说，他知道，契丹人和大宋是敌对关系。但一旦宋使和辽使在他的王城出意外，对高昌回鹘国来说就是灭顶之灾。希望你们都能安全离开这里。我们不想得罪契丹人，我们和大宋的关系更亲密，这次你们来，我们会牢固结盟。一旦发生重大战事，我们会站在大宋一边。契丹使者可能很快就要走了，我还想留下你们，一起过苏幕遮节呢。

阿斯兰汗如此一说，我觉得在理。我们的人也盯着契丹使者的动静，注意他们在高昌的活动。没几天，契丹使者返回辽国了。

这年的秋天，高昌国举行苏幕遮节，这是最为热闹的一天。我们使团商议之后，决定参加苏幕遮秋社大节。

苏幕遮的由来十分古老，本意就是祈求丰年，禳灭灾祸。那一天，阿斯兰汗带着王室成员全部参加，人人戴着假面具。这些面具有慈祥的，也有凶狠的，有滑稽的，也有美丽的，各式面具的后面都是一个个高昌人。大家都来到街上，走街串巷，狂欢劲舞。乐师不停地演奏筚篥和琵琶，还有羯鼓和铜角。我在一处高台上的乐师汇聚之处，学着吹筚篥。大街上都是人，大家载歌载舞，四下游荡，男男女女都跑到街上来，他们的手里拿着银筒做成的贮水器，有一个喷嘴，互相喷水泼水，狂欢不已。

我听说，当年唐玄宗以"裸体跳足、挥水披泥"不成体统为由，禁止了西州苏幕遮泼水节。现在高昌回鹘保留了这一习俗，可见高昌人的旷达和热闹的心性。

水泼溅到身上，的确显得有些狼狈，但内心的快乐是肯定的。在苏幕遮节上，我看到很多在西域大道上来往的客商都汇聚在一起，好几万人一起载歌载舞，那种盛况很难描述出来。我戴着假面，手里拿着阿多于越送给我的筚篥。他找来了乐师，教我如何吹奏。筚篥也写作觱篥，到了隋唐才有了竹字头的筚篥二字，意思是这种乐器和芦管与竹管相似。筚篥发音清亮、悲凉，音高而挺拔，吹奏起来让人肃然而起，内心会突发悲情。我学着吹奏高昌筚篥乐，曲子欢快而有节奏，感觉是黄沙漫卷，苍凉悲伤。

我们在高昌又待下来，过了冬，直到又一年的春天到来。从京师出发那年算起，这已经是第三个春天。我们肩负的大宋与高昌回鹘交好的使命已经完成，彼此互信，建立了稳固的关系，我们应该返程了。回程时，阿斯兰汗派出一百人的使团跟随我们一起前往京师开封。他要向大宋朝廷表达谢恩和朝贡。我再三谢恩阿斯兰汗王，告别时也是依依不舍。

沿着来时路，我们一段一段地艰难返程。回程的路也要走一年的时间。人员车马的折损，流沙戈壁的阻隔，食物饮水的匮乏，等等，我们都经历了。

现在，我也老了。回忆起那次出使高昌回鹘，见到了多少人和风景，经历了多少磨难而不死，我不细说，那都是很多年以前的事了。我记得我们回到京师后，太宗大喜，接见了阿斯兰汗派来的使团，大加赏赐，后来提拔我掌管朝廷宫内全部事宜。

我也写了《西州使程记》呈送给太宗，记录了我这次前后四年奉使出访高昌回鹘国的所见所闻。后来，我被外放到懿州担任刺史，在太宗末年，拔擢我为左屯卫大将军枢密使承旨、度支使等官职。那些年，大宋谋划收复燕云十六州而和契丹辽国人时而作战，各有胜负。

等到真宗即位，因我是一位老臣，对我青睐有加，让我担任左千牛卫上将军，指挥数十万大宋兵马。我心里也十分感激，我对权力带来的祸患和极端的恐惧感逐渐消失。我的另外一个自我王德延，就慢慢消失了，他不再出来和我时不时对话和辩驳。

在府内我经常一个人吹奏筚篥。我后来学到不少高昌和龟兹乐的筚篥曲，闲来就吹一曲。吹奏的时候，我就能回到我们在高昌的那段岁月。我熟识的很多人都故去了，我带回京师的那张织有回鹘文的氍毹，悬挂在我的书房里，至今我也认不出来。我盯着那氍毹看，那些像是蝌蚪、飞鸟和虫子的文字在跳跃和旋转，最后变成了四个字：**心是归处**。我的目光就会转着圈陷进去，不能自拔地进入一种奇妙的时间旋涡里，重新经历我前往高昌回鹘所经历的一切。**心是归处**，没有人知道此刻我是多么地兴奋、幸福和安详。

外篇：高昌对马

一

我还记得那年我去交河故城和高昌故城探访的情形。那是一段难忘的记忆，尤其是后来发生的事情，更为我的记忆增添了神秘色彩。直到现在，我都无法确认我到底是经历了一场幻梦，还是那件事是确实发生过的。

我是跟着一位我钦佩的长者前往那里的。那一次，他还带着他的三四个学生，有杨泓月、李建等，他们正在建筑学院和工艺美术学院深造，在这年夏天的假期，相约跟着曾经的导师一起，前往新疆吐鲁番的交河和高昌故城，进行探访和写生。

这位长者叫汪伯涛，是一位专门研究中国美术史的教授。他的著作很多，大多是美术学院的通用教材，我读过他的《中国美术史》和《中国剪纸史》这类大部头的美术史，那可是皇皇巨著。他这次来吐鲁番，是画一组有关交河和高昌的画作。他告诉我，他对绘画的兴趣已经超过了写书的兴趣了。几乎每天他都要画两笔。我想这可能和他的一幅画作在香港的拍卖会上拍出八百万港币的价格有关。

多年前,我因某个机缘认识了他,就断断续续有些来往。只要是美术界有什么有意思的展览和活动,他也请我参加。可这一次我是正在乌鲁木齐出差,和他纯粹是巧遇。我恰巧在丝路玫瑰大酒店的大堂碰到了他,问明了来由,我很高兴也愿意跟着他前往吐鲁番。于是,这一天,在乌鲁木齐,天刚亮,我们就一起分乘几辆越野车前往吐鲁番。

记忆是有颜色的。我记得过达坂城的时候,我看到的那种天青色。在睡眼蒙眬中,那种鱼肚白的天青色呈现出清凉和神秘的美。我就又打起盹来。等到我再醒来,我们已经在吐鲁番夜光杯大酒店门口了。酒店大堂里,摆着一尊昆仑山墨玉做成的巨大酒爵。

我们办好入住手续,把行李箱放到宾馆房间,带着随身的小包,再乘坐中巴车前往交河故城。汪伯涛老先生年近七十,作为美术史大家,他对什么都兴趣盎然,看着窗外的任何景物人物,他都喜欢评点一番。他的这几个学生虽然是星散人间,但因这次夏天里的相聚也都很兴奋。

交河故城距离吐鲁番市区只有十公里,我们很快抵达了故城的入口处。因事先已经和文化文物局沟通过,我们受到很好的礼遇,被领到了一处高台上,俯瞰整座交河故城的全貌。这一望之下,我惊呆了。在一片地势平坦的广袤绿洲上,有着一片裸露的黄土高地被两条河所围拢,分别叫作二道沟和三道沟的河流经过高地后分流,而后又合流成一条新河道,这片树叶状的黄土高台就是交河故城的天险般的存在。故城的黄土高台高于河床三十米,真是易守难攻。河道中生长着呈长条状的白杨树林，树叶深绿，迎风摆动，在河谷中发出了哗啦啦的声音，像是在向我们拍手致意。

你们看，这交河故城就像是昆仑的墨玉河包裹着一片黄金叶。汪老赞叹着，说出了他站在高处的奇妙观感。我觉得他的形容很恰切，交河以其黄金叶的形状留在了我们的脑海中。大家纷纷用相机和手机拍摄，赞叹着这利用大自然的鬼斧神工建造城市的巧妙构思。

远看这座少说已经有两千年历史的故城，像是一枚发黄的树叶，其上斑斑点点的黄土夯成的建筑遗迹，在早晨的阳光下拖着长短不一的阴影，是交河城的生活、宗教和行政建筑的遗存。如果我们能够穿越时间的河流，在两千年的尺度中随意穿插，来到交河城的时空中，我们能看到什么样的场景、见识什么样的人和事呢？这是让我向往的。自张骞通达西域以来，一直到公元450年，沮渠氏灭车师国，交河故城一直是车师前国的都城。自公元450年一直到640年唐灭高昌国，这里又是高昌国的副中心城市——原谅我用了一个时髦的比喻。那之后，交河又经历了唐西州、高昌回鹘等不同的历史时期。所幸的是无论历史风云怎么变幻，城头大王旗怎么起落，交河故城一直都在这里，能让一代代后人前来发思古之幽情。

俯瞰了交河故城的远景和全貌，我们下到入口处进入故城。我的背包里有墨镜、矿泉水瓶、袖珍指南针、望远镜等物品，文化局给我们配备了最好的讲解员小彭，我们也可以随时散开来，自由地在故城探访。交河故城南北长约一千八百米，今天上午的时间，我们都要在故城内寻访，午饭后要去高昌故城。实际上，一天拜访两座故城遗址，也真够累的。

这一天，天气晴朗，万里无云，空气舒爽，我估计到了中午一定酷热无比。好在我们都穿着防晒服，女士们也在脸上抹了防晒霜，我也抹了一些。汪老走路比较慢，他一边走，一边要给学生们讲交河故城的建筑形制、建筑样态和理念，以及发生在这座城市里的历史故事、出现的历史人物，讲得口若悬河，我们听得津津有味。学生簇拥着汪老，有些游客也跟着他们走，这让汪老讲得更加兴奋，气喘吁吁。

空气越来越热了，日头迅速向天空的正中间移动。我侧着耳朵听了一会儿，就加快步伐，独自沿着小道向前走。身在交河故城中，那些建筑废墟显得高大和神秘，刚才在远处俯瞰时如微缩盆景的整座城池，已经变成了我身边的一座神秘的迷宫。周围的颜色还是黄土色，在阳光的照射下反射出干燥的死亡光芒，令人有些不快。

我隐隐觉得，我会在这座遗迹中巧遇点什么。是的，我有这个直觉，我还说不出来我会遇到什么。这种神秘的期待只有我自己知道，所以我必须独自向前。当然，我这样做无法亲耳聆听美术大家汪老的讲解课，那也是可遇不可求的。汪老最近出了一本支持北京申遗工程的书《伟大的中轴线》，这本书从《周礼》开始，梳理了中国古代城市的中轴线，对北京的中轴线做了更为精到的研究分析。

我信步走着。交河故城黄金叶的形状是南北长、东西窄，最宽的地方目测也就三百米。交河故城内有一条轴线和三条主要的干道，三条干道是南门内大街、东大街和东横街，这些干道形成了交河故城的交通网络构架。从南往北走，有居民居住区、衙署区，故城本身也是高低错落，向北而行，地势逐渐升高，就进入一片宗教寺庙区，有一些大型寺庙的遗址台地，在最北面有一个中央大塔，这是交河大寺的佛塔遗存。这座佛塔现在几乎看不出原先的形貌了。时间无情地侵蚀着这些黄土建筑，这所城邑原来所有的木质构件和陶制构件，都已经看不到了。

此时阳光极其强烈，照得我眼睛疼。我戴上墨镜，墨镜又让眼前的景色失真，变得暗淡，仿佛进入到历史的某个时段里。我的手里有一张详细的地图，标明了眼前的废墟在过去都是什么建筑。我按图索骥，对照废墟一一查找那些建筑痕迹。从南门开始，逐渐看到生活区，民居房屋的残垣断壁诉说着在这大漠孤悬的城市里的生活的艰辛，高低错落的残垣下面似乎都埋藏着某个家庭生存和毁灭的故事。我身在其中，感觉那些断壁都十分高大。我才明白，为什么我们要配备袖珍罗盘指南针，那是因为在交河故城内很容易迷失方向。一不留神，就会找不到队伍，甚至找不到自己。现在，我就听不到任何人的声音。今天的游客很少，也看不到别人的身影。远处有蜃气在浮动，我眼前的这些遗迹似乎都开始摇摆晃动起来，就像是它们都有生命似的，在向我逼来。

我忽然担心这座故城会以时间的手捕捉我，把我吸食进历史的黑洞里。我慌忙前行，在一处高台上出现了一座寺庙遗址。一些鸽子在台地上咕咕叫着，似乎想引导我去某个地方探寻。我必须把在我眼前出现的任何信息都当成是某种启示。我信步走着，空气越来越燥热，湿度也许是零。继续往前走，我在轴线的右首看到一大片衙署区的遗址。房屋的地基和面积显然要大一些，是衙门建筑遗迹。

继续往北，就是东大寺和西大寺对应的两片遗址留存。再往北走，还有北寺区，以及西北角的一个佛寺的遗址。那里是一片凹陷下去的台地，在别处看不到，等于是站在一片土坡上，能看到展现在眼前的类似规划沙盘那样的遗址，这个沙盘有好几千平方米的面积。仔细观察，可以看出一座大型佛寺的寺院、佛堂、佛塔的位置，断壁残垣栉比林立，却都是破损的。显示了交河的确曾经是一个佛国大城。在城北处，还有一片开阔的地带，分布着一座数米高的佛塔残体，四柱形状，中心佛塔的周围四四方方，分布了四个区域的塔林，都只剩下了基座，也就是高半米左右的土墩子，据说这里的塔林是金刚界大曼陀罗的坛场。

交河故城的建筑理念很有趣，从南往北是从低往高处走，意思是人要从生门入，然后经历日常生活和居住场景，接着是官衙和社会管理建筑机构，再往北，就是寺庙建筑群，那是神灵建筑，主管人的精神生活和死后的安详世界。穿过东大寺遗址的右边，我看到东北角也有一片佛寺遗址。再往北，就是一片丧葬区，那里是生老病死者的最终归宿，这样看来，这座城市从生到死，经历了日常生活、社会生活、精神生活，最后到死亡的最终寂静，人的一生全过程都有了。

我走得气喘吁吁，筋疲力尽。眼看着太阳越来越高，还不见汪教授的身影。我见到了那个有些百无聊赖的导游小彭，因为今天遇到了汪老这样祖师爷级别的大导游，她毫无用武之地，有些兴味索然，就先出来在门口等着我们。我向她打了一个招呼，就向河道走去。

我很喜欢西北的白杨树。那些杨树形貌奇特，枝干挺拔傲岸，使劲往天空高处长，树叶宽阔。我从西边门出去，下到了河道里。

二

河道中流水潺潺，河水的水流不大。白杨树就像是守卫故城的士兵那样，整齐地排列成行，树叶在风中哗哗响着摆着手，像是在欢迎我的到来。沿着陡峭的台阶走下河道，我靠近交河故城的墙壁。那是天然的黄土堆积，被水流冲刷得十分坚硬。忽然，我看到一些红色的类似青蛙那样形状的剪纸小人在空中诡秘地飘散，我想，那一定是杨泓月的剪纸。这种剪纸类似招魂用的小鬼人，非常可怖。接着，我听到了一种古怪的声音，就在我脑袋上方的黄土壁上，随着一阵风吹过来，那响声就大一点，我再找，声音又没有了。停了一会儿，一阵小风吹来，我又听见了。是的，是鸟叫，清脆、尖厉、流畅，但声音不大，很神秘。只要是有风，就会有鸟叫。

我就等着风来。一阵阵风刮过，很凉爽，现在我不在太阳下面，在树荫遮蔽里，在河道边上。我找啊找，终于找到了声音的来源。那是在一片凸出来的黄土洞壁上，几块泥色的石头中间有一块暗色的鸽子形状的东西，一动不动，正是这个东西发出了声音。我爬过去，使劲伸手去够。我抓到了，拿在手里，缩回身体，仔细观瞧。我手里的东西沉甸甸的，是个人造物，抹去泥色，竟然是一块铁铸物。啊，是一只铁鸟，像是鸽子，又像是大一点的麻雀。它的身体中间有个空洞，一阵风吹来，中空的身体形成了音腔，就发出了声音。

这是一只铸铁鸟，它会是哪个时期的呢？算不算是一件文物呢？

我有点疑惑。某个声音在我的心里说：把它拿走，它是你的，是你发现了它。把它拿走！我左右看了看，没有看到一个人。河道浓荫密布之下，只有流水哗哗响，树叶哗哗响，就像是给我打掩护。我就把这只铁鸟装进了我的背包里。

此刻，我顿时有些心满意足。我来了，交河故城，我和你相遇了，奇异的是我在这里捡到了一只怪异的铁鸟，我听到它发出的风声所形成的鸣叫。也许这声音从汉代开始就在这里响着，也许这只铁鸟有很多奇异的故事。重要的是，它在我的手里了。我有点小兴奋，不不，简直算是大兴奋。但我这种兴奋不能说出去，也不能分享。我不是文物盗贼，它也可能是现代的东西。毕竟是一只铸铁鸟，看着模样简朴而笨拙，不知道是何时打造的，是谁给它赋形的，我想，今晚我要找机会单独问问汪老，他一定会给我一个确切的答案。

我走出了河道，不小心差点掉进小河。我的鞋子湿了，沾了一些黄土泥巴。我走出来，来到会合的地方，那是停车场。中午的日头毒辣得能让石头都开花。我被晒晕了，赶紧向我们的中巴车跑去。中巴车上开着空调，导游小彭在里面。我赶紧上车，享受着空调的凉爽，然后假寐了一阵子。

大约过了一个小时，汪老带着他的学生，一大堆人才上了车，每个人身上都有一种浓重的黄土气息，我是能闻到的。大家都很兴奋，杨泓月说，她捡到一块带星云纹的铜镜残片，还拿出来让我们看。那是一块带着绿色铜锈的铜镜残片，是三角形的，边缘呈圆形的一小片，约是原铜镜的五分之一大小。

汪老鉴定这块残片为东汉时期的铜镜残片，并且说，今晚要在高昌和一个中科院的考古队会合，这片铜镜残片作为文物，要交给他们。

我们已经饥肠辘辘，车子把我们带到了吐鲁番市的一个拉面馆。很快，在维吾尔族烤肉师傅的吆喝声中，我们吃着拉面，吃着大串的红柳烤肉，喝着冰凉的乌苏啤酒，那种感觉简直爽呆了。我感觉杨泓月看我的目光有点怪异，她是不是猜到我发现了什么东西？

吃完了饭，我们回到夜光杯酒店午睡。躺在自己的房间里，我眯了一觉，醒来感觉到外面的阳光依旧很酷烈。夏季里天很长，我们计划下午四点出发去高昌城。

我又把那只铁鸟拿出来，在手里掂量着，感觉它没有那么重了。我寻思着应该把它交给汪老，和杨泓月发现的那块铜镜残片一起，上交给即将会面的中科院的科技考古队。现在的考古已经不完全是挖坟了，而是借助各种生物、化学检测、物理和空间遥感技术的科技考古。正在这时，我房间里的电话响了，是汪老打来的，他说，你到我房间里来吧，我的学生们在搞剪纸竞赛，你也来看一看。

我就上楼到了他的房间里。这是个大套间，汪老坐在沙发上，四个年轻人围在边上，两男两女。汪老指着一把靠背椅，招呼我坐下，我就坐在杨泓月边上，她长得很俏丽，但似乎对谁都很冷淡，我听说她在南方一所大学教美术史，对剪纸很有研究。

他们每个人手上都拿着剪刀和纸，汪老的手里摸索着几张剪纸的纸样。你们看，这都是在高昌阿斯塔纳墓地发掘出土的高昌剪纸的纸样，很有代表性，也很美。这几张纸片是在高昌地底下埋藏了一千五百年以上的剪纸的复制品。你们看，这两枚，是《菊花团花》和《金银花团花》，直径二十五厘米。这一枚，就是著名的高昌剪纸

《对马》，出土的时候是一张残片，只剩下三匹对马。大家看，这是1959年在高昌阿斯塔纳墓地出土的剪纸原型复制品，约十厘米乘以十厘米大小。

写过《中国剪纸史》的汪老是中国剪纸研究的权威，他的拿手好戏，就是像变戏法那样，把最普通的纸变成各种漂亮的剪纸，比任何一位擅长剪纸的农村老妇都灵巧。

我忽然绷不住，问了一句外行话，为什么叫对马？这不是只有三匹马吗？

他们听我这么说，一下子哄笑了起来。杨泓月斜着看了我一眼。对马，就是成双入对的马。张刚，你看到的是出土时的剪纸残片，只有三匹，实际上，剪纸的原型剪出来，是八对马一共十六匹，所以叫作对马。

我尴尬地笑了，呵呵，原来是这个意思，成双入对的马。好呀，那你给我剪出来看看？我觉得她在藐视我。

汪老打圆场，对他的两个男学生说，杨泓月先不忙，你们两个男士一人先给我剪一个团花出来，让大家看看。汪老转脸对我说，他们俩呀，后来都在建筑学院学园林设计，虽然我教过他们美术史，可那是很久以前的事，我估计现在他们对剪纸也很手生了，要考考他们。

这两个戴眼镜的男士拿过夹在玻璃纸夹里的菊花团花和金银花团花的样张，端详了一会儿，手里拿着一把剪子和红纸，就开始剪了。我们都仔细看着，这一刻是有趣的。剪纸这种民间艺术十分生动，瞬间就能无中生有，一张纸变成有形的活物。果然，这两位汪老的高足并不含糊，而是技艺超群。没多久，他们就把手里的剪纸剪好了，脸上的表情也是信心满满。剪纸展开来的时候，菊花团花剪得与高昌出土的原件丝毫不差。

汪老很高兴，说，现在看泓月的妙手剪高昌对马。高昌剪纸《对马》的复原是最难的。

现在看我的。杨泓月的头微微一扬，她的手里折着一张红纸，她把它折了又折，看不出是七折还是八折，接着，用量角器量纸的角度，瞪着美丽的大眼睛想了一会儿，拿着剪刀开始剪了。

我只见过出土的高昌剪纸《对马》残存的三匹马的复制品，真不知道杨泓月剪出十六匹对马，会是个什么样子。这简直就像是变魔术。我们都在期待着，大家屏息凝神，注视着杨泓月那灵巧的、白皙的手。杨泓月的肤色很白，下巴尖尖，似乎在冷艳中带着刻薄和骄傲。她的鼻尖沁出了一点汗，估计高昌对马很难剪，面对这个高傲的女子，气场比较拒人于千里之外的女学者，我暗自希望她这次剪纸失败，剪出来的是非驴非马，那就要哄堂大笑了。

汪老为了缓和气氛，转移视线，说，《对马》残片出土时是放在一具男尸的胸口的。在古代高昌，马是一种吉祥动物，也是在作战、劳动、交通和日常生活中都离不开的动物。人人都喜欢马，所以高昌人随葬品中就会有剪纸《对马》。1959年出土了《对马》的三匹马的残片后，我们这些研究剪纸的人鼓捣了好久，这个过程并不顺利。对称是剪纸艺术的一个特点。对称是中国民间艺术图案和纹样的一个美学原则，对称之美无与伦比。大家看看，我们身边到处都是对称的美，是不是？当时出土的剪纸残片是三匹马，马都是成双入对，所以叫《对马》。可这对马是八匹马，是十二匹马，还是十六匹马？甚至也许是二十四匹？根据残片，我们琢磨了好久，最终剪出了十六匹马的对马。

汪老讲解着，我看到杨泓月那双灵巧的手在翻动着，就像是暴风雨中的蝴蝶，这个看上去大约三十岁的女人，心性比较好胜，估计感情上遭受过挫折。没过多久，她剪完了，把折着的红纸交给了汪老，表情显得很轻松。

我递给她一张面巾纸，你鼻子上冒汗了。她横了我一眼，略显尴尬，我剪好了，你信不信？

我说，不信。肯定剪成对猴了。

汪老一听，笑了，哎，你说对了，在1960年，对高昌阿斯塔纳古墓的发掘，还出土了一片《对猴》的残片，有四只猴子，两两相对。

大家笑了起来，汪老把杨泓月的剪纸拿在手里，然后慢慢地一折一折地打开。这个过程就像是魔术揭秘的过程。最后，剪纸对马展开，我们都惊呆了。在我们面前呈现的是一个大圆形内八边，每边两匹马，一共十六匹马，两两相对，中间的图案像是车轮，中心是车轮的辐辏般的圆圈，总的直径和刚才那《菊花团花》和《金银花团花》差不多，非常漂亮！

嗯，这就是高昌剪纸《对马》。历经一千五百多年，出土残片在我们的手里重新复原。汪老满意地笑了，他把《对马》递给了杨泓月。

杨泓月接过来，忽然给我：送给你了。

我有点错愕和讶异，但我还是收下了。我觉得这张对马剪纸十分漂亮，我很意外她送给了我。我把它折好，夹在一个玻璃纸夹里，看了她一眼表示感谢，她的脸色还是冷冰冰的。

这时，有人敲门，汪老的学生李建打开门。是负责接待我们下午去高昌故城的一个男士。好极了，我们现在就出发，前往高昌故城。

三

中巴车在烈日炎炎之下开了半个小时就抵达了高昌故城。下午四点多的光景，太阳依旧十分毒辣，好在忽然从北部天山那边涌来一团团的白云，可真是长天过大云，云彩覆盖的大地立即清爽一点了。远看那北山是一抹远山，全是火焰的颜色，只不过是烧灼过的那种暗红，带着一层层令人抓狂的褶皱，也令人焦躁不安。我们的手里都拿着个矿泉水瓶，在新疆，走在大太阳地里，夏天很容易脱水。

下车的时候，我递给杨泓月一支润唇膏，说，这是新的，没用过的。谢谢你的《对马》。她接过来淡然一笑，你一个男士，准备得还挺齐全的。然后不搭理我，向前走去了。

李建凑过来对我说，这杨泓月傲气吧？她离婚刚半年多，现在正是空窗期呢，我看她好像很在意你，要不然她不会送你《对马》，对马对马，成双入对的马。我感觉你就是那匹黑马、骏马、白马王子和种马。看你的了。

是空窗期啊，这样的女子得远离。我说。我有点心虚，眯着眼睛，看着穿着火红色上衣和白裤子的杨泓月的背影远去。她走路的步姿显得妖娆而妩媚，像是飘摇的大丽花。我们都在大太阳底下走着，另外一位女士给汪老打着伞。在高昌故城遗址入口，文化局的人给我们准备了一辆电瓶车。这下好了，我们不用徒步走在死寂而令人忧伤的废墟里了。我们上了电瓶车，电瓶车在高昌故城的红砖路上开起来。陪同我们的人经常陪着各种人参访高昌故城，他都背熟了：高昌故城的内城遗址，现存周长三点六公里，是长方形的形状。有七座城门，分别是青城门、建阳门、金章门、金福门等，史书上记载得很清楚。外城周长五千多米，是方形的，考古学家认为是高昌回鹘时期所建，如今都还能看到断壁残垣。在内城和外城之间，还有瓮城、子城的遗迹……

我看着眼前的残垣断壁在阳光的照射下拉长着影子，蜃气浮动中，似乎有什么被压抑的妖孽隐藏在这座古城里，正在艰难呼吸着，哈出了气息，让我们看到的实景变了形。整座故城就我们这几个人在寂寞地转圈，停下来看看，又接着走，不断在废墟里穿梭。汪老和杨泓月他们拍照，写生，测量，远眺或者蹲下来，仔细观察着，放大废墟里不易被察觉的细节。比如汪老就发现了一件木质构件的残片。这是非常少见的，说明汪老独到的眼光。

高昌曾经是一座非常繁华的城市。在高昌故城的中心，有双塔遗存，他们说那是可汗堡，曾是高昌回鹘汗国王室所在。高昌故城保存比较成形的区域，是一处长方形的寺庙遗址群落。中心位置有一座几层楼高的台藏式塔座，非常宏伟。和交河故城比较起来，高昌故城更有王城的气概，这里地势开阔，大气磅礴，在高天之下，大山之中，建成这么一座城，它睥睨着一切企图占领这里的过客。确实，从西汉在此设立戊己校尉治所，和屯兵屯田的高昌壁，至今已经过去了两千多年。两千多年的岁月侵蚀，使得这座古城遗址千疮百孔，我们仍旧可以想见当年的繁华胜景，那些来来往往的在时间长河里浮现的无数人的面孔。他们有的在史书上出现了，有的就是默默无闻的人，在这里经过。

我们在高昌故城内转了接近三个小时，眼看着太阳掉到山的那边了，大朵云彩覆盖在我们头顶，刚才还暑热无比的空气顿时消散，开始变得清凉。

我们向大门而去。我看到远处有一些车辆开过来。那是一个房车队。

我们和他们会合了。原来，他们就是中科院考古队的考古人员，准备在这里进行为期一周的考古发掘。领头的是周队长，和汪老是老相识。汪老也兴致勃勃地决定，我们今晚要在高昌故城外的一处露营地搭建帐篷，和考古队员们一起把酒言欢，晚上我们要住在帐篷里。

夜宿野外荒原上，这使我很兴奋。我想，到了晚上，我就能看到汉唐时的人看到的高昌的月亮了。因没有了城市的灯光污染，在这里能看到真实的月亮和星星。虽然相隔千年，我仍旧能够与一轮明月共情。我的包里装着那只铁鸟和杨泓月送给我的剪纸《对马》，我的直觉告诉我，今晚要发生一件事情。到底是什么事情，我不知道，心却开始怦怦跳了。

由于有当地人的照应，我们和考古队一起，在距离高昌故城不远处的一个露营地搭起了帐篷。晚上，我们举行篝火晚会，吃烧烤、喝啤酒，唱歌跳舞。大家虽然并不熟悉，可很快就拉近了距离。我喝了不少酒，心里却一直惦记着我的那只铁鸟，我想要把它拿给汪老看一看，鉴定一下年代，如果是古物，就交给考古队。但我一直没有找到机会。

篝火掩映中，醉了的李建抓住我的手，说，我看出来了，杨泓月喜欢你，要不然她怎么可能送给你《对马》？你要扑她，她太骄傲了，看不起我们，你能拿下她的。

我也喝得有点多，舌头也有点大，我说，扑谁？我谁都不想扑，我要躺平。白马王子是你，我不是马，问题是，我的鸟，铁鸟——

李建笑了起来，你的鸟，你的鸟是铁鸟？哈哈哈！

我不理会他了。我醉了，歪着脑袋靠着帐篷边的折叠椅。此时，我仰头看到了一轮弯月，明亮地出现在干净的天空中。我不知道拿那只会鸣叫的铁鸟怎么办，不然，我就把它献给杨泓月算了。想到了这里，我就找杨泓月，可是我找不到她。我问小苏，她是汪老的另外一个女学生，她说，杨泓月已经到房车里休息了。考古队安排今晚女士住房车，你们几个男的住帐篷。我点了点头，就去我住的帐篷里，找我的背包。我找到包，因为喝得太多，头重脚轻，躺在毯子上，趴在那里一下子就睡着了。

半夜，我忽然被某种动静惊醒。是的，是我的背包在蠕动，黑暗中我摸索着打开背包，发现那只铁鸟竟然在动，还在微微发亮，就像是一个活物，摸着有点温度了。我感到很惊奇，我的手还抓到了夹着剪纸《对马》的玻璃纸夹，我看到，杨泓月剪出来的《对马》也在变化，发出了红光，帐篷里的几个男人都在熟睡中。

这简直太神奇了。我很惊骇，一手抓着夹着《对马》的剪纸夹，一手握着铁鸟，就像是在响应某种召唤，走出了帐篷。星光之下，新月在天空中放射着洁白而清凉的光辉。我张开左手，那只铁鸟真的变成一只活鸟了，它缓慢地腾空飞起来，飞离我的手心，向着高昌故城的方向飞，仿佛那里是它的故土家乡。它中空的身体因空气穿过而鸣响。此时鸟在飞，在鸣叫着，似乎在召唤什么。我担心它飞跑了，就跟在它后面跟跄着，跑了几十步。此时，我右手抓着的夹着剪纸《对马》的玻璃纸夹掉落了，里面的剪纸《对马》飘飞出来，也飞在了半空中，翻转着展开来。

在月光的朦胧中，在飞鸟的鸣叫声里，我眼看着剪纸《对马》翻转着落地，打着旋儿，然后，一匹匹的骏马就开始出现了，在我周围盘绕。

啊，在剪纸《对马》中生成了十六匹真的骏马。我彻底惊呆了，站在那里，眼看着那只铁鸟，不，现在是真的鸟，在空中盘旋飞舞，而十六匹骏马哞哞叫着，打着响鼻，喷着粗气，甩动着长长的马尾巴围绕着我旋转。月光之下，我看到十六匹骏马中，有白马、黑马、花斑马、青鬃马、枣红马，各种颜色的马在夜晚显得更加清晰而神秘。它们围着我转，好像我是它们的主人。

有一匹白马的头上下摆动，站在我身边刨蹶子，表达要我骑上去的愿望。我翻身上马，一下子就骑在白马上。然后白马跑了起来。那只铁鸟在空中飞，鸣叫着，白马奔腾，带我来到一辆房车的跟前。房车的门开了，一束亮光流泻出来。在光束中，杨泓月出现了，她看到眼前的情景并不惊讶，像是早就准备好了，翻身骑上一匹枣红马。我的白马和她的枣红马并驾齐驱，我看着她，她看着我，都在微笑。那只鸟在前面飞翔，我们的马在后面奔跑，跑向东边高昌故城的方向，天边现出鱼肚白色，我们的马朝向高昌故城奋力奔跑……

醒醒吧，你醒醒啊，咱们要出发了！我听到有人在我的耳边大声喊。是李建的粗嗓门。我醒了，我确定我躺在帐篷里。刚才在做梦。我眨巴着眼睛，回味着梦见杨泓月骑马的情景，还有剪纸《对马》变成十六匹真的马，而铁鸟也变成了真鸟的场景。

我坐起来，我是和衣而卧的，昨晚喝多了。我急忙把背包抓在手里，去摸那只铁鸟，让我诧异的是，它不见了。我又找夹着剪纸《对马》的玻璃纸夹，也不见了。此时此刻，我的表情一定是世界上最崩溃的，也是最复杂的。

我走出帐篷，但见天光大亮，清凉的风从高昌故城那边刮过来，眼前是亘古蛮荒的世界。远山、远天和远地都还是那个模样，可我的铁鸟不见了。它真实存在过。它果真存在过吗？我诧异了。在我眼前的沙地和黄土地面上，我发现有很多杂沓的马蹄印，证明有真的马在这里奔走过。那么，如此说来，我昨晚做的不是梦，是真实发生的。

李建走过来，看着我呆若木鸡，不明就里，说，张刚你这个傻瓜，昨晚的机会你丧失了。我告诉你一个消息，杨泓月一早就去吐鲁番机场赶飞机，她有急事，要回到南方去。你再也见不到她了，失去了逮住她的机会。她对你有点意思呢。

我现在确信昨晚的梦不是梦，是真实发生了的。我喃喃地说：我昨晚就看见她了，她骑着马走了。她给我的剪纸《对马》，变成了真马，都跑远了。

李建笑了，你这个傻瓜，真是一只傻鸟。你的铁鸟呢？拿出来，让我看看？

我喃喃地说，它变成了一只活鸟，昨晚也飞走了。

李建哈哈笑着，好吧，你的铁鸟也飞走了。走吧，赶紧收拾东西，我们要穿越北山，走一条千年古道，去吉木萨尔寻访北庭故城，一定会有更大的惊喜在等着我们。

尼雅四锦

序章：马的一族与鹰的一族

我是一个往来于长安到康国的粟特商人，我有一支十多人的商队。我们的货物由驼队和马队运送。我把西边遥远地区生产的东西，像玻璃杯、香料、皮货、宝石、药材、布匹、葡萄酒和各种新鲜玩意儿运到长安，也把根据客户需要在长安采购的东西，运到康国和更西边的地方去。我们这些粟特商人，是这条大道上最受欢迎的人。

现在，我的商队停留在精绝国的客栈里休整，他们正在把带来的葡萄酒木桶卸下来。康国的葡萄酒很受精绝国的人欢迎。一听说我的商队到达，这个小小的城邦都沸腾了，很多男人拿着皮袋子，到客栈来排队买葡萄酒。他们这里无论男人女人都喜欢喝酒，这注定是一个开怀畅饮的夜晚。

月亮升起来的时候，很多人都喝醉了，夜空中飘荡着葡萄酒的香气和烤肉的香味儿，还有一种醉醺醺、暖洋洋的气息。

客栈的店主是个什么都懂的老头，长着一个红鼻子，他喝醉了就喜欢谝闲传。我问他，你们精绝国，是怎么在这沙漠边上建起来的？这里原来一定是鸟都不拉屎的地方。

听我这样一说，他就打开了话匣子：

"哎，不要胡说嘛。我爷爷的爷爷告诉我，很早的时候，我们这里经常打仗。我们是山地人，和一些骑着马席卷过来的人打仗。他们是住在山脚下的绿洲和荒野里的人。荒野里有戈壁有沙漠，还有野兽，有沙漠狼和野狗群，他们猎捕那些野兽。他们骑马，背上插着战旗，旗子上是一匹高高扬起前蹄在奔跑的马，他们是马的一族。他们的行动就像是一阵风，因为有马的助力。马的一族喜欢沿着这条巨大山脉下的谷地奔走，他们是从更远的山谷平原迁来的。他们骑着的马很漂亮，有的马跑起来身上会出汗，汗的颜色是血的颜色，所以，叫作汗血马。"

我问："那你们呢？你们又不是一直在山上住着，对不对？"

老头摸了一下红鼻子，举起木碗喝了一口葡萄酒，用有力的下颚撕扯着羊腿肉：

"我们？你说对了，我们是鹰的一族，生活在山上。我们是从雪山的那一头翻越过来的，沿着雪线走，哪里的盘羊、岩羊、山羊多，我们就跟着它们走，我们要猎取它们。我们说鹰能听懂的语言，把文字写在羊皮上，卷起来就是我们的书籍，然后拿着它给一代代的孩子们讲故事。马的一族嘛，他们的文字写在木板上，这很奇怪，不过也不稀奇，他们种树，所以他们把字写在木板上。细细的木板子上，他们的那些像虫子一样的文字，我一看就头晕，歪歪扭扭地蠕动。直到有人能在我们两个部族之间，把这两种文字，鹰能懂的和马能认识的互相解释起来，我们才明白彼此的意思。"

我问："过去你们都住在山上，那你们怎么来到平原了呢？"

"哎，你的问题真多，粟特人。我们生活在雪莲花盛开的冰川上和高高的雪峰下面。我们不能住得再高了，再高的地方是鹰居住的地方，我们不能去干扰神圣的鹰的巢穴。我爷爷的爷爷说，他天天都能看到鹰在天空中飞翔。鹰是我们部族崇敬的动物，它们飞得高、看得远，我爷爷的爷爷，他们的皮制盾牌上、额头上，都有一只鹰的烙印。我们部族在大山上生活，都住在石头屋子里，在山的缝隙里放牧山羊。但那些羊经常摔下悬崖，它们的尸体被老鹰重新抓着飞入天空，被带到更高的巢穴里面去。我们祖先的生活很艰难，山上食物短缺，部族的人口也不多。部族按照雪山连绵起伏的区域，划分了范围，我们部族就在这接连起伏的山坳里、半山间生活，云彩经常缭绕在人们的腰间。大家驯化了那些山羊，它们有时候会下山带回来绵羊，然后它们在山上交配生崽子。可山上依然是食物短缺，特别是碰到雪灾的时候，大雪会不停地下，好多天都不停，人们把柴火烧光了，把存粮和干肉都吃光了，把骨头煮烂、把骨髓都吸食完了，大家瞪着发红的眼睛互相看着，没有吃的了。然后，鹰的一族就像是天空中的鹰爪子一样，从半山和半空中俯冲下山了。我们就冲向了平原绿洲。"

红鼻子老头说到这里，感到自己控制不住酒意，舌头也大了，他说："我会把我爷爷的爷爷从火中召唤出来，让他给你们接着讲吧。我喝醉了。"说罢，他又喝了一大口葡萄酒，走到院子里的篝火边喷了几口，火苗子腾地升起来了。

果然，在火焰中，飘忽着出现了一个和他长得很像的白胡子老头，影子在火焰中闪烁着，开口说话了：

我们是鹰的一族，我们来到了绿洲，要去抢粮食。

听到我们下山了，有时绿洲人就有防备，他们是马的一族，首领吹响了牛角号，就呼啸着冲过来。马的一族，他们的武器是长刀和短刀，盾牌和铁鞭。我们鹰的一族的武器是弓箭和单刀、投石器和匕首。马的一族靠的是马匹奔跑的速度，靠的是席卷而来的气势冲击我们的阵型。我们靠的是猛虎下山的勇气，靠的是雨点般射出我们的箭。马的一族的盾牌上，烙着一匹高高扬起前蹄的马，我们射出的箭，一下就被那匹扬起前蹄的马用嘴衔着，可我们的刀立刻削断了马的前腿，马的一族掉下马来，手里拿着长刀。他们的长刀是绑在木杆子上的，挥舞起来都带着风，我们只有像一阵旋风那样快、近身搏斗的时候，才能杀死他们。

每一次打仗，战斗的情形都很惨烈。马的一族马匹奔腾，人在马上，他们就像是一阵黄色的狂风那样，从绿洲边缘的胡杨树、白杨树和柳树林里冲出来，猛地扑向了我们。我们就像是一股黑风暴那样，呀呀叫着从岩石和山坳里冲出来，和他们迎面相撞。我们更加敏捷而野蛮，就像是雪豹和狼、熊和老虎一样下山了。我们每一次总能从他们的村寨里抢到绵羊和女人，然后就赶紧撤退，就像是鹰一样，一把抓到一只羊羔子，就会飞到天空中，回到自己的鹰巢里。

我们就是这样的。这样做能保存实力，我们人少，要见好就收。不然，马的一族他们的人多，切断我们的上山路，他们就用马匹的阵列和绑在木杆子上的长刀砍掉我们的脑袋。他们会在后面追我们，一直追到马匹无力再继续上山为止，到没有上山的路了为止。我们鹰的一族在石头的后面向他们射出箭雨。

我们鹰的一族,也有很多被他们杀死的,我们一些战士的脑袋被砍掉了,可是身子还能跑,那样他们就不追了。没了脑袋的鹰的一族的男人,会跟着我们一起回到山上,还能再活好几天。但他们没有眼睛了,没有耳朵了,可他们的四肢还在,还有感觉,还能和我们一起走路,一起坐下休息。

我告诉你们,那个时候,我们有脑袋的人就要小心翼翼了,我们知道这些没有脑袋的鹰的一族的男人心里是很悲伤的。他们不能再吃饭了,他们只是和我们一起回到了山上,他们沉默着走路,身影和雪的反光形成了闪烁的光芒。然后,他们会一个个地向着更高的雪山上行走。我们就都走出石头屋子,怀着悲伤的心情,看着这些没有头的鹰的一族的男人,身影渐渐变远,一个个消失在雪山上的雪原中。

这个时候,忽然之间,在天空中响起了鹰的啸叫,只见一只只大鹰从雪山之巅飞起来,就像是一个神圣的鹰的家族,在天空中聚会。它们盘旋着盘旋着,巨大的翅膀带来了阴影,掠过了山间,让那些惊恐的山羊纷纷跳崖,让我们缩了缩脖子。

那些大鹰看着这些无头的勇士沿着山道上缓慢地行走着,就像是一队自己给自己送葬的队列。我们惊呆了,看到那些大鹰俯冲下去,一只只分别叼起一个个无头的勇士,再飞入天空,逐渐隐入了半山上那云雾弥漫中。

就这样，无头的勇士们被大鹰叼着，带向了更高的雪山。

这时，鹰的一族的族长，我们的大首领，他身披雪豹皮衣，他的脑袋上有着用一只死去的大鹰尖爪做成的头饰，就好像一只鹰蹲在他的脑袋上，或者是一只鹰护佑在他的身后，张开着翅膀，鹰头在他的脑袋上，鹰的眼睛是他用黑曜石做成的。

他说："那些大鹰，让我们的无头勇士回到了雪山之巅，它们雪葬了他们。他们将变成雪人，成为永生的不朽不坏的人。"

我们都恍然大悟了，我们的勇气倍增，一起嗷嗷叫着。我们看着那一只只大鹰在为我们的无头勇士举行着葬仪，发出了响彻山谷的啸叫声。

那个飘摇的白胡子老头的影子不见了。我们都听得很兴奋，我们这些粟特人，喜欢在路上听各种人讲故事。我们都嚷嚷起来，接着讲！接着讲！

红鼻子店主烂醉如泥，他又朝篝火喷了一口葡萄酒，火焰中，再次显现了那个白胡子老头的脸，是红鼻子爷爷的爷爷的影子。他继续讲：

所以，我们是和鹰共生的人的族群。这就是为什么我们是鹰的一族。

马的一族和鹰的一族的战争经常发生，山地人和平原人经常打仗。都有死人的时候，最惨的时候，是各自死一半的男人。我们也会休战，因为没法再打下去了，打下去就没有男人了。没有男人，女人的肚子就鼓不起来了，就不能再生娃了。这个时候就要休战了。也许会休几个季节，也许会休战好几年，等到我们再有人力和物力的时候，我们再打。

其实，鹰的一族的日子要苦得多。我们是住在山上的，我们打猎，我们放牧山羊。马的一族在平原和绿洲上生活，他们种植谷物，饲养马匹、牛和绵羊。他们继续和我们鹰的一族打仗，有时候我们打赢了，我们杀死马的一族的男人士兵，那些男人被我们的箭射中了，匕首刺中了，短刀砍伤了，他们的血流尽了，最终的结果会怎么样？

后来，我们知道了，那些血流尽的马的一族的男人士兵，依然能够从战场上站起来。他们的血流尽了之后，全身变得苍白，可目光依然是坚定的，只是没有了力气，也拿不动兵器了，这时，他们会一个跟着一个走，就像是我们的无头勇士在雪山上行走那样，他们也是一个跟着一个走，向着与大雪山相反的方向走。走啊走，一直走出了活着的人们的视线，走出了绿洲的边界，走向了荒野上的戈壁滩，戈壁滩上还有很多风滚草、骆驼刺、芨芨草、红柳丛。走啊走，这些苍白的、死去的、血流尽的战士，一个跟着一个，一直向着荒野走，穿越了戈壁滩，走到了沙漠里。无尽的黄沙早就滚动着前进，向着马的一族居住的绿洲在进发。沙漠和我们都想打败马的一族，占领他们的村寨和绿洲。这些苍白的、血流尽的战士们来到了沙漠的边缘，在那里站立着，观察着，然后各自开始在沙漠中挖出沙坑，把自己埋进去。他们在沙子下面会聚集水汽和湿气，会吸取夜晚凝结的露水，他们埋进去的地方，会长出一丛丛红柳，阻挡沙漠向绿洲进发。

鹰的一族的无头勇士，成了永生的雪人，在雪山之巅长眠。马的一族流尽鲜血的战士，在沙漠深处成为地面蓬勃生长的红柳的根。这样的传说，在我们两个部族之间就这么流传开来了。

好奇的粟特人啊，你们一定会问，除了打仗，难道两个部族就不会有和平吗？难道我们一定要把对方的头砍下来，让对方的血流尽吗？我们中间有人也这么问了。这是需要契机的。契机出现了，那就是，鹰的一族有人会跑到马的一族那里去，马的一族的人也有上山投奔鹰的一族的。男人女人都有。

我们劫掠了马的一族的女人和粮食，这些女人会在某一天带走鹰的一族的男人，下山回归马的一族。总之，不知道从什么时候开始，鹰的一族和马的一族的男人和女人的关系开始变得复杂。鹰的一族的女人们生出来的孩子，典型的鹰钩鼻不见了，变得像马的一族的男人们那样的平脸膛。马的一族的女人们生出来的男孩，有时候却长着鹰的一族的男人典型的鹰钩鼻子。

两个部族的血液混合了起来，打仗的动力减弱了。

后来，鹰的一族的人口在减少，因为马的一族在山脚下绿洲上的地盘在扩大，他们养的马匹越来越多，对抗我们鹰的一族的办法也更加有效。他们的牛皮盾牌能够阻挡我们的箭雨，他们的牛皮鼓声能震荡我们的耳膜，让观战并给我们鼓劲的大鹰从空中纷纷掉下来，让我们在战斗中丧失了勇气。

马的一族的人口越来越多，他们的绿洲在持续扩大。

可浇灌绿洲的河水是从山上下来的，这条河我们给它起名叫尼雅河。我们鹰的一族经过仔细的盘算，对马的一族发起了一次有力的战斗，就是在春天冰雪开始融化的时候，用巨大的石头阻断尼雅河的河道，挖出一条河沟，让尼雅河拐弯。随着夏季来临，尼雅河的冰川融水迅速增加，结果河道改道了，尼雅河的河水不再流向马的一族的平原绿洲了。

水源被阻断，这等于是断了马的一族的生命线。我们都准备好迎接一场最终的大战。我们猜想，尼雅河改道之后，马的一族种植的谷物、喂养的马匹、冒烟的村寨和平日的饮水都将陷入麻烦之中。马的一族肯定大为恐慌、暴跳如雷，对我们发起总攻击。

结果，他们派出一支讲和的队伍，上山和我们谈判，还带来了很多绵羊、谷物和毛毯作为礼物，想和我们结束对峙，成为公开通婚的亲家。

我们的族长收下了他们带来的礼物，让鹰的一族的人们辩论了三天。最后，大部分人认为，这一次他们没有选择和我们打仗，还送来了绵羊和谷物，是有诚意的。而我们的女人现在也生出了更多长着马面的男人，两边的亲戚越来多了。这仗实际上也很难再继续打下去了,我们可以和他们讲和。

于是,族长派出了十二个人组成的队伍,带去了我们的礼物:盘羊、山羊和雪莲,雪豹和黑熊的皮。

过了好多天,这些男人才在我们翘首以盼中回来,本来,我们以为他们都被杀害了。现在,十二个男人每人都带回来一个马的一族的女人。休战的信息更加明确了。族长下令,把尼雅河的河道重新疏通开来。尼雅河的河水欢快地冲向了平原上的绿洲。鹰的一族和马的一族就这么握手言和,互相通婚,互相融合。

很多年以后,山上的鹰的一族的人就逐渐走下山来,和马的一族生活在一起,建立起绿洲上的村庄,一个个村庄连起来成了更大的村镇。后来,大家建起一座城,城就坐落在尼雅河的河边上,有城墙,有官署,有商铺和食铺,还有可供来往客商打尖住店的驿站,这个城有个名字,发音叫精绝。精绝、精绝,听着很好听,是不是?精绝国的首领叫作王,他掌管一切事务。

这时,篝火的火苗逐渐黯淡,那张火焰中飘摇的白胡子老头的面庞不见了。我们这些粟特人就是好奇心比较重,还想让红鼻子店主继续召唤他爷爷的爷爷,可他的酒喝完了,他问我要酒喝。给我酒,粟特人,不要啬皮嘛,给我酒喝。

我让伙计再去给他取一皮袋子葡萄酒,我还想听他讲尼雅和精绝

过去的故事。等到他又喝上了我给他的葡萄酒,就兴奋起来,下面是红鼻子老头自己的讲述:

"精绝国就这么出现了。在精绝城门前的大路上,像你这样的粟特人从西往东走,还有从东向西走的汉地僧人、商人,有很多人在这条大道上来来往往。后来,精绝国通行多种语言,佉卢文、汉文、吐火罗文都有的。那么,你们是不是很关心鹰的一族和马的一族的那些死去的人,那些鹰族无头勇士雪人,和马族流尽鲜血的战士,他们的灵魂和躯体如何安放,会不会再回到精绝国来?我告诉你们,他们还真的回来了。"

我们惊呆了,"不可能吧,老头,死去的人不可能再回来。"

红鼻子老头讲到了这里,很得意地喝了一大口葡萄酒,他下巴上的胡子沾了不少葡萄酒的汁液,故意放慢了讲述的语速:

"有一天,在一个明亮的月夜,在雪山之巅的无头雪人纷纷走下了山峦,而在沙漠深处红柳丛下的勇士们,后来变成了褐色的干尸,他们也从沙漠深处走出来,向精绝国进发。就这样,无头冰雪人和褐色干尸人,从两个方向走过来,他们都想进入精绝国,看看这座生机勃勃的城邦之国精绝国,那是他们的后人建立的,他们要参与进来,要和活着的人一起生活。可是,在夜晚皎洁的月光下,精绝国的人忽然看到了这两群奇怪的人——一群是雪白的冰雪无头人,一群是有头的褐色干尸人,在城门外缓慢地、怪异地走过来,要进入城内——就都很害怕,大声嚷嚷着不让他们进来。"

"那他们最后进来了吗?"我们都很关心故事的结局。

"精绝国的城门设计得很巧妙,能够自动开关。一旦他们冲过来,城门就关闭了,一旦他们离开,城门又打开了,如此反复多次。那个夜晚,精绝国的国民都站到城墙上观看这一奇景。白色冰雪无头人和褐色有头干尸人后来站到了一起,互相牵着手,要进入精绝国。他们可以用肢体语言交流,表达着要进入精绝国的决心。整整一个晚上,精绝国的城门开了又关,关了又开,他们就是进不来。后来,天亮了,太阳也出来了,城墙上的精绝人都看到,那些白色冰雪无头人和褐色有头干尸人,在太阳跃升的一刹那就开始汽化,一眨眼就变成了白色的烟和褐色的烟,逐渐旋转着,飘散着,慢慢就都不见了,然后,像是传来一声声的叹息,彻底消失了。精绝国那个遇到危险会自动关上的城门,又打开了。可城外已经是空空如也,只有一条大道,在向东西两边无限地延伸开去。"

　　红鼻子老头讲完了,他彻底喝醉了,倒在那里。他们把他抬到客栈的房间里。我也困了,让大家都赶紧休息。因为明天一早,我的商队还要出发,前往那万里之外的光芒四射的长安城。

一锦："五星出东方利中国"锦护臂

我手里握着一枚蚕茧，在暗黑的时间中沉睡。

在睡梦中，我又梦见了前往精绝国的道路。那条路很长、很远，只要是你上路了，你才知道它是多么地遥远，遥远得我就是把脑袋想破了，都不能想象出个眉目来。我还特别怕腥膻味，我没有到达之前，传说精绝国的人喜欢吃山羊和绵羊肉，夏天也穿皮袍子，离着老远就能闻到腥膻，真是烦死人了。

本女子，我，细眉公主，虽然眉毛很细，可我从小就是男孩性格，喜欢习武练棒，我的几个哥哥都打不过我，这才是他们决定把我远嫁精绝国的原因，因为他们都不喜欢我，都希望我走得远远的。

我们从洛阳出发，沿着黄河走，走着走着，就到达长安了。长安那时还比较繁华，但比不上洛阳的雍容华丽。这一路上有驰道，有大道和小道，走得比较快。可是从长安往西的道路，越走，路边的树木就越少。经过长安、凉州，经过甘州、肃州，我们一路都在宽阔大地的绿色走廊中行进。

遥遥地望去，谷地两边是两列逶迤连绵的山峦，它也在行走一般，似乎在陪伴着我前行。再往前走，就是边关的关口，我看到，无尽的戈壁滩和黄沙梁上，生长着一排稀疏的白杨树，就像是一道大地的眉毛，等待着日出。

太阳出来了，我们就会继续前进。我随行的两个婢女，一个叫绿袖，一个叫红袄，都是鲁女，她们都曾在山东临淄养蚕种桑，现在，一路上被道路的颠簸弄得昏昏欲睡。可是我，还在好奇地透过窗户往外看，端详着那广袤的陌生天地。

从凉州出发时，我的身上悄悄带着一些蚕卵。那是凉州人养蚕留下的蚕种。一路上，我坐在两轮马车上，四匹驽马拉车，疾速奔跑在大道上。十二名汉兵和从精绝国派来迎接我的卫兵并驾齐驱。精绝国卫兵也是十二名，他们都是腰挂利刃的卫兵。他们中间还有一位使臣，他叫苏笈多，是一位四十多岁、皮肤黝黑的精绝国人，戴着缠头的巾帽，穿着腰间束扎的袍子，就是他带着这十二个卫兵，不远八千里路，前来汉地，为精绝国的王子请求汉室结亲，选一位汉家王侯的女子远嫁精绝国。他们选来选去，就选上了我。

他这是第二次来汉地了。第一次来的时候，苏笈多带来了精绝国国王安归迦王的木简信函，信中并没有说精绝国王想结亲的事情，只是请求大汉赐给精绝国蚕种和缫丝技术，还有织锦用的提花机器。信中说，精绝国的人都喜欢丝绸，很多年以来，都是依靠粟特商人和汉地的商人来往买卖。精绝国也曾尝试种桑养蚕，可这些年，桑树种了不少，但养的蚕都活不了。即使养的蚕结了茧，缫丝技术又不行，眼下碰到灾害，桑树死了一些，蚕种也都没有了。而养蚕种桑是汉地自古就有的一门技艺，盼望大汉能选派秀女和巧匠，帮助精绝国养蚕种桑，传授缫丝技艺和织锦术。

大汉朝廷对精绝国安归迦王第一封信的请求没有答应，告诉苏笈多，养蚕种桑，是大汉独有的技艺，到了西域蛮荒之地，自然会水土不服。精绝国本就是以放牧和种植谷物为业的，不必考虑自己养蚕种桑。

于是，苏笈多无功而返了。可精绝国的安归迦王锲而不舍，他可是脸皮够厚，不怕被拒绝。过了一年，安归迦王又派这个皮肤黑黝黝的使臣苏笈多来了。苏笈多带来了精绝国安归迦王的第二封信。这一次，安归迦王不再提请求大汉赐给蚕种、帮助精绝国养蚕种桑的事，他这一次是为他的儿子、精绝国王子阿钵吉耶求婚，希望能让阿钵吉耶娶到一位汉家王公的贵族女子。

大汉朝廷接到了这封信，几经商议，就把鲁王的小女儿，也就是我，选送精绝国，嫁给精绝国安归迦王的大儿子阿钵吉耶。因我长着两道细眉毛，皇帝赐我为"细眉公主"。我父亲觉得我平时脾气大，长得不好看，颧骨太高，眉毛太长太细，鼻子太大，像个西域人，是几个孩子中最顽皮的，把我远远嫁掉才好。

这把我气坏了！好吧，既然你们嫌弃我，不待见我，那我跑得远远的，我就多带些自酿的桃花、杏花、樱桃香水，我才不怕那些腥膻男人呢。

汉臣告诉苏笈多，汉地养蚕种桑缫丝织锦的技术，不会轻易传给精绝国的，谁泄露就砍谁的头！细眉公主远嫁精绝国的一路上，各个关卡都要严加检查，一旦发现随行人员包括我，将蚕种夹带、匿藏，就要严加惩罚，取消这次结亲。哎呀，这等于是彻底断了精绝国安归迦王的念想了。其实，我们都知道，他本来就不是想结亲，只是想要大汉的蚕种，还有缫丝术和提花机而已。

在我准备行程的时候，苏笈多从驿站前来我府上，看看我准备得怎么样了。他看看旁边没有人，就对我小声说：

"我们安归迦王让我给公主转达他的口信。他说，精绝国面对大雪山，背靠戈壁滩，生活条件很艰苦，怕公主嫁过去以后生活不方便，特别是没有漂亮衣服穿。你带的丝绸衣裳，过几年旧了，就不好看了，就得穿他们的皮衣皮裤和棉袄了，臃肿不说，还特别难看，你到时候不要难过。"

我这次准备带几木箱绫罗绸缎，与两个婢女绿袖和红袄共赴精绝国。他的话让我陷入了沉思。昨天，朝廷派人来，专门检查了我带的东西，不许我带太多丝绸锦帛。为了表达皇家恩典，赏赐给我的未来夫君阿钵吉耶一款织锦，织锦是一块方形的，上面的瑞兽和吉祥纹样之间，还有"五星出东方利中国诛南羌"的字样。

苏笈多这么一说，我就很焦虑："那怎么办？本公主别的不怕，不吃羊肉，我可以吃水果蔬菜，可没漂亮的丝绸衣服穿，那可不行啊。我可不喜欢穿羊皮做成的衣服，棉麻的倒还可以，但容易起皱，还容易变色，容易脏。这可是我没想到的。"

苏笈多趁机说，"我们安归迦王让我带话，假如公主能想办法带来蚕种，然后在精绝国养蚕缫丝，自己给自己做漂亮衣服，这个问题就解决了！"

我恍然大悟，同时点了点头，一边指着苏笈多说："哈哈，就你们国王聪明是不是?让我带蚕种,我怎么带?藏到哪里?那可是要杀头的。朝廷都说了这个事情不许办,你都忘记你上一次是怎么灰溜溜回去的了。"

苏笈多也是一个聪明人,他嘿嘿笑着,说:"公主啊,我可以帮您想个主意,比方说,我们到达凉州,在凉州已经备好蚕种,公主把蚕种藏在身上,无论是过城门还是过关卡,最后过边关,他们搜别处可以,搜公主的身就不好办了。我估计,边关哨卡的人不敢搜身,因为您是汉家细眉公主啊。想想吧,为了您能穿上漂亮的丝绸衣服,拼一下,也是值得的。"

他的话都说到点子上了。女人最怕的就是没有漂亮衣服,女人最担心的,就是永远少一件衣服。我想来想去,想了一个晚上,手里握着几枚蚕茧和几页毛纸上的蚕卵,一边在我自己身上比画,藏在哪里好呢?路途遥远,从洛阳带蚕种,半路会孵化。从凉州带当地去年的蚕种,那就好办多了。可藏在哪里呢?

我就从脚一路想,藏到鞋子里?不行,一不小心给踩瘪了。藏在小腿绑腿里?不行,女人没有这样的绑腿。藏在衬裙里?哎呀,不好,温度变化会把蚕宝宝提前孵化出来。怎么办?那要急死本公主了。藏在腰间?不行,腰带很紧,也是容易检查的地方。万一过关卡的时候,边关守将一声大喝:"宽腰带!"我一哆嗦,解开外腰带,啪嗒一下子掉下来几个蚕茧和蚕卵片,那我就被抓现行了,就地装进囚车,押回大汉,可就丢大丑了。藏在束胸里贴近胸口?也不行,胸口感觉很灵敏,藏几个蚕卵叶片,乳房皮肤就会起小疙瘩,身体感觉不舒服。继续往上走。这个时候我忽然想到,咦?我就把蚕种藏到我的发髻里最好了。对了，就藏在高高的发髻里。城门口检查站和驰道上的检查站，以及阳关的边关检查站，他们的注意力都在我随身携带的行李上，像那些绸缎布匹和木箱子，我的发髻不在注意力范围。就这样，从洛阳到长安，从长安到凉州，即使走了几个月，跨了新年，我的心情也比较放松。

在凉州，过了春节后，春天即将来临。新蚕种到了我手上。我就把一些蚕种藏在了我的发髻里，又用金管扎紧，而且，我的发髻还有丝帽罩着，以免被路上的风沙弄脏。

出发后这一路，果然在城门关检查站、驰道检查站的检查中，我们都过关了。这样的检查很细致，他们似乎接到了命令，要仔细检查我们一行。他们按照通关令上的记录，对我们的携带物一件件进行核对。每次检查的时候，苏笈多都冲我挤眼睛，他知道我带着蚕种，可是藏在哪里，我连他也没有讲。所以，他是既担心，又有一种猜谜的快乐。

前往精绝国的路途充满了艰辛，我们走得时快时慢。过了敦煌，休整了半个月。要准备很多过沙漠和戈壁的东西。出发后不久，我们到达阳关的时候，我看到边关关口戒备森严，士兵的兵器闪耀着寒光，高大的城墙连接了城垛，就是一只鸟也别想飞过去。

在过关之前，我和苏笈多商量，要不要在这里的客栈停留一晚。苏笈多说，最好不要，过了这最后一关，抓紧时间赶路才好。

我们立即前往关卡。在阳关关口，守将带着铠甲鲜亮的士兵戒备森严，根据来往的客商手里拿的度牒文书和货物清单，对往来客商挟带的物品进行检查。这里有一个小市场,什么都可以交易,我看到来来往往的商人们长得各色各样,最远有来自大食、康居的人。

我们过关的时候,关卡的士兵检查得非常仔细。苏笈多他们那些男人很快就过关了,可我和红袄、绿袖却被拦下来,被带到一个房间里,守将说是要严加盘查,还要搜身。

我一下子紧张了,难道他们得到了什么密报,在这里要进行搜身?我十分生气,大声嚷嚷着,"我是汉家细眉公主,看你们怎么对待我,我会上奏朝廷。"

守将的态度变得温和了,他知道我是去精绝国结亲的远行人,前路迢迢,未来的命运不可预知。但守将职责在身,必须对我们详加检查。守将带来了三名穿便服的女人,说是边关将士的女眷,让她们对我们进行搜身检查。

我想,这下坏了,她们是女人,可以对我们三个女子搜身呀,会不会是守将得到密报,认为我们私下带着蚕种?

我做出一副很坦荡的样子。红袄和绿袖两个婢女并不知道蚕种藏在我的发髻中。三个边关将士的女眷,一个个脸蛋红扑扑的,显然是被大风吹的。她们带着微笑,态度柔顺,开始搜我们的身。其中一个搜我的身。我坐下来,有点紧张,我发现她搜得很细心。她那两只手在我的身上,从下到上,慢慢地搜着摸着。让我脱了靴子,她在里面仔细掏,我脱了袜子,她仔细地摸和捏。又窸窸窣窣地摸着我的衬裤裙,腰带也解下来了,还让我解开了束胸。

我有些恼怒,脸气红了。解开束胸的时候,我自己不仅没有解放的感觉,反而呼吸困难,她的目光盯着我,看我的反应:"公主,您呼吸很急促,别着急,就要结束检查了。"说着,要给我解开头巾,看看发髻里面有没有东西。

我假装生气地挡开她的手,说:"你的手脏,我自己来!我要先把束胸穿戴好。"

她略显尴尬地让开,我恼怒地把束胸系紧,然后自己动手解开发巾。我的发巾是白色丝绸做的,我在空中抖了一下,那发巾就像是一只白鸽子一样在空中飞动,我的手一收,它就又回到了我的手心里。然后,我解开了发髻,让长长的头发飘散开来。

里面什么都没有。给我搜身的女人表情似乎有点失望,她疑惑地把我的白色发巾拿起来,抖搂了一下,什么都没有搜到。

我就像是变魔术那样,挽起长发束起发髻、扎上金簪的时候,又把蚕种藏进去了。接着,我把发巾扎好,穿好了衣服,和红袄和绿袖一起走出了屋子。远远地看过去,站在关口的苏笈多的表情松弛下来了。我们顺利地过了阳关。

过了阳关,西去之路无故人。我就义无反顾,一路向西了。后面的路即使再遥远再艰难,我的心里是轻松的,我的未来我做主。护卫我们的十二名汉军完成了任务,留在了阳关边关。我们在一座大山的山脚下,沿着一条古道前行。

路上,苏笈多问我,蚕种到底还在不在我身上?

我笑而不答。其实,我的笑容已经让他知道答案了。我像是被放飞的鸟儿一样,感到无比自由。我们沿着一座巨大山脉的山脚下往西南方向走。那座大山就像是一扇扇屏风那样,护佑着我们。我们有时候走得快,有时候走得慢。沿途不断有水源补给,我记得有一处地名叫野马大泉，因野马群常来一眼大泉处喝水。大山上延伸出来的山谷中，总是有欢快的河水奔涌，冲向这条大道上北面的戈壁和沙漠。

沙漠那边时常刮来风暴，我们就会停留在山脚下的一片树林里躲避。我们再度出发，穿过红柳沟，来到一条大道上。走几个时辰，就可以看到来来往往的商队，骆驼队、马队、驴队都有，和我们交叉而过。坐在马车里，我能听到苏笈多用汉语、粟特语和我不知道的语言和他们说话。他们都是奔走在这条大道上的商人，带着玻璃制品和香料、布匹，去汉地换买漆器和丝绸。他们最喜欢的就是丝绸。

走了好多天，我们终于抵达了精绝国。远远地我看到了一座城，可城墙上没有看到一个人。我在马车里心跳得厉害，就快要见到我的夫君阿钵吉耶了。但他并没有出来迎接我。我的两个婢女红袄和绿袖也从路上的不适和疲惫中苏醒，变得兴奋起来了。

等我们靠近精绝国城门的时候，那座城门自动打开了。

我们的车子在马队的护佑下，快速进入精绝国。

后面的事情我就不细说了。那一幕幕至今都像是一朵朵云、一场场雨那样清晰可见。精绝国国王安归迦王服饰华丽，穿着很长的袍子，戴着漂亮的高高的帽子，他接见了我，我奉上了带来的蚕种。他的眼睛亮了。他激动地端着一个盘子，接过我藏在发巾里的毛叶子上的蚕种，那蚕种小小的，几乎就看不见。"在哪里呢？蚕种在哪里？看不到呀。"

我指给他看，他就像是见到了稀世珍宝。"太棒了，这蚕种，就是我们精绝国的希望所在。我们的桑树还有很多，可蚕种没有了，也没有人会养蚕，会缫丝。公主来了，带给了精绝国这稀世珍宝。公主辛苦了。"

苏笈多已经给他报告了我们这一路的艰辛，和带来蚕种的困难。他给我们赏赐了很多礼物，我也带给他和王后很多汉家礼物，成匹的丝绸和锦帛、铜镜、香袋和棉布。王后很喜欢这些东西。

然后，就是筹备阿钵吉耶王子和我的婚事。按照他们的规矩和我的要求，在出嫁之前，阿钵吉耶是不能看到我的脸的。我的脸盖在红盖头的下面，精绝国的王室为我举办了一场热闹的婚礼，直到掀开了盖头的那一瞬，我才看到了我的夫君的脸。

啊，他真是一个英俊的男人呢，而且，阿钵吉耶身上并没有什么腥膻的味道。他看到了我的脸，用汉语说："啊，果然是细细的眉毛，细眉公主，你的脸真白、真明媚，比月亮还好看。"

我有点羞涩地笑了，其实，我的羞涩是假装的。他很快就知道我会弯弓射箭，我会奔跑如飞，我和一般的女子不一样，我更像一个男孩。

我们大婚那天，精绝国陷入了狂欢之中。精绝国王府的小小宫殿，其实就是几进大的宅院。夯土房子加砖瓦，并不高大。无论宫殿还是厅堂，无论居室还是厨房，装饰得都很简朴。婚宴上，王公贵族来了很多，他们的美食饮料全部摆放在很长的雕花木桌上，很大的木盘子里，装满了我感到很新奇的水果，巨大的石榴、成串的葡萄，还有西瓜和金黄的甜瓜。一只只烤全羊抬进来，最后是一只烤熟的骆驼被放在华丽的红地毯子上抬进来，香气四溢。包括国王在内，每个男人手里都拿着一把小刀，去割肉吃。皮酒囊里装着葡萄酒，酒是暗红色的，随便喝，他们载歌载舞，人人都会跳舞唱歌，很快人人都喝醉了。阿钵吉耶王子前来请我跳舞，我站起来，穿着拖地的长裙，然后在他的带动下，欢快地跳起来。

我发现精绝国很小很小，小到就像是洛阳的几个里坊那么大。他们的人口只有几千人，可麻雀虽小、五脏俱全，这个小国家有寺庙，有官署有民居。精绝国的人信奉佛教，他们有一座位居城北的佛寺，里面有一座高高的佛塔。后来，我在精绝国的每家每户都看到了佛龛，家家户户都供着佛像。

我的夫君阿钵吉耶王子喜欢打猎，善用弓箭。他发现我也会射箭，就更高兴了。我用带来的那面朝廷赏赐的红、黄、蓝、绿、白五色锦，给他做了锦护臂。这面锦护臂有带子系在胳膊上，锦帛的花纹非常美丽，有凤凰、鸾鸟、麒麟和白虎的图案，这都是瑞兽，还有祥云和瑞草装饰在边上。

特别是，在这些吉祥的花纹图样之间，还有一行汉字："五星出东方利中国诛南羌"。做这件锦护臂需要裁剪，我从中间剪下，只有"五星出东方利中国"这几个字，"诛南羌"放不下，被我缝在背面了。这款织锦是成匹织就的，做这面锦护臂，我只用了大半幅织锦就做成了。

阿钵吉耶喜欢射箭，他力大无比，负责训练精绝国的五百胜兵。他还养了几只大鹰，鹰要停在他的胳膊上，爪子很尖利，虽然给大鹰修剪了利爪，可他的胳膊还是需要保护。我给他戴上织锦护臂，阿钵吉耶喜欢我给他做的这件锦护臂。他问我，锦护臂这几个汉字的意思，我告诉他：

"五星,指的是金、木、水、火、土这五颗大星,它们要是出现在东方的天穹中,就有利于中原之国我们大汉讨伐南羌战争的胜利。"

阿钵吉耶很高兴,他晚上睡觉的时候也戴着锦护臂。白天带鹰的时候,换上的是皮护臂。

我们结婚后,我就投入到将蚕种孵化出活蚕的事情里。这是我来精绝国要做的一件大事。春天已经结束,可我要将蚕种唤醒。精绝国很早就种有桑树,分布在城北的大河边上。有桑树就好办了,等到蚕卵孵化出来,蚕宝宝就有桑叶可以吃了。这已经是五月份,可我的纸板上黑色的蚕种,还是没有动静。

阿钵吉耶有时候陪着我一起做这个事。他感叹说,蚕这种小动物,实在是太神奇了,它的一生虽然短暂,却是循环的。成虫咬破蚕茧,化身为飞蛾;蛾再产卵,变为蚕种;蚕种孵化,长大成蚕,如此反复再生,实在太神奇了。

我说,是呢,蚕要经过卵、幼虫、蛹和成虫四个阶段。蚕卵孵化之后,幼虫一开始像是小蚂蚁一样,小小的,黑黑的,还要蜕四次皮,每次都不吃桑叶,这个过程叫作"四眠"。蚂蚁般的黑幼虫是一龄虫,蜕皮之后,变成二龄虫,脑袋大身子小,身子也变白了。到了第四次蜕皮之后,白白胖胖的蚕虫,有半根指头那么长,接着,大蚕就要吐丝结茧了。

经过艰苦努力,我在精绝国养蚕育蚕成功了。

后来,我们在精绝国养的蚕越来越多,在尼雅河边的桑园里,绿油油的桑树叶上到处都是蚕虫。它们在桑叶上游走,吃桑叶的声音沙沙响。它们结茧，它们咬破茧子出来飞翔——这里的人不喜欢杀生。

我让精绝国的人给汉地送去礼物，在汉地悄悄购买缫丝机和提花机，我要来教会精绝女子抽丝缫丝，织锦织帛。他们在汉地把提花机化整为零，偷偷运回来。只有这种提花机织锦，才可以织出经纬十分复杂的漂亮的织锦。织出了漂亮的锦帛，我的漂亮衣服，精绝国贵族女子的漂亮衣服就多了起来。

一晃就是十多年过去了，我和阿钵吉耶生了三个孩子。我们把孩子养育大了。他们有的去了汉地，有的去了康国。最小的儿子在我们身边。

后来，我们遇到了一件事情。精绝国的安归迦国王病重，身体每况愈下，有一天中风之后，语言存在障碍，躺在床上。这些年他更喜欢阿钵吉耶的弟弟莫伽多，曾一度打算让阿钵吉耶的弟弟莫伽多继承精绝国王位。这几个月，在阿钵吉耶的身边和他弟弟莫伽多的身边各自聚集了一批人，都在等待国王去世的那一天。又过了一些天，安归迦国王已经说不出话，他无法确定谁来继承精绝国的王位。

老国王安归迦王死了之后，葬礼刚刚举行的那天，天气发生了变化。从遥远的沙漠刮过来了一场黑风暴，席卷了整座精绝国的城池。

就是在这场黑风暴中，精绝国发生了一场变故，统领胜兵的将军鸠伐耶不再支持我的夫君阿钵吉耶，他转而支持小王子莫伽多。胜兵三百人在鸠伐耶的带领下，包围了阿钵吉耶和他的一百多人，一番血战，阿钵吉耶的人寡不敌众，大部分手下士兵都被杀死了。

屋外刮着黑风暴，我焦急地等待我的夫君回来。织锦机在嘎吱鸣响，我的心很乱。

阿钵吉耶踉跄着来到我的屋子，他浑身都是血，他说，"莫伽多他们就要杀进来了，我的人没了，我要来保护你。"

那个时候我正在织着一面锦，我停下来，抱住他，给他检查伤口，让阿钵吉耶不要悲伤，要沉住气，看看他弟弟那一伙到底能怎么样。我说，我在这里织最后一面锦，然后和你一起去面对他们。

阿钵吉耶说："外面是莫伽多和鸠伐耶领着的几百胜兵的包围圈。我要出去了，我要和莫伽多会会面，要当面问他，他想当国王，我就让他当，我可以死，但要放过你，让你回洛阳去，你本来就是从那里来的。我去当面告诉他。"

他说完，就冲出去了。我停下来，我的织机发出了呜咽声。

他这一出去，就没有再回来。我只听到了黑风暴击打着屋顶、窗户和墙壁的声音，天空黑沉沉的，到处都是沙子，席卷着一切，空气弥漫着杀气和沙尘。外面兵器撞击着，屋内的我扶着织锦提花机，咳嗽着，等待着外面的阿钵吉耶进来。

他没有再回来。

天色忽然亮了，黑沙暴过去了。我看到门缝下有什么东西进来了。就像是来告知我的一样，有一股长长的血流了进来。那血会说话，它告诉我一个悲剧的结果，那就是，阿钵吉耶死了。

我走了出去，看到了莫伽多和鸠伐耶站在一起，我的夫君阿钵吉耶躺在地上，胸口中刀，流出了汩汩的鲜血。流进屋子的鲜血是阿钵吉耶的，他的弟弟莫伽多杀了他。

他们向我围了过来，我说："别过来！"

我迅速退到了屋子里，把门关上，我知道横竖都是一个死，我要陪伴我的夫君阿钵吉耶一起去了。我取出了迷药，那是一种能让我封闭呼吸，就像是死了一样的药。我喝了下去，即刻就昏迷了。在昏迷之前，我没有忘记把一板蚕种盘在我的发髻里，把一枚白色的蚕茧紧紧抓在我的手心里。

他们后来安葬了阿钵吉耶和我。我们躺在一具雕花的胡杨木棺材里。我给阿钵吉耶剪裁缝制的锦护臂"五星出东方利中国"还在他的胳膊上。他们给我裹了一件我最后织就的锦帛，在云纹和飞鹤的图案之间，有"世母极锦宜二亲传子孙"这几个汉字。

我就这样躺在阿钵吉耶的边上，沉沉地睡去。没有人知道，在我的发髻里藏有蚕卵，等待着孵化，在我的手心里有一枚蚕茧，也许还会破茧而出。到那个时候，我将和蚕蛾一起，再度复生。

二锦："长乐大光明"锦裤与"河生山内安"锦帽

"你要记住，张标，你去接的人是兄弟俩。一个高，一个矮，大的十三岁，穿着一条锦裤，锦裤上有祥瑞纹样，还有'长乐大光明'几个字。小的十一岁，戴着一顶锦帽，织锦上同样有瑞祥纹样，还有'河生山内安'几个字。你要是看到这两样东西在他们俩身上，那就找对人了，你就把他们俩接回来。"

这是临川王的夫人在我临行前，叮嘱我说的话。她太想念她的两个儿子了，可当年，都城内的皇朝权力中枢波诡云谲，瞬息万变，你争我斗，不断爆出流血的事件。为了避祸，作为当朝皇帝的一个亲弟弟，临川王的处境甚至是性命堪忧。一旦有事牵连，也许是莫须有的事情牵连到宫廷内斗，那他就会被满门除根。他和夫人商议，把他们的两个亲儿子送到精绝国，远远离开汉地，目的就是为了不要在宫廷内的权力斗争中丢了性命，保留下根苗。留得青山在，不怕没柴烧，这是有道理的。

一晃两年过去了，现在，宫廷内的形势变得有利于临川王，他甚至可能会继承皇帝大位。老太后非常喜欢临川王。当朝皇帝已经卧床半月,传出身体每况愈下的消息,想必不日可能大薨。老太后话里话外都在说临川王好,忽然想见临川王的两个儿子,可他们远在西域,没法让老太后享受天伦之乐。

在这种情况下,我就领了临川王夫人的指令,带了几个人还有两匹备用马,驮着丝绸锦帛等物品,悄悄出发,快马加鞭,前往精绝国,去把隐居在精绝国的两位小皇亲接回汉庭。

西去精绝国的路途十分遥远,旅程有着千难万险,但我们有命在身,不敢懈怠,既要保密,还要目标明确,不敢有丝毫耽搁。眼见在西去的大道之上,商人、浪人、乞丐和盗贼人来人往,络绎不绝,真真是天高任鸟飞,绝对是海阔没有边。不管他们是不是杀人越货或者黑心赚钱之人,我们都不去招惹,尽量低调行事。就这样,一过阳关向南走,眼前的大道变窄了,前路蜃气浮动,显得更加苍茫,树木和青草变得稀少,戈壁和荒漠逐渐扩大。再往前走,就是鸟都不拉屎的地方了。这可真是百径人迹无,千山鸟飞尽啊。

再往前走,过了野马大泉,就进入到巴什库尔干山。只见山体陡峭险峻,高耸入云,山峰常常被云雾遮挡,一阵阵暴雨袭击了我们。等到晴空万里,我们正在高兴,从山坡上的松树林里,猛然出现一伙呼啸而来的强盗,一个个身穿白羊皮袄,头发披散如同野人,嗷嗷叫着冲向我们一行。

他们就像是一阵风刮过来,以为我们是路过的商人,打算抢劫一番就走。没想到的是我们早就有备无患。他们的马匹还没有近身,我们的弓箭和弹弓就射过去了,中箭中弹者跌于马下,被惊马拖着乱跑疾走,有的匪徒脑袋被石头阻挡,瞬间脑浆迸裂。有的匪徒刚靠近我们,一番近战肉搏,我们利刃出鞘,匪徒就有腿断筋折,惨叫不绝。

我们人马不多,一共只有七骑。我是张标,我的手下武士六人,他们有名有姓,分别是桓婴、周嵘、许雄、邢田、童今、范建。我们身穿白衣,十分精悍。就这样一番战斗,远用箭射,近用刀劈,杀死杀伤他们多人。他们发现遇到了强敌,丢盔卸甲,横尸多具,头领一番啸叫,他们赶紧后撤,几十个人一下子就又隐遁不见了。

我们重整队伍,我一看,一个没有少,大家有惊无险,继续前进。

在这座大山的狭窄山谷中有一条古道,古道上,我们也遇到了从更西更远的安国前往长安和洛邑的粟特商人。他们是一个数十人的商队,也有武士保护。他们不怕遇到那些劫匪,因为他们早就准备好了买路钱,一路打点,就没有人阻挡他们。

那两个皇亲兄弟俩,他们在精绝国避世已经有两年了。两年的光景里,不断写木简给临川王,报告他们在精绝国的近况。两个少年读书射箭,打猎骑马,成长得很好。还有一个天象占星师父石中先生在教导着他们仰望星空,思考天象。石中是占星家石申的后人,他善于从天象上观察时运,这也是皇亲王子们的必修课。只有观察得了天象,才能获得有利于自己的运势。现在,他们的父亲可能继承大位,把他们接回去,让他们赶紧出现在老太后的身前膝下,这对临川王的政治前途就很必要。

我牢牢地记住了这兄弟俩的装扮:他们身穿"长乐大光明"锦裤,

头戴"河生山内安"锦帽。这是他们的母亲叮嘱我的,我一定要接到他们。

我们抵达精绝国的时候是在夜晚。当时,天色已经是浓郁的灰黑色,也没有星星,乌云笼罩了天地。在城门口,一盏马灯悬挂着,如豆的灯光照亮了通向大门的道路。我们叩响了城门,城门半天才打开,卫兵很吃惊我们几个汉人的抵达。我们说明了来意,立即受到了重视,得到了很好的接待,被引领到官舍里住下来。

我们的手里拿着度牒,上边有边关盖的印绶,一路上走来,得到了沿途补给。我忽然想到,在通往精绝国的半道上,也就是在扜泥城客栈歇息时,按照计划,我们在南市买了很多丝绸和铜镜作为礼物。那天,我走出客栈,不经意间遇到一个瞎子。他的眼睛瞎了,可耳朵很好,他拦住我:

喂,你们要小心!从长安来了另一路人马,也在赶往精绝国,他们走在你们的前面了。没有人注意到他们是什么人,总之,是来者不善。我这个瞎子听到了他们在屋子里说的话。我告诉你,他们要做的事,和你们要做的事,刚好相反。他们就是冲着你们来的,你们要小心了。

我问,你知道我是谁吗?你知道我去干什么吗?

瞎子那眼眶里的眼白挤出了一丝诡诈,我知道,你们去精绝国接人回长安。可他们要杀掉你们要接的人。

我一惊,想一把抓住他,问个究竟。可他一下子从我的身边逃开,溜进了一条小巷道。我再追进去,他已经不见了。我的手里不知什么时候多了一张绵纸，上面画了一条通向精绝国的近道，那是一条穿越大山，经过几个小镇之后直插精绝国的路。

我遇到明白人了。他是个瞎子，可他不是真的瞎子，耳朵能听到远处说的话，心里跟明镜似的。我赶紧回到客栈，带领手下赶路。从扜泥城抄近道，按照瞎子给我的绵纸图，从石峡河穿过，到达科什萨特马，从那里再沿着车尔臣河道边的路，快速抵达且末。后面抵达精绝国就顺利了。

我揣摩着瞎子说的话肯定是真的。如果我们是去接两个小皇亲的，那肯定还有一帮人，他们受命是要刺杀那兄弟俩的。我不知道他们是谁，他们肯定是另一股势力。所幸的是，现在我们已经赶在前面，抵达了精绝国。

在精绝国的官舍里睡到半夜，我忽然被一阵马嘶惊醒了。

我很警觉，坐起身来，在夜色中，仔细谛听远近的声音。我听到了，有几匹马呼哧呼哧的喘气声，以及骑手翻身下马，马刺和兵刃磕碰的叮当之声。

他们进城了，在离我们不远的另外一处客栈停下了脚步。我听到他们说话声很低沉，知道了他们也是从汉地前来的。

我猜想，这几位可能就是那个瞎子告诫我要防备的人。可瞎子为什么能洞察秋毫，告诉我这个消息呢？我百思不得其解，这也是后来很长时间我无法猜透的谜。但不管怎么样，情况已经变得紧急了。

我揣摩，那些前来阻止我们接两个小皇亲兄弟的对手，虽然被我们甩在了身后，可他们赶上了我们，就住在距离我们不远的客栈里。

接下来，可能就会有一番恶斗。这几个人绝对不是善茬，我虽然还没有见到他们，但我的鼻子已经闻到了他们凶狠的气味。我们究竟能不能完成任务，明天就见分晓。

到了清晨，我们起来，在精绝国礼宾接待的带领下吃早膳。早膳是羊肉糊糊和一种烤大饼，还有罗布麻茶。之后，我们继续回到客栈休息。我召集大家开了一个小会，告诉他们我们遇到的情况。大家都听到了昨天晚上的异动。礼宾人告诉我们，国王和王后起来得很晚，午后才能够起来。

我们休息了一个大上午，严阵以待。到了日头高高地升到空中时，精绝国国王的传令官来到官舍，说国王在午后要接见我们。

下午，日头晒得大地都要出油了，我沐浴更衣，穿戴整齐，带着六个人，桓婴、周嵘、许雄、邢田、童今、范建，他们两人一组，抬着我们带来的礼物，前往精绝国王室。

我们被引领到精绝国皇室内，都很失望。没想到精绝国皇宫非常简陋，最高的房子也就三层，大厅里挂了很多的毡毯，花卉图案倒很绚丽。这个大厅连接了一个长长的回廊，回廊连接了一些屋子。葡萄架和藤蔓从院子里一直延伸过来。

在后院，鲜艳的花朵在花园里盛开。我们来到国王的会见室，看到在王座上坐着一个男人，他就是精绝国的国王。在他旁边，坐着一个女人，穿着鲜艳的礼服，正在等待我们。还有几个臣子在一边垂手而立。

精绝国国王留着络腮胡子，头上戴着一顶深色丝绸高帽，他身材略微有些臃肿，哈哈笑着走上前来，一把抓住我的胳膊，就和我拥抱，身上有一股很重的气味。他说：

"大汉的使者，我欢迎你们！你们一路上走来，辛苦了，辛苦了！"

我带领六个兄弟施礼之后，送上汉朝带来的礼物，都是锦帛丝绸制品，还有一些女人用的铜镜、香粉等。国王和王后很高兴，接受了我们送来的礼物。王后欣赏着我们带来的丝绸锦帛，还有铜镜和香粉，不断赞叹。这个王后是一个年轻的女人，脸型削瘦。

我们坐在宾客坐的地毯上，盘腿坐下，开始叙谈。国王说，虽然精绝国是一个小得不能再小的城邦，现在面临尼雅河水量减少、灌溉面积缩小、粮食减产和土地沙化的问题，但精绝国还在东西大道边顽强地存在着。现如今，东、南、西、北几个方向的政治势力，都想吞掉精绝国，可精绝国不会灭亡的，我们要小心从事。

王后对我们带来的礼物很有兴趣，她仔细地问我，带来的丝绸礼物是什么，我就一一告诉她，绸、缎、绫、锦、绢、缣的区别。

客套话说了不少之后，我说明了来意。精绝国国王捻着胡须，告诉我："你们要接走的那两个小王爷，现在正在沙漠里的一个寺庙中静思。我有两个王子，年龄和他们差不多大，他们四个在一起学习，相处得特别好。我真不想让他们回去啊！占星师石中很耐心地在教导他们，他们进步很快，对天象的观察力让我惊叹。"

我说："可我必须尽快把他们带回汉地去，他们的父母亲想他们了。"

国王说："我可以让人带你们去沙漠的那座庙，把他们接出来。"

我要求尽快出发去沙漠接他们，然后尽快回程。精绝国国王准许了。那天，他下令派给我们两个向导，当天就出发，前往沙漠深处的小庙。

向导骑着快马走在我们的前面,我们七匹骏马在后,前往沙漠的深处。我需要尽快见到两个刘姓皇族兄弟。我担心他们可能受到伤害。

我对精绝国国王把自己的两个儿子和大汉的两个小皇亲兄弟放在沙漠深处寺庙里的举动,一开始并不理解。后来,我知道了他的良苦用心。在沙漠中,一个人的心才能获得真正的安宁,才能内视自己,获得对自我的体认,然后在观察万事万物特别是观察星象的时候,没有声音和光的打扰,能够更加仔细地体察运势的变化。在沙漠深处的庙里学习,能够专心致志,还能有安全感,敌人很难找到他们。

两年前,每天在精绝国来来往往的人很多,他们在这里停留,都听说有两个汉朝的小皇亲兄弟在精绝国隐居,这已经变得众所周知,他们都很想拜访这两个王子。有一次,一个来自天竺的疯疯癫癫的僧人,拜见小皇亲兄弟时,本来一切都好好的,他们在玩着一个占卜的游戏。那个天竺僧人忽然抓狂了,一下抓伤了兄弟俩的脖子。

从此之后,精绝国国王不再让人拜见他们,而是把他们藏在精绝国北面尼雅河的尽头,沙漠里的一处庙宇里。把他们藏在沙漠深处的庙宇里,也是一个躲避关注、获得安全的办法。

我们一行人快马加鞭,沿着尼雅河的河边小道奔跑。我心里有点着急,一种不祥的预感笼罩着我。有另外一股势力,想要破坏我们此次的行动,这让我们无法放松。每个人都提高了警惕。

此时,太阳加速向西边下坠,似乎比我们的马跑得还要快。就像是我昨天晚上感觉到的异样那样，有人跟踪我们。我们跑多快，他们也跑多快。我们停下来，他们也停下来。

我们蓦然驻足，冲出林道之外，去寻找他们的踪迹，却看不到一个人的影子。可他们的确是在跟踪我们，很诡异，也很神秘。

他们是谁？他们要干什么？我的耳朵边响起了在扜泥城见到的那个瞎子告诫我的话，要小心啊，他们要做的，就是破坏你们要做的事！可他们为什么要来刺杀王子小兄弟？显然，涉及了刘姓皇族的内部斗争，想都不用想，就能猜到，是临川王的潜在对手派人来干的，目的在于斩草除根。

我们七个人，我、桓婴、周嵘、许雄、邢田、童今、范建，加上两个向导，一共九匹快马，奔向沙漠深处的胡杨林。尼雅河的河水弯弯曲曲，在延伸向北部沙漠的过程中，水流量逐渐变小。可以看到河道变窄，然后就是一大片芦苇塘，接着，河水消失在沙漠下面了。一丛丛的红柳就像是一个个巨大的坟包，把尼雅河掩埋在沙漠中。

此时残阳如血，将天边渲染得一片殷红。我们已经来到了沙漠的边缘。一阵风吹来，精细的黄沙扑上了我的脸。我戴着铜眼罩，能够防风沙。

向导说："前面再走一小段路，就到达沙漠小寺庙了。那是一座黄泥盖的小庙，除了我们两个王子和皇亲兄弟，还有他们的老师石中。国王还派了几个卫兵和一些侍女照顾和守卫他们。我放一支响箭通知他们，我们到了。"

这个向导向天空中射出一支响箭。响箭的呼哨声尖厉、嘹亮、悠长，在空中划过一道痕迹，仿佛刺破了正在变得暧昧和晦暗的天色。

正在这时，我感到脑后生风，我眼疾手快，偏头一躲，有一支飞箭擦着我的耳朵飞过，射中了一棵道边的白杨。接着，我就听到了一阵马蹄杂沓的声响，三团黑影从我们的马队边疾驰掠过。

我明白了，那是一直跟随我们的人，对我们发起了袭击。不知道他们有几个人，只听到"哎呀"一阵惨叫，我的两个骑手和一个向导已经中箭，倒下了马。

这一切发生得非常迅疾，我大喊："有敌人！"但为时已晚，那几个黑衣人已经像一阵风跑到前面去了。

如血的残阳变得暗淡，覆盖在树林之上。我下马察看中箭的三个人。他们的白衣上鲜血汩汩泅出，一个向导已经死去，另外两个，是和我休戚与共、一路西来的武士桓婴和周嵘，他们受箭伤很重，处于弥留之际。

我悲愤至极，想到自身的使命，不敢懈怠，让另一位武士在一棵大白杨树下看护三个伤重者和亡者，然后我快马加鞭，继续追赶黑衣人。

前面是一片胡杨树林，一座庙宇的屋顶在一处高坡上隐现。一群黑鸦和黄色的鸟忽然从胡杨树林里升腾起来，不知道是受到了什么惊扰。

我们的马刚刚靠近胡杨树林，一个黑影飘了出来，手拿一面铜镜，铜镜射出一道金红色刺眼的光芒，马惊得一下子跳起来，把我掀翻在马下。

等到我睁开眼，就看到他已经飘到我的跟前，手持长剑向我刺来。我挥刀斜劈，一刀砍在了他的腰间，咔嚓一声响，我砍中了他腰间的那面铜镜,又是一道金红色的光芒射过来,让我眼花缭乱。我赶紧后退,和敌手拉开距离。那个黑衣人裹着黑头巾,右手持剑,左手晃动着一面铜镜,铜镜光芒刺眼,我的眼睛生疼。

世界仿佛凝固了片刻,又立即沸腾了。那时我们猛地冲向了对方,就像是两股旋风那样斗在一起。我们跃起,伏身,脚下画出了半圆和椭圆形,掀起了黄沙阵阵。

在我们的四周,胡杨树像是一群苍老的人,在观望着我们的决斗。

那个黑衣人身手不凡,他身上有多面铜镜,随着他身形的变化,剑法的迭变,他身上的铜镜也能射出不同的光,刺中我的眼睛,让我心神不宁。

一个向导惊恐地爬上了一棵胡杨树,他在高处看着我们。我的另外两个武士加入战斗中,我们三个人和那个黑衣人缠斗在一起。这个黑衣人显然武功高强,剑法出众,比我的武士要技高一筹。

我们三个人和那个黑衣人打了一阵子,打成了平手。我很着急,必须要使出剑阵了。我口中念道:"三三进一!"

凛然一跃,我们三人一起后退,然后呈现三角形包围圈,等到我们的脚落下来,在三个方向分别一剑刺去。三三进一,就是三个方向的剑都刺向一个目标,目标将非死即伤。此时,那个黑衣人在我们的包围圈里,我们三剑同时向他刺去。

只见他凌空而起,一跃升空,手中的长剑被我击落。半空中,他手里忽然握着好几面铜镜,一边敲击,一边挥舞着,金红色刺目的灼热光柱击中了我们,我们就像是被灼烧了一样,很疼。

就在那一刻,他翻身落下,太阳沉入了大地,如血的残阳蓦然消失,铜镜的光忽然不见,我的两个武士分别捂住了自己的左眼和右眼,而一刹那间我扑身向前,将手中的刀横着扫过,咔嚓一阵脆响,已经将黑衣人拦腰斩下了。他下半个身子双腿还在乱蹬,上半身已经无法挪动了。

我走过去,扯掉他缠头蒙面的黑巾。我的两个武士各捂着刚刚被灼伤得火辣辣的一只眼睛,围过来看。

我说:"你们看,这是来自中原汉地的人。你们认识他不?"

"不认识。"我的武士许雄从黑衣人身上摘下来两面铜镜,翻来覆去地看,"这玩意儿竟然能射出光来,扰乱我们的心神,刺痛我们的眼睛。他们是道观里的妖人吧?"

武士邢田说:"嗯,看装束,是道人。这说明,三个黑衣人是受人指使、武艺高强的刺客,一路跟随我们从汉地赶来,目的就是阻挠我们接回小皇亲兄弟的任务。现在,小皇亲兄弟俩的安危最要紧,我看他们的目标,就是杀掉小皇亲兄弟俩。"

我点了点头,"你说得对,还有两个黑衣人,他们已经赶到我们前面了,想必正在寻找王子兄弟下毒手呢。"

此时,树上躲着的那个向导也过来了,他说:

"要赶紧去找到王子兄弟,他们就在小庙里。"

正在这时,我们听到树林里发出了一阵阵的惨叫。好像是妇人惊恐的呼喊声。

我说:"快!我们赶紧去那边。"

我们三人立即飞身冲入胡杨树林。此时,太阳已经落到了大地之下。地底的深处正在变得黑暗,暮色浓重,如同墨汁洇开,夜晚在加速到来。我们的马在胡杨树林里跑得很慢,距离小皇亲兄弟藏身的小庙很近了。

忽然,我们头顶的树上有异常的响动。我说:"小心!"晦暗的视线里,我看到胡杨树上有一团黑影,飞速跳跃着从我们右边斜刺里冲过来,一下子把武士邢田撞下了马,邢田的头部被黑衣人左手的短兵器击中,他右手的长剑被我挡住。

我和这个黑衣人在树上斗在一起。胡杨树树干粗大、笨拙,虬枝举天。此时,一阵阵风吹来,我知道邢田已经不行了。

那些个黑衣人个个都来者不善,善于偷袭,武艺高强。他们一路上跟我们一行,走了这么远的路,想必一直在琢磨如何和我们战斗。这一场交手,我已经损兵折将好几人。

在胡杨树的树梢之上,我和他一黑一白,腾越而起。一阵阵小风吹拂过来,就像是在波涛汹涌的湖面之上,我们继续搏击。忽而,我们隐入胡杨树下,在地面上打斗,他左手拿着一柄天蓬尺,右手持剑,脸部蒙着画有白色伏魔符的黑巾,显然是有备而来。

另一个向导和武士许雄快速向树林内的小庙赶去,我和眼前这个手拿天蓬尺的黑衣剑客斗在一起。

胡杨树林在暮色中显得更加晦暗,我和他刀剑相击,火花四溅。我们在树下展开了最后的决战。围绕一棵树,他追我我追他,就看谁追到谁的后面。我们唰唰唰盘旋了三周,他的动作迟滞下来,我追上了他。我的刀并不含糊,也不留情,刀头斜砍过去,将他的脖颈咔嚓斩断。

我赶紧向前面的小庙赶过去，我听到了那边的厮杀声。

等到我赶到小庙跟前的时候，看到的景象令我惊讶。在黄泥小庙周边的胡杨树上，挂着几盏风灯。风灯大致能照耀出附近的轮廓。武士许雄已经倒在血泊中，那个向导惊恐地骑马在树林里乱转，一个黑衣人正在追杀他。

我又损失了一员大将。我向那个黑衣人投去了一柄飞刀，只见那个黑衣人左右一挥，一团黑乎乎的东西将我投过去的飞刀磕击落地。

我似乎看到他挥舞的是一枚方头的铜印，这是典型的天师印。显然，他是领头的，这天师印是他的绝门武器。

我腾跃而起。他的右手拿着一柄剑，和我斗成一团。

我和他打斗，他善于在地上旋转、滚动，左右手来回挪移的天师印势大力沉，非常凶狠，就像是神出鬼没的一条大蛇。蛇头就是天师印，从各个方向向我袭来，砸在我的刀上，一阵阵叮当作响。

我的刀法凌厉，并不含糊，刀刀见肉一般砍向他。刀花在眼前令人战栗。

现在，就只有我和他在战斗了，许雄刚才就倒在了血泊中。看不到树丛里的那个向导了，他一定躲在一边偷偷观瞧。

小庙就在眼前，黑衣人戴着面具，面具是黑布上画着白色的虎狼牙。他手里的天师印砸在我的刀背上，发出咔嘟咔嘟的响声。

我和他斗了半个时辰，没有分出胜负。终于，我找到他的一个破绽，一刀斩断天师印的铁链索，近身又一刀，从他的胸骨刺入，向上一撩，他的上半身被我剖开。这电光石火的一瞬，我赢了。他大叫一声，倒地而死。

尼雅四锦

我把沾血的刀身在黑衣人的身上擦拭了几下，收入刀鞘。凛然观瞧。

我喊了几声，那个惊魂未定的向导才从树后现身。我们赶紧将风灯取下来，走向黄泥小庙。进去之后，看到了一片凌乱的场景。眼前有几具尸体横七竖八地躺在那里，还有一具像是占星师石中的尸体。他们都死得很惨，一看就知道，他们是被那个拿着天师印的黑衣道人给杀害了，脑袋都被砸破了。

向导说："他们都是平时服侍我们小王子的人——还有一个就是石中的尸体——"

我说："快进去看看，关键是赶紧找到我们要找的兄弟俩。"

我们赶紧进入小庙的内里寻找。

小庙有好几间屋子。在内屋的土炕上，躺着两个人，我上前一看，是两个少年。我摸了摸脖颈，身体都凉了，没有丝毫的脉象，显然，他们已经死了。我一看他们身穿的衣服，一个穿着带有汉字"长乐大光明"的锦裤，还有一个戴着"河生山内安"的锦帽，这不就是我千辛万苦要找的临川王的两个儿子吗？我愣住了。

临行前，临川王的夫人就交代我，要是见到穿着这样一身锦衣锦帽锦裤的人，就是他们的儿子兄弟俩。啊，我迟了一步，他们就被从汉地前来的黑衣刺客杀死了，我这一次的任务彻底失败了！

我大叫了一声，一拳砸在墙壁之上。

向导小心翼翼地走过来，拿着风灯照了照炕上的两个人。"大人，他们两个是精绝国的王子兄弟，不是你们要找的汉地小皇亲兄弟！"

我一听他这么说，有点晕了："不可能吧？我是只认衣服不认人。他们穿着的是有汉字的锦帛衣帽，那是他们的母亲给他们的衣服，是我辨认他们的唯一依据。"

向导说："大人，您认识那两个小王子吗？"

我说："我不认识人，可我根据这锦帛衣裳来判断，就是他们俩。"

向导说："大人，这两个真的是精绝国的王子兄弟。他们四个人一直在一起学习。你看，我仔细辨认了，他们是精绝国国王的两个儿子。他们俩我都认识，就是这两个人。"他大哭起来："我们精绝国王的两个儿子，被杀了！"

我愣住了，完全不明就里。我仔细察看这两具少年的尸体，高鼻深目，皮肤黝黑，的确像是精绝人，不似汉人。

我说："那我们的小皇亲兄弟俩呢？赶紧再找一找。"

我们在四周找了半天，已经没有一个活人了。庙宇周围都是尸体，妇人的、守卫的、侍者的。我们继续寻找，终于在庙宇后面的一间草棚里，发现了我要找的兄弟俩。他们在干草垛的下面，闷不出声，吓得瑟瑟发抖。

找到他们俩了，我长舒了一口气："你们不要怕，我就是来接你们的，我们可以回家了。"

我带着手下的武士童今、范建，还有两个小王子，和向导一路往回赶。

我们把死去的武士桓婴、周嵘、邢田和许雄，还有占星师石中以及两个精绝王子的尸体，都用毛毯裹起来扎好，绑在马背上，一边一个,一路快马,返回精绝城。至于其他死去的人,我们没法去收拾掩埋。而那几个身手不凡、被我们击毙的黑衣道人,既然不知何所来,我们也就不管了,也都留在那片沙海之中,慢慢与大地融为一体。

我们沿着尼雅河河道向南走。到达精绝国城门,城门大开,天色大亮,国王听说我们回来了,赶紧出来迎接我们。精绝国王后出来,一看到她两个儿子的尸体,就大哭不止:"我的王子啊——"顿足捶胸,嚎啕大哭。

精绝国国王脸色黯然,久久说不出话来。

我很诧异,穿戴织有"长乐大光明"和"河生山内安"字样的锦裤和锦帽的两个人,怎么是精绝国国王的孩子呢?这不是张冠李戴了吗?他们可能因此死于黑衣人之手,精绝国遭此大难,而我们临川王的两个儿子,却毫发无损,这是怎么回事?

王后被搀扶下去,精绝国国王以泪洗面,说:"张标将军啊,你们的两个小王子在我们精绝国毫发无损,现在,你可以把他们安全地带走了。"

精绝国国王一挥手,掩面痛哭,泪如雨下。我上前施礼,试图安慰他,可不知如何说起。我说:"不,国王陛下,我要参加完两个精绝小王子的葬礼之后,再带我们的两个小皇亲兄弟离开这里。战死在这里的,有我的四个武士兄弟,还有占星家石中先生,也要长眠在这里了。"

我明白,精绝国国王两个儿子的死,换取了临川王两个儿子的生命。

过了几天,是精绝国两个死去的王子下葬的日子。我们参加了精绝国小王子的葬仪。

两具独木棺材,一大一小,他们的年龄和临川王的两个儿子年龄相仿。长兄穿着"长乐大光明"锦裤,弟弟戴着"河生山内安"的锦帽,他们死去的面容经过了清洗和化妆,显得栩栩如生,就像是睡着了一样。

临川王的两个儿子扑倒在棺木跟前,大哭不止。他们是最好的玩伴,在一起生活、学习了两年多的时间。

两个精绝小王子的尸体被放入一段胡杨树干凿空的棺木中,在城北的王家墓地下葬。同时下葬的,还有跟随我一起前来迎接小皇亲兄弟的武士桓婴、周嵘、邢田和许雄的棺木。

这个时候,在遥远的天边,刮起了一阵沙暴。粗大的沙粒扑打在我们的脸上。葬仪在快速进行,整个精绝国笼罩在一片哀悼的气氛里。看着沙暴袭击着我们的葬礼,精绝城内外,天地之间一片玄黄。

精绝国国王说:"天气越来越坏了。尼雅河的河水也时断时续。看来,精绝国要往河的上游迁徙了。"

几天后,我和武士童今、范建,带着我们迎接回朝的刘姓小皇亲兄弟,告别精绝国送行的人们,上马而去。

我们的马队离开精绝国城池,我转身,却看到精绝国已被席卷在一片漫漫黄沙中,变得十分模糊。

这个时候,我问骑在马上的小皇亲兄弟中的哥哥,为什么,那汉锦长裤和帽子,穿戴在了精绝王子兄弟的身上了呢?

他告诉我:"就在出事的前几天,石中先生观察天象,见到几颗星都聚集在西方。他说,你们看,星象有异常,大不利。有人要来找你们兄弟俩,天象是凶兆。精绝国王子兄弟听了,就和我们互相换了衣服,他们俩假扮我们,并把我们藏到庙宇后面的柴房里。后来,就发生了他们被黑衣人杀死的惨事——"

小王子泪如雨下:"是他们俩救了我们俩。我们的命,是精绝王子的命换来的——"

原来如此。我长叹一声,不知说什么好。

我们的马队疾疾而行,离精绝国越来越远。两个小兄弟也是几步一回头,非常不舍。毕竟,他们在这里生活了两年的时间,而他们的玩伴、老师石中先生,连同他们的记忆,都埋葬在了精绝国。

我也猜想,精绝国国王很可能会下令全国迁徙,沿着尼雅河向上游走,搬迁到水量多的地段去。精绝国无论城池还是农田,都遭遇了大旱,太缺水了。

我们快马加鞭,向中原赶去,回程的路是迢迢大路,不知道还会经历怎样的千难万险。

三锦:"王侯合昏千秋万岁宜子孙"与 "延年益寿长葆子孙"锦被

我来给你们讲讲浪荡子沙迦牟韦的故事,这是很多年前的事情了。我是沙迦牟韦的好朋友帕特罗耶。他的故事很精彩,前后我都了解,虽然被精绝人口口相传,传得五花八门的,但只有我说的才是最可靠的。当然,信不信由你了。

在精绝城,能听到的离奇事很多。精绝城外的那条从东到西、长达万里的大道上,每天来来往往的人很多,他们在精绝城歇脚住店,带来了很多新鲜事。何况精绝城很小,人们闲极无聊,就喜欢聚在餐馆、旅店和一些作坊边,东拉西扯。

好了,我接着说沙迦牟韦的故事。他爸爸詹左,是精绝城有名的制陶工匠,制陶手艺远近闻名,烧造的陶器在各路客商那里很受欢迎。那些从遥远的撒马尔罕盆地骑着马、牵着骆驼前往长安和洛阳的粟特商人,那些从东边汉地前往康国、安国和大食的远行客,都喜欢在精绝城购买詹左的陶器,比如罐子、盆子和陶碗什么的,带在路上用。他们说,詹左烧造的陶器一是结实,二是花纹非常美丽,不仅有各种花卉，还有一些奇怪的动物，带着他烧造的陶器走在路上还能辟邪。

这种传说有利于詹左声名远播。他凭借自己的手艺，积累了一些财富，给儿子沙迦牟韦娶了个媳妇。那是一个大脸盘姑娘，叫黎帕娜，是一个麻脸女人。小时候出过天花，差点死了，不过运气不错，活下来了。沙迦牟韦不喜欢黎帕娜，但她是父亲请媒人说的亲，他不喜欢也没有办法，只好和她结婚。再说了，在精绝这么一个小地方，能选择的女人也很少。然后，他继续在父亲的陶器作坊里干活。

詹左有一张黑红的脸膛儿，鬓角很浓。他每天都在自己的陶器作坊里忙活，沙迦牟韦就帮忙搬运陶器坯子，运到烧窑里去烧制。父子俩每天都干得热火朝天、汗流浃背的。詹左希望儿子能继承他的制陶手艺，可沙迦牟韦对此不感兴趣，一有时间，他就溜出去闲逛。我知道，从小他就很顽劣，养兔子、遛狗、抓鸟、捞鱼，他都在行。他还会在集会的时候表演吐火，最近，又迷上了踩高跷，就像是他的双腿突然长长了似的，踩在高跷上在精绝城里走来走去，很是招摇。

沙迦牟韦喜欢到我的葡萄园里来玩。远远地，我看着他踩着高跷过来了，就像是一只巨型的长腿蚂蚱那样的怪物。

我的葡萄园在尼雅河边，葡萄的长势很好，他下了高跷，脸上有很羡慕的表情。他说："我也想有一座这样的葡萄园。我不想做陶器，那个活太累人了。"

我说："什么活儿不累人呢？你踩高跷不累呀？"

他笑了笑，说："我踩高跷，是想站得比别人高，看得比别人远。问题是，我逃脱不了我自己的生活，我一点也不喜欢我老婆黎帕娜。她每天盯我盯得很紧，我跑到你这里来，回去后，她都要仔细问。"

"你是不是嫌她的脸上麻子太多了？可她也给你生了一个女儿啊。"

说到了女儿，沙迦牟韦的眼睛黯然了。"我那个女儿，生下来好像脑子就不好使，很笨。我这一生算是完了。"他叹了一口气，"我本来想远走高飞的。"

"你想去哪里？"我打理着葡萄枝，问他。

他愣了一下，说："龟兹、敦煌、长安和洛阳啊，反正越远越好。难道你不想去远方看一看？"

"我哪里也不想去，我有这座葡萄园，哪里也去不了。"

沙迦牟韦的故事就这样从我的葡萄园开始了。话说沙迦牟韦和黎帕娜结婚之后，他那间房子，和与精绝国安归迦王有亲戚关系的贵族左多的宅子背靠背，紧挨着。左多是贵族，他的钱多，宅子也大，有十几间房子，还连着一座后花园。左多和沙迦牟韦的年龄差不多大，新娶了一个老婆叫善爱，很漂亮。善爱的父亲苏达罗是精绝国大佛寺的守门人，瞎了一只眼，家境并不宽裕，把善爱嫁给精绝国贵族左多，这对于苏达罗来说算是结了一门好亲事。所以，那段时间我去大佛寺礼佛，看到守门人独眼苏达罗总是一副神气活现的样子。

左多这个人喜欢穿丝帛衣服，他穿得起。他还喜欢喝葡萄酒，喝醉了就打善爱。这些都是我后来才知道的，当时，我们都不知道这些家庭琐事。有些事情就是这样，有因有果，等到所有的事情都发生了，然后联系起来一看，啊，原来是这样的，我的脑子就开窍了，恍然大悟，就都明白了。

有一天，沙迦牟韦从陶器作坊里溜出来，和我在葡萄园里聊天。

"人生有时候就是一场梦,一个幻觉。"

我很吃惊他这么说:"那又怎么样,即使是一场梦,我们也要在梦里成为主人。"

他叹了口气:"可遥远的理想生活不仅是个梦,还在很远的地方。"

忽然,我们都看到,在尼雅河边的树荫下,匆匆走过来一个姑娘,她穿着鲜艳的裙子,快步走到河边的一棵桑树下,开始哭泣。她手里拿着个绳圈,肩膀一抽一抽的,似乎很伤心。

沙迦牟韦看了一会儿,说:"哎哟,那个女子,是不是要投河自尽或者上吊自杀?我去看一看。"他吐掉嘴里的一块葡萄皮,向那个女子走过去。

站在我家的葡萄藤下,我远远地看着沙迦牟韦走过去。他坐在那个女人身边不远处,和她说话。起初,她不理会他,过了一阵子,两个人似乎开始说话了。之后,沙迦牟韦挪了挪屁股,和她挨得更近了。不知道他在花言巧语些什么,后来两个人站起来,沿着河边桑树下那条小路,越走越远,直到看不见他们了。

我当时看到的就是这些。过了几天,沙迦牟韦又来到我的葡萄园,这一次他没有踩高跷,因为高跷还在我这里呢,他忘记拿走了。我说:"你来取你的高跷?"

他的表情很神秘,他说:"不是的,帕特罗耶,你得帮我一个忙,我们是最好的朋友对不对?"

"那当然了。我们是最好的朋友,你干什么,我都不会告诉别人。"

沙迦牟韦说:"那天,坐在河边哭泣的那个女人,是左多的老婆,她就是善爱。左多喜欢喝酒之后打老婆,天天打她,把她打得受不了了,就跑到河边桑树下哭,想上吊自杀。那天,我在她身边劝慰了半天,她才好起来。不过,我必须实话实说,事情发展得很快。我和她简直是,就是那种,怎么说呢,就是一下子,我们的身体燃烧起来,心里的火苗子也窜起来了。我喜欢她,她喜欢我,我们就什么事情都做了。可是,你知道她是左多的老婆,这我也知道,我自己也有一个麻脸老婆黎帕娜,她也知道。现在的难处就是,我不知道怎么办了,因为,她马上就要来你的葡萄园,和我在这里幽会。我们只能在你这里幽会。你说,你要不要给我保密?"

我一听,完全惊呆了。沙迦牟韦这家伙太会勾搭女人,才几天就发展得这么快。"我就知道,你的巧言令色能让任何女人上你的当,何况,她还是一个被丈夫暴揍的女人。问题是,你要想好了,有些事情一旦你跨出了第一步,再回头,就没有可能了。"

沙迦牟韦愣了一下,他的表情很果决:"她只能到这里来和我相会,帕特罗耶。我的好兄弟,你最好避一避,在外面给我们放哨,把时间和空间都留给我们,好不好?"

我一听,又好气又好笑:"我的葡萄还需要我打理呢。内心的火焰是浇不灭的,除非死亡的阴影把它覆盖。记住,这事可能会带来鲜血和死亡。"这时,远远的,我看见善爱正从河边的树荫下走过来,款款挪步很是轻盈,但也有点紧张。我说:"她来了。"

善爱是有名的精绝城美女。因为长得太美丽,老是有人打她的主意。她一出门,就有精绝城的坏少年围着她打呼哨。苏达罗就把她关在屋子里,不让她出门,我们都好几年没见过她了,一直到去年,她嫁给了左多,在婚礼上我们才看到了她的面容。不过,那也是惊鸿一瞥,当时,在婚礼的酒席上,花花公子左多一下子掀开她脸上的盖头,我们都惊呆了,善爱长得实在是太美丽了!大大的眼睛长长的眉毛,细细的腰身小巧的嘴巴,左边的脸颊上还有一个粉嫩的酒窝。哎哟,我们正在惊呼的时候,她一下子又把盖头重新盖好,我们就又看不到她的脸了。

那天,善爱来到葡萄园,我真的躲开了。我把空间留给了他们俩。我看护葡萄园的地方是一间草棚子,能遮挡阳光和目光,厚实细密的葡萄藤遮蔽着一切,从外面什么都看不见。

过了好久,我回到草棚子里,发现他们俩都不见了,只是我铺在地上的席子很凌乱,有些奇怪的气味,说明他们是真的在这里热烈地幽会了。一支离弦的箭射出去了,还能再回头吗?一盆泼出去的水倒在地上,还能回收吗?我摘下一串葡萄,吃了一颗,非常青涩的生葡萄,苦涩的味道在我的嘴里弥漫。

我想,接下来,这沙迦牟韦和善爱该怎么办呢?

奇怪的是,自那天之后,后来,他们没有再到我的葡萄园里来幽会。我有些纳闷,沙迦牟韦也不在我的葡萄园里出现了。我很期盼他出现,踩在高跷上,突然就从半空中、在葡萄藤之上漂移过来,很令人惊喜。可我看过去的视野总是空茫的,连一只鸟也没有飞过,更没有沙迦牟韦出现。

过了一些日子,沙迦牟韦骑着一头灰驴,来到了我的葡萄园。他的这头驴很乖,双眼皮,长得很美丽。我很喜欢他这头美丽的驴。我说:"你终于出现了,我很关心你和善爱的情况,你最近都跑到哪里去了?"

他跳下驴背,让那头可爱的母驴自己去吃草。"我在恋爱啊。帕特罗耶,我来找你,是想问你借点钱,我要带着善爱远走高飞。"他嘴里嚼着我的葡萄,眼神很欢快,"可我的钱都在我爸爸那里,他不给我。"

我问:"你们现在关系怎么样了?怎么不来我的葡萄园了呢?"

他笑了,看看左右无人,小声说:"告诉你吧,你绝对想不到,我家和左多家不是背靠背的邻居吗?只要左多不在家,她就会在晾衣杆上晾晒她自己的衣服,这时候我老婆出去闲逛,我就能踩着高跷,隔着墙和她说话。老是这么隔着墙说话,还要偷偷摸摸的,我很不甘心,就对她说:'干脆,我从我家的储藏室下面,挖一条地道,一直通到你家床底下,怎么样?'她一听,一开始吓坏了,以为我真的要这么干,就好几天不出现了。都快把我急死了。她也不能出门,我也不能去找她,不然,左多会起疑心的。"

我问:"左多还打善爱吗?左多娶了这么漂亮的老婆,老打她干什么呀?"

"打老婆嘛,对左多这种男人来说,就是为了表现善爱是他的拥有物。他打得非常凶,有时候,隔着墙,我能听到善爱就像是被狗咬了一样,撕心裂肺地大叫。左多这个人就是一个疯子,他喝了酒,在院子里追打善爱,善爱就转圈跑,被他抓到就会挨打。我很焦虑,很着急,可我老婆黎帕娜似乎有所察觉,每当善爱的哭声传过来,她就盯着我的脸看,要看出我内心的活动。我就装得像是大佛寺里的那尊佛一样无动于衷,充耳不闻。可那时候我的心在流血,我痛苦极了。"

"我觉得你从地下挖一条通道,这个想法很好。起码可以挖到她家的羊圈里，你在那里和她相会。"我现在觉得他那个奇思妙想可行。

他很得意："不用挖了，就在昨天，我们隔着墙说了几句话。她很急切，同意和我一起私奔，远走高飞。"

我说："我佛慈悲啊，为啥要私奔？你和黎帕娜分开，和她结婚不就得了？"

"不行的，她丈夫左多不会同意离婚，而且还会杀了我。他是个贵族，很讲颜面。我把他老婆抢走了，他肯定饶不了我。这件事就只有你知道，今天我来看看你，你给我借点钱，我肯定会还给你的。"

我取出一个陶罐，那里面是我父亲给我存的钱。圆圆的银币，一大堆呢，钱币两面还有汉字和佉卢文。"我就这些了，都给你。你说说，这个善爱有那么好吗？你是真心喜欢她？我可打小就知道你，喜欢什么都是一阵子风，过去了，就啥也没有了。"

他说："这次不一样，我很喜欢善爱呀，一开始我没有想要怎么样。但后来和她相处，她让我燃烧起来了。我的心里真的有了一种爱，对她的爱。她美丽、火热，就像火焰融化糖块那样，把我彻底融化了。这个女人改变了我，让我有了责任心。本来我对我老婆都没有责任心，你是知道的。她确实很好，我们两个人很相爱。我们要永远在一起，可没有办法，只有逃离精绝城，远走高飞，我们才能摆脱所有的羁绊。"

这时，我想说，我也很想逃离精绝这个小地方。在这座城里一抬头，看见的只有遥远的天边那黑色的山峦，冷酷而无趣。此外，就是戈壁和沙漠不怀好意地包围了一切，令人绝望。幸亏还有尼雅河，这条河使得我们的生活里有了水；幸亏还有桑树林和葡萄园，还有那条来来往往的万里大道。

我说:"你们走吧,我支持你。"我把钱哗啦啦装进一个布袋子。那些钱可能够他花一阵子的了,好朋友在关键时刻要两肋插刀。他是不是要去长安或洛阳呢? "你们要私奔到哪里去?我还是觉得,你和她只是苟且,瞎搞一阵子,热情劲儿没了,就散了,不会长久。"

他深沉而严肃地看了我一眼:"不是的,帕特罗耶。我们现在如果一天不在一起,就十分想念对方。这种感觉现在越来越强烈了。而每一次左多打她,就像是打在我身上一样。我们都受不了这样的煎熬,必须远走高飞。"

"嗯,这是真爱了。你们是真爱了,可你老婆黎帕娜怎么办?"

他忽然感到焦虑:"我现在也担心我那个麻脸老婆她会怎么办,我那个傻女儿怎么办。况且,左多知道之后也会杀了我。所以我和善爱必须尽快离开这里。"

我说:"既然这样,你就走吧。把这把刀也带上。"我递给他一把匕首。

他看着我,接过我的那把刀,抓住了我的手:"帕特罗耶,你可真是我的好兄弟啊。我可能还真是只有这么一条路可走了。再见,我的好兄弟,借你的钱,我肯定会还给你,不管我在哪里,我肯定会还给你。"

我和他拥抱,啥也不说了。之后,他去追赶他的驴,然后骑上去,在葡萄藤下消失了。

那是沙迦牟韦在我的视线里消失之前的印象。第二天,轰动整个精绝城的事情，就是沙迦牟韦和善爱的消失。一开始，还没有人把他们的消失联系在一起，但大家在晚上关闭的城门附近发现了沙迦牟韦丢弃的高跷。左多家的围墙下面出现了一个地洞，那是沙迦牟韦挖的，善爱就是从这个洞里钻出来，逃脱了左多的魔掌。看来，沙迦牟韦还真的挖洞了。这样事情就清楚了，这一对男女是一起逃走了。

到了晚上，全城的人都在说着这件事。可没有人看到他们往哪个方向走掉了。他们往东、往西、往北的可能性都有，就是不可能往南走到大山上。大山里有凶狠的苏毗人，他要是带着善爱去山里，会被苏毗人用斧头掀掉天灵盖，脑袋被做成喝水的碗。

这个季节，我的鲜葡萄上市，被买家买去做了尼雅葡萄酒。还有些葡萄摘下来后在晾房里晾着，那是要做成葡萄干的。我很忙，我的葡萄园里少了沙迦牟韦，令我倍感寂寞。

第二天，我在昆格耶的烤羊肉馆子里吃烤肉串。老板昆格耶亲自为我服务，拿来了大串的红柳木串烤羊肉串，问我："帕特罗耶，你肯定知道沙迦牟韦和左多的老婆善爱跑到哪里去了，对不对？你们是好朋友，你什么都知道吧。"

旁边吃烤肉的家伙都齐刷刷看着我。他们知道我打小就和沙迦牟韦混在一起。我说："是左多的老婆跑了，我啥都不知道，你应该去问他。"

昆格耶说："你们是从小混在一起，长大了也是勾肩搭背的浪荡子啊，所以，我问你呢。"

我耸了耸肩膀，说："我真不知道他们去哪里了。去长安了去洛阳了，谁知道呢。去康居了去楼兰了，谁能看见？去焉耆了去龟兹了，也是可能的。总之，他们俩是一起跑掉了。"

实际上，我说这些话的时候，想起来那一天在葡萄园里，沙迦牟韦和我看到远处的尼雅河边走过来的善爱在那里啜泣的场景。从此，沙迦牟韦就和善爱展开了他们的爱情故事，这是我看到的开端和发展，我内心为他们高兴，为他们的勇敢、决绝和热烈，而精绝城大部分人都是胆小怕事、庸俗不堪的家伙。

那天，很多人看到左多赤裸着上身，喝醉了，手里拿着一把刀在街上挥舞。后来，他跑到詹左的陶器作坊里，带着他家的几个奴仆，一起把詹左的陶器作坊砸得稀里哗啦的。

詹左坐在一棵胡杨树墩上，扶着脑袋唉声叹气，对儿子沙迦牟韦闯下的大祸愤恨不已。詹左很生气，他既生儿子沙迦牟韦的气，也生左多的气，但他没法说话，任由左多拿他的陶器作坊来撒气。

精绝国很小，也就几千人，好事不出门，坏事传遍城。很多人都跑出来看热闹，我也在这些人里面，心情特别复杂。我们听着詹左的陶器坊里面稀里哗啦响，左多嗷嗷叫着，就像是一头撒野的公牛那样冲撞，把陶器坊砸得稀巴烂。后来左多又冲出来，向着詹左跑去，想打他，被我们拉住了。"你找错人了。左多，你应该去找沙迦牟韦算账，是他拐走了你的老婆。"有人哄笑着。左多只好作罢。

事情还没有完。左多砸烂詹左的陶器坊，刚过了一天，善爱的父亲苏达罗也来找詹左的麻烦了。苏达罗本来就瞎了一只眼，为了另外一只眼好使，防风沙，他戴了一只红铜眼罩，看上去就像是一个红独眼怪物。他来找詹左，要詹左把他的女儿善爱交出来，因为是詹左的儿子沙迦牟韦把她拐走了。

这下子詹左不干了，他和苏达罗两个人年纪相仿，身材也相当，就像是两头野牦牛那样，一下子冲撞在一起："你胡说！是你的女儿把我的儿子拐走的！我还要找你算账呢。"

"当然是你那个不争气的儿子，浪荡子沙迦牟韦把我的宝贝女儿拐走了！我要你赔钱！赔钱！"

"你应该去找左多要钱才对，你嫁女儿得到的嫁妆还少吗？左多打你女儿，把她打跑了，你应该去找他要赔偿啊！你是不是脑子有病啊？"

两个老壮汉撞在一起，众人拼命拉才拉开。

这还没有到热闹的高潮呢。忽然间，传来了消息："不好啦！沙迦牟韦的老婆黎帕娜在一棵桑树边上吊啦！詹左、苏达罗、帕特罗耶，你们还不赶紧去看看！帕特罗耶，你是沙迦牟韦最好的朋友，朋友的老婆寻短见上吊，好朋友必须管到底！"都是起哄看热闹的。他们几个人冲着我喊着，把我弄得很尴尬，我不得不去看看到底发生了什么。

在桑园里面，一些女人围着从桑树上解救下来的黎帕娜。她躺在一块毡子上，没有死，已经缓过来了，呜呜地哭。我看到桑树上有一条白色的长布巾在飘，那是黎帕娜用来上吊的。她是真的在这里上吊了。可我很纳闷，这河边人很少，她怎么能让人发现她在上吊呢？我也想不明白。

不管众人如何反应，精绝城如何沸腾、有了谈资，沙迦牟韦和善爱私奔之后，一去不返，毫无踪迹，谁都不知道他们去了哪里。总之，他们是远走高飞，杳无音讯。

就这么过去了好多年，眼看着精绝国的人死了一批，又生出来一批。老国王去世了，马希利当了国王也过去了好几年。人世间的事情就是这样，人来人往，生生死死，循环往复。

就在这年的年底，我，帕特罗耶，和一个女子结婚了。她是从乌孙跑过来的没有父母的女人。我们婚后很快生了一个女儿。

随着时间的推移，我发现精绝城的老鼠越来越多，个头很大，几乎都成了精，看到了人以后还能站起来，冲你做鬼脸。我的葡萄园葡萄树下面的洞里也都是老鼠。尼雅河的河水似乎在减少，水量不像往年那么大了。我在城里有个店铺，粟特商人运来的老鼠夹子，在我这里卖得很好。

我马上要说到沙迦牟韦回来的故事了。沙迦牟韦这个人虽然很顽皮捣蛋，但他欠我的钱，一定会还给我的。怎么还？当然是要当面还给我。

有一天，在精绝城门口，忽然一阵骚动，引发了众人的围观。大家眼看着一辆四轮马车在一个缠头的马车夫的驱使下，哒哒哒哒进城了，不知道是从哪里来的。看架势，不像是大汉的信使，也不像是康国的商人，更不像是苏毗人的偷袭。

那辆马车进城之后，一口气跑到詹左的陶器作坊门口才停下来。缠头的车夫把缠头解开，露出了脸。

众人一看，认识这个人的人就大叫起来，他竟然是沙迦牟韦！接着，车门打开，帘子掀开，从车里又下来一个人，众人眼前一亮：这个风韵犹存的漂亮女人，竟然是善爱！接着，一个男孩蹦跳着下车了，他们俩还带回来一个八岁的儿子。

此时，詹左还活着，指挥着几个伙计在陶器坊烧造陶器。他的陶器作坊当年虽然被左多砸了一次，可很快就恢复经营了。法官当年还判左多赔偿了詹左的全部损失。再说了，詹左这样的能工巧匠，只要他不死，他就会一直干下去，精绝国王室用的都是他制作的陶器。

看到儿子沙迦牟韦时隔十年突然回来了，詹左惊呆了。

"凯度多，快叫爷爷。这个老头是我爹，是你的爷爷。"沙迦牟韦笑眯眯地呼唤着小男孩。

詹左激动万分："沙迦牟韦，是你吗？我的儿子，你回来了？这个小家伙，竟然是我的孙子？善爱，你还好吧？"他上前拥抱了沙迦牟韦，又摸了摸走过来的漂亮男孩凯度多的头顶，又向善爱打招呼。善爱也很大方，她上前施礼。

我们闻讯都赶过来了。精绝城十年之间，人口还是几千人，几乎没有增加没有减少。好事不出门，坏事传遍城，大家都知道沙迦牟韦回来了。可沙迦牟韦回到精绝国，是坏事还是好事呢？

沙迦牟韦见到我，很高兴："帕特罗耶，你胖多了，结婚成家了？"

"当然，我结婚了，娶了一个乌孙女子。我还有了一个女儿，开了一家红酒店。我卖尼雅红酒、葡萄干和农具，还有捕鼠夹。喂，沙迦牟韦，你这个二愣子老混蛋，这么多年，你们跑到哪里去了？又怎么想到回来呢？"我很激动，和他拥抱着，用力锤打他的后背。

等到寒暄完了，和所有认识的人都打了招呼，在詹左的陶器坊铺了毡子的餐室坐下来，沙迦牟韦给了我一袋子银币，说是还给我的。然后，讲了他和善爱私奔后的经历。

原来，十年前，他们一路私奔到了龟兹。在那里，他们去当地府衙登记为夫妻，接着，就开始为了生计忙碌。一开始，他在一家佛寺里帮工画壁画，善爱在一家制毯作坊做工。后来，寺庙着火了，沙迦牟韦失业了。那时，善爱已经怀了孕，沙迦牟韦不再是一个浪荡子，他为了善爱，和后来出生的儿子凯度多，做过许多工作，包括在街上摆摊，跟着一些流浪艺人游走在火焰山南边的村镇里，表演吐火。他还给死人挖过墓坑，帮人在山上放牧。儿子出生是一件大事，他们俩和儿子凯度多一起，日子过得紧巴巴平平常常，很不宽裕。这样人在异乡一晃很多年，他和善爱就越来越想念家乡精绝城。终于，他们鼓起勇气给马希利国王写了一封信，信是委托一个懂得佉卢文和汉文的僧侣写的，写在一块木板上，然后用封泥封起来，托一支驼队的贩粮人，带到了精绝国。

国王马希利很快给他们回信了，信是写在一面白色丝帛上的，由那个驼队带回到龟兹，交给了他。懂得佉卢文的僧侣给他们解说：马希利国王早就知道沙迦牟韦和善爱私奔的事情，虽然过去那么久了，这件事还是大家日常的谈资。他很高兴他们愿意回来，说希望他们回家来过安稳的生活。马希利国王在信中还说，无论是游子还是浪荡子，无论是战士还是逃犯，最终都要回到自己的家乡，成为家乡土地上的房屋的主人。

就这样，他们一家回来了。这天晚上，詹左把他们安顿在陶器作坊后面的院子里住下来。满心欢喜。

沙迦牟韦回到精绝王城的消息不胫而走。第二天，他们的麻烦就来了。早晨天刚亮，两个法院的卫兵手提短刀，把沙迦牟韦和善爱一起带走，关在了法院的审讯室内。

原来，善爱的父亲苏达罗、她的前夫左多，还有沙迦牟韦的前妻黎帕娜这三个人，听说沙迦牟韦一家三口回到精绝城，三个人咽不下当年憋着的一口气，觉得沙迦牟韦是个大坏蛋，必须受到惩罚，他们一起去衙门告了状。

这三个人每个人的诉求不同。左多认为，沙迦牟韦犯了破坏家庭罪，应该罚兵役，去守卫远在安迪尔的流沙城堡，抵御山地苏毗人的侵袭。苏达罗的诉求是要补偿他两头牛、两匹马和十只羊，因为他养大女儿善爱不容易，且善爱私奔之后，左多来到他家里，把他的一头牛、一匹马和五只羊牵走了，必须要赔偿给他。

黎帕娜要的是人和钱："沙迦牟韦必须跟我回家去，远离那个骚婆娘善爱。她太会勾引男人了。我还要沙迦牟韦给我赔偿金，青春损失费。这样的话，十年算起来，要一马车的布匹、毛毯和小麦。"

精绝城的大法官叫作凯没鸠罗，这人是一个大胖子，他是一个有名的不留情面的人，谁落到他手里，都会脱一层皮。何况这一次，左多还给他送了礼。左多是前国王安归迦王的王后的弟弟的老婆的侄子，是精绝国的贵族啊！虽然现在是马希利国王掌权，左多攀起亲戚也越来越远，可左多毕竟是贵族，法官凯没鸠罗得罪不起啊。

凯没鸠罗盘算着，兴许，马希利国王是诱骗沙迦牟韦回来，然后让我判个重刑，以儆效尤？我要好好揣摩揣摩马希利国王的真正意图到底是什么，马希利国王让人有点看不透。他把自己在屋子里关了一天，啃完了手边的羊腿骨，终于认定，马希利国王一定是设圈套让他回来受惩罚的，再说了，左多还给我钱了。必须要严惩这个沙迦牟韦!开庭!

在法庭上,这几个人见面了。十年来的冤家见面,分外眼红。左多说,沙迦牟韦臭小子,我还要和你决斗呢,你敢不敢?拿着刀子,咱们来个白刀子进去,红刀子取出来!沙迦牟韦淡然一笑:

"何必呢,左多,你想想,你今年都多大年纪了?四十多了对不对?黄沙堆那边的坟墓里埋的人中间,有多少活过五十岁的?很少吧?再说了,你不是后来又娶了一个女人,有了一个新家?"

左多气哼哼地不说话了。

善爱的父亲、独眼苏达罗现在换了一副新的红铜眼罩,看上去面相更加怪异了。他说:"你,沙迦牟韦,你必须给我赔偿,我女儿跑了,我都没有脸面活下来。这么长时间里我活在这个事情的阴影里。必须给我赔偿!"

沙迦牟韦笑了笑:"好的好的,你要什么,我都给你。你毕竟是我的岳父,对不对,善爱,我应该给你爸爸赔偿对吧?"

法庭上,善爱对自己心爱的男人嫣然一笑:"不赔。他对我又不好,把我嫁给爱打人的左多,让我掉进火坑。法官大人!不赔!坚决不赔,一个银币都没有。"看得出,他们是真爱。

麻脸女人黎帕娜脸上的麻子在纱巾后面看不出来。她裹着一面黑色面纱。法庭上的黎帕娜看到这一幕更生气了,她在法庭上大闹,左手牵着她和沙迦牟韦生下的女儿阿苏罗伽,女儿如今十三岁,却是一个智力发育不完全的姑娘:"沙迦牟韦,你这个没良心的。你看看你的女儿阿苏罗伽,她三岁的时候,爸爸就不见了,她的爸爸一点责任感都没有，他和一个不是她妈妈的坏女人私奔了！一跑就是十年，孩子到现在都发育不全，我要抚养费！"

看到自己的傻女儿阿苏罗伽，沙迦牟韦有点动容。阿苏罗伽一副傻乎乎的样子不明世事，不知道法庭上这些人在说什么，他心里很难过，说："好的，黎帕娜，我愿意给你补偿抚养女儿的抚养费。"

法官凯没鸠罗摸着大肚子，耐心地听了众人的陈述。他心里盘算着，必须判沙迦牟韦十年监禁！因为这是一桩影响恶劣的案子，必须重判，否则，马希利国王会不高兴的。马希利国王之所以回信让他们回到精绝城，就是为了惩罚他们，维护贵族左多的面子。想到了这里，凯没鸠罗一拍案子：

"各位听着，原告苏达罗、左多、黎帕娜起诉被告沙迦牟韦和善爱私奔一案，本法官听了你们的陈述和要求，根据三个原告、两个被告的讲述和回答，我宣判：判处沙迦牟韦十年监禁，判处沙迦牟韦和善爱离婚，左多领善爱回家。判处沙迦牟韦赔偿善爱的父亲苏达罗农具一套，牛车一辆；补偿黎帕娜抚养费，一间屋子。"

大家都愣住了。法官宣判的结果等于是说，沙迦牟韦和善爱回到故乡精绝城，迎接他们的不仅不是安稳的生活，反而是牢狱之灾，要把牢底坐穿。

善爱大声说："法官，请判决我和沙迦牟韦一起坐牢！是我把他带走的！私奔是我的决定，再说了，我宁愿死，也不会跟左多走的。"

法官凯没鸠罗的嘴角露出了得意的微笑："就你嘴硬，一切都是你惹的祸。先给我押下去，收监。"

善爱大哭起来。我们这些旁听的人，都看到了黎帕娜追悔莫及的表情，苏达罗始料未及的尴尬，左多得意扬扬的讪笑。

"不公正！"大家低声说着。

沙迦牟韦和善爱私奔事件被法院法官凯没鸠罗重判，沙迦牟韦被关进大牢的消息不胫而走，很快就传遍了精绝城。大家奔走相告，纷纷议论着这件大事。本来这精绝城就不大，就像是一阵风一样，几千号人、几百个家庭都知道了。每家每户都在说这件事。扼腕叹息的、兴高采烈的、幸灾乐祸的、不知所措的都有。

有些好事之徒找到我，他们问我："帕特罗耶，你的朋友沙迦牟韦受到了惩罚，你怎么看？沙迦牟韦会死在大牢里吗？善爱会被左多再带走吗？"

我微笑着说："不会的。事情可能会起变化。不信，你们走着瞧。"

一切就像是我预料到的那样，事情出转机了。在且末巡察、刚刚回到精绝城的马希利国王听到这个消息，他立即下了一道十万火急的特赦令给法院，让法官凯没鸠罗宣布，当庭释放回归故土的浪子沙迦牟韦和善爱。国王马希利训斥了法官凯没鸠罗，说你长着石头脑袋，怎么能这么判案子呢？他们俩为了爱情私奔龟兹，给本国王写信，是本国王同意他们回来的。他们漂泊十年，回到了故乡，反而被你重判，并不合乎情理。马希利国王下令，给苏达罗、黎帕娜等几个人的金钱补偿，由王室库内支付。

法官凯没鸠罗吓得满头大汗，他对国王的意思完全领会错误了。他很懊恼，自己这下名声全完了。左多也很恼火，私下来问他要回礼金。

沙迦牟韦和善爱获得了自由，善爱破涕为笑。众人都松了一口气。

我也特别地高兴。而且，马希利国王以他本人的名义，为沙迦牟韦和善爱在精绝城内举行了一次公开的婚礼。这场婚礼非常热闹，全城的人在这一天都陷入了节日的狂欢里，人人都兴高采烈，男人们纷纷拎着红酒木杯，从我的尼雅葡萄酒店买酒喝，把自己喝醉，女人们跳舞把自己累瘫。

就是在那次婚礼上，我们都看见了马希利国王赏赐给沙迦牟韦和善爱的几件贵重的礼物。那是大汉皇帝送给精绝王室的礼物，这些礼物在婚礼上展示出来的时候，大家都发出了一阵阵的惊叹声。

原来，这是一床极其漂亮的、有着很多美丽花纹的、丝绸锦帛做的被子，漂亮的织锦上，还游走着几个汉字："王侯合昏千秋万岁宜子孙"。

我们都不认识这几个汉字，比佉卢文还不好认。马希利国王让人大声念出来，并且做了解释。马希利国王又赐给善爱一副手套和袜子，也是织锦做的，上面也有几个汉字："延年益寿长葆子孙"。赐给善爱的还有一副铜镜，这样善爱可以天天照到她那张明媚的脸了。

精绝城沸腾了，好像那一天是所有人的节日。精绝人就是这样的，一旦国王做出了决定，那就是所有人的决定，大家都为他们俩高兴。

到了晚上，精绝城内到处躺着喝醉葡萄酒的人。彼此有罅隙的，原谅了对方；过去有宿怨的，从此化解；夫妻关系不好的，现在都好了。

左多得到了一笔补偿：马希利国王给了他一座葡萄园。苏达罗也心满意足：马希利国王让他升任精绝城王家佛寺的主管，年薪很高。

他从此可以戴着红铜眼罩,神气活现地在寺庙里走来走去、发号施令了。黎帕娜得到了很多抚养费。沙迦牟韦和善爱也商议过了:由他们来参与抚养大女儿阿苏罗伽,带着她和凯度多一起长大。

沙迦牟韦和善爱私奔的整件事就是这样的。有句老话,叫作幸福的生活总是相似的。沙迦牟韦和善爱过上了安稳幸福的生活之后,就没有多少可说的了。再说了,人的一生也就干那么一两件大事,哪里能够处处神奇呢?现在,很多年过去了,很多人都死了,事情也改变了原来的模样。沙迦牟韦和善爱回到精绝国十年后,也都先后死去了,他们的葬礼我都参加了。

我记得,前些年埋葬善爱的时候打开了先于她离开人世的沙迦牟韦的棺木,是我打开的。当年那场婚礼上,马希利国王赏赐给他们的那床绣有"王侯合昏千秋万岁宜子孙"字样的织锦锦被,这次盖在他们俩的尸身上。他们继续躺在一起,盖着同一床被子。在善爱的手上和脚上,穿有"延年益寿长葆子孙"字样的锦袜,戴着同样字样的锦手套。这些当年马希利国王的赏赐、来自大汉皇家内宫的丝织物,见证着他们的爱情,一起走到了他们生命的尽头。

如今,马希利国王也死去了。鄯善国吞并了精绝国,让这里变成了鄯善的一个州。他们把精绝王室迁到鄯善王城。沙迦牟韦的儿子凯度多长大了,担任了这里的州长。

我,帕特罗耶,也很老了。我的乌孙妻子早就去世,我的孩子跟着一个商队走了。我躺在屋子里,任由风沙从门缝里吹进来,逐渐窒息着我的呼吸,使我使劲咳嗽。屋子外面的世界正在变化,战争、鼠疫和干旱威胁着精绝城，城里活着的人不多了。

我的手里拿着善爱送给我老婆的那面来自中原汉地的铜镜，缓缓地举起来。在镜子里，我苍老的面容让我自己都感到害怕。这面铜镜背后的汉字，我也认得："**君宜高官**"。这简直就是一个讽刺，我最高的职务，就是尼雅红酒店的店长，和我的那座葡萄园的园长。

我抚摸着这面铜镜，心事沧桑，脸带微笑。我知道，我也快要死去了，我需要出来做一个证明，沙迦牟韦和善爱的故事和结局就是这样的，皆大欢喜，他们埋在一起。这是我们精绝国的一个传奇，我可不希望在我死后，被埋在沙堆里。我知道，总有一天，我手里的这面铜镜，和盖在沙迦牟韦和善爱身上的那床锦被，都会重新出现在众人面前，以另外一种方式，再次讲述他们俩的故事。

四锦:"万事如意"锦袍

那些年,苏毗人不断地袭扰我们。他们从山地上骑马冲下来,就像是一阵阵狂风那样席卷过来,让我们猝不及防,无法抵挡。

我们出发之前,精绝胜兵的统帅夷陀伽再三告诫我们,苏毗人凶恶和残忍至极,对待他们不要心慈手软,举刀就砍,正面应敌才是关键。谁勇敢,谁才能生存。

苏毗人和我们打仗的时候确实十分凶猛,手里拿着巨大的棒子,棒子的顶端绑着尖利的石头,一下子就能把我们的脑壳砸烂。他们打死了我们的士兵,还要把脑袋割下来,割掉头皮,挖掉脑子,把头骨做成喝水的碗,用羊皮绳子穿着挂在自己的腰上。听说苏毗人骑在马上,那只头骨碗会发出哀号。传说这些苏毗人不光吃牛肉、羊肉和狗肉,他们还吃人肉,吃俘虏的肉。

起初,我们主要是守卫在精绝国边上,可他们趁着天黑摸过来,把我们的哨兵杀死,洗劫一番之后,天亮前就跑了。国王决定让我们前出阵地,在距离精绝国三百里的山脚下,建立了一连串观察苏毗人的哨所。

我和乌宾陀就守卫在那里。乌宾陀比我的年纪大，他的老婆孩子都在精绝城里，他不得不出来当兵，这样他就能有钱养活老婆孩子了。现在，我们俩藏在哨所外面的隐蔽处瞭望苏毗人。

他对我说："雍格耶，你说说，我们两个人守卫在这里，好像很久都没有看到苏毗人了，对不对？我们待在这里有多久了？"

我说："乌宾陀，我们待在这里有三个月了。你看你，把我们带的肉干都吃完了，你都开始吃我的那一份了。每天都是我去那边的苦泉旁打水，今年你把定量的水也都喝完了。下午该你去打水。"

乌宾陀用奇怪的眼神看着我："我感觉我们在这里都快生锈了。我在想，为什么这里这么安静，连一只鸟都没有停下来？是不是苏毗人绕过我们的哨所，直接洗劫了精绝城？"

我看着他："虽然有这个可能，你也不要想着这个结果。世间的事，想什么就会发生什么。你嘴上说想着精绝城的安危，可我知道，你想的其实是城里你的老婆和孩子。可是，我们胜兵的责任，就是守卫在这里。作为哨兵，我们两个人和我们的两匹马，必须在这里，一旦发现苏毗人进攻，我们才能跑回去报告。"

我提到了苏毗人让他再次警觉起来。他不说话了，站起来，猫腰走到一片高高的坡地上，朝着远处的山地观察。这个时候往山上望，视线特别好。他一向眼力好，能看见任何在很远的地方移动的活物。

过了一阵子，他返回来，说："连一个鬼影子都没有，更别说有什么苏毗人了。喂，雍格耶，咱们在这里守卫了三个月，什么都没有看见，对不对？根本就没有苏毗人。我想回去了。我还有老婆孩子呢，不像你这个光棍，没有家。你的爸妈也都死了，你根本就没有任何念想,所以,你不愿意回去。"

我笑了:"乌宾陀,你是感到无聊了对不对?无聊了,也没有办法,我们就只能守卫在这里,等待苏毗人的出现。苏毗人出现了,我们才能回去报告。上次,也就是去年,他们突然袭击了我们的哨所,杀死了我们八个人中间的六个。现在就剩下我们两个了。我的任务就是盯住你,不许你当逃兵,你跑了,我能现场处决你。"

听我这么说,他感到很沮丧,就又猫腰出去,站到高坡上,向远处瞭望。我在后面隐蔽处看着他的身影,我想这家伙和我不一样,他可能是最盼望苏毗人来的人。

远处的蜃气浮动,什么东西都在变形,都不稳定,就像是我们的心绪。我也得防着他突然发狂,把我给杀了。这家伙一旦发狂,就什么都干得出来,我有点不信任他。

空气非常燥热,我有点困,强打精神,抱着一杆木枪,用石头磨着木枪顶端绑着的锋利的黑曜石。我曾经拿着这支木枪,刺中了一只很大的盘羊,那还是在前年的冬天,我们去南山打猎的时候。

忽然,乌宾陀手搭凉棚,他好像发现了什么,退回来说:"雍格耶,我好像看到了一个人。是的,一个人从很远的地方骑马过来了。"

我也出去,站到高坡上,和他一起向远处看。果然,有一个人,骑着马,背着箭囊,左手里拿着一根长枪,正在朝这边走过来。我们都紧张起来。等到这个人靠近一点,我认出他来了:

"乌宾陀,他是黎波陀,精绝国胜兵队的领队。我认识他,他在前山脚下的防守阵地上,那边有五十个兵呢。怎么就他一个人过来了?"

我们走出了哨所，黎波陀下了马，向我们走过来。他的脸色很苍白，就像是一具已经流尽了鲜血的尸体一样。

我说："黎波陀，你怎么一个人走过来了？你的右胳膊呢？"我注意到他的右臂不见了，右臂的衣袖像是一条死去的蛇，垂在他的右肩。

"乌宾陀，雍格耶，你们好，我们阵地的士兵大都战死了，我的右臂也被苏毗人砍断了。就在昨天，苏毗人从山上下来，搞突然袭击，一下子把我们的阵地摧毁了。我们和他们进行了一场激烈的战斗，他们也死了不少人，然后逃走了。我们的人大都战死了，还有受重伤的，在后面的马车上拉着呢。走在前面的是我，我要回精绝国，去报告国王我们战败的情况。你们不用继续守卫这里了，等到夷陀伽的遗体到达，你们就跟我们一起回精绝城吧。"

我很吃惊："什么？我们的胜兵统帅夷陀伽，他他他他战死了？"

"是的，他已经战死了。我们把他的遗体放在一辆马车上，马车走得慢，就在后面呢。等到他们到了，我们就一起回精绝国。"

"我们不能脱离我们的阵地，我们有我们的职责，我们必须守卫在这里。哪怕就剩下了我们两个人。"我固执地说。

黎波陀笑了："苏毗人已经把我们的前线阵地摧毁了。你们这里本来有八个人的，现在就只有你们两个人，你们是不是没有看到苏毗人的影子？我估计，他们已经从山上向南走，绕开你们，前去包抄精绝城了。我们的精绝城危在旦夕啊。"

我说："可是，我们的哨所现在不能撤销——"

乌宾陀提醒我说："黎波陀的职位比你高，也比我高，你必须听他的。"

黎波陀说:"那些苏毗人很狡猾,他们像是一阵旋风一样,很善于搞袭击,抢了东西就走。我猜想,他们一定想要包抄精绝城。所以我们要赶紧回去。不知道现在的精绝城怎么样了。"他的面色显得很焦躁。

黎波陀这么一说,我们才觉得问题很严重。黎波陀骑着的那匹战马是黑色的,它跑开了,在蜃气中微微颤抖,就像是幻影一样在波动。

我们都不说话了。我们的统帅夷陀伽都已战死,说明我们彻底失败了。夷陀伽曾经当过州长,他是国王的堂弟,善于射箭,也善于指挥我们作战。我记得他的肩膀上总是停着一只白头老雕,那只白头老雕非常凶狠,一旦把它的眼罩取下来,它会箭一样飞出去,没过多久,它就叼着一只猎物飞回来。这只猎物往往是一只兔子,一只野鸡,或者干脆就是一只小羊羔。想到他,我感觉事情变得不妙。

风沙漫卷,我们三个人遥遥地望着科什萨特马山那边的道路,蜃气浮动着,一切都在颤抖。大地在颤抖,我们如果站在阳光下,影子就在逐渐缩短。

一个黑色的队伍出现了,渐渐靠近了。

我们看到,那是护卫着一辆马车而来的几个残兵败将。他们骑着马,沉默不语,就像是一群黑色的乌鸦,来到了我们的哨所。

我们三个人,我,还有乌宾陀和黎波陀,站在石头垒就的堡垒后面。我明知故问,大声喊:"你们站住!是哪里来的人?"

有个我熟悉的声音回答我:"雍格耶,你小子长眼睛没有?是我,甘支格耶,你这个家伙,你庆幸你还活着吧。苏毗人没有把你的脑壳砍掉，算你走运。"

黎波陀对我说："你不要瞎叫唤。那辆马车上拉着的，就是我们的统帅夷陀伽的遗体。我们要把他送回精绝国的王室墓地去，在那里埋葬他。"

他的眼睛湿润了："他带领我们作战，非常勇敢，杀死了三个苏毗人。可他战死了。我们被打败了。"

甘支格耶是一个老兵，他赶着马车。其他几个人骑马跟在后面，护卫着这辆马车，都穿着黑色的衣服，像是一支很丧气的队伍。

我们会合了。我们都围着那辆马车看。甘支格耶坐在马车上，马车上用一具白毡子裹着的，那就是我们的统帅夷陀伽的遗体。

"那是我们的统帅夷陀伽的遗体吗？"乌宾陀问。这家伙，还用问吗？

甘支格耶不作声，他掀开了白毡子。我们看到，统帅夷陀伽躺在那里，他脸色苍白，就像是鲜血已经流尽了，面容十分安详。我还注意到，他的身上穿着一件锦袍，那是皇家贵族才有的衣服。锦袍是用从遥远的洛阳运到这里来的锦帛制作的，面料极好，锦帛的花纹非常繁复美丽，是绛紫色、黄色和白色相间的织锦，开襟、束腰，下摆比较宽大，穿在安详沉睡的夷陀伽的身上，显得非常尊贵而庄重。

我看到这件锦袍上面还有几个字，我不认识，问他："我们的统帅夷陀伽身上的锦袍，上面的汉字是什么意思？"

甘支格耶说："傻瓜雍格耶，那是四个汉字，是'万事如意'。这件锦袍是国王给他的堂弟，也就是你眼前的我们的统帅夷陀伽的，就是万事如意的意思，你这个笨蛋。"

"其他战死的人呢？他们难道不想回精绝国安葬吗？"乌宾陀含着眼泪问。

甘支格耶把手里赶马的鞭子轻轻抽在乌宾陀的屁股上：

"我们战友的遗体都是残缺不全的。要么被苏毗人割掉了脑袋，他们把这些脑袋拿去做成喝水的碗；要么，被砍断了胳膊和腿，残缺了，躺在山脚下的草坡上，会慢慢地和大地融为一体。所以，我们现在必须把我们的统帅夷陀伽的遗体，护送回精绝国。这是我们最后的任务了。"

大家沉默了，都不说话。这么漂亮的汉地锦袍穿在夷陀伽的尸身上，可这并不是万事如意的结果啊。他死了，我们被苏毗人打败了，这并不是如意的事情啊。可见这锦袍上面的字，只是祝福的意思罢了。哪有那么多的万事如意呢？

我们列队，向统帅夷陀伽的遗体行了军礼，心里很难过。

现在，我们这个哨所的存在就没有多大的意义了。现实就是如此残酷。我们的山前阵地被摧毁，夷陀伽和很多士兵阵亡了，我们这个哨所也曾被偷袭，苏毗人就会直奔精绝城。我们几个就像是被遗落的棋子那样，放在这荒郊野岭，早就没有什么用，可我还以为我们很有用。我是不是很傻呢？

我们把目光投向了黎波陀。他说："我们回精绝国去，越快越好。我们要把夷陀伽安葬到王室的墓地去。你们这两个哨兵，也跟我们一起回去。"

于是，我们俩，我这个雍格耶，他这个乌宾陀，和黎波陀、甘支格耶等几个残兵败将，一起回精绝城。

此时,黄沙漫卷,天地之间什么都看不见。等到我们离开了哨所,骑马走在大路上的时候,就只能看见走在我前面的人和马的影子。我们这几个人就是现在精绝国仅存的士兵。也许就在这个时候,苏毗人已经毁灭了精绝城。

黎波陀、乌宾陀和我这个雍格耶,我们这些人一路向精绝城而去。走啊走,大路朝天,似乎总是不到头,这回城的路途真是遥远啊。

我暗自盘算,千万别起沙暴了。果然,经不起我念叨,怕什么来什么,沙暴来了。遥远的北面,一场巨大的沙尘暴席卷过来,将天地之间渲染得一片昏黄。沙粒顷刻间打在脸上,就像是被黑曜石尖利的锋刃扎在脸上,特别疼。

太阳这个时候是一个黄太阳,在一片黄色的纱巾之后,移动着它的脚步,嘲笑着我们这些活在世间的蠢蛋。我们走啊走,牵着疲倦的马。快到精绝城了,可还是不见一个人。

我们走到精绝城的城门处,看不到有任何人在守卫着这座城。原先都有人在城墙上瞭望的,他们看到远处来人了,会吹响牛角号。要是粟特商人来了,他们会擂动大鼓。可现在没有一个人。

黎波陀指挥我们保持戒备战斗姿势,弯腰前进。我们护卫着马车上的夷陀伽的遗体向着精绝城,我们的城走去。可城门大开,连一只狗的影子都没有,更别说人了。

我们都觉得很诧异,黎波陀下令之后,就走了进去。

我们走进去,才发现自己来到了一座空城之中。我们就像是沉默不语的傻子,完全惊呆了。

我们鱼贯而行,走在领头人黎波陀的后面,在一个个屋子里穿梭,在一条条街道上走过。我们看到，很多屋子都是开着门的，但我们走进去察看，却没有一个人。

他们去哪里了？不知道。

我随便走进一家，看到纺织羊毛线的织机还在那里，平时吱吱呀呀响着的纺织机也不转了，可女主人跑到哪里去了呢？围绕在她的膝盖边上的孩子呢？我想象着这个场景，如果她们都在这里，我进来之后，孩子会感到害怕，会跌倒，大哭不止。可现在，一点声音都没有。女人和孩子都不见了，织机也停止了转动，一点声音都不再发出。

我们走进比一般的民居高大的衙门官署。

在官署里，胡杨木书桌上还有很多木简公文，可写木简的人却不见了。那些在州长的领导下，每天处理来往简牍公文的人、埋头写字的人、盖封泥的人呢？他们是文官，我们是武人，我们在外面打仗，他们在官署里处理文书——把这些木简写上字，然后用封泥封起来，裹上羊毛白毡子，放在木匣子里，让快马骑手飞快地送往东西南北。往北送到龟兹，往西送到康居，往东送到长安和洛阳，往南送到山那边的长着棕色皮肤的贵霜人那里去。

我们又来到了制作箭簇的冶铁作坊，很多箭簇都整齐地放在木盒子里，可铁匠不见了。过去，叮当作响的声音是精绝国最有生机的一部分，现在则悄无声息。

我们继续走，在精绝国城里到处行走。平时喧哗的客栈里也没有人，那些南来北往的人呢？没有了，他们过去歇脚住店，拴马桩上的绳子拴住咴咴叫着的马匹，可马匹也不见了，一个人一匹马都没有。

我们走过带四边回廊，有着方形底座、圆形佛塔的精绝国大寺，里面的僧人一个都不见了。墙上的壁画好像是刚画上去的，我看到释迦牟尼佛和弟子迦叶的像在墙上，鬼子母、圣母湿婆和婆罗门像在墙壁上栩栩如生。可画他们的人呢？不见了。

我走过去，在佛寺窗户台上捡起一块木板粉本，上面有着和壁画上的鬼子母、湿婆像、婆罗门像一样的图画。粉本就是底稿，画师用来参照，画在壁画上的，只不过比例尺更大一些。僧人呢？画师们呢？都不见了。

我们这几个死里逃生的士兵目瞪口呆，在广场上碰面，无法说话。我们重又散开来，在精绝城里寻找哪怕是一个活物。

我们穿梭在街区，进出各个房舍，我们在每个官署、居室、晾房，以及果园、羊圈、牛棚、储物间寻找。我们走到铁匠铺、制陶作坊窑，那里每天烟熏火燎，满作坊都是汗流浃背的人，他们到哪里去了呢？我们来到果园，果树都在，果子还挂在树上，可看护果园的人没有了。葡萄园里静悄悄的，只有飞鸟在偷吃葡萄的叽叽喳喳声，说明看护葡萄园的人不见了。草棚里的狗和人都消失了。

在一些民居的后院，羊圈里的羊没有了，牛棚里也没有了牛。要说是苏毗人洗劫了整个精绝国，那也不是事实。苏毗人的洗劫一旦发生，一定会有很多的尸体，一定要墙倒屋塌，到处都是横死一片，人畜都无法幸免。苏毗人还会烧掉房屋。可房屋完好无损的，没有被摧毁的痕迹。

我说过，我们也都知道，苏毗人是非常凶狠的。他们就像是一阵风卷过来，砍掉精绝人的脑袋，装进他们带的一个皮袋子里，大呼小叫，骑着马就跑远了。可这似乎只是我的想象，我没有见到这样的迹象。没有一具没有脑袋的尸体躺在精绝城内。

我们在精绝城里走来走去,我们想到要回到自己家里看看怎么样。

我和乌宾陀的家是挨着的,我父母亲平时就在屋子里待着。我们两个分别走进自己的家,发现里面一个人都没有。他的老婆、孩子就像是水在沙漠里消失了一样,没影了。我们的家里一切照旧,本来就没有什么人,只是被一层很细的风沙覆盖,蒙了一层灰。然后,我听到乌宾陀在他屋子里号啕大哭起来。

我走到他家,和他拥抱着,彼此安慰。乌宾陀泪流满面,他找不到他的家人了,我们的家人都不见了,其他几个也一样。

我们一直到把自己的影子都走得单薄了,走得疲惫至极,然后,我们在精绝城广场上会合了。我们面面相觑,感到惊骇和不解。我们不知道精绝城发生了什么事,整座城市就是一座空城。像是一阵狂风,一下子就把所有的活物给刮走了。或者,就是有人施了魔法,把他们全部变没了。

黎波陀看着我们:"你们这些蠢货说说,这到底是怎么回事?"

没有人回答他。我们谁都不吭声,因为,我们都不知道发生了什么事。这个时候,黎波陀忽然想起来:"雍格耶,乌宾陀,甘支格耶,你们怎么都不说话了?我们赶紧去皇宫看看国王伐色摩那吧!"

他这么一说,我们醒悟了。还有皇宫没有进去过。我们要去找我们的国王伐色摩那。只要国王在,王后在,我们的精绝国就还在。

精绝国的皇宫也是黄泥和烧制的砖石建造的。伐色摩那国王是夷陀伽的堂哥,我们带回了夷陀伽的遗体,要向国王报告。说是皇宫,其实就是屋顶更高、房间更大的一排房子而已。

我们鱼贯而入。皇宫不大，守卫不见了，我们径直进去，看不到一个人。我们在朝堂大厅、王座前后、帷幔里面、国王的卧室、王后的花园里，四下都搜寻了一遍，一个人都见不到。国王伐色摩那养的一些漂亮的鸟，笼子还在，婉转的啼鸣没有了。王后的衣柜敞开着，漂亮的衣服都在，可王后不见了。

我们惊呆了。没有了国王和王后，那么，精绝国是不是就算灭绝了呢？这是一个问题，只是当时我们还想不明白。

黎波陀说："国王和王后都不见了。那么，我们现在要做的，就是赶紧把夷陀伽——我们统帅的遗体，安葬到王家陵墓里去。"

他这么一说，提醒了我们。

我们就赶紧来到广场上。载着夷陀伽遗体的马车还停在那里。我们从皇宫内取出早就凿好的独木棺材，放到车子边，把夷陀伽的遗体抬下来，放进独木棺材里。

甘支格耶流泪了。他重新坐上车把式的位置，他的眼睛红红的，他老婆早就死了，给他留下来两个孩子，可他刚才回家，两个孩子也都不见了。他说，怪了，孩子们的玩具，布偶和弹弓都还在，人都不见了。

现在，布偶和弹弓挂在他的胸前，他驱动载着夷陀伽的棺木，我们跟在马车后面，向着郊外的王家墓地而去。

那片精绝国的王家陵墓地区并不远，我们沿着哗哗流淌的尼雅河，走到了那里。那里埋葬着精绝国历代国王，是王室的陵墓葬地。

我们在那里安葬了夷陀伽的遗体。按照精绝国的风俗，我们把棺木打开，把裹尸的白毡子揭开来，看到夷陀伽的遗体很完整。他穿着绛紫色、黄色、白色相间的漂亮锦袍，上面还有四个汉字，黎波陀上一次就告诉我们了，那四个汉字是"万事如意"。他给我们念了一遍，说，这几个字，就是一万件事都顺心的意思。

我们在夷陀伽的脸上盖了铁锡，夷陀伽带领士兵作战很勇敢，他被该死的苏毗人杀死了。如今，他也要长眠在精绝国的王家墓地里了。

我们把盛装着夷陀伽遗体的独木棺材放进一个沙坑，用沙子掩埋起来，直到堆起了一座很高的坟茔。我们在坟茔前面竖起了胡杨木雕刻，那是一具人形的木雕。有一天，它将召唤夷陀伽的魂灵复活。

这个时候，忽然从沙漠深处钻出来一股黑色沙暴，把我们都席卷了。我们在风沙中被吹得东倒西歪的，彼此都看不见对方。

这时，我们忽然听到，一个声音在沙暴中对我们说：

"你们都已经死了，好好睁开眼看看彼此吧。你们以为你们还活着，可现在你们都是鬼魂！精绝国活着的人，在国王伐色摩那的带领下向西南边去了。苏毗人来的时候，看到的是一座空城。精绝国的人为了躲避这些苏毗人，不得不在他们杀过来之前就远走高飞，去昆仑大山上，建立一座坚固的石头城。你们可以踩着他们的脚印，去追赶他们。你们这些死去的人，虽然没有了重量，可还是会走路的。你们这些傻瓜，你们早就是鬼魂了，可自己还不知道，哈哈哈哈，啊哈哈……"

那个声音消失了。这场黑沙暴席卷了天和地，我们发现，我们的影子在沙暴中不见了。我们这些人，我这个雍格耶，他这个乌宾陀，还有黎波陀、甘支格耶,以及其他一些人,都在风沙中逐渐变形了,变得轻薄如纸。

原来,我们也死了,只是我们现在才看清楚这一点。我们的肢体在沙暴中变得残缺,缺胳膊少腿的,我们早就在和苏毗人的战斗中被打死了。我们只是一些鬼魂,在喃喃自语中发现了这一点。按照那个声音的指示,我们就像是单薄的纸片那样,歪斜着在风沙中向着西南方向的昆仑山走去。

在我们的身后,是逐渐被沙暴吞没的精绝国的空城。那里面真的一个人也没有,一个活物也没有。而我们要去昆仑山上,寻找精绝人正在建造的一座坚固的石头城。我们走着走着,也在沙暴中,逐渐看不到彼此,慢慢消散了。

尾章：前往尼雅废墟

有些事要等待机会，比如我，很早就想去尼雅废墟看一看，但一直没有找到机会。尼雅的精绝古城废墟在我的地图册上，始终标记为未完成探寻的一个目的地。

我等啊等，其他的古城废墟或遗址，如楼兰遗址、米兰故城、北庭故城、高昌故城、交河故城、丹丹乌里克遗址、敦煌莫高窟、龟兹克孜尔洞窟等等，我都已经探访过了。可位于塔克拉玛干沙漠南缘的尼雅废墟，因深入沙漠腹地数十公里，很难抵达。要想去那里，其困难程度令人难以想象。

终于，在前年的夏天，我如愿以偿了。当时，著名的考古学家林谷村先生获得了一个组队前往尼雅废墟进行考察发掘的机会。他是国内少数懂得婆罗米文、于阗文和佉卢文等多种中亚地区已经湮灭的文字的语言学家、教授，我有幸认识他。他有了这次前往尼雅的机会，就立即告知我，我很兴奋，要求和他同行。经过了一番烦琐的手续，我随队考察的请求被准许了。

这是在夏季的八月，这个季节前往新疆南疆还是好时节。要是再晚一点，比如到了十月份，在南疆的沙漠深处，昼夜温差竟达三四十摄氏度——中午还是夏天的炎热天气，到了夜晚就像是寒冷的冬天，气温会骤降到零下二十多度。这样大的温差很容易让人产生身体上的不适感。而八月份去那里，昼夜温差没有那么大，白天热，晚上还算是凉爽宜人。所以，我的准备工作就好做一些。

在中国古代的史书里，关于精绝国的历史记述非常少。《汉书·西域传》中，对精绝国有这样的记述：

精绝国，王治精绝城，去长安八千八百二十里。户四百八十，口三千三百六十，胜兵五百人。精绝都尉、左右将、译长各一人。北至都护治所二千七百二十三里，南至戎卢国四日行，地厄狭，西通扜弥四百六十里。

前往精绝国的路途，在《汉书》的作者班固的记述下甚至精确到里，也就是现在的几百米，就好像他亲自去过那里一样。但不管班固是不是去过精绝国，他一定是听说过精绝国。现在，我要去尼雅精绝废墟一探究竟了，想一想，就感到兴奋。

一路西行，交通非常方便。我从北京飞往乌鲁木齐，在地窝堡机场转机，接着飞和田；到达和田后，出了机场，当地接应我们的车子已经在机场外等着了。我们立即上了车。作为一支小型考古考察队，林谷村教授一行人不多，他给我一一介绍——除了他的两个博士研究生，一男一女，还有一位是做文物年代测定的化学家孔令峰先生。现如今的考古学家,不仅要懂得专门的考古学知识,还要借助各种科学手段,才能有效测算考古遗址和出土文物的年代。前不久,我看过一部研究探寻楼兰遗址的纪录片,不仅有考古学家参与,地球物理学家、生物学家、化学家和地球遥感专家也都参与进来,他们各自发挥了自己独特的作用,使我对楼兰的历史有了全新的理解。

从和田机场前往民丰县,一路上看到的风景很单一:树叶稀疏的白杨树一排排切割着昏黄的天空,低矮的砖房都是平屋顶,是我从小就熟悉的南疆风景。南疆的树木花草植被要比北疆少,颜色就显得单调,土黄色是主基调。加之大半天的飞机的连续飞行,落地后在陆路上汽车的颠簸,使得我们昏昏欲睡。我就这么在考斯特车上睡着了,然后做了一个梦。

梦中,我穿着不知道是哪个朝代的衣服,总之,我穿越了,来到了古代。在这个奇怪的梦中,我穿着铠甲,骑马佩刀,护卫一个汉家公主前行,她挽着高高的发髻,坐在马车里。我们过了一关又一关,终于抵达了一个地方,那是一座有着高大城墙的城池,城门自动开了,有些旗帜上写着精绝两个字。原来,这就是精绝城。抵达之后,护卫和侍女搀扶着公主下了马车,随她进城。

城门大开,一场欢迎公主一行抵达的典礼正在举行。花香弥漫,幡幔飘动,熏香阵阵,一些华服异族人迎接我们,簇拥着公主来到一座不大但很富丽堂皇的宫殿里。穿着宽大的织锦衣裳、缠着头的国王,长着山羊胡子,他热情迎接我们的到来。整个梦都是彩色的,但却是默片——没有声音,所有的人都在说话,可他们说了什么话,我都听不见,我也在说话,可我也听不到我自己的声音。然后,我看到,我护送而来的汉家公主,笑着从自己高高的发髻里,取出来一片小纸板。在纸板上有一些小黑点,那些小黑点,就是蚕种。她把蚕种从遥远的内地带到了精绝国,并把它献给了精绝国王。

缠着头的国王很高兴,他走过来,从公主手里把蚕种接到了自己的手掌心。这时,奇特的一幕发生了:那些黑色斑点般的蚕种,瞬间开始孵化,一下子就活动起来,迎风而长,很快变成了白白胖胖的大白蚕……车子一颠,我醒了。嘴角还有一丝涎水。车停了,我很诧异,原来,我们已经到了民丰县宾馆。

林谷村笑着说,赵刚,你刚才打呼噜了,睡得真香。我擦了擦口水,脑海里还残留着一丝梦的痕迹。我不好意思告诉他我刚才做的梦,我想到了任何梦都是现实的一种曲折的反映。其实,我为何会做这个梦,很好解释。我在北京飞往乌鲁木齐的航班上,读到了航空杂志上的一篇文章,讲的就是汉代传丝公主的故事。这个故事在玄奘的《大唐西域记》里有记载,说是一个来自东国的汉族公主,把蚕种偷偷藏在自己高高的发髻里,经过了千难万险,把蚕种带到了于阗尼雅河流域。此后,养蚕种桑才在于阗和尼雅精绝国一带流传开来。

可能就是我看到的这篇文章,把我带到了这样一个梦境中。只是在梦中,我自己竟然成了一个主人公,护卫着汉家传丝公主,来到了精绝国。

我们入住民丰县的一家宾馆,宾馆呈现回廊状,只有两层楼,房间里的设施也很简陋。在民丰县,我能感觉到空气变得干燥,让我的皮肤发痒。安顿好了之后,林谷村来找我,邀请我出去走走,当地宣传部的一位科长陪着我们在宾馆附近转一转。

我问那个陪同的小伙子,附近有没有河水?他告诉我,有一条河,叫尼雅河。尼雅河发源于民丰南边的昆仑山,夏天里冰雪融水一直冲下来,从山上一路奔腾而下。如今的河道常年保持在二百公里左右的长度,向南一路奔走,最后消失在一个叫卡巴克·阿尔斯汗的村子附近的沙漠中。他说,全靠尼雅河的灌溉,民丰县城附近的一些绿洲才连成了片,这里的人在绿洲上种树、种花、种草、种粮食,还比较舒适。

我问他:"这里现在还有桑树吗?"

他说:"有啊,这里有一些很古老的桑树呢。有人说,起码有几百年了。"

"那这里还养蚕吗?"

"养的,还有一家丝绸厂。我们有一位县领导,她从浙江来,挂职科技副县长,专门在这里辅导村民养蚕。她叫杨盈。明天,她要陪着我们一起去尼雅废墟。在那边的沙漠里有一个村子,她要去那里驻村。"

第二天,我们在民丰县宾馆里,等待新疆考古所的考古学家前来会合。他们是林谷村的老朋友,这一次去尼雅的旅程,他们都是要参加的。

民丰县所在的镇叫作尼雅镇,民丰这个名字,是清代左宗棠平定叛乱之后改的名字。只有几万人的民丰县,在这一年还没有摘掉贫困县的帽子,正在努力脱贫。

站在宾馆的院子里,我能够看到南边的天际,巍峨的昆仑山那巨大的山体逶迤而去，山顶白雪皑皑，高不可攀。而从民丰往北走，面对的就是塔克拉玛干大沙漠，那是干燥和枯寂的沙漠世界。因此，尼雅河显得很重要。千百年来，尼雅河在这片土地上流过，滋润着大地，滋养着绿洲。没有尼雅河带来的昆仑山上的河水，这里就不会有人烟和生机。

到了傍晚，新疆考古所的几个专家抵达民丰，探访考察尼雅精绝废墟的队伍就齐整了。晚上，林教授召集大家开了一个会，在那一张张我不熟悉的面孔中，浮现出一张很俏丽的脸，让我惊诧。我问了问，她就是在这里挂职的浙江干部，科技副县长杨盈。

一大早，天色还是鱼肚白的颜色，四辆有着超宽车胎的特制沙漠越野车，带着我们这一支人马就出发了。每一辆车上都有对讲机，还有卫星定位系统。每辆车上都装着大桶的矿泉水、汽油、干馕、西红柿、黄瓜、洋葱、胡萝卜、大米和煤气罐。车队最后面的一辆车上，还拉了两只活羊。我坐的这辆车是车队的2号车，坐着林谷村、我、司机买买提和杨盈。买买提是个性格开朗的维吾尔族小伙子，他是民丰当地人，他告诉我们，他的曾祖父曾经被英国探险家斯坦因雇佣过——斯坦因在20世纪初曾经在这里组建了一个骆驼队，前往尼雅精绝废墟进行考古探险。

杨盈坐在前排司机边上，显示她半个主人的身份。她戴着墨镜，还有一顶围着纱巾的帽子，这帽子遮太阳、防风沙绝对管用。她很有亲和力，说起话来带有江南口音，身上还有一丝淡淡的香气。那种气味，很像我熟悉的沙枣花香，若隐若现，似有还无。

一路上，我和林谷村教授问她一些问题，她都有问必答。来这里挂职一年了，她对这里的情况很熟悉。特别是这里的种桑养蚕业，在脱贫攻坚中发挥着重要作用。她毕业于浙江农大，专业就是研究丝绸的。她还告诉我，就在我们这个考察队出发的前一天，当地派去帮助考察队工作的挖掘队，就已经出发了。"他们都是民工，有十多人，要帮助林教授进行考古发掘。你们这一次要挖出干尸的，是不是，林教授？"

林教授笑了："尼雅的干尸，是我们这一次考察考古的重点。"

"那里的干尸很好找吗？那你害怕干尸吗？"我问她。

杨盈转过脸，笑了："尼雅废墟的干尸保存得非常好，不能随便挖掘的，要有相关的手续。出土的干尸也都栩栩如生，就像是睡着了一样。他们在沙漠里埋了一两千年，等待着你们去唤醒，然后想告诉你，他们活着时的秘密呢。在尼雅废墟，他们埋得太久了，太寂寞了。我见过几具尼雅出土的女性干尸，她们的长相一点不比楼兰美女差。我听说你去过楼兰，见识过那里出土的楼兰美女干尸，然后，一天晚上梦见美女干尸复活了，是不是？"

我笑了："那不过是我的一个梦。"我想起来那一次去楼兰，晚上在若羌县的宾馆里，半夜里我的确是做了一个奇怪的梦。由于某种非凡力量的指引，白天里，我在若羌博物馆看到的一具楼兰美女干尸复活了，正在向我走来。如今，我已经分不清那是我的一个梦，还是我确实在月光下看到了复活的楼兰美女。

"现在，你就是一个尼雅美女。"我开起了玩笑。

"哈，他们这里的人说我这个汉族，跟维吾尔族洋缸子（女性）一样漂亮。等扶贫工作结束,明年,我就要回浙江了。"

"其实,你还是当代的传丝公主,你正在做汉朝公主曾经做过的事情。"

杨盈说:"你倒是挺会说的,可你不知道,做事情得有多难。这不仅仅是传授丝绸技术的问题,还有观念、市场、环境和发展的可持续性。"

林谷村教授没有说话,听我们在那里聊天打趣。他拿着放大镜在看一本英文地图集。

我们的车队现在是一路飞奔,四辆沙漠车鱼贯而行。车队离开城镇,就进入苍茫的大自然所形成的大尺度的山川风景当中。在新疆,任何地方的风景都是大开大阖的,很少有那种小桥流水的小景色。一条简易的柏油路,指引我们沿着尼雅河谷一路北行。车队最前面那一辆是导引车,坐着新疆考古所的人和民丰县的向导、文化文物局局长等。车队扬起的沙尘就像是一阵沙暴,惊动得路边的野兔和狐獾在来回窜。

在尼雅河谷边的大道上奔驰,我能看到道路两边的植被比较茂密。有我熟悉的红柳、白杨树、柽柳、胡杨树,有水的地方还生长着大片的芦苇。不时地有大群的鸟儿被我们的车队惊扰,从草丛和树林里飞起来。车子转弯的时候,在太阳光的照射下,可以看见尼雅河的河水闪着一道道金色的波光。随着我们的前行,尼雅河的河水和河道越来越细小,就像是一条有生命的河流,在逐渐衰老一样。

我们在路上颠簸,车子在粉尘中穿行。在车载导航报告车行到距离我们的出发地点九十公里的地方,尼雅河不见了。"尼雅河消失了!"

我惊呼着,摇开了车窗,在大地上寻找那尼雅河。真的是没有了。尼雅河消失在一片沙地中。车子停下来,我们下了车。眼前,巨大的红柳丛一堆堆耸立在变窄的河道边,森森然,像是水的坟墓。这就是有名的红柳冢,一茬红柳死亡了,接着,会有新的枝条发出来,固定住一个沙包,然后逐渐成为一座很大的红柳冢。这说明,在这里,尼雅河从地表消失,却潜入了地下,继续滋润着红柳丛。

我们观察、拍照,上车后车队继续前行,很快,眼前已经是渺无人烟的世界了。

忽然,我看到在远处的胡杨林里,露出一些房屋的屋顶。那是黄泥小屋的尖顶,难道这里还有人居住?这时,道路边的蓝色指示牌一闪而过,上面有一个箭头指示车辆可以右拐,还有一行字:卡巴克·阿尔斯汗村。

我看到,前面有一辆白色的越野车停在路口,似乎在等待我们。

我们的车子停下来,杨盈转过头说:"林教授,我要在这里下车了,那辆车是来接我的,我去卡巴克·阿尔斯汗村有些工作的事情。这个村是我的扶贫蹲点村。不过,过两天,我会赶到尼雅废墟和你们会合的。再见!"

她说完,就打开车门,轻盈地跳下去,安稳地落在地上。我看到她把纱巾在帽子上紧了一紧,遮住脸颊,向我们挥了挥手,就走向那辆接她的车子。

告别了美丽的杨盈,我们的车队继续出发,这时,我忽然感到一丝怅然。她在这么荒僻的地方还有工作要做?这个江南女子,她真的算是当代的传丝公主呢。这里简直就是蛮荒之地,却还有一个村子,还有人在这里生存。

我们的车子一闪而过,我看到,在道边还有玉米和棉花地,有一些羊只白白黑黑的,隐现在灌木丛中。显然,我低估了人的生存能力。

林谷村教授放下手里的地图集,对我说:"这个村的维吾尔语村名叫作'卡巴克·阿尔斯汗',翻译成汉语,是'杨树上吊着的葫芦'的意思。说明这里的水并不多。现在,在这里生活的村民还有几十户呢。"

买买提插话道:"这个杨盈副县长,是一个非常能干的女人,她嘛,在这里联系贫困户,把自己的工资都给他们扶贫了。她带领大家种桑树、养蚕,搞移民搬迁,动员这里的人搬到县城去。她还请江浙技术专家来到民丰,在县里建了丝绸厂,生产维吾尔族女人最喜欢的艾德莱斯绸——这种绸子做的裙子特别漂亮,每个维吾尔族女人都喜欢。杨盈亚克西!"

买买提所说的艾德莱斯绸,是维吾尔族女性喜欢的丝绸面料。这种绸子有着流动的、绚丽的红、黄、蓝、绿色花纹,结合了古代尼雅出土的蜀锦花纹,还有一些花卉纹样的变形,可以说是争奇斗艳,是维吾尔族女人开朗乐观的天性表达。看来,杨盈在这里帮建丝绸厂,带领大家养蚕种桑,搞移民搬迁,真是一个传丝公主呢。

我的思绪没有车队的速度快。一溜烟的功夫,车队就把"杨树上吊着的葫芦"村——卡巴克·阿尔斯汗村甩在了视线之外。又走了一阵子,眼看着风景更加荒凉,我们来到了大麻扎附近。麻扎,在维语里是坟墓的意思,林谷村教授说:"传说,这个大麻扎里,埋葬的人叫伊玛目·扎法尔·沙迪克,传说他是穆罕默德的外孙。实际上,埋在这里的人很可能是一位伊斯兰教军的首领,他应该是死于发生在这里的一场宗教战争。我十多年前来过。那时候,来这里朝拜的人有不少。要不要去麻扎附近看看?"

我说:"好啊,我想去看看这个大麻扎。"

我们的车子右拐后,进入一条小道,扬起的沙尘很大,看不见前后车辆。来到那个大麻扎的跟前,我能够看到,有一座高高的陵墓位于一片沙梁上,白色的围墙围护着它。陵墓的建筑带有伊斯兰风格,一弯新月是其标志。沙梁子下面的村子里,还有一座小清真寺。附近还有一些大大小小的陵墓,据说,都是一些伊斯兰信徒的墓。有一片苍老的胡杨林拥抱着这片墓地,很多胡杨树上挂着一些祈福的布条和彩带。多年来,到这里朝拜的人络绎不绝。但现在附近人很少,我看到有几个老者在躬身缓行。

我们走过去,走在一片沙梁上,我回头望去,看到有几间屋子在胡杨林里隐现,还有人说话的声音从那里传过来。

"这里嘛,是沙漠边最后有人居住的地方了。再往前面走,就没有一个人了。"跟在我身后的买买提说。

我们围着大麻扎村转了一圈。白花花的太阳令人炫目,也让我感到燥热。我们不再盘桓,赶紧上了车,我一口气喝干了一瓶水,我们继续北行。

附近的胡杨林十分稠密,这种耐旱、耐盐碱的古老树种,体现着岁月的哀愁和饱经沧桑的坚守。每一棵树都仿佛经过了时间的锤打,枯死的胡杨树枝干和顽强活着的胡杨树并排站立着,就像是定型在一场生死攸关的战斗中的战士那样,有的士兵死了,有的还活着,可他们都站着。实际上,胡杨林是护卫人类生活区的卫士,是抵御沙漠死亡地带的最后屏障。

再往前走,眼看着一个个巨大的沙丘冲天而起,像是从大地深处涌现出的坟包,横亘在我们的面前。胡杨树变得稀疏了,可沙丘却越来越多,越来越大。流线型的沙丘之下,会不会拱动着巨大的虫子?我想起来科幻小说《沙丘》中的描写。

我们的沙漠越野车的发动机吼叫着,马力依然强劲,猛地跃上一个高高的沙丘,我的视线一下子开阔起来。可我把目光投向窗外,心里一凉:我看到无尽的沙丘包围着我们,心里暗叹,完了,这可真是沙漠之海啊,到处都是伏兵般无尽的沙丘。一个个大沙包,形成了匍匐着的、不怀好意的敌人的军队,将我们引诱进了沙丘的包围圈中。紧接着,我们的车子又跌落到沙丘边的大道上,继续前进。

我很紧张,问道:"林教授,你的地图能告诉我,尼雅精绝废墟在哪儿啊?还有多远才能到达?"

林教授的那张长脸因为常年在野外奔走,皱纹很多。这个人现在很淡定,好像他就是为了看到眼前这一幕才来的一样。他研究的范围很广,东西从罗马一路到蓬莱半岛,南北从北纬30度到45度之间;纵横上万公里、跨越几千年间出现的人类文化,都是他研究的范围。而他出版的几十种著作,早已印证了我对他的无比崇敬。

"尼雅废墟、精绝古城就在前面。你是新疆人,知道在新疆一问路,别人就会说,就在前面呢,不远呢!"他哈哈笑了起来。

的确是这样,在新疆,你要是问路,人们总是会告诉你:"不远了,就在前面呢!"可这个"不远了,就在前面呢",往往一走起来,就是好几百公里的路程。可我们到底距离尼雅废墟精绝古城还有多远?我确实有点着急了,口干舌燥,从早晨到现在,我们已经走了大半天。仿佛是为了安慰我焦灼的心,买买提插话了,他说:"大约还有三十公里。但后面的路非常不好走,可能还需要几个小时才能到达。"

这时,我看到前面的一丛红柳林中,呼啦啦飞起来一大群野鸽子,野鸽子就像是某种轻盈无比的生灵,在天空中划着一圈圈的弧线。我目送那些飞翔的野鸽子,浮躁的心境开始变得安宁。

后面的路果然很难走,车队的速度放慢了。不久,走在最前面的1号导引车陷入一片松软的沙地里,出不来了。高大的车辂辘在发动机的怒吼中徒劳地打转,车身却纹丝不动。

车队全部有序地停下来。我们纷纷下了车,把嘴里的沙子吐出来,活动一下筋骨。此时,依然歹毒的、白花花的阳光扎在我的脸上,就像是火焰灼烧和针刺一样。我赶紧取出墨镜戴上。附近的胡杨树稀稀拉拉的,沙地却无限地铺展而去。面对沙漠陷车,我是袖手旁观,而那些处理这种险情的好手却胸有成竹地在忙活。

一辆车在前面拖拽,其他人挖沙子、垫早就准备好的木桩子。十几分钟后,1号车就脱离了沙坑险境,我们的车队继续前行。

后面的这三十公里的道路,我们走得极其困难。四辆沙漠越野车虽然已经很适应沙漠中的状况,但时不时地,一辆车就突然陷入沙地里无法自拔,需要别的车子拉拽。就这样,这段似乎令人崩溃的旅程非常费劲,半个小时才走了几公里远。

我又开始焦灼了。气温很高，我口渴难耐，不断喝水，却没有撒一滴尿——都变成汗水流出去了。顺屁股沟槽子流汗，是对新疆燥热夏天的一种形容，当时我就是这种体会。在沙漠里行车，车子在沙丘上颠簸奔走，像是醉汉一样摇摇摆摆，上下癫狂、左右打摆子，人在车内被颠得七荤八素，好几次我都差点呕吐出来。我手里紧紧拿着一个塑料袋，随时准备着一口吐出去。可司机买买提的车技很好，任凭沙丘怎么凸凹不平，到处都是流沙陷阱，他都能把车子开得有惊无险。就这样，在车子里我紧紧地抓着车把手，林教授也紧锁眉头，扔下手里的地图，但他还是很淡然，并不惊慌。眼看着日头在朝西边疾速地坠去，我们的行程还看不到尽头。

我们的车子又跃上一个沙丘，紧接着一个俯冲，冲下沙梁子，然后又绕过一个沙丘。我看见有一排尖利的、参差不齐的木桩子裸露在不远的沙地里。

林教授朝那边一瞥，说："喂，尼雅废墟精绝古城到了。"

果然，尼雅废墟就在眼前了。那排朝向天空的一人多高的木桩子，显然就是一千八百多年前可能就矗立在那里的精绝古国的遗存。

我兴奋了起来："啊，尼雅，终于到了。精绝古城，我来了！"

这个时候买买提把车子开得更加稳健，他的车子就像是他的马，被他驾驭得很好。我们继续前行，车子行走在一片硬实的盐碱地上，抓地感很强。我贪婪地看着在下午的阳光映照下，逐渐展露在我眼前的尼雅废墟的边边角角和各种蛛丝马迹。更多的秘密都在沙子的掩埋中，但我的目力所及，已经让我惊心动魄了。

尼雅废墟的面积应该比较大，在雅丹地貌和沙丘中，随处可见散落的古代房屋的遗迹，在风沙中被撕裂的木桩裂开了干枯的身体。刺眼的白骨很可能是人类的骨头，在褐黄色的沙地上醒目闪光，像是在提醒我们，不该来到这里。

按照计划，我们的车子前驱，抵达了卫星导航指引的目的地，那里是尼雅废墟的一个中心点，在一座佛塔遗迹的边上。这里是一片开阔的空地，我们的车队按照序号停在了两顶绿色军用帐篷跟前。

在帐篷的后面，我看到有一辆皮卡和几辆轮胎更加高大的沙漠拖斗车。他们是我们一行的先遣工作队，善于挖掘和沙漠作业，早于我们已抵达了尼雅废墟。

我们下了车，抖着身上的沙子，吐出嘴里的沙子。两顶绿色帐篷里的人出来了，他们是林教授的考古考察队雇的挖掘工。这时，我看到，我们的四辆沙漠越野车看上去肮脏不堪，衣衫褴褛，灰头土脸，简直惨不忍睹。可我们一个个都精神抖擞，非常兴奋。新疆考古所的研究员、林教授和我，他的两个研究生，民丰县的向导和陪同，我们十多人聚在一起，仰脖喝水，一边大声说话，一边向四下探望。

我们终于抵达了尼雅精绝古城。

在林教授的指挥下，雇工们开始为我们搭建帐篷。此时，太阳还在西天边翻滚，日光尚温。这里现在一共有二十多人，将寂寞的尼雅废墟变得热闹起来，搭帐篷的搭帐篷，埋锅做饭的做饭，炊烟升起。帐篷很快搭好了。帐篷不大，每一顶可以住七八个人，帐篷布是橘黄色的，白天在沙漠戈壁中十分显眼，夜幕中看不出来。

我们都换上了沙漠工作服，那是一种橘红色的套装，领口很高，能防风沙，我想到石油工人的工作服也是这种颜色，如果在沙漠里走失了，比较好找。

林教授带着我和他的两个研究生，还有司机买买提，以佛塔为中心转了一大圈。林教授说，尼雅废墟散落在约三十平方公里的区域里，仅凭肉眼是看不到全貌的，需要借助无人机的航拍。

我看到，黄昏的天色下，就在我们眼前起伏的沙丘之间，在高高的夯土建造的佛塔四周，分布着很多被风沙摧残的木头栅栏，高低不平，形成了一些建筑痕迹。林教授说，那是民宅、官署、寺院、坞墙的遗迹。我看到佛塔的身影在黯淡的天色下，低垂着头颅，像是一头醒着的猛兽。它是在窥伺我们吗？是我们惊扰了它的安宁吗？或者，它是在监视着我们，看我们是不是要从这废墟中偷走什么东西？

林谷村教授带我们走到一处沙包隆起的地方，能够看到粗大的木头被风撕裂成枯木之花，悲哀地站成了一排："这里应该是一个贵族的宅子。你看，前后院子，有十多间房子。看，这些地方是厅堂，那里是卧室，这边是厨房，那边还有一个牲口棚和一个储物间。"林教授经验丰富，如数家珍。

站在一片高地上，看着眼前很近的地方铺展开来的房屋废墟，我仿佛穿越了一千八百年。看到从这个院子里走出来一个人，他缓缓走来，忽然看见了我，和我对视，我们都凛然一惊；然后，他转身又消失在了那一片废墟中，这样的想象瞬间迸发，可我眼前依旧是废墟一片。我们缓步走在那些过去的院落和围墙之间，感觉当时的精绝国子民，似乎是突然接到了什么讯息要他们马上离开这里，而他们毫无准备就立即离开了。我看到,就连纺车上的羊毛线头还在风中飘拂,都没有来得及取下来。

我低头看见在宅邸地面的沙子里,有很多物品细碎地凸出来。我捡起来,是一些陶片和瓦片,简单地拼了一下,拼不出一个陶罐的模样。几个人还捡到了带铁锈的箭簇、红铜纽扣、黑色的玻璃珠和赭红色的玛瑙。

林谷村教授眼疾手快,手气超好,他捡到了几枚铜钱:"嗯,你们看,这是汉代五铢钱,说明当时精绝国和汉朝之间有着十分紧密的经济关系。"

我们在尼雅废墟中缓步穿行,感受着时间流逝中那令人畏惧的力量。除了我们,尼雅废墟再没有别人了。篱笆门,箩筐,废弃的家具,家禽、家畜的白骨,四脚朝天的雕花的木头桌子,都在那里站着躺着,像是最近才被人扔在那里的废弃物一样。

太阳迅速西坠,在天边最后辉煌地一闪,就不见了。天地之间顿时陷入鸿蒙一片的灰黑色中,让我们陷身于可能被大沙漠吞噬的恐惧中。只要是天空中没有了太阳,温度就降下来,我感觉到温度迅速降低到零摄氏度左右了,这与中午近四十摄氏度的高温相比,简直是天壤之别。

"我们要尽快回到营地去,我看天色,像是要起风了。在这里刮起风来,那就是巨大的沙尘暴。"

林谷村教授掏出塑料袋,小心地把找到的东西放进去,交给他的研究生。他们一男一女,都很安静。女学生把它放进背包里。我们向营地快步走去。

在帐篷中，半夜我被冻醒了。我穿了两层秋裤，外面还穿着保暖服和沙漠制服，躺在睡袋里，我还是被冻醒了。我伸手去摸矿泉水瓶，摸到的却是一个冰坨子。原来，矿泉水瓶里的水被冻住了。这说明，晚上的温度降到了零摄氏度以下。也许我是被外面的风声所惊醒的。那种风刮起来，听上去和城市里的风大相径庭。那风声，怎么说呢，就是像很多个怪物在夜晚嚎叫，声音高低错落，都不一样，却又是集体发出的。这种很奇怪的声音让我感到莫名的恐惧。

我翻了一个身，在我右侧的睡袋里的林谷村教授醒了，他轻声说："怎么，睡不着？这风声很吓人吧，沙漠风刮过尼雅废墟里的那些院落，所有的鬼魂、动物的影子，以及精绝国遗落的东西，都会和风说话。他们说话的声音，就是现在你听到的这种声音。"

我知道他是在开玩笑，其用意是要我不要紧张。我淡定了许多，我想，尼雅废墟正在以它独有的方式和我说话。

我的心渐渐沉静下来，困倦重新浮现，我睡着了。

我梦见杨盈来了。是的，是她，坐着一辆白色的沙漠越野车刚刚抵达，她穿着一件红色的衣服，非常鲜艳。她手里捧着一个东西，笑盈盈地向着我款款走来。我高兴地迎上去，我好像一直期待着她到来，快步走到了她跟前，她也快步来到了我的眼前，笑着打开了手掌让我看。啊，我看到在她的手心里，有三只白胖胖的蚕宝宝正在扭动着，仰起头向我张望。

我猛然一惊，醒了。原来是清晨强烈的阳光从被风掀开的帆布窗户那里照进来，正好照在我的脸上。

"起来吧，今天的任务比较重，我们要去寻找沙地里的干尸。运气好的话,我们还能发现有文字的简牍锦帛什么的。"林谷村教授早就起来了,他从外面进来,看到我刚刚醒来的懵懂样子说。

"什么,要去找干尸?不是去墓地挖吗?"我感到很诧异。

"在墓地的废墟,风沙会把埋在沙子里的干尸吹出来,裸露在沙地表面。赶紧起来吧,尼雅的干尸美女在等着你呢。"

我起来了,走出去,在人群中搜寻着杨盈的身影。她还没有来。我洗漱完毕,吃了早饭。有人专门用煤气罐烧了大米稀粥,我吃着干馕和牛肉干,榨菜丝,煮鸡蛋,又喝了一个盒装牛奶,这顿早饭很不错。

在林谷村教授的指挥下,考察队成立了两个小组,一组是新疆考古所由向导带领的几个人,和几个扛着铁锹的民工组成,向东南方向而去。他们有专门的考古考察目标。另外一组是林谷村教授带着我和他的博士研究生,加上买买提和民丰县的几个当地人,外加一些挖掘雇工,我们十几个人向着佛塔的西北方向前进。那边的一片高地,被认为是精绝国王室墓地的所在。

我们走上了高地,极目望去,但见沙海连连,死寂一片。我们都不说话,太阳开始发挥它的威力了。蜃气浮动,远近的那些被风撕裂的木桩子从沙子里长出来,显得很诡异。

走到那片墓地所在的高台上,可以看到被风吹出来的一些独木棺材是中空的,里面的尸体却不见了。

林教授让我们散开走,沙子不断把我们的脚陷进去。没多久,走在最西边的买买提叫起来了:"这里有干尸!好像还是个女的。教授——"

在沙漠中艰难跋涉的我加快了脚步。我们气喘吁吁地走到跟前。在被沙子掀开的一具独木棺材里，棺材盖躺在一边，有一具眼窝深陷的干尸躺在里面，是一具完整的女性干尸。林谷村说："是大风让它暴露出来的，我早说了，我们能捡到干尸。这才是第一具。后面肯定还有。"

林教授的话让我们很兴奋。我小心地紧跟林谷村教授，面对突然出现的尼雅精绝国的女性干尸，我有点小紧张。林教授俯身仔细地察看那具干尸，然后，用镊子整理包裹干尸的衣物。"看她的样貌，只有二十多岁。你看，这就是尼雅美女。"

林教授轻松的语调让我放松了一点。我屏住了呼吸，凑近观察。我闻到了奇怪的药草的味道，似乎是从干尸身上散发出来的。虽然死亡的野蛮夺走了她的生命，可看到她的第一眼，我并未感到恐惧。这具女干尸眉骨突出，细长，瓜子脸形，生前肯定很美丽：高鼻梁、深眼窝，头发是黄色的，很长，盘结到胸前。

我的心在狂跳。我从来没有距离一具干尸这么近。忽然，我觉得这具干尸的形貌有点熟悉，我正在诧异，耳畔林谷村教授的声音响起来了，他在对他的研究生说话：

"你们看，她身上穿着的，是羊毛制成的衣衫。她的手上还有一件羊毛织物，我看像是女人常用的手包。里面装着什么呢？鼓鼓囊囊的。如果我们运气好，我们可能会发现一面汉代的铜镜，和一把朽坏的木梳子。要小心，你们俩的任务，就是现在慢慢把这个手包取下来。"

两个研究生开始拍照，并按照考古学的专业技法，在那里考察女性干尸。他们要解开干尸手袋里的秘密了。

林谷村教授向前大踏步走着，我跟在他的后面，不能被他落下。我也有点担心，就我们这几个活人，在这个到处都是干尸的墓地里，那些干尸会不会突然一跃而起，从沙子里跳起来把我们一把抓住呢？这简直是丧尸电影里的镜头了。我被自己的想象所折磨，不敢再乱想了。

走着走着，林谷村教授停下了脚步，对一个雇工说：

"这下面肯定有一具棺材。在古代精绝国，都是将一段完整的圆木对半剖开后，中间挖空，然后装殓尸体再合上。就在这里。"林谷村指着脚下露出来的一段黑色的木桩说。

几个雇工开始干活。很快，他们就把一根一人多长的圆木棺材从松软的沙堆里挖了出来。此时的空气干净清亮，没有一丝风干扰我们，太阳也好像很好奇一样，在天空中友好地注视着大地。

林谷村蹲下来，仔细察看这具胡杨树干制作的棺材。"再不抢救性发掘，这具棺材就要被风沙毁坏了。你们来，按照我说的步骤，打开它。"

他指挥那几个人，从哪个地方入手，用什么力道，以及应该注意什么。就这样，我听到了砰的一声脆响，独木棺材被打开了。我又闻到了一阵淡然的药香，这香气，不像沉香那样浓郁和陈旧，像是一种被时间过滤的药物香气，淡淡的，在我的鼻翼前盘绕。

"又是一具美女干尸，你来看看。今天，你和尼雅美女有缘呢。"林谷村赞叹道。

我赶紧趋前，看到在这具中空的独木棺材里，侧身躺着一具小巧的女性干尸。她看着就像是一个少女，很年轻，肯定不到二十岁，身上裹着褐色的羊毛织毯。雇工把这具独木棺材取出来,发现在这具棺木下面,还有一具更大的棺木。

林谷村的研究生用皮尺量了一下,竟然有一米宽。雇工询问林教授:"要不要把这具棺木也起出来,打开?"

林谷村沉吟了片刻,摆了摆手:"不要动它了。我们只考察裸露的棺木,对地下的不要过多惊扰,这一次我们的准备不够充分。"

我想他是对的。此时,微风拂面,站在这道沙梁子上我放眼望去,只见沙丘起伏之中,一簇簇尼雅废墟中那古代精绝国遗存的房屋遗址,就像是螃蟹一样盘踞在沙地里;一根根顶端被风撕裂的木头非常尖利,像是沙丘长出的牙齿,狰狞地伸向了天空。

尼雅废墟的面积很大,一眼望不到头。我们继续奔走,时不时能看见裸露在沙地里的白色头骨和散架了的四肢骨头。

"古代精绝国的人,是些什么人?"我问林谷村教授。

"从人种学来判断,可能是斯基泰人。汉代之前,他们活跃在这一地区。也有学者认为,是雅利安人和吐火罗人到达这里,建立了村镇。精绝国的先民和犍陀罗文明也有关联。"林教授沉吟着。

我问:"斯基泰人是不是也叫塞种人?"

"嗯,是的。在希腊历史学家希罗多德的记述中,斯基泰人崛起于伊犁河流域,他们被波斯人称为塞种人。匈奴人攻打大月氏人,大月氏人占领了伊犁河流域,结果产生了连锁反应。斯基泰人就南迁到塔克拉玛干盆地的南缘,更远的一部分到达印度河北部流域,在那里建立了一个犍陀罗王朝,史称印度斯基泰王国。这个王国的遗址在现今巴基斯坦的北部。我猜想,古代精绝国的人,可能和这个文明有关。

但同时,他们作为城邦小国,在张骞凿空西域之后,受到了汉朝的长期影响,成为古代丝绸之路上的著名中转站。"

林谷村教授的现场教学,我和两位研究生听得频频点头。

这一天上午的发掘发现中,林谷村教授找到了他想找的东西——一块佉卢文木牍。是一个雇工在挖掘一片房屋遗址废墟时,在铁锨扬起来的沙子里,落下来的几块木片。

林教授眼疾手快,他捡了起来,欣喜若狂:"找到啦!找到啦!你们看,这是佉卢文木牍。"

我们都围过去,只见他的手里拿着的,是一块长条形的木板,中间凸起,就像是某种榫卯结构的木器。他轻轻打开:"这个是封泥。里面装的就是佉卢文的公文。"在阳伞的遮盖下,林谷村让我们看里面装着的那块木板,上面神奇地显现出一些如同蚯蚓一般扭动的文字。字体是黑色的,像是墨汁写上去的,一千多年过去了,依旧十分清晰。这种文字,只有林谷村教授认得:"等等!我来简单翻译一下,'税务总监黎贝耶,谨祝人神共敬和爱慕的队长苏左摩和州长特迦左身体健康,万寿无疆!并致函如下——'"

在那处可能是官署的遗址里,林教授又发现了几块佉卢文木牍。这些木牍被小心地放在塑料袋里,装进一个盒子中。林教授要回去仔细研究的。我想,这些佉卢文木牍承载的信息量很大,涉及了精绝国的社会体制、结构和人的文化构成。

我不停地流汗,跟在林教授的后面到处奔走,在沙漠中行走,就像是在陷阱里走路一样,特别费劲。中饭就是干馕就着矿泉水,外加一些榨菜丝。

下午，日头偏西的时候，喝光了水、吃完了干粮的我们，才带着极度的兴奋和疲惫，回到了佛塔一侧的扎营地。

晚上我们吃了香喷喷的羊肉抓饭。我们把带来的活羊宰杀了，做成了羊肉胡萝卜抓饭。这样的美味，只有饥饿的人才能知道，我们几十人围着几个大盆子，用手去抓那黄灿灿的抓饭，是名副其实的抓饭，简直香极了。

吃完了抓饭，太阳也落下去了。温度降低，我们都躲进了各自的帐篷里，准备歇息了。这可真是日出而作，日落而息呀。在沙漠里，没有手机信号，没有噪声污染，没有灯光照明，只有太阳和月亮的眷顾。

我钻进了睡袋，一下子就睡着了。

我醒来的时候，能感觉到在帐篷外面，夜晚的尼雅废墟万籁俱寂。不知道为什么，此时此刻，我的内心汹涌澎湃，就好像我早就来过这里似的。我听到了某种声音的召唤。是的，就在此刻，我仔细地谛听，听到了若有若无的一个声音在呼唤我。莫非尼雅美女在废墟中，在独木棺材中呼唤着我？我毛骨悚然了一阵子，又奇迹般地镇定了下来。我变得双目炯炯，毫无倦意了。我起身，悄悄走出了帐篷。

今晚的月亮是满月，无比巨大，比在城市里看到的月亮要大好几倍，也要明亮许多，我的脚步带着我走上高地。我似乎看得见四周的沙丘、废墟和涌出地表的棺木。月亮给大地和我的身上披上了一层薄薄的轻纱，让我处于一种迷幻的感觉里。

我信步往前走，就像是月亮在给我引路，可我不知道我要干什么。我又闻到了一阵幽香，这幽香就是在早晨打开那具独木棺材的时候，我闻到的古老的香气。我简直惊呆了：我看到了一个身穿艳丽锦帛，又像是身穿艾德莱斯绸裙子的女人，头上蒙着白色的纱巾，她在冲我招手。

我犹豫了一下，才快步向她走去，可总也无法到达她的身边。她好像在向我走来，又像是在缓慢地后退，一直引诱着我，让我靠近了一片干枯的胡杨树林。

我走过去了，想一把抓住她，可我抓住的，是一团白色的轻雾。

她笑了，她的眉眼怎么那么像杨盈？难道我穿越了？难道她是汉朝传丝公主的化身？可不是嘛，她轻盈浅笑，和我在玩捉迷藏，在这被如水的月光浸润的尼雅废墟中，在精绝古城的废墟里。好了，我终于一把抓到她的手了！这下你可跑不了了！且慢，她的手心里有一个什么东西，她把它留在了我的手里。然后，她又挣脱了，跑远了……

我醒了，此时已经是天光大亮了。我还是做了一个梦。

我坐起来，摇了摇脑袋，就像是在摆脱梦中那轻雾一样的月光。我伸出了右手，这时，我惊呆了。天哪，在我的手心里，有一块小小的纸板，纸板上分布着一些黑色的小斑点，那些斑点，正是一些蚕种。这说明，我也许不是在做梦。

我很惊骇，也很激动，站起来就往帐篷外面跑。

等到我跑出去，在阳光的照射下，在尼雅废墟那高大的佛塔的注视下,我看到,有一辆白色的沙漠越野车疾驰而来,停在距离我不远的地方。穿着漂亮的艾德莱斯绸裙子、头上蒙着白色纱巾的杨盈下了车,她掀开了脸上轻雾一般的纱巾,笑盈盈地向我走来。

我呆呆地站着,像是在迎候她,又像是迟疑着要躲开。我手心里攥着的那纸板上面的蚕种,好像正在加速孵化。

楼兰五叠

一叠：泽中有火

在大沙漠和戈壁中间一开始就有河流穿过。遥远的冰山上的夏季融水形成的水流激荡而下，在地势低敞之处形成了一片湖泊。湖面很大，望不到边，湖边生长有成片的罗布麻，可以用来治病，这里就叫罗布淖尔了。淖尔就是湖的意思。那个时候，罗布淖尔水面开阔，湖边芦苇水草丛生，有很多条小河汇入湖水，河汊纵横。顺着来水往上游走，能看到成片的胡杨树林、红柳和梭梭林沿着河道和小湖边生长，也能看到野骆驼和野马群奔跑和栖息在树林里。

我出生后没有多久，被妈妈抱着来到湖边，就看到这些了。这样的风景是我最初的人世印象。那时，我只知道谁是我的妈妈，不知道谁是我的爸爸。不过，我有很多叔叔，他们对我都很好。我长大的过程中，发现我妈、我外婆、我奶奶，也就是所有的女人都是家里的主人，女人的地位比男人高。她们说话算话，还能惩罚男人，让他们滚出去，去猎取动物回来作为食物。

我记得，罗布淖尔周边的动物有很多，除了野骆驼、野马，还有野羊、野驴、野鸭、野狗、野兔子，到处都是野生动物。此外，罗布淖尔的湖水里生长着很多鱼,最多的是大头鱼。鱼的脑袋很大,占着半个身子,很傻,游动的速度很慢,用鱼叉很容易抓到它。还有身上有黑道的鱼、大白条、狗鱼、鲫鱼和小白条鱼,这些鱼没有防备心,在湖水里欢畅地游动。我们这些孩子抓鱼就用长木棍做成鱼叉,一叉一个准儿。大人们制作了一种捕鱼的捞网,抓鱼的速度要快得多。

在我的童年时光里,去罗布淖尔的芦苇荡里抓野鸭、野兔,捡拾鸟蛋,是非常开心的事。湖边的鸟非常多,水鸟、本地鸟和候鸟遍布湖岸。我们出现的时候,鸟儿就躲得远一些,可我总是能找到水草中的鸟巢,找到孵化出的小鸟。我把小鸟带回家,把它们养大,等到大一点我再把雏鸟放回鸟窝去。再去观察,发现有的雏鸟死去了,有的雏鸟长大后就能自己飞起来。

我记得出门打猎都是成年男人的事,他们手里拿着用石矛做成的投枪和飞石器,腰间别着石刀。他们上午出发,列队缓缓地走远了,像是一群沉默的黑驴。到傍晚,远行的男人们扛回来的有野驴、野羊和野兔。女人带着孩子,住在用芦苇和泥巴糊起来的圆锥形的屋子里,做饭缝补衣服。我们的衣服大都是麻做的,很结实,也很凉爽。下雨天我们都不出去。在罗布淖尔,下雨很少,可一旦下起来就很狂暴,仿佛天地之间在泼水一样;还有狂风刮起来,把雨水刮进草屋,温度迅速降低,这样我们就披上皮毛做的衣服,期盼着大雨赶紧过去。

我最喜欢看的就是芦花了。到了秋天,到处都是芦苇絮随着风在飘。芦苇随风刷刷地摇摆,芦花絮就飞起来,漫天遍野飘扬起来,非常美丽,孩子们就欢快地奔跑起来。

长大一点后,我就学会了骑马。我们的马很少,都是野马驯化的,抓到野马之后要用好几年，野马的性格才能变得平和下来，听人的话。再抓到野马，就让它和我们家养的马交配，生出来更多的马，我们家家都有马，小马和我一起长大。马的四条腿能把我们带向更远的地方。我骑马奔向胡杨林，看到有些胡杨树喜欢流泪。这是一种喜欢流泪的树，我尝了尝胡杨的眼泪，真是又咸又涩，比人的眼泪苦涩多了。

罗布淖尔的大人们喜欢喝一种深绿色的麻黄汁。这种汁液是从麻黄叶子和枝干里榨取出来的。它能止痛，还能带来幻觉。妈妈说我们的生活很苦，需要喝麻黄汁来提神，男人们女人们会围着篝火跳舞，用皮鼓伴奏。

有一年，很奇怪，上游的来水从春季就开始减少，到夏天里河水竟然断流了。注入罗布淖尔的来水极少，我们喝的水逐渐变得有些咸苦味儿，湖面在缩减，沙尘暴却滚滚而来。那一年，男人们出行打猎，有被老虎袭击死掉的，也有在荒野上走路被雷击死的。在圆锥草泥屋里的女人们被烟熏火燎，我能听见部族的女人很多都在咳嗽。人的寿命都不长，往往在四五十岁就死了。

在我们部族里，人死了是一件大事。死者的身体要涂抹动物油脂和胡麻油，然后裹上紧紧的麻布，穿上毡鞋和麻衣，头上戴着插了大雁和水鸟羽毛的毡帽；再将其装到用一整棵胡杨树挖出的船型棺木的凹槽里，把死者生前喜欢的东西放在身体边，盖上木棺盖，用绳子扎好；在胡杨棺的表层涂上红色的岩石粉，这样使得船型棺耀眼无比。将其架在一个木架上，我们部族的人要围绕胡杨棺绕圈，祈祷，唱纪念的歌谣。我们大人小孩都沉默不语，知道死亡是一件可怕的事情，人死了就不会再复活了。

第二天，我们一起出发，几个人抬着红色棺木，后面的人跟着慢慢走，唱着歌，流着泪水。死者都会埋在北面的墓地里。送葬的队伍长长的，在沙地上拉出了影子。人们唱着赞颂太阳和死者的歌。没有太阳，就没有万物，这是我们都知道的。那个明亮的火球在天上闪耀，照看着我们所有的人。

墓地在一片被风吹刮成的宽阔台地上，我记事的时候就有。大人说，高台上的墓地存在好几百年了，我们部族死去的人都埋在那里。在高台上挖出一个墓坑，把棺木下葬，埋起来之后，大人用胡杨枝干做成栅栏围成一个圈，木栅栏用红砂石粉涂抹得一片鲜红，看上去像是地上的丛林在燃烧。

我们部族的墓地被太阳所看护。那片墓地后来叫作太阳墓地。

我成年后记忆最深刻的一件事，是罗布淖尔发生的一场大火。大火是突然出现在湖水中的，这让我们所有人都觉得奇怪，怎么水竟然能着火呢？我们惊慌失措，担心整个湖面都会燃烧，这样我们就完了。可经过仔细观察，我们发现，湖面的燃烧，是由一种黑色液体着火所引起的。

有一天，我在湖上打鱼，忽然看见湖面涌出来一些黏稠的黑色液体，一股股往外冒，靠近观察，味道很难闻。黑色液体涌出后在湖面上形成了圆圈，越来越多，一圈圈扩大，还带着一种嘶嘶的响动。我们坐在小船上，都很吃惊，不知道这黑色液体是什么东西，就赶紧划船走开。远远地，能看到那黑色液体的大圆圈中间开始喷出柱头样的形状，接着，向上喷射出越来越高的水柱，就像是地底下的一条黑蛇在盘绕着向上飞动一样。啊,可能是恶魔大水蛇来了!有人尖叫。

我也很害怕,不知道这黑色的液体会怎么袭击我们。我试图靠近这黑色的、在湖面上越来越大的圆圈,中间那个黑色水柱就像是黑蛇的脑袋。可它稳定在那里,只是在湖面上不断涌出。有人说这是怪兽,可我靠近黑色液体,探出手在水面抓了一把,黑色液体粘在我手上,就像是一种稠油,在水里洗刷,很难洗掉。这说明它是一种奇怪的液体,并不是动物,更不是恶魔水蛇。我们回去告诉部落的女族长,整个部族的人都听说了这件事,纷纷走出泥巴芦苇圆锥屋,乘坐自家的独木舟和圆形的卡盆,去湖上靠近那黑色液体形成的圆圈。他们每个人都用手去抓了一把,发现这黑色液体很难洗掉,又很难闻,惊叫着奋力划着小船和卡盆,回到了岸上仔细观察。

然后,我就在那时,看到了你,姑娘,你从芦苇荡里钻出来。你在大湖的另外一边的部族长大,和我们是不远不近的邻居。我们的部族和你们的部族经常交换食物和用具,我们部族的女人擅长各类编织,草盘子、草篓、草鞋、草衣、草帽,样样都有。你们部族的人擅长将胡杨木做成各种东西,木棺材、木船、木盆、木碗、木勺、木鞋子,什么都是木头做的。我们两个部族就互相交换这些东西,男人们还联手去打猎,因为围猎野羊群和野骆驼,需要更多的人手,打猎所获得的东西两个部族平分。

然后,在人们尖叫着,甩掉手上的黑色稠油时,我就看到了你。姑娘,你划着小船,飞快地来到我的船边,你的眼睛那么美,你调皮地坐在独木舟上,拿木桨把水花打起来,溅到我的身上,问我:"傻小子,呆呆地看我干吗?这黑色液体是什么鬼东西?你叫啥?"

我说:"第一,我不傻;第二,这黑色的液体是啥我也不知道;第三,我叫巴布。你呢?"

她眨巴着眼睛:"我叫芦花。我听见这边这么多船在游走,以为出了什么大事呢。"

我说:"就是看到了湖面上的黑色液体。芦花,你觉得这黑色液体是什么呢?"

她摇了摇头:"不知道,但我觉得肯定不是好东西,要小心一点。巴布,我喜欢吃鱼,你能给我抓一条鱼吗?"

我笑了:"当然可以啊,不过,你得给我东西来交换。"

我们就在水面上划着船,我一边划,一边注意水下的动静。大鱼都有黑色的脊线,在水下游动时能看到。我忽然停下来,抓着鱼叉投出去,叉中一条大鱼。我跳下湖,在水面上抓住鱼叉的木杆,然后在水面踩水,举起鱼叉,叉到了一条长着银白色肚皮的鱼。游向她的独木舟边,把那条大鱼扔到她的独木舟上,说:"你能给我啥呢?"

她说:"我给你做木头弹弓吧。"

我和芦花就这么认识了。就是在那一天,突然下起了雷阵雨。黑色的云团压过来,我们都很害怕,赶紧划船上岸,一阵阵闪电在头顶闪亮,炸雷在空中爆响。闪电和大地接触,直刷刷的一道白色的闪电击打在湖面上,刚好击打在黑色液体圆圈中间喷溅而起的水柱上,白色闪电和黑色的水蛇头瞬间接触,一下子就着起火来了。

我们俩刚到岸边就看到了这一幕,都惊呆了。那黑色的水蛇头立即变成了红色的火蛇,一阵阵的炸响声荡漾开来,湖面着火。火蛇头燃烧起来,白色闪电已经失踪,雷雨下了起来。大湖之上,黑色的云层中闪电不断，映射在湖面之上，形成了闪烁的倒影。火蛇在湖面熊熊燃烧，然后向外迅速扩展，把湖面上的黑色圆圈点燃了。

这真是壮观啊，湖面在燃烧，喷溅出来的火蛇头也在燃烧，还在随着大风飘摇，就像是一头巨兽在摇头摆尾，在向我们示威，在欢快地跳跃。湖面燃烧的火焰，是蓝色、暗红色和白色交织的活体火苗，让周围热量升高。湖面的火势这么大，我们从来都没有见过。火势蔓延得很迅速，眨眼之间，就蔓延到了湖边的芦苇荡。芦苇荡也开始着火了，很多鱼都翻了白肚皮，从水下浮出来。

"巴布巴布，你看，芦苇荡都烧着了！我回不去了，这可怎么办！"芦花很焦急，她哭了。我走过去揽住她的腰，我说："别着急，芦花，任何一场火，都有熄灭的时候。这不过就是一场大火。"

我的安慰起到了作用，她靠在我的肩头啜泣，然后渐渐停止了哭泣，呆呆地看着天地之间的这场大火，逐渐烧向了远方。水天连接处，是火，水火不容，可水火也有互相妥协的地方。我看着这天地之间的一场大火，感受到了大自然的神力，也感受到了芦花的温柔。

第二天，湖面的火熄灭了。雨停了，天晴了，全体族人都出发了。湖面的火蛇头也熄灭了，火蛇头没了，湖面之上还有黑色的黏稠液体涌出来，就像是一眼咕嘟嘟冒着的喷泉。黑色液体继续外溢，在湖面之上扩展。白色的水鸟不慎掉入这黑色液体圆圈里，羽毛被粘连了，无法起飞，凄惨地鸣叫着。

我外婆取出来记事的一段木头，刻下了两道紧挨着的深深的痕迹。我问她："外婆，这是什么意思？"

我外婆说："我记下来的都是大事。现在我记的是：'泽中有火'。"

我妈妈、我和芦花去解救水鸟，把被黑油粘住的水鸟带到岸上，给它清洗羽毛。但很难洗干净，这只水鸟就在我家的圆锥形草屋里留下了，我来养着它，给它抓小鱼吃，这成为我和芦花见面时一定要说的事。

部族的男人们出发，在余烬未消的芦苇荡里，寻找大火烧灭之后受伤和死去的动物。一场大火对于罗布淖尔的动物来说也是灾难。来不及在大火中逃跑的野羊、野兔、野狐狸、刺猬、蛇、水鸟等等或死或伤，到处都是，他们收获很多，一趟趟背着运回来。这场大火把湖岸几条支流的芦苇荡都烧完了。

我和芦花也在余烬中找到了烧熟的鸟蛋。我在独木舟上给她剥开一枚鸟蛋的壳儿，喂给她吃。她用白白的牙齿咬住鸟蛋，眼睛又黑又亮。

有一天，她说："巴布，爸爸说要见见你。我们的部族是男人说了算，和你们部族不一样。你们是女人当家。我羡慕你有妈妈，我妈妈早就去世了。"

我坐在芦花的独木舟上，前往罗布淖尔的北岸。在一条河汊的尽头，是一片胡杨林和红柳林，长得十分茂密。到了那边的部族，我看到在一片树林里搭建了很多树屋。这些屋子在距离地面一人高的地方建起来，能防止夏季的洪水，也能防止野兽的偷袭。

我们走近一间树屋。一个男人走出来，他是芦花的父亲。这是一个强壮的男人，穿着黄褐色的麻布衣服，脚上是一双牛皮鞋子。他说："听芦花说你叫巴布，她很喜欢你，说你会打猎，你跟我去打一次猎吧。"他拿着弓箭——这是一种由胡杨枝和红柳木做成的弓箭,箭簇是黑曜石打磨的,十分坚硬锐利——说:"这是弓箭,是我做的,给你用。"

我说:"我不会射箭,但我会下套子。"

"什么套子?能套住什么东西?"他的眼睛和芦花长得很像。

"兔子套,狐狸套,水獭套,我都会下。"

他笑了:"我还以为你能给老虎下套呢。咱们今天去打老虎。巴布,罗布虎你见过吗?"

我愣了一下:"老虎啊!没见过。但听说,在胡杨林那边有,可从来没见过。"

"罗布虎其实就是大的野猫,你不要害怕。昨天,这里有一只野骆驼被罗布虎咬死了。我们去那边看看。你不会使弓箭,那就给你一把砍刀,老虎扑过来的时候,你可以用。芦花,你在家里等着吧。"他不让女儿跟着我们去打猎,去打老虎。

我们乘坐一条独木舟到上游的更大的胡杨林里打猎。我猜这可能是芦花的父亲在考验我,考验我的胆量和谋生技艺。独木舟是中间挖空的,叫作"卡盆",我们划着两艘卡盆,从罗布淖尔北岸前往上游地区。经过一片沼泽地带,我看到草木茂盛,不像有老虎存在的样子。继续走,就是整片的胡杨树林。芦花的父亲告诉我,在树林里生长着一种颜色偏白的老虎,叫作罗布虎。现在,罗布虎也不多了,它们有时候会袭击人。

我们划了一个上午的船,两个人带着的烤饼吃了一半,最后我们来到了胡杨林的最茂密处。我们上岸,芦花的爸爸非常了解各种动物的踪迹，他指给我看野山羊、绵羊、野牛、马、野驴、野骆驼蹄印的踪迹，教会我辨别它们。他在一丛红柳枯枝上拈过一根黄色的毛，说："巴布小子，你看这就是罗布虎的毛。你看，那边，还有罗布虎的爪印。"

顺着他手指的方向，我看到了像一朵朵盛开的花朵般的虎爪印，在湿漉漉的地上十分清晰。不远处，就是成片的茂密的胡杨林。胡杨树上了年纪形状变得十分怪异，像一个个骨节患病的老人站在那里。到了秋天，树叶是黄色的，非常美，也让人头晕。罗布虎的颜色偏白，有花纹，在树林里出没，很警觉。

我们在胡杨林里埋伏起来，在一处低地休息，喝水，吃东西。芦花的爸爸问了我好多问题。比如，我爸爸是谁？我老实回答，不知道。妈妈呢？我告诉了他，我妈妈的腿是部族最长的，最会编织草篓、草盘和草簸箕。我说了很多，他也问了很多。最后他问我，你有什么梦想？我说，我想带着芦花一起远走高飞。去哪里呢？我想了想，去罗布淖尔北边的乌鲁塔格山的北面，据说那里有一片雪山。雪山再往北是大草原，再往北走，就不知道有什么了。

"哦，你想去更远的地方。"他笑了，"我家芦花很喜欢你，她告诉我了。你也喜欢她，对吧？可我们都是在罗布淖尔生活的罗布人，到更远的地方有没有东西吃，就很难说了。所以，你的梦想还是要现实一点，比如我们这一次是出来打猎的，是专门来打老虎的，老虎是会咬死人的，必须要警觉，要严阵以待。"

我笑了，点头承认他说得对。我说："我也非常喜欢芦花，她很顽皮，她很喜欢捉弄我，我不知道她愿不愿意和我去更远的地方，假如您允许的话。"

他说："我肯定不允许你带她到更远的地方，除非我已经死去，那时候就是你说了算。"

我说："我说了不算，我妈妈说了算。我们那边都是这样。"

他笑起来，说："傻小子，你是个老实的家伙。不过要在罗布淖尔活下来，得再聪明一点。"这天晚上，我们在星星的注视下，睡在大地上，裹在罗布麻披风中。

天还没有亮，我就惊醒了，听到了树林里传来了嘶吼声。我被芦花的爸爸提醒："快点，老虎来了！"我们立即按照打猎姿势准备好，检查了所有的武器。

我们摸过去，看到在清晨的曦光里，在胡杨树林之间，一只黄色偏白的罗布虎正在和一头牛搏斗。在大牛的旁边，还有一只吓得乱叫的小牛犊。老虎不断扑击大牛，大牛护着小牛。我们从迎风的方向走过去，这样老虎闻不到我们的味道。我看到了老虎扑击牛的动作十分敏捷凶猛，也很有技巧，一下又一下，大牛被它撕咬住脖子，老虎甚至跳上了大牛的背，大牛被咬得无法动弹，流血不止。大牛愤怒地叫着，保护小牛，不让小牛遭到灭顶之灾。最终老牛不堪扑击，背上皮开肉绽，被罗布虎扑倒在地。

我按照芦花父亲的指令行事，他示意我们不要动，要在迎风之处静观变化。等到老虎和大牛的搏斗到了尾声，大牛倒下了，几乎筋疲力尽的老虎又扑向了小牛，一口咬住了小牛的喉咙，拖着走，不撒嘴。眼看着小牛即将窒息而死，这时，芦花的父亲说，跟我上！他一跃而起，向咬着小牛的罗布虎跑过去，一边跑一边射箭，嗖嗖的射箭声破空响起,非常有力,眼看着几支箭簇准确地射在老虎的心脏、眼睛和脖子处。老虎惨叫一声,翻身猛扑过来,身上的箭簇在抖动,它愤怒至极,扑到芦花的父亲近前。芦花的父亲来不及躲避,手中的弓箭掉落,他一下被老虎扑倒了。

正在这个紧要关头,我飞奔到老虎跟前,用石刀从老虎的右侧扎入它的脖子,老虎吼叫一声,放开了芦花的父亲向我扑来。我仰躺在地上,就在老虎腾空向我扑来的一刹那,挥手一刀,一下割开了老虎的脖子。老虎重重地跌落在我身上,抽动着身体,它的血流出来,把我的麻布衣服都染红了。

芦花的父亲跑过来,一把掀开老虎,又补了一刀,老虎彻底不能动了。他拉我起来,看我眼睛里惊魂未定,鼓励我说:"嗯,巴布,你小子动作够麻利的,不然它会先咬死我,是你救了我。"死老虎的鲜血从脖子处涌出,芦花的父亲伸过脑袋,畅快地喝着老虎的血,然后对我说:"巴布小子,过来,尝尝老虎的鲜血,喝了老虎血,你才会成长为一个真正的男人。"

我也学着去喝老虎的血。这只老虎的血很腥,很鲜,味道很奇怪。等了一会儿,我们再去看那两头牛,小牛也快死了,它的喉咙几乎被老虎咬断,呼哧呼哧地喘气,喉管处还有血沫子。小牛那单纯而悲伤的眼神让我很难受,它的两只牛角晶莹剔透,青黑色,就像是玉石一样。芦花的父亲用石刀在小牛的脖子处抹了一下,杀了垂死的小牛。

我们猎获了一只罗布虎,还得到了一大一小两头牛。这一次打猎,我们的猎获物十分丰厚。可怎么把两头牛和一只老虎带回北岸的家,是一个问题。我有些发愁,可芦花的父亲看着我,他经验丰富,知道我在想什么。他拍了拍我的肩膀，高兴极了："这一趟，没想到，收获这么大，很多年都不会碰到这样的事。你放心，我们肯定能把猎物运回部族。"

芦花的爸爸有办法，他先是截取了两棵胡杨木，以最快的速度在胡杨木中间挖了坑，然后把胡杨木拖到河边，再和我返回打猎原地，把三只猎获物分别放在胡杨树枝捆扎的拖木上。我和他把老虎、大牛和小牛分三次拖到有水的胡杨木船边，放在那有凹槽的胡杨木上绑好，再用绳子把两条胡杨木船紧紧系在我们的船后面，用麻绳将我们的两艘卡盆和两根胡杨木系紧了，又把小牛放在他的卡盆上，开始划着卡盆返程。

我永远都无法忘记我和芦花的爸爸，划着卡盆独木舟返程的那一天。这是一天的上午，太阳高照之下，我奋力地划着，努力跟上芦花爸爸的独木舟。我和他的卡盆的后面，各自系着一截装载捆绑着大牛和老虎的胡杨木，借助河水的力量，我们顺流而下。

我们划呀划，划呀划，带着丰厚的收获返程。这三只动物，一只老虎两头牛，浑身都是宝，够部族的全体人吃一阵子的。皮毛可以做出好几件衣服和鞋子，骨头可以熬制成一种油脂，储存在陶罐里。吃不完的肉和骨头还可以用盐碱腌起来。和芦花的父亲第一次出猎，就有这么大的收获，我很兴奋。划呀划，划呀划，时不时回头看看我身后水面的胡杨木上绑着的老虎，这家伙死了，可它的眼睛还在睁着，随着水流的激荡点着头，看着我，不知道是什么意思。难道它想说，你很棒，巴布，你成年了，你能杀死我，说明你是一个真正的男人，你可以娶芦花做老婆了。

我们走了大半天，回到北岸，芦花所在部族的人都出来欢迎我们，帮助我们把猎获物抬走。此时，我和芦花父亲已经精疲力竭。芦花也在人群中，她扑过来先是拥抱了父亲，接着拉着我的手，捶了我两下，表示赞许，她身上有花的香气和鱼的腥气，还有羊奶的味道。

大家都很高兴，很快就把两头牛和一只老虎的肉分完了，家家户户兴高采烈。到了晚上，整个部族的营地里，家家飘出了烤肉、煮肉的香味儿。

芦花的爸爸对我很满意。他取下小牛的两只角，打磨成了能吹响的牛角，当着我的面呜呜地吹。然后拿皮绳穿好了，把我和芦花叫到了一起，在我们俩的胸前，给每人戴上一只牛角。他说："你们结婚吧，你回去告诉你妈妈，我想让你把芦花娶回去，到你的部落去。你是一个勇敢的男子，巴布，你杀死了一只老虎，你要把你的勇敢告诉你部族的所有人。"

芦花和我抚摸着一模一样的小牛角号，感觉青青黑黑的牛角散发着别样的温暖，我们相视一笑，然后举起牛角吹。牛角的声音悠长，就像是小牛在寻找失散的大牛母亲一样，也像是我和芦花在互相倾诉着爱慕。

后来，我就带着芦花回家了，我们成亲了。此后两个部族的来往增加了，我们两个部族持续联姻。部族的繁衍是一件大事，人口增加，河流的水又多起来，黑色的液体还在不断涌出。这一年，河流进入丰水季节，向大湖注入水流。水的咸涩味消失了。

有时候沙尘暴带来旱灾，长时间不下雨，河道又枯竭了。黑色的液体再次在闪电的点燃下燃烧起来。湖边的芦苇荡再次被燃烧殆尽。

在狂风暴雨中,我们部族的锥形圆泥屋被摧毁,我们学习建造木屋,向芦花所在部族学习。我们去上游砍树,砍掉那些胡杨林,眼看着一棵棵硕大古老的胡杨树干顺溜漂下来。老人说,树砍得越多,雨水会越少。后来,人口增加了,水却在变少。罗布淖尔在不断移动。

我妈妈也死了,她被埋在那片太阳墓地里。那天,她身体裹着黄麻布,头上戴着白色的插着雁翎的毡帽。她闭上了大眼睛,一动不动。死亡依旧十分可怕,她永远都不会再对我笑了。太阳墓地里,红色的木头栅栏高高地直指天空,和燃烧的太阳是一个颜色。我们部族的人喜欢红色,红色是火焰,是血的颜色。

后来死亡接踵而至。七月的时候,从孔雀河上游来了一群强盗。他们骑着马,旋风一样席卷了罗布淖尔,抢走了部族男人们的猎获物,我们和强盗之间发生了激烈的战斗。那时,我在罗布淖尔打鱼,看见这场战斗在不远处的岸上发生。等我回到岸上,我们部族的人已经死了不少,很多房屋都被毁坏,东西都被抢走了。本来每家每户的东西都不多,草编物、木制品、皮毛和晾干的鱼肉、咸肉等等,大部分都被孔雀河上游来的强盗抢走了。

他们旋风一样来,骑着马,速度很快,比我们的快,抢完了就旋风一样走。在太阳墓地,又多了一些埋葬者。殷红的木头栅栏指向了天空,太阳炽热地照射着大地和新死者的墓。长长的送葬队伍,每个人都在低首哭泣。我看见在高台上的墓地里,这片我们祖祖辈辈埋葬的地方，干坼的劲风在吹拂，风蚀得高地不断坍塌，一些坟墓中失却了水分的干尸，那些几十年、几百年前的干尸，我的前辈们，还在熟睡，却从沙子里面露出来。我们赶紧继续整修墓地，把他们再埋回去。

我们要继续和西边来的强盗作战。部族的女人们也组织起来，应对强盗刮风一样的抢劫。等到他们再次到来是两个月之后，部族已经有准备了，我们埋伏好了。眼看着远处出现了一群强盗的马队，正在杀气冲天地席卷过来，等到他们靠近我们的部族居住处，我们都躲在木屋中，从隐蔽处向他们射箭。人仰马翻之际，其他强盗继续向前冲。这时，陷阱、拌索都起到了作用。惊心动魄的战斗持续了一阵子，几百人的强盗被我们打退了，这一次，我们杀死了几十个来犯之敌。我们把他们的尸体扔进了罗布淖尔里面，那些尸体漂浮着，就是不沉下去。

我发现罗布淖尔的水变得咸涩了。靠近我们村落的水系，很久没有流动。

芦花也怀孕了，我不叫她和我一起去打鱼，担心她掉到咸涩的湖水里。芦花开始呕吐，她的肚子渐渐隆起。可她却得了一种奇怪的病。有一天，她被蚊子咬了，身体就不停地打摆子，忽冷忽热。几天之后，她就不行了。

巫师来了，手里拿着拨浪鼓，脑袋上都是羽毛。他穿着麻布大衣，在点燃的火堆前后跳跃，喷水，把一条鱼破开，说："我也没有办法，她要死了。"

我在黄泥芦苇屋子里，紧紧地握着躺在麻布床上的芦花的手。她看着我，打着摆子，叫着叫着，眼睛睁着，笑了。她不再叫了，没有劲儿了。

孩子流产了。我的芦花也死了。

外婆说，这是女人的命，十个女人就有两个因孕育而丧生，只不过，这次是我的芦花。芦花死了，我怎么办？我握着渐渐冷凉的芦花的手，我知道她永远离开我了。罗布淖尔的风也变得咸涩，就像是我的泪水一样。

我把芦花葬在太阳墓地，把那只她父亲给我的小牛角号放在她的左手里，帮助她握紧。小牛角贴近了她的心脏。

我的胸前还有一只牛角，这是我们之间的信物，两只牛角现在分开了。是我去太阳墓地亲自挖的墓穴，我挖得很深，我希望谁都不要找到她，包括强风，包括云，包括鸟。我看到红色的木栅栏朝向太阳，我的芦花将在这里安眠，而我将走向远方。

我使劲挖啊使劲挖，我要把她藏在大地的深处。在高台上的太阳墓地那里，她将和我的祖先相遇，也会和我再见。我把她埋在了太阳墓地里，太阳火辣辣地照射着我和我的悲伤，火红的木栅栏被风吹歪了。这片墓地埋葬了成百上千的死者，如今，又多了一个。

我拿起了我胸前的牛角号，面对白花花、火辣辣的太阳吹了起来。牛角号的呜咽里是我的悲伤，是芦花和我在说话，是风在借助牛角说着它们的话——更大的黑沙暴就要来了，就要在这罗布淖尔肆虐了。

我埋葬了芦花，罗布淖尔已经不值得我流连，我要划着独木舟，穿越整个罗布淖尔,向北而行。我不知道那里有什么等待着我,是雪山,是苍鹰,是马群;是暴风雨,是流星,还是山的回声?我时而吹着牛角号,时而划着独木舟卡盆,在茫茫的罗布淖尔湖面上一路北行。

茫茫的湖面之上,只有我一个人,在奋力前行。

二叠：幸毋相忘

姝人：

　　此次西行，前途迢迢，不可预测，所以我想给你写一封书简。可落笔在木简上，只有区区几个字：谨以琅玕致问，幸毋相忘。

　　琅玕是一种美玉珠子，是传说中的一种仙树所生的果实，代表美好的祝愿。我知道我无法递出琅玕，千言万语，在我想写给你的书简中都承载不下，每一枚木简只能写十几个字，我就只能把祝愿的话写在木简上，收起来带在身边。会有你读到木简的那一天，假如我活着回去的话。如果我死了，会有汉兵帮我把这些信简带回去给你，这样你就知道我在西域的心情，我在想什么，我又是如何想念你的。在每一个晚上或在大漠戈壁上那些孤寂的白天，休息的时候，我是如何在帐篷里写下了这些信简。写在竹简和木简上的字数有限，写在白色丝帛上时，可以多写一些话，这样就是白帛黑字。写完之后，墨迹干了，裹带在我身边，我常拿出来自己看看，想象着，假如你收到这封帛书，会是一种什么样的表情和心情。你的眉毛会不会变得弯弯的，就像是春天里新发的柳叶一样；你的眼睛会不会眯起来，就像是燕子的嘴唇一样细微；你的笑靥也会浮现，你会把我写下来的信，一个字一个字地仔细读，默默地念着，然后，把它们都记在心里，想念在远方的我。

是的，我已在路上，西行西域，大道朝天，天气多变，天象复杂。夜晚，星空的浩瀚让我感到了自己的渺小。白天，天距离大地很近，距离我的心很近，我豪气万丈，因为有你在长安期待着我的归来。

我不能确定我能安全归来，所以，我已经叮嘱随从的壮士，要保管好我的东西。一旦我发生意外死去，他们要把我带着的东西分门别类地交给我的亲人。这里面有给我父母的，给我的朋友的，也有给你的这些木简和帛书信笺。除了盼望能早日回到长安去迎娶你，我不能再盼望别的了。

可死亡总是和我相伴的。我此次西行的目的地，是楼兰和龟兹两个小国。这两个小国经常出尔反尔，最近更是倒向匈奴，将大汉派去的使者击杀。楼兰和龟兹都在大汉通向西域的大宛和其他西域各国的要道之上，国虽小，但位置很重要。他们有自己的生存之法，那就是尽量保持中立，在我大汉和匈奴人之间保持平衡。

姝人啊，给你说了这些女子不太感兴趣的事，也是为了说给我自己听的。前些年，楼兰分别向匈奴和大汉派出王子作为质子，几年前发生了一件事：老楼兰王病逝了，为了尽快立新王，他们派人快马赶到长安，想把在长安做质子的楼兰王子接回去即位。结果，楼兰使者到了长安，见到他们的王子后傻眼了。

你知道为什么吗？原来，他们的那个王子在长安待了很多年，无所事事，到处惹是生非，还管不住自己的欲念，喝酒了就惹是生非。强抢民女不说，有一次还埋伏在半路上，袭击新选入宫的宫娥队列，

空城纪

偷抢了两名本来已选好敬献给皇帝的宫娥。于是,皇帝震怒,下诏让人把这个楼兰王子处以宫刑,这样他就不会再惹祸了。这种宫刑处罚对于男人来说是很羞辱的事情,等于是废掉了一个男人。

这个楼兰王子被处以宫刑,等于被废掉了,整天傻笑,变成了一个女里女气的人。他喜欢上一种桃花做的胭脂,还喜欢擦蝴蝶的翅膀做的莹粉,涂脂抹粉。楼兰使者见状大惊失色,觉得回去也不好交代。这下轮到我大汉朝廷多少有些尴尬。当时皇帝下诏对这个王子处以宫刑,诏令必须执行。现在,要把这个事情再转圜过来,怎么办呢?

丞相出了一个好主意,嘱咐楼兰使者说:"你回去向楼兰王室这么讲,就说我大汉皇帝陛下十分喜欢这个王子,不愿意让他回到楼兰,请他们另找一个王族当国王吧。"

要把事情说圆了,这是一个很好的说法:我朝皇帝喜欢楼兰王子,不愿意放他回去,这是个很能说得过去的理由。就这样,楼兰使者虽然没有接到王子,但拿回去很多大汉赠送的金银财宝、丝帛棉布等赏赐物。他们回去说了王子无法回来的原因,楼兰王室就赶紧又派人去匈奴王庭,把放在那里当质子的另一个王子接回去,承袭了楼兰王位。那个王子在匈奴营帐里长大,自然很亲近匈奴人,对我大汉就开始疏远。

有一年,大汉天子派人前往楼兰,邀请楼兰王前往长安,面谒大汉天子。但这个亲近匈奴、疏远大汉的楼兰新王,不愿意来长安,加以婉拒说:"我才当上楼兰王,楼兰现在国事繁杂,似乎有阴谋叛乱在暗地里滋生,需要我集中精力处理国事。可否两年之后我再去长安,面谒大汉天子?"

这等于是缓兵之计，也说明这个自小在匈奴大帐里长大的楼兰王，不愿意和大汉保持亲密关系。自张骞出使西域之后，大汉已将通往大宛等西极小国的道路打通，形成了一条丝绸和玉石的驮马之路，向西的商队络绎不绝。马背上驮着的都是大汉出产的金银陶器、丝绸绢帛、农具和其他物产，而从大宛、安息等国的商队向东抵达长安，运来的有玉石、毛毯、天马和香料等。龟兹与楼兰是从长安出发前往大宛、安息和大食的必经之路，前往那些奇异又遥远的西域，带回来汉朝人没有见过的香料、天马和各式毛毯各色玉石，是多么地激动人心啊。

于是，在大路上奔走的，都是商队的马匹和骆驼。经过沙漠地区，需要这种忍耐力非常强大的动物满载货物。很多汉人经过楼兰的时候，要在那里休整。从甘州、肃州继续向西到达敦煌郡，出了阳关无故人，出了玉门关无人烟。人烟稀少，连鸟都很少见到，到处都是戈壁滩上的石头蛋子。走到楼兰再往西，就能抵达龟兹。

龟兹和楼兰是必经之路上的小国，也是来往的商队和使团补给的重要站点。龟兹和楼兰城内有井水，城外有河水，水是人们在大沙戈壁地带穿行的时候最需要的东西。这几年，到达龟兹和楼兰、继续前往西域的汉朝商人和使者，却遭到龟兹和楼兰人的袭扰。龟兹、楼兰人看到汉人来了，就立即向驻扎在楼兰国的匈奴使者和兵士报告，匈奴使者就会让他们的兵士与刺客发动突然袭击，斩杀大汉商队和使者，还嫁祸于东奔西走的浪人。楼兰王曾在匈奴长大，他和匈奴沆瀣一气，投靠匈奴，疏远大汉。现在的楼兰王安归也是这样。

和你告别之后，我就带领满载东西的马队和驼队，以及几十位壮士，立即起身，前往楼兰。在我的怀里揣着你给我的信物，那柄小小的牛角号。那是你父亲多年前从龟兹带回来送给你的,你又把它给我了。你父亲已经去世,死在龟兹,当年被匈奴人所杀害。如今,我也出发,前往西域,打算像张骞一样建功立业。好男儿志在四方,大男子当建功立业,大汉鼓励男人远行,去探索未知世界,去带回新鲜识见,去找寻远方的边界。

妹人啊,我喜欢你给我的小小牛角号,它是青黑色的、十分圆润的牛角号,似乎有些年头了。可能是经常被你用油脂滋润,保存得很好。我拿出来吹的时候,那声音能让周围的一切都变得亮起来,飞鸟和蝴蝶也飞起来,在半空中舞动。这是很神奇的牛角号,它被你的手抚摸了很久,仿佛带着你的体温。现在,我就这么摸着它行路,戴着它前进。出了敦煌郡,我们就要到达阳关,出了阳关,就看不见一个熟悉的人了。可我想念着你,就顿时信心百倍,勇气陡增,建功立业的梦想距离我又近了一步。我想写的话有很多很多,可没有一枚汉简能装载得下,也没有一面丝帛能写得下,只有让它们在心里像洪流一样滚过,就像是我看着你的眼睛在对你诉说一样。

妹人:

我想念你这个美好的姑娘,**傅介子谨奉以琅玕,幸毋相忘**。我的心在为你而跳动。昨晚的黑风暴突然来袭,吹跑了我队伍的马匹。出阳关的时候,我已将从长安出发时带来的马匹大都换成了骆驼。我们刚走出阳关,还没有一百里的地方,就遇到了遮天蔽日的黑沙暴。这样的沙暴来得快,去得也快。来的时候,我们赶紧躲在路上遇到的红柳丛边,骆驼也都蹲下来,马匹的鼻子也由湿布包好。我们戴上防风沙的红铜眼罩，把自己裹在披风中，用湿毛巾捂住口鼻。等到黑沙暴走了之后，一切都变样了。熟悉的路不见了，驮马失踪，物品掉落了一些，被埋在沙子下面。这时我们发现，还是骆驼的能耐巨大：沙暴来临，它们安静地蹲下来，卧在沙地上，嘴里安闲地咀嚼着什么，耐心等待沙暴刮过去。沙暴过去了，就起身继续前行，在沙漠戈壁行路，骆驼是最可靠的帮手。

我带的人也死了一个，他在敦煌就发热病，一直未见好转，好几天了。在黑沙暴过后，我们发现他已窒息而死。沙暴中，呼吸是一个大问题。但我的队伍其他人都在，金银铜器丝帛锦绣都在，口粮掉在地上埋在沙子里，又被挖出来了。马死了几匹，骆驼都还在。于是我们就把死马开膛，把马肉做成咸肉，晾晒成肉干，装好，当作路上的干粮。

姝人，我想起来在元凤年间（公元前80年），我曾以骏马监的身份出使大宛。那一次，当我经过楼兰和龟兹的时候，发现龟兹和楼兰首鼠两端，依附匈奴的情况，我代表大汉严厉斥责了他们。他们表面上对我唯唯诺诺的，暗地里做两面人，继续欺骗我。我从大宛买了骏马，离开龟兹向东走，到达楼兰后，我在客舍住下，休整了几天。有一天，从龟兹过来的大汉客商找我举告说，前几天，我前脚刚走，匈奴使者就在龟兹击杀了我大汉使者和客商多人，还抢劫财物。

我就带领人马立即返归龟兹，在那里暗查匈奴使者的住所，然后策划好行动，带领汉兵发动了突然袭击，杀死几个匈奴使者和暗探，将他们的首级装入皮囊，一举震慑了龟兹王庭。我把匈奴驻扎在龟兹的使者的脑袋让龟兹王看，问他："你认识这几个家伙吗？"龟兹王有汉姓，白姓，说："不认识，真的不认识。匈奴人悄悄待在我龟兹，我真的不知道。"

我哈哈大笑，装作信了他的话，我也知道我杀了匈奴使者已经让他感到震撼了。我把这几颗脑袋带回长安，向汉廷复命。那一次，我的勇敢行动得到了汉廷的嘉奖和封赏，我被拜为中郎，升为平乐监。

也就是在那时，我和你相遇了。姝人，你还记得吗，美好的姝人？在长安城外的一条泥河边，在一个杨柳依依的日子里，春风拂面，你在郊外踏青，衣袂飘飘，裙裾翠绿，白色绿色交相辉映，和布裙蓝衣的其他村妇民女大不一样。你一出现，就吸引了我的目光。你来到了一片墓地。原来，你是出城来给父亲的衣冠冢添新土的。你父亲死在武帝时期，就在西出阳关一千里的龟兹，汉兵带回来的只有他的衣冠和头发——埋葬在长安郊外。你的胸前有一柄小巧的牛角号，就是你后来给我的这一柄，你添了新土，吹响了牛角。我从你吹的牛角声中听出了激越和悲怆，听出了大地的辽阔和一个女子的忧伤。

我被你吸引了，走过去施礼之后，和你主动说话。我也不知道是哪里来的勇气，按说，我这样的人是不应该去和陌生女孩子搭话的，何况你还有侍女陪伴。那样太不礼貌，也不庄重。我问了你添土的坟是你家何人？你说，是你父亲，死在龟兹，尸骨未还，这里是衣冠冢。我一下子激动起来，我说，我去过你父亲死的地方。如果可能，我愿意去寻访你父亲的骨殖，把他在异乡的骨殖带回来。

你的眼睛亮了，对我很留意，我们就这么认识了。一来二去，我和父母说了你的情况，他们请了媒婆前往你家说亲，我们这门亲事就这么定了下来。

姝人：

　　傅介子谨以玫瑰再拜致问，幸毋相忘。我已经到达楼兰城。进到楼兰城后，我感觉今年的楼兰天气很干燥。问了问，果然是，这里一年都没有下几场雨，空气里似乎都是火。

　　我是悄悄进城的，尽量不被人注意。这一次来，我肩负着一个重要的使命，有着重大的责任。我看到楼兰城内人来人往，高鼻深目的、自大西地东来的商贾，也就是楼兰往西各个城邦国的人穿梭其间，我还能看到远处寺院的高高的佛塔，塔顶的铁玲珑在风中叮当作响。穿过城区的一条小河几乎干涸，这条河是从远处的大湖罗布淖尔引过来的。我想，如果没有水，楼兰注定不会存在下去，楼兰四周的水源和林木都在减少，这绝对不是一件好事情。

　　姝人，我出发的时候没有告诉你，我这次来楼兰，是要干一件大事。不仅我自己怀揣利刃，我带着的壮士——那几十个伪装成行脚夫的军士，其实都是我的汉军战士。我们不足一百人，却要做一个惊天动地之事，能不能成，我心里没底。这些年，龟兹、楼兰逐渐疏远大汉、亲近匈奴，龟兹王和楼兰王放手不管，让匈奴人在龟兹和楼兰境内袭杀汉使、汉民、汉兵、汉商，累积了不少恶行。去年，楼兰国内出现分裂，楼兰王安归和他的弟弟尉屠耆之间产生了巨大的矛盾，尉屠耆一怒之下来到长安，向汉廷告发他的哥哥、楼兰王安归暗地依附匈奴的一些情况。

　　汉廷对此进行了廷议，并未决定要采取什么行动。我得知这一消息后，觉得需要采取一个霹雳行动，才能震慑龟兹。在我大汉，武帝时期崇尚军功的一些奖励政策还在继续实施，无论是带回大宛的骏马，还是击杀强敌的士兵；无论是稳定边疆，还是出使远土，只要有功，都能得到朝廷的嘉奖和封赏。所以，男人们只要有点梦想的，都想往外走，去争取功名。

我主动向朝廷提出了我能够带领少量人马前往龟兹，惩罚龟兹王，以示警戒的计划。我的计划是，带着金银财宝、布匹绸缎、粮食用具，以大汉封赏龟兹王安归的名义，前往龟兹。一旦坐实龟兹王暗中勾结匈奴与大汉为敌，我再伺机刺杀，把他的脑袋带回来，杀一儆百。这样西域诸国就不敢首鼠两端，和大汉王朝为敌，西域就能获得安宁。

我的这个冒险计划得到了霍光大将军的首肯。他向皇帝上奏此事，得到皇帝的恩准。我很兴奋，摩拳擦掌，准备成行。不过，姜是老的辣，霍光大将军和我面授机宜时说：

"傅介子啊，我知道你智勇双全，勇不惧死，年轻就是好！大汉就要靠你这样的人才能开疆拓土，平安四方。皇帝也准奏了。但我仔细思量，这龟兹一是比楼兰远，二是比楼兰大很多，龟兹城内有八万人口，兵强马壮。你带一点汉兵，偷袭也好，强攻也好，都很难取胜。龟兹的情况很复杂，城内缺乏汉兵接应。"

我一听霍光大将军这么说，气泄了一半。我说："那我应该如何做呢，大将军？"

"我建议你改在楼兰行事，楼兰一是距离汉兵屯田之处不远，二是楼兰国小得多。城内有我大汉的暗探，我们在楼兰早就埋伏了不少眼线，能在关键时刻现身，发挥作用。楼兰王安归和龟兹王一样，都不听我大汉朝廷，可我们不能对龟兹和楼兰都进行惩罚，杀一儆百，对付一个就可以了。最重要的是，楼兰王安归的弟弟尉屠耆就在长安，可随时回去即位成新楼兰王,替代安归执掌楼兰王庭。你专心对付安归王,这样在楼兰会更容易成功。不知傅介子怎么看?"

我顿时心明眼亮,躬身施礼,说:"启禀大将军,您的话非常在理。前些年,我曾前往大宛给朝廷买过天马,走过西域很多地方,熟悉楼兰、龟兹等诸国,在当地还有些名声,这是我的一大优势。现在大汉派我为使者去宣威施恩,散财结交于西域诸国,我会告诉他们,凡依附匈奴的都要小心才是。匈奴是我大汉的敌人,在武帝朝,赵破奴的副将陈汤前往西域平定叛乱后,说出了'明犯我强汉者,虽远必诛'这样响亮的话,流传至今,令西域那些有反叛心的蛮贼闻风丧胆。但凡想搞叛乱、闹情绪的,都要仔细掂量掂量,虽远必诛!"

大将军霍光很高兴,他沉吟道:"是啊,非我国族,不认同我大汉,其心必异。龟兹和楼兰私下里串通匈奴,纵容匈奴人在他们的地盘上杀我汉使和商人,杀我军士和农人,这是不能原谅的。现在,是你傅介子建功立业的时候了。我还会派一千军士,保护尉屠耆回楼兰,远远地跟在你后面作为接应,你带一百人前去楼兰伺机而动。一旦遇到险情,那一千人马随时都可以增援。"

我十分感念霍光大将军的深谋远虑,他说得对。在楼兰实施我的计划可能更可行,何况,还有预备增援的汉军、打算即位的尉屠耆在后面接应。我为大将军的深谋远虑、明眸善断而折服啊!就在楼兰行事,惩戒楼兰王安归,伺机而动。

姝人,我要远行了,我向你告别时你哭了,把胸前的牛角号取下来,挂在我的胸前,它带着你的体温,贴紧了我的皮肤。

我回想到这些,此时,夕阳西下,楼兰城被傍晚的光线覆盖,涂抹上了一层哀愁。不知道为什么,我对楼兰这个小国,带着一丝哀愁般的怜爱,我总是感觉这个西域小国可能会被沙海吞没,最终消失。我注意到,楼兰附近的水源地在枯竭,风沙越来越大,迟早要湮灭这座小国。

我带的马队把一家客栈全部占满了。来到楼兰之后,我放好了汉廷的金银财宝,放出话来:"我傅介子这一次是带着大汉皇帝的诏令,前来宣慰西域诸国王侯将相,我来就是和平的使者,没有其他目的。"我派出信使,前往安归王府,求见楼兰王安归。

前些日子,楼兰王安归因为和弟弟尉屠耆闹了矛盾,尉屠耆逃跑到长安,亲近大汉,这使安归心生嫉恨,对大汉的疑虑也布满了他的心间。对我的到来,他疑虑万分,猜不透我来的意图。他采取冷淡处理的态度,我派去觐见他的人回来说,安归王说,他身体不舒服,不能在楼兰见我,让我继续西行。可以先去龟兹,等回程的时候再接见我。实际上,他早就把我抵达楼兰的消息通报给匈奴使者,匈奴使者已经派出刺客马队,埋伏在楼兰西门外三十里的高坡处。等待我西行经过那里的时候,一举斩杀我,歼灭全部汉使马队,抢劫我们带来的赏赐礼物,呼啸而去。

我的情报来源很准确。楼兰王安归是铁了心要和大汉作对,那就别怪我不客气了。于是,我将计就计,第二天一早,我让马队拉着装满了礼物的马车在楼兰街头转悠,宣布我的马队即刻启程,前往龟兹和姑师宣慰,并带去大汉皇帝赏赐的金银财宝、布匹绸缎等礼物,在楼兰我们什么都不留下。

楼兰王安归有自己的小九九,他一是怕我刺杀他,二是又觉得我可能会礼遇他，他拿不定主意见我。为了一探究竟，二探虚实，他让他的贴身大臣黑塔石前来送行。这个黑塔石长得又高又壮，穿着大红色镶金边丝线的袍子，头戴黑白相间的银丝线镶边的毡帽，脚踩靛蓝色落地靴，浑身散发着贵族气息，还混杂了羊肉的膻味，像是一面墙一般走过来，说是来给我送行。

我笑着问他："黑塔石啊，我早就听说过你臂力过人，英勇非凡。佩服啊。不过，我想向您打听一下，楼兰王安归陛下他是真的身体有恙，还是害怕匈奴人生气，不敢见我这个汉使呢？"

黑塔石狡黠地一笑，挥了挥手说："汉使大人，您说的哪里话。在楼兰，没有什么匈奴人。安归王真的得了风寒症，正在宫里卧床不起，打摆子呢，没办法接见您这大汉特使啊。等您从西边诸国宣慰回来路过楼兰，安归王的身体好转，就能和您见面了。我是受了安归王的指令，特前来送您出城。"

我大笑两声，出门去，带着马队向西城门而行。

我们一行马队马车走到楼兰城西门处，正要和黑塔石躬身告别，忽然，我的马队里一匹马被一只从城门上飞下来直扑眼睛的椋鸟给惊吓了，咴咴叫着，带着驮着的东西疯狂地跑过来，撞向身材魁梧的黑塔石。黑塔石身材高大但行动笨拙，躲不开惊马，眼看着他要被撞上，我当机立断，快步上前，跃身扑出，一把揪住缰绳，使劲一拉，瞬间勒住了惊马的脖子。惊马一声嘶鸣，两只前蹄高高扬起，咴咴叫着，好在我力气大，拉住了它。惊马口吐白沫，一下子跌倒，身上的筐子翻倒在地，从竹筐里掉落出来一大堆金光闪闪、银光灿灿的金器银锭和放射光芒的珠玉宝石，还有几匹绸子也一下摊开来，在风中漫卷，就像是绚丽的旗帜,呼啦啦摆动。

我能感觉到,就在那一瞬间,黑塔石的眼睛里精光大盛,他那贪婪和惊异的目光扫射到地上的好东西,在我们所有人的面前毫不掩饰。他跑过来单腿跪下,捡起来一只金碗,惊呆了,说:"这么多好东西啊,是真金的,这是要给西域诸国的王侯的礼物吗?"

我说:"这些金碗银锭、布匹绸缎,是大汉朝廷赏赐包括楼兰在内的西域各国王侯的,诏令我来执行。可楼兰王安归不愿意见我,也就无缘这些礼物,我只好带着这些东西到龟兹去。安归对我有疑心,那龟兹王有福了,他会得到大部分的赏赐,真是幸运啊。黑塔石,本来这里面也有你一份,现在,就没你的事了。"

贪婪是人的天性。黑塔石一听还有他的份儿,又看到我们带的是真金白银和绫罗绸缎,且都是打算赏赐的礼物,眼睛大亮,他说:"傅介子大人,我陪你先在这里休息片刻,我的人已经回去禀报安归王,看看国王可否在贵体欠安的情况下接见大人。再说,你们带来这么多礼物,他并不知道,我看到了,不禀报国王,我是有责任的,请稍事片刻再出城门。"

我内心暗喜,说:"我听您的,我还是想觐见楼兰王安归。"

黑塔石在一边对他的手下说了几句,令他火速禀报国王安归,说汉使带来的真金白银和丝绸锦帛有很多,都是想进献给安归王和楼兰的贵族大臣的,汉使一走,就十分遗憾了。那人骑上马就去王宫了。

黑塔石对我说:"傅介子大人,稍事休息,在这里吃点西瓜,解暑消渴,西出城门,可就没有西瓜吃了。从楼兰到龟兹,要穿越罗布淖尔大水泽,还有大沙漠和戈壁滩,一路上很艰辛,安归王要是愿意接见大人一行，会帮助汉使的西行准备得更充分一些。请稍等。"

我们等着快马回复，就在楼兰城的西门凉棚下吃瓜喝水。这样也好，正中我的下怀。我佯装不知情，实际上我知道，我带来的金银财宝和布匹绸缎是安归王垂涎三尺的东西，他一定会接见我的。果然，不一会儿，快马像风一样刮来，急雨一样赶到：

"报——黑塔石大人，传楼兰王安归旨意，安归王让汉使一行先去客栈歇息，今晚国王专门设宴款待汉使。"

我微微一仰头，和黑塔石相视一笑，大家是各怀心事，各怀鬼胎。我们打马回还，前去觐见楼兰王。

妹人：

傅介子谨以黄琅玕致问，幸毋相忘。我在一片木简上写下这几个字，就把笔放下了。回想起来，我在楼兰的那天晚上，我所经历的一切，也有你给我的勇气加持。

楼兰国有一千五百多户，人口一万四千多，有胜兵两千多。是个小国，却占据西域要道，匈奴、大汉都想笼络，所以历来楼兰王都很喜欢首鼠两端。安归王贪恋金银财宝，这是人性的弱点，即使他是一个国王，也概莫能外。我跟着黑塔石一起带着马队车队在客栈休息了一个下午，傍晚的时候，黑塔石的人进宫报告楼兰王安归说，汉使傅介子一行将觐见国王陛下。

我们前往楼兰王宫。我见到楼兰城内的树木花草稀少，牛羊马驴都有些蔫，近年来的缺雨少水让植物动物都失去了神采和生机。我能看到孔雀河的一条支流穿城而过，水流缓慢而浑浊，打着漩涡儿吞灭着落水的昆虫。在王宫门前，忽然有一群黑鸟从半空中掠过，叫声悠长而凄切，预示今晚会有大事发生。我抬头一看，觉得我这是要赴鸿门宴了。

这天晚上天色漆黑，为了照明，楼兰城内的火把燃烧起来了，松香阵阵。我看到星星密布，在高空中旋转、流动，距离我那么远，又那么近。我知道今晚只能成功，不许失败。失败了我就会死，就再也见不到你了，我的姝人。大丈夫不惧死，唯不能再见到你，姝人啊，这才是让我心痛之事。我握紧了你给我的牛角，体温在增加，心跳却慢了下来。这说明我想念你，而你带给了我巨大的力量。

我只带了几个随从和壮士，骑着马前往楼兰王府。楼兰王府不过也就是几进大宅，一个大院子而已，是用皮绳捆扎红柳枝和芦苇、抹上黄泥后夯土建造的房子，在我看来，实在是简陋。下马之后，两位随从抬着献给安归王的金银财宝，跟在我后面疾步而行。

在楼兰王府的门外，我稍微停了一下，侧耳听有没有刀剑飒然的磕碰声，我没有听到。想象着各种不可测的情景出现，比如，黑塔石会发动袭击，让弓箭手猛然出现，列队放箭，将我们几人瞬间杀死，他们再把东西抢走，这是轻而易举的。之后宣布杀了汉使，正式和大汉为敌。但我又想，楼兰王安归是个喜欢金银财宝绫罗绸缎的人，那他就不会也不敢这么做。

宫门开了，楼兰王府里所有的松木火把都点亮了。有个卫士高喊："有请汉使傅介子大人入宫觐见安归王！"我们昂首阔步走进去，一排卫兵拦住扛着礼物的随从在后面慢慢走，只让我和两个壮士在前面走。

楼兰王府内装饰物大多是白毡和花毡，忍冬花、莲花和三叶草图案围绕着瑞祥鸟兽，在挂毯壁毯之上处处可见。远远望去，坐在空旷大殿上的楼兰王安归似乎有所防备。他的座位下面的台阶旁，一层层的护卫手执明晃晃的利刃，还有的是防止翻墙袭击者的，拿着裹着砍刀的长棒梢，可杀人于十步之外。

我面不改色，心跳正常。姝人，这是我一生中最危险的时刻，楼兰王随时都可以把我拿下，让卫兵砍下我的头。我一步步走上前去。

楼兰王安归面色红润，脸上布满了胡须，面容既阴险又威严。安归头戴楼兰王冠冕，和大汉皇帝的珠冕不一样，他身穿一件红黄色袍子，上面有人物、斗兽和花树相互对称的图案，腰间系着带有银铲的腰带，脚穿白色毡靴。见到我走来，他也快步走过来，用楼兰话说："汉使傅介子，我有失远迎啊。我是身体微恙，偶感风寒，很不舒服，没有及时接见，还请见谅。"通译在一边大声翻译给我听。

我上前单腿跪下施礼，又站起来弯腰鞠躬两次施礼。"大汉使者傅介子，觐见楼兰王陛下。"他搀扶我起身，我把手一挥，四个壮士抬着两个樟木大箱子上前。我叫他们把箱子放在安归王面前，放好后，命他们打开箱子。樟木箱子打开来的瞬间香气四溢，只见黄灿灿、明晃晃的金器银锭放出光华，丝绸锦缎柔滑万端，楼兰王安归伸手抚摸查验赏赐，狡黠的眼睛在发亮。

"丝绸布匹等大汉赏赐还有一些，都在外面的驮马上，并未全部带进来。这是大汉天子宣慰于楼兰国，诏令傅介子前来进献给安归陛下的。"

楼兰王安归的眼睛里都是满意和陶醉。他很高兴，收下了礼物，礼让我们进了贵宾室:"好酒美食都准备好了,请使者大人和我一起用餐吧。"

宴会之所的空间开阔,我看到安归王的贴心臣属有十多人,已经在那里坐好了,在屋子四角都有手拿武器的卫兵。那些楼兰国大臣见到我们进来,都拍起了巴掌表示欢迎,并高呼安归王的名字:"安归!安归!"译员告诉我,就是安归王万岁、身体健康的意思。

我淡然一笑,回头找我的随从,却发现他们只让我的两个随从跟进来,其余几人在外面另开宴席。

宴会厅里的长条大凳子上摆好了各种吃食。陶器、铜器、铁器、木器器皿中摆放着羊头、牛尾以及煮好的羊肋骨肉。还有各类蔬菜、瓜果装在很大的陶盘里。一个木桶里盛放着冰块,楼兰王有冰窖,夏天用冰来保鲜储存新鲜水果。装满葡萄酒的夜光杯端上来了,模样很像大汉酒爵,是昆仑墨玉雕凿的。

"来来来,汉使大人,傅介子大人,今天晚上的欢宴只有一个内容,就是尽情喝酒,放开肚皮吃肉。因为今晚的宴会,我是专门为你准备的。"安归招呼我们坐下,通译翻译给我们听。我带的两个随从坐在我后排的案几边,长木几上摆放的都是食物。我在前排,对面是楼兰王安归的筵席,面前的木几上也摆满了酒和肉食,有着弯弯的脖颈的铜壶造型奇特,铜壶边是墨绿色的玉石酒爵。

安归王举着墨玉酒爵站起来,致欢迎词,感谢汉使的光临。他说完,一饮而尽,大家一片欢呼,也都一饮而尽。然后是我致答词。我将大汉朝廷宣慰西域各国的来意讲了一遍,也举杯一饮而尽。一定要面不改色心不跳,妹人啊,此刻我要沉住气,因为我是在虎穴中。我猜想，在楼兰西门外三十里埋伏着想杀我等的匈奴人，不定有多么的焦躁呢，左等右等，我们就是不出现。他们哪里知道，我们正在楼兰王宫里喝酒呢。

姝人：
谨以琅玕致问，幸毋相忘。

我后来想到那一天，在给你写下这几个字的时候还是十分激动。那天晚上，安归王很兴奋，他肯定在为自己得到的赏赐之丰厚而高兴呢。可我大汉的东西可不是随便拿的。吃肉喝酒，酒至半酣，眼看着安归王的那些大臣个个东倒西歪，卫士喝得面红耳赤，大声喧哗，都放松了警惕。场面热闹而混乱。

六个漂亮的胡姬进来开始表演舞蹈，她们穿着轻巧的鞋子，蒙着面纱，只露着一双双乌黑的大眼睛，抖动着美丽的肩膀，裸露着肚脐眼，在我们的案几旁来回穿梭。三个弹乐器的老头跟在一边，摇头晃脑地弹拨乐器，乐曲旋律优美而令人躁动。

我浑身发热，为大汉立功的时候到了，我要行动了。姝人啊，我成功了就回长安娶你，我失败了今天就横尸在楼兰，成为一个死无葬身之地的人。

这时，楼兰王安归很兴奋，乘着酒兴，他说要和我比赛膂力，掰手腕。随从从一边取来一个案几摆在中间，安归和我面对面捋胳膊捋袖子，分别伸出右手打算掰手腕。早就知道这楼兰王安归力大无比，他是吃肉长大的，和我这个吃粟米面食长大的汉朝人不一样。我们面对面坐下来，他的眼睛盯着我看，我也盯着他看，此时是狭路相逢勇者胜,气势绝对不能矮一头。

这场掰手腕引发了现场楼兰人的兴奋。大家叫着,笑着,泼洒着葡萄酒,在一边跳着,闹着,看着我们两个人在掰手腕。这是往往要喝醉的时候才会出现的场景。我们掰手腕,黑塔石在边上一声喊,我们就开始了。使劲,使劲,一个快把另外一个扳倒了,可眨眼之间,另一个又占了上风。我感觉到安归膂力惊人,腕力很大。虽然我自幼习武,和他掰手腕还是有些吃力,好长时间里我们的手腕都在颤抖,几乎打了一个平手。最后,我佯装斗不过他,体力不支,安归一下子把我的手压倒。安归赢了,大家都兴奋起来,一起举杯高叫着庆贺。

忽然,从外面急匆匆进来了一个人走向黑塔石,在他耳边说了几句,他狐疑地看着我,跑到安归的身边在他耳朵边说了几句。

楼兰王安归的脸色阴沉了下来,他说:"汉使傅介子,听说,有汉军正在向楼兰进发,我弟弟尉屠耆也在队伍里,这是怎么回事?"

我知道黑塔石得到了线报,他们发现汉军队伍正在逼近楼兰。那是后续的部队,正在按照霍光大将军的计划行事。这时,局面一定要稳住。我站起来,大声斥责黑塔石:"黑塔石,你在造谣。这里只有我傅介子带着几个人,哪里来的汉军?要是他们都是我的人,那我为什么要和他们分开呢?就是有这样的汉军队伍,我也不知道是怎么回事。我的职责就是宣慰西域诸国,我就是大汉使者!我看我们还是接着喝酒吧。"

黑塔石无法判断我说的情况,他结结巴巴答不出来,安归狐疑地看着他,让他坐在一边。安归被我的坦荡给迷惑了。我给我的随从使了个眼色,借着给安归敬酒的机会凑近他,说:"我朝天子还有口谕,请陛下到旁边僻静之处，我说给您。"

他就起身站起来，带我来到旁边的僻静之处，我的随从也跟了进来。他的卫兵正喝得东倒西歪，不知道有大事即将发生。

我和安归王面对面，他满脸潮红，不明就里，不知道我带来了什么消息。我靠近他说："楼兰王安归听着，你私通匈奴，暗中让他们埋伏在道边，企图斩杀汉使我傅介子等一行，罪该万死——"

我说到这里，身边的两个随从已绕到安归王的背后，霎时抽出绑腿中的尖刀，同时动手，一刀扎进楼兰王安归的肋部。啊，我能看见两把尖刀瞬间扎透了安归的身体，尖刃从他的胸前透出来，带着血丝，闪闪发光。他大叫一声，抓住我胸前的牛角号，一把扯了下来，紧紧握在手中不放松。脸上的表情我看得很分明，那是痛苦、疑惑、愤怒、绝望，然后再变得苍白。我又正面补了一刀，楼兰王安归就这样死了。

我和两个随从立即回到宴会之所，两个随从托举着安归的尸体，出现在大家面前。所有的人都惊呆了。三个弹弦的老头惊呆了，琴弦一下子弹断了；六个胡姬把蒙面布取下来，眼睛瞪得比牛铃大，嘴张得比石榴大，发出了一阵凄厉的尖叫，肚脐眼疯狂地抖动，不知道这是什么舞蹈。楼兰的大臣、护卫大都没有反应过来，有的人烂醉如泥。黑塔石也喝多了，他铁塔一样摇晃着站起来，从腰间取下来一把铁锤，向我扑过来。

他的铁锤砸向我，说时迟那时快，我一弯腰，躲开铁锤，手中的短剑画了一个弧度，一剑封喉，将他斩杀。只见黑塔石先是双膝跪地，然后上半身僵直了一阵子，兀自颤抖着，然后扑倒在地，扬起来一片灰尘。

趁着局面混乱，我大声宣谕："奉大汉天子诏令：楼兰王安归失去王道，身负背叛大汉的罪名。他受匈奴的蛊惑和指使，多次下令斩杀大汉使者，这些汉使有：朝卫司马安乐、光禄大夫李忠、期门郎褚遂成等三批大汉使者。安归还下令杀害了大宛和安息派来出使大汉的使者多人，抢夺他们的印信，并掠夺大宛和安息献给汉朝天子的贡物，罄竹难书，无法饶恕。所以，我傅介子作为汉使，前来施行惩戒之命。你们听好了！这些罪责都由安归一个人承担，和你们都没有关系。至于谁将在楼兰即位新王，我大汉朝廷天子已经遣派安归的亲弟弟尉屠耆回来，做你们的楼兰王，并派来汉兵，协助安定局面。诸位听好了，今后你们各归其位，该干什么干什么，但凡现在要作乱，斩无赦！"

我铿锵有力的话语，起到了震慑的效果，我软硬兼施的计谋，稳定了可能出现的乱局。这时，我的兵士进来告诉我，在城外等待的尉屠耆及汉军队伍已经火速进入楼兰城，控制了楼兰城四门，不许进出。我知道，情况稳住了。

第二天清晨，在楼兰城北佛寺一座高高的佛塔之上，大钟敲响了，宣告楼兰国的新变化。尉屠耆即位为楼兰新王。大汉西域长史府也将在楼兰设立，这是大汉正式设立的官署，用以管理西域事务。楼兰从此掀开新的一页。

我这次袭杀楼兰王安归的计划成功了，我身处险境，但处乱不惊，先下手为强，否则将被埋伏的刺客杀死，死无葬身之地。想到了这一点，姝人啊，我必须承认，我有些后怕。我下令把楼兰王安归的脑袋割下来，放入皮囊里，浸泡在特制的药石中带回长安，向汉廷复命。

大将军霍光对我的果敢行动十分满意，立即禀报汉昭帝，皇帝下诏令，封我为义阳侯，食邑七百户，我的随从也都被加封为侍郎。

安归的脑袋挂在长安的北门城楼上，来来往往的人都能看见。尤其是从西域来的那些客商、浪人、兵士和乐伎，他们对大汉雄风都赞叹不已。从此，长安往西的丝绸商道上十分畅通安定。安归的脑袋在城门上挂了一个月，风吹雨淋。之后我奉命取下那颗头颅，找人带回了楼兰国，和他的无首尸身合体后下葬。

姝人，后面的事你都知道了，我带回来写给你的木简，你都读到了。我把于阗琅玕献给你，我们过着幸福的生活。至于你给我的那只牛角，沾染了安归的鲜血，我把它送给尉屠耆作为纪念。他很喜欢那只牛角，在我离开楼兰的时候，他站在城墙上呜呜地吹响，为我送行。我回来了，却把牛角号留在了楼兰。

三叠：比龙化影

先是一场沙暴降临楼兰，一共刮了三天。那是我很少见到的黑沙暴，带着遥远的北方沙漠的气息，在我的记忆里是很陌生的。沙暴带来的沙子，三天之后就覆盖了楼兰所有的地面，房屋顶也都积累了厚厚的一层沙子。沙子还入侵到屋内，在屋子里的角落处形成了小沙堆。以前，沙子都是黄色的，这一次黑沙暴带来的沙子的颜色是黑褐色的，就像是千百万奇怪的小虫子的尸体，似乎是不祥的征兆。

黑沙暴停下来几天之后，楼兰又迎来一场大洪水。那场大洪水由遥远的雪山上融化的雪水冲荡而成，滚滚而来，带着巨大的声响。那声音就像是千百万只老虎在一起咆哮，将塔里木河上游的故道冲垮，漫出河道沿着平原推过来，一下子将楼兰变成了被水泽包围的孤城。伴随着洪水，一场大雨也下起来，一共下了七天。此前，楼兰已经有一年没有降雨了。楼兰的城内城外是一片汪洋。

楼兰自古就是栖居于水边的小国，后来渐渐缺水，楼兰喜欢水，更不惧怕水，但多年以来，附近的大湖罗布泊的水面逐渐缩小，自从我出生之后，就没有见过这么大的洪水，这使我感到万分惊异。站在城墙上，我向西边望去，只见洪水浩荡，缓慢而阴险地包围了楼兰城外所有的低地。水的力量能将一切固定的事物溶解，我看到城墙外的那座高高的瞭望土岗，在水流的侵蚀下很快崩塌了，大水将瞭望塔变成了一堆废墟。我赶紧派出一艘木船去接应那几个瞭望的哨兵。回来的时候，木船在水中打转，倾覆了，船上的人都淹死了。这些事情是匪夷所思的，也是我不能理解的。

我是楼兰王比龙。这是夏季的某一天，我在王宫里发呆，不知道沙暴和大雨之后会迎来什么灾难。我的手里端着一个锦盒，里面放着一把被牛油润泽的牛角，这是楼兰先王尉屠耆传下来的，他已经死了好几百年，不会知道我的处境。

大水围城，外面时不时传来楼兰人的哀号，那是有人死去了。我沿着台阶，走到宫城后寺院里一座佛塔的高台上四下望去。我是站在楼兰最高的地方，但见楼兰城外那郁郁葱葱的树林，都在汪洋中成为漂浮的伏倒物。即使是坚韧的百年老胡杨，也在洪水中被浸泡得死气沉沉。按说，在以往缺水的年份里，水对于楼兰是多么地重要，最近几十年，水成了楼兰最稀罕的东西，河道、湖泊都在干涸，楼兰已经不适合人生存。

当黑沙暴和大洪水降临楼兰，楼兰也开始出现谣言。有人在传说国王比龙我得了重病，即将死去，这是天罚，还谣传我即将废弃这座荒原中的孤城。所以，我必须发出我的声音，我就在佛塔的高台上高声诵念佛经，让很多人看到，让那些谣言止息。

我登上高台诵经后的第七天，大水围困的情况忽然改观，水在迅速消失。就像地底下有一个巨大的漏斗，那些水几天之内就全部渗了下去，真是太奇怪了，地面上一滴水都没有，骄阳似火的天气重现，仿佛天上有十个太阳在一起炙烤着大地。每个楼兰人都口干舌燥，走在街上就像蜥蜴一样喘着粗气，后悔没有用水窖多储存一些淡水。而楼兰的井水早就变得咸涩不堪。

除了黑沙暴和大洪水以及骄阳似火，极端的天气接踵而至，从远方传到我这里的也都是坏消息。在北方，大魏皇帝拓跋焘派他手下的大臣李顺到达西凉，向凉州大司马沮渠蒙逊索要一个人。这个消息，是沮渠蒙逊派人密报给我的。来人给我详细说了此事的来龙去脉。

楼兰和凉州是唇亡齿寒的关系，前些年，我得知魏国皇帝拓跋焘受到道人的蛊惑，开始灭佛，我就准备着大魏拓跋焘的可能来犯。因为，凉州、楼兰都是尊崇佛教之地，而大魏对河西地区早就虎视眈眈，从平城一路向西，在他们看来就是一马平川。

拓跋焘要的这个人，是从楼兰逃到凉州的。他是一个来自克什米尔的僧侣，法名昙无谶。昙无谶有着棕黑色的皮肤，眼睛很大，人很聪明。传说他在天竺修习小乘佛教，经常和他的师傅辩经，辩论的是小乘佛教和大乘佛教之间的义理优劣。有一天，昙无谶快要把师傅辩倒了，但到最后，昙无谶沉默了，为的是给师傅留下面子。师傅也明白这一点，也就不再争辩。后来，师傅觉得昙无谶实在太聪明，就将贴身宝贝——一部写在贝叶上的《涅槃经》给了昙无谶，然后圆寂。昙无谶拿到这部宝贵的《涅槃经》，读了之后大为吃惊，舍弃自己的小乘佛教义理信仰，开始修习大乘佛教。

这个昙无谶不仅聪慧异常，还会使用各种法巫之术。比如，他能念咒语让树叶瞬间枯黄，让鸡鸭的羽毛即刻脱尽，让秃子的脑袋马上长满头发，让少女立即没了月红无法生育，让哑巴开口说话，让聋子听到声音，让盲人看见道路等等，各类关于他的神迹巫法传得很神奇，也很走样，不知道真假。我想，要是他还在楼兰就好了，能够帮我一下，作法以消除各种灾厄。

我曾听说，昙无谶的巫术和咒语在克什米尔地区名声很大，有一天，克什米尔王召见他。昙无谶来到王宫，克什米尔王看到他穿得很破烂，身上还有臭气，就很轻慢他，认为他是个骗子，没来得及让他开头说话，就掩着口鼻，把他赶出宫。

从宫廷里出来，昙无谶就下了咒语：让天下大旱，让人兽患病！果然，克什米尔很快遭遇大旱。一时间，庄稼绝收，人兽共患病，路上都是死人和死去的牲畜，臭气熏天。克什米尔王宫内的鲜花全部枯萎，王后王妃公主每天都闻着外面飘进来的臭气呕吐不止。克什米尔王很着急，这时手下大臣告诉陛下，说这是昙无谶干的，是他下的咒，也只有昙无谶能够解除诅咒，让大雨降临。陛下让人去找昙无谶，昙无谶让来人带话给克什米尔王，如果想祈求天降大雨，就要花重金来，请他昙无谶作法。

克什米尔王不得不花了重金，让人抬了几箱子黄金，几箱子珠宝，几箱子香料，延请昙无谶作法。昙无谶看看黄金珠宝香料都运到了，才升坛作法，念了半个时辰的咒语经文。一个时辰之后，克什米尔果然普降甘霖，大雨滂沱。

克什米尔王看到他有这等能耐，不仅不感谢他，反而十分恐惧，就派兵士去抓他，想杀了他。而昙无谶早就算到了这个结果，带着师傅给他的那部贝叶《涅槃经》，离开了克什米尔，翻山越岭逃到了龟兹。

那个时候，在龟兹流行的都是小乘佛教，对他带来的大乘佛教不感兴趣。甚至还威胁他，要他滚蛋。就这样，他从龟兹出逃，东行来到楼兰，求见于我。

我召见他，听他讲说《涅槃经》和他的故事。他的那些神奇巫法，都是他讲给我听的，我也不知道是不是真的。他还给我看了那部贝叶《涅槃经》，贝叶形状的经文经书被他包裹得很严实。打开来看，贝叶上的经文，似乎每个字都在闪烁着银光，非常神奇。楼兰王比龙，也就是我，收留了昙无谶。

我经常请他作法，我很信赖他，但我感觉楼兰天地太小，站在城墙上四下一望，就是咫尺天地，绝对留不住他。因为他是那种志在千里、才华横溢的人，楼兰小国容不下他这等聪明人，也没有他施展佛法巫术的广大天地。

我就等着有一天欢送他离开楼兰。可还没有等到这一天，他自己就逃到凉州沮渠蒙逊那里了。昙无谶逃走的原因，说起来有些丢人。我有一个妹妹，名叫曼头陀林，是宫廷乐队的总管，她长得很漂亮，身材丰腴、腰肢柔软、善于歌舞，不过，比较风骚。她丈夫是我手下的大将尉迟黑亥，尉迟黑亥总是不在家，一直在罗布荒原白龙堆北部的边境线驻守，半年才回来一趟。因此，不知道从何时起，昙无谶就和我的风骚妹妹曼头陀林私通起来，出双入对。

我一开始还不知道，直到有一天我去探望妹妹，亲眼看到昙无谶从她卧房里走出来，才相信了不雅传闻。他看到我之后很害怕，匆匆地溜掉了。当我责备妹妹曼头陁林行为不端时，她却毫不在乎。她说，她丈夫尉迟黑亥常年在外，让她独守空房，寂寞难耐，这都怪我让她丈夫驻守边关。而她欲望强烈，十分需要男人夜里陪伴，昙无谶就填补了这个空白。不仅如此，昙无谶还带来一种天竺红花药，让她吃了之后焕发激情，她和他在一起时欲仙欲死，颠鸾倒凤十分快乐。她宁愿和他在一起哪怕一天，也不愿意和尉迟黑亥在一起。

我听她这么不顾颜面地说这个事，大怒，但也没法说什么，就拂袖而去。不久，曼头陁林和昙无谶私通的事情被尉迟黑亥知道了，他一怒之下带兵回来，要杀了这对奸夫淫妇。昙无谶就匆匆逃跑，一口气跑到凉州，投奔了沮渠蒙逊。

尉迟黑亥杀了我的妹妹曼头陁林，然后把她的尸体扔到水池里泄愤，他也用刀剑抹脖子自杀了。

这一出楼兰的宫廷悲剧，让楼兰王比龙我伤心了好久，也让我蒙羞。

昙无谶逃到凉州，得到沮渠蒙逊的厚待，他拿出了《涅槃经》献给沮渠蒙逊。沮渠蒙逊大喜，让他加入沮渠蒙逊专门组建的、用来翻译佛经的上书房，与其他七位译经太师一起翻译佛经。就这样，不多时，凉州就成了闻名南北东西的译经中心，和长安、洛阳、敦煌、襄阳齐名，在南来北往的僧侣口中到处传诵。

沮渠蒙逊让昙无谶翻译《涅槃经》，昙无谶聪明好学，先学习了凉州的方言，然后他用凉州方言翻译《涅槃经》。他翻译出《涅槃经》

后,沮渠蒙逊和其他译经师智崇、鸠摩浮陀、达真、道朗等人诵读之后,大吃一惊。昙无谶翻译的这部佛经一共有二十四卷,其中,巫术、咒语和鬼神占了很大篇幅。不仅有这些,还有四时天象、八方神圣、十二生肖、二十八星宿、六十天干地支、一百二十八罗汉。总之,是一部很怪的佛经。而且,最重要的是,《涅槃经》强调的是大乘佛教教义,倡导人人都能成佛。这部经文义理在凉州取得巨大影响,很多僧侣争相研习,还远传长安、洛阳、大同等地的寺院。

在大魏国帝都平城,皇帝拓跋焘的手下丞相崔浩,也得到了一部《涅槃经》译文的抄本。看过这部经之后,崔浩也很吃惊,觉得凉州出现了这样的佛经,是可怕的。

崔浩是尊崇儒家和道家的当朝重臣,拓跋焘很信赖他。那些年,他精心辅佐拓跋焘平定了北部各个骚乱地区,使草原、森林、大山的很多游牧部落全部归顺拓跋焘,使拓跋焘的大魏日渐强盛。他在宫廷中又建立了注经院,招揽天下才人,让他们担任太学士,专心搜集、整理、注释《易经》《诗经》《尚书》《春秋》《礼记》等古代儒家经典。不仅如此,他还是一个天象家,组织了天象历法院,聚集了一批星象师、历法家,研究天象、历法、四时更替。崔浩花了很多年的时间,很想制定一个新历法《五寅元历》。

崔浩的这个工程很大,他看到昙无谶的这部《涅槃经》之后,就赶紧跑到拓跋焘那里,告诉他:"陛下,不好了,现下是妖魔外道横行啊。这个昙无谶,看来是佛家妖孽,儒家大敌。他很善于巫术,妖言惑众啊。这对大魏的江山社稷都是威胁,必须剪除昙无谶,消除他的影响。陛下,你看看他的这部经文里都译了什么东西。"

崔浩的一番煽风点火，使得拓跋焘大怒。于是，拓跋焘就决定立即给凉州司马沮渠蒙逊下一道敕书，让沮渠蒙逊将昙无谶火速送到平城来。

但崔浩想了想，觉得这样做太强硬，不妥当。他觉得应该先礼而后兵："陛下，沮渠蒙逊那个人十分狡猾，他知道陛下早晚要收服凉州，一统天下，正在找合适的理由和借口出兵北凉。我建议且不可用强，可先派大臣李顺前往，以邀请的方式，请昙无谶来平城，看看沮渠蒙逊怎么应对。如果他应对不当，陛下就有出兵北凉，一举拿下北凉的充分理由了。"

北魏皇帝拓跋焘大喜，他觉得崔浩这个老臣虽然有点迂腐，却又忠心耿耿，出的点子都很靠谱。他就派出魏国大臣李顺，前往凉州，去接昙无谶来平城，称魏国要延请昙无谶担任宫廷国师，为拓跋焘增福添寿，为北魏祈福禳灾，并为万民驱邪作法。

李顺一路奔走来到凉州，拜见沮渠蒙逊，说明来意。李顺是一个首鼠两端之人，他想得到更多的私人利益，先是说明公差来意，接着又避开随从，私下告诉沮渠蒙逊："如果您不把昙无谶尽快送到平城，大魏皇帝拓跋焘就找到了讨伐你的理由。他一直想收服河西地区，对凉州觊觎已久，会立刻派兵讨伐大王。我这次来，你拒绝我，不过是给他发兵找了一个理由。我是希望大王能虚与委蛇，假装答应，拖一段时间，再把昙无谶交出去。我就在这里多待一段时间，把昙无谶带回去。再说，昙无谶是法术高超之人，他要是能作法让拓跋焘一命归西，您的大厄就解除了。"

听到李顺这么说，沮渠蒙逊给了他不少赏赐，满足了李顺的贪心。另外，他的心情也变得十分复杂。他不愿意让拓跋焘得到咒语法术强大的昙无谶，也不想让昙无谶将他在凉州组织译经的情况告诉拓跋焘。因为拓跋焘此时正在崔浩的推动下，掀起灭佛运动。

想来想去，他去找了昙无谶。据说，那天昙无谶正在吃着一只烧鸡，嘴上都是油迹，衣服上也是油迹，一副落拓不羁的样子。看到沮渠蒙逊亲自来找他，昙无谶说："你什么都不用说了。我知道你的处境，我也知道我的处境，我还知道我应该怎么办。"

沮渠蒙逊很吃惊："你知道了什么？你又想怎么做？"

昙无谶说："大王不想把我交给拓跋焘，对吧？大王也不想杀了我，对吧？另外，我想告诉大王，我的法术没有那么厉害，我无法除去魏国皇帝拓跋焘，李顺的主意不可行。他其实就是想讨好你，要点钱财，大王也给他了。他在这里等着我跟他去平城呢。因此，最好的办法，就是让我回到天竺去，我去寻找更好的《涅槃经》经文。然后告诉拓跋焘的特使李顺，我已经回天竺去了。这样，拓跋焘得不到我，而你又放了我，给了我一条生路，大王的凉州也就安全了，他再无借口派兵前来攻打凉州了。"

沮渠蒙逊觉得这昙无谶真是料事如神。他有些目瞪口呆地看着昙无谶。

昙无谶又说："大王还可以举行一个仪式，公开给我送行，这样大家都能看到大王对我是多么好，对我多么仁义，让我自行西行而去。"

沮渠蒙逊觉得昙无谶说得很有道理，就同意了。在凉州城，他大张旗鼓地举行了一个送别仪式。很多凉州王公贵族都参加了。送别仪式上，沮渠蒙逊甚至流下了难过的眼泪："我的译经事业没有昙无谶的支持，真的是难以为继啊！可是，为了寻找到更好的《涅槃经》经文，我不得不送昙无谶大师回到天竺去，回到诞生佛祖释迦牟尼的地方。我舍不得啊，可是，又有什么办法呢？只好送昙无谶西行了。不过，昙无谶还会回到凉州来的，对不对？"沮渠蒙逊大声说。昙无谶施礼说："一定，一定。"

沮渠蒙逊为昙无谶的西行准备了不少资财，赠送给昙无谶很多金银财宝。昙无谶就上路西行了。

大魏国特使李顺听到昙无谶西行天竺的消息后，赶紧到凉州王府求见沮渠蒙逊。一见面，李顺就对沮渠蒙逊说："大王啊，凉州要大祸临头了。我大魏皇帝拓跋焘要是知道你把昙无谶放走了，一定会发兵的。他本来就想讨伐凉州和河西地区，现在，您给大魏提供了充足的理由，完了。"

沮渠蒙逊发现自己陷入一个十分复杂的境地，他很焦躁，说："那李顺你说说看，我应该怎么办呢？我是没有办法了，现在我就是想把他交给你也不可能了，昙无谶已经走了。"

李顺跺着脚说："那您还可以派人把他追上啊，去杀掉他，将他的首级取回来，然后就让我带着昙无谶的人头赶回平城，将昙无谶的人头拿给皇帝拓跋焘察看，这样大魏就不会讨伐凉州，您也就安全了。"

沮渠蒙逊十分为难地说："我怎么可能去追杀昙无谶呢？他料事如神，什么事情都看在前面，你想到的他都能想到。我给了他很多钱，又举行了送别仪式，我再派人把他杀掉，那我可就没有任何信誉了，凉州就会遭到厄运，我本人也会遭到诅咒的。"

李顺说:"这个问题好解决。大王已经公开给他送行了,现在,秘密派人跟上去,把他杀了,这样谁都不知道是您派的人杀了昙无谶,还以为是强盗干的。大王只需要把他的首级交给我,其他什么事情都没有了,这是一举三得的事情啊。要不然,凉州就要成为大魏的攻打对象了。"

沮渠蒙逊感觉很沮丧。他想了想,说:"好。那我派人悄悄去追昙无谶吧。"于是,在李顺的监视下,他派了几个杀手,以流星快马的速度追赶昙无谶。

昙无谶走到星星峡的时候,忽然听到了身后有马蹄嘚嘚的声响。他转身,见到七个蒙面杀手携带兵器,追赶了上来。"站住,昙无谶,你站住!"

昙无谶停了下来,他旋即被那七个旋风一样追上来的杀手围住,马蹄席卷而起的灰尘一阵飞扬。昙无谶哈哈大笑:"我知道你们是来要我的性命来了,出尔反尔的沮渠蒙逊啊,他必将大祸临头,身首异处。"

说完,昙无谶立即腾跃而起,跑上附近一个土堆:"你们别过来!"他席地而坐,从怀中取出杏仁油和烈酒,浇在了身上,然后用火石点燃。火焰立即腾起,他被包裹在熊熊大火之中,瞬间成了一个火人。七位杀手目瞪口呆,不知如何应对。干燥的天气使他们口干舌燥,而高台土堆上昙无谶坐在那里,身上的火焰飘摇,让他们胯下的马匹也惊得咴咴叫着,前仰后合或原地打转,不听骑手的驾驭,场面一片混乱。

等到他们好不容易勒马停立,那火中的昙无谶已经烧得只剩下了一团白烟了。七个杀手下马冲过去,只见高土堆上刚才浑身着火的昙无谶踪迹全无,现在原地只剩下了一堆白色的灰烬。其实,这是昙无谶使了障眼魔法,他已成功在烟雾中脱身逃走,藏身于附近。等杀手走了,他一路奔走先到达龟兹,又从龟兹回到了天竺,这是后话。

"太奇怪了,连一根骨头渣都没有。就是一团白灰。"一个杀手说。

"看来,是个高僧。要不然,怎么会烧得只剩下一团白灰?"另一个杀手说。

"兴许有舍利子?听说,高僧焚化了,一般都有舍利子。"第三个杀手说。

第四个杀手就用手里的马鞭拨弄着那团白灰。风将马鞭搅动的白灰吹起来,白灰四下飘散,散发着一种异香,但白灰堆里什么都没有。

"什么都没有。"第五个、第六个杀手齐声说。

第七个杀手是个领头的,他说:"那我们走吧。我们回去给凉王交差。可是不知道我们能不能交得了差。"

沮渠蒙逊听了回来的杀手汇报说,昙无谶自焚之后变成了一堆白灰,将信将疑,但又深信不疑。他久久地沉默着,没有说话。晚上,他叫来李顺,告诉他这个情况。

李顺也沉默了良久,然后说:"那我只好回去如实禀报大魏皇帝了。"

李顺走了之后,沮渠蒙逊派人来到楼兰,将这些情况详细告诉我,我才知道了楼兰所发生的黑沙暴和洪水,都是一种预示。沮渠蒙逊将在敦煌做太守的儿子沮渠牧犍召到凉州,商议对策。据说,沮渠牧犍回到父亲身边，对沮渠蒙逊说："父王，我判断这拓跋焘近期肯定要进攻凉州。就在前段时间，我还在敦煌抓住了两个大魏从平城派来的探子，都是拓跋焘的丞相崔浩派来的，目的在于侦查我的兵力部署和财力情况。而且，这两个探子还热衷于打探我请的大学士赵㽥编制历法的情况。"

沮渠蒙逊就说："历法是帝王才能主持编制的。儿子，你请赵㽥编制历法，现在进展怎么样啊？"

沮渠牧犍忧心忡忡地说："赵㽥帮我成功编制了两部历法，一部是《甲寅元历》，另外一部是我奉为秘典的《玄始历》，这些都是我想献给父王的。"

沮渠蒙逊说："很不错。当年在敦煌，有五个学者兴办书院，号称'敦煌五龙'，他们不仅注释经典、创制历法，还翻译鸟兽虫篆之字，辨识蝌蚪之文，将那些古怪的文字改成了隶书，让我们很满意。如今，你依靠赵㽥又成功编制了两部历法，这可是我们的宝贝啊，要派上大用场才行。"

沮渠牧犍说："父亲大人，眼看着这李顺回到平城，那大魏皇帝拓跋焘肯定要兴兵讨伐凉州。儿子我在想，拓跋焘有没有最大的敌人呢？我想到了一个人，就是南朝皇帝刘义隆。父王，敌人的敌人就是我们的朋友。我们现在不如将《甲寅元历》和我奉为秘典的《玄始历》，连同其他一些典籍，都派人呈送给南朝皇帝刘义隆，以期获得他的支持。一旦拓跋焘发兵，那我们就请刘义隆发兵支持我们攻打大魏国，能起到'围魏救赵'的作用，解决我们面临的困境。"

沮渠蒙逊点了点头，赞叹道："这是个好办法。"

沮渠父子俩就将《甲寅元历》《玄始历》两部历法，连同《敦煌实录》《凉书》《亡典》《古今字》《周髀》等稀罕经典，秘密派遣专使，送往南朝皇帝刘义隆那里，以寻求南朝对凉州沮渠氏的支持。刘义隆得到这些河西名家大儒整理搜集的珍稀历法和书籍，十分兴奋，召集南朝大臣商议此事。可他的大臣一眼就看穿了沮渠父子的计谋，他们认为，这是河西凉州王沮渠蒙逊遭遇了困境，他害怕拓跋焘发兵，希望联手南朝。

刘义隆说："他这么想也没有错，关键是我们要怎么办。假如北魏拓跋焘发兵凉州，我们是按沮渠蒙逊的请求出兵帮助凉州，还是按兵不动不出兵更有利，这需要仔细廷议。"

于是刘义隆的大臣们争吵成一团，说什么的都有。有的支持发兵攻打拓跋焘，有的说千万不要出兵，以免中计，到时候大魏和南朝两败俱伤，沮渠氏渔翁得利。大魏拓跋焘对南朝一直觊觎，就想借机一统天下，平定南朝。这时候为了区区一个凉州，表明态度，并不合适。大臣们的各种意见争论不休。皇帝刘义隆皱起了眉头，他决定，即使拓跋焘攻打凉州王沮渠氏政权，南朝也保持中立，按兵不动。

我听说李顺回到平城后，向北魏皇帝拓跋焘禀报凉州的各种情况。拓跋焘说："这昙无谶是真的死了，还是假死？他可是会法术的人。他们说他化成一堆白灰了，你就真的相信？你见到那堆白骨灰了？"

李顺说："臣子虽然没见到，但确信这件事应该不会有假。"

拓跋焘沉吟着，说："那再等等看。"正在说话间，丞相崔浩急匆匆前来觐见拓跋焘，将沮渠蒙逊、沮渠牧犍父子派人向南朝皇帝刘义隆呈送两部秘典历法,以及大量珍贵典籍的情况,报告皇帝拓跋焘,还说沮渠氏这么做,就是想让南朝发兵,联合凉州对抗大魏。

拓跋焘一听,大怒:"肯定是沮渠牧犍这个家伙给他的父亲沮渠蒙逊出的主意。他早就在那里编制本不该由他编制的历法,这是皇帝才能主持的事情。崔浩,只有我这个大魏皇帝才能下诏制订历法,对不对?沮渠氏僭越了,他们居心叵测啊。你们看这沮渠牧犍的名字,不过是个放牧阉牛的笨蛋。"

崔浩笑了:"陛下,这牧犍的'犍'字,除了当阉牛讲,还是地理名词'郡'。一个郡有十万多户,'牧犍'指的是管理一个郡、十万户的意思。这才是他父亲给他起名的缘由。"

拓跋焘大手一挥,说:"呸!这凉州沮渠父子都是奸诈小人,小国寡民,自以为偏居一隅,就敢自称凉王?我要即刻发兵讨伐凉州沮渠氏。丞相,你觉得我们攻打凉州,那南朝的刘义隆会认为大魏帝都空虚,乘机出兵,北上攻袭平城吗?"

崔浩说:"南朝人喜欢偏安一隅。他们胆小怕事,喜欢蝇头小利,还喜欢争吵不休。我判断他们巴不得陛下把凉州灭了。他们不会出兵的,不会出兵北上前来攻打大魏。但臣下觉得,明年发兵会对我们更有利,还是应该观察一下。"

拓跋焘就下令按兵不动,同时厉兵秣马,整军备战。过了好几年,拓跋焘得到消息,沮渠蒙逊忽然死去,他的几个儿子矛盾重重,拓跋焘认为机会已到,决定讨伐凉州王沮渠牧犍。他率领三十万人马,从平城出发,向西南斜刺里杀过去,浩浩荡荡杀往凉州。

沮渠牧犍闻讯大惊,仓皇率兵迎战,被拓跋焘的军队打得落花流水。很快，拓跋焘的大军就攻陷了凉州，擒获凉王沮渠牧犍，北凉灭绝。他的弟弟沮渠无讳西行到高昌建立了新政权，继续称凉王。

拓跋焘下令将凉州的二十万人口无论妇女老幼，加上被俘虏和投降的北凉士兵，一律迁往北魏都城平城。一时间，每天都有成千上万的凉州人被拓跋焘的士兵押送着迁往平城，路上行人车马络绎不绝，川流不息，哭声震天。还有半路逃跑被处决的，病死、饿死的，饿殍千里，大道边死尸随处可见，真的是哀鸿遍野。

拓跋焘说起来和沮渠牧犍是互为妹夫，他娶了沮渠牧犍的妹妹兴平公主，而沮渠牧犍后来也娶了拓跋焘的妹妹武威公主。可沮渠牧犍和他的嫂子有私情是众人皆知，拓跋焘的妹妹受到侮辱，曾发生沮渠牧犍的嫂子李氏下毒企图毒死武威公主（此时已经是沮渠牧犍的皇后了）的事。结果，拓跋焘曾派御医紧急前往凉州救治自己的妹妹。想到这些家丑之事，拓跋焘十分恼怒。不过，他没有杀沮渠牧犍，而是把他押往平城，看守起来。几年之后拓跋焘派太常卿崔浩给他送去了赐死的诏令，他自杀而死。

北凉被灭的消息传到了楼兰。我知道，即将到来的冬天，楼兰还会是安全的。攻破凉州的拓跋焘需要时间休整队伍，整顿军马，等到来年的春天，他可能会进犯楼兰。我预感楼兰的毁灭，就将在来年。拓跋焘是毁佛灭佛的大魏皇帝，他可能无法容忍楼兰这个佛国的存在。在我的楼兰，有几座精美的佛寺，我的宫殿虽然不够巍峨，可亭台楼阁也是精心建造，请南朝画工在王宫墙壁上画下了精美的壁画。南来北往的行者给我带来很多宝贵的佛教经卷。此刻，我想象着楼兰的灭绝，最让我不舍的，不是我的王后和亲人，反倒是那些写在皮纸上、丝帛上、贝叶上、木板上和刻在石块上的佛经。而这些都是大魏皇帝拓跋焘要毁灭的。

我忧郁的目光穿透了王宫，扫过了楼兰城西北那高高的佛塔圆顶，此刻，梵音阵阵，如同沉香一样袅袅传来。可这样的景象，还能够持续多久？

后来，我的探子传来消息，拓跋焘占领凉州之后，率领大臣、将军、随从，攻打敦煌，在那里获得沮渠牧犍延请赵厞大学士编制的历法秘典《玄始历》的副本。南朝皇帝刘义隆的手里也有这个历法，而拓跋焘攻打北凉时，南朝刘义隆果然没有发一兵一卒。眼看凉州和敦煌成了拓跋焘的囊中物，我感到了唇亡齿寒，楼兰危在旦夕，我确信这一点。

我的探子回来禀报我，在敦煌，拓跋焘的大臣寇谦之花费两个月建了一个道坛。拓跋焘到达敦煌时，所有的随从、士兵穿的衣服都是黑色的，符合道教规范。他的队伍旌旗招展，鼓乐喧天，选择吉日良辰，大魏皇帝拓跋焘亲自登上道坛，接受大道长的符箓，举行了盛大的祭天典礼。

我知道拓跋焘信奉道教，信奉儒家，因此仇恨佛教。探子说，在敦煌，有几个曾路经楼兰的天竺僧人告诉拓跋焘，他们在楼兰见到的情况。他们向拓跋焘描述楼兰是一座十分精美的佛国之城，到处焚香袅袅，梵音阵阵，佛塔巍峨，佛寺盛大，僧人众多。很多商人、僧人、军人往来于大漠西东，从天竺到克什米尔，从康国、安国再到长安、平城和洛阳，楼兰都是重要的中转站。

拓跋焘听说楼兰的这些情况后，两眼放光，如坐针毡。他命令手下的大将抓紧做好进军的准备，打算发兵攻打楼兰。后来，因平城出现一些北魏贵族的异动，拓跋焘又班师回平城，楼兰的危机解除了。

可楼兰的危机真的会解除吗？楼兰，我美丽的佛国，现在干旱缺水，日日夜夜都被流沙侵蚀。每天一早醒来，我就感觉嘴里都是细沙，不知道从哪里来的沙子，非常细密，缓缓地企图将楼兰埋葬。

拓跋焘从河西退兵了。可沮渠牧犍的弟弟沮渠安周还在河西盘踞，占据高昌。探子又来报告，说他将发兵攻打楼兰。这次肯定是最为险恶的挑战。你会投降吗，比龙？我问我自己。我回答，不会。你会鱼死网破吗？我问我自己。我回答，我不怕死，但是我的子民们，我不会让他们生灵涂炭，跟着我血溅黄沙。

我在楼兰城内奔走，思考着楼兰的命运。黄沙弥天，楼兰人心里都很惊惶，不知道楼兰的命运几何。

想了三天，我已经有了一个好主意，那就是，让一个人带领所有的楼兰人到且末去，躲开沮渠安周攻打楼兰的危险和兵灾祸乱，避免我所有的子民被沮渠安周的暴虐士兵俘获后像凉州百姓那样，被拓跋焘迁徙到高昌或更远的地方，去做奴隶和工匠。

现在，摆在我面前的选择，就是将楼兰人迁居到且末去。在南边的大漠边缘，且末是一个理想的地方，那里距离佛国于阗比较近，能够有佛祖的安身之地。且末城地处大漠边上、山脚之下，易守难攻，还有河流滋润。

而那个能带领楼兰所有的子民前往且末的人，我决定把他放出地牢。我独自一个人前往地牢，亲自打开牢门，放他出来。

这个人自己用黑纱布蒙着眼睛，担心被日光灼伤。他走出来之后，自己解开蒙眼布，一瞬间，他感到要失明了，可渐渐就适应了光线。这个人和我长得一模一样。他叫曹无，因为长得像我，一直被我用作替身。可正是因为太像我，后来他在别人的撺掇下想替代我，被我消灭了死党，将他关进地牢有两年之久。

他看着我："楼兰王，比龙，你放我出来，是要干吗？是到杀我的时候了吗？"

我说："不，恰恰相反，我要放了你。不仅放了你，我还要你扮演我，或者说真正替代我，替代我这个楼兰王比龙，带领楼兰的子民，包括我的王后和妃子，前往且末，去那里建设一个新的佛国之城。前段时间，我登高台祈祷了七天，七天时间里，我想明白了，楼兰即将毁灭，而你，我因把你关在地牢里，对你有歉疚。那么现在好了，你将拥有我拥有的一切。"

曹无看着我，就像是我看着他。我们长得一模一样。他哈哈大笑，觉得有点滑稽，有点荒唐。可这就是真的，我接下来详细告诉曹无，楼兰眼下面临的危机，不仅是大自然在毁灭楼兰，沮渠安周也将横扫楼兰。我登高诵经的时候，听到一个声音从天际传来，要我剃度出家。我做出了独自和楼兰共存亡的决定，并委托他变成我，不再是我的替身，而是真正以楼兰王比龙来行事，就像是他一直盼望的那样。

"你要带领楼兰的全部子民向西南而行，前往且末。只有这样，楼兰才会绝处逢生，不然，即使沮渠安周不灭楼兰，那无尽的流沙也要在将来的数年内吞没楼兰。"

我说完,在曹无的面前单腿跪下来。我的真诚让曹无从将信将疑到最终完全相信。他流泪了,为我的这个决定。

我说,没有人知道我和你就像是一个人。从现在开始,我把我的衣服给你穿上,你就去扮演我,成为真正的我,而我剃度出家,并蒙面进入寺庙,不再担当楼兰国王。而你,要以最快的时间,带领楼兰的全体出发,南行避难。

曹无明白了我的决绝。我们互换了衣服,互换了身份。我和他分开后,前往寺庙,将所有的佛典经籍全部藏入地下暗道。他即刻去登台,宣布楼兰子民迁徙的庄严决定。我不再是楼兰王比龙,曹无变成了比龙。是的,我是无名,我视死如归,要和楼兰这座城市一起消失。

一天之后,曹无扮演的楼兰王比龙,带领楼兰全体子民离开了楼兰城。经过黑沙暴和大洪水的侵袭,现在的楼兰变得死寂,正在变成一座空城。我过去的子民全数前往且末,前往且末的路途艰辛而遥远,可是却有着未来的前景。

在楼兰,我把我的马、骆驼,还有我养的一只从库鲁克塔格山猎获的雪豹都放生了,就像我放了我自己的亲人。让它们走吧,都走吧,就让楼兰只剩下一个人,剩下一个曾经叫比龙的楼兰王。

我想的是与楼兰城共存亡,而楼兰已经不适合生存,即将毁灭。我已削发为僧,我的头发是微红色的——那是我从父王和母后那里继承的头发——被一缕缕地削去了,现在就在我的手里。我也把楼兰王比龙从我的体内放走了,从我的灵魂里放走了,剩下一具无魂的躯体。这具躯体,必须要重新赋予它灵性,必须依赖佛祖。削发为僧时,我的心有些缭乱，却异常坚定。我想，曹无将在且末统领着楼兰人，重建全新的城，全新的生活，这就是我的安慰。我的母亲、我的王后和臣子将辅佐他，我没有什么可担忧的。

我成了一个无名僧人。就叫我无名吧。我手里拿着一只牛角，小巧的、精美的牛角。这是几百年前的楼兰王尉屠耆传下来的，我可能要吹响它，在黄昏如血的时候，宣告一个僧人的诞生，一个国王的消失。

在风沙弥漫中，我吹响了那柄牛角号，呜呜声悠长地呜咽在楼兰空城里。现在，楼兰城只有我一个人了。我像一个游魂一样穿行在楼兰城。楼兰城内的官署、寺院、民居、广场、佛塔、街道、互市、酒肆、客店都还在，但是一个人都没有了。城门紧闭，所有的子民都安全地走了，前往西南的且末。

我要与这座城市共存亡。我似乎看见，沮渠安周的大军即将到达楼兰城外，黑压压一片都是他的士兵那朝天的剑戟。他们要洗劫这座美丽的城市。我一个人站在城门墙之上，想象着沮渠安周的十万大军靠近楼兰。他们的人似乎比沙子还多，旌旗招展，杀声震天，人人大喊："比龙，投降吧！"

我微笑着，我的左手攥着一缕长长的红发，右手握着一只牛角。我吹响了牛角号，呜咽的声响传到很远的地方。我向想象中的来犯之敌的大军挥了挥手，我不是比龙了，我不会投降。回到寺院中，我点燃了帐幔，点燃了木头房间，点燃了红柳枝，点燃了所有能点燃的东西，楼兰燃烧起来了。黑色的浓烟升起来，楼兰在燃烧。沮渠安周，你来吧！等待着你的只是一片废墟。

我在燃烧着的寺庙里，走到北墙的千佛壁画跟前，安静地听着外面的火焰声和风声。我听见了楼兰都城在火焰中缓慢地颓败着。我想象着沮渠安周的大军趋近之后惊诧万分，在燃烧的楼兰城前止步不前，我的内心有些快慰。

在北壁千佛壁画的中央，画着一尊和我一样大小的白衣佛。身穿白色袈裟，结跏趺坐。这是佛经《观佛三昧海经》中说到的，释迦佛应龙王的请求，将佛影留在了墙上。释迦牟尼当年虽已离世，但以一种呵护世间的愿力化为佛影永存。我背靠着这尊白衣佛画像，手上的牛角从我手上掉落。与此同时，我渐渐地化入墙壁，变为了墙上那尊白衣佛。

来年的春天，这座废墟里，会不会有新草萌发？楼兰曾是西域一座最著名的城，即将不复存在。

我是比龙，可我已不是比龙了，我是无名。浓烟滚滚，烈火熊熊，楼兰在燃烧。我的牛角号呜咽，我听到了火焰声、风声和又一场黑沙暴的来临。我在墙壁上化身为白衣佛像。一阵大火冲荡过来，将庙宇的大墙洞穿，一阵崩塌摧垮声中，房倒屋塌，我已化为白衣佛的影子，在墙上被火舌吞没，看不见我自己了。

四叠：沙丘无尽

我是斯文·赫定，在我眼前的塔克拉玛干大沙漠，到处都是魔鬼：在微风中，魔鬼在不断地集结着。沙丘浑圆，如同无数的女人体或者是蛇精在游动。可能是我看花眼了。实际上，那些无尽的沙堆不是在游动，仔细观察你就会发现，那是沙丘的脊线上不断有细沙被风吹拂，向下面滚落，看过去就像是一条条蛇在翻滚一样。因此，所有的沙堆都是活物，都是魔鬼，正在阴险而狡黠地包围着我们。

亲爱的米莉·布鲁曼，我至死不渝的爱，现在，你的脸在我眼前浮现。可我依旧感到孤独。你曾经让我做一道选择题：要么选择你，要么选择沙漠。我选择了沙漠，我现在就置身于沙漠。我就这么失去了你。当我得到你结婚的消息后，我顿时心如刀绞。你嫁给了别人。你的丈夫不是我。可我没有办法。我只得写信祝贺你婚姻快乐。

我把你的照片小心地夹在我的一个写生笔记本里，那个本子是我每天都要使用的。那是我在旅途中，随手画下来所见所闻的速写日记本。我把对你的爱深深地藏在心里，然后就走了。我来到了中亚，在这沙漠里受虐般享受着我的选择带来的孤独。

我感觉非常口渴，头晕眼花，把所有的沙堆都看成了在包围着我的魔鬼军队。无尽的沙漠在滚动，它们会吞噬我吗？会叫我有去无回吗？我想着你，米莉·布鲁曼，眼前的蜃气在浮动，正午的阳光下，所有的东西都在变形和飘动，让我眼前出现了幻觉。

空气太干燥了，沙漠里的红柳、梭梭都像垂死的章鱼一样，颜色发灰，就像是死尸苍白而无力的颜色，衰朽地伸展着枝条。好在红柳是沙漠中最顽强的植物，根系极其发达，能够固定住沙堆，使沙子无法随心所欲地移动。

一开始看到红柳这种植物，它要死不活的感觉让我很奇怪，我觉得这种沙漠植物不是活着的，可能已经枯死。我就让我雇佣的驼队里的当地人去挖掘红柳根系。挖的结果是，红柳的根深入沙地下达到了六米，根须十分茂密，如果把一棵红柳完整地挖出来，再把它倒置过来，根系朝上，那么红柳的整个根系就能蓬勃成一棵枝繁叶茂的大树。这就是红柳带给我的震撼。红柳的根是褐红色的，与枝叶的灰绿色不一样。红柳的花是淡粉红色的，在阳光下也很不起眼。但在经历了长久的沙漠戈壁的跋涉，不管在沙漠中的哪个地方停留下来，只要我看到了红柳那粉红色的花朵在微风中摇曳，即使闻不到它的花香，也是令我万分欣慰的。亲爱的米莉·布鲁曼，那种感觉，就像是任何时候我拿出你的照片看一看，我的内心立即涌上来一股欣慰的暖流一样。

这是一九零零年的春天，在塔克拉玛干沙漠东侧罗布荒原的北部，我的沙漠探险队扎营在一片似乎是被远古的洪水冲刷过的河道里，依靠着一片风蚀洼地所形成的雅丹地貌提供的一点阴凉，工作队所有人和骆驼都在那里歇着，等待着我发出新的指令。而我铺开了写生本，在写写画画，内心涌起的都是对你的思念。

米莉·布鲁曼，你知道，我自从和你分别，就再也没有见过你了。我从一八九零年开始进入中国新疆的这片区域。当时，我翻山越岭，从喀喇昆仑山南侧的奥什城出发，来到新疆喀什噶尔城。那座城市里有很多成片联结起来的黄泥土坯房院落，就像是大地上打了无数补丁的地毯，给我留下了深刻的印象。喀什噶尔有自己的风韵，就像是街上走动的蒙面的维吾尔族女性一样，美丽而神秘，传统而封闭。

但那一次我在这里没有待多久，就离开了。一八九四年春天，我又来到这里，打算攀登那令我望而生畏而又极其向往的雪山。

米莉·布鲁曼，你要是能和我在一起就好了。可你不喜欢雪山，更不喜欢沙漠。这是我们的根本区别。但这并不妨碍我爱你。这里的雪山是世界上最高大、险峻和复杂的山峰，我有一种想征服和探究那高高在上的神秘雪峰的强烈欲望。可这一次，我却失败了。在攀登海拔7509米的慕士塔格峰时，一开始，我的进展很顺利。在距离登顶还有海拔一千多米的时候，我们——我和我的夏尔巴向导突然遭遇了严重的大雪天。亲爱的米莉·布鲁曼，我真倒霉，我在高高的山腰上，再也没法前进了，即使我不断地在心里默念你的名字，也不行。结果，我不得不临时在那里扎营。

第二天，雪停了，当我走出了帐篷时顿时发现我得了严重的雪盲症。这就等于宣告了我此次攀登慕士塔格峰的失败。我只好在暂时目盲的状态下，象征性地眺望着我曾那么近距离观察过的慕士塔格峰、公格尔峰、公格尔九别峰，这三座并峙在一起的高大雪峰，就像是三个令人望而生畏的将军那样并肩而立，它们的巍峨、威严、壮观和高傲，让我感觉到畏惧，感觉到兴许真的有神灵居住在雪山之上。

可我目盲了，我必须要下山了。米莉·布鲁曼，随后，在助手的帮助下，我安全撤离。我的探险队撤回到塔什库尔干，那是一座高原上的石头城。下了山，我的雪盲症很快就有所好转了。我在慕士塔格峰的冰雪融水所形成的、几乎透明的喀拉库勒湖边流连了好久，想发现一条透明的鱼，心里想着你。在石头城，我有了某种奇怪的敬畏心，决定不再攀登这里的任何一座雪峰。

当地的柯尔克孜人听说了我的事，就是我在这里登山失败的事，很快就编成了他们嘴上的一个传说，在塔什库尔干流传。这个故事的主角就是我，斯文·赫定。他们认为我的登山失败，是由于山顶上的贾奈达之城的神仙的拒绝。好吧，我就认了吧。就让这样的传说在那些淳朴善良的柯尔克孜人的嘴里流传下去吧。你说呢，亲爱的米莉·布鲁曼？

接着，我想去进行一场更为艰险的挑战。

我在一八九四年的整个冬季，都在筹备一次沙漠探险。终于，到了一八九五年三月，我建立起一支辎重庞大的驼队，一时间轰动了整个喀什噶尔。驻喀什噶尔的英国使馆和俄国使馆的那些人，对我盯得很紧。当然，他们也帮助我买到了最好的骆驼，雇到了最好的当地人做向导，实打实地帮了我。

我打算向沙漠深处进发，亲爱的米莉·布鲁曼。你最不喜欢沙漠了，沙漠也是你的敌人，是你想象中的我的情人、你的情敌，你曾经在我告诉你我的理想时开玩笑这么说。我的探险驼队从喀什噶尔出发，沿着叶尔羌河向塔克拉玛干沙漠深处进发。这一年，你知道，我只有三十岁，当然是血气方刚，踌躇满志。我没有想到的是，这次探险，让我花费大量金钱和时间组建的驼队在路途中遭到了灭顶之灾，我第一次尝到了沙漠的死亡的味道。

也许你是对的，米莉·布鲁曼，我最好不要去和东方的沙漠接近。那一次，我们出发没多久，就陷身于沙漠中，缺水少粮，不辨方向，无法走出来，几乎要全军覆没。我的驼队损失大半，我自己也差点完蛋。可能是在你的保佑下，我竟然神奇地找到了一眼救命的泉水，才得以保命。我为此丢掉了一架最宝贵的蔡司牌高精度相机，连同一批我拍摄的宝贵的胶卷。米莉，你说我有多倒霉？

从那之后，再在沙漠里进行探险活动，我就没了相机，只能用素描速写来替代相机了。我明白了，在沙漠里，真正可靠的，都是最为原始的东西。比如人、狗、水、面饼、骆驼、纸张、柴火、牛粪等等，当然，还有太阳所在的方向，比罗盘更能指示方向。

到了一八九五年冬天，在经历了夏天的惨败之后，我已经熟悉了这片土地的性格，也适应了这里的气候和环境，懂得了如何与它打交道。米莉，我重新组织了一支探险驼队，沿着古老的、发源自巍巍昆仑山的一条条河道，向塔克拉玛干沙漠——这死亡之海继续挺进。

亲爱的米莉·布鲁曼，我很快就发现了一些中国古代探险家和佛教求法者所记载的地点，那些地方，如今都成了被沙子掩埋的废墟。有价值的东西很多，到处都是千年之前的遗留物。我开始觉得，我可能接触到了前所未有的中亚历史的秘密，发现沙子下掩埋的宝藏。作为一个探险家，我最大的幸福，就是到达那人迹罕至的地方，发现奇丽的景色，挖掘出古代文明的宝贵遗存。亲爱的米莉，我想我是对的，尽管我的选择——选择沙漠，让我远远地离开了你，陷入了无尽的痛苦和孤独，我也为我的选择感到骄傲。

这时是一九零零年春天。休息了一阵子，我发出了指令，让几个人前往库鲁克塔格山脚下，去寻找当地人传说中的一眼荒漠甘泉。现在，我的人和骆驼都很疲惫，迫切需要补充水分。

米莉，在这次长达几个月的沙漠荒原考察中，刚进展到半途，我的探险队就人困马乏了。骆驼也显示出疲倦已极的状态，更别说我雇佣的这些本来就三心二意的当地人。本来我就没有十足的把握能够穿越罗布荒原。我们缺乏水，是最重要的原因。米莉，告诉你，我发明了一种在沙漠探险的储水办法：在冬天时储存好冰块，在春天冰块还没融化的时候，带着这些固体水出发，一路上我们就不断有淡水供给了。

这年年初的时候，我们从塔里木河上游出发，一路往东走。探险队沿着干涸的河道试探性地前进，但进展缓慢。米莉，我注意到，塔里木河的河水不久在逐渐稀疏的胡杨林里奇怪地消失了。我们携带的固体冰块很快就消耗殆尽，天气一天比一天热，皮囊里冰块的融化很迅速。到了半途，缺乏新的饮水补给，是我面临的最大的困难。可这么多的人、马、骆驼和狗每天都要喝水，要想穿越十分容易迷路的罗布荒原，是一个巨大的挑战。在我遇到当地的罗布族中一个叫阿不都·热依木的男人之后，我看到了解决这个难题的曙光。

那天，我们的驼队经过一个罗布人的村落。我走到一个以打鱼放牧为生的罗布人家里，买一种当地的麻布，用来捆扎一些东西。这种麻布在防暑降温方面效果奇特。就这样，我认识了罗布人阿不都·热依木。

我们两个男人互相施礼，然后，我坐下来喝他家的罗布麻茶。罗布麻茶的叶片是黑绿色的，喝起来很苦涩，但解渴、提神、防暑。阿不都·热依木还从油迹斑斑的一个布袋里取出一个油馕，与我分享。

我说："尊敬的阿不都·热依木，我是瑞典人斯文·赫定。您是熟悉这片荒原的。我的考察队要穿越这片荒原。可淡水是一个大问题。我们带了很多冰块，但冰块要用完了。你知道这一片哪里有新的水源吗？沙漠里有一些碱水泉和苦水泉，但那水不能喝。我们要补充新鲜的淡水，可我们没有搜集雨水的工具，无法解决这个问题。"

我一边愁眉不展地咀嚼着油馕，让油馕那干燥而清香的味道在嘴里弥漫，一边缓慢地说出这些话，并没有期待阿不都·热依木能有很好的答案。

阿不都·热依木给我的茶缸子里添了热茶水，他狡黠地笑了笑："尊敬的斯文·赫定先生，您算是问对人了。我知道，在你们前往的路途中，有一眼淡水泉眼，足够你的驼队半道上补充所需要的淡水。"

我的眼睛亮了："啊！真的？那太好了，阿不都·热依木，可我怎样才能找到泉水的位置呢？"

"你们有那种圆盘子，能指示方向的圆盘子，我知道的。你们还有纸上和羊皮上的地图，我也知道的。把地图给我，我指给你看看。"阿不都·热依木笑着说。这时，他的弟弟从远处走过来，帮助他查看地图。他弟弟在探险队里给我当马夫，我从事沙漠探险和废墟考古的事，他都告诉过哥哥阿不都·热依木了。我取出了地图,给阿不都·热依木指出哪里是地图上显示的我们现在所在的位置,并告诉他东南西北的方向。

阿不都·热依木一下子就看明白了:"这个地图很神奇啊,我看到了我的家乡,有这么大一片。但是,没有水,这个地方就是死的。"然后,他就在地图上找到了一个地方,指给我看,说:"在这里。没错的,就在这里。我发现这眼泉水,还有一个故事呢。"

我很感兴趣,笑着说:"那你说说看。"

"去年年底的时候,我跟踪一匹野骆驼。它掉到了我的绳索圈套里,但它挣脱了。在逃走的时候,它受了伤。我凭借它留下的蹄印追踪它。我追啊追,追了好几天,这只野骆驼逃跑的速度不快也不慢,和我追赶它的速度差不多,关键看谁有耐性了。不久,我的水也喝完了,我渴得快要死了,眼前开始出现一些幻觉,走着走着,就跌倒了。等我醒过来,恍惚之间嘛,看到很多鸟围绕着我在叫。很古怪,那是一些白色的鸟,都是水鸟。可是这荒原里怎么可能有水鸟呢?我知道我要完了。我怎么能在沙漠里看到水鸟呢!肯定是我要死了。我的嘴唇是干的,喉咙里也是干的,我的皮肤在着火。我快要死了。"他转动嘴唇,嘴巴里嚼着油馕,慢条斯理地喝了几口罗布麻茶。

我耐心地等待阿不都·热依木喝茶,吃馕,然后揭晓答案。

他喝了几口罗布麻茶,吃了一口馕,接着讲:"正在这个时候,我听到前面的沙堆上一丛红柳的后面,响起了我追踪的那匹野骆驼的嘶叫声。接着,白色的鸟,就在红柳丛的上面飞起来了。它们呼啦啦地飞起来,又呼啦啦地降落下去,有不少鸟,很兴奋地在那里飞来飞去。"

我问他:"白色的水鸟?骆驼在嘶鸣?就在一丛红柳的后面?"

阿不都·热依木又递给我一块油馕:"是的,是真的。我忽然来了力气,站起来,摇晃着爬上了那个长有红柳的沙堆,然后我就看见了一眼荒漠里的淡水泉眼。很多白色鸟在芦苇丛边,在那里喝水呢。"

我十分兴奋:"看来,您看到的不是幻觉,而是真实存在的一眼淡水泉,阿不都·热依木先生。"

阿不都·热依木搓着手:"是的,先生,我一下子跑过去,在芦苇和红柳丛下面,有一眼泉水。我把脑袋放到水边,张嘴一喝,喝到嘴里的水是甜的,凉的!这是真的淡水泉呢。非常不容易啊,我当时太高兴了。我知道沙漠里有很多碱水泉、苦水泉、咸水泉,很少有淡水泉。那一天我很高兴,就使劲地喝,喝呀喝,然后喝饱了;这时,我看见在对面的芦苇丛里,我追踪的那匹受伤的野骆驼,趴在那里看着我,它很安静,看着我的目光很善良。我忽然明白,要不是它发出了嘶叫,我是找不到这眼泉水的。"

我说:"嗯,阿不都·热依木先生,可以说是它帮助了你。那么,你最后也就放弃了抓它?"

阿不都·热依木说:"你说得对,先生。我就放弃了继续抓这只野骆驼。我觉得,它把我引到这个泉水旁,救了我的命,我就不要再去要它的命。然后,我就返回了。嗯,大概在这个位置,这一片叫作阿提米西布拉克。你们沿着这条河道往前走,一直往那边走,会找到的。"他在地图上用手指给我指出了方向,在一个位置上画着圆圈。

米莉,这个信息对我很重要。我大喜过望,让队员们给阿不都·热依木留下了一些面粉和大米，还有牛肉干。然后，我的沙漠探险考察队继续开拔。

亲爱的米莉·布鲁曼，告诉你吧，果然，三月下旬，在那个叫作阿提米西布拉克的地方，我们发现了那一眼荒漠甘泉。当时，我的探险队是一支人困、马乏、骆驼蔫的队伍，在冰块使用将尽的时候，经过了这一眼荒漠甘泉充足的水源补给，人人重新焕发了生机，骆驼和马匹也都来劲了。我们携带的所有储水桶和皮囊都装满了淡水。米莉，是真的，我看到了胡杨、芦苇丛和红柳，看到了阿不都·热依木所说的白色鸟，也发现了在泉水边的狐狸、沙漠狼、野骆驼、黄羊、旱獭和沙漠鼠出没的蹄印痕迹，以及一些候鸟的踪迹。我都画下来了，等到今后有机会，我会亲自拿着素描本给你看。看来，这眼荒漠甘泉，是罗布荒原上不少动物的救命泉，也是我的救命泉。

米莉，我的工作虽然艰难，但很有价值。在这片人迹罕至的罗布荒原的北部，我们做了大量地形测量工作。五天之后，我们继续前行。

又走了一天，我在一片沙堆的环抱中发现了一个废弃的遗址。这片遗址由被风撕裂的木头所围拢，隐约能看到一些土台子，像是屋子的地基，露出了沙子表面，地面散落了很多芦苇和泥巴混合建筑的墙皮。

我感觉要有重大发现了，米莉。我很兴奋，就叫来向导奥尔德克，说："奥尔德克，这里显然是有人生活过，这是不是你们罗布人几十年前废弃的村子呢？"

奥尔德克眯起了眼睛，仔细观察地形。他用铁锹挖掘了一个土台子,又转了一圈,然后跑来告诉我:"从我记事起,我们罗布人从来没有到过这么远的地方。这里肯定不是罗布人的村落,因为,这个地方的水源距离塔里木河的河道太远了。我们罗布人从来不会在这里建村子。"

我说:"除了木头,还有别的东西被你挖出来了吗?"

奥尔德克笑着说:"啥都没有,真的,先生,我不会隐瞒的。我再挖挖看,也许会有财宝呢。"

他继续和几个脚夫挖掘某间房屋的根基,结果我的期待落空了,他们什么都没有挖到。我陷入了沉思。如果不是当地罗布人废弃的村落,那么,这里就可能是更为古老的部族留下的遗迹。那会是什么人,又是何时废弃了这个地方?

第二天,带着内心的疑问,我下令探险队继续前进。

此后,每天太阳升起来,我们的探险队就继续前进,太阳落下去,我们就安营扎寨,在红柳茂密的地带去挖掘泉水。我们带的淡水够人喝了,可骆驼需要大量饮水,苦泉水、碱水骆驼都能喝。

一天傍晚,在我们歇脚的时候,奥尔德克带人去挖掘泉眼,忽然发现他的铁锹落在昨天发现的那个遗址了。他跑来告诉我说,他要去找自己的那把铁锹。

我责备他:"奥尔德克,算了,丢掉的铁锹就不要找了。你一个人往回走非常危险,要是遇到一场沙暴,你就找不到我们的队伍了。"

但奥尔德克是一个倔强的罗布男人,看着他的表情,米莉,我就知道他一定要找到他那把心爱的铁锹。我就说,好吧,奥尔德克,即使你想去找你那把丢掉的该死的铁锹,也要等到夜晚来临、气温降下来的时候再去，还可以骑上我的骆驼，借助月亮的光照，返回去寻找铁锨。

他同意了，就耐心等待荒原落日和降温。

我很信赖奥尔德克，他是一个好向导，有方向感，又最能体察到荒野中危险会来自哪里。到了晚上，罗布荒原上的月光非常皎洁，奥尔德克骑着我的那匹留着分头毛发的骆驼去了。我最喜欢那头小分头骆驼，它是一头公骆驼，长着一双清亮的眼睛，嘴巴总在转动，看我的眼神十分清澈。

米莉，你知道我的性格，我是一个很细致的人。对奥尔德克独自返回，我还是有些担心。毕竟，在罗布荒原上，失踪是很容易发生的。何况是在夜晚，即使有皎洁的月光，也很可能无济于事。果然，两个小时之后，我担心的事情发生了——在我们扎营的地方，忽然刮起了沙暴，顷刻之间，没有预兆，沙暴就刮起来了。风沙将一切都席卷了，而这样的沙暴能够在很短时间里，将一切地面的痕迹都灭掉，能够使周围的地貌变形，使沙丘快速移动，形成新的地形。

那天晚上，我非常担心奥尔德克的安全，但也没有办法，只有耐心等待。所有的骆驼和马匹都蹲趴在帐篷周围，半闭着眼睛，忍受着风沙的吹打，我们都在帐篷里龟缩着，等待风暴过去。我也默默祈祷，盼望奥尔德克能够在天亮之前返回。

天亮的时候，风暴停止了，奥尔德克也没有回来。我很担忧，走出帐篷，这时我看到的是被风沙完全改变的一个世界：所有的地貌都变化了，植物披上了一层厚厚的细沙。人和骆驼的痕迹都不存在了。那么，奥尔德克还能够找到我们吗？

空城纪

可我们需要尽快离开这里。米莉,在沙漠里人必须不断移动,到达安全地带才好。我的助手告诉我,更大的沙尘暴还可能席卷这里。于是,吃过早餐,我们就赶紧出发了。天是阴沉的,气温上升很快。这个春季,沙漠中的气温比平时要高。我的情绪逐渐低沉下去,因为没有奥尔德克的消息,我总是在骆驼上回头张望。

我们走了一整天,也没有看到奥尔德克骑着我那匹小公骆驼跟上来。我多少有些绝望,我默默地祈祷,盼望罗布人奥尔德克能够借助他们天生的方向感,在他们赖以生存的这片土地上,找到生存的勇气和机会,然后跟上来。

这天傍晚,我们抵达了一片红柳丛附近扎营的时候,我忽然看到,在远处的荒原上,有一匹骆驼在朝我们这边移动。我们都停下了手里要做的事情,等待那匹骆驼靠近。啊,果然是奥尔德克和我的那匹小公骆驼!可他怎么从另外一个方向赶过来了?

他终于走到了我的眼前,我看到他有些愧疚,又有些自豪和兴奋。

他告诉我:"斯文·赫定先生,昨天晚上的大风确实让我迷路了,我找到了铁锨,就赶紧往回走,想跟上你们。可是,我却走到一片更大的、被遗弃的废墟里了。啊!那个地方我们从来都没有去过,也不知道是什么人在那里生活过,到处都是废弃物,被风撕裂的木头和墙壁。风沙太大,我就躲在有三间房子连起来的墙壁中间,拿一些芦苇杆去挡风沙。天亮了,我出来看到大风停了,可天更阴了,很可能沙尘暴还会来。我走出来,骑着这匹漂亮的骆驼,走出了废墟。我看到我眼前的废墟上有很多漂亮的木雕。我就带回来了这个,斯文·赫定先生，您看看。"

奥尔德克说完，从骆驼身上取下来一块毡子，里面露出来一块有着精美图案的木雕。这块木雕有半个人那么长，他取下递给我。

我接过来，看到木板上面的图案非常精美，显然，是房屋门楣或者窗户上的装饰板。我的眼睛睁大了，木板上精美的雕刻被时间、太阳、风所侵蚀、刮擦、吹打之后，形成的木头断口处露出来的纹理告诉我，这块木头的历史至少有一千年。米莉，我敢向你保证，此时我的心跳在加速，就像过去每次和你约会时一样，我激动起来了。我可能要有重要的发现和收获了。我仔细看这块木雕，在脑海里搜索我的所有相关的知识。是的，米莉，我从来没有见过任何一种文明，包括伟大的希腊文明、两河流域文明、埃及尼罗河文明中有这样内容的木雕图案。它不像任何一种我见过的文明的符号。

米莉，我当时想，也许，这就是传说中的犍陀罗文化的遗存吗？犍陀罗文化，是亚历山大东征后在阿富汗一带流传下来的艺术风格。我的心在狂跳，米莉，我想拉住你的手，给你说说我当时的感受。我感觉我即将靠近一种被沙子和时间掩埋太久的古代文明。真的，我热泪盈眶了，这可能将是我的探险考察生涯中最大的发现。我没有白费精力，米莉，我的选择那么痛苦，我选择了沙漠，沙漠一定会给我报偿。

我慢慢抚摸着那块木板，看到了莲花的图案，佛像，以及佛像头顶的光环。我知道，这是佛教文明的符号，而佛教在这块土地上兴盛的时间，最晚都在一千三百年以前。因为在公元八世纪之后，这里的佛教信仰逐渐被伊斯兰教所替代了。

抓着这块木雕，我的脑子在快速转动。我必须要做出一个决断。米莉，这对我来说很艰难，就像你让我回答你的问题一样。也就是说，我遇到了一道艰难的选择题。因为，我们已经走出了罗布荒原最难走的地方，已经能看到耸起的库鲁克塔格山脉那淡淡的山影。是回去寻找和挖掘奥尔德克发现的那个古代文明遗址，还是按照原计划继续前行，走出荒原，等到第二年再来这里？

我苦苦地思索着。我有些心乱如麻，坐下来漫不经心地在素描本上描画眼前的沙堆。这真像是回答你给我出的难题啊！

奥尔德克走过来，坐在我身边。他看出来我在想什么，像是帮助我下决心地说：

"斯文·赫定先生，我知道你很想去那个废墟看看。可我们带的水和食物都不够我们折返回去。我保证，如果您明年再来的话，我可以把您的探险驼队带到我发现的那个地方。我向你保证。"

奥尔德克把手放在胸口，向我鞠躬。他的眼睛很亮，是一个说话算话的男人。

米莉，他说得对，如果现在我就去寻找那个废墟所在，那么我这次专门针对罗布荒原的测量工作很可能就失败了。我们得到的大量测量数据，那些笔记、样本，需要我带回瑞典进行整理、研究、分析和保存。

我看着奥尔德克："好，明年春天我会再来。你肯定能帮我找到那个废墟的位置吧，我亲爱的奥尔德克？"

奥尔德克看着我："我保证，您只要让我再丢一次铁锹，就可以了。"他的玩笑话顿时让我那缭乱和紧张的心情放松下来。我们哈哈大笑。

我们按照原计划继续前行。因为水和食物的消耗量很大，我必须要结束这次探险了。我想，再等一年，我会再来的，罗布荒原啊，我会再来的，有一个千年秘密等待着我来揭开，我当然会回来。

米莉，我在一九零一年的三月从瑞典回到了新疆。我回瑞典之后，没有见到你。那时你可能是故意躲开我，对不对，亲爱的米莉·布鲁曼？你结婚了，有自己的丈夫，你不愿意见我，我给你写的信，最终也没有发出。一些学术机构为我举办的欢迎会、研讨会、酒会，我都向你发出了邀请，可你都没有来。

米莉，我知道你不会来。因为我已经选择了沙漠，没有选择和你结婚，你就不会再来见我。

罗布荒原我如约而至。这时，还是冬天，整个罗布荒原处在一个苍白死寂的冬日。我们的探险队这一次带着足够的冰块——融化后成为饮用水。骑在骆驼上颠簸着，我的眼睛半睁半闭，摇摇晃晃已经很多天了。米莉，有时候，在沙漠荒原中探险是那么单调，贫乏，困顿，让人绝望，无尽的沙丘让人疲惫。虽然我对未知的世界是那么好奇，但有时候我也觉得灰心丧气，感觉自己企图与古老的时间和历史对话，是很容易遭遇失败的。好在还有大自然的美丽，大自然的奇特和丰富，好在我的心里经常想着和你说话，这使得我一直没有丧失探寻中亚未知世界的好奇心。

这一次，还是奥尔德克引路，他的方向感比罗盘还要准确。经过了精心准备，探险队走了一个多月，在三月三号这一天，他果然带领我们来到了他去年寻找丢失铁锹返程途中发现的那个废墟。

这一天，正午的阳光是那么强烈，米莉，我几乎分辨不清楚前方有什么。无尽的风蚀蘑菇，像一个个怪物那样在眼前耸立。淡灰色的盐碱土，是这片古老的湖泊干涸之后的板结。我走得疲惫已极，却听见奥尔德克在前面大喊：

"就在前面，我看见了！看见那个地方了！"

我却什么都看不见。米莉，这时我们的驼队加快了前行的速度，终于靠近了那片废墟。真是有一片巨大的废墟！我看见了，我走进了那片废墟。我穿越了低洼地带，踩着盐碱地的厚土，脚下嘎吱嘎吱响，来到了一个高台上。

我看见了令我永生难忘的图景：一座城市！是的，是一座已经毁灭于历史深处的城市，以它被丢弃后的颓败和被时间封存的形象展现在我的面前。这座城市一定非常古老，在新的宗教席卷这片土地之前，它就在这里被废弃了。我的探险驼队沸腾了。大家也从来没有见过这么大的废墟。我们走进废墟。这里到处都是散落的木头，陶器的碎片，残垣断壁和建筑基座，需要仔细察看。

我看到远处还耸立着一座塔。那应该是一座佛塔，不可能是别的，它那么高大，目测有十多米高，在这一片风蚀高地上鹤立鸡群。此外，还有房间的遗存，是夯土建造的。一辆马车的木头车轮的辐辏很大，可见这马车也很高大。但是绝对没有一个人。除了我的驼队，所有的人都在历史和时间深处消失了。

这里是什么人建造的？没有答案。我内心狂喜，米莉，我太高兴了！我可能发现了东方的庞贝古城。可你知道，我很能控制情绪，所以我表面上非常冷静。

我们赶紧搭好了帐篷。我在这里进行了测量、拍照、素描和挖掘。那些精美的木雕随处可见。我重点测量了那座佛塔，它是这座废墟最高的人工建筑。三月三日这一天，我详细地写下了测量它的记录，塔高达八米八，有五个阶梯状的台阶，它傲立于风雨之中已经有一千多年，却在不断地、缓慢地倾颓着。

我的雇员中有人说，凡是有佛塔的地方，佛塔的内部一定藏有宝贝，这是一个古老的说法。他们开始挖掘佛塔，渴望发现宝贝。尘土飞扬起来，被我制止了。我告诉他们，这里不会有宝贝的，他们发现的最多会是一些陶器。不要破坏了这个地标，以后我们还会再来的。

奥尔德克又挖出一些精美的木雕，还有一些有文字的木片。到了晚上，我和助手仔细分析那些木片上的文字是什么，木简木片上大多是一些汉字，表明至少在废弃之前，这里是汉朝或者更早的中原控制和影响的一座城市。然后，忽然，我的一个助手念出了一个词："楼兰。"

"楼兰？"我疑惑而又震惊地发问道，"你在说什么？"

"是的，是'楼兰'。这些木片简牍上多次出现了这个名字。我想，楼兰就是这里的地名。"我的助手回答我。

"楼兰，楼兰，楼兰。"我念了三遍这个词，感觉到这个词发音中的抑扬顿挫。汉语听上去更好听，比我的卷舌音要好听。"楼兰。"我点了点头。

米莉，我发现的这座废墟，就是古国楼兰城。后来，我查阅了不少中国的史书，也支持了我的发现——在这个位置出现和消失的城市，可能是或者说只能是——"楼兰"。

奥尔德克还挖出来一柄牛角号，他欣喜地递给了我。我擦拭去牛角号上面的灰尘，试着吹了一下。一阵低声的呜咽从历史的深处响起来。好像这牛角是有生命的一样，它从沙漠里出来向我问候，告诉我这里发生了很多故事。

我手里这柄小巧的牛角号似乎有温度，在我手里发烫。我吹了一会儿，想了想，觉得这牛角号属于楼兰，就把这只牛角埋在了三间房废墟附近的一个沙堆里。那里有很多贝壳，像个生活层，我让它重新回到时间和沙子的深处。

几天之后，经过了发现的狂喜和仔细的考察、测量、绘图、研判，我心满意足，离开了那座楼兰城废墟。

米莉，后来，我再也没有回到那里，就像你再也没有回到我的身边。即使有那座佛塔在召唤着我，即使我的耳边时常响起来那只牛角号的呜咽声，就像是历史在召唤我，可我也没有回到楼兰。

我带着大量的测量数据和样品回到欧洲，公布了我的考察结果，在学术讨论会上，发表了我的研究成果和判断：罗布荒原上的干涸大湖，是一座"游移的湖"。大湖的湖水会随着塔里木河上游来水量的不同，在千百年间不断蒸发变化，并来回游移，位置并不确定，一直到它的水面彻底消失，大自然以它的方式在生生死死，循环往复。罗布泊遭遇到塔里木河来水量逐渐减少，下游的胡杨林缓慢死亡，湖水干涸，楼兰就遭到废弃。

我将"楼兰""雅丹"和"罗布淖尔"这几个地名带到欧洲，使这些词汇成为描述特定地形、地理位置和城市废墟的名词。但我真的再也没有回到那个地方了。

后来，这里成了更多探险家瞩目的地方。俄国人普尔热瓦尔斯基、美国人亨廷顿、英国人斯坦因、日本人橘瑞超、中国人黄文弼，都来到了楼兰废墟，他们发现了更多的墓葬地、停船码头、官署遗址、木简文书等等，逐渐复原着那里的古老历史。

一九三四年，我已经六十九岁了，在这一年，经中国政府同意，我带领中瑞联合考察探险队，穿越了整个北中国，再次来到了罗布泊。

这一次，我主要在罗布荒原的北部活动。我们发现了一座有一千多个墓葬的大墓地，发掘出了最美丽的沙漠干尸——"楼兰美女"。那个"楼兰美女"躺在罗布麻布中，安详地睡着，仿佛我们数千年后的打搅，也不会惊醒她。她右手里握着一枚牛角——让我想起来我曾埋在楼兰的那一柄牛角号，这牛角号很像是一对儿。

这一年，塔里木河的水源很充沛，我得以泛舟于古老的罗布泊北湖——在中国古代的典籍里，它叫作蒲昌海。我画了大量的速写，因为我知道，我肯定不会再回来了。米莉，我已经老了。可我的心里还有你。我终生未婚，因为我的心里只有你，我也不会再说出口。

这一年，我还计划从敦煌出发，重新抵达楼兰古城，去看看那座佛塔的变化。但中国的国民政府对我们提出了很多的限制。当时，所有来到中国西部进行探险、考察和发掘的西方探险家，像斯坦因、伯希和等人，已经被视为不怀好意的盗贼了——当然，有些人的确也是。那一年，我最终在距离罗布泊的北湖岸边一百七十公里的营地，停下了脚步。

一天深夜，满天星斗，我眺望南方，想象着在静谧的夜空下，那座楼兰废墟的模样。那里一定是安谧的，死寂的，没有什么动静。即使有，也不过是风沙在缓慢地、持续地将它重新埋葬。我现在老了，却依旧想念着楼兰，这座古城带给我发现的巨大喜悦。就像你，米莉·布鲁曼，我秘密的、唯一的爱。

五叠：尸女复生

很久以来，我就想找机会去一趟楼兰古城。但我知道，进入楼兰所在的罗布泊荒原，是非常困难的，一定要有充分的准备和当地人的引领才能实现。

在我小时候的记忆里，每到冬天，我父亲就要去天山上的冰大阪，开着"东方红"推土机铲除积雪。他回来后告诉我，他的推土机常常将路上一人多高的积雪铲除，那些遭遇暴风雪的死羊也会在雪堆里被推出来，甚至有时候还有牧人的尸体。父亲说，在冰大阪上推雪开路，有时候他一声咳嗽所导致的山间回音，都会引发对面雪山上的一场雪崩，雪崩的场景十分壮观，有一种摧枯拉朽之势，令人惊叹。

不过，现在正值夏末秋初。这一年，我从吉木萨尔翻越了东天山的一条古道，一路向南，想去接近罗布泊荒原。现在，那里依旧是人迹罕至的地方，比塔克拉玛干沙漠还要令人恐惧和神往。如今，穿越"死亡之海"的沙漠公路都已建了三条，半天的功夫就可以横穿那可怕的沙漠了。而罗布泊荒原仍旧是神秘莫测的。不光因为附近有一个核试验基地，还因为在罗布泊的中心荒原，有一座楼兰古城遗址。

二〇一三年的九月，我终于见到了楼兰遗址废墟的真面目。那是我去参加新疆库尔勒市搞的一个胡杨艺术节活动。他们邀请了不少艺术家前往采风。先前有一拨人主要是画家和作曲家。我们这一拨是摄影家。我们的目标，就是前往楼兰古城一探究竟。

我们从北京出发，上午飞到了乌鲁木齐。在北疆，沿着东天山向东驱车走到吉木萨尔，然后从那里再翻越天山，抵达吐鲁番和哈密盆地。这样大幅度的大地转换，在我的心里唤起了久违的震撼。不到新疆，不知道中国之大，新疆之美。我们在吐鲁番和哈密又转了几天，不仅不疲惫，竟然依旧精神抖擞，于是来到了库尔勒市。听说库尔勒的夜景非常美，摄影家们决定在库尔勒下车。库尔勒是南疆最大的城市，如今人口规模似乎比喀什和伊犁等传统城市都要多，因为塔里木盆地的石油勘探开采机构主要驻地在库尔勒。

晚上，我们几个手里拎着相机，在库尔勒市的街头漫步。夜景的确很美丽，库尔勒还有一条映衬着夜晚的灯光秀的河流，波光粼粼，黑沉沉的夜空下，我们见到的是一座崛起的西部工业城市。不过，在河边拍照的时候，我闻到远处飘来一点工业废气的味道，不知道是炼油厂还是化工厂排放的，对空气质量有所影响。但这一点并不影响摄影家们的新奇感，我们在河边，在库尔勒的大街上寻找着光影的魅力。

第二天清晨，七点钟，我们驱车从库尔勒市出发，沿着一条并不宽阔的国道前往南部的若羌县。一路上，汽车穿越了沙漠边美丽的胡杨林地带，我们看到了大片胡杨林，在透明的空气里抖动着金黄色的树叶，合奏着一曲秋之奏鸣曲。摄影家最喜欢拍胡杨树，据说在阿拉善的居延海边的胡杨林，号称全国最美丽。每到秋天来临，那里的胡杨树叶子黄了，全国大批摄影家和摄影爱好者前去观赏，每棵胡杨林树下都要站着好几个摄影家，喊哩咔嚓拍个不停，估计活了千百年什么世面都见过的胡杨树都要惊呆了。

我们停下来，拍了一阵子胡杨树。不过我内心并未产生创造性的直觉。有时候拍片子，需要这样的直觉，有了！那种感觉在心里一触发，一张好照片就真的有了。我们上车，穿越了一片广袤的戈壁滩，这里是塔里木盆地沙漠的边缘。远远地，我能看到一个个沙丘像是埋伏在道路两边的敌人，不怀好意地正在匍匐前进，似乎想伺机吞没这条沙漠公路。公路两边有一条绵延的草编防护带，起到了阻挡流沙的作用。

看到一块蓝色路标，我知道我们到了阿拉干，这里的地势变得低洼了，今年塔里木河水量充足，公路两边都被水淹了，全部是发亮的水面。这使得我们的车子在公路上的疾驰带有了梦幻色彩。上游的博斯腾湖奔泻下来的水流进塔里木河后形成的平湖洼地，使得通行的公路悬浮在一片汪洋之上。茫茫天地间，就是这一条公路，通向了蜃气浮动的远方，而我们正在这条路上奔走。我的心里响了一句：有了！于是我们停下来，下车拍照，果然用相机捕捉到了水天一色的大漠、大水、长天过大云的瞬间。

我们继续前行。这一天，我们的车子走了七个多小时，下午三点，我们终于抵达若羌县。若羌县是一座古老的县，它可能是中国面积最大的县，竟然有二十多万平方公里，比浙江省和江苏省的面积加起来还要大，号称"华夏第一县"。若羌的人口不多，只有五万多人。大部分县域范围都是不适合人类生存的不毛之地，其中最大的一片，就是罗布泊荒原，在我拿着的地图上闪烁着死寂的光芒。

当天下午，小憩之后，看着天色尚早，我们先去参观了若羌县博物馆。这座博物馆建筑很有特点，建筑的颜色是土黄色的，结构上模仿了芦苇、黄泥巴和红柳枝条混合而成的原始建筑风格，并带有当地民族特色。

明天一早，我们将前往楼兰古城探访。所以，来到若羌博物馆算是一次了解当地历史文化的预热。走进博物馆，馆长说，不能拍照，让我们把随身带着的照相机留在了贵宾室。进到展馆之后，我就感觉到有一种穿越时间的气息。是的，是时间里的幽灵顿时在博物馆里活跃起来了。因为我们的造访，那些看不见的幽灵正在集结，阴气有点重。光线并不充足，我睁大了眼睛，看到博物馆展览图片丰富，文字解说详略得当。在博物馆的内厅里，正有一个楼兰出土的干尸展览，导游引导我们过去参观。

我紧张了起来，干尸！是的，就是在这家博物馆里，有十多具保存完好的、距今已超过三千年的楼兰干尸。我们变得鸦雀无声了，几个人列队鱼贯而入干尸展厅。

博物馆里的空气变得神秘而宁静。下午的太阳本来悬浮在高窗之上，这时却莫名其妙地不见了，光线顿时黯淡了下来。我似乎听到了低语，好像是一个女人在我耳边说话："你来了，欢迎你的到来，我其实一直在等你……"

我感到了毛骨悚然，不知道是谁在我的耳边说话。就在这时，我一眼看到了著名的"楼兰美女"。那是一具干尸，她安详地躺在一具木头棺材里。啊，是不是她在我的耳边呢喃？难道我真的听到了她在说话？我狐疑地看着几个同行，特别是我的好友朱咏，可他很淡定，也没有人关心我惊悚的表情。他们一个个正在兴致勃勃地端详着每一具干尸，一边听着博物馆馆长的介绍：

"诸位，你们看，这具楼兰美女干尸，死亡的时候还不到二十岁。她是难产死的，在她的肚腹之内，还有一具胎儿的尸体。奇怪的是，下葬的时候，她的左手握着一柄牛角号，那柄牛角号，有人看见它曾在夜晚发亮。还有人曾在晚上听到这牛角号被吹响……"

"这只牛角号被吹响过？"我很紧张地问，"被谁吹响呢？牛角不是一直在干尸美女的手里握着吗？"

博物馆馆长的眼神幽深而暧昧，他看着我笑了笑："反正有人是听见过夜半牛角号的声音了。但不知道是谁吹的。毕竟，大晚上的，很少有人进来看看。是不是美女复活了，坐在那里吹牛角号呢。"他笑起来，大家也都笑起来，说着话，就走开了，馆长和导游继续带领我们看其他干尸。

在这家博物馆里还有十多具成年男人、女人和婴儿的干尸，这些干尸似乎都在等待着和我们相遇。馆长正在走着，冷不丁扭头对我说："我们博物馆里的楼兰美女干尸，其实不止一具，有好几具呢。"

此时，在我耳边的声音又响了：谢谢你来看我，谢谢你……我一下子感觉到头皮发麻，脚发软。这说话声是个女声，我们这些摄影家都是男人。那么，肯定是那一具楼兰美女干尸的声音，可我回头一看，她却仍旧在玻璃罩下面的船型棺材里躺着，丝毫未动，表情带着古老的微笑。我惊诧莫名，不知道接下来会发生什么。几只苍蝇在博物馆

空城纪

里嘤嘤嗡嗡，不知道谁能听懂这千年的密语。

博物馆里的东西让我们领略到罗布泊楼兰地区数千年以来的文化进程。石器，陶器，玉器，干尸，丝绸锦帛，竹简木简，毛毯香料，墓葬形式，等等等等，都是时间的路标和历史的提示。参观时间结束，回到宾馆，吃了晚饭，我们就都早早地睡下了。因为第二天凌晨六点，我们就要出发前去探寻楼兰古城，听说路途十分艰险。可我这一天入睡很迟缓，半梦半醒中，我的眼前总是浮现着楼兰美女的身影，她拿着一柄牛角号，笑着打算吹响它。我惊醒了，看到宾馆房间里的光影浮动，其实来自窗外的路灯。

第二天凌晨六点，我们就都起来了。我带好相机，收拾好东西，拉着拉杆箱，睡眼惺忪地来到院子里，发现县里派来的三辆越野车都已准备好，车灯闪闪发亮，发动机或轰鸣或低喘，一副蓄势待发的状态。宣传部单部长是此次楼兰古城探访行的指挥长，三台越野车都配备了步话机，后备厢里装了汽油、干粮、水、药物，每人还发了一个手电筒以备应急，各类储备和应急物品一应俱全。简单分组之后，我们十多人坐上车子，就出发了。

越野车在茫茫黑夜里疾驰。大地是一片无尽的黑暗，令人生畏。没有路灯指路，我们的开路车一马当先。车队先是上了一条国道，在柏油路上走了一个小时，这是翻越阿尔金山直奔青海的大道。这条大路上，即使是凌晨时分，路上的大卡车也是川流不息，大灯闪烁，喇叭轰鸣。

可能三辆越野车的车况不一样，车速也不一样，很快就拉开距离，互相看不见了。我打开车窗,感觉到早晨的风很凉,像是刀子贴着脸刮过。初秋天气,即使穿着秋衣秋裤,感觉还是很寒凉。我们的越野车快速超越一辆辆轰鸣的大卡车,很快,车从柏油路上左拐下来,离开了那条前往青海的国道,走了长达几十公里的尘土飞扬、沙石乱飞的砂石路。这时我感觉车子就像是颠簸在布满了豆子的水泥地上,人在车内坐着,屁股底下就像是装了一个弹簧,不断地在弹动。

接近一个小时后,来到一个岔路口。我们这辆指挥车停下来,等待后面那两辆车跟上来。我们的车上坐着单部长、祝勇、我,加上司机,一共四个人。车是号称"牛头"的丰田陆地巡洋舰,非常适合在沙漠戈壁的路上行驶。

我们等了二十分钟,看到后面跟着的两辆车才陆续抵达,三辆车再次集合,此时距离出发已经走了两个多小时。此时,天色微明,我们继续前进,又走了一段砂石路,开始进入罗布泊荒原。这时,砂石路结束了,接下来的一段路很奇特,是用推土机推出的一条简易的盐碱路,路上洒了水碾压后形成的那种平滑路。这样的路面很结实,比较好走,像是在粗盐上奔跑。这一段路又走了几十公里,可以看到很多大型货车开着亮闪闪的大灯和我们擦身而过。

那都是罗布泊北部大型钾盐矿厂的货车。附近在修一条通往哈密的铁路。这里的钾盐矿藏世界第一,单部长告诉我。此时,天色微明之下,可以看到罗布泊荒原茫茫无涯,在这条平滑盐碱路的某个地点,竖立了一个牌子,上面写了几个大字:

军事禁区,不准擅闯

在这块牌子的左边,有一条也是直接在盐碱地上碾压出来的路,通向西边。我们的车向左一拐，就上了这条路。按照方位来看，我们出发时一开始是向东走，接着向北，现在又向西走，真正进入到古代罗布泊的湖底地区。这一段路很难走，完全是一条大海般的波浪起伏路。汽车的速度明显慢了下来，我抬头看了一下车子的仪表盘，显示车速在每小时四十公里。车轮在盐碱路面上碾压，飞奔，车轮不断跑偏，左右摇摆，就像打摆子的病人一样发着疯奔走。

我紧紧地抓着把手，身子不断地被颠得弹跳起来，脑袋撞在车顶，很疼。天边已经变成了鱼肚白色，远方的库鲁克塔格山那庞大的身躯浮现出来。西北地区天亮的时间要晚一些，和北京时间比，晚两个小时。接着，凌晨的那种天青色慢慢地在天边氤氲，我们的车子像疯狂的老鼠那样在广袤的罗布泊荒原上奔驰，直到单部长指着前面一个地方说，"那里是余纯顺的墓地"。

我曾在报刊上见过这个人的事迹，1996年的6月，他曾徒步穿越罗布泊，结果死在了罗布泊。由于路过余纯顺的墓地，我想去看看，但被单部长制止了，他说："别忘了我们的目的地是楼兰，路上不停车。"

是的，我们的目的地是楼兰古城废墟，还在遥远的前方。算下来，余纯顺去世很多年了。这个徒步旅行家当年打算一个人穿越无人的罗布荒原，结果就死在了这里，成为一个传奇。此外，1980年6月17日科学家彭加木在罗布泊的失踪，至今仍旧是一桩悬案。我最近在微信朋友圈中，看到一篇链接文章，说是一个法医写的，那个法医发现了一具罗布泊干尸骨架，他认为，那骨骸就是彭加木的遗骸。那篇文章以侦探小说的手法，讲述了另一种惊心动魄的可能：

"1980年6月，正在罗布泊进行考察的科考队遭遇到迷路、缺水的难题。科考队长彭加木的脾气与个性强，他与其他科考队员产生不合，多次发生激烈冲突。最终，当面临困境难以决断，而他们对彭加木的决策也产生了异议之后，几个人杀了彭加木，伪造了一张他写的纸条，上面只有歪歪斜斜几个字：'我去东边找水'，然后，他们手忙脚乱地把彭加木埋在了沙堆下……"

我觉得，这篇文章完全是一篇小说的虚构。按说，当年的科考队员现在大都在世，要是发起刑事调查，是很容易查清的。微信微信，微微相信。还有人说，彭加木被外星人劫持了，1980年的6月，在罗布泊的上空，很多人都看见了发光的飞碟。那种碟形船盘旋于荒原之上，用强光照射科考队员所在的营地，将彭加木劫持。更有漫画画出了这一过程，在一束从悬停的飞碟中打出的四十五度光柱上，彭加木缓缓地向飞碟走去……彭加木之死，是关于罗布泊的一个传说，一个永远无法解开的谜。

我们一路开到罗布泊"湖心"标志点的位置，车队才停了下来。我们都下了车。我感觉此时的温度在零下十多度，天气很冷，温差很大。此时，天色大亮，太阳猛地从天边跳跃起来，我望过去，发现太阳不是橘黄色，而是白晃晃的十分耀眼的一个白球，它迅速升腾起来，温度也开始上升。太阳一出，就连空气都开始变得温暖。此时，一股股小风在罗布荒原上令人绝望的、一览无余的空旷地带吹拂着，也吹拂在我的脸上。

在这片盐碱地，我看到，地面上到处都是锋刃般的盐碱岬角，像是无数史前的带角蜥蜴死在这里，脚踩上去，嘎吱嘎吱响。这里是罗布泊的湖心地带，可连一滴水都没有，有的只是令人绝望的蛮荒和死寂，是叫天天不应、叫地地不灵的空茫感。我能体会到历代穿越这里的旅人那种孤独和恐惧。

看到太阳升起来了，我们拿着相机在四下拍摄。能抵达这里的人很少，我忽然感到很兴奋，我是又翻跟头又蹦起来，在晨光中的盐碱地上，做了几个凌空飞起的侧踹动作，让朱咏拍了下来。一看，拍摄效果很好，我飞得很高，谁让他是摄影家呢。

我们向罗布泊中心点的标志物——一块石碑走过去。在罗布泊湖心，竖立着一块灰色的长方形石碑，上面镌刻了"罗布泊湖心中心点"几个字。有意思的是，附近散落了一些被砸碎的青黑色石碑的碎片，石碑的基座也都被掀翻了。

我捡了几块残碑，仔细辨认，发现石碑是过去一些个人或团队进入罗布泊荒原后所立下的石碑。他们到达这个湖心点，出于纪念的目的，立下了石碑。碑文的内容都是"某某人某某团体到达这里"的文字，表达着来到这里的豪迈之情。但为什么这些石碑全部被砸碎了？我问单部长。他告诉我们，这里是军事禁区，距离马兰核试验基地不远，原则上这里已经是军事禁区，未经批准报备，不许随便进入。因此，有关单位将这些石碑全部砸掉，只留下了一块罗布泊湖心中心点的标志碑。

看着满地的石碑碎片，我觉得砸掉是应该的。在这广袤无人的荒野上，在罗布泊干涸的湖心区，忽然出现那么黑乎乎的十几块石碑，墓碑一样矗立着，感觉会很丧气，也不好看，破坏了这里的千年万年的宁静。而且，人的自大和豪迈，实际上是虚妄和狂妄的。我们应该敬畏自然，人有时候胜不了天。再过几十年，我们都死了，可罗布泊荒原还在这里。大自然的沧海桑田，几百万年都是一瞬间，石碑应该被粉碎，还罗布泊一片安宁。实际上，现代人对这片荒原的打扰已经够多的了。核试验，钾盐矿开采，各类探险者和徒步旅行者，还有盗贼和匪徒藏匿逃窜，穿越这里。

今天，我们这些人又来了。单部长说，每年由若羌正式批准进来的人只有一百个左右，大多是科学家、考古学家、地理地质学家，还有我们这样的摄影家。但现在交通技术发达，未经批准、偷偷进入罗布荒原探险的不在少数。有的被制止了，有的没被发现就进来了，结果陷入险境，又打卫星电话请求救援，被解救后受到处罚。

我们在湖心中心点的位置休息了一会儿，继续前行。车子在波浪般的、只有两道车辙印的盐碱路上飞驰。

又走了几十公里，来到了一个三岔路口，向南拐弯和向西直行，都有路标。我们停下来，等待前方三十公里处罗布泊工作站人员的接应。单部长告诉我，在这片罗布荒原里，建有一个工作站，值班人员几个月一轮换，条件十分艰苦。他们熟悉路况，熟悉这里的环境，负责管理罗布泊安全事务，制止一般人员闯入。有时候，未经允许、独自闯入罗布荒原的探险者会迷路，他们还要负责援救。据说，每年都会有一两个徒步旅行者，死在罗布泊荒原里。

不一会儿，我看见远远地，有两辆越野车卷起了漫天的沙尘奔驰过来，还有一辆有着四个大轱辘的特制沙漠探险车，开到我们的面前。这辆奇特的沙漠探险车的驾驶室是外露的，上面坐了两个穿着绿色、橘黄色沙漠服的探险者。工作站的几个人和单部长热情相见，好像是多日未见的亲人。在罗布荒原中工作，实在太寂寞了。单部长说，那辆有着高大无比的车辘辘的沙漠探险车，是来这里测试性能的。我说，这车很像变形金刚的样子，很酷。

我们交接了一些食物和饮水，然后，经过商议，工作站的一辆车作为引路车，带领我们的三辆车，向丁字路南侧进发。这是一条十分狭窄的、通向楼兰古城废墟的小路，而另外一辆工作站的车和那辆四个大辘辘的沙漠探险车，在一片尘土飞扬中向东而去，消失在我的视线里。

通往楼兰古城废墟的路，令我印象极其深刻。这一段路与刚才那段波浪般起伏的盐碱路又不一样。开始是小坑小洼的，起伏的路面使车子颠簸得很厉害。车子似乎进入到风高浪急的大海海面一样——一会儿被路面抛起来，一会儿又跌下去，像是在大浪中行走的小船。走了十几公里，我们的车队进入到最艰难的路段。这一段路，我后来命名为"魔鬼大坑路"，属于雅丹地貌。

我放眼望去，附近的荒原地形经过多年大风的吹打侵蚀，形成一种奇形怪状的蘑菇状雅丹地貌。在这种地貌的中间，通向楼兰古城废墟的方向，由汽车顽强地开出来一条路。经过历年来一些车子的碾压，这条未经修缮的车迹路，已变成了一条大坑路。走几十米，就有一个大坑，在路中间，一般深达一两米，一般的车子很难通行，只有越野车才能左摇右摆、前仰后合地缓慢通行。

我记得，今早出发之后，我们走过的前面几段路路况都不一样，分别是柏油路、砂石路、盐碱平滑路、波浪路、起伏路,现在,轮到魔鬼大坑路了。四辆性能卓越的越野车,在这段路上开起来是惊心动魄。

我们的车队起起伏伏,像四只悲哀的、无奈的甲虫,忽上忽下,忽隐忽现,在魔鬼大坑路上吭哧吭哧前进,时速是每小时五公里。

这个时候,我才看到了若羌本地司机的绝佳本领。只见他脚踩离合,挂挡沉稳,车子吼叫着向左边猛冲,跃上一道梁子。紧接着,车身右侧大幅度倾斜,又猛地落入一个大坑;然后再冲上一个陡坡,接着一个侧翻,又掉到一个大坑里。忽然,一脚油门,车子又冲了出来,上了车道。这太惊险了!我快崩溃了,这路并不是楼兰城的魔鬼造就的,而是几十年来不断进入这里的各种车子碾压出来的。

我牢牢地抓住把手,因为随时都可能翻车,车毁人伤。可司机就像是经历过惊涛骇浪的经验丰富的水手,十分镇静。一个小时后,我们的车子才行进了四公里。四辆越野车相互之间有步话机联络,互相策应,其间不断有某辆车子抛锚,或者是跃上一道梁子后车子被架上土坡不能动了,需要互相配合,用缆绳来拉。

这段到达楼兰古城的路,直线距离大概十多公里,但我们一共走了三个小时。这段路程是我记忆里最艰险的路途。我们是跌跌撞撞、左摇右晃、上下颠簸、不断弹跳,渐渐地,伴随着我们的艰难前行,车窗外的景观发生了很大的变化。很多匍匐在路旁的沙堆出现了,每个沙堆上都爬着苟延残喘的红柳,一丛丛非常茂盛。红柳是沙漠耐旱灌木,它的根系扎得很深,露出来的部分很像章鱼的触角,黑色的,四下伸展很长。远远地,还能看见一些死去的胡杨树干,只剩下了一些树干和枝杈虬枝举天，在蜃气浮动中，很像是遭到了炮火的焚毁，又像是在不远处偷窥我们的黄羊或野驴站立的姿势。附近已是雅丹地貌，到处都是雨水迅猛冲刷过的痕迹，和风蚀洼地的形状。一道道水沟边上是耸起的沙包。这是一个死寂的、沉默的、被时间和风沙的暴力强力摧残的世界。

最后，终于，下午一点钟，我们到达楼兰古城的附近了。

距离楼兰还有两公里的时候，眼力好的单部长指着前方说："看，前方一点钟方向，有佛塔出现了。"可我用目光怎么搜寻，看到的都是些像《西游记》里的各种妖怪死了之后定型在那里的雅丹地貌，没有看见楼兰古城的最高标志物——佛塔遗址。等到我终于看见像一朵蘑菇云矗立在远处的佛塔时，我们已经冲到楼兰古城废墟的跟前了。

四辆灰头土脸的越野车顽强地突进到楼兰古城的面前，在一块平地上停下来。我们下了车，正午的太阳高高地停悬在头顶。温度上来了，酷热无比，我脱掉了棉袄和毛衣，只穿了衬衣，戴上墨镜下了车。在铁栅栏简单围起来的楼兰古城的大门附近，我们站成一排，手里拿着长枪短炮，合影留念。我们都非常兴奋。终于来到了楼兰古城废墟的跟前，就要进入那神秘的废墟了。

单部长叫人打开了一个简易的小折叠桌，拿出来红枣酒、馕、豆腐干、矿泉水和一些袋装熟食，我们算是吃了顿简单的午餐。经过了七个小时的跋涉，我们终于来到了楼兰。我们举起了装着红枣酒的纸杯子，共同庆贺了一下。

然后，我们就走进了楼兰古城废墟。

在我面前展现的，的确是一片废墟。我站在一片高台上四下瞭望。风暴已经多次洗劫了这里，几乎看不到城市的模样，只有这里一片、那里几块房屋的残垣断壁。经过单部长的指点，依稀能看出来整座方形城市的外墙，哪里是流经城市的河道，哪里是西域长史府的官署建筑的基台，哪里是居民区。现在，楼兰废墟残存的最明显的建筑，一处是佛塔，还有一处是没有屋顶的"三间房"的夯土墙壁。

我行走在楼兰古城里。地上到处都是风蚀过的木头，那种干燥的风导致木头的裂纹很细很透，它们裸露出木纤维的丝缕，像是人的神经和肌肉放大的形状，竖立在一片沙堆中，触目惊心。废墟中到处都是残垣断壁，这残垣断壁被我的想象力拼接起来，渐渐显出来一个城市的轮廓。此刻，我看过的十多本关于楼兰的书籍中的一些信息逐渐地浮现起来。

我站在"三间房"的土墙间，想起来了——就是在这里，一百多年以前，瑞典探险家斯文·赫定第一次来到这里，在向导奥尔德克的帮助下，发现了楼兰遗址。他发掘出一百多件汉代的珍贵文书，然后带走了。后来，经过中外考古学家的多次探查，根据碳十四的测定，这里出土的一些石器、骨器和土陶等人类物品用具，可上溯到公元前三千年至五千年。

关于楼兰，最早的记载见于《史记》。西汉时期匈奴冒顿单于给汉文帝写信说："定楼兰、乌孙、呼揭及旁二十六国，皆以为匈奴。"意思是西域的楼兰、乌孙等国，都已被我大匈奴打败并臣服于我，你们是不是应该也向我称臣？匈奴单于的傲慢和自大激怒了汉朝。汉武帝时期开始大力经略西北，派出张骞出使西域，计划联络西迁的大月氏共同夹击匈奴。后面的故事大家想必都知道了,汉武帝派汉军多次打败匈奴,并在河西设四郡,其中,敦煌郡负责管理包括楼兰在内的地区。《史记》中有载:"将军赵破奴,故九原人。……二岁(前109年),击虏楼兰王,复封为浞野侯。"

楼兰曾是丝绸之路上的一个交通枢纽。两汉时期,这里商旅云集,河道纵横,佛寺庄严,宝塔高耸。魏晋之后,中原割据势力群起,混战成一团,楼兰也逐渐衰落。此后,还可以在汉文典籍中搜寻到楼兰的一些踪迹。到了唐代安史之乱后,势力强大的吐蕃曾经占领楼兰地区,这时的楼兰已不叫楼兰,这片地区早就改称鄯善。

在唐代诗人李白的《塞下曲》中,写到了楼兰:"五月天山雪,无花只有寒。笛中闻折柳,春色未曾看。晓战随金鼓,宵眠抱玉鞍。愿将腰下剑,直为斩楼兰。"从李白的诗中可以看到,在唐代,楼兰还是诗人对西域的想象力的依托,因为楼兰是兵家必争之地,一个边陲重镇。但在公元五世纪中叶之后,楼兰就在汉文记载中逐渐消失了。因此,西域名城楼兰的衰落和废弃,实在是令人倍感神秘。楼兰是怎么废弃的?它的最后一个统治者管理者是谁?发生了什么样的故事?也许只有小说家能去写写了。

我们分散开来,四下拍摄。楼兰废墟给摄影家提供了独特的题材和拍摄角度,我们兴奋地围绕着楼兰的佛塔遗存,现在它成了一个高大的黄土堆。我们虔敬地转了一圈,感觉到这一千多年前的建筑遗存还伫立在荒野中,惊叹不已。这座佛塔,有多少不为人知的故事呢?仰望着佛塔,它那倾颓的塔身很像是歪着头颅打坐的一个和尚,我感到了深深的忧伤。一千多年前,生活在这里的古人们仰望过它;一百多年前，斯文·赫定也站在这里仰望过它；现在，2013年，我也站在这里，仰望着它。

有一个摄影家在拍它之前，向佛塔遗存磕了几个头。接着，我来到了可能是居民区的地块。在一片风蚀洼地的高台上，散落了很多黑色、褐红色的粗陶和木头的残片，看得出来这些木头是房屋的柱子，有大梁、椽子和顶棚用材，彼此之间还有榫卯结构，可以看出一些人类生活的痕迹。那些竖立着的大梁，木头完全被风蚀削尖了，成了干枯的、撕裂的木桩子，就像是衣衫褴褛的乞讨者伸向天空祈求的手臂，令人绝望。

我跑到三间房遗址那片高台的下面，在一片生活层挖了一阵子，挖出来很多贝壳、牛羊骨头等等。可见，楼兰人的食物有些是水产品，以及牛羊肉。我用脚不经意地踢了一下沙土，忽然，从沙土里露出来一个东西。我捡起来，看到那是一只赫青色的牛角号，小巧而古朴，在太阳光下闪亮，我就把它装进了口袋里。

我的心怦怦直跳，我想起来，若羌博物馆里那具楼兰美女干尸的胸前，也佩戴着一只牛角号。我站在"三间房"废墟中，在两面墙之间的缝隙里，企图发现木简或者丝帛文书。著名的《李柏文书》就是在这里发现的。我定了一下心神，站在时间和空间的交汇点，闭上眼睛，在我的脑海里浮现出了数千年前在这里出现的场景。一幕幕，一群人，一个个人的面孔。声音，形象，气味，就像是长天过大云那样不断出现，消失。

几千年前，罗布泊水域面积很大，上游的雪山融水汇聚成河，也就是塔里木河，一路奔腾下来汇集到这里，使罗布泊成为一个巨大的湖泊。但经过大量的蒸发和大自然的变迁，本来是淡水湖的罗布泊，逐渐变成了咸水湖，湖边也渐渐变得不适宜人类居住和生活了。盐泽大湖缓慢地干涸，傍水而居的楼兰人迁居之后，被遗弃的废墟逐渐湮灭在罗布泊那无尽的风沙之下。而且，罗布泊不光只有楼兰城，还有米兰、海头等多座汉代古城，也都消失在岁月的烟云里。后来，被考古学家在罗布泊地区发掘出的太阳墓地、小河墓地等等墓葬区的谜底，也仍然没有解开，而科技考古、大地遥感技术、生物检测技术、地质勘探技术对罗布泊的考察研究，使得这一地区的考古发现进入到一个新阶段，给我们描绘出在罗布泊存在的上下一万年的人类活动景象，令人惊异。

是时间的力量和大自然的鬼斧神工，将楼兰古国湮灭于这漫漫荒原，剩下了我眼前的废墟和一些文献中影影绰绰的记载。在我的眼前，只有废墟，只有空荡荡的风蚀雅丹地貌，只有风在这里吹，把一切逐渐抹平。对比过去斯文·赫定和我现在拍摄的佛塔遗址的照片，可以看出，一百多年后的今天，那座佛塔又坍塌了一些，体积减少了三分之一，几乎看不出是佛塔的造型了。至于那"三间房"的残垣断壁，也变得更加低矮。

在一片废墟附近，我们发现有不少近几十年来到楼兰的探访者留下来的罐头盒、牙膏皮、酒瓶子和塑料袋，还有小的氧气瓶、煤气罐等等用品。可见，这些探险者很豪迈地来到了这里，却不恰当地留下了很多垃圾。我们捡拾了一些垃圾，装到自带的垃圾袋里，集中起来运走。

单部长说，王刚，我给你说吧，楼兰墓地距离这里不远，那里现在还有很多干尸，有的就裸露在地面上。

我的兴致来了，我说，单部长，我很想去楼兰墓地看看，你带我去吧。但单部长有些犹豫，他支支吾吾起来，说："算了，这一次比较仓促，那边距离这里十多公里，要花半天时间，这样我们要在楼兰过夜。而我们原先的计划里，没有这样的安排。在楼兰过夜，是很危险的，不知道会发生什么意外，你们这些摄影家的安全，是我要考虑的。"

单部长似乎不愿意让我打扰楼兰太多。

我说："那好吧，那就不去打扰那些沉睡的死者了。"

这天下午，我们在楼兰废墟里逡巡、徘徊、徜徉、凭吊了三个小时，分开散兵的阵形，拍照、奔跑，或者静默。我寻找城市原初的规划，想象这里曾有的繁华，心情十分复杂。后来，眼看着太阳迅速向西边坠落，天气由炎热无比变得温暖如春，又开始变得冰凉似水，凉意从大地的内部上升。

单部长喊着："大家听着，工作结束！我们要离开这里了，因为，罗布泊的昼夜温差有四十多度，我们必须在下午五点以前离开这里，才可以按预定计划回到若羌县城。"

我们提着相机，依依不舍地向大门处走去。出了铁栅栏门，上了越野车，沿着回去的路返程。在返回途中，我看到有几个探险小分队的车子陷落在大坑路段，正在停下来休整。他们还在向楼兰古城进发，单部长说，他们是经过批准前来的科考探险队的车辆。他用卫星电话联络罗布泊的管理员，要求他们保证这些人的安全。

看上去，他们的车抛锚了，注定要在这里过夜了。我默默地企望他们能安全抵达楼兰，也能安全离开这里。

我们的车就像来时那样，耐心地走过了魔鬼大坑路。晚上七点多钟，我们上了盐碱起伏路，到达丁字路口之后，又上到了波浪路；经过罗布泊湖心地带后，又上了盐碱地平滑路，这时已经是晚上十点钟了。我可以看到通向哈密钾盐矿区的大路上，拉着钾盐的大卡车川流不息，大灯闪烁。接着，我们向南走上那条砂石路，最后，终于上了国道柏油路。

我们回到若羌县城，整整走了七个小时。到达宾馆是晚上十二点多，天完全黑了。我们个个疲惫已极，抓紧时间回房间休息，一个个却兴奋异常。

晚上，浑身酸疼的我躺在床上，很久都没有睡着，不知道是兴奋，还是失落；是满足，还是遗憾和忧伤。楼兰的神秘面纱被我轻轻地掀开，又垂下了。作为一个谜，它还藏在罗布泊荒原的深处，而且，被大风和狂沙埋得越来越深，如同一片影子，闪烁在荒原上那中午的蜃气中，很难捕捉。

我朦朦胧胧地睡去。这时，我似乎感觉到我的枕头下面有什么情况在发生。

我挪开枕头，看到我从楼兰古城废墟拿回来的那柄牛角号，在黑暗中发亮，就像是牛角号里面有一截发光的二极管。我抓起来，它一闪一闪的，呈现出月光白的颜色，似乎要给我传达什么信息。牛角号能发亮，这才神奇了，我顿时变得紧张和兴奋起来，屏住了呼吸。是的，这只穿越了不知多少年的时间长河的牛角号，正在我手里闪闪发光，神秘地跳动着，似乎要发出呜咽声。

就像是响应某种召唤，我穿好衣服，把这只牛角号装在口袋里，下楼，走出了宾馆。深夜里，若羌的大街上十分寂静，在月光下，所有的东西都被拉长了影子，似乎回到了时间的过去。我被脚带着走，不知不觉，来到了博物馆的一侧墙壁边上。

我取出牛角号，它还在闪亮，似乎要发出声响。我把它举起来，放在嘴边轻轻一吹，一种独特的声音响了起来。

接着，我听见在博物馆里，也有一声牛角号的回应，声音清幽、绵长。很快，吱呀一声，一道黑色的门打开了，我看到一个留着长发，身穿暗色罗布麻衣裳的姑娘的影子，出现在门边远远地看着我，正拿着一只也在闪闪发亮的牛角号，带着微笑，轻轻地吹动。

那个楼兰干尸美女复活了。她在向我走来。

于阗六部

钱币部：汉佉二体钱

一

我是一枚铜钱，出生在于阗。在我的身上有两种文字，一种是汉文，一种是佉卢文。我是由一个模具打压出来的，能感觉到一团黑暗中身体被压扁了，光明乍现，我就醒了，掉在一堆和我一样的汉佉二体钱中间叮当作响。我有很多好兄弟，大家挤挤挨挨地在一起，闪着新钱的光泽，互相挤撞，发出了喧闹声，好不快乐。

我是圆形的，中间没有孔，也没有边凸的周郭。我的正面上有几个汉字："重四铢铜钱铢"，在钱和铢字之间还有一个符号，像是一只带着犄角的羊。背面是一匹骆驼，佉卢文有二十一个字母，意思是"大王、王中之王、都尉之王矩伽罗摩耶"。

我和很多汉佉二体钱挤在一起的时候，我发现我是面值最大的，其他还都是"六钱铢"，个头比我小一些。不过我们都是模具中诞生的，都经历过一阵模糊的疼痛，来到了这个光明的世界。

我很快就知道我的用途了。我被人拿着装进了布袋，或者放进钱箱。平时不怎么见光,等到见光的时候,就是我离开原来主人的时候。一开始,我以为我的主人是固定的,很快发现错了,我的主人经常更换,只要他们交易一些物品,我就成了一方付给另一方的东西。我和很多汉佉二体钱都是用来交换东西的。明白了这一点起先我有点沮丧,可很快我就高兴起来了,这样我可以见识更多的人,见到更多的事情,我就会很安静,不再像其他的汉佉二体钱那样,动不动就在暗黑无光的袋子里吵起来。

我发现,我的兄弟们也有丢失的情况,有人喜欢做盗贼,偷走我们。有时候我们很多钱币聚集在一起,有时候又很少,我们被挑选出来一些给了别人,换了东西。很快,我身上的新铜的光泽就少了很多,受到了磨损,虽然不疼,可我经历了很多次和兄弟们的分别与重逢之后,我的心情也变得平淡了。

我的一生非常漫长,一直到现在我还在这个世界上。人们不知道我在想什么,只有我自己知道。他们以为他们是我的主人,可只有我知道我活得比他们都长。我记得那些曾经拥有我的人,很多都已经死了。到现在,我对其中两个人的命运记忆犹新,这就是我要讲给你听的故事,这个故事是和牺牲有关的。

第一个人的故事是一个年轻人的。他非常年轻,怎么说呢,他长得很英俊,只有二十岁,睫毛很长,眼窝深陷,眼睛很大,看东西看人,目光都很清澈,清澈得就像是泉水。他要是看一只羊一匹马,那羊和马就不忍离去;他要是看着一只鸟,鸟都会在他的头顶盘旋。他善良得都不愿意踩死一只蚂蚁,他还会唱歌。他唱歌的时候,口袋里所有的汉佉二体钱都会安静下来听他唱歌。他的歌声中有世界上很多新奇的事物，让我们这些钱币兄弟听了，都觉得我们的命运在更加辽阔的远方。

他成为我的主人是在于阗国的市场上。那时，我在一个玉石铺中一个肥胖的商人手里。他和其他几十个人是一起抵达于阗的，带来了很多从遥远的西边运来的东西，有十几匹骆驼，骆驼背上驮着的都是货物。他们这个商队从粟特地区来，那个地方有一些城市，是我注意听才听到的，不花剌、撒马尔罕等等新鲜的地名。他们的商队要去河西的敦煌等城镇，还要继续前行，最远要去长安。在他们的谈话中，长安是他们很向往的地方。

这个年轻人是第一次出远门，他们的领队叫萨保，几十个人的商队在从西往东的路途中，人员不断增加，往往有一些三五人、七八人的小队加入进来。这些人大都长得高鼻深目，肤色也不尽相同，有粟特人、吐火罗人、波斯人和康国、安国等大山和谷地间生活的人，大家汇聚起来，一起前往中土汉地。他们一路走来，先是走过疏勒、莎车，然后抵达于阗做休整。我就是那个肥胖的商人从年轻人手里买下一些亚麻布的时候，来到了年轻人的手里。

我在年轻人的口袋里和其他的钱币兄弟一起叮当作响，好不快活。这个年轻人有一个习惯，他喜欢把我们这些钱币取出一枚来，衔在嘴里咬一下。你要是问我疼不疼，我得说不疼，因为我是钱币，我的身体很硬实，他绝对咬不疼我，我倒是趁着这个机会，看到了他的眼睛看到的世界。

我记得很清楚，他从口袋里把我摸出来，咬在嘴里的那一天，是一个下午。当时，粟特商队的人都在于阗国驿站休息，或者在于阗买

于阗六部

卖货物，补充去中原的商品，只有他喜欢闲逛，他就逛到了一座佛寺里。在那个佛寺里，下午的时光十分安宁，没有什么动静，僧人因为天气炎热，都在僧房里休息，只有他在寺院里走动着，走过巨大的佛像，走过长长的走廊，走过诵经堂、斋舍。等他走过一面绘制了很多佛经故事的壁画时，他站住了，我感觉他把我咬得很紧。

在壁画上，有一幅壁画吸引了他。画面上有一个青年，侧着脸，脸型很像他，面对着一群手拿利刃的劫道者，却毫不惧怕，而是高举着右臂，右臂是点燃的。这个画上的青年以点燃的右臂，帮助同行的很多人解救了生命，成为大家摆脱了苦海和劫难的施救者。

他后来知道，这幅画，画的是萨博燃臂救人的故事。可那壁画上的萨博和他长得有些像，这让他迷惑，也让他痴迷，更让他心里有了某种坚定的东西。他的嘴里咬着我这枚硬币，直到他看完了寺庙里的全部壁画，才心满意足地去和粟特商队的伙伴们会合。没有人知道他看到了什么，也没有人知道他在想什么。

我知道他在想什么，此时，他想到了他父亲——一个已经过世的粟特人。现在，他的父亲已经在不花剌城边那座寂静之塔上火化后，遗骨也已埋在了寂静之塔的墓地里。父亲是拜火教教徒，一生信仰火焰和光明，认为只有火焰和光明才能给人带来希望和热能，带来光亮和前途。没有火焰的世界，绝对是黑暗的、死寂的、毫无生机的。父亲崇拜火，他的一生就像是一束火苗，在大地上奔走。父亲走到最远的地方是中土汉地的营州，在营州，他见过大海，还向他描述过大海。

怎么说呢，儿子，大海太大了，里面全是咸水，在不停地涌动。大海大得比你见过的任何一条河都要大，比你见过的任何一面湖泊都要大，无边无际的大海，就像是沙漠之海那么大，你是看不到头的。儿子，希望你有一天也像我一样走那么远，我们粟特人就是在大地上奔走的人，我们把货物，把人们喜欢的东西从东运到西，从南运到北，就是为了他们喜欢并得到这些东西，我们从中也赚到了钱。可赚钱绝对不是目的，有多少钱，你死了都带不走。我们要的是快乐，在路上的快乐，看到买主买到称心如意的、他们十分喜欢的东西的快乐，还有见到世界上不同的风景、不同人的生活，那是千差万别、让人眼界大开的一种快乐。

儿子啊，你的命运将和我一样，也是在路上的一生。你要走很长的路，从我们所在的盆地之国出发，穿越大山、戈壁，跨越河流，来到沙漠边缘；之后沿着雪山的脚下向东，接着还是无尽的河谷，大道就在河谷边上。你走着走着，就来到了一座城市，你会惊呆了，那是中原汉地的大城市。城市里的人非常多，多到你数不过来，让你眼花缭乱。你会看到很多你喜欢的事物，也许还能碰到一个你喜欢的姑娘，你和她结婚生子，幸福地度过一生，就像我和你妈妈一样。你妈妈是我在敦煌认识的，她和我不是一个民族的，可我们结婚了，生下了你。你也要到远方去，在那里，在比营州更远的地方，你可能会发现比大海还要大的东西，那就是你的运气了……

父亲在前往寂静之塔前，躺在病床上时给我说了这么多。父亲经历了很多，其实，在路上，战争、抢劫、病痛、欺骗、赔本、丢失货物或者散失队伍和亲人，父亲都经历了。可他依旧是一个虔诚的拜火教教徒。父亲死了之后，按照拜火教教徒的葬仪，父亲的遗体要在寂静之塔内火化，在烈火中焚烧。将遗骨收拾好放入一个骨灰瓮，再埋到土里面。

父亲的内心有着火焰,他就是一个心里有火焰的人。

从于阗出发,他们这支商队的人员和货物都增加了不少,整个商队有一百五十人之多,他们的骆驼、马、驴和骡子有几百匹。出发的那天是一个早晨,雨过天晴,天边出现了一道彩虹。商队的首领萨保觉得这是一个好兆头。

年轻人也从口袋里摸出了我这枚铜钱,向空中一抛,落地之后,是汉字的一面,好兆头!他想。他捡起我,重新装进口袋,他的手掌很温暖。

我也很高兴,因为我这枚铜钱可以随着商队走很远的路,看到更远的风景了。

他们踏上了漫漫长旅,一开始沿着昆仑山的西南麓东北行,过些日子到达河西四郡后,在那里分成两路,一路向北去草原上和各个游牧部落做生意,把他们想要的东西送过去;再前往营州,那里是北路的终点站,能看到大海的地方就是大地的尽头。另外一路一直到达中原都城长安,在长安与来自南海的粟特人会合,互相交换商品,买卖商品,然后返程。长安是他最神往的地方了。他都不能想象长安有多么繁华。

既然出发的时候天气和钱币显示的都是好兆头,萨保的心里和这个年轻人的心里都是愉快的。他欢呼雀跃,走在大路上,看着于阗远去了,那座城池在高天之下、大地之上也变得渺小。他这一次运送的是亚麻布和香料——每个粟特人承运的货物都不一样,有奇珍异宝,也有寻常百姓使用的日用品。

在年轻人的背袋里，我们这些铜钱挤挤挨挨地待在一起，大都很快乐。也有不快乐的，忧郁的铜钱。每一枚铜钱的经历都不一样，所以，我们聚在一起，都应该要珍惜这个机会的。我能听到年轻人在队伍里走着，骑着马，他很高兴。商队里有一个年老的粟特商人很喜欢他，问清楚他还没有结婚，就愿意把自己的侄女介绍给他：

我的侄女在河西四郡的酒泉郡，她和她的母亲在那里经营一个商铺，正在等我把这批货运过去。到酒泉郡，我就让你们俩见面，看看你们能不能看对眼。我的侄女才十八岁，长得非常漂亮，眼睛很大，皮肤很白，腰很细，屁股很大，腿很长，性格很好，会做我们粟特人喜欢吃的各种面饼和肉饼。我觉得，你们在一起很般配。

老粟特商人认识年轻人的父亲，得知他的父亲去世后已经在寂静之塔焚化，埋葬在拜火教的墓地里，也很哀伤：

"不过，孩子，年轻人，生命之树常青。有死就有生，你要结婚，然后生几个孩子，这样延续你们家族的血脉，我们粟特人的队伍也会壮大。"

根据那个老年粟特人对自己侄女的描述，年轻人的脑海里出现了一个美丽的姑娘。这一次前往中原，不仅能在酒泉见到一个美丽的姑娘，也许能看对眼定下亲；继续往东走，就能到达伟大的长安城，在那里一览长安百万人的大都市的繁华，这太令人高兴了。他心向往之，觉得自己很幸运，觉也睡得好。

夜晚睡在帐篷里，我听到他睡觉的呼吸很轻柔，他的梦也很香甜。作为一枚钱币，没有比我更能感知主人身体温度的了，他的体温升高和降低，我都是了解的。

商队蜿蜒着行进，沿着大山山麓下的大道走。出了于阗之后，很多天就再也看不到大的城市了。有时候会经过一些小村子，商队在那里补充水源，休息一下。

经过大漠戈壁的边缘，萨保告诉大家，这片大地往西北方向走，就是无尽的魔鬼地貌，到处都是风蚀洼地。到了晚上，那些奇形怪状的石林会发出号叫。而我们的右侧，则是高峻的大山，里面有东女国匪徒般的女人，还有些强悍的羌人可能会袭击我们，大家要留意各种情况啊。

年轻人仰头看，右边的大山山体巍峨，逶迤而去看不到头，山顶云雾缭绕，山势十分险峻。

萨保说，大家少说话，赶快走。走在这一段路上，商队在萨保的带领下，变得十分警惕。我们的队列里，有负责警戒的前卫十多人，有保护中间重要财物的中卫十多人，还有断后的后卫十多人，在萨保的指挥下，商队鸦雀无声。

大山就像是一条沉睡的巨龙，躺在我们的右边一动不动，可年轻人和商队所有人一样，都担心一旦大山扭动起来，巨兽复活，就会把他们吞没。我能体会到年轻人此刻开始紧张的心情，我知道这段路最危险的，不是大山这巨大的妖魔，而是人，是山上的南羌人。南羌人一直在山上窥伺着山脚下的动静。他们的视力特别好，能看见几十里外的人和马匹。只要你在走动，他们就能看见你。他们无论男女都梳着辫子，手里拿着尖利的长刀，腰间还捆着抛石器，甩动出来，隔老远都会砸烂人的脑壳。我的上一个主人，就是死在这里的。

如果商队能走过这段险路，快速抵达敦煌，他们就安全了。

我开始担心了。这是前不着村、后不着店的一段路。

果然，就在这天的傍晚，起雾了。雾气弥漫，让商队的首领萨宝感觉很不好。他说，大家注意了！注意了！话音未落，只听见一阵从山顶传来的啸叫声响起，接着，一大片云雾卷过来，吞没了整个商队。商队里的人彼此看不到对方了。接着，有人中了响箭，呀呀叫着倒地了。年轻人问那个老年粟特人怎么了，粟特老人告诉他，遇到袭击了，一定是南羌人。他们要抢我们的财物！

我也觉得坏了，感觉到年轻人的体温在迅速升高。山上的啸叫声越来越近，好像有成千上万人在啸叫，声音汇聚在一起，能让人吓得屁滚尿流。等到年轻人再定睛一看，他们商队一百多人，整个都被包围在大道边的野地里了。

南羌人肯定有好几千人，他们腰间围着羊皮，裸着半身，脸上涂抹着黑白色的条纹，眼神凶恶。他们手里拿着长刀短刀，弓箭背在身后。有些南羌人还牵着恶犬，正在冲商队的人狂吠。面对十倍的南羌人的包围，商队束手无策，只能就地投降。

商队的人全部跪在地上，等候南羌人前来问话。萨宝一个人站着，大声说："你们的首领呢？我是商队的萨宝，你们想要什么，我们都可以商量！"

好几百南羌男人手持短刀，开始搜身，将商队人身上的兵器暗器全部搜出来，拿走了。现在，一百五十人的粟特商队手无寸铁。羌人的大首领是一个中年的、皮肤黝黑的凶汉，脑袋上装饰着鹿角，脸上画着黑白花纹,他胯下骑着一匹红马,嘚嘚嘚走到萨保的跟前,开始和萨保大声说话。

羌人首领说的是羌人的语言,萨保能听懂这商路上的十多种语言。老年粟特人跪在地上,他也听懂了那个羌人首领说的话。他说的是什么?年轻人问他。

他说,他并不是来抢劫商队的。他的母亲前天死了,昨天晚上,他做了一个梦,梦见今天有一个粟特商队要经过山下,母亲的灵魂不愿意散去,就给他说,你要在这个商队里找一个人,他要自愿祭献给我,我的灵魂才能安息。

萨保听了,浑身颤抖,老泪纵横。他回复那个羌族首领说,我的商队里每个人都是有家有口的,他们都背负着全家的梦想,奔波在这无尽的长旅中。能不能不要夺走商队任何一个人的生命,如果能用商队的财物来换取一个同伴的生命,他作为萨保,是绝对没问题的,羌人要什么,他就给他们什么东西。

羌人首领大喝一声,挥舞着手里的刀。老年粟特人告诉年轻人,这个羌人首领说,不行,必须要商队留下一个活人,献祭给自己死去的母亲,商队的货物,他都不要,就要一个人。不然的话,就把他们全部杀死,整个商队的人全部杀死。而且,萨保必须找到一个人自愿担当祭品,才能拯救我母亲的灵魂。她在他的梦里是这么说的。非自愿的祭品是毫无价值的!

商队中所有的人都跪着,不敢抬头,也没有人站出来自愿作为祭品。羌人首领下令把商队的萨保抓了起来,推到边去,准备砍掉他的头。

年轻人的体温在迅速升高。作为一枚钱币我太清楚这一点了。年轻人似乎看到自己的父亲在寂静之塔焚烧的景象。他的脸色涨红，血脉偾张。他想到在于阗的佛寺中，壁画上，那个萨博燃烧自己的手臂、拯救商队于大海之上的画面。年轻人大约思考了一小会儿，他必须抉择了。

忽然他站了起来："放开我们的萨保！我愿意当作人祭，让商队继续前行。我愿意！"

这时，商队所有人都发出了惊愕的叹息声。我没了父亲，我的母亲也去世了，我没有家人。他说到这里，看了一眼那个粟特老人，老人眼睛里既是期待也是安慰。他取下了背囊，将我这一枚钱币掏出来放在口袋里，小声地对那个老人说："把我的货物和这个背袋里的钱都给你的侄女吧，我和她今生不能相见，那就来世见！"

年轻人走出了队列，向羌人首领走去，高喊着："我留下来，让商队走吧，我留下来了，就让商队走吧！"

商队的人都跪在地上，发出了惊呼。他们看到这个勇敢的年轻人愿意以自己的生命来换取整个商队的安全，全流下了眼泪。

羌人首领大手一挥，他手下的人把萨保松开，推开了他，全部啸叫起来，几千人围着商队在大呼小叫。年轻人被绑起来放在马背上，羌人首领挥挥手，让商队赶紧离开。

萨保泪流满面，举起右手示意商队开拔。商队的人，马，骆驼，驴和骡子全部起身，继续前行了。

羌人呼啸着开始向山上转移。恶犬不再吠叫，他们将要在半山腰举行祭祀的仪式。现在,祭品有了,就是那个马背上的年轻的粟特人,你说他此刻的心情是不是很悲哀?可我作为一枚钱币我知道,此刻他内心十分安静。他想起了萨博燃臂救人的故事,现在,他就是要这么做。整个粟特商队获救了,他们有了生路,得以继续前行。

羌人把他带到了高山上的一出平台。他看到,在平台上有两处柴火堆,一处是羌人首领的母亲的尸体,裹着白色的布,正在柴火堆上躺着。一处是泼了酥油的柴火堆上,那是他要躺上去的地方。羌人松开他身上的绳索,要用黑布蒙上他的眼睛,他摆了摆手,从口袋里取出了我这枚汉佉二体钱放进嘴里,压在舌头下面;然后才让他们把他的眼睛蒙起来,再把他的双手绑在身体的两侧,双腿双脚也绑起来,浑身缠上红布。然后,他们高举着他,喊着号子,把这个年轻人抬到柴火堆上。

祭祀的仪式开始了。我看不到,但是能和蒙着眼睛的他感觉到、听到。长长的牛角号吹响了,声音传到四面八方。鼓声阵阵,引得山下不断前行的商队所有人都停下脚步,回头张望,泪流满面。

祭司先杀死了两只鸡,然后让羌人首领点燃了火把,把年轻人身下的柴火点燃了。被酥油浸泡的柴火立即燃烧起来,我在年轻人的嘴里,被他的牙齿紧紧地咬住。我能感受到他的疼痛,他在火焰的烧灼下身体的痉挛,他的忍耐,他的肉体的痛苦。可他紧紧地把我咬住,一声不吭。我也非常紧张,我的身体紧绷在他嘴里,我能感受到他的心里翻江倒海,脑海中依次出现了很多画面,他甚至看见了远在酒泉郡的那个粟特姑娘——她年方十八,穿着漂亮的裙裾,在草地上奔跑,脸上的笑容就像阳光一样明亮。他的内心有痛苦,有不甘心,有懊恼,也有悔恨，一瞬间都纠结在一起。可随着火焰把他的全身包裹，热量迅速上升，他叹了一口气，牙齿松动了一些，我感觉到他安心了，他感到自己的献身是幸福的，他救了整个商队。现在，他即将欣慰地在火焰中获得自由。

我想哭泣，可我是一枚钱币，没有眼泪。我在年轻人的嘴里变得发烫，那是火焰的温度，把他烧灼，也把我烧灼。我感到要晕过去了。我是一枚钱币，我在那个年轻人的嘴里，而他以他的牺牲救了商队所有的人。

二

我再次醒来的时候，柴火堆早就变成了余烬。年轻人已经变成了灰，和柴火的灰烬融为一体。一阵风吹来，骨灰和柴火灰就飞起来，散落到附近的草地上。

过了一些天，我在大地上裸露出来，我的身体能感受到大地的冰凉。牺牲自己的年轻人没有了，他值得吗？我在想。会有人说这不是我要思考的，我只是一枚汉佉二体铜钱罢了。我孤零零地待在那里，日子一天天过去，在我的头顶是蓝天白云的倏忽变化，星星月亮和太阳交替出现，云晴雨雪天都让我麻木。

我只是为这个年轻人感到痛惜，可我说不出话，我孤零零地待在山野中。

好像是到了秋天，周遭所有的草木都变成了金黄色，羌人也向祁连山深处的冬牧场而去，山这边再也没有人烟，也没有牛羊吃草。大地是金黄色的，空气也变得干燥，这让我有些振作起来。

有一天，一个男人带着一个女人，摸到了这片土地。他们走过来，找到了当初祭祀仪式举行的地方，在灰烬里扒拉着，搜集年轻人的骨殖，放入一个陶罐。我蹦了出来。我也看到了这两个人的脸：其中一个我认识的人，就是那个粟特老人，不认识的，是一位漂亮的姑娘。我立即就明白了，那个姑娘就是他在酒泉郡的侄女，他们找到了这里。太好了，我兴奋了起来，我的命运发生了转机，我不会在这荒郊野外度过余生了，我不再是一枚可怜的孤独的钱币了，我会被他们带走。

果然，粟特老人看到我，把我拿在手里，装进他的口袋里，我又和一些陌生的铜钱兄弟在一起了。他带着姑娘在年轻人被献祭的地方行了纪念仪式。然后，点燃了荒草。大片的荒草一下子就烧开来，这是荒火，也是愤怒之火，把地皮上所有的荒草全部烧掉，火焰蔓延开来，他们就匆匆下山了。

到了山下，那里有一个小型的马队在等待他们。他们向着于阗而去。在路上，我听到了粟特老人的谈话。原来，粟特商队到达河西地区，商队分成两路，粟特老人到酒泉后发现他的嫂子已经去世了，只留下侄女一个人，他就决定带她回撒马尔罕老家去，那里有更多的族人可以照料她。他给她讲了年轻人献祭的故事，并把那个年轻人要老人带给她的东西都给她。她非常感动，觉得没有和这个年轻人谋面，实在是今生之憾。下辈子一定要嫁给他！并相约一定要找到年轻人献祭的地方，为他祭奠。他们做到了。

回到于阗,一切都变得热闹起来。几个月的寂寞时光对于我来说太难受了,荒郊野岭的孤独让我发疯。粟特老人在一家餐馆把我支付给了老板,他带着那个漂亮的侄女继续西行,回到粟特地区,他们要回去颂扬年轻人的献身故事,并在寂静之塔的墓地埋下他归乡的骨殖。我估计再也不会见到这叔侄女了,蹦起来,眺望他们的背影消失。

一枚钱币在都市中过着的生活,注定是无比热闹的,我不断转换着主人,我所处的环境也不断转换。谁都不知道我身上的咬痕,是那个年轻人留下的,只是我变得容易发亮,在所有的钱币中总是容易被看见。

我又和很多钱币在一起了。在于阗,我和五铢钱相遇,还有贵霜钱币,还见到和我一样大小的汉佉二体大钱,以及更多的汉佉二体小钱——它们是我们的小弟弟。汉佉二体钱在于阗使用之多之方便,是令人难以想象的,这里的人按照我们身上的图案,将我们分成马钱和驼钱。马钱和驼钱还分大钱和小钱。于阗到处都是我们的兄弟姐妹,我们只要是聚在一起,就互相碰撞,为了祝贺我们的相遇和即将发生的别离,就是一阵阵哗啦啦啦的响声。哎呀,那可真是快乐的日子,我再次见识到于阗的繁华,人们生活的热闹。

可有一件奇怪的事情发生了。在这年的冬天,我发现整个冬天里于阗都没有下雪。往年里于阗还是会下雪,这样很多积雪会被藏进雪窖,留待来年春天里作为饮水使用。流经于阗的两条河全部断流,也是冬天发生的大事。我感觉到,在我流转在不同人之间的时候,这个话题开始变得寻常起来。

转过年,到了春天,于阗依旧没有下一滴雨。这时,由于一个十分巧妙的机会，我进入于阗王公贵族的圈子，在他们之间来回走动。于阗的贵族们议论的，也是从冬天到春天一滴雨雪都没有下的奇怪事情。

春天是万物复苏、草木茂盛的时候，可田地里撒下去的种子，都在裂开的大地上泥土的缝隙里哀嚎。树木应该发芽了，可树枝全部变得焦黄，并且开始枯死。河流继续断流，于阗王城的皇宫和居民用水，都只是依靠几口水井。国王带头好几天才洗一次脸，半个月才洗一次澡。男人还可以将就，爱美的女人就受不了了。王后大发雷霆，公主们哭哭啼啼，就是因为无法经常洗澡。于阗子民用水全部依赖于阗国附近的几个涝坝，那里存了一些滋生了很多蚊虫的死水——烧开了能喝，不烧开立即拉肚子。可牲畜就没有那么幸运了，经常会有牛、马、驴、骡子和羊因喝不上水，看着站得好好的，突然就倒在地上死了。

于阗陷入到可怕的缺雨的困境中。此时，于阗贵族们更加焦虑了。没有一滴雨从天上降下来，这是不是上天对于阗王族的惩罚呢？这个猜测开始伴随着可怕的改朝换代的流言在于阗传播，从于阗王到王族们都感到不安。

真是上天在惩罚于阗吗？也许，到了夏天就会下雨吧。有人这么说。春天果真是一闪而过，这个春天就是牲畜不断倒毙，庄稼参差不齐地冒头就在田地中枯死的春天，一晃就过去了。夏天来了，本来，在往常的夏天里，会有一场暴雨接着一场的暴雨，于阗有时瞬间都会变成泽国。可今年夏天奇怪了，到了五月，没有下雨，到了六月，还是没有雨。七月呢？更是一滴雨都没有。每家每户的木头家具都发出了开裂的难听的吱吱响，田地里禾苗都死了，一片绝收。

此时，我已经来到了王宫内，在国王尉迟吉利的钱箱子里，叮叮当当作响的，是我和钱币兄弟们。我感觉到国王要说话，就"嘘——"地制止了大家的吵闹。就在殿前，我听到国王说："这是为什么呀？"尉迟吉利喃喃自语："于阗国怎么这么倒霉呀。"

于阗国的大祭司在他身边，说出了一直想说而不敢轻易出口的话："尉迟国王陛下，我必须肯定地说，这是于阗国遭到了上天的诅咒。"

那我该怎么办呢？难道我应该把王位立即传给我的儿子吗？

祭司笑了笑，陛下不用这样做。可大旱导致的您王位不稳，是肯定的。我看到，北方不断有黑气冒出来，那是显示于阗国将要遭受大难的启示。我看，就需要做一件事，那就是，举行一次献祭仪式——将王族的一位，您的血亲，献祭给雨神，酷烈的太阳才会用乌云遮住自己的脸庞，才会让雨神发慈悲，下雨给于阗，拯救千万生民和牲畜，最重要的是，拯救于阗陛下您的王祚长久。延续几百年的尉迟政权，不能就此完结啊。

于阗国王尉迟吉利迟疑了一下。他内心清楚，于阗国遭遇数百年没有听说过的大旱，是天降灾祸。可如何消除这场灾祸，别的都没有用，只有祭司代表天意，现在必须要听祭司的。

祭司说，陛下，于阗确实需要一场国家正式举行的祈雨仪式。按照以往于阗王国的记载，向上天贡献人祭。人祭，就是活人祭，可谁能愿意把自己献给上天呢，而且还必须是尉迟氏王族才可以。

国王沉吟了许久说，这需要开一个会议来决定。人祭，还得是王族才可以拯救于阗的国运。我作为一枚钱币，听到国王这么说，想到了那个年轻人在祁连山下将自己献祭的事。可没有人知道我见过那件事。我想说话,可我发出的是叮当作响的声音。我的那些和我挤挤挨挨的钱币兄弟说:"不要激动,你乱挤撞什么呢?"

外面忽然安静了。原来,国王从大殿走了,祭司也跟着出去了。

于阗国王尉迟吉利把所有王室家族的男人都召集在一起,开了一个御前会议。首先,由大祭司说明现在于阗国面临的巨大困境,接着,大祭司说,必须要有王族中的一员来献祭自己,人祭上天雨神,完成祈雨的仪典。于阗国不仅会雨水丰沛,而且会王运长久。可谁能为尉迟氏的国运牺牲自己呢?这就要看王族们的勇气了!

大厅内,几十位尉迟王族,那些王子、亲王和王公都鸦雀无声。停了一阵子,有人开始哭泣起来,因想到没有人愿意做人祭,于阗国运就要完蛋了,大家都感到末日来临,谁都不想牺牲自己的生命。王族会议开了三天,也没有人愿意站出来作为献祭。

第四天,御前会议继续进行。大家依旧是沉默不语。忽然,有一个年轻的僧人穿着黄色僧衣,从外面走了进来。他靠前站立:国王陛下,我愿意把自己献祭给雨神,来一保于阗国的平安!

大家都把目光投过去,看到的是一位年方二十的年轻人。原来,他是国王小弟弟最小的儿子,名叫尉迟瑶。前年因感情问题而出家为僧。他长得眉清目秀,十分英俊,国王也很喜欢这个子侄。现在,他站出来了,大家一片哗然,继而忽然发现有人出头了,开始如释重负地纷纷赞美起他来。

国王尉迟吉利一下子离开了王座,踉跄着走过去,握住了年轻的尉迟瑶的手："为了于阗国不至遭受覆灭的厄运，你真的愿意，把自己祭献给雨神？"

尉迟瑶坚定地点了点头，我愿意，陛下。我要先还俗，恢复为王族身份之后，献祭雨神。

这时，尉迟瑶的父亲从队伍里也站出来，劝阻他："你不要发疯了！你是我最小的孩子，怎么能把自己献祭给雨神呢？"他们拉拽着尉迟瑶，场面一时大乱。

卫兵立即上前将尉迟瑶的父亲和哥哥控制住，把他们的双手背在身后，任凭他们流泪大喊，尉迟瑶依然站在大厅的中央。他的身上闪着一种光芒，让所有在场的尉迟氏的王族男丁都黯然失色。

国王踉跄着退后，跌坐在王座上，啊啊，我实在是下不了这个决心啊。

大祭司担心有变化，好不容易有人愿意做人祭，他上前单腿跪下说："此事宜早不宜迟，请国王陛下速速决定。"

国王又问了一遍："你是自愿的？"尉迟瑶站在那里，依然是姿态坚定："我愿意作为人祭，陛下。我愿意为于阗国运而献祭。"

国王的手一挥，现场顿时锣鼓齐鸣。几个祭司走上前来，用花毯将尉迟瑶裹住之后，抬起来就走了。大厅之内哭声一片。

第三天，就是祈雨的举行仪式。烈日炎炎下，在于阗国国寺龙兴寺的殿前广场上，于阗国的国王、王后和王公大臣全部出席，还有于阗国的子民代表，以及高僧大德，围住了广场。广场上的人很多，祈雨献祭仪式已经多年没有举行了。现在，尉迟瑶还俗后，作为一个亲王公子，也是于阗国年轻的王族，甘愿为于阗国的命运而献祭自己，他的行动感动了所有于阗国人。天气特别炎热，时不时有空中的飞鸟因为天气酷热，被阳光灼伤了翅膀而忽然从空中掉下来，掉落在人们的脚旁。大家屏气凝神，泪流满面。

献祭仪式由大祭司主持，他调制好了苏摩汁，这是一种能让人产生幻觉并忘记疼痛的植物液体。尉迟瑶提出，他需要一枚钱币含在嘴里。国王从钱箱子里一摸，结果抓到了我，我真是运气好得不得了，这下我再次出现在人们的面前。我是一枚汉佉二体钱，现在来到了尉迟瑶的手上。我感到幸运，也感到紧张，甚至有些害怕，可我最终有些疑惑：这个英俊的少年，他这是在做什么？为什么总是年轻人死？我想不明白，为什么老年人总是不愿意牺牲自己呢？就像是萨博燃臂救商队的年轻人，他自我献祭，死了，商队得救了。现在，尉迟瑶又要把自己献祭给雨神，为了于阗国能迎来降雨，让所有的生民不再忍受干旱的折磨，国运继续昌盛。可年轻人必须死吗？

我正有些愤愤不平，此时已经被尉迟瑶拿在了手里，他先是接过大祭司递来的一个墨玉杯子，将杯子里的苏摩汁慢慢喝下去。苏摩汁是绿色的，还有一种淡淡的香气。接着，他把我放进他的嘴里。

啊，我能感觉到他口腔里残留的苏摩汁的香气，顿时产生了幻觉。我感到他是温暖的，内心是火热的，他是一片真心，为了拯救于阗，摆脱灾厄。他的舌头柔软地把我压在口腔里，我浑身颤抖，为了他的命运，为了他的勇敢和大无畏。苏摩汁让他的身体和我这枚汉佉二体钱的身体都发生了奇异的变化。他笑了，笑得生动，笑得诡异。

祭祀把他用白毡子裹起来，现在，尉迟瑶在毡子里不能动了。苏摩汁产生了作用，很多幻象在他的脑海里、在我的眼前出现。飞鸟，沙漠上奔跑的骆驼，香草，一个个坐在莲花座中的人在微笑。幸福感、满足感充溢在尉迟瑶的心里，也洋溢在我这枚钱币的身体里。献祭仪式开始了，号角悠扬，大祭祀念祭文，国王礼拜雨神，割开自己的手臂，将血流入葡萄酒中，洒向天空。王后用针刺破手指，在白色的锦帛上写下敬献雨神的话，并高声宣读。接着，锣鼓阵阵，号角连连。尉迟瑶被几个人抬起来放在祭台上。祭台下面已经铺好了一层油毡子，油毡子上面是桑木和桃木，都浸泡了油脂，只需一个火星子，就会腾起献给雨神的熊熊火焰。

国王尉迟吉利念祈祷文，全场的人们一起念诵，赞美雨神，赞美上天，祈求降雨，大祭司将火把投向了祭台。腾的一下子，火苗就蹿起来了。

啊，我感觉到尉迟瑶的身体痉挛着，他忍受着火舌像千万条钻心的蛇一样在攻击他的身体，我感觉到灼热就像是烙铁一样让他的皮肤燃烧。他紧紧地咬着我这枚汉佉二体钱，我的身体完全动弹不得，我感受着他的疼痛，我自己也很疼痛。可我发现他竟然是欢欣的，此刻，他是那么兴奋，充满了绝望中的希望。他的生命开始燃烧，我的身体开始变得灼热，被一股火焰吞没，感觉到他英俊华美的灵魂就像是一股烟一样缓缓腾空，向那虚空中人们看不见的雨神飘去，去祈求雨神为于阗降下雨水，润泽大地，抚育苍生，因为所有的生命都不能没有水的滋润。

后来发生的事情很多人都看到了。在尉迟瑶被献祭给雨神之后，当天夜里，于阗国的天空就突降大雨。这场大雨下了七天七夜，于阗城外那两条河流再次欢快地流起了河水，于阗国大大小小的水坝、池塘、王宫内、寺庙里、客店中、人家里的储水器皿里都装满了雨水。持续了很久的大旱终结了。

所有的人都将这个降雨的结果归功于献祭自己的尉迟瑶。他们后来怀念他，把他的骨灰安葬在国寺龙兴寺的边上。墓前总是有鲜花和少男少女，老人和孩子，王族和普通人在那里祭拜。

我呢？我这枚汉佉二体钱的命运确实十分奇特，是不是？我两次被两个牺牲自己的人含在嘴里，见证了勇于献身的人生命中最后的坚强时刻。我明白了，有时候，一个人的生命获得价值，并不在获得，而在于牺牲。作为一枚铜钱，明白了这一点十分难得。我继续在人间行走，在不同的人手里转移，可我知道，我绝不会像我的那些钱币兄弟那样俗不可耐。

我也渴望着一次浴火重生，渴望着在一次冶炼中重新成为一枚新的钱币。我等待着这一天。

雕塑部：佛头的微笑

一

记不清我已经沉睡了多久。我被埋在沙子里，昏昏沉沉地睡着，直到某一天，我忽然感觉到一下下的震动。有人在挖动我附近的沙子。那些流沙是一层层地覆盖在我身上的，被风吹过来，经历了很多很多年。我以为我不会再见到天日，不会再见到人。然后，我听到铁锹挖沙子的声音，就渐渐苏醒了。

忽然，眼前一亮。我还是微微眯着眼睛的，我的目光是向下的。就像是我曾经看着芸芸众生在我眼前走过那样，我坐在高高的佛龛中。等到我适应了光线，我看到我的身体没有了，只有我巨大的头颅在沙子里埋着。几个人不断清理着我耳朵边的沙子，直到把我挖出来。

你看，这个佛头这么大！有人在惊呼。这些人的穿着和打扮和我曾经见过的那些人完全不一样。有一个穿着长靴子、戴着遮阳帽的人，像是他们领头的。他们叫他先生。他在指挥着这里的一切。他们小心翼翼地把我从沙土之下挖出来，把我置放在一处高台上。这时，我看到了周遭的一切，早就不是寺院鼎盛时期的样子了，我十分惊愕。

在我的周遭，是一望无际的沙海。大佛寺早就不见踪迹，我熟悉的道路、城镇和来来往往的人都不见了。只有一望无际的沙海。这真是沧海桑田啊。我到底沉睡了多久？说不上来，也许有一千多年了？那是人们的计算方法。我看着眼前的一切，这些人在斯坦因先生的指挥下，还在奋力挖掘。

眼前大佛寺面貌不存，我渐渐有了一些回忆。回忆像是滋生的幼苗，在迅速生长。我回忆起很多事情，回忆起我被埋在沙子下面之前的事情，回忆起我的诞生。

我是泥塑的，最早是在一个工匠的手里。他先是用木头和桄杆扎起一个架子，那个架子就像是佛在盘腿而坐。然后，他用调制好的泥巴慢慢地往上面堆积，旋转，用手不断塑形。渐渐地，我的面容、全身变得丰润，等到泥塑干了，他再用磨制器和打磨纱布，将我的头部和胳膊、腿部都一点点打磨，上彩。颜料是岩彩，十分鲜艳，是这个塑像师傅让他的徒弟从附近的喀喇昆仑山取来石头，敲碎、碾压成粉，再精心研磨调配而成。我被塑造成功，花了好几个月的时间。我的身形比一般的佛像大很多，我被抬到新建的大佛寺中，和其他的佛像、菩萨、罗汉像在一个寺庙里。

我感到很新鲜，一开始，我的眼睛感受的是朦胧的世界，我的身体感觉到了风，就像是人活着需要一口气，作为佛的塑像，我被抬到佛寺中的台基上。安顿好我，为了让我在混沌中苏醒，塑造我的师父用彩笔在我的眼睛处细细地画了两笔，然后，我感到顷刻之间，一束光线涌入了我的眼帘。

我现身人间，成为泥塑的佛像。塑造我的无名的师傅带着几个徒弟，用欣赏和崇敬的眼神看着我。他们是佛寺雇来专门塑像的。他们塑造了我，他们手里有木板粉本，在木板上有一个我的画像模本。塑造成功后，我知道在这所寺院，我是独一无二的。没有一尊佛像像我，塑像师父就塑造出我这一尊，他很满意。就在我睁开眼睛看到这个世界的三天后，我得知，塑像师傅就因病去世了。

这是我第一次感受到某种痛苦，以及塑造我的师傅加在我身上的慈悲。是的，是慈悲，是怜悯，是普度众生。我感受到了塑造我的师傅离世带来的遗憾。也许我不能称他为父亲，现在我是佛像，我端坐在佛寺的殿堂里，我被寄予了人世间的众多期望。我已经不是我了，我要忘记我是泥塑的，我必须要承受师傅之死的悲伤。我是佛，我要抹掉、忘却我自己的痛苦，我要慈悲为怀，我要普度众生，安慰所有将目光投向我，将期待赋予我，将痛苦和悲伤托付给我，需要我化解的人们。

二

我现在是佛。我微笑看着这个世界，看到一个人向我走过来。那是三世纪中期，曹魏景元三年（262年）的样子，一个面容削瘦、目光灼热的人，出现在我的面前。

我一看就知道，他经历了很多。他的眼睛里燃烧着火焰，他信念坚定地从很远的中原汉地走到于阗，来到了大佛寺，在我的面前合手默祷。

我能听见他在说什么,他那急切的语言就像是水在流动:

佛陀啊,我叫朱士行,是三国时期的颍川人,颍川位于河南许昌。少年时,别人说我悟性很高,是佛门的当然弟子,我就早早出家,是中土受戒的首位在册僧人。我在寺庙里专心研究汉灵帝时期翻译到中土的佛经《道行经》,我感觉有些句子不通顺,也不好理解,有些翻译比较佶屈聱牙。后来,我被邀请到洛阳寺院里讲授《小品般若》,感觉这部般若经文经句也是词不达意,内心就十分困惑。此时,正值三国三分天下,魏、蜀、吴群雄对峙,腥风血雨,战云密布,像我这样静心研究佛学的,实在是少之又少。我对经文感到困惑,觉得只有远赴佛教东传之地,才能解除内心的困惑。佛陀啊,就是在这时,有人告诉我,于阗是小西天,是佛教东传在西域距离洛阳最近的光明之地。于阗在中土已是大名鼎鼎,我应该到于阗来取经!这一下,点燃了我内心的火焰,我收拾好行囊就出发了。我没有想到,从魏甘露五年,也即前年,我从中土出发,沿着向西的大道,沿着黄河走,沿着山脚走,沿着平原沃野走;穿过沙漠戈壁,走过大漠落日,背上背着的行囊感觉越来越重,其实东西越来越少。我走啊走,终于来到了于阗这佛国胜地,来到了佛的面前,一了我前来取经的心愿。佛陀知我!

朱士行默默祈祷着,我都听见了。他在我的面前欣喜若狂,动作却很轻盈。就此他开始了在于阗的取经学习。可我知道,他在这里学经并不会很顺利。因为在于阗,当时是小乘佛教兴盛的时候,大乘佛教在这里并不是主流,甚至还遭到了排斥。这从他在我的面前祷告时流露的困惑中,就能感受得到。但朱士行意志坚定,行为果决,好在于阗的大乘佛教经书经籍比较多见，他就四下搜集，苦心钻研。有些大乘佛教经籍是梵文原文，他经过苦读，具备了阅读梵文的能力，并将梵文的般若经文九十章六十多万字，分卷全部抄写在粗草纸上。

我微笑着，看着他把这一卷卷的般若经文进行阅读理解，困惑了，他就在我的面前说出来。般若经文的抄写花了他二十年的时间，我也打了一个盹儿，一晃就到西晋太康三年（282年）了。

这一年，他想让他的弟子把已经抄好的般若经文送回洛阳佛寺，他继续在于阗研修佛经。消息传开来，于阗小乘佛教僧人十分气恼，跑到于阗国王那里告状，说他要把大乘佛经送到中土洛阳，送的不是小乘佛经经籍，这是惑乱正典、阻断佛理大法的行为。必须制止！假如大乘佛教教理惑乱了中原汉地的佛教传播，那就是你于阗国王的责任了！

于阗国王一听，感觉责任重大，他立即下令，不许朱士行将他苦心孤诣二十年抄写的梵文大乘般若经文经卷，派弟子送到洛阳。

朱士行没想到会遇到这个情况，他愁眉苦脸，跪拜在我的面前默默祷告，一筹莫展。他泪流满面，十分绝望。

我能体会到他此刻的心情，我决定帮帮他，对他轻轻耳语。我说，不要着急，你可以如此这般，在国王面前展现大乘经文的力量。

朱士行的眉头立即舒展了，他再三拜叩之后，离开佛寺。

我淡淡地微笑着。我可以看到后来发生的事情：朱士行前去拜见于阗国王，在国王的面前说，我要烧经发誓，验证经文之神奇。如果在国王陛下面前烧经，火焰不会吞没我抄写的经卷，那就证明这是真经，不怕火炼。佛的旨意就是让我可以把这部经文送到中原洛阳广为

于阗六部

传播。

当面烧经？火烧不掉纸张？前所未闻啊，于阗国王心里这么想，将信将疑，抱着试试看的态度，找来小乘佛教大德高僧，要大家见证，在殿前烧经，一探究竟。

只见朱士行将他抄写的般若经文经卷，一卷卷拿出来，徐徐展示给大家看。那一个个字就像是放光的黑色钻石一样。他让小乘佛教的一位高僧上前："请您点燃火把，前来烧经吧！"他高举着抄写的梵文《放光般若经》经卷，那个小乘佛教高僧满脸得意，举着火把走上前来烧经。

就在此刻，我的目光已穿透众人的头顶看穿所有人的心力。我微微点头，发出祝愿力。只见那小乘佛教高僧手里的火把火焰熊熊，抵近朱士行手里的经卷，可是火把上的火舌怎么燎烘灼烧，那卷卷经书就是烧不着、点不燃。

所有在场的人，包括于阗国王都惊呆了。

于阗国王说，好了，住手吧，不烧了！朱士行，你说得对，你抄写的这般若经文果然是真经，真经不怕火炼，我算是见识了。你可以把这部大乘佛经经籍送到中原洛阳！

我在远处就已经看到了这一幕，我微微笑着。朱士行派弟子法饶将他抄写了二十年的般若经经卷送往洛阳。不久，这部梵文《放光般若经》经卷转到陈留仓垣水南寺，在寺院挂单的印度僧人竺叔兰和于阗僧人无叉罗一起合作，将经文翻译成汉文。一时之间，风行于中原各个寺院，大乘佛教的光华普照中原。

岁月荏苒，我打盹又醒来，看到在于阗取经的朱士行也渐渐变老了。他两鬓斑白,却矢志不渝,继续翻译佛经。在我的面前,他常常跪拜不起,默默祈祷他的译经取经的事业获得进展。就像是花开满树,他送到中土的佛经如今已经散开花枝到处流传。我也看到他的生命在夕阳的辉映下逐渐走到了尽头。他最终圆寂于于阗,时年八十岁。

于阗国王下令为这位东土来的高僧修建佛塔,并将他的骨灰瓮埋葬在于阗王城的国寺的墓园埋葬后起塔,以示尊重和纪念。

三

岁月像是云舒云卷,又像是不间断流淌的河流,四季在循环往复,不断更替。这一过程有些令我倦怠,也让我心生怜悯。我端坐在佛堂之上,看那芸芸众生,有苦有乐,有欲有望,来来去去,如同于阗两条河流里的砂石一样滚动和生灭。

我对东土前来求法之人十分期盼。过了一些年,那应该是到了后秦姚兴弘始二年(400年),我的目光穿越长天大云,看到从长安向西的大道之上,走着一行前来取经的行者。他法名法显,天资聪颖,二十岁受戒,曾在长安学经求教。和朱士行一样,他也感到有些佛教经籍有相互矛盾的地方,越学困惑就越多,于是决定到佛教东传之地取经弘法。

我看到,他们一行西来的路上风餐露宿,饥餐渴饮,穿越河西四郡,走过戈壁沙漠,向于阗一步步赶来。他们抵达于阗后,还要翻山越大岭,前往天竺取经。过了阳关,路途就变得更加险恶。连天的沙漠戈壁没有人烟，热风吹得他们一片飘摇，蜃气浮动中但见妖魔鬼怪在张牙舞爪，各种幻觉在眼前和心中浮现。

法显定力十足，他不断念诵经文，保持心力。同行的僧人有的在抵达高昌后就因道路遥远，不愿前行，休整之后想要返程了。只有法显意志坚定，他决心向南而行，穿越那无比浩瀚的大沙海，抵达佛国于阗。

我微微闭上眼睛，看到法显踽踽独行的身形。当然，他前行的队列不光有他，还有几个人。可一起跋涉的人越来越少。他们的路标是死人和驼马的尸骨，一些间断出现的季节河道里有些残存的水，不断给他们提供水源。太阳刚刚跃升在天空中时，他们就尽量赶路。中午，天气热得无法忍受的时刻，沙海热得要吞没一切，他们就在胡杨树荫下挖出湿沙，把身体埋在沙子里休息。傍晚，夕阳西下，温度降低，他们抖擞精神，抖落沙子，再列队继续前行。我感觉到在白天，有几次在酷暑中法显的体温升高，他快要崩溃了。可他挺住了。到了夜晚，沙漠里的清凉又让他体温降低，四肢僵硬到无法动弹。

他想死在取经路上，我的加持让他感觉到了远方的召唤，他缓缓起身，继续前行。

你必须要走到于阗，这是你第一个目的地。至于能不能到达天竺，那是下一步的事。你连于阗都无法抵达，你怎么能抵达天竺呢？这是他给他自己说的话，也是我在远处给他说的话。

法显终于抵达于阗，在我的面前出现了。我微微颔首而笑，我知道，这时，他的内心是安宁的，幸福的。也许还不是圆满的，那是他要去天竺取经之后才能有的心情。

于阗国王热情款待法显一行，把他安排在于阗国寺瞿摩帝寺，并让皇家寺庙专门供奉。法显就在于阗寺院里住下来。

过了几天，法显在我眼前出现，他看着我，感觉到和我有所感应。在他西行的路上，有一个声音在鼓励他前行，那声音就是我发出并在他内心回响的。他仰望着我的脸，我的眼睑低垂，目光慈祥，这一点，法显感觉到了。在瞿摩帝寺，有多达三千僧人一起诵经，吃饭的时候就连餐具也不发生碰撞，一点声音都没有。僧人拿着的是木勺木碗木盘子，这个场面令他震撼。

法显在于阗各家寺院周游，遍览佛国胜境，晚上，就着烛光潜心阅读佛经。就像是一条大鱼游进深海，又像是一只大鸟飞进天空，法显在于阗得心应手，在佛寺中遍览经籍。他在于阗大街小巷走动，记载下很多乡俗民情。他看到于阗人喜欢歌舞，大都信仰佛教，很多人家的门前建有小塔，中间有龛，可供游方僧人居住。

他在于阗一共待了三个多月，因心心念念要去天竺取经，就在于阗做着准备。前往天竺，不光是要翻越大雪山，还要进入暑热，瘴疠横行之地。可天竺有佛法，法显要前去取真经。

在我的注视下，他那几个月在于阗，是学经，是停顿休整，也是一次次的朝拜佛陀和内心洗礼。法显经常在我的眼前祷告，我知道，他经常和于阗的僧人交流，每次交流他都很有收获，眼睛里闪烁着光芒。特别是他还参加了一年一度的于阗国的行像节典礼，令他印象深刻。

行像节是于阗八大护法神的走街仪式。这个行像节十分盛大，这一天是于阗最庄严最热闹的一天，街上佛像走动，庄严而又热闹，于阗国以这种方式礼佛，也以这种方式祈祷于阗的风调雨顺，万民和谐。从四月一日开始，于阗国家家户户打扫庭院和门前道路，张灯结彩，于阗国城门上搭建了一座彩带飘扬的大帐，大帐之内端坐着国王、王后、妃子和王子公主们，每个人都打扮得庄重华美，盛装出行。他们翘首以盼，几里之外正由马车拉着的大佛像，由人抬着的小佛像，缓缓而来。

只见那辆四轮马车轱辘高达三丈，马车装饰着金银玛瑙等佛家七宝庄严，丝绸飘带飘飘然，一顶华盖下就是佛寺的佛像。远远地，就能看到国王和王后摘下冠冕，换上新衣服，脱去鞋子，赤着双脚手持高香，率领王室成员、大臣官吏和于阗的百姓，前来迎接佛像入城。佛像到达城门口，国王和王后以头脸礼待佛像的大足。这时，如雨的花瓣飘洒下来，城门楼子上顿时鼓乐喧天，鲜花的花瓣香气四溢，由于阗国王亲自引导，处于僧侣中最炫耀的队列，开始游走。于阗的十几家佛寺，每个佛寺的佛像都要举行一天的行像仪式，整个于阗国的行像节活动盛况空前，要持续半个月之久。在行像节活动进行的时候，于阗国陷入了一片狂欢的气氛里。人们纷纷走出家门，互相表达良好祝愿，载歌载舞，家家夜不闭户，社会安定祥和。

远行之人必将响应远方的召唤。不久之后，法显在于阗准备停当，就要出发了。于阗国王和王后在王家寺院王新寺内，为他行告别礼节。

王新寺是于阗国三代国王花了八十年才修建而成的皇家寺院，寺内雕梁画栋，七宝俱全，殿宇巍峨，气势宏伟，金箔贴顶。因附近很多邦国国王都曾送来宝物，既是礼物，也是给这座寺院的供奉，其中也有天竺国王不远数千里送来的宝物。在寺内，于阗国王就给法显一一介绍那些宝物,并给了他丰厚的赏赐,以及度牒等路上相关文件,并派向导和驮马队,护送他到大雪山的南麓,协助他走过最艰险的一段翻山的路程。

法显一去天竺,就如游龙入海,又如雨露入水,不显山不露水地在天竺苦修精研佛法十三年。到了公元413年,那时已是东晋义熙九年,法显从天竺取经成功,回到了中原,他写下字字珠玑的《佛国记》,专门记述了他在于阗国的所见所闻,所学佛法,所见佛光、佛迹,还有于阗国的各方面的情况,受到当世和后世的瞩目。

我微笑着看到了这所有的一切,我听到了所有的赞美声,我知道,法显从此将名不虚传。

四

我有时候感到困倦,会闭上眼睛。法显走了之后,于阗境内人们来来往往,可有道之人,得道高人也并不多见。等到我闭眼又睁眼,就是一百年过去了。这可真是如白驹过隙啊。很多人死去了,很多人又生下来。新人辈出,老人寥寥。

这个时候,我看到一个人已经来到了于阗。

他叫宋云,于北魏熙平三年(518年)来到于阗。那时的于阗正是国势辉煌、安定祥和的年代。佛国之内,祥云处处。怪不得我一睡就是一百年,原来,没有什么特别需要记挂的事情。宋云是北魏朝派来的佛教使者,他手持官方度牒文书,还有皇帝写给于阗国王的亲笔书信，自然一来就得到了重视，于阗国王亲自召见他，并以厚礼相待，十分恭敬。

宋云对于阗十分好奇，他在于阗停留了很久，对于阗如何成为一个延续几百年的佛国并长盛不衰，感到十分好奇，想一探究竟。他和于阗的僧人、老人、民间高人以及路过于阗的行脚商人聊天说地，也在我的面前默默祈祷，自言自语，说到于阗国信仰佛教的起源，写下了《宋云行纪》。他记载有这样一个故事：

说是过去于阗国并不信佛法，于是，有一年的春天，一位来自不花剌的粟特商人，带着一位从西南边来的僧人，抵达于阗国。这个僧人叫毗卢旃，他在于阗国城外的一片杏树林里的一棵最大的杏树下打坐。粟特商人来到于阗国王宫，向正在饮酒作乐的于阗国王说："在城外的杏树下来了一个得道的高僧，可以让佛迹显灵，他能让杏花如雨，往天上飞。大家都知道，杏花在春天里生发出来，非常美丽，如同雪花带着一点粉色，飘飘洒洒，朝地面洒，不会飞到天上去，除非遇到大风天。"

于阗国王将信将疑，随即跟随这位粟特商人来到城外的杏树林，看望那个杏花树下打坐的毗卢旃。一到那里，果然看到如雨的杏花纷纷落下，一个僧人正在杏花飘洒中在树下打坐。于阗国王上前，毗卢旃施礼，说："如来佛派我来，让国王陛下造一尊佛陀像，保佑于阗国国运昌盛，国王健康吉祥如意。"

这时，于阗国王看到杏花如雨并不是往天上飞，而是落在毗卢旃的身上，落在地上，被碾作春泥了。哪里有什么杏花往天上飞的奇观？

于阗国王说，毗卢旃比丘，如果你能让我亲眼看到如来佛显现真容，那我就一定从命。

毗卢旃于是闭目祷告，手里的铜器作响。于阗国王及其大臣、随从，还有粟特商人都看到，如来佛在空中显露真容，面容慈祥悲悯。须臾，如来佛渐渐隐身空中，不见了。只有杏花如雨，继续飘飘洒洒，开始向天上飞扬，形成了一道杏花的河流，飞向无尽的高空。

于阗国王见到这种情况，当即施礼，拜毗卢旃为高僧大德，就地在杏花树旁起建一座寺庙，并在其中供奉佛陀造像和画像，这座寺庙就是于阗的赞摩寺。

宋云在于阗四下走动，拜访佛寺，走街串巷。他看到，在于阗国城内人们住在夯土木屋之内，房顶是平的，用以储存雨水。城外有很多田地种着杂粮，田间地头都有很多的果树，所用的家具器皿大多是木制的和陶器。女人喜欢梳着很多辫子，穿着裘皮衣服和棉布衣裳，男人的见面礼节是单腿跪地。

他还有意搜集当地的一些传说故事，并且把这些传说记载下来。我能看到，他踟蹰着前往城南寺的步履。那里有一座很大的寺院，里面有几百名僧人，殿堂内供奉着一座金碧辉煌的金佛塑像，高达一丈六尺，面向东方，面容仪表亲切生动，庄严宝相。传说，这座寺庙里没有佛像，僧人日夜祈祷，打算筹钱起造佛像。忽然有一天，一尊佛像从南面的天空中飘移而来，背对西面、面朝东面而坐。

众位僧人很吃惊，又很高兴，搬动这尊佛像面朝南。第二天来了一看，这佛像又面向东方了。于阗国王听说了这尊从天而降的佛像的事，亲自前来察看，一见到佛像，就心生欢喜，下令随从把这尊佛像运回王城。

于阗国王先回去了,随从用马车拉着佛像,佛像上面盖着一块巨大的黄锦布。走到半路,忽然之间,一阵轻微的叹息声响起,那尊佛像已然不见了,空车回到王城内。

第二天,于阗国王兴冲冲前来观瞻,却见车内只有一块大布,佛像却不见了,大为吃惊。连忙让人寻找,随从也觉得蹊跷,又回到那座寺庙。定睛一看,那尊佛像还是端坐在原来的位置上,依旧面朝东方,仪容慈祥。于阗国王觉得这是佛的旨意,就下令在寺院里建起高塔和殿堂,安稳佛像。这尊佛像还有一个神奇之处,就是如果人的身体生病了,可以在佛像的相同部位贴上一块金箔,那么不几天后,人的身体疾病就会痊愈。

这是宋云记载下来的佛传故事。他实地看了之后,端详着那尊金佛后觉得,这个传说虽然有些不全可信,可是寺庙里有大量信众贡献的彩幡,说明了这座寺庙的神奇。那些彩幡上的隶书写下的敬献时间大多是北魏时期,也有前秦姚氏朝供奉的。这一点可以看出,中原内地到于阗的佛教信徒之间往来十分频繁。

宋云多次得到于阗国王的亲自召见。因他是北魏官方使者,地位特殊,每次见面,于阗国王都在皇宫内以于阗国礼接待他,并互赠礼物。于阗国王面容亲切,装束却令宋云感到惊讶:国王戴着金冠,就像是鸡冠子一样高大显眼,在脑后垂着两尺长的生绢垂带,端坐在王座上。王后的装扮也十分华丽,面容亲切。

宋云趋前施礼,国王左右大臣都不说话,头上缠着白色的棉布团带,殿下两边有一百名护卫骑士十分威武,手持兵器,鼓角连鸣,刀剑相闻，场面十分肃然。

国王和王后赠送给宋云很多礼物，并借助翻译官询问宋云的此后行程将如何进行，魏国的情况如何，皇帝可安好，子民是否安康，以及宋云前往天竺取经的打算，等等。

宋云也一一作答，并让随从送上大魏国皇帝的礼物，有丝绸绢帛，有各类宝物。

一切准备好了之后，宋元就踏上了前往天竺的旅程。那一天，他离开于阗国，出了城门，刚好遇到一场葬礼，他就驻足观瞧。于阗国民的葬礼是火葬，在郊外的柴火堆上将尸首焚烧，焚烧之后，将骨灰装进陶罐，再埋入地下，并在地上起建一座佛塔。

宋云端详着于阗国王送给他的木杆笔，和于阗美玉雕篆的"宋云之印"，内心感到安稳。他的马队车队向西南而去，我看到他一步一回头，渐渐消失在苍茫的天际之下。

五

我又闭上眼睛，等待着下一位智慧之人来到我的眼前。星移斗转，我睁眼闭眼，世上早就是沧海桑田，一代代人死去，一代代新人诞生。我睁开眼睛，看到一位僧人风尘仆仆，缓缓来到了眼前。

这时已是大唐贞观年间。我从天空中祥云的折射中，看到有一位僧人头顶华盖，带着一行人，驮马队伍长长，还有几头驮着佛教经文夹卷的大象，蜿蜒而行，艰难翻越了兴都库什山，经历葱岭的高山大谷的挑战。从高海拔到低海拔令他头晕目眩，可他依旧意志坚定，一路而来。

他就是大唐僧人玄奘，这时是贞观十八年（644年），距离他离开长安、前去天竺取经已经有很多年。现在，玄奘回程，带着六百多部佛教经籍和一些佛铜像，在一个安详的傍晚抵达佛国于阗。此时，于阗国王得知他即将抵达，率领王公贵族和高僧大德在城门迎候。

玄奘到了城门，于阗国王施礼，一时间，佛曲声扬起，城门上散下花瓣，彩幡飘扬。而玄奘这位传奇僧人来到于阗的消息顷刻间传遍了整个于阗。

玄奘就暂住在我所在的佛寺中。他从我眼前走过，双手合十。这个人的眼睛里燃烧着一种信念，内心非常安静慈悲。我知道他在想着一个事情，那就是，他前往天竺取经时曾路过高昌国。在那里，高昌王麴文泰对他礼节有加，再三挽留未果，才相互约定，等玄奘取经回程后，两人一定要在高昌相见。玄奘这一次在于阗安顿下来之后，就急切地想知道，自他前去天竺，这么多年过去了，高昌王麴文泰的情况如何？高昌国如今又是什么状况？

我微笑着，看着佛寺的住持找来在于阗国暂居的高昌人马玄智，将他带到了寺庙里，前来和玄奘相见。一见面，玄奘就问他高昌的情况。马玄智脸色悲戚，神情怅惘，犹豫了一阵，才告诉玄奘：麴文泰已经死去，高昌国也被大唐所灭，几年前就不存在了。现在的高昌国，已经是大唐的西州了。

玄奘听了内心十分伤感。他和麴文泰的约定注定无法实现。玄奘在我这尊大佛面前默默祷告，心潮澎湃。他想到，其实他这一次去天竺取经，也是私自出境，现在已经在回程路上，不知大唐朝廷可否谅解，让他妥当回到长安？刚巧，高昌人马玄智要跟随一个粟特商队前往长安，玄奘就写了一封表文，表述自己取得真经，即将回到长安的实情，希望大唐朝廷能谅解他的出行，并准许他回到长安。

他决定在于阗停留一段时间，同时，因在他这次翻山越岭的归程中，一头驮着佛教典籍经文夹页的大象摔下河道，丢失了一些经籍。在于阗的这段时间，他就派人在龟兹、疏勒等邻近城邦，四下寻访相关经书，补充到他带回的典籍中。

在等待来信的时间里，他在于阗遍览佛寺，对于阗的风物风俗都有了解，对于阗国的起源也做了一些探询。特别是对于阗国起源的一些传说，如地乳说等，十分感兴趣。在他的笔下，增加了不少佛教的教义。

此时，于阗的佛寺十分兴盛，达一百多座，僧人有五千人以上。于阗出土的棉布、地毯、毡子和丝绸，以及甜美的水果给玄奘留下了强烈的印象。于阗国附近的两条河里出产的墨玉和白玉也令他赞叹，于阗人喜欢音乐、擅长歌舞的特点，也给他很深的印象。

有一天，我看到玄奘还专门前往于阗王城西南边的牛角山，探访一座有名的佛寺。在险峻的山峰之间，一座佛寺凌空而建。在一座开凿出来的石室里，端坐着石头雕造的阿罗汉像。玄奘抵达那里的时候，遇到山石崩塌，将寺院的门院堵住了。他带来的人上前将崩塌的石头铲除。玄奘刚想进入石室，从石室里飞出一群黑色的马蜂，把很多人蜇伤了。玄奘等人正和这群黑蜂作战，这时，于阗国王派使者骑马上来，告诉玄奘，大唐皇帝李世民派出的使者到达于阗，有诏书送达。

玄奘只得放弃探询牛角山这座神秘的佛寺以及里面隐藏着的石佛像，回到于阗王城。

大唐使者已经在于阗王宫的使节官邸等候他。

玄奘一来，使者就宣读了大唐皇帝李世民的诏书，诏书用语亲切旷达，对玄奘赞赏有加，表达了皇帝的慰问。敕书说，皇帝欢喜无量，请法师速来长安相见。并命从于阗出发的西域各地、沿途各处，对法师返朝的途中务必在人力和物力上给予支持。并说，法师可以寻觅懂得梵文佛经的西域僧人，一同返回长安，以便今后翻译和讲解佛经奥义。

我看到这个消息令玄奘振奋无比，他一扫无法和麴文泰再相见的阴霾和私自出境的忐忑，内心顿生欢喜，急着要回到长安了。没几天，他就收拾停当，准备好了，于阗国王亲自践行，依依不舍地将他送到城外大道边上，看他启程远行。

玄奘回到长安和洛阳的盛况，我已经预料到，他也会写到，自不必说了。我微微闭上眼睛，又要休息了。且看日出日落，且看风起风息，这人间的冷暖我知道，这人间的胜景繁华和幻境枯灭也都是日常。

六

我微笑着睁开眼睛，又微笑着闭上眼睛。这期间又是十年百年。那一个个意志坚定的高僧大道，在于阗，在我的面前走过，让我印象深刻。过了一些年，我又看到一个僧人风尘仆仆，前来于阗。

他叫慧超,是新罗人。从新罗到长安,又从长安一路奔走到于阗,行程至少一万几千里。这是一个聪颖的、有慧根的人,他在我的面前双手合十,我就知道他内心虔敬,佛理通达。这个时候的于阗礼佛依旧鼎盛,轮到大乘佛教盛行。慧超在大唐开元年间来到于阗,看到的是于阗礼佛的盛况。在于阗,每个寺庙里僧人都是足额的,于阗国的社会状况也是海晏河清,一片安宁。于阗王室尉迟家族兴旺,统治着于阗,多年国泰民安。

于阗又兴起了新的寺院,有龙兴寺、大云寺等等,都由大唐前来住持的高僧命名。唐军士卒也在于阗出入,他们向更西边的地区奋进,前去讨伐和大唐离心离德的边远部族。

慧超在于阗停了一些时日,就远行了。他的身影和白云模糊在一起,和流沙一样形成了动感的画面,消失在时间之海里了。

来来往往的异域之人很多,可是我看到了一个生于于阗的本土神童,正在茁壮成长。他在我的面前走过,倏忽间就成长为一个佛教教义通达的译语人,令我欣慰。他叫实叉难陀,出生在于阗,自幼聪颖悟性高,博闻强识,对大乘、小乘的佛学佛理都十分熟悉,且懂得多种语言。

到了大唐武则天朝时期,因女皇笃信佛教,派人前来于阗求取《华严经》的原本,于阗国王特命大臣寻找译经人。经过考试,实叉难陀出类拔萃,于阗国王命他带着梵文原本《华严经》跟随前来的大唐使者,前往大唐长安城。

他抵达洛阳的皇家寺院大遍空寺的时间,是武则天朝证圣元年(695年)。武皇特地前来探望这个传说中会多种语言的神童少年,并且让他教她说和书写那些流行在西域的多种语言,并惊奇于各种语言的奇妙、丰富和复杂。

实叉难陀就在大遍空寺里开始精心翻译佛经。十年之内,他翻译了包括《华严经》在内的大批佛经要典,深得则天皇帝的欢喜。她身为大唐皇帝,亲自为新译《华严经》和《大乘入楞伽经》两部佛经撰写序言,成为天下美谈。

十年之后,我感觉到实叉难陀心里在动。他十分想念在于阗的老母亲。此时既然译经大事已成,他就请求则天皇帝让他返回于阗,得以伺候老母安享晚年。于是,则天皇帝下诏恩准他回于阗,并派御史护送他回程。

实叉难陀回到于阗的时候,曾在我的面前双手合十,流露出欣慰的笑容。可我早就预料到他还会回到中原。果不其然,过了三年,到了唐中宗时期,因实叉难陀名声在外,中宗又下诏请他从于阗回到长安,继续翻译佛经。

实叉难陀抵达大唐都城长安的时候,中宗皇帝率领群臣,亲自在长安城西北门开远门迎接他的到来。一时之间,礼节隆重,盛况空前,彩幡飘飘,华盖云集,人们将实叉难陀引导进入荐福寺内主持翻译佛经的大业。

我看见,他这一次从于阗前往长安译经的时间并不长,约两年后他就因病在长安去世,令无数僧人悲伤不已。这年的十一月十二日,按照于阗习俗人们为他举行了火葬,并将遗骨收纳入舍利盒中。中宗还下诏,在开远门外火化实叉难陀的燃灯台处,起建一座七层佛塔,命名为"华严三藏塔",以筑塔来纪念实叉难陀翻译佛经的丰功伟绩。

一个月后，大唐中宗皇帝李显派使者哥舒道元和实叉难陀的门下弟子悲智等人，将实叉难陀的骨灰舍利送到于阗安葬。

实叉难陀的骨灰舍利回到故乡于阗的那一天，我看到了。就在我的面前，很多佛门弟子都来到寺院里，表达哀悼。他们将他的舍利葬在后院，并起塔以示纪念。

这一年是唐景云二年（711年）。我对时间的流逝感到了厌倦和迟钝，再次闭上眼睛，以慈悲之心内视自我，观我自在。

不知道过了几十几百年，我忽然感觉到灾难来临。是的，是灾难来临。一股黑风从西面刮来，一队队手持利刃的凶徒，从西面而来。他们前来攻打于阗国，将于阗国信仰佛教的僧人信众赶尽杀绝。最后的信徒在乔克和努克兄弟的带领下，逃到了牛角山上，那些黑衣人也继续追赶。乔克和努克兄弟带领几百逃难的人，在牛角山石头佛寺内坚守了几个月，有密道通向山下的河流，可以取水。最终，山上的城堡还是被那些黑衣人所攻破，乔克和努克还有其他所有的幸存者全部死于牛角山。我看到，牛角山上的佛寺和山下于阗城内外的所有佛寺，在随后的一些岁月里也都遭到了破坏。在沙漠深处，只有夜晚的月亮能够照亮于阗佛国彻底灭亡之后的清辉。

那些黑衣人也砸毁了我的身体，让我身首异处。我这颗巨大的佛头掉落在地上，也比黑衣人高很多。他们对视，忽然感觉到惊悚和恐惧，为我的法力，为我的慈悲，为我的怜悯，为我所具有的宽怀所感染，停下手来，离去了。可寺庙已经全毁，佛像也都遭劫，这些人离开了空无一物且破败的寺院。

风沙在随后的岁月里逐渐吞噬了残破的庙宇。我也被流沙埋进了沙堆。

又过了一千年，有一天，我在流沙之下听到了一阵人的脚步声。有人在我的头顶开始挖掘流沙，他们似乎发现了埋藏在流沙下的我。我的头颅硕大，我的听觉犹存。我苏醒了，能感觉到时间的力量在起作用，我要重现人间了。没有什么是能够毁灭我的。

是的，有人在挖掘流沙。铁锨挖沙的声音很急切，也很密集。他们挖着流沙，直到我逐渐显现出半个脸庞，直到我重现人间。我的眼睑微微张开，露出了微笑，我又看到了这个多灾多难的世界，还有那些风尘仆仆而又簇新的人。他们和我都露出了微笑。

文书部：一封粟特文书

英国人奥雷尔·斯坦因爵士记述1907年他在敦煌旧长城段发现数封粟特文纸文书时，这么写道：

> ……在一条长而窄、不足两英尺宽的甬道上，有一个很大的烽火台基地和一段毁坏的城墙，以前负责瞭望的士兵就宿营于此。另外，甬道上还有厚厚的一层垃圾，其中大多是马厩的垃圾。从这堆垃圾中，我发现了一卷卷的书卷，里面明显是一些西方的文字。其中有些书卷裹以丝带，其他一些则只用一般的小绳子加以捆绑，正因为这样，尽管这些书卷都被折叠和捆绑了起来，但仍很容易辨认出来。当然，没有一卷书卷是打开的，但第一眼看到这些书卷表面一些还可以辨认的文字时，我就感觉这跟我原先在罗布淖尔所发现的一些古阿拉米文字相似，至今还没有人把它们解读。这些书卷的纸张都特别薄，因此也特别容易受损。然而，当我后来打开其中的一卷时，映入眼帘的竟是一卷保存得很完整的长

为十五英寸左右、宽为九点五英寸的木简，上面是用黑色的粗字体书写的整洁的文字。

我无法解读其中的意思，因此对于此书卷和其他十卷未曾打开的书卷上的文字，我只能加以猜测了。然而，出现在中国边界上的闪米特文字及其所用的材料已足以让我思索好一阵子的了。这些文书上的文字是否有可能是波斯文呢？它们是不是古时中国与药杀水和阿姆河地区开辟直接通商之路时，远涉万里欲购买"赛里斯"的丝绸的粟特商人，或者更西边一些国家的商人留下来的呢？这些商人又是如何找到路，来到这远离罗布淖尔路线的偏僻的烽火台的呢？……

（《斯坦因中国探险手记》卷三第640—641页，春风文艺出版社2004年6月版）

1907年，在旧长城烽燧夹墙里的上层灰堆中，斯坦因爵士探险队发现了一件丝绸袋子里装着的八封粟特文纸文书，这些粟特文纸文书折叠得很整齐，有的还用线捆着。在灰堆下面的垃圾中，他们又发现了一些木简和丝绸的碎片，还有一封写有九行佉卢文的帛书。

八封粟特文纸文书的出土，是一件轰动国际考古界的事情。其中最长的是编号为二号的粟特文书信。首先这封信的解读者是英国学者亨宁，他为此撰写了《粟特古书简的年代》一文。1960年代中，匈牙利学者哈尔玛塔继续解读了二号书简。中国学者王冀青根据哈尔玛塔的解读成果，并参考了其他人的考证，用汉文翻译了这篇书信。下面，是笔者根据王冀青的汉译，结合笔者对粟特人在华经商生活的史料的

研读(同时参考了孟凡人的《敦煌〈粟特古书简〉第二号书信的年代及其与611号佉卢文简牍年代的关系》一文),展开叙述如下:

尊贵的爵爷纳耐·德巴:

您的奴仆纳耐·凡达克向您屈膝跪拜,就像是在国王面前行礼一样,并向您的商行送上一千个祝福一万个感激。我派送信人范拉兹马克前往于阗,抓紧把这封信送到驿站,让那里的快马日夜兼程,把这封书信送达尊贵的您的手上。

说起来,我们都是在商行的庇护下,才能在从撒马尔罕、花剌子模的讹答剌到长安和洛阳,最远抵达营州的大道之上,建立粟特人的货物中转站和定居点。我现在在姑臧向您报告。我必须要向您说明我们这些粟特人的情况,他们有的被困在洛阳了,战火纷飞之下,我不禁担心起所有的事情来。我也把我自己的安危置之度外,想到爵爷您对我们一行的安慰十分挂念,我就细细地将我了解到的情况向您报告。

纳耐·德巴爵爷,三年来,我们粟特商队前往中原,进入河西四郡就分开了。我们几个人中,每个人都带着一个小商队,这都是属于您的商行的。安马塔萨其在酒泉安顿着,一切都好,上一次我给他发去的货物他在那里都收到了,并且卖出了好价钱。安萨其在姑臧也安好,不过他生了一场病,休养了好几个月,在姑臧他建立了一个店铺,批发从河中地区运来的香料和各种毛毯、皮子、棉麻制品。

三年来,我们粟特商队遭遇了很多问题,前不久,我为古地萨其准备好行装，他去了淮阳之后，就没有了消息。我对他十分挂念，我还在派人去打听他的行踪，一有消息了，我就会向您报告。

我们这些粟特人在内地中原星散各处，每个人就像是孤独大海里的一叶扁舟，任凭大风大浪怎么吹打，也不会失掉我们粟特人四海为家的志气。我要把我们这些属于您的商行的粟特人在内地的情况全部摸清楚，然后向您一一说明他们的下落。

这几年的天象都很不好。永嘉三年开始，大旱在中原内地弥漫，黄河、汉水、渭水和洛水都处于大旱之年。有的河流很浅，光着脚都能走过河道，这是未曾有过的事情。连年的大旱，结果导致永嘉五年的大粮荒，饥荒也席卷了西晋的京师洛阳。

我的粟特商队来信说，在洛阳城，连守卫宫门的士兵都没有了，人们走着走着，就饿得摔倒了。无论是洛阳的皇宫大殿之上，还是寻常百姓的家里门口，倒毙的人很多。到处都是盗贼，在洛阳繁华的都市里，官府衙门和一些寺庙在大门口挖掘堑壕，用以自卫。这简直是很难想象的事。有些市民互相交换对方家的孩子，您猜他们要做什么？是用来杀掉后食用的，这真是惨得让人瞠目结舌。

洛阳处于一片混乱中，我听说，西晋的官吏百分之八九十都逃跑了，剩下百分之十也惶惶不可终日。天子因为饥荒很想赶紧逃离洛阳，于是，天子召集公卿商议迁都事宜。

等到了时间,天子发现,连车骑都没有,拍着手叹息着,怎么搞得连我坐的马车都没有了!从五月开始,这个天子就想跑出宫,结果三次都失败了。第一次出走,就是因车马都不具备无法逃走。第二次是走到半路上,竟然被一伙盗贼拦住了去路,他们根本就不怕什么天子的队伍,抢劫一番,扬长而去。天子只好再回到宫里。第三次,大臣傅祗事先在洛河安排好了船只,这时,城外南匈奴前军大将军呼延晏和王曜、王弥的军队攻打洛阳城,叛军把船都给烧了,天子只好再退回宫内。最后是几天之后,呼延晏率兵攻破宣阳门,进入南宫。西晋天子怀帝一直想逃到长安去,结果是他被叛军抓住,幽禁在端门之上的亭子里。

洛阳城内那坚固的城墙也挡不住南匈奴人的攻击。这些凶悍的士兵攻入西晋王都洛阳之后,把洛阳城内的宫殿、寺院、道观、官府、衙门,全都烧掉了。特别是华美无比的皇帝的宫殿被一场大火焚烧,太让人惊讶了。可以说,爵爷啊,伟大的洛阳城被破坏殆尽,宫殿建筑所剩无几,一片废墟。

纳耐·德巴爵爷,要是您曾像我一样亲眼看到洛阳宫殿的巍峨庄严和富丽堂皇,您就会和我现在一样,处于极度惋惜的心情中无法自拔。虽然,洛阳不是粟特人的,可这么美丽的人间奇观被战火焚烧,实在令人心痛。

我听说,邺城也被战火焚毁了。您可能没有听说过邺城,它在中原可是赫赫有名。建造邺城的,是三国时期的北方霸主曹操。他营造邺城,在城内建立了三座高大的楼阁,这三座楼阁在很远的地方都能看得到,三座楼阁错落有致,气势恢宏,分别叫作冰井台、铜雀台和金虎台,号称"三台"。

这座城有七座城门,我曾经去过,爵爷。在邺城长方形的城池里,南北和东西各有五到七条大街纵横贯通,形成了三十多个供市民居住的街坊。从中阳门进入城池,可以看到皇宫的钟楼和鼓楼。奇怪的是,邺城没有护城河,而中原汉地的很多城池都有人工挖出来的护城河,这是不是邺城比较容易被乱军毁灭的一个原因呢?

邺城被毁是在永嘉元年,那是前几年的事情。一个叫汲桑的人聚众谋反,任命匈奴人石勒为讨虏将军,攻打邺城,将魏郡太守冯嵩的军队打败之后攻入邺城,将邺城内的宫殿建筑一把火点燃,大火烧了十几天都没有熄灭。这期间,叛军杀害邺城士民一万多人,满街都是尸体。我的粟特商队有人刚好在邺城开了一个店铺,结果就遭到了乱兵的攻打,目睹了这一惨状。

我就想,这些中原汉人很奇怪,他们的建筑大多是木质的,因此最怕火,稍微有点火苗子,这些建筑就毁于一旦。其实,他们完全可以用黄土和石头来作为建筑材料,可黄土和石头对于他们建造宫殿的工作来说,主要是作为地基使用了。

我不能说他们很傻,他们有一种执念,那就是,打起仗来,就是拼命破坏前朝的东西。所有的东西都毁掉,特别是建筑。本来就不打算让那些木质宫殿永远存在,只要是他们的政权改变，一朝天子变化，就把前面的天子所建筑的木头宫殿烧掉，然后再盖新的。旧的不去，新的不来，对于木头建筑来说就是这样的，他们不怕反复地焚毁，让无比华美的、稍有区别的建筑从地上再次站起来。你说他们是不是很傻，为什么不把这些华美的建筑留下来自己使用呢？

据传闻，在中原汉地相互作战的有好几方，他们势力均衡，实力相当，很难分出胜负，所以对抗异常激烈，战争也相当残酷。这对我们这些粟特人来说，实在不是好事。我们粟特人就想做生意，挣点钱，安定的环境和和平的年月对我们是至关重要的，可这不由我们说了算，可能人类天性中，就有战争和掠夺的残酷本能，仇恨一旦附身，那是可怕的，只有毁灭对手，或者被对手毁灭，才会最终善罢甘休。

这一次，匈奴人也南下了，他们掺和到中原汉人政权的对垒中，继毁灭洛阳之后，又趁机攻占了长安，并且在那里洗劫了我们粟特人刚刚建立的一个居民点，把我们从撒马尔罕带来的香料和金银器洗劫一空。然后这些匈奴人继续南下，占领了南阳和邺城。南阳是一个盆地，而邺城则是在平原上，四周没有任何山峦可以保护，很容易受到侵略。

尊贵的爵爷，我不知道我说清楚现在的情况了没有。总之，现在我们粟特商队的网络在从河西四郡到营州的一线广大的内地，遇到了前所未有的困境。比如，匈奴人和汉人在长安的决战，到底谁会取得胜利？匈奴人昨天还是皇帝的臣民，今天就来攻打皇帝所在的王城了。我不知道其他的中国人能不能把匈奴人赶出长安。

如果匈奴人取得胜利了，这些马背上的游牧民族难道要把中原的麦田都改成放羊的牧场吗？我觉得这是不可能的，他们是野蛮人，只能向更先进的中原汉人学习，去种麦子，或者像我们粟特人那样做生意。依靠屠刀是不能持久的。

纳耐·德巴爵爷，我知道您很牵挂我们粟特人的情况。我必须要说到我现在掌握的情况。有一百多来自撒马尔罕的粟特贵族现在都居住在黎阳，他们很困惑，似乎当地人开始戒备他们，并排斥他们。他们背井离乡，远离故土，多年来赚了不少钱，可如今也不能衣锦还乡，十分郁闷。另外，还有四十二人住在龙城，传来的消息是他们在那里一切安好，比在长安和洛阳的粟特人的处境都要好很多。这可能和他们很会处理与当地官员的关系有关。龙城当地的官吏尽管十分贪婪，可只要是给他们送上足够的礼物，他们就会保护我们粟特商队的安全的。

纳耐·德巴爵爷，现在的问题是，我们这些属于您的商行的所有的粟特人，在内地基本上断绝了信息渠道。他们就像是大海上的岛屿，分成了四个部分。

河西四郡的粟特人商队相对好一些，我派商队从敦煌把纺织品和金银器、香料、毛毯运送到金城，金城人很欢迎他们的货物，他们卖掉了所有的货物，并且得到了金城的银币和米酒，很高兴地在敦煌、姑臧、酒泉、张掖和金城之间往返。而且，他们可以先到于阗，再从于阗返回撒马尔罕，距离回乡的路是最近的。

平城到营州一线的粟特人,处于游牧民族和农业民族犬牙交错居住的地带,情况非常复杂。总体来说,他们和当地人关系处理得很好,不过,有时候某个人会遇到抢劫和谋杀,单个的粟特人出来经商,走在半道,在外面走路,被杀掉之后抛尸荒野的情况时有发生。但在当地官吏和贵族的保护下的居住在城市里的粟特人,情况都是很好的。粟特人和其他民族的人的交往,要比更加狡猾和手段多端的中原人来得直接和直率,不容易受欺骗,他们也很需要粟特人给他们带来生活必需品。

而在长安、洛阳、邺城、南阳的粟特人情况最糟糕。上一次,一个粟特商队从姑臧出发,走了六个月才到达洛阳,结果在洛阳被乱兵抢劫一空,人也被关在一个谷仓里。人们发现他们的时候,他们已经饿死了。纳光的商队最小,可他想跑得更远,于是他带着他的商队前往蓟城,一去就是八个月。后来,我等到了他的消息,在蓟城他被杀了,他的商队不存在了,都被洗劫一空了。

好消息是,从敦煌一路到金城,亚麻的销路都很好,我让人在临安为您买到最好的丝绸,一共有八十四匹,都是上等的。我是一匹一匹验过货的,简直可以说是美不胜收的丝绸,摸上去十分滑溜,手感极好,穿在身上,爵爷,您将是撒马尔罕最为富贵的人。

这里要说到前往南海的粟特人了。他们就像是雾中行走的人，我看不清他们，也看不见他们，但这个粟特商队是我派出去的，消息传过来也是断断续续的。他们由德鲁瓦斯普·凡达克率领，您知道，他是我的侄子，可这个家伙最让我不放心。好在不久之前，我收到了他从南海发过来的第一批香料，品质很好，重量是八十四斯塔特。这么多的香料再运回撒马尔罕，我感觉路上会非常艰难。

我想向您建议，爵爷，这批香料我看是不是等长安的局势稳定之后，我在那里出手，换成金子和银子带给您更好呢？

纳耐·德巴爵爷啊，其实我最操心的是我的儿子，塔胡西其·凡达克。现在，他在您的身边打理账目，我希望您把他派到我的身边来。一个男人，只有见过更多的世面，才能做更大的事情。他在您的身边，您对他太好了，就像是大树下面的小草，他过于柔弱了。我们粟特人天性喜欢在大道上行走，只有像沙漠上的风滚草一样，滚到哪里，就在哪里生根发芽，开花结果，这才是我们粟特人的本领。所以，爵爷，我希望您把他派出来，让他和我会合。我觉得即使是从您的身边到达我的身边，这一段旅程就够他受的，就是他成长中的必要的经历，也一定会让他得到一些教训了。

纳耐·德巴爵爷，我现在感到很孤独，非常想念在于阗闲逛的快乐时光。众所周知，我们粟特人最擅长的就是做生意，我们从撒马尔罕出发的时候，所有的马匹背上都驮载着东西，棉麻制品、香料、铜器、金银器。我们先期抵达于阗，在那里进行第一次大规模的交易,把于阗人需要的留下,从于阗再采购很多中原人喜欢的东西,由牲畜驮马装载好,比如于阗的玉石是内地中原人最喜欢的东西。

于阗人绣的花毯也非常漂亮,我们的驮马队在于阗已经疲惫不堪,就在于阗购买骏马、骆驼,和耐力十足的骡子。这样我们的商队就能够有足够的运输能力和装载能力,前往河西地区,在姑臧建立我们进一步向中原内地延伸的业务。把粟特商队的人派往营州和幽州,在营州寻觅麝香,在幽州购买药材,再派人去南方的大湖地区购买丝绸,去南海地区购买奇特的南海香料。我们把这些东西运回于阗周转站,再运回撒马尔罕。有的在半路上就换成金子银子,从而让我们粟特人的生意做得到处都是。

纳耐·德巴爵爷啊,写到这里,我忽然感到悲哀,感到自己也可能会在这样一个变动不居的世界里找不到回家的路,死在姑臧。您要是来到姑臧,就会看到,在姑臧有好几百粟特人居住,出了姑臧城,就是无尽的戈壁滩。好在成片的绿洲上能够种植庄稼,养活这座缺水城市里的好几万人。

可我在想,如果我死了,如何向我所信奉的娜娜女神祷告?我们的名字前面的纳耐,就是娜娜女神的仆人的意思。在撒马尔罕,有拜火教徒的寂静之塔可以用来焚烧尸体,然后有纳骨瓮盛装骨灰。可是在姑臧,我如何向娜娜女神祷告?我是不是应该早一点就准备好属于我的纳骨瓮?想到这一点我就伤感,那是我无法回归故土的一种忧伤。

我感觉到危险正在向我迫近。有人想杀我,我预感到了,爵爷。要是我遇到了不测风云,您不要吃惊。在外面行走,我们粟特人什么都会经历。真是这样的,我感觉姑臧来了一些面目很不善的人,他们在盯着我的行踪。我必须尽快让送信人范拉兹马克把这封信送到于阗,转发快马递到您的手里,他在于阗带几十个男人回来姑臧保护我。我感觉到我是危在旦夕,所有的货物都有可能被抢。我就是这么忐忑,我也是这么坦然,就像是大地上的蚂蚁,哪里知道会有什么样的一只脚在什么时间会突然踩死你。爵爷,我说多了,我对您的祝福是娜娜女神一般的祝福,因为我们都是她的奴仆。

    您忠诚的奴仆纳耐·凡达克于风雨大作之日写于姑臧

绘画部：于阗花马

一

起初，我是一匹野马，和我的兄弟姐妹们在南山的山坡草原上生活。我并不知道我的长相，后来有一天，我在一处水潭里喝水的时候看见了我自己：被风吹散的长长的马鬃，茁壮的前腿和修长有力的后腿，英俊的脸，和被蚊虫叮咬时不自觉抖动起来的强健的腿部肌肉。我还看到了布满我身体的花斑点：我是一匹灰白色花斑马，我的肚腹处的毛颜色深一些，呈现渐变的灰黑色，将我身上那些黑色斑点隐没在肚腹之下。

我可真的是一匹漂亮的花斑马。野马群中，各色马都有，白马、黑马、枣红马，还有红色底色白色斑点的花斑马，看上去不很漂亮，不像我身上的花斑，是真的漂亮。它们也很羡慕我身上的花斑。我们在山间自由飘荡和生活，有时候站在山上，能看到远方那座城市在两条大河之间逐渐延伸。很多人生活在那里，他们有时候会到山上放牧牛羊，他们也有他们的马匹，那是家马群。

野马群和家马群有时候混在一起奔跑，公马和母马互相追逐，嬉戏，交配，生出更多的家马和野马。家马中的母马怀孕了，生下具有野马脾性的马。野马天性自由，生长在大山间，不被人所控制。人类向我们靠近，我们就加速逃走，向更远的南山和东山逃跑。我们跑得飞快，在山麓上的草甸子和草原上，到处都是我们的家园。

我们跑累了，就会静静伫立，唉唉叫着。有的公马和母马，母马和她的孩子可能会交颈而立，那是一幅动人的画面。

可我们野马的数量在减少，群狼、老虎、豹子和熊都是我们的敌人。人也是我们的敌人，野马群在缩小。

有一天，一个牧羊人在山间吹着呼哨，看着我所在的马群。我们也不怕他，围着他奔跑，他站在一块大石头边上，嘴角衔着一根青草，手里握着一把短刀，仔细地观察着我们。可他又没有袭击我们的意图。

我们旋转，奔跑，像是和他开玩笑，等我们跑累了，就慢跑起来，走远了。

过了一些日子，一天早晨，我嗒嗒地踩着带有露水的草地跑到那块大石头跟前。我看到，他在岩石上刻画了我们这群野马。特别是有一匹花斑马，很像我。显然，他在岩石上刻画的花斑马就是我。那匹岩画中的花斑马非常逼真，带着我的神采和韵味，带着我的精神。

看着看着，忽然，我感觉到岩画发出了一股神奇的力量把我抓住，一下子把我吸进了岩石。我还想唉唉叫，可来不及了，我就这样走进了岩画，成了一匹在岩画上的花斑马。

成为岩画上的花斑马之后，我发现，只要我想从岩画上走出来，在有月亮的晚上，我就可以走出岩画，重新成为一匹真正的马。

随着时间的流逝，野马群也在生老病死中逐渐散失。我的兄弟姐妹死的死，老的老，被牧人捉到的，就被带到城里关起来了。只有我是最自由的，我是岩画中的花斑马，自由出入于岩画，这太神奇了！我可以摆脱时间和生老病死对我的控制。

那个把我刻画在岩石上的牧人后来还出现过几次。他在那块岩石上又刻画了很多山间的动物，岩羊、山羊、绵羊、豹子、鹿和狼群。可它们都没有我幸运，唯独我，是一匹能进入岩画，又能在月亮盈满的时候走出来的马。

后来，画我的牧人也老了，死了。他死了之后被族人放在毯子里裹着，抬到半山上的一处台地上，架在松木堆上焚化了。

我就经常从岩画中跑出来，独自一匹马，在山间奔跑。我快乐，自由，有时候会感到稍许寂寞。

山脚下那座城市越来越巍峨，有高高的城门，还有巍峨的王宫建筑。那座城叫于阗城。

又过了一些年，我看到一些装束不同于于阗人打扮的中原人来到了这里。夜里，我很调皮，从岩画里出来跑到城内，听到他们在说话。

他们是出使大宛的汉使，正打算经过于阗回到长安。领头的使官叫张骞，这一次，他从大宛带回了几十匹好马。

就在王宫后院的马厩里，那几十匹大宛马安静地在吃草。我靠近它们，看到它们毛色发亮，前腿和后腿都非常修长强健。果然是一群好马，我的到来，也让它们感到好奇。它们问我是谁，我告诉了它们，我还说自己能在岩画中隐藏，可它们不信。它们要去很远的地方，这一点它们知道，但它们也想去。马的想法就是跑到更远的地方去，只要那里有更多的水草，更好看的风景，更好闻的风。

它们希望我和它们一起去长安，我犹豫了，我不能确定。

整个晚上和白天，我都和它们在一起。没有人知道这群马里面多了一匹野马。如果他们仔细数，当然能数出来。于阗国王正在接待这群使节，我也在思考，要不要和它们一起去长安。

某天夜里，我感到焦躁不安，我听到有于阗的卫兵在议论，说于阗王可能会杀了这个叫张骞的汉使，然后把这些来自大宛的骏马都留下来。等到第二天，又有了新消息，说国王允许张骞带着这群马即刻启程，返回长安。

第二天，在围栏中的几十匹大宛骏马出来了，它们要跟着大汉使节张骞前往长安。它们很兴奋，咴咴叫着。

我看到张骞手持一根长杖，他饱经沧桑，但精神很好。他走出来，仰着头，意气风发，似乎对回到长安的漫长旅途并不担心。

于阗国王送他到城门外，再三施礼告别。张骞坐上马车，他一扭头，在马群中看到了我，有点诧异，估计是因为我身上的斑点太显眼，那是大宛马身上没有的。他知道我不是一匹大宛马，他不知道我是一匹花斑野马。可我是怎么跑到这群马里面的呢？他感到不解。

驱赶马群的马夫手里有一根长长的套马杆，他向我走来，企图控制住我，给我套上枷锁。大宛马都很温顺，只有我是野马，一瞬间我感到了畏惧，我决定了，我还是愿意做一匹自由自在的野马。我就从它们中间猛地腾跃着，那些马闪开，我一下子跑出来了，这让它们感到了失望。我咴咴叫着，向远方的南山跑去。

我背后，张骞和他的随从远远地看着我的背影，他一定在赞叹，这匹于阗花马真漂亮啊！我逃到高处，看到一阵车辙辘掀起的烟尘中，使节张骞带着使团的人赶着一群大宛马，沿着东去的大道远去了。不知道他们路上会遇到些什么，我有点怅然。那些大宛马去了汉地，会习惯吗？那匹漂亮的大宛母马，它会怀上谁的小马驹？也许就是我的呢。

我跑回到了山里，看到有一群狼在追逐几只羊。我重新进入岩画。只要我进入到岩画里，我就能躲过猛兽袭击，躲过生老病死，躲过战争死亡灾害变乱。这是我的异能。谁都不知道这一点，也许月亮知道，可它是不会说的。

我重新变成了岩画中的马。

二

在岩画中躲藏，使我获得了比一般的马更长的生命。只要我愿意，我可以一直在画里待着。就这么一下子过了很多年。有时候我也很寂寞。有天夜晚，月光的清辉唤醒了我，我精神百倍，从岩画中出来，为响应某种召唤，从山中飞奔向梵音阵阵的于阗城。

现在的于阗和一百多年前张骞来的时候相比，已经变成了一座佛国佛都。城内寺庙林立，高塔耸立，城外还有一座王家国寺，有一座巨大的方座园塔。

我就像是一道闪电，在月亮被乌云遮蔽的时候出现在城里。我身上的斑点有时候能遮掩我。一匹马的目标还是很大，走在城内，夜晚的城市人烟稀少，打更人、巡逻的人和夜晚才从遥远的西方来到这里的波斯人和粟特人商队，睡梦中会呢喃和叫喊。如果他们发现了我，会引发一阵喧哗和狗的狂吠。

我想去看看那座最大的佛寺。佛寺的院子是敞开的，没有门。佛寺里面很安静，有塔，有坐堂，还有僧房。我看到，在前面有个地方有些光亮，我慢慢走过去，看到的是一位画师手里拿着一块画板作为模板，在往墙上画着画儿，旁边还有一位助手，协助他画。

这个画师画的是佛经里鬼子母的故事。我是后来才知道的。画面上，释迦牟尼和他的弟子迦叶在打坐，右边是一个身披纱巾的女子，脖颈上有项链，手腕上有镯子，腰上有装饰了珠宝的围裙。在画面的最下方，有一个小孩子，骑着一匹白马。画师对他的助手说：

鬼子母是老鬼神王的妻子，她有一万个儿子，但她喜欢吃别人家的儿子，十分凶悍。百姓就求告释迦牟尼，希望他能惩罚鬼子母。释迦牟尼就把她最小的小儿子宾伽罗抓住，扣在一只钵底下。鬼子母来找儿子宾伽罗，释迦牟尼说，你有一万个儿子，丢了一个，又有何妨。很多百姓家只有一两个儿子，最多三五个，你却把他们的儿子都吃掉了。你说，是你损失大，还是百姓人家损失大？

鬼子母说，我最喜欢我的小儿子宾伽罗了，如果世尊能把我的小儿子找到给我，我绝不再杀世人的儿子。释迦牟尼就让她看盖在钵下面的宾伽罗。鬼子母就施展神力，企图把宾伽罗从钵下取出来，但无法成功。就又求释迦牟尼。

佛说，你要是能受戒，不再杀生，我就把你的小儿子给你。鬼子母就皈依佛教，受了三归五戒。佛陀就把她的小儿子宾伽罗给她了，说，你本来是羯腻王的第七个女儿，因不持戒，才变为鬼的形状，今后更要好好持戒。在一匹马上骑着的那个小男孩，就是鬼子母的小儿子宾伽罗。佛陀把他从钵下放出来后，他骑着马回家了。

我很喜欢这个故事，就在那个画师往佛寺墙壁上画画的间隙，在徒弟出去打水，他累得睡着了的时候，我一下子进入他的模板中。

他醒来，继续作画的时候，惊呆了。模板上的宾伽罗骑着的那匹白马，此刻已经变成了花斑马。他左想右想都想不出来，怎么这模板上原来的白马，忽然变成了身上有巨大斑点的花斑马？这难道是佛陀的旨意吗？是佛陀显灵了吗？画师感到惊喜，他赶紧在那幅他正在画的墙上的白马身上，点上了斑点。

于是，于阗佛寺的墙壁上，开始出现很多花斑马的形象。

那就是我的形象，于阗花马。很多年来，我调皮地以这种方式存于于阗的大小佛寺中，也存于画师用来画壁画的模板上和佛教徒用来祷告的木板画中。只要是我想出来，趁夜晚的黑暗和月光的安宁，就会从壁画中或者木板上跳出来，在于阗国内的大地上奔跑。

我也在成长。我有很多个分身，从于阗到敦煌石窟的那些佛寺中，渐渐都有了我的身影。我见识了人间万象，也懂得了很多。我具有比其他的马匹更长的生命。

我从画中出来，有时候，去找那些漂亮的母马约会，嘶鸣或者奔跑；有时候，安静地在马厩里耳鬓厮磨，交配产仔。一匹匹母马怀孕了，一匹匹小花斑马生出来了。母马们生生死死，我却能一直不断地和那些母马交配，生出我的独特后代。于阗花马越来越多，也越来越有名。这些马匹被当作贡品，进贡到不同邦国的王宫里，获得青睐。

他们不知道的是它们有同一个祖宗，一匹于阗花马，那就是我，多少年来还继续活在壁画里，活在绘画木板里，自由地出入于人间和绘画中。

在丝绸之路南道上有很多人，你来我往奔走着波斯人、大夏人、大宛人，其中有些画师，他们的模板上总有花斑马。我的形象开始向西、向东继续流传。

粟特人都是很会做生意的人，他们在首领萨保的带领下，从康国、安国、米国、大宛，前往沙州、长安、洛阳、平城、幽州和营州。粟特人做生意，但不信佛，他们信仰的是拜火教，喜欢火焰的升腾，在火焰前祷告，有自己的祆教庙。

我这匹马开始变得比较挑剔，看看谁画得好，我才会在他的画笔之下躲起来，伺机现出真容，奔跑在夜晚的大地上，去我想去的马群中，或者我喜欢的一匹母马身边。

时间过去了很多年，于阗国有时候变大，有时候变小；有时候是安定祥和的，有时候充满了杀伐之气，和周边的小国征战不休。即便如此，于阗国也一直屹立在喀喇昆仑山的脚下巍然不动，城池高大，佛寺林立。

那个时候，在于阗国王城南北两边的大道上，来来往往的商人、旅客、逃犯、取经者和盗贼都很多。于阗通往东部长安和洛阳的大道上来的人，会从中原带来更多的消息。他们说，世界上只有长安才是一座恢宏无比的城市，是值得人在一生中探访一次的繁华胜地。我在佛寺的壁画上听那些佛教徒念经、祷告时，发现他们念经之余，也会窃窃私语，他们交换彼此的所见所闻，讲了很多世界上离奇的事，却不知道墙上那匹花斑马长着耳朵。

壁画上的我听了个清清楚楚明明白白。我由此知道了长安是远比于阗要宏大繁华的都市。我本来就是一匹不安分的于阗花马。我是画上的马，也是一匹真正的马。他们的所见所闻让我对长安充满了向往。按说，一匹野马应该更喜欢草原和旷野，可现在我对大都市产生了好奇。好奇心一旦产生，就必须要满足，不然这好奇心就像是跳蚤一样让人浑身发痒。

我听说，近期，于阗国一位有名的画家尉迟跋质那的儿子尉迟乙僧将前往长安，到那里的佛寺画壁画，我就心向往之，希望能跟随他一起去长安。

出生于于阗，身在长安的大画家尉迟跋质那有两个儿子，大儿子叫尉迟甲僧，小儿子叫尉迟乙僧。尉迟家族在于阗都是王族，几百年里的于阗王都是这个家族诞生的。尉迟跋质那是王族中绘画水平最高的人，他把他的丹青妙笔传给了两个儿子尉迟甲僧和尉迟乙僧。于阗的大佛寺中，那宏伟的佛本生故事壁画大多是尉迟跋质那的手笔。庄严慈悲的佛陀和观音，还有于阗的八大护法神像，都是栩栩如生。从毗沙门天王神到阿婆罗质多神，于阗国有八大护法神，这八大护法神的神像，在于阗国牛角山佛寺中的壁画中、在于阗王族的国家佛寺中的壁画中都有体现。现在，我成了一匹很懂绘画的马。

前些年，受到隋朝皇帝的召请，尉迟跋质那只身前往长安。他在长安待了一些年头，在他的画笔下，无论是佛教人物还是动物，无论是佛陀还是菩萨罗汉，他的画笔下出来的形象，和中原汉地的画家画得就是不一样。

比如，他画的菩萨十分亲切动人，就像是宫廷里的宫女一样，被称为"菩萨如宫娃"，他画的菩萨体态轻盈，面容姣好，长长的眉毛、红红的嘴唇，就像是凡间美女，亲切动人，往往和长安画家画的菩萨那种不食人间烟火的庄重表情大异其趣。菩萨身上的衣着在尉迟跋质那画笔下显得飘逸非凡、衣袂飘然；而长安画家画的菩萨，往往穿着拘谨，装束呆板，神情僵硬并不亲切。尉迟跋质那因此得到了隋朝王公和佛教徒大寺的青睐，在长安声名卓著。

这些情况，我是后来随着他的儿子尉迟乙僧前往长安之后，才听说的。那个时候，尉迟跋质那已经老了。他变得神叨叨的，眼睛也花了，有点画不动了，就希望儿子能来长安帮他的忙。

大唐贞观六年（632年），接到尉迟跋质那的信之后，于阗国王就找来尉迟甲僧和尉迟乙僧兄弟俩，问他们：你们的父亲写信来，希望派你们去大唐王朝王都长安，去帮帮他的忙。那边很需要在佛寺画大壁画的人，大唐宫廷里也时常要画师作肖像画。可我于阗国也不能没有好画家啊，于阗国也需要画家。所以，你们兄弟俩只能去一个人。你们自己商量吧，是甲僧你去呢，还是乙僧你去呢？

尉迟甲僧和尉迟乙僧兄弟俩面面相对，商议了一下，决定派尉迟乙僧去长安。就这样，尉迟乙僧跟随一队于阗国派往大唐进贡的使团出发了。

此行尉迟乙僧带着难得一见的绘画颜料，那是他特地在喀喇昆仑山上的岩石中和沙漠戈壁滩上找到的砂岩碾碎提取、调制的颜料。他还带着他的刮刀、画笔和模板。此外，还赶着十匹于阗骏马，那是于阗国王进献给大唐皇帝李世民的于阗骏马。这些骏马中有一匹红马，是母马，我很喜欢她，正是因为她，我才决定躲进尉迟乙僧的画板，变成绘画的模本形象，前往那让我魂牵梦绕的长安。

我也是到了长安才知道，大唐皇帝李世民极其喜欢骏马。当初，汉武帝也非常喜欢骏马，张骞从大宛带回的骏马令他欣喜若狂，张骞还引进西域苜蓿作为饲料，回到长安城。汉武帝得到大宛骏马后非常高兴，专门作诗一首，题为《西极天马歌》：

天马来兮从西极，经万里兮归有德。承灵威兮障外国，涉流沙兮四夷服。

汉武帝喜欢骏马，大唐皇帝李世民也喜欢骏马。在李世民的征战生涯中，他曾经骑过的六匹骏马，在他死后变为石板雕刻的"昭陵六骏"。唐太宗李世民生前骑过的那六匹战马的故事，个个都很精彩，我也是来到长安后听说的，这让我很激动。马的故事能和一个皇帝的传奇联系在一起，也是马的荣幸。我是于阗花马，是西极名马，我当然对李世民的那六匹战马感兴趣。

那时候，我还躲在长安佛寺的壁画中。尉迟乙僧已经把我这匹花斑马画到了很多佛寺的壁画里，我得以在一座寺庙和另一座寺庙之间游走。唐太宗的驾崩是一个大事件，使长安很多人哀恸。他是一个很有作为的皇帝，尽管他曾残杀兄弟。在这一点上，人比马要残酷得多。马不会互相残杀，马只有好胜心，能够在比拼谁跑得快、跑得远的过程中直奔死亡，本质上是一种为了荣誉的自杀。

于阗六部

在壁画中，我一想到昭陵六骏就有点躁动不安。有一天夜晚，我从佛寺中出来，只身跑出了寺院。我奔向了昭陵，去看那昭陵六骏的石雕像。

三

尉迟乙僧到达长安之后，他父亲尉迟跋质那很高兴，就带他见各种人物，皇帝、皇后、嫔妃、王子、王公贵族、大臣文士、佛寺主持、高僧大德，并告诫尉迟乙僧，长安这个地方藏龙卧虎的，千万不要骄傲。特别是，大唐宫廷养了一些宫廷画师，比如阎立本、吴道子等人，都是当代名画家，对他们要尊重，不能有丝毫的怠慢，不然，你小子是死无葬身之地。毕竟你是从小国来的画师。

我在尉迟乙僧的画板模板上，由他随身带在背囊里，在长安城的皇宫中、寺庙里、街市中到处奔走。我听到也看见了长安，我梦寐以求的长安。尉迟乙僧见过的人我都见过。后来，长安城的贩夫走卒也见了不少。长安的阔大繁荣，的确让我很开眼。不过，我过去对长安的向往之情变得暗淡了。我终究发现，城市再繁华，也是人的城市，对于一匹马来说，最美丽的地方永远都是草原、大道和旷野。我不再向往大都市的生活了。

我也见到很多汉地中原的马，很善于拉车耕作。还有一些来自东突厥的马，个头矮小，确实不如大宛和于阗马好看。这里的马除了身材矮小，马头也小，脖颈细长，腿短，跑起来没多久就气喘吁吁。而我们于阗马体形高大，马脸宽大高昂，鬃毛很长，挥洒起来很漂亮，马腿长而有力，奔跑如飞，耐力也好。

我记得，尉迟乙僧来到长安的时候才二十多岁，他父亲尉迟跋质那带着他觐见唐太宗之后，乙僧就开始在长安大显身手。他把于阗绘画中的晕染凸凹法带到长安，让习惯于线描手法的长安画家耳目一新，也让他父亲尉迟跋质那感到惊异。他没有想到儿子现在的绘画手法精进到如此地步。

我是一匹见多识广的马。在各种绘画中出入，我懂得了鉴赏绘画。我知道尉迟乙僧的晕染凸凹绘画技巧，来自喀喇昆仑山的南边印度犍陀罗，以颜色深浅不一造就晕染效果，有了明暗的对比感。当时，在于阗的寺庙中，尉迟乙僧绘制佛教人物壁画时，通过人物衣服褶皱的变化，体现出人物骨骼和肌肉的层次。这种画法是尉迟乙僧通过大量观察和仔细的琢磨，又参考印度传来的绘画技法，独自创造出来的。

尉迟乙僧主要在长安的奉恩寺、光宅寺和慈恩寺绘制佛教壁画。他画千手观音呈现出千变万化，远看，人物像是凸出了墙外，可你用手去摸，感觉到的却是平面的。一般长安画家画的文殊菩萨都是骑着狮子，他画的文殊菩萨头戴七宝佛冠，千手就像是妙曼的花树枝条，千般伸展、万般美妙，千手之中每只手都托着钵，钵中还有一座座的佛像，富丽堂皇、精妙绝伦，令人叹为观止。

他画的降魔图也是如此。《降三魔女图》中，变形三魔女几乎是裸体，让很多没见过裸女画像的长安人看了，个个都脸红，惊叹于这几个魔女仿佛要从墙内出来扑向他们。近看则还在墙面上。栩栩如生的魔女被降服，变成了人间的信女。他画的花鸟走兽栩栩如生，绘制菩萨佛陀就像是屈铁盘丝，柔中带刚。这种凸凹画法，造成人物的明暗对比，形成了丰富的立体感。

随着时光的推移，尉迟乙僧在长安的名气越来越大。有个叫吴道子的长安画家常常和尉迟乙僧切磋技艺。那个时候，尉迟跋质那已经去世，尉迟乙僧也年迈了。

在长安的一些寺庙画的壁画中，吴道子将尉迟乙僧的凸凹画法和明暗对比关系挪借过来，以使自己的风格更加突出。画人物的时候，他突出了衣服的线条，使其更加自然，乍一看上去，那些人物身上的衣服就像是被风吹起来一样衣带飘飘，因此他的绘画有了"吴带当风"的美誉。

尉迟乙僧和当时的大画家阎立本也常常一起交流。有一天，尉迟乙僧十分想念于阗，他在奉恩寺的墙壁上绘制了一幅《本国王及诸亲族图》，将于阗国王和很多于阗的尉迟王族都画在墙壁绘画中，表达他对于阗的思念之情。自然，尉迟乙僧也会把于阗花马画进他的画里，我就这样自由地在他的画笔之下出入。

于阗花马在他的大型壁画中，当然只是陪衬，就像马永远都是人类生活中的陪衬一样。我并不为此感到悲哀。可他只要是画了花马，于阗花马就栩栩如生地体现在绘画中，我就能自由地出入其中。我在画板上，我还在壁画中，在单幅的纸画中，也在绢帛画里。后来，在长安出现了大量画有于阗花马的丝织品，我能出入的地方更多了。

夜深人静，无论我在墙上、丝帛中、卷轴里，或者在画板上，我都能从里面出来，成为一匹真正的花马，自由行走在长安城。我在长安变得可大可小，我变成小马的时候，比一只兔子还要小，变成大马则比大象还要高大。我千变万化,但我万变不离其宗,我就是身上有斑点的于阗花马。这是我的最大特征。

四

尉迟乙僧在长安居住了很多年,他再也没有回到于阗。那幅他绘制的《本国王及诸亲族图》成了绝唱,表达了他对于阗的无尽思念。他的年纪越来越老,世袭了尉迟跋质那的郡公爵位,在长安地位很高,去世的时候接近一百岁。

他去世之后,我忽然感到了寂寞。我无法再在他的画笔下不断重生,身上的斑点也渐渐地褪色了。我想回到于阗了。

机会来了。有一次,借助一个行脚僧要前往于阗参拜佛寺的机会,他手里有一张小挂毯,挂毯上是鬼子母那幅佛画。我就进入佛画中,成为驮着鬼子母的小儿子宾伽罗的那匹花马,和这个行脚僧一起,回到了于阗。

这么多年没有回于阗,于阗的变化似乎并不大,多少令我失望。不像长安,每天都有千千万万的新人从东南西北来到这座城市。长安有一百万人,于阗只有几万人。而且我感觉于阗的时间几乎是静止的,我走的时候,于阗的皇家马厩是那个样子,回来看到的还是那样子。令我宽慰的是,于阗花马在壁画上并未减少,于阗花马的子孙在于阗的大地上继续增加。谁都不知道,它们都是我的子子孙孙。

于阗花马体格强壮,擅长奔走,于阗花马在东西大道上东走西奔,成为一时的名马。

有一次,在夜里我从壁画中跑出来,前往喀喇昆仑山上,想寻找我曾经隐藏多年的那一幅岩画。可我却找不到了。经历了千年的变化,岩画在风吹日晒中已经崩解,找不到一点痕迹。野马群也没有了,在沙漠戈壁中的那些野马也不再像当年我们那一群那么强健有力,它们体格变小了,像是驴那么大,在猎人的追击下东躲西藏,处境十分狼狈。它们中间也没有漂亮的母马被我看上,使我产生繁殖下一代的欲望。

我感到失望时,就会在壁画中一睡很多年都不现身。我的形象再次出现,是在五代时期后梁画家赵喦所画的《调马图》中。在这幅画中,一个头戴白色高帽的马夫,牵着一匹花斑马。

说说这幅画的由来:我回到于阗之后,山南边的吐蕃人下山攻打于阗,将于阗收为吐蕃的属地,派出军政人员在这里抽税和负责防卫,于阗王还是来自尉迟家族,不过由吐蕃人监国。吐蕃人喜欢杀马,吃马肉。于阗花马变少了。后来,吐蕃人的势力衰落,他们退回了山南。于阗王和沙州的归义军建立了联系,归义军的汉人曹氏政权把女儿嫁给了于阗国王李圣天。

于阗国王李圣天也给亲家沙州归义军曹氏送去了于阗花斑马。那匹马是我的一个后代。沙州曹氏又将这匹于阗贡马送到后梁政权的皇帝那里,宫廷画家赵喦看到这匹马,将送马使者、一个于阗人和于阗花马的形象一起画了下来。

等到我再次被大地的震动惊醒的时候,发现于阗国正在经受千年裂变。身穿黑色衣服、头缠白色头巾的人，手里拿着月牙形的弯刀，从西边蜂拥而来，一举攻入了于阗王都。他们焚烧寺庙，摧毁佛像，抓捕于阗王族的人，杀死于阗的兵士。于阗国在血雨腥风中，落在这些黑衣人的手里。

他们破坏寺庙很彻底。寺庙的佛塔被砸毁，佛画、挂毯、丝帛都烧了，很多雕塑被砸烂，观音菩萨、毗沙天王护法神都被一一清除。在我藏身的那幅壁画中，壁画被铲得坑坑洼洼，释迦牟尼只剩下一个头，迦叶没有了身子和胳膊，鬼子母只剩下半身，而于阗花马驮着宾伽罗，由于画幅很小，在画的右下方，宾伽罗被铲掉了，花马还在壁画上，我没有受到伤害。

我半夜从壁画中跑出来，跑到牛角山上。我看到牛角山上的佛寺燃起熊熊大火。寺庙已经被黑衣人烧毁，在灰色的天空中，鲜艳的火苗把天空都点燃了。我很痛苦，我感到了孤独，没有一匹马能理解我，谁也不知道我的身世和秘密，我在国破家亡的于阗国到处奔走，看到的都是毁灭的景象。于阗陨落了。于阗不再是佛国了。

我只好继续躲避在残存的佛寺残垣断壁中的壁画里，处境危险。我不再现身，冷眼观察着世界的变化。

有一天，我听到了一阵阵的马嘶，看到从西边的康国来了一群骏马，其中有一匹漂亮的枣红马，是一匹母马，我很喜欢她。

她在那里召唤我，我就从壁画中走出来，前去找她。我在她所在的马厩里，我们欢乐地相处，我们谈情说爱，交颈而立。我忘乎所以了，直到一个马夫用套马杆把我抓住，用绳索把我套上牵引到那个马群中。

这时，占领于阗国的黑衣白帽的人建立了黑韩王朝，于阗的局势稳定下来。他们要建立和中原宋朝的关系，就把几匹马进贡到大宋。我一听，又能去中原了，十分高兴，就变得比较配合，也安抚着枣红母马的惊惧。她很可爱，可也很胆小。我和枣红母马作为两匹贡马，一起去大宋朝的京都汴梁城，实在令我向往。我听说，长安的繁华不再，汴梁是一座新的城市。这一路上的艰难就不说了，我们终于由马夫带领来到了开封，这时已经是夏天，天气特别热，马夫和行脚夫都病了，我和枣红马却精神抖擞。

宋朝的宫廷画家李公麟一直在画马，此前他已经画了几匹马，我们的到来让他十分兴奋，他听说了之后，赶紧跑来端详我和枣红马。我也和他用目光交流。我知道这是一个好画家，他最擅长细腻的工笔，能把我的每一根毛发都画得栩栩如生。

观察了我七天，他才开始画我。他在画一组，都是名马、贡马，叫作《五马图》。大宋朝的左麒麟院和左天驷监专门负责收养皇宫名马的机构，近些年里，包括于阗、苏门答腊等地，每年都会给大宋进贡骏马。李公麟已经画了好几匹贡马了。他画的前面几匹马，有于阗王在几年以前进献给大宋的一匹马，叫凤头骢，也是一匹于阗花马。第二匹来自唃厮罗的，由首领董毡进献，叫锦膊骢。第三匹马叫好头赤，是一匹红色骏马。第四匹叫照夜白，是一匹漂亮的白马，由吐蕃进献给大宋王朝。

李公麟的《五马图》所画的最后一匹马，就是我。现在，我在他的画笔下终于有了一个名字：满川花。多么好听的名字，我也很喜欢。北宋人很喜欢马，他们也很有文化。开封城也很漂亮，虽然比不上长安的繁华，可也是一座大城。

满川花，说的就是我身上的花斑，于阗花马，多么地漂亮。那天，李公麟在皇家马苑左天驷监里画完了我，满意地扔下了笔。他画得很好，几乎可以说超越了尉迟乙僧的水准，让我得以在绘画中永生。

他画完我的那一天，我被牵回到左天驷监。我伤心地发现，我喜欢的那匹枣红母马气息奄奄。原来，她染上了开封的暑热病，已经好几天都不吃草，浑身出现了溃烂，只能用眷恋的眼神望着我。我悲哀地嘶鸣，尥蹶子，脾气暴躁地冲撞栏杆，目的就是为了引起马夫的注意，希望他能尽力施救。马夫确实想了很多办法，用了一些给人吃的好药也不行，我的枣红马，她最后死在了马监里，死在了我身旁。

我非常悲伤，我的心都要碎了。啊，此时，可能我太老了，老到了已经有一千多年的年纪了，所以我这匹马不会流泪。这个世界上谁都不知道我漫长的一生，我一直是沉默的。现在我心爱的伴侣枣红母马死了，我活在这个世界上，生命再长，又有什么意义？我第一次有一种心碎的感觉，突然之间，我感到天旋地转，我倒在她身边，呼吸很艰难，慢慢地，我没有了呼吸。

第二天，左天驷监的马夫发现我倒在枣红马的身边，两匹马竟然都死去了。

这件事成为一个奇谈，当时的大文人黄庭坚在他的笔记中记载了这件事，他写道："这件事太奇怪了，李公麟画满川花，画完的那一天，满川花就死去了。经过马夫检查，一同进贡的另一匹枣红马是病死的。可满川花没有一点毛病，就忽然死去了。这件事太奇怪，可能是这匹于阗花马的精魂神魄都被李公麟以画笔夺走了,画在了画里。所以,满川花才会突然死亡。这实在是一件古今少见的怪异之事,所以我要记下来。"

我叫满川花,我在李公麟的《五马图》里,我不再从画里走出来,我太疲倦了。我从岩画里进出开始,走进画板、壁画、帛画、丝绢画、纸本水墨画里,也从中走出来。我已经活了一千多年。等到你在这幅画里看到我的时候,我就会在你的目光里活过来。相信我,这时我可能已经活过了两千年。

简牍部：流沙坠简

人们都走了之后，所有的灯光也都熄灭了，博物馆里陷入寂静。等到窗外透射进来的日光黯淡下来，大厅里陷入真正的晦暗时，我才敢动一动我僵硬的身子。想必其他的简牍都想活动活动了，它们都经历了漫长的旅途，从不同的地方前来，汇聚在一起。真是缘分，想到了这一点，我站起来，伸了一个懒腰。

白天，这个展柜静悄悄的，谁都不可能知道我们到晚上会是多么活跃，交谈时多么热烈。

我们其实都很适应现在的晦暗。对人来说，他们在这样的夜晚什么都看不见，但对于我们这些简牍来说，丝毫都不成问题。可能是过去在地底下待了太久的时间，也可能是我们和人类不一样，再黑的暗处我们都能看见彼此。我看到，我们都在一个长方形的玻璃展柜里，在我们的身边都有说明，简体中文和英文说明。我看到，在玻璃柜里，还有我的三个简牍兄弟。它们看到我站起来，很吃惊，也都站起来，活动一下身体，靠在透明的玻璃柜边，打量着彼此。

我们这四份简牍，身上都有字。我早就发现，我们身上是四种语言文字,都不一样,我们的年纪也不一样。这使我们对彼此都很好奇。其实,在第一天布展的时候,我们彼此已经认识。我们要在这个玻璃柜里待上半个月,之后我们又将各奔东西,天各一方,有的甚至还要漂洋过海,去别的国家。

我这块于阗语木牍最年轻,站在那里显得体格比较强健,我们互相寒暄了起来,对大家聚在一起成为玻璃柜里的展品感到兴奋,纷纷说这比包裹在箱子里一动不动要好多了。白天里,很多人俯下身子仔细察看玻璃柜里的我们时,殊不知我们也在观察他们。这让我们都很高兴,我们又来到了新的时空中。现在,我们彼此打着招呼,聚拢起来,互相辨认着对方身体上的文字,然后闻到了不同历史时期的味道,啧啧称奇,然后又分开来,选择了各自舒适的站姿,靠着玻璃柜,开始小声地聊天。

喂,很高兴聚在一起啊,我们还是说一说彼此的故事吧。我们都是有故事的简牍,对不对?不然,我们身上怎么会有不同的文字,又生在不同的年代,却存活了那么久,现在聚在二十一世纪,这是多么开心的事情啊。

我说,我们应该尊老,还是年纪最大的先讲。那就请汉简先讲吧。我之所以这么说,的确是有尊老的想法。我年纪最轻,可其实我也有一千两百多的年龄了。

那最老的是谁呢?就是那枚汉简,它身板挺直,站起来了。它说,很高兴认识大家,我确实是年纪最大的。算起来,我有两千零五十多岁的年纪。两千多岁了!真吓人,连我都有些不敢相信呢。可我比你这个最年轻的大个子简牍要大八百岁,你们说,我是不是很老了?

确实，您的年纪最大，我们很想听您说说您身上的字，都是什么意思，背后又有些什么故事。我们今天就讲讲彼此的故事吧。说话的是一块由底牍和封牍构成的简牍，它娴熟地打开自己的身体，让我们看到了它身上的字。这是佉卢文字，它说，又开心地合上身体。它性格很开朗，我很喜欢，我觉得这半个月里我首先会成为它的朋友。

另外一块木简，身体的两面都有文字，那是一种直体佉卢文健陀罗语，和有封牍的那位简牍身上的佉卢文有联系，又有区别。木简转了一个圈，说，我也很想听汉简先讲，您是年纪最大的，您先讲，我都不认识您身上的汉字是什么意思。

汉简是一片长条形的，二十多厘米长的木简。身体有点发黄，使得黑色的汉字更显得醒目。它缓慢地转动身体，说，我身上的汉字，你们认识吗？

我这块于阗语木牍的嘴巴快，我说，认识，我认识啊。

它就说，那你这块年轻的简牍，给我念出来，让我听听。

我凑近它，仔细辨认它身上那些漫漶的汉字，念了出来：

大宛王使羕左大月氏　使上所　\\\\\\
所寇　愿得汉使者使此　故及言：两羕　\\\\\\

我嗑嗑巴巴念完了，大家都不明就里，不知道这两行汉字是什么意思。纷纷说，汉简老兄啊，您老给我们说说，您身上这两行字，是啥意思？是谁写的？背后又有什么故事？

这枚年纪最大的汉简咳嗽了两声，仿佛声音里含着沙子。它清了清嗓子：

各位简牍兄弟啊，说来话长。我知道各位身上都有字，也都有故事，你们敬老，让我先说，那我就说一说。我身上这些字背后的故事很复杂。这区区两行字，却大有深意啊。话说，当年，也就是我出生的那年，距离现在两千多年。那时候还是汉朝。我这枚汉简，就是一个汉朝人写下的。那时的西域都在匈奴人的控制之下。为了联合抗击匈奴，大宛王和大月氏的使者前往汉朝帝都长安，请求大汉出兵威慑匈奴。大宛在费尔干纳盆地，大月氏在大宛的东南边，两国派出使者前往大汉，走在半路上，就在于阗留驻，打算歇息一下。这时，发生了一件事，大宛王的主使叫作羑，他在于阗留驻的时候病倒了，无法再继续前进。于是，就剩下大月氏的使者在于阗休整几天后，独自前往长安。我身上的字面说的就是这个事情。

此前，在汉宣帝时期，匈奴发生了内乱，五个单于争夺控制权，最后分裂成东、西两部匈奴。西匈奴郅支部和东匈奴呼韩邪部先后把儿子送到长安，作为质子。西部是郅支单于的部落，他先是假意归附汉朝，然后把东匈奴呼韩邪部打败之后，趁机夺取了呼韩邪部的地盘，自以为势力壮大，也确实壮大了许多。东匈奴呼韩邪单于部被郅支单于击败后，率东匈奴的人南迁，归附了汉朝。汉初元四年（前45年），郅支单于派遣使者前往长安进贡，并要求带回作为质子的儿子，说愿意归附汉朝。

汉帝同意了郅支单于的请求，派卫司马谷吉护送郅支单于的儿子，前往郅支单于西匈奴部。谷吉将郅支单于之子一直送到了西匈奴境内，结果，郅支单于看到儿子被送回，就立即翻脸，下令杀了汉朝使者、卫司马谷吉。杀了谷吉后，有人赶紧提醒郅支单于：这下单于大人您可能闯下祸端了，大汉肯定会报复的！郅支单于紧张起来，他害怕被大汉讨伐，郅支单于就率领西匈奴人向西走，投奔了康居国。康居因一直受到乌孙的挤压和侵扰，看到郅支单于率人来到，很高兴，康居国王把女儿嫁给郅支单于，郅支也把自己的女儿嫁给康居国王。这样，康居和郅支的西匈奴就成为政治联姻伙伴国。

康居也很依仗郅支西匈奴部的兵马，因为匈奴人很善于骑马打仗。康居王和西匈奴郅支单于联手联姻之后，就向郅支单于借兵，郅支单于借了几万兵马给康居王。康居王就派出副王抱阗，率自己的兵和借来的西匈奴的兵，一起攻打乌孙国冬都赤谷城。赤谷城在一面大湖边上，易守难攻。他们在赤谷城的外围杀害乌孙国的游牧民，抢劫乌孙国所属部落放牧的牛羊牲畜，然后就跑了。乌孙国看到来犯之敌人马众多，也不敢出城追击。一时之间，乌孙向西、向南方向上千里的大片区域，都没有了人烟。

郅支单于看到乌孙人被康居打怕了，有点担心康居傲慢。果然，康居副王率兵回到康居的王城，大肆庆功，康居王也就骄傲起来。其实，郅支单于的西匈奴占的地盘大，威势更强大，康居王借助郅支单于的兵力劫掠乌孙沾了点便宜，就忘乎所以起来。郅支单于看在眼里，记在心里。有一次，郅支单于感觉康居国王对待他的礼数不够恭敬，突然发怒，把康居王和他的女儿还有康居的贵人、大臣都捆起来杀了，一次杀了康居好几百人。这么干了之后，康居臣服，郅支单于淫威大盛，他勒令周边的大宛、阖苏等小国，必须向郅支单于西匈奴部进贡臣服。

我说的这件事发生在汉元帝建昭三年（前36年）之前。之后，大月氏的副使抵达长安后，汉朝皇帝也了解了西域的局势。

当时，观察到西域的变局，担任西域副校尉的陈汤对西域校尉甘延寿说：现下，西域被西匈奴郅支单于控制，他弹压康居杀人如麻，恶名远闻。他还派兵侵扰乌孙国和大宛，如果郅支单于把大宛和乌孙都征服了，那么，郅支单于就能向北进击伊犁河，向西直取安息，向南挤压大月氏和山离、乌弋等国，西域的城郭诸国就很危险了。所以，时不待我，必须要讨伐郅支单于！甘延寿表示同意讨伐郅支单于。这样，甘延寿、陈汤紧急征发西域四五个城郭小国和车师戊己校尉屯田的兵士，征得胡兵三万多人，加上他们所率领的汉兵，一共四万多人，兵强马壮，向西进发，讨伐郅支单于。

这是一支远征的队伍，分南北两路，南路越过葱岭，经过大宛进入康居南部，北路则从温宿翻越天山，经过乌孙地区，直抵康居的东部。

陈汤的军马进入康居地盘后，恰好碰上康居副王抱阗在袭扰乌孙的赤谷城，抢掠了乌孙人口一千多人，还抢了很多牛羊马匹，正在回康居的路上。陈汤发动袭击，攻打抱阗的兵马。这突如其来的天兵将抱阗所部打得丢盔卸甲，他的骑兵被杀死了近五百人。陈汤还活捉了康居贵人伊奴毒，夺回了被强掳的乌孙人口四百七十多人和大量被抢劫的牛羊马匹，陈汤大胜。他把解救的四百七十多个乌孙人还给乌孙昆弥，牛羊马匹用作自己军队的补给，继续西进，讨伐康居和西匈奴郅支单于。

陈汤所部稳扎稳打，包围了都赖水（答剌斯河）河畔的郅支城。

郅支单于龟缩在郅支城内，闭城不出，坚守城池，并派人联络康居兵马，希望康居援兵能够里应外合。康居派来一万多兵士，从外围的几个方向进行突击，袭扰陈汤率领的四万胡汉兵马。郅支单于在城内想着伺机杀出，来个里应外合。郅支单于在郅支城内，城外是旌旗招展的甘延寿、陈汤四万兵马。在都赖水河畔的丘陵地带上的树林里，埋伏着一万多康居兵，又从最外围远远地围着甘延寿、陈汤的兵马。

各位啊，你们都没有打过仗，我也没有打过仗，这些都是我听那些书写汉简的军机秘书们说的。话说当时的战场上，战机稍纵即逝，甘延寿和陈汤小心布阵，看到一万多康居兵马白天不敢对大汉远征联军发动攻击，晚上派出十几股各数百人的兵马袭扰汉军，就想好了对策。陈汤下令布阵，弓箭手、短刀队、长枪和钩镰枪，以及长刀阵，分层次严阵以待。这么布阵是专门对付喊杀声震天却毫无章法的康居骑兵的。

果然，康居骑兵入夜之后发起了十几次骑兵冲锋，全部被大汉联军杀得人仰马翻、损失惨重。天亮之后，康居兵马已经折损了一半，只好逃走。然后，陈汤下令攻城，用巨木石车撞开郅支城门，冲入城郭。郅支一马当先，率领骑兵在城内抵抗，很快被汉兵击杀，郅支城被陈汤夺下，郅支单于的西匈奴被完全击败。

陈汤下令，将所俘获的郅支西匈奴部的人马、牲畜、财物等，分给十五个所征发的西域小国，西匈奴灭亡。然后，甘延寿、陈汤班师回程，并留下一句话：

明犯强汉者，虽远必诛！

这枚汉简很会说故事，它身上的两行字，就让它说了这么多，大家听得也是神情紧张，激动异常。它说完，各位简牍、木简沉默了一会儿，纷纷说这枚汉简真是太厉害了，身上的二十多个字，背后隐藏了这么大的历史事件。这么精彩的战争故事，我们都惊呆了，佩服佩服！

有底牍和封牍的简牍站起来。他身材高大，比较厚实，他说，下面，我说说我的故事吧。

汉简说：你身上的文字就是佉卢文？佉卢文，看着像是虫子在扭动着，不好认呢。

是呢，佉卢文是一种拼音书写文字。我这块有封牍和底牍的简牍，构造复杂一点。各位你们看，我的封牍上有三道绳槽，那意思是一旦封牍和底牍合起来之后，拿绳子捆上三道，就是三缄其口，绝对不能吐露简牍里包含的秘密。可是，今天大家聚在一起，这是真正的千载难逢，我现在必须要说话了。汉简老兄比我大两百多岁，他刚才讲了这么精彩的历史故事，那我也说说我吧。各位看了，在我的底牍正面，是佉卢文的正文：

时惟二年，大王、王中之王、伟人、胜利者
正义者、威德宏大的国王、安归迦天子在位之年
六月七日，今有督军库特罗耶和科勒格的奴仆
左特耶出售可耕地，这块地可以生长种子一弥厘码
由沙门智波利玛耶出钱买下，价格为
价值为二十目厘钱的驮水用母骆驼一头，钱已收讫。双

方在公平条件下

在封牍的背面，是下面的文字，我翻译给大家：

> 达成交易。现有证人出面作证：瓦德耶伽·乌奴耆
> 税吏……出面为证，巫师玛纳索伽、沙门
> ……和……出面为证、这件文书由我、（这块土地的）所
> 有者之子，书吏阿波耆耶，奉瓦德耶伽·乌奴耆
> 之命抄写。千年有效。今后无论谁
> （对此项协议有争议，皆无效）……

汉简听到这里，抢先笑起来。千年有效，说明现在也已经无效了，都过去一千七百多年了吧，简牍老弟，你的年纪在我们中间是第二老。

哈哈哈，佉卢文简牍笑起来，它灵活地转动身体，说，是啊，汉简老兄，可你看我身体依旧很灵活呢，我才不服老呢。刚才，我念的我身上这两面佉卢文，是一份契约。说到我的年纪，就得说到这些文字产生的时间。那是在曹魏嘉平五年（253年）写下的。现在算下来，距今有一千七百七十年了，对不对？这么算起来，我是一千七百多岁。我很感慨啊！我这块简牍，作为一个契约的载体，记下了一场交易，可契约里涉及的所有人，早就不在这个世界上了。想到他们的音容笑貌，我还有点感伤呢。

说说看，简牍兄，先别感伤。我靠近他，感觉他有点头晕，要晕倒的样子。

他抓住我的肩膀，不要紧，我没事。好吧，我在这里，简单地说说我身上的契约里写到的那些人，他们是谁，他们的结局吧。这个契约文字里，一共出现了十几个人物，且让我一个个地说。第一个人，是大王、王中之王、胜利者、正义者、威德宏大的国王安归迦。安归迦是鄯善国的第四代国王，他当国王的时间长达二十八年，是在位时间最长的鄯善国王。我这个契约，是在安归迦在位的第二年签订的。后来，他继续执政了三十六年，爱民如子，国泰民安，寿终正寝。在他执政的第十七年，他的称号中又加上了"侍中"，那是西晋泰始五年（269年）加封的，那时，安归迦王派使者前往中原向西晋皇帝朝贡，晋帝加封了他这个称号，鄯善成为魏晋属国。

契约里出现的第二、第三号人物，是督军库特罗耶和科勒格，他们是鄯善的两位军官，很有权势。库特罗耶是督军，在鄯善国领兵好几千，深受安归迦王的信赖。科勒格是另外一位军官，脾气暴躁，喜欢争吵，后来死于一场谋杀。

第四个人物叫左特耶，契约中他虽然被称作军官库特罗耶的奴仆，可实际上，他因为依附督军，不仅有钱有势，还拥有土地。这块地就是他的，他是地主，出售土地。契约里出现的第五个人是购买左特耶土地的人，也是这份契约的当事人、沙门和尚智波利玛耶。正是这个智波利玛耶，用一匹驮水的母骆驼为代价买下来这块土地。左特耶后来因为贪财，被一个商人所杀。当时，在鄯善国，有的和尚可以结婚生子，沙门和尚智波利玛耶就是这样。他的儿子因向往长安而离家出走，妻离子散，他伤心欲绝，后来前往于阗，在于阗一处寺院挂单为僧，死于于阗。

契约里出现的第六个人,是证人瓦德耶伽·乌奴耆,他是这份契约的断绳人,也就是公证人。最后,是他在我身上把三道绳子沿着绳槽捆起来的。这家伙最狡诈,吃了买家吃卖家,两边讨便宜,最终被人打了一顿,腿瘸了。

第七个人是税吏,你们看,他的名字已经漫漶不清,我也记不得他的名字了,可是我记得他的脸。他是一个大胖子,人很贪婪,收税的人总是希望从别人那里抽取利益,在签订这个契约之后,他也得到了证人应该得的一份钱。只不过,他私下里又问左特耶多要了一些,引起了左特耶的不满。

第八个人是证人、巫师玛纳索伽。这个人在当时的鄯善国,是一个外道,也就是说,他不是佛教徒,而是火祆教的巫师,很善于利用火来吓唬人。我最害怕这个家伙,他身上总是带着火种,嘴里大叫:光明是火焰带来的!可他总是用火焰来烧掉木头、纸张和衣服。我是木头做的,我当然害怕他,对不对?他供奉三眼神,波斯语里这个三眼神叫阿胡拉·马兹达,巫师玛纳索伽就经常供奉画在一块木板上的三眼神。主要是在宰杀牛羊时供奉,鲜血从羊的脖子那里流出来,十分吓人。第九、第十个,两人都是证人,两个沙门和尚,是购买这块地的智波利玛耶所在寺院的和尚,前来见证这块土地的买卖。名字看不清了,他们的身影,我同样看不清,也不知道他们去哪里了。

第十一个,是抄写这份契约的人,他是用母骆驼换下这块土地的沙门智波利玛耶的儿子,叫阿波耆耶,是一个书吏,也就是抄写员,很年轻。在鄯善国,教育是由寺院承担的,抄写员也是世代相承。后来,他向往长安的生活,跟着一队粟特人商队,前往长安和洛阳,不知所终。

各位看看,在公元253年,有这么多人的名字在我身上的这份契约里出现。契约写好后,这块土地成交。可这些人的命运却不断延伸,生老病死,逐渐消失在时间的大海里,连我也看不到他们的身影了。我后来被归拢在箱子里,与很多安归迦王时代的案牍放在一起,挤挤挨挨的,最开始在柜子里,然后被挪到木箱里,后来,不知道过了多少年,房倒屋塌,我又被埋在地下。啊,地下的黑暗时间更长。直到有一天,我见到了光明,现身了,在这里和各位相遇,我很高兴——

我也很高兴啊!案牍老哥,你和我有缘分呢。身体上有一个三角形缺口的木简走过来,案牍老哥,你看看我身上的文字,你能认得出不?

汉简和佉卢文案牍,还有我这块于阗语木牍都围过来,仔细辨认那个带三角缺口的木简身上的文字。汉简和刚才讲话的案牍都摇了摇身体。最终,是我这块最年轻的于阗语木牍见多识广,我笑了:你身上的字,也是一种佉卢文,叫作直体佉卢文,犍陀罗语。这种文字是在佉卢文字体上发展演化出来的。我根据你身上的字体,能够猜到你有多大年纪呢。

那么,我有多大呢?直体佉卢文字木简转动身体,看着我,似乎有点兴奋。

因为我最年轻,我就知道你有多老。你应该是出生于隋开皇十年(590年)左右。让我来读读你身上的这段文字吧,我觉得一定有趣!

我这块于阗语木牍凑过去,弯腰读了起来。我感到很惊奇,啊啊,这真的很有趣啊,这段文字,嗯,有残缺,只有后半段,前面五行没有了。第六行……各位,我读了啊:

她偷盗……并洗劫了这些房子。这个刚买来的龟兹女，名叫光明。

她不仅投了珠宝，而且诱拐了女奴……就是这个光明，给我家造成损失。

我们英俊的儿子塔那托，佩戴珠宝，身着皮衣，也被她拐跑了。因此，我们只好再买一些不带契约的侍女。

我念完了直体佉卢文犍陀罗语木简身上那几行漫漶不清的文字，大家都感觉到，这段文字里，包含着一个很有趣的故事。特别是，里面出现了一个龟兹女贼。这个女贼叫光明，可她给这个家庭带来黑暗的损失。这一切，是怎么发生的呢？木简哥，你说说吧。

直体佉卢文犍陀罗语木简晃动着身体说，我们四位，每块木简、案牍、木牍身上都有故事，这是我们这些带文字的简牍的特点。有趣的是，现在我们在一个展柜里，这是我们彼此的缘分。等到展览结束，我们又将进入到仓库里，在不同的房间里沉入时间的湖底。所以，我们要互相诉说，讲讲故事。大家感觉到我身上的这段文字，是不是像一个社会新闻呢？确实很像。我当时起到的作用，就是报案记录。有一天，我记得很清楚，当时我身上什么字都没有，很光洁，我也满意我身上的光洁。一个男人来到负责处理案件的衙署，向负责治安的一个男人说了他的遭遇。书记员就把我从一个木盒里取出来，把他说的记下来，记录在我身上。我就变得浑身都是黑字了。其实我不喜欢这些字，我有点洁癖，各位兄弟。我真是有点洁癖的一块木简。你们看，我身上，前面的文字丢掉了五行，说的是那个龟兹女贼的长相，和当初男子买下她时的情况。这个买下龟兹女人的男人十分懊恼，说话的语气里都是懊恼，他感觉很吃亏，他是人财两空，儿子带着财物被女奴拐跑了。这个龟兹女奴叫光明，名字起得挺好的啊，可干的都是很黑的事情，一点也不光明，她还把他家里另外一个侍女也拐跑了。所以，我记得报案的男人很沮丧。

问题是，他报案之后，抓到那个龟兹女贼了没有？我这块于阗语木简很关心结局。

没有。我所知道的是，这个有钱的男人后来又买了两个女奴，放在家里当侍女。他和这两个侍女或者说女奴都生了孩子。因为他老婆很早就去世了。他买女奴，实际上就是买小妾，结果，那个龟兹女奴光明喜欢上了他的儿子，并不喜欢这个老贼。所以，才发生了龟兹女光明拐跑他儿子和另外一个侍女的案子。报案之后，写在我身上就是立案了，可要想抓到龟兹女光明，得派人去龟兹。那时候，去龟兹路途十分遥远，成本很高，报案后就搁置了。过了几年，他儿子离开了光明，带着一个陌生的女人和两个年幼的孩子回来了。房主自己也生了两个孩子，于是这家人父子俩又团聚了。儿子带回来的女人生了两个孩子，这个男财主也生了两个孩子，父子俩的孩子都很小，他们和好了，安心地养孩子。后面的情况我就不清楚了。

那个龟兹女贼光明呢？她有没有下落？

直体佉卢文犍陀罗语木简眨巴着眼睛，晃动身体：我听说，她在龟兹继续当贼被新东家发现，接着又跑了，可能去了疏勒。总之吧，一旦一个人做了贼，那她很难改变自己的本性。我的故事就是这些了。我想看看最年轻的你，于阗文木牍身上写了什么故事。

— 532 —

空城纪

我这块于阗文木牍被它们围起来，我的身体是方形的案牍，我打开了自己的身体，掀开一块小木板，身体上写满了于阗文。这又是一种文字，和汉字、佉卢文、直体佉卢文犍陀罗语都不一样。大家凑过来仔细辨认，可没有人能识别我身上的这一段于阗语文字。

你身上写的是什么呢？一个字也不认识。汉简老兄有点不开心。它太老了，我感觉它脾气最大，有点为老不尊，很容易生气。它们继续低头辨识着我身上的于阗语，可它们后来都摇晃身体：一个字母一句话也不认识。

我说，各位兄长，我身上所记载的故事有点悲伤。我先来一个铺垫，说一说我这样的案牍在于阗的历史吧。我的年纪嘛，是我们四个里最小的。我大约出生于公元777年，这是有明确记载的，当时，是于阗王尉迟曜十一年，也是唐大历十二年。算起来，我比汉简老哥年轻八百多岁，比佉卢文案牍年轻五百多岁，比直体佉卢文犍陀罗语木简年轻一百八十多岁，啊，可是我现在也有一千二百多岁，足够老了。虽然我很年轻，可我感到了厌烦，我也很老，我不想再继续这么存在下去，我有点忧郁症。

你不能忧郁啊，你要给我们讲讲你的故事，然后再说你的忧郁症！它们大叫。

我的故事？好吧，我的故事，也是关于于阗的故事。各位看，我的身体是一个小木匣，由上下两块木板构成。底板大一点，三边高起，这样就形成了一个凹槽。槽底是平的，就在槽底板上写字。各位看底板，我的身体上有两个孔，是穿绳子用的，当盖板盖上去之后，绳子就从底板穿过去系紧，再加上封泥，在封泥上盖印。这就是我这个案牍文书的作用,是起到记录达成的契约、宣判案件的结果、大宗货物的交易记录等的重要文书的作用。我这样的案牍,在于阗流传了几百年。

大家笑了起来,觉得我这块于阗文案牍因为年轻,所以就喜欢说自己的身世。可谁的身世不古老、不坎坷,谁都有足够的对时间的厌倦和得抑郁症的理由。再说了,我们要感谢岁月的馈赠,不然怎么我们四个都能很幸运地聚集在这个玻璃展柜里,被二十一世纪的人用好奇的眼光仔细打量,他们不断发出啧啧的惊叹难道不是对我们的最大肯定?

汉简老哥说:说说你记载的事情吧,到底是如何悲伤呢?你那么年轻,怎么可能得上抑郁症呢?

我这块于阗文案牍听汉简老哥这么说,小声哭了起来。就是因为我身上的这个记录,我一直背负着、隐藏着,一千多年,我才抑郁、难过,我才会非常悲伤啊。

啊,那就说说吧,说说吧,你身上写的契约文字,背后到底是个什么悲伤故事?它们几乎是异口同声了。

你们都不认识我身上的于阗文,那我就说一说吧。这是一个悲惨的人口典押的真实记录。话说,一个叫亨举的于阗少年,被他欠债的父亲典押给一个于阗商人。亨举的父亲为了借两千文于阗钱,抵押了儿子。后来,那个商人为躲避吐蕃人的袭扰,带着亨举,穿越大沙漠跑到龟兹避难。当时,吐蕃人从山上下来控制了于阗,我估计你们都不知道这一段历史,那是你们出生之后很久才发生的事情。吐蕃人把驻军驻扎在麻扎塔格山上,那是一片不高却险峻的山口,山石是红色的,突兀在一片向北方走能到达龟兹的古道上,吐蕃人扼守那里的一座古堡有很多年，就像是掐住了于阗的喉咙。

那个商人带着亨举去了龟兹。过了一些年，亨举的父亲也挣到了钱，而那个商人听说大唐军队打败了吐蕃人，吐蕃人退回到高原上，于阗重新光复，就回到了于阗。这时，亨举的父亲想起来自己的儿子还在商人的手里。他拿着两千文钱，在于阗找到从龟兹回来的商人，问他，我的儿子呢？商人说，哎呀，你的儿子亨举不久前在龟兹去世了。我是自己从龟兹回来的。再说了，你典押他给我的时间是一年之内有效，现在三年过去了，你的儿子理论上属于我。现在你问我要你的儿子，说什么都不行。

亨举的父亲很生气，他说，我现在给你还这两千文钱，你还我的儿子！你抵赖，你肯定把他藏起来了。亨举的身体很好，怎么跟着你去了一趟龟兹，不几年就会死在那里？

商人很无奈，说，那你就去告官吧，让他们派人去察看尸体，我把你的儿子埋在龟兹城北的坟地里，有墓碑，很好找的，可以去开棺验尸啊。

我停顿了一下，看到大家都屏气凝神，等着我说后面的结果。我就接着说，亨举的父亲告官后，于阗官衙派人去龟兹，挖开亨举的坟墓进行验尸。亨举果真是因得了急病，年纪轻轻就死在了龟兹。验尸官回到于阗报告，州长凯度多亲自断案：亨举的父亲没有在契约期间还钱，亨举被商人带到龟兹外地死去，无法带回亨举，两人都有责任，判定亨举的父亲只给商人还一千文，另外一千文不用还了，作为亨举父亲的安慰金。我身上记载的，就是这么一个判案的结果。

大家沉默了一小会儿，汉简老哥说：那这个案子很清楚啊，又有什么悲伤的呢?

我说,我见过年轻的亨举,他朝气蓬勃,生龙活虎,可被父亲典押之后就郁郁寡欢,最终死在异乡,当然让我很悲伤。后来,我知道亨举的父亲很内疚,他情绪低落,整天借酒浇愁,每天都喝很多酒,有一天,就死在了于阗城外,尸体被野狗啃得只剩下一点点。有另外一个案牍记载了刑事官察看尸体并结案的情况。我和它本来在一起存档,可后来我们在黑汗王毁灭于阗后失散了。那个商人后来的结局也不好,他放高利贷,被从不花剌来的一个安国商人刺死了。这都是发生在那年凯度多州长判案后三个月的时间里。所以,我背负了这么多的伤心和死亡的事情,我的心很悲伤,我很年轻也很苍老,我确实是有些抑郁。你们现在知道我的心情了吧。

四个汉简、案牍、木简和木牍都沉默了。讲了一晚上的故事,不知不觉间,我们毫无察觉,一缕白日悠光从窗户外映照进博物馆的展览大厅,天渐渐亮了。不一会儿,听到了展览馆开门的声音,我们赶紧归位躺平,就像是原先人们摆放我们时的样子,原位躺好。我们互相之间有一定的距离,而脚边的位置是一个说明纸条,上面写清楚了我们的质地、年代和文字种类,标明了汉简上的汉字、案牍上的佉卢文以及木简两面的直体佉卢文犍陀罗语,和我这块木牍上的于阗文,以及对这些文字的初步解读,那都是给前来参观的人看的。在白天,四种语言在我们身上显示出被氤氲的时间改变的褐黄色。

天亮了,博物馆开门了,我们都不再说话,也听到有进来参观的人。一个少年,约莫十七八岁的样子,显然他对展柜里的木简和案牍很好奇,也很有兴趣,走过来俯下身子,看得非常仔细。他察看木简、案牍和说明文字，小声地念出来。他的目光清澈，含着对历史与时间深处的谜底特别好奇的表情，充满了疑问。

就在这时，汉简、佉卢文案牍和直体佉卢文犍陀罗语木简三个都感觉到，我这块于阗语案牍似乎有点反常。我的身体竟然在那个少年的注视下，微微颤抖着。按说我们绝对不能有所动作的，可我控制不住。它们静默着，不知道我这块于阗语案牍到底怎么了。这时，它们都听到远处有一位女士在喊：

亨举，快过来，这边有几幅在于阗出土的花毯，上面的图案太绝妙了，你过来看看！

那个叫亨举的少年听到他母亲的呼唤，就离开了这边的展柜，走开了。

汉简等几位老兄就都知道我这块于阗语木牍为什么颤抖了。这是神奇的一刻，似乎那个叫亨举的少年穿越了一千二百年，现在还活在人间，而且和我这块古老的木牍对视。我这块木牍身上写下的，正是有关亨举的故事，这太神奇了。我们都十分激动。这时，博物馆里喧嚣起来，更多的人涌进来，前来观赏来自西域的出土文物。这些都是在公元第一个千年里被深埋在西域沙海废墟里的文物。没有人知道，到了晚上，博物馆里会是多么地热闹，我们穿越了时间的障碍，都有着奇特的生命，就像是那个于阗的亨举，依然活在人间一样。

（注：本文中所引的三段简牍文字，系林梅村先生所著的《松漠之间》第96页、第141页、第161页，特此说明并致谢。）

玉石部：约特干的月光

一

凡事都有机缘，就像我去和田的那一次。当时，我陪着画家柳晓东前往和田，他要画一组有关和田的油画，而我则是借机去探访古代于阗国都城的几个遗址。于阗国都在何处？是约特干遗址，还是阿克什比尔遗址，或者是买里克阿瓦提遗址？还有阿拉勒巴格遗址也是一个说法，众说纷纭，莫衷一是。在这些地名之下，埋藏着什么样的千年秘密？我很感兴趣，且在古书记载中找寻了多年它们的踪迹。另外，我觉得我这次去和田，能找到一块我自己喜欢的和田玉。

我出生在新疆，一向对和田玉没有什么兴趣，我对各种玩赏物也都没有兴趣。可我有一个朋友喜欢收藏，常常在我的耳边聒噪，说什么一个人没有癖好就不可交。一个男人，特别是一个出生在新疆的男人，应该有一块属于自己的玉。他还拿出自己收藏的籽料让我挑选。

我对他的那些玉石一点感觉都没有，把这当作是一个笑谈。可他说，那你得去一趟和田，和田是一个十分神奇的地方，你小时候去过我知道，可你已经好久没有去和田了。

那段时间，我经常在手机上看推送的视频。一个叫西仁古丽的和田姑娘的视频很好看。她是一个漂亮的维吾尔族姑娘，在她的视频里，能看到如今和田生活的很多场景和细节。有时候我也从她的视频里得到一些当地土产的信息，就网购一些。西仁古丽开朗幽默，在她的视频里，一会儿是她去拜访被圈养的狼群，一会儿她在和田玫瑰园、葡萄园和其他园子里采摘，那美不胜收的景色和瓜果飘香的日常生活，总是勾起我的向往。

有一天，在798艺术区看完了柳晓东的画展，晚上我们一起在丽都饭店边上一家韩国烧烤城吃烤肉。柳晓东说，下一步，他要去和田画画。我忽然想到了这是一个契机，我说，那我陪你去，新疆我有很多的老朋友，会起到作为当地人不可或缺的保障作用。

他很高兴，说，我们尽快成行，快的话，就在一周以后。

柳晓东是一个说干就干的人。我就以休假的方式把一些周末法定假日连起来，这样起码我有十天时间可以和他待在和田。他画他的，而我则去寻找废墟和美玉。

柳晓东带着两个助手，他们负责联络和安排他出行的琐事。我比他们晚一点到。我们到达和田，会合之后，他这个人惜时如金，很快就投入到了画画当中。柳晓东画和田，那是真的在现场画。这是他的绘画风格，类似某种行动绘画，在现场画画，画的是一个个具体的人，呈现的却是最逼真且定格的那种当下感，也由此进入到一种历史叙事中。这一次，他要画的就是新疆和田人，他说，我要在河滩上画那些挖玉的和田人。

和田的东西市郊，各有一条流淌了成千上万年的河流，一条叫作白玉河——玉龙喀什河，还有一条叫作墨玉河——喀拉喀什河。喀拉，就是黑色的意思。可见，在这两条河里，每年夏天从喀喇昆仑山里冲荡而下的冰雪融水会带来很多的白玉和墨玉。

柳晓东在和田这两条著名的河边走了走，感叹道，这是从昆仑山上流下来的美玉之河啊。上下游的风景不同，最后，他在靠近下游的平缓河段扎了一个棚子，每天都到那里画河滩上找玉的当地人。

这些年，在和田挖玉已经被禁止了。在玉龙喀什河边，竖着一块双语的白底红字的牌子，上面有三行字，分别是汉语和维吾尔族语，这么写着：

严禁挖掘机，装载机进入该区域
未经许可进入该区域挖掘机，装载机没收
保护耕地河床，河道是你我他共同的责任

放眼望去，我确实看不到河床上有一台挖掘机和装载机。如今，在山上挖山料的人也没有了，和田玉成为珍稀品种。但这还是当地人的主要生计，就小规模在河滩里找玉。看到河滩那凸凹不平的形状，我能想象到，这里曾经有多少挖掘机在挖掘找玉的盛况。好在这样的情景现在都没有了。

每年，河水都会把美玉从大山深处带下来，让河床里潜藏了玉石宝贝。在河滩上找玉的当地维吾尔族人，有男有女，柳晓东采取雇佣的方式，说好当一天的模特是多少钱，很快就有应征者。他就开始画起来。和田的夏天非常炎热，柳晓东一般是早上和傍晚的时候画，到了中午，河滩沙地里的沙子变得滚烫，简直可以把鸡蛋都烤熟了。那时他就躲在棚子里，棚子并不严实，有穿堂风吹过，这样就凉快一些，尽管吹过的也是热风。

古代于阗有玉，且在几千年前就和中原有着玉石的交流，这从安阳殷墟的妇好墓中出土了很多显然来自喀拉昆仑山的玉石器物中就能证明。三皇五帝夏商周，周穆王西游见西王母在瑶池边相会，除了喝酒歌舞，一定有美玉在手里把玩欣赏。秦汉之后，特别是张骞凿空西域，就使得于阗美玉名扬中原。

有关玉石，别人懂得的肯定都比我多。我只说我这一次来到和田看到的，还得说一说我听到的。古书上说，在和田的河里捞取美玉，必须要在月光很好的夜晚，在月光的映照之下，可见白玉在河水波光粼粼中闪着温润的光芒。在河边，要由裸身美女下河捞玉才可以成功。但我知道，即使在夏天，玉龙喀什河和喀拉喀什河的河水都是水流湍急、冰冰凉的，赤脚入水会冻得打哆嗦，更别说脱光衣服下水了，还得是美女裸体下水，那还不得冻个半死。所以，古书的记载绝对是把捞玉的传说美化了。

二

我们在和田安顿下来后，柳晓东的女助手姚瑶就特别想买羊脂玉。

和田文化局负责帮助我们联络的是一位很漂亮的维吾尔族姑娘，她叫阿依图娜。于是，我和姚瑶在阿依图娜的带领下，在和田的玉石市场里转了转。

阿依图娜眼睛很大，嘴唇红红的，笑起来还有两个大酒窝，是个非常漂亮的姑娘。她带我们来到的这个玉石市场很大，各种摊位，各种玉石，令人眼花缭乱，莫辨真假。阿依图娜在新疆大学念过文学系，她的汉语和维语的转换十分顺畅。我在随便一个摊位，随手拿起来一块籽玉，也就是没有雕琢的玉，一问摊位的维吾尔族老乡，都是几万元一块起价。这个呢，阿达西？我问。八万！维吾尔族老乡说。我又拿起来一块拳头大的籽料，带着墨玉色的一块皮子，这个呢，阿达西？

六十万，他说。把戴着的蓝色已褪色的帽子帽檐抬了一下，很平常的口气。

阿依图娜笑着看着我，陈刚你买不买？你买，我就让他给你半价。

我笑了，阿依图娜，你以为我会花这么多钱买一块石头？我看他的摊位上的玉石，大大小小几十块，全部卖掉，要有几千万才可以拿下来。现在玉石价格无边无际，花钱也是无底洞。我可没有这么多钱。

我觉得，看玉也要有眼缘，就是眼睛的缘分，就是一下看对眼了，就拿下。在玉石市场里面转，我没有看到一块一下子就跳到我眼睛里的玉。无论是籽料，还是雕琢的成品件，都很平常。在众声嘈杂、人欲横流的玉石市场，我走来走去，却四顾茫然。这不由得让我想起来一句话——买玉不要去和田，在北京买的和田玉都比去和田买的要便宜。根据我在和田玉石市场的观察，的确如此。姚瑶倒是对什么玉都有兴趣，她喜欢带红皮子的羊脂玉籽料。在一个摊位上挑来拣去，最终还是依靠阿依图娜的讲价功夫，买了几块鸽子蛋那么大的籽玉。

阿依图娜很爽朗，幽默，她的语言热烈奔放，和摊主打趣，讽刺人家见钱眼开，说话特别有意思。我能听懂一部分维语，阿依图娜那明媚的脸庞简直就像是一轮洁白的月亮。姚瑶买到了籽料，握在手里，一副很兴奋的样子，而此时，柳晓东大画家正在玉龙喀什河的河道里画画，肯定是汗流浃背，眼睛里冒火，嗓子眼里冒烟的。

既然没有找到喜欢的玉石，我想应该和柳晓东一起在河滩上待着。我去河岸河滩上找找看。假如我和这里的玉石有缘分，就会找到一块属于自己的玉。

于阗有玉，在张骞当年造访于阗的时候，就有记载。他经过了一番考察，发现："于阗之西，水皆西流，注西海；其东，水东流，注盐泽。河原出焉。多玉石。"

张骞有没有带和田玉给汉武帝，我不知道。他在汉元朔元年（前128年）返回长安的路途中也是非常艰险，从于阗往东，经过且末后，进入现在的青海祁连山——当时是羌人的地盘——一路抄近道向长安回返，不承想又被控制了这片土地的匈奴人逮到了。所幸他再度逃脱，最终带着他从大宛得到的赠给汉武帝的几匹马回到长安，受到汉武帝的嘉奖。汉武帝看到他带回来的大宛马，十分高兴，还写了一首诗，表达兴奋之情。

啊，大宛的天马啊真漂亮，真英俊威武啊，让我开心。
天马果然出自大宛之地啊，如此说来，乌孙的马还要差一点，
只能叫西极马了。

我来和田，有一个很重要的事情，就是去探访存在千年之久的于阗国国都的故城遗址。于阗王城的旧址在哪里，学术界也很有争论。但按照历史记载的线索，我基本上确定现今的约特干遗址就是于阗王都的遗址。

于阗古国是什么时候诞生的，谁也说不清楚。张骞在汉元朔元年（前128年）经过于阗的时候，于阗国就存在了。那时，于阗还不是佛教之国，信奉的还是类似萨满教那样的、带有巫教性质的本土宗教。"其俗信巫"，就是张骞说的。后来，随着佛教东渐，于阗比中原要更早接受佛教的流传，应该比东汉时期佛教东传中原汉地要早一点。这是学者的一般共识。

在现在的和田地区散落着大量汉、唐、宋时代的城邑、戍堡、佛寺和墓地的遗址。有名的有唐代的杰谢城，现在叫丹丹乌里克遗址，是斯坦因和斯文·赫定这些探险家、学者所钟情挖掘过的。沿着喀拉喀什河遗址向北穿越塔克拉玛干沙漠，就能到达现在的阿克苏。半道上有一座山叫麻扎塔格山，山上还有唐朝唐兵修建的堡垒，吐蕃人也在那里驻扎过兵士，现在有古堡、烽燧、佛寺和坟墓遗迹。

如果有可能，我很想这次在探访约特干遗址后，再去麻扎塔格山看一看。画册上的麻扎塔格山有两座山峰，一座是红色的，一座是白色的，分别由红砂岩和白岩构成。

和田附近的牛角山现在叫库马尔山，山上有一座佛寺，当年玄奘还拜访过。一直到公元1006年，佛国于阗在和喀喇汗王朝的战争中败北，佛国于阗至此结束。在现今和田策勒县有一座阿萨城堡遗址，传说在公元1006年于阗被灭，于阗的两个将领乔克和努克兄弟带领残兵逃到了这里，在山上的城堡做最后的抵抗。乔克和努克兄弟坚守山上的古堡，最终被喀拉汗王朝的军队攻破，他们带着残兵，继续翻山越岭，向吐蕃佛地而去。

我去看了看。如今，卵石泥砌的古堡还在山头的绝壁上。在古堡的一角有一处通向山下的洞穴，这个洞穴很长，洞连着道路，道路连岩洞一直能够通到策勒河里。

阿依图娜带着我，坐一辆白色的越野车，前往距离和田市十多公里的约特干遗址。一路上我们开着玩笑。我发现阿依图娜快三十岁了，竟然还没有嫁人，这在南疆维吾尔族姑娘里非常少见。也难怪，我笑了，你怕结婚，对不对，阿依图娜？听说，南疆有些男人打老婆呢。

阿依图娜捶了我一下，打得我肩膀生疼。她的劲儿很大，和田姑娘脾气也很大。可她笑着说，汉族人中也有人会打老婆呀。有时候打老婆，我知道不是真打，是假的，打着玩儿的。

那你没有嫁出去，怪谁呢？

谁都不怪啊，要不然就怪你。谁让你这么优秀的男人跑到内地上大学就不回新疆了。

我说，我昨天晚上看了不少你推介和田文化和民俗的视频，还有和田大枣、玫瑰花酱，和田艾德莱斯绸，各种好吃的能用的，你的视频都在推广。你的粉丝有一百万呢，太厉害了。可你还没有把自己推销出去，是不是很奇怪？

她笑了，我有心上人呀。

那是谁呢？我很好奇。这么漂亮的维吾尔族姑娘，开朗、健谈、健康、幽默，一般人驾驭不了，她能为自己做主，心上人是谁呢？

就是和田呀，和田就是我的心上人。哈哈哈哈，你看，约特干遗址到了。

说话间，我们已经到达和田郊区的约特干遗址。下了车，被文化文物部门圈起来，立了一块保护历史文化遗产的石碑的地方，就是约特干遗址。只有很小一片，没有一点地面建筑，也看不到任何历史的遗址。眼前出现了一片洼地，这片洼地就成为现在的遗址保护区。洼地里还种有水稻，远处引来的渠水灌溉着这片水稻田。

我多少有点失望。这是为什么？于阗在历史上那么有名，可于阗国的王城遗址竟然只是一小片的洼地。而且在我眼前，到处都是大坑，芦苇和沼泽、湿地在周围延伸开去。约特干遗址和楼兰、高昌、尼雅、交河、敦煌等故城、遗址、洞窟实在没法比。什么都没有了，只有一个个可能是当年在这里挖宝的人挖出来的大坑。

"于阗王城就在这地下三到五米的泥土里埋着呢。"阿依图娜说。她的语气有点深沉。

放眼望去，约特干遗址除了残存一些土墩子，看不出王都的迹象。就像是阿依图娜说的那样，在这片遗址的地下三到五米，埋着两千多年的于阗王城。这里属于巴格其镇的艾拉曼村。早在西方探险家斯坦因和斯文·赫定造访过这里之后，从阿古柏统治时期开始，在约特干遗址上挖宝就成了很多贪婪的人的营生。

我的手里有一本约特干出土文物的画册。在这里出土有很多古钱币，汉代的五铢钱、汉佉二体钱、王莽新朝的货泉到唐代的开元通宝、大历元宝，以及宋代的绍圣、崇宁钱币；还有波斯银币，贵霜王国的钱币，以及喀喇汗王朝，也就是黑汗王朝的钱币，历经一千多年的钱币这里都有。此外，还有大量红陶的残片，铜器、金箔、玉器片等等，显示这里绝对是绵延千年以上的于阗国都的都城遗址。

三

五六天下来，我看到柳晓东画和田的油画渐渐有了模样。他的油画令人震撼。和田人在那鹅卵石堆积如山的河道中站着或者坐着挖玉，灰白色的背景之下，阳光的强烈让很多东西都褪色，变得灰白和懈怠。

他的油画画幅都很大，两米乘以两米或者更大。天气热的时候，柳晓东就躲在搭的棚子里休息。助手姚瑶按照柳晓东的设想，在阿依图娜的帮助下，每次都能找来不同的模特组合——有三五成群的，也有成对的夫妻，更有男女老少的群众。他们站在河道中，随便摆各种姿势，由于都有个人挖掘的许可证，他们可以在河道里挖玉。

柳晓东在油画的画布上定格了和田的挖玉人。那些维吾尔族老乡穿着T恤衫或衬衣，戴着没有帽檐的白帽子或者蓝色檐帽，三五成群地站在河道里，背景是挖开的河道，堆积起来的一个个鹅卵石小山。干燥的空气里弥漫着他们寻找玉石的焦躁感，这在画面上都能体现出来。

柳晓东的这种带有速写风格的油画，非常有现场感和震撼力。乍一看，是那种印象派加德国表现主义风格再加写生风格的写实与写意结合起来的，让人觉得柳晓东能够敏感地对现实做呈现，把和田挖玉人的生活的表象和背后的东西都表现出来了。

对于当地人来说，挖玉就是一种生计，从古到今，这里的人都要以玉为生的。

柳晓东雇用模特的价格不菲，所以他们都很愿意前来给他当模特。不用挖玉还能挣钱，当然要抢着来。我在一边看他作画，也是一件非常享受的事。偶尔，我还给他帮忙递递颜料管。他说出要用什么颜色，我就马上给他递去颜料管，他用画笔在画布上使劲涂抹着，退后几步，衡量着，眯起眼睛看着河道里走来走去的模特。他让他们静止一会儿再动起来，把他们的脸部特征抓住之后，再开始画别的。

在他的画中，和田的挖玉人带着干燥缺雨地区的那种渴望，发家致富的希望和失望并存。柳晓东的和田组画的主色调是一种干燥的灰白，被太阳晒得快要裂开的大石头和很多堆积起来的鹅卵石，都有一种被太阳完全笼罩的白花花的变形和褪色。

柳晓东就这么一天天在河滩上画画，我就接着去找我想找的废墟。

按照一些史料的指引，我在和田附近寻找着牛角山的废墟。那是汉唐时期的著名地点。牛角山上现在还有一些古迹，可以依稀看到一千多年以前的香火。我很想让阿依图娜开车，带我去两条流淌着玉石的河流的北面戈壁滩里消失的古迹，被西方探险家在百年以前发现和造访过的著名的一些地点，比如丹丹乌里克遗址，热瓦克唐代佛寺遗址等。

那天晚上，月光特别好。柳晓东的和田系列油画画出了感觉，他很满意，我们也很高兴。先是在一家当地烤肉店吃了红柳烤肉和大盘鸡，喝了当地人酿的桑葚酒，乘着月光，我们驱车去玉龙喀什河的一片河湾找玉。

我觉得很可能有一块玉等待着我。阿依图娜的眼睛发亮,她就像是找到了心上人一样面色潮红,说是要下河捞玉。

我说,这个季节虽然是夏天,可玉龙喀什河的河水很冰凉,喀拉昆仑山上的冰雪融水一路冲下来,古书上记载的裸女下河捞玉,就是一个传说。姑娘你别傻了,阿依图娜,你真的要在这样的夜晚下河捞玉啊?

月光将白天枯燥凌乱的玉龙喀什河的河道笼上了一层轻纱。朦胧的月色让河水闪烁着波光。我们到了河边的一处河湾,那里的水形成了一个水潭。水流慢了,由于白天一整天的暴晒,水竟然是暖和的,比手的温度都高。

阿依图娜说,你躲远点,我要脱了衣服,下去捞玉了。

柳晓东的两个助手姚瑶和韩山农借助月光在河滩上找玉。我感觉这可能是真的,就是月亮能够把玉从河水里呼唤出来。阿依图娜脱掉她鲜艳美丽的艾德莱斯绸连衣裙,摘掉了她那漂亮的小花帽,现在,她穿着白色的丝绸内衣,那也是一条裙子,甩掉脚上的鞋子,向水潭走去。她果真下水了,果真要裸女捞玉了。

我不相信我的眼睛,她在月光下穿着轻纱一般的衣服,向那一潭水走去。

我转身找柳晓东,他和姚瑶还有韩山农几个人不见了,似乎沿着河道走远了。间或有一道道手电筒的光在远处河滩上晃动。他们在那边找玉。

我一回头,阿依图娜真的不见了,她在水潭里消失了。我惊呆了,我大声呼喊，阿依图娜，阿依图娜！阿依图娜！

我喊了很多声，可是，我的声音就像是被远处刮来的风瞬间带走了一般，连我自己听着都很渺小无力。这太奇怪了，我大声喊，可感觉就像是一只蚊子在喊。不知道过了多久，我的目光在月光下僵直了，我完全不知道阿依图娜是怎么上岸的，她又是怎么来到我身边的。

她浑身湿漉漉的，丝绸的衣服勾勒出她那丰满的躯体，使得她在月光下看上去像是从于阗古国走出来的绝色美女。她看着我，美丽的大眼睛里都是幸运的欢乐和甜蜜，她伸出手，说：我找到了一块玉，送给你。

我接过来，月光下，可以看到这块玉是一块籽料，乳白色，羊脂玉色和月光一样温润。它有一枚鸽子蛋那般大小，在月光下晶莹剔透。真是一块美丽的羊脂玉。我感觉这块玉就是我要找的那块玉。我紧紧地把它握在了手中。

在我给阿依图娜披上我的一件风衣时，柳晓东、姚瑶和韩山农从别处走过来，每个人的右手有一把手电，左手攥着个东西。我们碰在一起，分别把手掌摊开。果然，每个人的手里都有一块玉。手电筒光照射下，我的那个鸽子蛋最漂亮。怎么形容呢，就是如果真的有一见钟情，那么我手里的羊脂玉，阿依图娜给我在水潭里借助月光找到的这块玉，就是我想找的那一块。

柳晓东他们三人的手里也有不同的和田玉。这真是一个神奇的夜晚，借助月光，我们和和田玉相遇，每人都有了一块。他们三个人的比较小，有的带有黄色、褐色的皮子，指甲盖大、小手指大小的，但都是和田玉。

阿依图娜打了一个喷嚏，我刚想说这是她找到的送给我的玉，可她把手指竖在嘴边，那意思就是不要说，要保密。

我听从了她，返回宾馆的路上阿依图娜开着车，她很开心，在唱歌，用维语唱，唱的是节奏感十分强，可以跳麦西来普那种节奏的歌。月光确实很好，回宾馆的路上大家心里都很满足，因为每个人都找到了一块属于自己的玉。

四

这天晚上的月光十分皎洁。回到房间里，我一直抚摸着口袋里的那块玉石，生怕它丢掉了。月亮满盈盈的，我感觉这样的月光很奇妙。就像是响应某种召唤，我都躺下了，睡不着，鬼使神差地披上衣服，走出宾馆房间，闻到了从喀拉昆仑山上吹过来的凉风。

我打电话叫了一辆出租车，司机小刘曾经载过柳晓东去河滩上画画。我告诉他，这么好的月夜，我要去约特干遗址看一看。

我上车后，他二话没说，开车就走。我前面说了，约特干古城距离和田市并不远，一会儿就到了。这里的晚上没有一点灯光，黑黢黢的，只有风刮过湿地里的芦苇叶发出的沙沙声。我打了一个盹儿，就到约特干了。

置身于约特干遗址，我刚看到那片被挖出的、凹陷下去的于阗国都的遗址，月亮就从云彩的背后出来了。就像是有所预谋，我从口袋里掏出那块玉石。我惊呆了，玉石现在不是一块，而是三块了。是的，真的是三块玉石,都是羊脂玉籽料,圆润的,大小不一。我把它们重新放回到口袋里,再掏出来看,我又惊呆了,这一次,玉石变成了七块。我吓坏了,赶紧把七块玉石都放进口袋,我的一只手都快抓不住了,口袋里满满的,沉甸甸的。我再掏出来,这一次我需要掏两次,两只手上抓着的,都是玉石,一共十三块。在约特干的月光下,我的玉石会生长,只要我把它们放回我的口袋里,随便哪个口袋,我再掏出来就一定会变多,而且越变越多。我疯狂地掏着玉石,我的口袋里都是玉石,我想大声喊叫,可发不出声音。在这无人的约特干,出现了这么奇怪的事情。当然这里还是有人的,有两个人,一个是我,另一个是司机小刘,他在道边打开车灯等着我。

我大汗淋漓,我不停地掏着,玉石越来越多,我都数不过来了。我把玉石放在背包里,然后继续从口袋里往外面掏。有那么一个瞬间,我真的以为玉石的增加是无上限的,但是不,玉石在某一刻又开始减少了,我把它们放进口袋,再掏出来,减少了一半,我放进去,再掏出来,又减少了。

我站在那里,像个傻子。我平息着内心的激情,内心的波涛就像是大海波浪一样汹涌。停了一阵,我开始继续把玉石掏出来,它继续变少,少到了三块,然后又开始增多了。这样的增多变少的游戏,把我耍得团团转,我彻底被攥住了。我口袋里的玉石一会儿变多,一会儿变少,然后又变多。我浑身都是汗水,湿漉漉的。我惊诧莫名,有些恐惧。我听到小刘在喊我该回去了!

我这才醒悟过来,赶紧把玉石籽料放进口袋,不管它们是多是少。我上了出租车,小刘从后视镜看我,觉得我的表情苍白得吓人。但他什么都没有问，直接把我拉回了宾馆。

回到房间里，我打开灯，气喘吁吁。定了定神，我把手伸进了右边的外衣口袋里，往外一掏，一大把玉石籽料在我的手里。

我笑了，我把它们放在桌子上，然后安心地睡了。

第二天早晨我醒来的时候，我要做的第一件事就是要看一看桌子上的玉石变成多少了。我看到了，只有一块，就是阿依图娜给我找到的那一块。它在桌子上一动不动。

我起身，穿好衣服，把它抓到手里，放进裤子口袋；掏出来，还是这一块，没有变多也没有变少。只有一块，就是它，不多不少。

外面天光大亮，我摇着脑袋，心想，是不是我昨天晚上做梦了？可我的桌子上还有司机小刘给我打的租车发票，证明昨天晚上我去了约特干遗址。

究竟是怎么回事？我心生疑窦。

吃了早饭，阿依图娜接我前去玉龙喀什河找柳晓东，商议明天去洛浦县热瓦克唐代佛寺遗址探访的事情。

柳晓东起得很早，他一早就在那里画画。现在，他的和田组画渐入佳境。今天，他在画一对年轻的夫妇。那个维吾尔族小伙有个传奇故事。他父亲在去世的时候说，儿子，你可以把咱们家的院子挖开，下面有很多玉石。父亲去世了，他就真的把院子挖开，向下挖了一米多深，找到了很多漂亮的和田玉，卖出几千万元，改变了家庭的经济状况，还娶了老婆，生了三个孩子。现在，他在和田市的玉石市场摆摊卖玉石。

柳晓东让他们俩在河滩上拿着铁锹和挖掘工具，还有筛子，走来走去。一阵阵风吹来,温度迅速升高。我和阿依图娜觉得太热了,就躲进了柳晓东的帐篷里。

这时,我对阿依图娜说了昨天晚上发生的事情,并把那块玉石拿给她看:"你看,现在白天它就只是一块。要是在晚上月亮好的时候,在约特干遗址,它就会不断增加,增加增加,到了一个极限,忽然又变少,变少变少,接着,又开始增加增加,变少变少。"

阿依图娜笑了,说:你说绕口令呢。但她看着我一副很认真的表情,将信将疑,把那块玉石拿过去来回看,也看不出这块玉石的神奇。她不相信,说:那今天晚上,我和你去约特干,看看这块玉石是不是能够生娃,生很多孩子。她哈哈笑了起来。

我说,也许玉石不是生出来的,是聚集起来的,是它在呼唤别的玉石向它靠拢。

当天晚上,我们来到了约特干遗址。阿依图娜开车,一直不说话,她感到了事情的严重性和神秘性。到了那里,我们下车,在古代于阗国都的南部土墩子废墟边站住,仰脸看着月亮。月亮的银色脸盘子很大,如水的月光像是轻纱披在她和我的身上。

我看着她,她看着我,感觉这一刻我们要见证一个秘密了。我说:你看。我掏出那块玉石,然后,我们低头一齐看,在我的手心里,那块玉石果然变成三块了。我就不断地放进口袋里,再掏出来,玉石就不断地增多。阿依图娜的手里接过去的全都是玉石籽料,有带皮的,有晶莹剔透的,很多很多。她的两只手抓不住了,再递给我,我的手里也都是玉石。

她惊呆了，傻眼了，说不出话来。忽然，玉石又开始变少，每掏出来一次，玉石就少一部分，直到最终我们的手里只剩下三块。

我说：阿依图娜，你看，现在，你相信了吧。

她点了点头，但还是不明白这是怎么回事。她抓着一把玉石，感觉很迷茫，那表情很美丽，也很动人。这和古代于阗王城遗址有关？和月亮有关？和我有关？或者，就是和她找到的这块玉石有关？我的内心没有答案。

我说，阿依图娜，我们回去吧，今晚你把这几块玉石拿着，等到明天看看，还有几块。

她把它们装进挎包，说，好，那咱们回去吧。我回家看看，明天早上它们会不会变成一大堆。

她把我送回宾馆，然后开车回家。我目送她的车子远去，就像是看到一朵和田玫瑰消失在夜色里。

第二天，柳晓东的两辆越野车都收拾好了，准备停当，姚瑶和韩山农开一辆，市委宣传部的协调员和向导一辆，车上拉着在沙漠戈壁里管用的食品、药品和通信工具。我坐阿依图娜的车，我们说好了换着开。

我们要去和田地区的洛浦县西北方向五十公里的沙漠里，前去拜访热瓦克遗址。热瓦克在维吾尔族语里的意思是高台或楼阁，说明那片废墟里有佛寺佛塔遗迹。一百多年前，斯坦因就在那里挖掘出不少佛像和古代文物。如今，我们也要前往那里了，这一趟旅程注定十分艰难。

上了车，阿依图娜看着我：它现在变成一块了。给你。

她把那块玉石递给我。果真是一块,就是她从玉龙喀什河拐弯处的水潭里摸出来的那一块。真是成精的玉石,我想。它在和我们捉迷藏。它会变魔法,在约特干的月光下。这事一定和约特干的于阗古国有关,和月亮有关。

我们的车跟在柳晓东两辆越野车后面出发,一阵灰土烟尘扬起来。这是十分干燥的季节,也是风沙的季节。在车上,我和阿依图娜忽然四目相对,同时说:把玉石扔到河里吧。然后我们都笑了。

是的,把这块令人不安的、着魔的玉石还给流淌玉石的河流,才能打消这块玉石带给我们的不安。它会繁殖,它还会什么?不知道,这太神秘了,需要远离它。

出了和田市区,经过一段奔腾着河水的玉龙喀什河时,阿依图娜把车子停下来。

我走下车,手里握着那块玉石,它就来自这条河流,我用掌心再次感受了它的重量、温度和魔性,它像是磁铁一样紧紧抓住我的手,不愿意离去。可我决心已下。我不再犹豫,手一扬,再向前一抛。那块玉石从我的手中脱落,有着黏连感,带着惆怅的声音飞出去,飞进了玉龙喀什河,扑通一声,消失在河水激起的浪花里了。

我松了一口气,回到了车上。阿依图娜已经打开了车载音响,欢快的和田乐曲响起来,她和我的目光碰在一起,都感到如释重负和心满意足。

我说,前进吧,跟上柳晓东他们的车。今天我们要去的地方,是热瓦克!热瓦克在遥远的沙漠戈壁里召唤着我们,我们要去那里见证新的奇迹。

敦煌七窟

第一窟：第275窟，一个沙门

第275窟是一座纵长方形的洞窟，盝形顶，这是屋顶的一种样式，就是中间凹进去、有四个正脊围成的平顶。进去之后我颇感意外，因这个洞窟的正面没有开佛龛，而是直接塑造了一尊交脚而坐的大型弥勒佛像彩塑，高三米多。靠近弥勒佛像的时候，会为佛像的高大感到震撼。

这是北凉时期开凿的洞窟，有一种浑朴大气的感觉。只见眼前的这尊交脚而坐的弥勒佛彩色塑像，面相敦厚圆实，神情是庄严的，没有明显的微笑，而是有某种凝视的禅定。佛像头戴三面宝冠，宝冠的正面又雕出一尊化佛。

仔细看这尊佛像的面部，鼻梁高隆，目光向下凝视，眼珠突出。这样的面相带有印度佛教塑像的某种特点，只不过已经有些西域化了。佛像交脚坐在双狮子座上。在座位两边，各塑了一头狮子，约一米高，并不威猛，倒像是两只大狗。在佛像的背后是倒三角形的靠背，上面有圆形连珠图案。佛像的脖子上戴着璎珞，靛蓝色，稍显褪色，上身似乎是半裸的，可以看到肩膀上披着一件薄薄的巾帛，腰间穿一件羊肠裙，三角形的，但是圆弧线下垂，盖住了小腹部。左手向下伸出，手掌向上，施与愿印，右手向前推出，手掌应该是张开的，施无畏印，但现在佛像的右手掌已经缺失。

在这个洞窟的南北两侧，也就是佛像的左右两边的洞壁上侧，各开了一排小佛龛。靠里面的各有两个阙形龛，靠外面各有一个圆拱形龛，叫双树龛。在阙形龛内，塑造了交脚菩萨像，和洞内的佛主尊像是一样的，同样是肩披薄薄的帛纱，头戴三面宝冠，与大像呼应。不同的是，这四个阙形龛内塑造的四尊交脚菩萨雕像的手势有些变化，有的是施无畏印和与愿印，有的做转法轮印，有的则双手交叉叠在胸前。

在两边各一个圆拱形双树龛内，塑造的是思惟菩萨像。两尊思惟菩萨像的动作相呼应，北侧双树龛内的思惟菩萨塑像，右手支着下巴，右肘支靠在右膝上，右腿又支在左腿膝盖之上，左手在抚摸着右脚。南侧双树龛内的思惟菩萨像就像是镜子里的映像那样，和北侧的思惟菩萨像的动作完全相反，对应起来。这些交脚菩萨像，实际上塑造的是西方净土世界兜率天宫里的弥勒形象。说明在北凉时期，河西地区战乱频繁，出于现实需要，作为未来佛的弥勒佛信仰大为流行。

在洞窟的南北两壁的小佛龛下的洞壁上，都绘有壁画。北壁画的是五铺佛本生故事，也就是释迦牟尼前世为求得正果而忍辱负重、牺牲自我的五个故事。这五个佛本生故事有《毗楞竭梨王身钉千钉本生》，说的是古代印度有一个叫毗楞竭梨的王，为了能听到上等佛法，做出有求必应的承诺。于是，一个叫劳度叉的婆罗门前来应征，说他能出上等佛法偈语，但要求毗楞竭梨王甘愿忍受在他身上钉一千颗钉子的故事。画面上，毗楞竭梨王交脚坐在中间，旁边是劳度叉左手扶着钉子，右手挥动锤子，正在往他身上钉钉子。毗楞竭梨王身上有一些绿色的斑点，是已经钉进去的锥形钉子的印痕。王的左边，一个人在掩面而哭。

第二个本生故事，是《虔阇尼婆梨王剜身燃千灯本生》。简言之，讲述虔阇尼婆梨王为了能听到真言妙法，忍受劳度叉在身上剜了一千个洞，点燃一千盏灯的故事。

第三个本生故事，是《尸毗王割肉贸鸽本生》。讲的是尸毗王为了拯救一只被鹰所追杀的鸽子，甘愿割掉自己身上的肉来喂食老鹰，换取鸽子生命的故事。

第四个本生故事，是《月光王施头本生》。讲述古印度有个月光王乐善好施，有个叫劳度叉的婆罗门前去索要月光王的头，月光王告诉劳度叉，他已经布施了九百九十九颗头颅了，现在是第一千颗，就让劳度叉把他的头砍掉拿走。

第五个本生故事，是《快目王施眼本生》。讲述快目王将自己拥有的一双能看到四十里之外的明亮眼睛，施与一个瞎眼婆罗门的故事。

只有舍生取义，才能获得笃信佛法的圆满，是这五铺佛本生故事壁画要表达的内容。画在北壁上的五个佛本生故事，表达的是大乘佛教的"六度"思想，这六度分别是布施、持戒、忍辱、精进、禅定和智慧。

在这个洞窟的南壁,画的是佛传故事,也就是释迦牟尼一生的故事壁画。释迦牟尼的含义,指的是释迦族中的圣人。在南壁,现在可见三幅佛传故事壁画,表现的是出家之前的悉达多太子在结婚之后不喜欢游玩,仍想出家为僧。国王就十分焦急,和大臣商议,让太子出去到城外转一转,散散心。结果,就有了悉达多出游四门的故事。他从城的东、西、南、北四个门分别出去一趟,在东门外见到了老人,在南门外见到病人,在西门外见到死人,出了北门,见到了一个僧人。由此,悉达多太子感悟到,人生在世,生老病死是不可避免的,必须要出家为僧,寻求佛法真谛,才能求得解脱。于是,悉达多太子舍弃世间的一切牵挂,最终夜半出城,云游出家。

南壁的壁画因岁月漫漶,缺失一组,但悉达多出游四门的故事,应该就是南壁壁画要表现的内容。在画面上,可见绘画风格稍显简约,浑朴生动。

她还在那儿,她还没有走。我不会见她,我也不想见她了。

什么是牵挂?这就是,我心里有她,这一点是确定的。这也就是我走进这个洞窟的时候能感受到的我的心像。可我出家了,我不再是一个俗世的人,我要忘记她。可这谈何容易?她就是那么一路打听着跟过来的。我说,洞窟你不能进,你进去了佛祖会生我的气。可能我说这个话的时候太过肃然,她感到害怕,但她就在洞窟外面徘徊,走过来走过去。虽然我没有朝外面看一眼,可是我知道她就在外面,就在等着我出去,和她一起回去。

我不可能回去了。我一路走来,到达沙州,从沙州过来时骑着一头驴。后来,驴腿瘸了,不能走了,我就徒步。我走啊走,走到三危山的对面,那个时候是傍晚,太阳刚刚落山,我忽然看到了神奇的一幕。

在三危山那锯齿状的山体映衬下,晚霞的千万道金光在山间闪耀,就像是佛陀的光芒化为灿烂的云霞从山的背后放射出来。那个瞬间,我彻底被震撼了。我感觉到这里是神圣之地,是奇妙之所,是我可以忘却尘世烦恼,斩断情丝之处。那万道霞光,难道不是指引我在这里停下来的智慧之光吗?难道不是沐浴我的启示之光吗?

我不由自主地跪下来,我默默祈祷,双手合十,对着三危山的万道金光诵念经文。等到金光消失,我看到三危山的山体变得黢黑,金光隐去,我的内心已被点亮。这时,我看到,在我的眼前出现了一片河谷地带。一片树林横亘在山崖前。我身边,有几座和尚的葬塔,塔尖伸向天空。

我快步向山崖那边走去,隐约看见那边有些什么动静。有一条浅河,在一片赭红色的山崖前流过,一排大叶杨树长得很整齐,叶子哗啦啦作响,似乎在欢迎我的到来。我看到,在眼前的红色山崖上,已经有几十个禅修洞窟被开凿出来。我走到山崖之下,眼前的红土石崖上,可见有很多洞窟,也许不很多,起码已经有几十座。那都是一些向佛之人,请工匠在这里开凿的。我不知道他们是不是和我一样,看到了三危山晚霞消失之前的金光四射。我快步朝洞窟走去,发现有的洞窟开凿得很高,需要借助木梯爬上去。那些洞窟里,可能有人,但他们不会出来,他们在里面坐禅,进行着禅修。

我走进了一个洞窟。我必须按照天意对我的指引,随意走进一个洞窟。我不知道这是谁修建的,供养人是谁。洞窟里面没有人,我一眼就看到在这长方形的洞窟之内,有一座佛像迎面坐在那里,交脚而坐。佛像好像在招呼我,进来,进来吧,你进来了,就忘却烦恼丝了,进来就能斩断烦恼丝了,进来吧。

洞窟里的光线十分昏暗。此时,已经是傍晚,太阳疾速地跌落到三危山北面之后,大地变得晦暗,天地之间升腾起一阵寒凉。我能感觉到这种寒意,不禁双手抱肩,走进洞窟,内心顿时感到了安详。借助一点不知道从哪里映射的微暗光影,或者就是我的眼睛在起作用,我看到在这个不大的洞窟里,两壁都有佛龛,也都有菩萨雕像。在洞窟的四壁,包括我头顶的天井——不过那不是天井,叫藻井,是覆斗型的——都画着壁画。

是谁在这座洞窟里塑了佛像,在四壁上画下了佛本生和佛传故事壁画?是谁,在这人迹罕至的山崖上,开凿了这些洞窟?又是谁,引导我走进这洞窟?我不知道,我内心有着千般的感慨和万般的疑惑,都要在这里化解了。我放下背囊,感到又冷又饿。我要休息了,现在,这里是我的洞窟,我必须要休息了,我躺下来。这是夏季,可晚上依旧是寒凉的。

远处传来了一阵阵的狼嚎。狼嚎的声音凄厉而悠远,不知道这只狼在召唤着什么,也许是在召唤同伴,它发现这里有了人,正在洞窟里。可我不怕狼,我的背囊里有利刃,我不怕坏人,也不怕野兽。我只要在洞窟里,就有佛祖保佑我,我看到了佛光万道;我躺在洞窟里,累了，走了那么远的路来到这里，是为了把我内心与尘世的一切因缘都了断，无牵无挂也无碍，就这么才是最好。

那时我还是一个少年，在凉州，我家是大家族，田产、畜产都有很多，且几代人都和河西地区的其他大家族有联姻。可到了我这一代，我们家就我一个男丁独苗。我有两个姐姐，两个妹妹，我父亲娶了两个小妾，生下来的都是女儿。我妈妈去世很早，我的家族对我这根独苗倍加宠爱。

有一天，我在门口和一些富家子弟玩耍。那时，我们这班富家少爷都算是些纨绔子弟，喜欢在街上遛鸟斗狗，起哄架秧子，呼啸而来，呼啸而去。很多人对我们侧目而视，赶紧躲避开，也并不搭理我们。我们倒都是一起上学堂，可凉州大儒讲的那些说教，真是让人感觉要喷饭吐血。因我们生来都是衔着金钥匙的，对这类书中自有黄金屋、书中自有颜如玉的屁话并不在意，更不用说好好读书了。

说的还是那一天，我们这些半大的小子在凉州城的街上玩耍，手里拿着各种玩意儿，牵着大狗、拎着鸟笼子的都有。拐过街角，看到几个乞丐躺在那里要饭。他们看到我们来了，装瘸装傻的、装眼瞎的，都立时好了，啥病都没有了，站起来就跑。我们就在后面追，拿起土坷垃扔过去，砸这些臭烘烘的要饭的。

接着，远远地，一个游方僧人身穿黄色袈裟走过来，右手里拄着一根拐，左手里托着一个钵。见到我们并不躲避，一看就知道是外面来的。我们中有一个小子装作不留意，手一松，一只牵着的大狗就带着绳子冲了出去。

俗话说，狗仗人势，狗眼看人低。这只大狗欺负人欺负惯了，汪汪叫着就向那个游方老僧人冲过去。眼看着就要一口咬住僧人的大腿把他扑倒，想不到说时迟那时快，只见老僧人一低身子，手里的拐杖就横扫过去。只听一声惨叫，原来是大狗的腾空扑过去，却在半空中被拐杖砸中右腿，倒地之后就呜呜叫着，翻滚着，狗腿已被打断了。

纨绔子弟们一看这老僧人身手不凡，把狗腿打断了，一下子不知道说什么好。有的小子嘴里就开始不干不净的，老秃驴你找死啊，你在凉州还敢造次！把我的狗腿打断了，你得赔，你得赔！我看你这秃驴还能走出凉州的城门不！话是这么说，可都不敢上前，气势似乎没有那么雄壮。毕竟是狗先扑人的。

老和尚不搭理我们，起身兀自往城门外走。我站在那里没有动，忽然感觉有点灵异，似乎在哪里见过这个和尚。我们中间的小子一看和尚要走，七八个人一下子冲过去，挥拳就打，打算来一个群殴老和尚。就在这时，我看到老和尚在凉州城大街上，在众目睽睽之下，眼睛都不往后面看，一伏身，连着一个、两个、三个扫堂腿，就把七八个少年全部打倒，小子们在地上滚作一团，浑身都是灰，哎呀哦，叫个不停。

老僧人手里的钵还托着，神情镇定，他走过来，定神看着站立不动的我：少年，你叫什么？

我说，我叫令狐安。

他笑了，令狐家的，好啊。我是乐僔和尚，从敦煌来。他走过来，用手摸了摸我的脑壳，手感很重。我看你骨骼清奇，目光灼灼，很有些慧根。你跟他们这帮混账小子不一样。你会继承我的衣钵，今后你会出家为僧。等到有人找你，让你来敦煌千佛石窟找我，那就是我的圆寂之时，也是你的出家之时了，你要记住啊。

乐僔和尚朝我微微一笑，我正在疑惑之际，只见他转身就走，在傍晚的霞光中，噌噌噌噌，步伐很快，向西门疾走。我望着他的背影，恰巧看到西门外的晚霞铺在他身上，就像是他在放射着满身金光，一下子就看不见他了。

那天，其他的事情我都记不得了，只记得这个乐僔和尚和我说的话。

又过了几年，我年满十八岁，家里给我定了一门亲，是凉州大家族赵家的女儿赵娉婷。赵家从长安迁来，祖上在汉代就是官宦家族，从南阳迁到长安，又从长安迁到凉州。我们是门当户对，珠联璧合。赵家小姐赵娉婷刚满十六岁，长得煞是好看。我们本来就认识，她是家里的独女，有两个哥哥两个弟弟，刚好和我家相反，她是赵家的掌上明珠。经过说媒的撮合，我们就正式订婚了。

在凉州，大家族之间订婚是一件大事。令狐家族和赵氏家族举行了一场欢宴。一时之间，两家大宅子都是张灯结彩，在凉州也传为美谈。我和赵娉婷属于青梅竹马，她长得实在太漂亮，有两句诗可以形容她的容貌："名花夺于颊红，初月偷于眉细"。赵娉婷的美丽，比绽放的鲜花还要娇嫩，比初升的月亮还要皎洁。所以，这一次的订婚仪式十分隆重，两家大宅里都是热闹非凡，令狐家、赵家的几代人物全部出场，大摆宴席。

这天中午，日头正在头顶，夏天里，凉州天气炎热，不时有飞鸟热得受不了，从空中坠地。这让人感觉到有些奇怪。正午时分，正是订婚宴开餐的时间，礼宾司仪在举行过订婚仪式之后，高声宣布：诸位宾客，开宴！于是，一阵爆竹声声，炸得欢天喜地，锣鼓唢呐响起来，我和赵娉婷双双走过来，在众人瞩目之下互相施礼，然后拜见双方父母、各位亲友，转了一圈，正要坐定下来吃饭。我冷不丁看见宅子门外，走进来一个身穿黄色袈裟的年轻和尚，手里托着一个钵。有人拦着他，他挡开，二话不说，径直走到我跟前：令狐公子，师父乐僔和尚派我来，让我把钵交给你，此时，他已在千佛洞圆寂了。他把手里的钵递给我，我犹豫着接过来之后，这个年轻和尚转身就走，一下就消失在门口了。

我手里举着那个我曾经见过的钵，一刹那我已明白，我要出家了。

我不想再详细叙述我是如何摆脱家庭的羁绊来到这里的。起先，当我在订婚欢宴的第二天，手里托着那个钵，到我的父母面前说，我要出家为僧的时候，他们都惊呆了。然后，我又去告诉赵家这个事。赵娉婷她一下子愣住了，她完全想不到我会有这么一个想法和举动，她不理解，感到受到了羞辱，当天就想投井而死，被父母亲拦住，一下子卧床不起。

我被父亲母亲看住，锁在宅子里，不让出来，我就绝食。几天之后，还是那帮小时候的玩伴帮了我。他们了解我，一旦我做了决定，是不会改变的。入夜，他们翻墙进入我家，打开窗户，用绳索将我拉出去，然后搭人梯让我翻越了令狐家高大宅子的院墙。

我是半夜逾城而去。半夜逃出家庭，我到哪里落脚呢？我手里托着钵，那是乐僔法师给我留下来的。我就先到凉州仙岩寺落发为僧，成为沙门比丘。我的家人听说后，派人围住仙岩寺，让僧人把我交出来。我攀上树逃到了后山。而后，我独自上路，历经数十天的波折，才来到敦煌千佛洞，来到这个洞窟中。

如此说来，我是响应了乐僔和尚的召唤，来到了三危山下的敦煌莫高乡。

一大早我醒来，感到身体僵直，饥饿困乏，就走出洞窟。我看到有些游方僧人和禅修僧人，在这片红石崖下，远远近近地走动。我一边吃着干饼，一边攀援到红石崖顶，但见崖顶的西面是无尽的沙丘。我转身，看到此刻的朝霞正把三危山映照得一片金光。这又是一片佛光胜境的景象，我心潮澎湃，似乎看到乐僔法师年轻时来到这里，也和我一样看到了这万道金光，决心在这里开凿石窟，修成正果的那个时刻。我的心顿时宁静了。

后来，我在崖外的寺庙挂单后，每日都到洞窟中苦修坐禅。给我钵、给我传递消息的那个年轻的僧人，我再也没有见过。我在千佛洞找他，没有见到他。修禅十分艰苦，在这片山崖的北区，一些修禅的和尚开凿了不少生活窟，平时，他们就住在那边。我和他们住在一起。没有人去问别人的事情，也没有人问我。每日，天亮之后，我们纷纷从生活窟走出来，前往南区的禅修库。

在山崖上，更多的洞窟正在被开凿。有的洞窟的开凿需要好多年，供养人也有很多。有各种各样的供养人，有穷苦的，卑贱的，也有平常人家和富裕户，还有达官贵人做供养人。供养人都要从沙州雇用开凿石窟的人。在莫高窟乡，人渐渐多了起来。他们知道我是乐僔和尚生前点化的人，对我另眼相看。乐僔和尚在这里有石窟的开创之功。

可到底哪一个石窟是他最先开凿的，没有人说得清楚。也有人告诉我，在我经常进行禅修的、有交脚菩萨坐在西壁的这个洞窟，就是乐僔最早开凿的。只不过这几十年，从前秦到北凉，有很多人在最早开凿出的洞窟上继续凿进，画壁画，做彩塑，它们已经不是原先那些石窟了。

在这个洞窟中，我在北壁下面的禅龛坐禅。每天都是如此。这个洞窟里的佛传壁画，仿佛画的就是我的生平，可那是释迦牟尼的生平啊。我经历了佛祖曾经经历的那些场景，一直到夜半逾城，我去仙岩寺出家为止。其实，我很早就意识到，生、老、病、死，是人活在世界上的终极面对。我有很多问题在脑海里翻转。每天坐禅，我和壁画上的佛传故事对话。我想到乐僔和尚点化我，在我十三岁的时候，我已经在思考死亡。在我的身边，死亡在大家族里经常发生，人人在长大，变老，不可逆转。在凉州，死亡对于一些人来说是解脱，是人们日常生活具有仪式感的事件，而新生命也不断在家族中出生。人为何而生？每个阶段，又怎么变老的？人生有什么意义？人之为人何为人？老之将至人有什么意义？死亡是寂灭，是完全没有吗？生命最终的归宿就是死，那么，转世又是怎么回事？来世呢？这是不是骗人的把戏呢？人横竖不过就是一辈子，是不是就像佛陀的涅槃，真能够达到不生不灭？

我发现我的母亲在千佛洞这边徘徊。她由几个凉州的家族男丁陪伴，前来找我了。他们一个洞窟一个洞窟地寻找我。我起先躲开了，可最终和母亲相遇了。

我双手合十，站在宕泉河边的白杨树下，低头不说话。

母亲由两个族人男丁搀扶着，她发髻高高，衣着华美，可她的表情很悲戚。儿子，自你出家后，你父亲已经一病不起了。我终于在这里找到了你。你就非要出家吗？你跟我回去。赵娉婷都快哭瞎了眼睛。你回去，你还俗还来得及，你是我令狐家的一根独苗。你太狠心了！

我双手合十，低眉顺眼，内心的滔天巨浪，正在吞没我。我赶紧从她身边跑开。我要消失在北区那些洞口很低矮的生活窟里，进去就藏起来，不让他们再找到我。

我躲在一个很低矮的生活窟里，在里面坐禅，三天不吃不喝。我不能再让我母亲看到我，另外，我要斩断和她、和生我的这个女人的联系。六根不清净，要斩断人间的亲情与恩情。我哭了，我的泪水像是念珠一样滚动，在我的胸膛上、在我的手臂上、在我的手掌上。我伸出手接住我的眼泪，这些眼泪都化成了晶莹的水晶珠子。我拿一根线把它们都穿起来，我把这些晶莹眼泪变成的珠子串成了佛珠项链，戴在我的胸前，感觉很冰凉。泪水流干，我的心变得坚硬。等到我再走出去的时候，我知道我母亲已经走了。

我站在红石崖边最高的地方，眺望凉州的方向。那里是生我之处，我母亲也在那个方向上消失，我再看一眼，然后，我就会忘记我的来处。

我必须在洞窟中艰苦修行。这是我的命运，乐僔法师生前做了那么多，我又能做些什么？我问我自己，我达到自身的圆满，修成我自己的罗汉果，是不是都很艰难？我又找到这个交脚佛像所在的洞窟，我最喜欢这个洞窟的壁画。佛传壁画，还有五铺佛本生故事壁画，这些壁画，都是留给我的启示。

我母亲走了之后，又过去了大半年。开春了，一切都在萌发着生机。戒，定，慧，我也在每日精进。

有一天，我正在坐禅，忽然听到洞口传来一阵呼哧呼哧的喘气声，一个人爬了进来。我定睛观瞧，这个人掀开头上的一顶草帽，我一看，竟然是个女人，她是赵娉婷。我实在太诧异了，站了起来，走过去：你怎么来了？那么远的路，你一个人来的？你是怎么爬上来的？

我看着她，她把自己打扮成一个男人。掀去帽子，露出秀发，摘掉遮在口鼻处的罩巾，她比我记忆中的赵娉婷要成熟了，她长大了。她还是那么美丽，那么动人，让我情不自禁想到有一个族人写她的诗："名花夺于颊红，初月偷于眉细。"现在，她的脸庞更加圆润，她看着我，分明在笑，又在哭。她激动万分，一下子扑过来，就在这洞窟中的方寸之地，她抱住了我。她的脸和我的脸如此靠近，她的眼睛和我的眼睛里的目光都像箭一样射进了对方的心灵深处。什么都不用说，我就知道，这个女人内心的火焰足以把我烧成灰烬。赵娉婷她吹气如兰，赵娉婷她身上的香粉气息吹进了我的鼻息，赵娉婷的头发在我的脖颈间轻拂，她热烈地亲吻我，把脸拱在我的耳朵边，此时此刻我方寸大乱，怎么能把持得住？

我就是你的女人，你要跟我回去，我死也要把你带回去。你赶不走我。她说。她的眼睛里都是火。

我不知道说什么好，我的身体已经发生变化，我沸腾着。此刻，她就像是一条蛇，盘踞在我的身体上。在这个禅窟，还能发生这样的事情，简直匪夷所思。我压抑住情欲，我知道我的修为还远远不够，我推开她。我要破戒了，再这么下去，谁人能把持得住呢？我的怀里坐着一个本来就曾属于我的、饱满的、活生生的女人,她眼睛里春水荡漾,明眸善睐,她一往深情地看着我,我怎么办呢?哎呀,我怎么办呢?

我口中不停地念佛,请求佛祖加持。我必须要稳定住心神。我不看她,坐下来,奋力摆脱她,坐进我的禅窟。这可能又是佛祖在考验我。我双手合十,禅龛很小,她进不来。但她就坐在我对面用手摸我。我口诵戒律,闭上眼睛,赶紧稳定心神。她说她的话,有的话飘进了我的耳朵,断断续续的。她来这里,几百里的路,有族中的男人陪同,她就有了安全的保障。关键是得让她回去,要她死了这条心,既然我出家了,我就是出家人。

我是僧人,我不能和你回去。赵娉婷显得并不急躁,她可能已经经受了我出家后所有的打击和折磨,早就变得成熟了。她脱掉外衣,露出粉衣,就想让我破戒,我也差点破戒。啊,今天,我无论如何不能破戒,在这个洞窟里,我们俩一个男人,一个女人,我们相对而坐,我们是佛前的童男童女,我们一起禅修吧。

我已经打定主意,无论她说什么,我都不再开口,也不再看着她。我的目光不能和她那热切的目光相遇。

一天过去了。她出去了,又回来,带进来吃的,素食锦,放进我的钵内。还有热水。只要有水,我可以不吃饭,三天不出去。可我无法把她强行推出去。好吧,既然你来了,你就是佛祖的试金石。你来了,赵娉婷,我和你这一世有一个未了的因缘,那么,也许是我前世欠你的。我只能修成我的罗汉果,来世再报答你。赵娉婷,你娉娉婷婷婷,你婀娜多姿,你香气逼人,你眼波如流,你浑身发热,你青春活泼。很好,这就是你的生命应该有的样子,可我不能和你回去了,我已经出家为僧。我在这里修行,我就是佛祖面前的坐禅人。你愿意在这里,我赶不走你,你愿意待着,你就待着吧。

过了一天又一天,我考验着我自己。她和我说什么话,她如何拥抱我,如何在我的肩头因哭泣和困倦而睡着了,我都不是无动于衷,可我表现得无动于衷。我是不是佛前的阿难?我不知道交脚佛像怎么看我。佛像的眼珠子突出,多少有些呆板。佛祖啊你是怎么想的?你这泥塑凡胎,真的有灵性吗?洞窟里那几铺佛本生故事,就像是一幕幕的场景,在我的眼前流过。我不愿意去重复那些佛祖前世的故事,那可能也是我的故事。佛祖释迦牟尼降魔成道的故事正在发生。佛祖面对魔女的诱惑时做了什么?在《普曜经》中,魔女有三十二种绮言作姿,诱惑佛陀:

一曰张眉弄睛,二曰举衣而进,三曰言口并笑,四曰展转相调,五曰现相恋慕,六曰更相观视,七曰姿弄唇口,八曰视瞻不端,九曰婐媆细视,十曰互相礼拜,十一曰以手覆面,十二曰迭相捻握,十三曰正住佯听,十四曰在前跳蹀,十五曰现其髀脚,十六曰露其手臂,十七曰作凫雁鸳鸯哀鸾之声,十八曰现若照镜……

啊,我渐渐地能够直视赵娉婷的眼睛了。这么多天过去,现在,我确实能够直视她的眼睛。她有三十二种绮言作姿,都施展了。她看着我,我看着她,我的眼睛里不再有情绪,清澈见底。我不摇头,也不点头,我不肯定,也不否定。我禅定。我看着她,她看着我。她会觉得我陌生吗?她只有觉得我是陌生人,她才能离开。

我不再走出洞窟了。任凭她怎么说,想怎么做,我都不再走出去了。外面那大千世界,早就化作我内心的净土。我不再出去,她看我,我看她,没问题。任凭她怎么对待我,我就是不说话,我修行。她感觉我变成了木头人?她哭了,又笑了,摇晃我的身体,我也跟着摇晃,可我的心意十分坚定,越来越坚定,我不会走出去。有一次她走了,我渐渐入定。我看到了更多的画面,可能是饥饿的原因,我看到了西方净土极乐世界的更多画面,口诵《阿弥陀经》:

极乐国土,有七宝池,八功德水充满其中。池底纯以金沙布地。四边阶道,金、银、琉璃、玻璃合成。上有楼阁,亦以金、银、琉璃、玻璃、砗磲、赤珠、玛瑙而严饰之。池中莲华,大如车轮,青色青光,黄色黄光,赤色赤光,白色白光,微妙香洁。

彼佛国土,常作天乐,黄金为地,昼夜六时,雨天曼陀罗华。其土众生,常以清旦,各以衣裓盛众妙华,供养他方十万亿佛,即以食时,还到本国,饭食经行。

不知道过了多少天,她又进来,她步履很轻,带来一些鲜花和水果。那是幻象,也许是。她来到我坐禅的小龛前,惊讶地看着我,伸出手触摸我,我没有知觉,是的,真是这样,我变成了一具石头坐禅者。可我的灵魂心意都还在这石头身躯里，人已经无法动弹。她推我，摸我，她哭，她笑，我都了解这一切，我看到这一切。

是的，我已坐化为石头禅者，在我坐禅小龛中看着她。我能听见她的呼喊，能感受到她的深情，她的眼泪，她的心灵的形状。可我已经变为石头禅者。她慢慢安定下来，凝视我，仿佛要把我刻进她的记忆之碑。她触碰到我的眼泪做成的那串佛珠，一瞬间，在我的右手腕上散落下来。她一颗颗地捡起来，聚拢起来，收入一个香囊里。她想了想，把我眼前的钵拿起来，揣在怀里。然后，她离开了。

她走出去的时候，身影在洞口挡住了阳光，洞窟内暗了一下。接着，她出去了，外面是光明世界。而洞窟之内，复归为一片永远的寂静。

第二窟：第285窟，一个凶徒

这个洞窟内因有大统四年、五年（公元538、539年）的榜题，可以判定为西魏时期所开凿，这也是敦煌莫高窟中有纪年题记的早期洞窟。

这是一个禅窟。禅窟，就是佛教徒用于修禅、坐禅的洞窟。一进来就能感觉到，在这个洞窟内，有一种凝思的氛围。洞窟的主室正面，也就是西面，开有三个佛龛。洞顶为方形的覆斗型华盖式藻井顶，藻井周围绘有垂幔和流苏，向四披过渡。四披有飞禽走兽和佛教图案组成的天象图，构成了洞窟覆斗型顶那十分繁复华美的图案。你如果仔细看，在覆斗顶的东披，绘有伏羲和女娲的形象，其他很多鸟兽飞仙等，带有中国神仙想象和佛教的融合。南披和北披则绘有东王公和西王母的形象，令人仰头观瞧的时候，心里顿生敬畏和向往。流线形飞动的大鸟和尾翼十分飘逸，并且有奇幻的感觉，看上去有些让人头晕目眩。

在正面的三个佛龛中，最中间的是大佛龛，塑造了一尊端坐的佛像。佛像后面的两侧壁画，画的是印度密宗的帝释天等形象，下面还画了四大护法天王像。在大佛像左右的小佛龛中，各有一尊禅僧像盘腿而坐，似乎是结跏趺坐。这是依照现实中的僧人形象塑造的，禅僧坐像神情舒朗，眉毛宛如柳叶上扬，嘴角上翘，似笑非笑，显示出禅定的内心，一片清净的沉静与一心向佛的安详。

在南北洞壁，各开了四个小禅窟，一共八个。每个禅窟，或者叫禅室，仅仅容得下一个人坐禅，说明这是一个典型的禅窟。在洞窟的北壁上，画有八铺壁画，都是说法图，也就是弘扬佛法时，为不识字的人讲说佛法的看图说话。八铺说法图的下面，每一铺下都是一组供养人的画像，并带有题记。上面说到大统四年、五年的墨书题记，就是写在这里的。

第一铺说法图是常见的二佛并坐图，也就是释迦牟尼和多宝佛并坐说法的壁画。其余的说法图，画的全是一佛二菩萨的标准配置。

在洞窟的南壁上段，画的是莫高窟的第一幅五百强盗成佛的因缘故事。此后，其他洞窟所画的五百强盗成佛图，都比这个洞窟要晚。所谓因缘故事，一般就是讲述释迦牟尼佛度化众生的故事。强盗成佛这样的故事是怎么样的呢？话说，在古印度迦陀国，有五百个强盗聚集在一起，他们经常拦路抢劫，滥杀无辜，阻断和邻国的交通要道。后来，国王派兵前来围剿这五百强盗，把他们抓到后，处以酷刑、剜眼、割鼻、剁手、削耳，还把他们放逐到荒野上，让这些强盗自生自灭。

五百强盗在荒野上痛苦哀号，佛听见了，从天而降，给他们讲说佛法。这些强盗听了佛法之后醒悟过来，产生了悔意，并皈依佛法。佛就往他们身上撒神奇的药粉，他们的伤口全部愈合，器官都长好了，眼睛也复明了。他们放下屠刀，立地成佛。

在南壁上，整个因缘故事是以长卷的方式来展开。从左到右，依次画出强盗和国王派出的身披锁子甲、骑马奔跑的官军作战，战败后强盗被捕，然后被施以酷刑。强盗们哀号受刑之后，被流放在山林中，然后是佛祖现身说法，五百强盗听佛讲说佛法而后皈依的场景。这个绘画长卷，显示了无名画家那卓尔不群的表现力。画面上不仅人物动作生动，角色鲜明，而且无论是强盗还是官军，无论佛陀还是鸟兽，他们都处在更为宏大的场景之下，那就是自然。城池、高屋、山峦、河流、树木、水池，都成为画面上栩栩如生的背景。在释迦牟尼佛说法的时候，但见在山丘环绕之下，还有鸭子、鹭鸶等水禽水鸟在水波荡漾的池子中游动。狐狸、山鹿等动物隐现在山林里，翠竹掩映着佛陀的身后，带有着青绿山水风景画的悠然和生动。

洞窟南壁的下端，画的是宾头卢度化跋提长者及其姊妹因缘故事，和佛度恶牛因缘故事。这两个因缘故事画在莫高窟所有洞窟的壁画中，仅存在于这一处。宾头卢度化因缘，说的是一位叫跋提的长者皈依佛法后，他姐姐还是不信佛。

佛祖派宾头卢前去度化跋提的姐姐。宾头卢就以各种方法来感化跋提的姐姐信佛,最终使她皈依佛门。在这铺因缘壁画中,只画了宾头卢倒悬空中、跋提给众人施饼的场面来表现这个因缘故事,构图比较简单。

佛度恶牛因缘,简单说,就是佛在通过有五百头恶牛的沼泽地时,降服了领头的一头恶牛的攻击,并为恶牛说法,恶牛死后转世到忉利天宫,得了须陀还果。五百个放牛人也皈依佛陀,成为比丘,最后得到了阿罗汉果,都修成了正果。

这个洞窟内,供和尚坐禅的小禅室,画了沙弥守戒自杀的因缘故事壁画。这个因缘故事说的是古代印度有一个安陀国的长者,把儿子送到一位高僧那里受戒为小沙弥。后来,小沙弥去一个人家化缘,得到那家女儿的爱慕。女子百般引逗,沙弥守戒,坚决拒绝了少女的示爱。最后无法拒绝,引颈自杀。后来,国王知道了这件事,火化了小沙弥的遗骸,起建一座塔,进行纪念和供养。

我杀了好几个人。我是一个凶徒,有人追我,但我逃走了。我要逃得远远的,可这天地玄黄,到处都是人,我能逃到哪里去呢?那就向西!向人迹罕至的地方逃。

我觉得这是一个很聪明的主意。要是在人烟稠密的地方待着,就会很容易被抓到,我就一路向西逃。可有一句话叫作法网恢恢,说的是佛法无边,有罪是逃不脱的,罪孽一旦生成,我心里很是焦躁不安,备受煎熬。我逃啊逃,白天在脸上抹一些泥灰,晚上在脸上抹一些炭灰，这样在白天里我的脸看不清，晚上我的脸看不见，就没有人认出我了。

出姑臧城的时候，看到城门边贴着我的画像，我已经成为通缉对象，正被官家追捕。我脸上有泥灰，还戴着一顶草帽。我把草帽的帽檐往下面一拉，半张脸隐藏在草帽的影子里，就这么想着蒙混过关。我这么做是作茧自缚，欲盖弥彰。果然，守卫城门的人一把就把我抓住，我心里一惊，右手按住我腰间的短刀。我的帽子被抬高了，守卫看着我的脸：叫花子，你的脸太脏了，真臭，滚吧！他很嫌弃我，就松开了我。

我身上是很臭，那是由于我杀了人之后在逃跑路上掉在泔水池子里，我半边身子都是臭的。守卫没有认出我，我出了城门。其实，我瞥了一眼贴在城墙门边上的我的画像，不知道是哪个笨蛋画的，日奶奶的，画得一点都不像我。我一阵庆幸，赶紧逃走了。

我其实最喜欢的就是画画。在我家边上有一座庙，我在庙里玩耍，有两个画工往庙里的墙上画菩萨罗汉，进来个人，说画工画得不好，他想试试。

那个人就是老赵。我是一个闲汉，对很多事情都很好奇，有时候顺手牵羊，偷点香客的东西。当时，我看到这个人戴着一顶草帽，帽檐压得很低，他看着庙里请来的两个穿着青色衣服的画匠在画菩萨。庙里的方丈也在那里，站在地上看着画稿的模板，在那里指手画脚，对他们画的东西很不满意。

我溜达来溜达去，没有找到下手的机会。这一天是阴天，庙里的香客少，我什么都没有趸摸到。我感觉那个戴草帽的男人看了半个时辰，他掀开草帽的帽檐，对骂骂咧咧、十分不满意的方丈说：方丈大人，我学过一点绘画，我给您画两笔试试。

方丈同意了，把两个画工赶走，让这个人上场。这人就掀掉草帽，露出扎了发髻的脑袋。他拿着画笔，上了架子。我这个闲汉也走过来看他画壁画。

只一个上午，他画出来的一幅观音菩萨像美丽逼真，所有的人都惊呆了。这观音微微低垂着眼睑，似乎略带一点温柔的羞涩，峨冠博带，身上珠宝翡翠什么都有，雪白的肌肤——没错，在墙上，能看出观音像那雪白的肌肤在薄薄的轻纱之下若隐若现。我就继续蹲在那里，看这个人画画。他站在高高的木架子上，往墙上画那些菩萨罗汉五台山。眼看着一片青绿山水中出现了佛像、菩萨、金刚力士，还有五台山道场，清晰可见，蔚为壮观。

方丈对他十分满意，就让他留在庙里画壁画。我溜达过来，有时候，他让我给他当帮手，递递颜料盘子，或把画笔蘸湿了递给他。后来，他站在木架子上把四壁画完。其实，主要是东西两壁，南北屋墙的中间开了门，供人们进进出出，南门北门边都是罗汉像，那是塑像，背景简单画一些就好了。

画藻井的时候，他在木架子上搭了一块横着的木板，他躺在木板上，仰脸画那佛国胜境，嘴里还在哼着佛曲。佛曲在他嘴里是一副懒洋洋、要死不活的那种腔调。我觉得他好像不是一个信佛的人，他画这些纯粹是为了谋生。因为庙里方丈看他画得好，就给他加了钱，让他来画这佛国胜境图。只听说他姓赵，他不说他的身世，好像是从外地逃来的。这是庙里的和尚告诉我的。

我就跟老赵学画画。他教了我几个月,我很聪明,很快掌握了绘画敷彩技法。有一天晚上,闲聊的时候,老赵说,你知道我为什么来到这个地方吗?

我说,师父,我不知道。你来姑臧,是为了混口饭吃吧?

他把门关好。徒弟,我看你人很聪明,就和你说实话。我在南方,曾遇到一个游方僧人。这和尚告诉我,他在这个寺庙里待过,方丈夺走了他手里的两尊金佛,还把他赶走了,他愤愤不平。这个游方僧人继续云游,不知道去哪里了。可他说的话,竟然在我的心里生根发芽了。我就很想到这座寺庙里,找找金佛。

我的眼睛亮了。我觉得赵师父把我当他的贴心人了。我说,师父,您找到金佛没有?

他抓住我的肩膀,看着我,徒弟啊,你会不会帮我一个忙呢?

我说,当然啊,师父,您比我爹对于我还重要,我当然万死不辞。

他点了点头,好,我告诉你,这几个月我都在寺庙里找金佛,琢磨方丈会把金佛藏在哪里。我终于找到了!就在方丈室里屋的地下室里,有一道地门是个暗门,打开来进去之后,我不仅见到两尊金佛,一大一小,还有一些金元宝和银元宝,都是方丈藏起来的不义之财。

我感觉赵师父想干一件大事。我的心狂跳起来。没有人听到金佛金元宝不兴奋的,我也一样。我兴奋地说,师父,你说话,你说咋样就咋样!我一定跟着您干到底。

徒弟,你跟我一起,把方丈室内的地下暗室的金佛和元宝偷出来,然后,我们师徒二人远走高飞,怎么样?

听到远走高飞,我浑身冒汗,师父,怎么干?偷了金佛,我们去哪里躲避呢？

赵师父说，怎么偷，我告诉你。怎么逃，我也告诉你。那就是，向西走，我们去敦煌郡，然后再到于阗去。总之，跑得越远越好，只要我们手里有金佛和元宝，走到哪里都不怕。

我下了决心，说，好，师父，那我就跟定你了。你说怎么办，就怎么办。

当天晚上，按照赵师父的计划，我跑到方丈屋子里，来了一个调虎离山。我着急慌忙地找到方丈说，方丈大人，不好了！弥勒殿那边佛像身上，盘着一条大蛇，太吓人了！

方丈一听，说，那我去看一看，你来带路。他就跟着我，来到了弥勒殿。赵师父就趁着这个机会溜进方丈室，伺机下手盗取金佛和元宝。

我带着方丈来到弥勒殿，却没有看到蛇。本来我在弥勒佛像身上放了一条菜花蛇，可眼下不见了。我在柱子和烛台周围找了半天，也没有看到。看来这条蛇很不配合，提前溜了。我很心虚，说，方丈，真有一条大蛇，可它现在跑掉了，刚才我在这里打坐，真的看见了。

方丈有点不高兴，他忽然感觉到有点不对劲，他是一个很灵的大胖子，觉得我在调虎离山，就说，那你跟我走，到方丈室，我给你说说佛法。

我心里很忐忑地跟着他回到了方丈室。进门后走进里屋，他就发现地上一面毯子掀开了一角，一道掀门就在眼前，暗室就在下面。他很生气，打开这个木盖掀门，下面出现了台阶。他走进去之后就很快上来了，说，你这个贼人！你里应外合，把我寺的金佛和元宝都偷走了！

我百口莫辩，我知道赵师父肯定偷走了金佛和元宝，然后逃走了。我被方丈骂得狗血喷头，他大声责骂我，问我谁是同谋犯？看我不吱声，威胁着要把我交给官府，对我处以凌迟。

我吓坏了，情急之下，我抓起供桌上的一柄铜制佛像，猛地砸到他的脑袋上。我一不做二不休，砸了五六下，就把他砸死了。我杀了方丈，怎么办呢？我想了想，就把他推到那个暗室里面，重新盖上木盖门，挪过来地毯，方丈室里屋恢复了原貌。

我的心怦怦跳，感觉自己上当了。那个赵师傅也可能欺骗了我，眼下他拿了金佛和元宝，一定跑掉了，撇下我来顶罪。他本来就是这么设计的。

现在，我变成了杀死方丈的罪人。真是一念之间，我就成了杀人犯，这可怎么得了？我一定要找到赵师父，他跑到哪里去了呢？我忽然想到，赵师父说过，他有一个相好的女子，就在姑臧的南城，那是一个漂亮的寡妇，开了一间布匹店。他兴许躲到那里去了，我要去找找。

我揣着一把利刃，绑腿上也绑了一把尖刀。我收拾停当，就去那个布匹店找他。我找到了那家店铺，可店铺的门关着，没有开店。难道他们跑了？我围着屋子转了一圈，从后墙翻进她家的院子，看到后屋门也紧闭着。当时，已是傍晚时分，天色昏暗，我听到屋子里似乎有什么声音和响动，我就蹲在外面偷听。

果然，赵师父和他的相好、那个布匹店寡妇在屋子里正淫乐呢。

哎哟，一阵阵快活的女子浪声传出来，搞得我脸热心跳。这两个狗男女！等着我宰了你们。过了一会儿，我听到他们消停了，然后在说话，说的都是未来的打算。

他们说话的大意，就是要连夜收拾好，往敦煌走。赵师父还嘲笑我，说我就是一个笨蛋，估计已经让方丈当贼抓起来了。我听到这里，气得冒烟。老赵和小寡妇就要逍遥法外，远走高飞了。可他们想不到，我都听到了。我在屋外是恶向胆边生，我是一个泼皮，可是我并不想杀人，结果今天我失手一下子把方丈打死，根源还在赵师父这里。想到这里，我怒火万丈，拔出短刀，推开门冲了进去。

油灯光影的晃动中，只见赵师父和小寡妇这两个狗男女光着身子，正打算起身穿衣服，我大喊一声，姓赵的，你把我害惨了！他们猝不及防，惊慌失措。我冲过去就是一顿猛刺，我学过一些拳脚，知道人体哪个部位容易受到伤害。我的刀刺出去，扎在这对狗男女的身上，寡妇的尖叫声十分恐怖，赵师父闷声不响倒下了。我欣快无比，感觉到杀掉仇敌后的那种快意恩仇。

他们倒下去不吱声了。我停下手，把他们翻过来，仔细察看，这两人都被我杀死了。

我转身看到了在床头柜上放着的包袱。我打开，里面有两尊金佛，一大一小，还有一些金元宝和银元宝。我想，我必须要冷静地想一想，我应该去哪里。我去水盆边洗着血手，脱掉血衣，换上小寡妇给老赵准备好的干净衣服，把金佛重新包好，放在我的包袱中。我翻遍了寡妇的屋子，找到一些碎银子，也都拿上，然后趁着夜幕，向西边逃去。

从姑臧到甘州，从甘州到肃州，从肃州到敦煌，这一路我走走停停，十分辛苦。我在逃亡的半道上，买了一头驴代步。我逃到甘州，驴累坏了，我就把黑驴卖给一家餐馆，又买了一匹枣红色走马，继续逃往肃州。到达肃州，枣红色走马也累坏了，我又买了一匹白马。在肃州的一座寺院门外，我买了几卷佛经抄本带上，装成礼佛之人，继续往敦煌逃窜。

我到达敦煌，在城内四下溜达，我感觉这里的人十分警觉。或者是我自己做贼心虚，总觉得有人在观察我。我很小心，时刻惦记着我那装着金佛和元宝的包袱，每到一个地方，就小心地先把包袱藏好。可能在敦煌，本地人就是喜欢观察来这里的外来人。这里的外来人很多，在东西大道之上，敦煌刚好是一个驿站之城。东来西往、南来北往的人多，驿站也很多。在驿站客的房间里，有小柜子柜门可以上锁，我就把包袱放进去，先用铜锁锁起来。

我在敦煌住了几天。有一天，我碰到一个豪门大族出行的人马车队。这个豪门是敦煌的大族，他们要去敦煌莫高窟千佛洞，供养自家的家族功德窟，礼佛诵经。我站在客栈门口，看到这家豪强大族前去千佛洞礼佛的队伍络绎不绝，前面有开路的马队旌旗招展，吆喝着闪开！闪开！接着是盖着帘子的豪华马车五六辆奔驰而过，里面肯定坐着女眷。车身雕梁画栋，车轱辘高大无比，马车手威风凛凛，一副牛哄哄的样子。这马车善于走流沙路，车身装饰有流苏，骑在马上的男子有好几十人，前呼后拥，浩浩荡荡。

我听说，在敦煌东南方五十里的一面红石崖上，已经开有洞窟几百座。在那里，开窑人、画匠、泥塑匠、礼佛人、游方僧人、坐禅修禅僧人有很多，是一个既清静又热闹的地方。我觉得那里可能是我最好的藏身之所。我想，在敦煌城内容易被官府追捕，就决定去敦煌千佛洞看看。一来，我可以在那里找个洞窟，当个画工画壁画，挣点饭钱，我带的碎银子花得差不多了快没钱了；二来，跻身于五方杂处之地，没有人会关注我，我可以好好想想下一步该怎么办：我是继续向西走到于阗呢，还是就地找个营生隐居起来。

我就骑着我的白马，驮着几卷佛经，装扮成一个礼佛之人，前往莫高窟千佛洞。

我到了千佛洞，这里果然十分热闹。虽然处在鸣沙山的窥伺之下，红色崖壁之上，洞窟很多。开窟人、画匠、修禅僧人来来往往，少说有几百人在一个狭小的地方走动。崖壁上开好的洞窟就像是黑洞洞的眼睛，凝视着东边的三危山逶迤而去。三危山和鸣沙山之间，有一道白杨树林和一片平缓的坡地。

骑在马上，我眺望着这片香火繁盛之地，我的心忽然变得安详了，杀了人的那种罪恶感减轻了一些。我长长地叹了一口气，希望能变成一个正常人，有一个正常的结局。回想起来，我不是非要杀人，可我就是很倒霉，一下杀了三个人。

这个下午，我策马来到洞窟前，一个一个洞窟探望。见到洞窟里有人坐禅或者在画壁画，我就和他们打打招呼。崖壁边搭着好多脚手架，一些开窟人正在开新洞窟。有不少僧人出没于洞窟之间。洞窟高高低低、错落有致地分布在红色崖壁上，进进出出很多人，这里看来正是我躲避的合适之地。

我把白马系在洞窟前的一棵杨树上。那里有一些拴马桩,有不少骡马拴在那里。我找了一个二层的洞窟,攀缘进去。一走进去,就感到光线暗了下来。这个洞窟是一座方形窟,不知道是谁开凿的功德窟,完成没几年,里面的壁画十分鲜艳,主龛的佛像端坐在那里。这是一座禅修窟,在南北两壁的下端开了一些禅修的小龛,小龛中的坐禅禅师像也都栩栩如生。下午的阳光已经西移,反射进洞内的光线很清淡,显得朦胧一片。很奇怪,进入这个洞窟之后,我忽然感到格外安详。我把身上背着的装有金佛和元宝的包袱以及几卷佛经,小心翼翼地放到主佛龛佛像的脚下。抬起头,我看到佛陀像在对我微笑。是的,佛像在对我微笑,我也朝佛像微笑。

我在主室铺开带来的铺盖,躺下来,感觉很疲乏,一下子睡着了。

我不知道自己睡了多久,我做了很多梦。在梦中,都是各种人要来抢我带的金佛和元宝的情节。总之,我睡得并不踏实,醒来后我发现天已经黑下来,我就点燃蜡烛,赶紧看我的那个装有金佛的包袱。它还在佛像的脚下,安然无恙,我放下心来。

我举着蜡烛,仔细察看这个禅窟的佛像和壁画。佛像塑造得很简洁,面目慈祥。壁画却华丽万端。因我跟着赵师父画了大半年的壁画,对很多佛传故事、因缘故事、经变故事画比较熟悉,举着蜡烛仔细观瞧。这时,我看到了洞窟里的《五百强盗成佛因缘》长卷故事壁画。

这个五百强盗皈依佛祖的因缘,说的是在古印度迦陀国,有五百个强盗啸聚山林,他们经常拦路抢劫,滥杀无辜,阻断交通。后来,国王派兵围剿,把他们抓到以后处以酷刑、剜眼、割鼻、剁手、削耳,还把他们放逐到荒野上,让这些强盗自生自灭。

我看到眼前的壁画中，表现出五百强盗在荒野上的树林里痛苦哀号的情景，佛听见了，从天而降，给他们讲说佛法。这些强盗听了佛法，醒悟过来，产生了悔意，最后全部皈依佛法。佛就往他们身上撒神奇的药粉，他们的伤口愈合，眼睛也复明了，放下屠刀，立地成佛。

因缘故事以长卷的方式展开在南壁上。从左到右，依次画出强盗和国王派出的身披锁子甲、骑马奔跑的官军作战，战败后被捕然后被施以酷刑，强盗们受刑后被流放在山林中，佛陀现身说法，五百强盗皈依的场景。这个绘画长卷，让我看得心惊肉跳，大汗淋漓。我忽然有一种醍醐灌顶的感觉，我作为一个杀人逃犯，真是鬼使神差，跑到了这个洞窟里，在这样一个晚上，看到这样一铺因缘故事壁画，这难道不是天意吗？

我吓出了一身冷汗，赶紧把蜡烛放到主龛上，面对着交脚佛像，跪了下来，大声祷告起来。我开始向佛祖倾诉自己的罪过。佛陀啊，我杀了人，而且不止杀了一个，杀了三个！我是杀人后的逃亡者，逃到了这里，鬼使神差，进了这个洞窟，看到了这一铺壁画。在佛祖的面前，我要忏悔……

我就一五一十，向佛像诉说，我是怎么杀了方丈，我手里的铜佛像砸到方丈的后脑壳和太阳穴上的时候，就像是砸在我自己的脑壳上和太阳穴上一样痛苦。实际上我根本就不想杀他，可我下手了，这是为什么？佛祖啊请告诉我。我感觉受了赵师父的欺骗，他把我推到了绝境，于是我去找他，他害了我，我听到他和姘妇小寡妇嘲笑我的话语，我又恶向胆边生，起了杀心。佛祖啊，我不想杀人，可我怎么又起了杀心？我用刀把姓赵的和那个寡妇杀了，我是不是犯了滔天大

空城纪

罪？我当然犯了大罪，杀了这两个人，我就一下杀了三个人。佛祖啊，我是杀人的罪人，现在我在你的面前跪着，我痛哭流涕，我要忏悔。我可能受到了金佛和金元宝的诱惑，金子放出的金光早就腐蚀了我的灵魂，我的贪婪让我最终背负了杀人的罪孽，我向杀人的深渊越走越深，不能自拔，我怎么办呢？佛祖啊，我现在就在你的面前，我不知道前路如何走，我不知道，我是要生，还是要灭……

我汗流浃背，絮絮叨叨说了半天。我看到那尊端坐的佛像在冲我微笑。在烛光的影子中，佛祖是不是对我有所点化呢？就在这时，我听到在我的身后传出一个声音：

真是佛法无边，回头是岸！你这个罪人，果真前来忏悔了。

我吓坏了，转身一看，借着烛光，我看到北壁东端的坐禅佛龛中，有一个坐禅像正在说话。

我惊呆了，浑身毛骨悚然。我问，你是谁？

我是敦煌净土寺的不空和尚。我在这里坐禅，就是为了等你来的。

我举着蜡烛冲到他跟前，看到一个和尚坐在禅窟里。不仔细看，还真以为是一尊泥塑或者石像呢，怪不得我方才进洞的时候没有发现他，他简直就是一尊坐禅像。刚才，他听到了我所有的忏悔，他现在是知情人，这个不空和尚，我应该怎么对付他？我内心的恶在翻腾，杀人的欲望蒸腾而起。我要杀了他，杀掉这个知情人！这样就没有人知道我是杀人的凶徒了。我拔出尖刀，恶狠狠地说，你听到我刚才所说的一切了？

当然，我全听到了。佛法无边，回头是岸，我劝你放下屠刀，收起杀心。

胡说！我十分恼怒，我看他真不想活了。他那么矮小，坐在禅窟里，就是一个小个子，我一下就能扭断他的脖子。我转身取来绳索，冲过去一把揪住他，把他从坐禅窟中拉出来，三下两下就把他捆起来。

他被我五花大绑捆好了。我喘着气，在想怎么处置他。他本来是低着头的，这时，面朝我大笑，说，凶徒，你这样做，没用的，你捆不住我的。我有缩骨术。说完，他肩头耸动，左右一晃，缩成更小的身子，一下子从绳索中解脱出来，站了起来。

我惊呆了。缩骨术！这个僧人有点神奇。可我的杀心并未消泯。我大怒，说，我要杀了你！我取出匕首向他刺去，他一闪，就躲开了，面露微笑。我再刺，他跳开，十分灵活。几次躲避之后，他说，凶徒啊，你内心的恶还没有散去。这样，我站好了，你来刺我吧！我就是来度化你的。凶徒，你刺不死我，我叫不空，你知道我为什么叫不空吗？是因为我已经内空如洞，没有血肉，你刺我，我的身体不会有一滴血流出来。你来刺吧！

我冲过去，猛地把手里的短刀扎进他的胸膛，然后大步退回去。我举着蜡烛看着他，不空面带微笑，胸前的短刀刀柄兀自在颤抖。他用手缓缓拔掉短刃，说，你看，我的身体上没有伤口，没有一滴血流出来。你忏悔吧！凶徒，罪人，皈依佛祖吧！

我又去抓他，他一闪身，跳到主龛的龛台上，坐在佛像边上，开始大声念经，声如洪钟，要度化我。一听到他念经的声音，我就开始头疼了，我抱着脑袋，这个不空，果然是空空如也，分明刺中了他的身体却不流血，这到底是怎么回事？我的脑子里一片混乱。烛光掩映中，主龛台上，我的包袱里面的金佛和金元宝熠熠闪光。我的眼睛里都是金子的光芒,眼神凶恶,我看着他,我一定要杀了他。

他一手施无畏印,一手施与愿印,大声说,凶徒,你知道吗?佛法无边不是妄语。就是佛法无边,让你把金佛送回到敦煌千佛洞来的。我告诉你,你的赵师父在南方见到的那个游方僧人,法名法乘,当年就是从敦煌净土寺中偷了金佛两尊后逃走的。他逃到姑臧的莲台寺挂单,被方丈发现他有金佛,威逼之下,他把偷来的金佛交给方丈,方丈将他驱赶,并将金佛藏于暗室。

法乘去了南方,当了游方僧人,因赵师父帮助了他,他就告诉赵师父这个秘密。赵师父随即起了贪心,他杀了法乘,之后去姑臧莲台寺寻找金佛。他果然发现了方丈的暗室,然后设计让你帮忙偷窃金佛。却未料到,一步错步步错,你杀了方丈,之后你又杀了他和一个寡妇。你就一路逃向敦煌。在这里,你在佛祖面前,把金佛拿了出来。

法网恢恢,疏而不漏。前不久,我在敦煌净土寺中,接到从南方送来的法乘的骨灰。当晚,我做了一个梦,梦见法乘有遗言对我说,要我在某天的某时某刻,在这个洞窟里,坐等一个人,他会前来物归原主,把金佛送回来。就在昨天,我按照法乘梦中告诉我的时间在这里坐禅。你果然出现了,还送来了金佛,而这金佛本来就是我净土寺的原物。你说,这是不是佛法无边,你是不是应该放下屠刀,回头是岸?

我惊呆了,双目有撕裂感,我崩溃了。我跪倒在地。天哪,果真如此啊。就是这样的,我相信他说的话。法网恢恢,按照佛祖旨意,我把金佛重新送回来了。我磕头如捣蒜,我说,不空法师,度我!我应该怎么办?不空法师,救我!

不空和尚跳下龛台，走到我身边，双手合十，俯身对我说：你现在就跟我去敦煌，前去官府自首，言明你犯下的杀人罪行。之后，我会让你剃度出家，皈依佛门，这样你会被免去死罪，因你把净土寺丢失的镇寺之宝金佛两尊，都送回来了。现在，你在佛祖面前大声忏悔，求得安宁吧！

　　我点了点头。在这个洞窟中，我经历了一番痛彻心扉的洗心革面的历程，这就是我的命运，我必须皈依佛门。我向佛像磕了几个头，然后跟在不空和尚的身后，走出了洞窟。

第三窟：第296窟，一个女子

这座洞窟开凿于北周时期，石窟造型为殿堂窟。从心理感受上说，这个洞窟的主室空间比较方正。窟顶呈倒斗形，顶部含藻井的壁画缤纷灿烂，绘制了西天繁华世界。在屋顶绘制藻井图案，来自木建筑防火理念，绘制的水生植物如莲花、水藻，象征着能够防止火灾。藻井边上，艺术家绘制了垂幔和流苏，使窟顶显得华贵，就像是中国古代帝王常用的华盖一般。把佛龛之上的洞窟顶绘制成华盖，以示对佛的最高敬仰。

正壁也就是西壁的佛龛是这座洞窟的中心。佛龛内塑有一佛二弟子彩塑。二弟子不用说，就是迦叶和阿难。而在龛外还有台子，龛的左右两边各塑造了一身身形妙曼的菩萨像。

洞窟顶部，画有两铺壁画。一铺是报恩经变画《善事太子入海品》，说的是古印度波罗奈国有两个王子，一个叫善事太子，一个叫恶事太子。善事太子到处做善事，把国家的国库都花空虚之后，善事太子去向海底龙王寻找宝珠。他和恶事太子辞别国王和王后，前去寻宝珠。在海上，他们的船遇到了金山银山，结果恶事太子太过贪婪，装了很多金银财宝，船翻了。善事太子没有取金山银山，而是专心寻求宝珠，他得到了宝珠。后来，在一个荒岛上他与恶事太子相遇，救了恶事太子。恶事太子看到他得到了龙宫的宝珠，十分嫉恨，就趁机把善事太子的眼睛刺瞎，夺走了他手里的宝珠，回国对父王说，善事太子死了。善事太子流浪到利师跋国，后来遇到牧牛人赶着一群牛，一只牛王用舌头将他眼睛里的刺舔出来。牧牛人又给他一把琴，善事太子就在街上靠弹琴卖艺为生。利师跋国的一个公主听到琴声，喜欢上他，非要嫁给他。他们结婚后，善事太子的眼睛立刻重返光明。后来，他历经千难万险回到自己的国家，父王发现善事太子活着，就把恶事太子关起来惩罚。恶事太子有悔意，十分惭愧，交出了宝珠，善事太子供奉宝珠，国家逐渐国泰民安。这个报恩经变画，说的是善恶之间的争斗，最终善占了上风，得到了所有的好报。

另外一幅是因缘故事《微妙比丘尼因缘》。话说古印度的舍卫国国王十分暴虐，放醉象踩踏人民，一些贵妇很害怕，纷纷出嫁为尼，但耐不住寺院寂寞，求教于一个叫微妙的比丘尼。微妙就讲了自己前世今生的故事。她曾出身婆罗门高种姓家族，嫁给门当户对的英俊青年为妻。先生了一个大儿子，又怀上了一个孩子。她第二次怀孕后，回娘家生孩子，路上遇到毒蛇袭击，咬死了她丈夫。微妙怀抱新生儿继续赶路，过河时先后失去两个孩子。回到娘家才听说，家里着火，父母亲都被烧死了，家也没有了。后来，微妙又嫁人了，但新丈夫虐待她，差点杀了她，她出走了，遇到一个丧妻的富家子弟，结婚后，过得美满，可没多久，这个丈夫也得病去世，按照习俗，她必须要陪葬，与丈夫一起下葬。晚上，盗墓贼盗墓，把她挖出来，她活了。可盗贼首领见她美貌，占有了她。没几天，盗贼被抓，贼首被处死，微妙再次被同葬于墓穴中。这天晚上，恰巧有群狼觅食，掘开坟墓，微妙再次逃出生天。她不知道自己前生作了什么孽，竟然遭到这么多次的打击。经过佛的点化，明白她前世作了孽，就决心皈依佛门，出家修行，得到了罗汉果。

在南北两边的洞壁，上部的壁画是千佛，下壁分别绘制了因缘故事《五百强盗成佛》和报恩经变《须阇提本生》故事。五百强盗成佛的故事大家都比较熟悉，《须阇提本生》故事，说的是古印度的波罗奈国大臣罗睺谋反，杀了国王篡夺王位，又追杀三个小国的国王，杀了两个。最小的国王善住听到夜叉报信，和王后、太子须阇提一起出城逃难。逃难途中路途艰险，饥饿难耐，没有一点食物了。善住王想杀了妻子吃肉，太子须阇提苦苦哀求不要杀母后，他就割下自己身上的肉，供父王善住和母亲食用，他们得以延续生命。须阇提王子割肉救父母，感动了帝释天，他使用神力使须阇提的身体得到恢复。最后，邻国发兵，帮助善住王夺回了王位，杀了罗睺，平定了叛乱。后来，太子须阇提继承了王位。

在这个洞窟中，描绘须阇提报恩经变画，采取了独特的横卷连环画的方式构图。画面上有夜叉报信、善住王出逃、误入歧途、善住王杀妻、须阇提王子献肉、邻国营救、复国战斗等场面，一一连续画出，强调了报恩经变的主题。

我是一个女子，我向哪里逃呢？我想死，可我要找一个能自杀的好地方。我觉得自己的命运太悲惨了。我从沙州逃了出来。死是容易的，可活着却那么艰难。在那个夜晚，我一筹莫展，站在星空之下，陷入了思索。那是最艰难的时刻，因为就在街边，有一口水井，井口很小，能容下一个人的身体，我只要往里面一跳，一切都结束了。

我实在受不了了，可死在眼前这街坊吃水的水井里，就会在很长时间里把这口水井给废了。人们会说，这口水井里面死了一个女子，她那发臭的身子污染了井水，井水再也不是洁净的，井水再也不能饮用了，井就废了。即使我的尸体被打捞出来，井也废了。

我不能对不起这口井。我不能死在这口洁净的水井里。

我曾听到一些男人说，沙州向西走几十里有个莫高乡，莫高乡再向西走一点，就是莫高窟。在莫高窟有很多洞窟，是王公贵族开的家族窟和平民百姓开的功德窟，也有很多是修禅出家的人开的禅窟。很多香客都向往那里，他们南来北往，来到沙州的一个目的地，就是去敦煌莫高窟朝拜礼佛。

来来往往的人都经过敦煌，特别是旅店里的男人，很多都是过路的商人。他们行脚到此，在旅店里歇息，也在这里寻个乐子，把大把的钱抛撒在沙州城内，只有店家和支持店主的官吏赚得盆满钵满的，他们日日笑逐颜开。

他们心黑手狠,我被卖到沙州之后,就受尽男人的欺凌。我心已死,我的身体却还活着,我要把我自己杀死,我要死在哪里呢?想来想去,我还是去莫高窟吧。既然那么多的人提到莫高窟,眼睛里闪烁着光芒,我就去莫高窟。在千佛洞的山崖上,随便找一个没有人看见的洞窟,死在里面,在佛像和菩萨像面前,超度我自己升天。在佛陀像面前寂灭,是我想到的最好的办法。

我就向莫高窟这边走来。我的包袱里面准备了一些男人穿的衣衫,那是一些不起眼的破衣烂衫,我穿上敝衣,系上腰带,戴上草帽,就像是一个少年,每天低头走路,没有人发现我是一个女子。普天之下,一个女子走在大街上是让人觉得很奇怪的事情。我就挑偏道走,尽量远离那些闲汉和顽皮子弟。在旅途里,见的男人多了,我知道哪些人是好人,哪些人不怎么样,哪些人完全是坏人。

我要到莫高窟千佛洞去,我要到那里,在菩萨面前好好倾诉一番,说说理,讲讲我的身世。我真是欲哭无泪,不知道上天为什么这么惩罚我,让我生不如死。身在沙州落脚地,每天都要在店里干活,还要应付一些臭男人。在店主威逼之下我还要去赔笑,喝醉的客人对我不满意就会大发雷霆,出手打我。

男人们穿着衣服的时候还是一个人,可脱掉衣服就是野兽和动物,猪狗不如的东西就那么一个个扑过来,嘴里喷着臭气。给我的钱,我也从来没看见,全流进黑心店家的雕花木箱子里了。那些男人蹂躏我的身体,他们面目可憎,强人所难,在我的伤口上撒盐。每次有男人玷污我,那个时候我最想干的一件事,就是趁机在他的脖子上猛地割上一刀，把他给杀了。他们那时并无防备，正缓缓沉入倦怠中，只要我拿出暗藏的一把匕首在他的颈项边一割，鲜血就像泉水一样会喷出来，这个男人就完蛋了。

可我也不能杀人。我宁愿自杀。他们来沙州也是为了讨生活，歇脚之后继续远行。除了有点钱仗势欺人、欺凌女人，他们没有到犯死罪的地步。除非有人打我，我才能竭力反抗。他们不知道我想的是，逃离人间的苦海，寻找到安身安魂之所。我是一个女子，我就这么一路来到了莫高窟千佛洞。

我跌跌撞撞地爬进一个洞窟，看到了佛像和菩萨像，还看到有很多壁画在洞壁的四周。我渐渐适应了洞窟里的光线，四下观瞧。我觉得在这样的荒凉寂寞之地，在这样一个寂寥的洞窟里自杀，是最好的。

我仰脸看着洞窟主龛的佛祖和菩萨像，不敢接近。我怕佛祖会制止我的想法。我仰脸看头顶的壁画。就在洞壁的西侧，一直延伸到北壁，我看到一组很长的壁画。大约有两人身长那么长，齐腿那么宽的壁画延展开来。我觉得这壁画的内容似乎在哪里见过。我仔细看那些画面，忽然想起来，就在沙州的大乘寺，我曾听到一个比丘尼讲经说法，那一天，我从客店院里溜出来，在大乘寺里碰到那个尼姑正在俗讲，就说到了这个故事。

这是印度的一个叫微妙的女尼的故事。我顺着画面看，那两个身长的壁画，一共有二十四幅，每一幅边上还有榜牌题记。故事情节画面是上下交错延伸讲述的。我就这么一幅幅地上下交错着细细地看，我看到：

第一幅图，一个女人正把一根针刺入一个婴儿的后囟门。

第二幅图，画的是婴儿的小母亲在质问这个女人为什么这样做，女人在指着天，发誓她什么都没有做。

第三幅图，有两个院子显示门当户对，一个婆罗门小伙子，和微妙结婚的场景。

第四幅图，画的是微妙告诉丈夫自己怀孕，即将生产，应该回娘家去。

第五幅图，他们这对年轻的夫妇在回女方家路上，在丈夫的肩膀上扛着大儿子。

第六幅图，画了一棵树，夜晚他们在树下休息，一条毒蛇咬了丈夫，毒死了他。

第七幅图，微妙在尖叫，她痛苦地哀号，丈夫身体僵硬，已经死去。

第八幅图，微妙把大儿子扛在肩上，怀里抱着一个婴儿在路上。渡河时大儿子被水冲走，小儿子在对岸被狼叼走吃了。

第九幅图，微妙在回娘家路上遇到一个男人，他是父亲的老友，告诉她她家里着火了，父母双亡，家也被烧毁。

第十幅图，画的是这个父亲的朋友收留下微妙。

第十一幅图，画了一个年轻的男子来向微妙求婚，微妙答应了。

第十二幅图，画的是他们结婚后，男子在外面喝醉后回来砸门。

第十三幅图，年轻的丈夫借着酒劲，殴打因怀孕躺在床上的微妙。

第十四幅图，画的是癫狂的丈夫逼着微妙吃掉她流产后经过烹煮的婴儿尸体。

第十五幅图，微妙痛苦万状，她离开了这个充满家暴的家。

第十六幅图，画的是微妙逃到波罗奈国，在树下休息时，遇到一个丧妻的年轻人，两人在墓园里悲戚站立。

第十七幅图，画的是微妙与这个丧妻男子结婚。

第十八幅图，画的是这个男子不久后死去，因波罗奈国的法令，微妙必须随夫殉葬。

第十九幅图，画的是一伙盗墓贼在盗挖新坟，挖出了还活着的微妙。

第二十幅图，画的是盗墓贼首领看上微妙了，强令她和他结婚。

第二十一幅图，盗贼被抓，首领被判死刑，即将被行刑。

第二十二幅图，画的是按照波罗奈国的法令，微妙必须殉葬盗贼的首领。

第二十三幅图，画了一群豺狼在刨坟，挖出了尚且活着的微妙，她重见天日。

第二十四幅图，释迦牟尼佛走向微妙，让弟子阿难给她赤裸的身体披上袈裟，带她去瞿昙弥那里剃度出家，皈依佛门。

我就这么上上下下地看，越看就越难过，越看就越伤心。联想到我自己经历的一切，和这个叫微妙的尼姑悲惨的经历有些相似。我的泪水一下子涌出来，我受不了了，我太难受了。我跌跌撞撞，沿着北壁仰头看着这幅壁画长卷，它像在诉说着我的身世一样。我的泪眼模糊，然后，在佛像面前跌倒。

我祷告，双手合十，期盼佛祖度化我，就像佛祖曾经向女子微妙走过去、度化她一样。让她得安宁。可我仰脸盼望奇迹，奇迹没有发生。在我的面前，那尊佛像安然端坐，并不理会我。那么迦叶，阿难，你们是佛陀的弟子，你们能否给我接引？我大声呼喊，可迦叶和阿难也不说话。我又看到龛外的两尊菩萨，面容那么和善美好，菩萨啊，你们能接引我，让我皈依净土世界吗？

奇迹没有发生。在这个洞窟里，无论我怎么嘶喊，洞壁像是能吸收一切声音，最后只剩一片沉默。我受了太多苦，我没法再活了。既然佛祖都不能度化我，不接受我的皈依，那我只有结束自己的生命，死在佛祖像的面前。

我拿出了匕首，试着割腕。可钻心的疼痛让我无法下刀。我又取出了绳子，把绳子系在佛祖的脖子上。我要吊死在佛的前面。我把绳圈套在脖子上，爬上龛台，我把脖子伸到绳圈中，脑袋在绳圈里面了，我能闻到佛像身上彩塑的气息。我就要死在佛的面前了。也许你们这些泥胎彩塑，都是骗人的。可我还是要死在这里，得有多么绝望啊。

我双脚往龛下一跳，就挂在了高大的佛像身上。顷刻之间，我感到绳索紧紧地勒在我的脖子上，仿佛有人在用力拉紧绳索，是佛像在勒着我的脖子吗？不，不是的，不能怪佛像，是我自己挂在佛像的身上。此刻我无法呼吸，舌头伸了出来，我想抬起双臂，可抬不起来了，感到有一阵黑暗的东西涌上来,像是一股黑水,正在吞没我,要把我淹没。很快,我眼前变黑了,这下好了,这样我就看不到自己的死相,我就要死去,不管是下地狱还是在炼狱里,都比这人间要好很多。我的大脑里一片空白,可有一点欣悦,我终于能够自主决定自己的命运,我舌头伸出,想呼喊,可发不出一点声音。我那么美丽,我的死相肯定很难看,我要死了,我就要死了……

在我的耳朵里,响起了一声呼喊。有扑通声。我掉在了地上,昏迷过去了。等到醒来,我躺在一个穿着白布衫的男子的怀里,他长得就像是佛陀像边上的弟子阿难。

他正瞪着大眼睛,诧异地看着我。

我的喉咙里有火,用嘶哑的嗓音说,你,你是阿难吗?

他笑了,我不是阿难,我姓张。

我问:那我不是已经死了吗?难道,我还,没有死?你不是阿难,你是谁,你给我滚开!我扑打他,他赶紧把我放开。我担心他是一个坏人,就继续推搡他。

他一边向洞口退去,一边说,你不要在这里自杀。他的表情显得有些痛楚,又有些气恼。你想死,也别吊死在我雕塑的佛像上啊。找地方也不找个好地方。死在这洞窟里,人家还怎么拜佛呢?

我赶他走,他丢下装胡饼的布袋子和水,就离开了。

晚上,洞窟里非常寒凉。我觉得很不舒服,浑身在颤抖。忽然,夜晚的洞窟口,出现了一双闪亮的眼睛,一阵骚臭袭来。一只胡狼爬进洞窟,龇牙咧嘴向我冲来。它扑过来一口咬住我的腿,我一下子镇定下来，也不甘示弱，手里的短刀挥动着，割到它的脖子上。它本来十分凶狠，被我几下割到脖子，血喷了出来，呜呜叫着，不久就死了。我也又累又怕，昏睡过去。

第二天一早，那个小伙子出现在洞窟口。他走进来，看到洞壁里的胡狼尸体。

喂，这条胡狼是你杀的？

我点点头。你不要靠近我。他笑起来，真像阿难的塑像。

你这个女人，真是的，我早就发现你不对劲儿了，我又不会害你，我在旁边开凿石窟呢。这个石窟是我们去年开凿完工的。他递给我一个羊皮袋子。

我咳嗽着，一边喝着他递给我的羊皮袋里的热水。等我完全醒转过来，我明白这个男人是个好人。我说我从沙州来。他告诉我，他从瓜州来，瓜州和沙州相隔不远。他是一个石匠和泥塑匠，有人聘请他在这里开凿洞窟，他在这里干了好几年了。他说，昨天一早，他就看到我从沙州通往这里的大路上过来，我披着一件又脏又破的灰色大袍子，骑着一头老驴，背着包袱。

我看你行踪诡异，来到这千佛洞洞窟跟前，下了驴背，把驴往树上一拴，就仰脸找洞窟，走路也跌跌撞撞的，不知道你是什么人。我站在洞壁上开窟，能看见你的一举一动。我就对你产生了疑心，注意观察，看你进了哪个洞窟。等到你进入洞窟，我就悄悄走过来，爬上来，贴在洞壁门外，听你在里面干什么。然后，我就听到你的说话声，哭声，祷告声，祈求声，希望佛祖点化的嘶喊。我在洞外听得锥心，你在洞内哭得伤心,然后,你就上吊了。再然后,我赶紧进来,其实就是那么一阵子,你两眼翻白舌头吐出来,就要死了,我用刀子割断勒在你脖子上的绳索,你掉落在地上,我把你抱着,摇晃你,你慢慢醒转过来。

原来是这样。我惊异又愤恨,我说,你为什么要救我?我就是想死的。

他看着我,淳朴地一笑,女子啊!好死不如赖活,你和自己有多大的仇怨啊!活着多好啊。

可我没有活路了,我呜呜哭了起来。我还是想死。

他笑起来,你看,其实,是佛祖显灵让我来救你的。你死了一次,死不了。

我说,我还是想死。

他看着我觉得我太奇怪。我越看他,觉得他的眉目之间就像是佛陀的弟子阿难,俊秀、聪颖,略带羞涩。好死不如赖活,你是怎么了?他指着壁画,你看到那画上微妙尼姑的故事,联想到你自己了?你父母双亡?你死了丈夫?改嫁遭受暴力?孩子没了?你又被转卖?然后你逃脱又被抓回去?你又逃,又落入贼寇之手,受到凌辱?然后又逃脱,差点让野兽吃掉?

他一边说,我一边点头。我不想再回忆我经历的所有惨状。从十六岁开始到现在,十年过去了,我就在炼狱中穿行。我泪如泉涌。

他沉默了。他说,然后,你跑到这里自杀,佛陀派我救了你。他微微一笑,算了不说了。我今天还有很多活要干,我在那边开凿一个洞窟。你在这里先待着,不要轻举妄动了。佛陀已经在保佑你,不让你轻生，你就不要往那方面想，你现在想的，就是如何活着。你叫什么？

我？小名梅娘，大名叫贺梅朵。

我叫张护。好了，我先走了。说罢，他起身，丢下食物袋，然后敏捷地从洞口翻身而出。

后来，他给我带来褥子，厚草垫席子和水罐、肉干、瓜果、胡饼等。还给我带来外面的消息。没有人前来跟踪抓捕我，仇家、买家、官府和贼人，都没有来找我。我本来就是孤苦伶仃的一个女子，在这个世界上，我无依无靠。我说，我在这个洞窟里安静地礼佛吧，把洞窟里的壁画一幅一幅地看下去，看到心里去。

张护告诉我，他是瓜州人，我说我是酒泉郡的人，不幸被卖到沙州。他是一个善人，把我藏在这个洞窟里，不让我出去。他还比我小一岁，未曾娶妻。他有两个弟弟，父母双亡，因家里穷，全靠他在这里当窟工，塑泥塑开窟挣钱。供养人出钱，雇佣他干活。

过了几天，我告诉他，我想出洞窟，去他开凿的地方给他帮忙。

他想了想说，好，你穿上那件灰色的袍子，这样就没人看得出来你是男人还是女人，你给我当个递东递西的小工吧。

我跟着他走出洞窟。开凿石窟的场面十分热闹。在鸣沙山边的崖壁上，有好几个洞窟在开凿。一副热火朝天的景象。人们搭着架子，凿洞挖土，簸箕和木桶装满渣土和石头，在上下运递。还要防止大风把崖顶的沙子吹刮下来。沙子在大风中四处飞扬，就像是沙海掀起了大浪一样，扑面而来，谁人都看不见。洞窟外面，听见叮当作响，凿洞、运土、挖土，几十个人在附近的崖壁上忙活，场面壮观。

我能做些什么呢？也就是递些东西，在地上看着运来的材料。后来，我觉得还是给他们做饭比较适合我，我就找到一个底下的坐禅洞窟，这样的洞窟没有壁画，也没有别的东西，能烧火做饭。我还能打柴火。跑远一点，在宕泉河边的杨树林里，捡到很多枯树枝，还有一些红柳枝条，饱含干燥的油脂，都能取来作为柴火。我烙饼、做馍、炖菜、蒸饭。我给这些辛苦的男人做饭。吃饭的时候，他们是分班的，一拨拨来吃。

有人问张护，这人是谁啊？一看她就是一个女人。在这里开窟，是不能让女人做的。

张护就说，哎，她是我姐姐张梅朵。对吧，姐，你可不要乱跑，这里有狼有野兽，有时候还有乱兵走过，很容易把你劫掠走。

果然有一天，乱兵就来了。他们骑着马，像是远处的一股强风刮过来，有一百多人，风驰电掣地骑着马扑过来。不知道他们是哪里来的，手里拿着长刀，冲到千佛洞崖壁跟前。开窟人赶紧躲避起来。他们就一个洞窟接一个洞窟地找，主要是抢东西。

有一个坐禅的老人不愿意把一件棉衣给乱兵，那个乱兵就用刀刺死了老人。

我很害怕，躲到北区生活窟一个很小的瘗窟里。瘗窟很低矮，只能爬着进去，里面还有一具僧人的尸骨，我是爬进去之后才看到的。他已经变成了森然的白骨，牙齿是白色的，闪着死亡的光芒，头骨两眼处是两个空洞，蚰蜒在爬进爬出，十分吓人。

我已经死过一回，我不怕死，也不怕骨骸。我就躺在瘗窟里面，用这具尸骨挡着我。有乱兵的脚步声传过来，他低下头，向这个瘗窟里看。从外面看，里面是黑乎乎的。他拿着手里的长刀捅进来，在瘗窟中来回扫了几下，把那具僧人的骸骨打散了，头骨骨碌碌滚了出去。那人吓了一跳，骂骂咧咧地站起来，走了。

乱兵在这里搜刮了一个下午，他们抢夺开窟人的粮食储备，用开窟人的工具埋锅造饭，还宰杀了羊。大吃一顿之后，骑上马席卷而去。

傍晚，这里一片安静。我爬出洞窟，看到残阳血红，映红了对面的三危山。夕阳就要坠落到天边，而洞窟这边好久都没有动静。那些开窟人和修禅的僧人呢？那些画工和雕塑匠人呢？那些放羊的放牛的寺院常住，也就是寺院的奴仆呢？都看不见了。

我想到阿难，不，我想到了张护。他护佑了我，可他在哪里？我担心起来，一个窟一个窟地找。在崖壁下，看到了几具蜷曲着身体的尸体，那是乱兵杀死的人。有些开窟人出来了，表情茫然。有僧人出现了，从躲避的地方出来，表情依然是平静的。就像是一阵强风刮过去，世界总会恢复平静。

我找啊，找啊找，没有看到张护。更多的开窟人出来了。他们收拾被乱兵搞乱的一切，继续搭起开窑的架子，准备接着干。可没有张护的影子。

我的心揪起来。我继续寻找，跌跌撞撞地走进一个大型窟，看到里面有佛陀和菩萨像，我走进去，在佛像前祷告，大声祈愿张护能够安全。

我正在祈愿，忽然听到扑哧一声笑。我抬头一看，正面主龛上，是阿难的尊像在冲我笑。原来，张护把自己装束打扮成阿难的塑像，正站在佛龛上佛陀像的边上。他这是故意调笑我，还是乔装成阿难躲避那些乱兵的劫掠呢？

我又羞又怒，爬起来就跑出了洞窟。我回到那个我曾经自杀的洞窟。这个洞窟在高处，我躲在里面比较安全。我喝水吃饼，今天乱兵带来的惊吓总算是过去了，我困了，躺在草席上睡着了。

晚上，这里还有狼嚎。我住在二层的洞窟中，即使有佛祖像、弟子像和菩萨像保佑我，我也感到害怕。我心里渐渐对张护产生了好感。这些天，他那如同阿难一样纯朴、俊朗的笑容总是在我的眼前晃动，我内心荡漾着热情，这是对他的热情。这对于我这样一个心死过、身也死过的女人来说，并不轻易。

我爬出洞窟，走到崖壁下面。我要去找张护。今晚的月亮特别好，把远处的三危山涂抹得发亮，不再是黑黢黢的影子。白杨树林唰唰响着，鸣沙山那边传来野狼群对月的嚎叫，声音凄凉而忧伤。在月牙泉边，肯定有野狐狸在喝水。虫子都在鸣叫，蛾子在飞动，附近是生灵的世界。我沿着洞壁走，也能听到开窟人在一些窑洞里说话，他们点着油灯和蜡火，能隐约看到一些光亮。

我来到北区，找到张护的那个生活窟，走进去，看到洞壁上有一盏灯，把洞窟照耀。他躺在长形的台子上，盖着被褥在睡觉，我凑近他，看到他那俊美的脸庞，有着阿难的明朗和清秀。他正在熟睡，我就掀开被褥，钻进去，盖好。我躺在了他的身边，他的臂弯下。

后来，我们早晚都在一起，在一个生活窟里出出进进了。别的开窟人问张护，喂，她到底是你的姐姐还是你的女人啊？张护羞涩地笑一笑，是我的姐姐，也是我的女人呀。

我也笑而不答。他继续带着开窟人开窟。那个洞窟要在月底完工，供养人是沙州的一个大户家族，这个家族出了官吏、军将、商贾和高僧，因此这个洞窟是一座大型功德窟。洞窟开凿出来，画师和塑像匠人紧接着进驻，在洞窟顶画藻井，在四披画壁画，同时在四壁也开小龛，画壁画塑像。在主龛塑佛像，照例要塑一佛二弟子二菩萨像。整个洞窟的修造完成，张护都是一个领工匠作，他要对洞窟的完工负责。

有时候，我们还会在我去自杀的那个洞窟里待着，现在，我再看《微妙比丘尼经变》壁画，心里的感受就不一样了。微妙比丘尼的故事，已经是别人的故事了。我的故事已经有了不同，因为，我遇到了张护，我的阿难。

我携着他的胳膊，他给我讲解开凿这个洞窟时，他的一些工作。我就问他，也许我的前世修得了福报，所以，今世才遇到了你。这是佛陀的度化。

他看着我，笑得依旧那么的明亮，就像是阿难的笑。他说，其实，我根本就不相信什么前世和来世。我们就只有这一辈子，梅朵。我就相信现世报，你的现世太苦了，我也是。我生来就是苦命人，我们两个苦命人在一起，就能好一点。

我有些惊讶，你是个开窟的大匠作，你竟然并不虔信？

张护的眼睛里都是悲戚。我家一辈子都是务农的穷苦人。你看，在瓜州、沙州，在甘州肃州、凉州，在整个河西，除了那十几家大户和几十座寺院有大量田产物产外，其他都是穷苦人。穷苦人吃不上饭，可能会造反。平时安慰自己，就是来佛龛面前祈求佛祖保佑。这壁画，塑像都是我找人画的，哪里有什么神迹。我开的窑，我组织画工和塑像匠人做的这些事，我怎能不知道。人就是这一辈子，死了，就什么都没有了。这些都是安慰我们的，更多的就是一种美好的安慰，安慰我们自己，前世有孽缘，今世遭罪受，来世有福报，这不是自我安慰又是什么？这么多的壁画上，我当然最喜欢弥勒佛，希望弥勒下世，普度众生。但弥勒佛在哪里呢？我不知道，我只知道我遇见了你，梅朵。我们都是苦命人，我们要回到故乡去……

　　我们都沉默了。壁画是安静的，佛像也都是安静的。他们都是人画的，人塑的，他们此刻是安静的，我多少明白了。

　　秋天里的一天，天气寒凉。我跟着张护回到瓜州去。在那里，我要和他过生活，生儿育女。他是我的阿难，我的张护。我们离开了千佛洞的崖壁，走啊走，走到了高处，我们回头望去，看到那面红色崖壁上的洞窟越来越多，就像是一双双张望着远方的眼睛，寄托着人们的祈愿。

　　我也信张护说的话，我们只有现世这一辈子。回头看，千佛洞已经变得遥远。我的故乡我不想回去，张护的故乡就是我的故乡。我要跟他走，无论他在哪里，我都去到哪里，他就是我的阿难，我的故乡。

第四窟：第420窟，一个士兵

这是一座开于隋朝的方形殿堂窟，覆斗形窟顶。进来之后感到有容乃大，别有洞天。正面洞壁开了一个双层的大佛龛，龛内塑造了一佛二弟子四菩萨像，其中最外层的两尊菩萨彩塑站在大龛的最外边，这就使得整个主龛里的佛、弟子、菩萨像分配得十分均匀，很有层次感。主龛的佛陀像结跏趺坐，身披袈裟，包着肩膀，眉毛细长，面带微笑，神态慈祥。佛像右手施无畏印，左手施与愿印。

佛祖释迦牟尼像两侧是弟子塑像，迦叶的塑像满脸皱纹，面目低垂，眉头紧锁，胸肋部肋骨根根突出，十分清晰，呈现出迦叶的苦行所经历的沧桑。阿难的塑像是青春活泼、天真可爱，神情恭敬。但因颜料变色，阿难身上的皮肤变成了黑色。主龛南北各两身菩萨塑像神情安宁，塑造精美，似乎能看到皮肤的光洁质感，身体动作协调，有着黄金比例分割的体型，健康饱满，很有朝气。四身菩萨的面相是男相，南侧的菩萨塑像可以见到小胡子。菩萨像右手举起,似乎在拂动柳树枝条,左手提着净水瓶,神情亲切动人。

值得一提的是,主龛的龛楣上的图案盘绕飞旋,是忍冬花的图案抽象之后的组合,并带有莲花的形状,隐约可见那小小的莲花上还有伎乐在演奏,很有跃动感。这是位于正西的洞壁所开主龛的基本面貌。进了这个洞窟,就能感受到隋朝的某种大气爽朗和欢乐祥和。

在这个石窟的南北壁上,各开了一龛,佛龛的大小只比主龛略小一点,南北龛相互对应,龛内都塑造了一佛二菩萨。佛像也是结跏趺坐,右手施无畏印,左手施与愿印。南北两龛的佛像和主龛的佛像大小相当,也都有头光和背光。不过,南北壁的两个佛龛的外侧洞壁上,绘制了令人目眩的千佛像。曼陀罗的形状中,千佛一层层排列起来,上下一共有二十三层之多,繁复、华美,令人震撼。这么看来,这座隋代开凿的洞窟是三龛三佛的形式,体现出佛的过去世、现在世和未来世的理念。

特别值得重视的是这座洞窟的覆斗形洞顶壁画的内容。仰脸仔细观瞧,主龛佛像南北洞壁的上端,覆斗顶下端,能看到维摩诘经变画。北侧画面中,居士维摩诘坐在殿堂的中央,正在和隔着主龛的南侧画面中的、以智慧著称的文殊菩萨辩论。在维摩诘和文殊菩萨像的座台边上,围了不少有头光的菩萨和佛门弟子。

覆斗形的窟顶的壁画内容,是法华经变画,以长卷的方式结构。《妙法莲华经》是魏晋隋唐十分流行的佛经,鸠摩罗什翻译的版本很受欢迎。他创造出一种前所未有的佛经汉语,至今也是一个语言奇迹。在法华经变壁画中,强调的就是大乘佛教教理,众生可以通过自我的修炼找到不二法门,通过自身觉悟而立地成佛。

《法华经》之所以流行甚广,就是因为倡导人人只要口诵法华经,不断书写《法华经》就能成佛。这给很多信众提供了方便法门,因此极受欢迎。特别是,观世音菩萨就是在《法华经》中出现的,这个救苦救难、大慈大悲的菩萨,任何人诵读《法华经》,都能解脱困境,得到救援和救赎。因此,观音菩萨信仰随着《法华经》的流布,成为中国佛教中传播最广泛的佛理佛法。

在这个洞窟覆斗顶的法华经变壁画中,《法华经》中的序品、方便品、见宝塔品、化城喻品、观世音菩萨普门品等是主要的表现内容。比如,在东披的一铺壁画中,可见观音救难的场景:一条河流蜿蜒而来,河中两人遇难。河边的观音菩萨正在向河里伸手,作法救援,溺水的人因此得到解救。还有一个画面,是大海中远行的人乘坐小船出海,在遇到大风浪时,也得到观音菩萨的解救。

仰脸观瞧,法华经变壁画的绚丽和繁复在头顶旋转,口诵观音菩萨,即刻就能在这个洞窟内得到救赎。

我叫张君义,我是敦煌莫高乡人。我小时候,经常在莫高窟千佛洞下的河边放羊，就看到很多开窟人、画匠、塑像匠人在这里忙忙碌碌，还有南来北往的僧人出入其间。现在，我是一个料作匠，会给他们帮工，出力运料。和他们接触，特别是和一些僧人接触，我也多少懂了一些佛理。有僧人在沙州寺庙里讲经说法，我去沙州办事，也去听听。

每年里有一天，沙州民众都要在莫高窟千佛洞举办燃灯节。这一天，沙州、瓜州甚至从很远的地方赶来的人，一群群骑马赶车来到莫高窟，搭建棚子住下，在这里礼佛燃灯，祈福祝贺。那几天，沙州莫高乡人白天在这里赶集，吃的用的，什么东西都有得卖。晚上，莫高窟的每一个洞窟里都点燃了油灯和蜡烛。站在远处的高地上，背靠三危山，可以看到西边莫高窟的洞壁上，窟窟有灯火，洞洞有人声。僧人们吃斋念佛，俗人们虔诚礼佛，达官贵人们来来往往，千车万马奔腾，在他们的功德窟或者功德寺中，献上自己的供奉。

我也混迹其间。我特别喜欢一些洞窟里画的救世佛陀和菩萨画像。很多佛传故事、佛本生故事壁画，还有很多与河西地区有关的史实传说，都被画工画在莫高窟的洞壁上。我喜欢那些天王和力士像，看到那些孔武有力的塑像，我想到的就是除暴安良，扶危济困，做一个好男儿。

我受雇作为护卫，护送礼佛的索姓大户人家女眷回沙州府邸，抽空在沙州一所寺庙听俗讲。有个从长安来的僧人，讲说了现下的局势：

话说景龙二年（708年）十二月，西突厥中的一部突骑施部的首领娑葛，因不满大唐朝廷要恢复十姓可汗阿史那氏在西突厥部中的统治地位，反叛大唐。他们出动骑兵，杀气腾腾，袭扰安西四镇。经过几番征战，突骑施娑葛所部兵分四路，在天山南道攻城略地，四下奔窜，攻下了安西都护府所在的龟兹城。如果他们全面侵占安西四镇，势必会继续东进，劫掠沙州等河西地区。大唐安西大都护郭元振请发河西地区募兵火速增援，准备收复安西都护府所在的龟兹。大唐朝廷决定从河西地区征募兵马，远赴西域龟兹，奔袭突骑施。

很快，征募战士的消息就在沙州传开，我回家后和父母亲商量，决定参加大唐军。父母亲已经年迈，我的哥哥也已去世，他们不想看到我这个现存唯一的儿子上战场。君义儿啊，不要报名了，我们老了，不能再受到你抛家远行的打击。可我的心意已决，大丈夫只有上战场为国杀敌，才是正途。我安慰父母，并获得了他们的同意。

报名之后，未出发远行之前，我带着一个姑娘来到敦煌莫高窟，来到我喜欢的这个洞窟，向三世佛塑像敬香礼佛。在这座洞窟内，我们看到三世佛都面目慈祥，似乎在看着我们微笑，带给我莫大的安慰。我还那么年轻，就要上战场了，这一次的告别，不知道几个月或者一两年之后能不能安全回来，人在沙场之上，一切都是不确定的。洞窟内的三世佛和众菩萨像，都看着我。我和她默默祷告，发誓一定要从西域战场返回故乡。即使我战死沙场，我的头颅和骨骸也要还乡。

唐中宗景龙三年春，沙州募兵集合整训一个月后，紧急出发。在募兵将领的带领下，我们的队伍出发后，历经风沙，穿越戈壁，很快到达西州府高昌城。

在高昌，我们休整了一番，这天晚上，我看到了高昌的月亮。我十分痴迷于观赏月亮。在敦煌莫高乡，很多个晚上，我都喜欢坐在高高的三危山前的一片石头山崖上，沐浴皎洁的月光，仰望吴刚伐树的月亮。因为，我的心里有一个嫦娥姑娘，那个姑娘的名字叫阴月娘，她也是莫高乡人，不到十八岁，长着一张满月般皎洁的脸。我们还是一个村的，房前屋后两户人家，我们张家和她阴家是邻居。

我们从小在一起长大。到了能嫁人的年龄，有人从凉州前来说亲，可她不愿意嫁到遥远的凉州去，威胁说要去沙州的女尼寺院出家。她的父母亲只好作罢。我比她年长两岁，我在敦煌莫高窟做供料匠作，我知道她在等着我赚够了彩礼，向她父母提亲。我和她私下有个约定，就是不要嫁到凉州去，我们过两年要结婚成家。

可我报名参加征伐西域龟兹的募兵队伍了。这个消息我第一时间告诉她。她的表情立即黯淡了，眼泪就像是晶莹的玉珠簌簌地落下来。知道这一切已无法改变，她抬起头，说，君义哥，你去吧，你会活着回来娶我的。明天我们一起去莫高窟，在洞窟里的三世佛前起誓，我阴月娘一定要和你在一起。我们前世可能就是夫妻，这一世是邻居，一起长大，那么来世也会是夫妻。

在高昌城外，骏马嘶鸣，更多的部队在会合。我站在帐外，仰头看着皎洁的月亮，想到了阴月娘。她在莫高乡等着我，我会安全返回来。我要回乡，迎娶属于我的月娘，我心潮澎湃，勇气满怀。在高昌，我在军中听到了更多的消息。突骑施反叛军攻下安西大都护府所在的龟兹城之后，安西四镇已在突骑施所部突厥人的控制之下。大唐安西四镇之一的碎叶城守将周以悌，率兵从突骑施叛军的以西发起攻击，取得了初步胜利。朝廷任命周以悌为左屯卫将军，代替郭元振担任安西四镇经略使，从碎叶向东，一路杀来。

我被编入四镇经略使的前军队伍，由云麾将军薛思楚率领，从北面出击，向南攻打突骑施部。我们星夜出发，军容齐整，火速前往龟兹，救援焉耆。在夜晚，行军队伍鸦雀无声，夜鸟的啼鸣宣告了我们的行踪，刀枪剑戟的磕碰声十分清脆。

景龙三年的五月六日后，我们的前军队伍火速行军，翻越雀尔塔格山后进入安西，开始一路向西进军，路上发生了几场遭遇战，我们迅速击败来犯之敌。敌人因是呼啸而来的骑兵队伍，人数不多，丢盔卸甲之后再度逃窜。

我们再向南行军，沿着龟兹河行进。突骑施四路人马在沿途很多地方都有驻扎，游牧部落一向是逐水草而居，我们的前军队伍所到之处，敌人应声而逃。从五月到十月，在几个月的时间里，我们先后攻破连山阵、临崖阵、白寺城阵、仏陁阵、河曲阵、故城阵、临桥阵。发生在上面这些地方的一场场战斗，一个个地名在我眼前，在我耳朵里闪过，那每一场仗我都打过了。谁见过真正的战场杀敌？恐怕不多。在战场上见过血肉横飞、死尸遍野场面的人，最不希望自己也成为一具战场上的尸体。所以，老兵是最可贵的。

我心里有一个姑娘，她就是阴月娘。我常常在战斗结束之后，休整的时候，会在心里给她说一说战场上的情形。月娘，我们刚刚结束了一场和突骑施骑兵作战的战斗。你肯定不会想到，在战场上，几百几千人突然冲杀在一起，那种场面十分紧张，人马嘶喊，刀枪辉耀，头颅滚滚，战场上瞬息万变。我是不怕死的，不怕异族人那狰狞的面孔和野蛮的吼叫，我最受不了的就是血腥味，是人的血流出来的那种气味。月娘，你肯定没有闻到过，不然，你就不是月娘姑娘了。

月娘，我们在西域广大的地域上，是怎么打仗的呢？不久前结束的一场战斗，一开始，山坡上旌旗招展，山坡里伏兵暗藏。我们大唐军募兵队伍的弓箭手，骑兵，短刀队，长枪队和专门对付骑兵的陌刀队，各司其阵。大战一触即发。我屏住了呼吸。月娘啊，要是你第一次参加这样的战斗，你也会紧张万分。大唐将领威风凛凛，他们知道这是一场恶战。等到突骑施的兵马进入到山谷的口袋里来，战鼓擂动了。战鼓的声音非常沉闷，从山顶传来，就像是大地在怒吼一样。

我握紧了手中的武器。紧接着，弓箭手向冲杀过来的突骑施步兵放出第一拨箭。如雨的响箭嗖嗖越过天空，我仰脸观瞧，就像是天空中飞过了一大群蝗虫，迅疾地落向了冲过来的敌人阵营。从远处看，这一阵箭雨迟滞了敌人进攻的势头。但没多久，那些家伙重新列阵，继续呀呀叫着前进，手里的盾牌也发挥了作用。他们喊着号子，跟着节奏，数千人马在前面，都是步兵，并没有见到骑兵。我们的步兵从斜刺里列阵冲锋，短刀队和短刀队拼杀在一起。接着，彼此的兵士在广阔的旷野上缠斗在一起，已经看不到分别了。

大唐将军令旗挥舞，长枪队出击，将突骑施军枪挑刀砍，砍瓜切菜，战在一起。在这时，大地在擂动，突骑施的庞大骑兵军开始从左侧进击。我心情紧张，手持陌刀，站在陌刀阵中。陌刀，是长柄长刀，刀柄有半只手臂那么长，刀身有一丈长，刀刃非常锋利。陌刀阵是大唐军专门对付游牧民族的骑兵冲锋的。只见突骑施的骑兵从左侧冲击交战的步兵，这是他们预先设计好的阵法。唐军统帅在高坡上挥动令旗，鼓声节奏变了，大地上响起了响雷，天空中乌云滚滚，预示这一场战斗绝对是你死我活，我们的陌刀队列阵前行。

敌人的骑兵队伍非常庞大，就像是黑色的飞蛾一样席卷而来，又像是一股黑色的水流冲荡过来，一下子就把唐军的步兵短刀队冲垮了。突骑施的骑兵冲到眼前，我们陌刀阵紧急迎战，本来是方形的队列，突骑施的骑兵像洪水一样冲过来，陌刀队统领发出号令，列阵！列阵！我们立即散开队形，形成了一道道波浪一样的长列，半蹲身子，将陌刀拖在草地上。等到最前列的突骑施骑兵冲到跟前，我们手中的陌刀横着劈空而起，我仰头观瞧，但见陌刀那长长的刀身，一下子就把突骑施骑兵的马腿砍断了。我们手里的陌刀寒光闪闪，带着唰唰的风声，在晴朗的天空下，放着死亡的寒光，手起刀落，突骑施的骑兵掉落马下，被全部斩杀。

月娘啊，此刻，只听见刀和刀相撞的声音，陌刀砍杀突骑施骑兵的身体的那种刺啦声，血肉横飞是我的眼睛里真实的景象，血液喷出来溅在我的脸上，热乎乎的腥气弥漫开来。我身边的一个个唐军战士英勇无畏，他们手里的陌刀砍向马腿，马咴咴叫着摔倒在地，陌刀再砍向落地的突骑施骑兵的脑袋。我无法再去回忆那一场战斗的所有细节了。月娘啊，太令人恐怖了。战斗结束，唐军和突骑施军各有损伤，我们兵强马壮，突骑施少数败军逃遁，唐军也死伤惨重，但我们守住了阵营，这一仗，使突骑施的部队无法进一步前进。这场战斗结束，我也昏迷了，我闻到了浓烈的血腥味，砍杀那么多的突骑施兵士，我感觉到血腥味冲昏了我的大脑，一阵恶心，我就呕吐了。我瞬间倒地不起，就像是死了一样。后来，咱们的同乡募兵索飒，把我唤醒。我因这次作战有功，杀敌较多，得到功勋而被升为骁骑尉。

这年的六月四日至二十五日，命令我们的队伍从安西向东，前去救援焉耆的唐军。之后,我们再回到渠犁,向西肃清围困安西城的突骑施军马。我们接连破了城北阵、城西莲花寺东涧阵等战阵,取得打败突骑施兵马的胜利。但突骑施这一次准备了预备队,第一波骑兵被斩杀于马下后,他们的后续骑兵开始冲锋。

我奋勇冲在前面,在我身后,沙州募兵紧紧跟随。一个突骑施骑兵冲过来和我缠斗,我手里的陌刀被他隔开,他手里的弯刀非常锋利,直接削掉了我的陌刀刀柄。我砍断了他骑着的马的马腿,然后,我和他战在一起。他身材高大,身穿铠甲,眼睛里露着凶光,嘴边有两撇胡子。他手挥长刀,我用短刀和他格斗。就在一瞬间,我忽然感觉,从五月战斗到十月,打了那么多的仗,这一仗,我可能要死了。啊,月娘啊,那种预感是那么强烈,我就要死在这一场战斗中了!果不其然,他反手一挥,我来不及躲避,他的长刀一下子削掉了我的头顶盖。

我感觉脑袋顶部一凉,心想坏了,这家伙把我的脑壳给削掉了。我顿觉发凉,冷飕飕的感觉,接着是我的血喷出来,我能看到我的天灵盖的一部分连着长发带着头皮,一下子滚落在地。他很高兴,此刻,他斩杀了一名唐军的骁骑尉,可以得到突骑施可汗的赏赐了。可是,他高兴得太早了,那一瞬间,我右手的短刀也刺入了他的左肋。这个突骑施贼兵大叫一声,疼得脸部都扭曲了,他手里的刀又向下一挥,将我握着短刀扎入他左肋的手上的五根指头,咔嚓一下横生生切断。我都能听到那一声清脆的咔嚓声响。啊啊,我拼尽了最后一点力气,左手又把他的长刀横推过去,让他握着的刀切向了他自己的大腿。他惨叫一声,再次挥手砍断了我的左手腕。然后,他挥刀砍中我的脖子,将我的脖子砍断,我的头飞向了半空。

我眼前一白，太阳在我的眼睑上闪烁，我没有头的身躯失去了指挥，向前一扑，倒在地上。我的脑袋在空中翻滚着，看到了战场上的一切，掉落下来，骨碌碌滚在一边，我的眼睛还睁着，看到最后一幕，他也倒下来了。

我死了。月娘，我清楚地感觉到我死了。我的头骨的四分之一，连带着头皮和头发，被这个突骑施骑兵砍了下来，他还把我握着唐刀的右手也砍下来，把我的左手腕砍断。但我刺中他左肋骨的刀扎中了他的心脏，他也死了。他身材高大，尸体比我要重一倍。

我的眼睛还没有合上。这时，我能听到大唐军和突骑施贼兵战在一起的喊杀声。更多的援军赶到，弓箭手、长枪手上阵，对突骑施骑兵进行围剿猎杀。这一仗打了整整一个上午，到了下午，突骑施贼兵已被大唐军彻底击溃，几千多人被斩杀。

我的募兵兄弟在死伤遍地的战场上救助伤者，查验死去的战士。我听到了我的沙州同乡索飒的声音。他脸上都是血迹，但那血迹不是他的，是敌人的。他头发散乱开来，身上的铠甲上也都是敌人的血。他到处找我，他在呼喊我的名字：君义，君义！你在哪里？君义！

我想回答他，可我发不出声音。真的，月娘啊，我的眼睛睁着，可我的大半个脑壳斜躺在地上，我的眼睛是上下竖着的，我看到他了，我大声喊，索飒，我在这里！我在这里！可我发不出声音，索飒听不见。我这才知道，其实我只是有一点大脑的意识。我的脑壳都被削去了，脑浆都流出来了，我的脖子被砍断，可我还有一点意识。那就是，索飒啊，我想说，你要把我带回故乡，带回沙州敦煌莫高乡，那是我们的故乡。在莫高乡，有最美丽的姑娘阴月娘，大脸盘子姑娘，我们

敦煌七窟 —— 623

青梅竹马，我们私订终身，她还在等着我呢。

我忽然感到哀伤，我发现了一个事实，那就是，我再也不可能迎娶阴月娘了。她和我在那座洞窟里的三世佛的塑像前发誓，要嫁给我，可这一次我已经洒下热血，抛却头颅，战死在沙场。就在我十分难过，觉得索飒不可能发现我的时候，他看到了我的脑袋和我盯着他的眼睛。君义！他大叫一声跑过来，把我的大半个脑壳捧起来端详。我想挤出一丝微笑，可我知道那是徒劳的。我看到他流出了眼泪，我看到他的手哆嗦着，把我的头装在一个布袋子里。然后，他肯定在四周寻找我的肢体，他一定看到了我的左手腕骨和右手的几根手指。他都把它们装进袋子里，和我的头颅放在一起。

我欣慰地想，索飒啊，谢谢你。你找到了我的头颅，我在袋子里翻滚着，我能听到索飒的哭泣声。此刻，在鸣金收兵，到处都是大唐军士兵集合的声音。我的同乡索飒提着布袋，我听到他割下了那个刚才杀死我的突骑施兵的脑袋，提着那个人的头，前去向大唐将领申领战功。我的削去头顶的头颅由索飒装殓在袋子里，连同我的手指。

我长长地松了一口气，安心了。因为我的头颅一定能回到故乡——沙州敦煌莫高乡。

后来，云麾将军薛思楚亲自在我的记功文书上署名签字。我们打败了突骑施的大军，突骑施部死伤大半，元气大伤，于唐睿宗太极一年（712年）七月向大唐投降。

我终于回到故乡沙州莫高乡了。我的头颅和左右手的骨殖，由索飒亲自送到我的故乡，交给了我父母亲——连同我的军功证明等几件告身文书一起,都装在匣子里。阴月娘哭得不成样子,她要求看看我的头颅,要再看我一眼。

啊,我的头被拿出来的时候,我也看到她了。她那满月一样皎洁的脸是那么圆满。不要紧,月娘,你不要哭泣。毕竟,我张君义回来了。她哭着哭着晕倒了。后来,索飒和阴月娘还有我的父母亲一起,把我的头颅匣子放在那座洞窟的三世佛塑像前,安魂、礼佛、焚香、祈祷,然后,把我瘗葬在莫高窟的一处瘗窟中,我就这样终于回到了莫高乡的莫高窟。

我在瘗窟中一直安睡着。就这样一下子过了一千多年,我的平静再次被打破。1921年,一群白俄士兵在敦煌莫高窟留驻,他们军纪败坏,在莫高窟的很多洞窟中肆意毁坏佛像,寻找宝物。他们还挖掘一些瘗窟,想找到值钱的陪葬品。结果,把盛装我的头颅和手指骨的盒子挖出来,带到南区洞窟前打开一看,里面是一个小麻袋子,打开麻袋是我的头颅骨和手指骨。他们吓了一跳,就把袋子扔到了洞窟前的沙堆上。风吹沙落,这些白俄兵后来也走了。我就在沙堆里渐渐被沙子覆盖,慢慢陷下去,直到沙子把装着我头颅骨的袋子埋在沙堆里。

我的本家、画家张大千来到莫高窟,是在1941年的夏天。他留着长长的胡须,在莫高窟面对着千年留下来的历史遗迹和文化宝库,十分激动和震撼。他奔走着给洞窟编号,临摹洞窟壁画,泼墨挥毫,到处打点相关的官员和小鬼。

有一天,他在清理莫高窟一个洞口的积沙时,忽然发现了沙堆中有一个袋子。他紧张起来,小心翼翼地把袋子挖出来。袋子系着绳索。

他打开来，里面滚出来一颗残缺了头顶骨的头颅骨。他吓得大叫了起来，定了定神，才仔细观瞧。

我就是在这一刻重见天日的。是的，我是大唐军骁骑尉张君义，我死了，可现在我重返人间，看到了眼前的二十世纪。我右手的残存的手指骨和左手腕骨和我的头颅骨一起重现人间。右手是我手握唐刀的手，左手是我手持盾牌的手。我凭借这双手，曾在安西四镇奋勇杀敌、保家卫国、守护边疆。我看到了我的本家张大千，这个美髯公还从我的头颅骨边翻捡到几张文书。那是我的功勋证明和身份证明。我大声呼喊，张先生，你念啊，你念一念，你就知道我是谁了！

张大千果然读了起来。他手里拿着的是《景云二年张君义告身》，这是我的身份证明，还有《景龙三年九月典洪壁牒为张君义立功第一等准给公验事》《景龙某年典洪壁牒为张君义立功第二等准给公验事》两件公验，这是我的军功证明书。还有一件《唐景龙某年典张旦牒为从张君义等乘驿马事》，是我需要马匹的借据。张大千的声音颤抖着，他念道：

　　唐景龙三年九月：敕四镇经略使前军牒张君义

　　五月六日破连山阵……同日……破临崖阵

　　同日破白寺城阵……

　　九日破（　）坎阵……同日破么么城阵

　　十一日破河曲（　）阵……十二日破……

　　十三日破故城阵　同日破临桥阵……

　　牒：得牒称……突骑施背（　）围绕

安西……命张君义等从……散府镇……获得凶丑……等城

杀获逻斯蒦首

……功第壹等，于后恐无凭证，请给公验，故牒

……景龙三年九月五日典洪壁牒

……检校副使云麾将军开国男薛思楚

张大千一边念，我一边回忆起我所经历的那大大小小的战斗。那一场场美好而残酷的仗，我都打完了，我倍感欣慰。张大千仔细辨认着，几件文书在岁月的漫漶之下，缺字看不清的有很多。可我听到他念到了一个接一个的"破阵"，就感到特别自豪。破阵破阵，英勇冲锋，奋勇杀敌，我以我血洒沙场，留名西域为大唐。

张君义等二百六十三人加勋敕文，这份漫漶的告身文书上，写明了我战死的情况。这是我的军功证明，也是我身死还乡的告慰信。后来，张大千把关于我的四件文书据为己有。某年他在日本旅行时，把三件文书卖给了日本天理图书馆。再后来，张大千私藏的我的这份告身文书，辗转出现在香港拍卖会上，中央文化部派人在1962年12月从香港买回来，1963年8月拨付敦煌研究院收藏。我的头骨和手骨，后来妥善保存在敦煌研究院里。

我一直在回想着我所经历的那些峥嵘岁月，征战西域、保家卫国，我报名参加大唐募兵的那一刻就想到我可能会在战场上死去。一次次的战斗中，我都把生死置之度外。因我心中有莫高乡莫高窟，还有一个姑娘，她在故乡把我盼望，她脸如月亮，她的名字叫阴月娘。

战士不仅战死在沙场，战士最后也回到了故乡。

第五窟：第158窟，一个商人

这是一个大型的涅槃窟，俗称睡佛洞，开凿于中唐时期。从窟形上来看，是一座盝顶横长方形洞窟，就像是一具巨大的棺木空间。进入洞窟，可见在西洞壁，也就是直面入口的洞窟后半部分，建有高一米左右的佛坛高台，台上横卧着释迦牟尼佛的巨型涅槃像。涅槃，是佛教徒所追求的至高境界。涅槃之后的佛教徒肉体消失，寂灭，因此也摆脱了生老病死与六道轮回之苦，进入不生不灭的境界。

洞窟内的塑像和壁画表现的，是释迦牟尼八十岁涅槃时的情景。只见释迦牟尼像直体躺在佛坛上，身体微倾向东，呈四十五度斜角面朝上。涅槃尊像有十五点八米长，体型巨大，给人以强烈震撼。佛像面容安详，双眼紧闭，头枕在枕头上，右手枕在头下，已进入沉睡。佛像塑造得十分生动，涅槃是佛祖去世的状态，宛如一位贵妇在熟睡，依稀可见佛像的嘴角露出一丝微笑，十分淡然，不仔细看察觉不到。涅槃像的面庞圆满，线条流畅和谐。身上穿的袈裟呈现波浪纹路,和身体线条的自然起伏相搭配,很有韵律感。虽然是涅槃像,却塑造得十分自然,在静默中呈现永恒的沉睡。在洞窟内的南北两端,各塑有一身体型不大的佛像——南端是一尊站立佛像,北端是一尊坐立佛像,代表过去世佛和未来世佛。

这尊释迦牟尼涅槃像可以说是敦煌莫高窟的雕塑杰作和大佛像精品,与窟形相似的第148窟内的涅槃大佛像互相映衬,甚至雕塑得更好。可见在古代,无名雕塑家在对佛像的比例、细节的把握上出神入化。特别是佛像脚部,脚面平伸,十根脚趾平行,历历在目。

由于这个洞窟是佛祖涅槃窟,在洞窟内的南北和涅槃像身后的西壁上都画有壁画。这些壁画的内容,也都与佛祖涅槃相关,是涅槃经变的内容呈现。洞窟北壁,画了十多个各国国王和王子举哀图。壁画颜色虽已失真,但人物身上的衣服还留有黄、褐、黑、白、绿等颜色。其中,还有一位是由两位宫女搀扶着的中原汉族帝王像,眉毛弯曲,头戴冕旒,正在痛哭,显示十分哀痛,不过动作举止比较端庄。

迦毗罗等八国国王闻讯带领臣属,到达拘尸那城,为释迦牟尼涅槃举哀。各个国家的国王和王子的装束衣着打扮异彩纷呈,可以看出不少是从西域地区来的,面目和汉族不同,他们的哀痛表情十分夸张,动作幅度也比较大。有的用刀刺胸,有的割鼻,还有的割面,这叫作以刀剺面,是西域自古以来少数民族在逝者面前表达忠诚和哀痛的仪式。这些举哀的各国国王和王子群像生动非凡，面部表情各异，体现出他们听闻释迦牟尼涅槃之后的哀伤。有互相拥抱安慰的，脸部扭曲，表现出内心比较激烈的精神状态，富有感染力，是这个洞窟里最动人的壁画。

在佛祖涅槃像身后，画有两排人物。前面一排是菩萨像，菩萨群像一个个排列开来，表情平缓安静，似乎早就知道佛祖涅槃这一天的到来。因菩萨对涅槃的理解已经到达超凡境界，并不为之所动。北侧洞壁画有四大天王和天龙八部等部众，一起前往释迦牟尼涅槃之所，也就是拘尸那城去供养的画面。其中，还可以见到智慧居士维摩诘前来举哀。维摩诘画像在这铺壁画中十分突出，他扎着头巾，白发飘然，胡须下垂，内心沉痛。

在北壁上部，绘有飞天一组，个个手持七宝璎珞，在祥云中向下降落。仔细观察，可见飞天的表情沉郁悲伤，眉头紧皱，并不欢乐，与其他洞窟的欢乐飞天大为不同。

在洞壁的南壁上，可见释迦牟尼的十大弟子举哀图。其中，迦叶和阿难的表现十分扎眼。迦叶闻讯从修行处耆阇崛山赶来，风尘仆仆，万分悲痛，见到佛祖涅槃，双手上举，正嚎啕大哭。身旁有两个弟子扶着他，以免他摔倒。阿难跪在地上，神情哀婉动人，一手撑着地面，一手还在耳边做聆听状，仿佛释迦牟尼还没有涅槃，还在讲经说法，而他正在谛听。众弟子身姿各异，虽然画面上的人物不算很多，却体现出释迦牟尼的弟子们在一种对涅槃的深刻理解中的自持和无法控制的悲伤，并以丰富的表情和身体动作，作为呈现。

我就要死了，我能感觉到我的身体发给我的指令。一个人要是快死了，他的身体会告诉他。我就是这样的。不瞒你说，我不想死，我活得很带劲，我活得很好，我家丁兴旺，我财富满屋，可我现在要死了，我得了重病。一个对医治我感到棘手的郎中告诉我，你要去敦煌，到莫高窟千佛洞，去洞窟里礼佛，去参拜释迦牟尼涅槃像。你去问一问佛祖，你的一生到底有什么罪孽，有什么功德，你有什么遗憾也要告诉佛祖，你可以问他，你还能活多长时间。

那佛祖会告诉我我还能活多长时间吗？

大夫说，会的。佛祖什么都知道，不过佛祖可能会以启示的方式告诉你，需要你自己去参透。于是，我就来了。一个将死的人来到莫高窟，就是因为我还没有参透生死，我必须要找到最后的机会参透生死。未知生，焉知死？这是孔夫子说的话。我早就听说过。我是奔走在东西大道上的一个商人。我是中原汉人，我本来也不信佛，直到我的商队有一次被劫匪抢劫之后，我才开始相信因缘。

那是十多年前的事情了。我的商队从洛阳出发之后，抵达敦煌，然后以货易货之后再前往于阗。这一段路上是比较艰险的。从敦煌向于阗走，路途遥远，要经过沙漠戈壁，沿途是高峻的大山。沿着巍巍大山的山脚下走，可能会遇到从山上下来的西羌或者吐蕃人抢劫我们，继续往前走，还有活动在楼兰和鄯善的璨微部族，经常袭扰商队。

璨微部族的人留长发，梳辫子，骑在马上呼啸而来，呼啸而去，抢了东西杀了人就跑，根本就不和你说理。不像吐蕃人的众云和炎摩多部族，如果他们拦截商队，不杀人，只是抢东西，把商队包围起来，问清楚我们带的是什么东西，挑着拿走。这简直就是仁义之师了。他们没兴趣的或者不喜欢的东西也不会要。所以，我的商队在路上被抢劫是经常发生的。

那一年，我的商队在鄯善沙地被璨微部族包围了。他们有上千人，呼啸而来，千马奔腾，令人畏惧。他们斩杀商队的人毫不手软。杀完了，还要一个个检查是不是都杀死了。然后再把东西都抢走。我躺在一个比较肥胖的同伴尸体下面装死，手里紧紧抓着在敦煌寺院里得到的一个铜制菩萨像。我对那个菩萨像说，要是我活下来，我就供奉你，我就是你这个菩萨保佑的，我不再信仰金钱和财富，而是要信奉救苦救难的佛陀和菩萨了。

一个璨微部族的匪徒走过来，翻看商队人的尸首。他在胖子的尸身上又狠狠扎了一刀，刀尖透过胖子的肋骨，扎到了我的大腿上，我一声不吭，却感觉万箭穿心地疼。是菩萨保佑我，没有被他识破并补刀。

后来，璨微部族的匪徒走了。我的大腿失血过多，经过治疗，我保住了性命，但成了一个瘸子。整个商队六十个人，就我一个人活了下来。这就是我们商队往来在丝绸之路上的艰难。肯定是菩萨保佑了我，从那之后，我经常布施寺庙。作为供养人，我在敦煌的东大寺，出钱给佛陀像重修了金身，又请画工和雕塑师在墙壁上重画菩萨像和西方净土世界壁画。

我发现自己的身体不行了，是在去年。我总是感觉没力气，不想吃饭。人吃不下饭就是疾病缠身的征兆。你想想，人连饭都吃不下，那还能做什么？我变得越来越瘦，感觉肚子里有一个肿块变得越来越大。我吃进去的好东西，好像都被这个肿块给吸收了。看病的游方老郎中说，你得了大病，赶紧去敦煌问问佛祖吧，你到底还能活多久，兴许佛陀能救你。

在这个洞窟里，我看到释迦牟尼涅槃像是那么安详，就像是熟睡过去一样。佛祖熟睡过去就是涅槃，这样的熟睡，也会很快来到我的身上。佛祖是不寂不灭，我死去确实人死灯灭，我的财富，我的妻儿怎么办？我很焦虑。

我在佛祖涅槃像前跪下，一一祷告。诉说我的忧虑和困惑。我闭目坐禅，渐渐进入到入定的感觉。隐约间，听到有一个声音，从我身体的右侧传来，我是未来佛，我给你说实话，施主啊，你还有一个月的阳寿了，你要把一切后事都处理好。

听到这个声音，我吓坏了，我真的在这个涅槃窟得到了我的大限时间，一个月！天哪，我只能活一个月了。我向身体右侧望去，看到有一尊小一些的未来佛坐在那里看着我。难道是这尊佛像告诉我的？我扑过去望着佛像，可未来佛的坐像不再显灵。我心乱如麻，知道了这个大限之后，非常痛苦和悲伤。人都是要死的，可死到临头，死亡摊到我的头上，我还是很不服气，很不情愿，想不通。我九死一生，妻妾好几位，她们生下六个孩子，都活得好好的。我赚的钱都带回去养活我的妻儿家小，我的腿虽然瘸了，可我给佛陀敬献的供养，算下来也不少，不知道佛祖释迦牟尼能否接收到？为什么我还要受到死亡的惩罚呢？

我不想死，真的不想死，佛祖啊，能不能再给我三年的时间？不不，一年的时间？让我完成我的一些愿望。我趴在那里，对着佛祖涅槃像大声说。我只要一年阳寿，就可以死去，佛祖啊，我不想死，求求佛祖保佑，我不想死！

佛祖涅槃像躺在这个洞窟里，巨大的身体没有动静。下午的阳光无法照射进来，洞窟里光线昏暗，涅槃像安静地睡在那里不出声。涅槃，是佛祖不生不灭的永恒状态。可对于人，对于我这样一个普通人，我能获得涅槃吗？这是我的疑问。我可能得不到涅槃，人死灯灭，才是最真实的情况。人有九种横死，也就是死于非命的九种情况，比如生病得不到医治，火灾中被烧死，水灾被溺死，等等。死就是灭，就是空无，就是什么都没有了。

我太痛苦了，佛祖啊，你说说看，我这样一个荣华富贵、妻妾成群、子孙满堂的、什么都有的人，怎么能够说死就要死呢？我就这么得了重病，不得不死吗？在洞窟中，我对着释迦牟尼涅槃像说了很多很多，我累了，趴在地上睡着了。

睡着之后，我就开始做梦。我的第一个梦，是我带领这商队在山脚下的道路上前行。似乎眼前的所有风景，我都是熟悉的。我正带领我的商队行走在从于阗到敦煌的路上。这时，我的探马从前面跑来告诉我，璨微部落的人前来打劫啦！他们有上千骑兵，正从那边的雅丹地带席卷而来！

情况紧急。这些璨微人除了抢劫，还要杀人。要是我的商队人马都落到他们的手里，就要全军覆没。情急之下，我念着阿弥陀佛，手里紧握着我在于阗一所寺院里求得的菩萨玉牌，祈祷佛祖保佑。我突然想到，就在我们右侧的一处山峦，有很多山洞，我们可以去那边躲藏。我赶紧带领商队上山。

走了几里路，忽然，我看到，在眼前，是的，在我的记忆里，本来有山洞的地方，出现了一座依据险要地势建造的城堡。城堡不大，恰恰能够容纳我们这六十人的商队。我觉得奇怪，怎么在这个时候、在这个地方，会出现一座易守难攻、依山而建的城堡呢？可它分明就是一座城堡啊！我们快马加鞭，商队的人全部进入城堡。

城堡内没有人，仿佛就是为我们商队能够躲藏在这里而建的。我们刚刚关闭城堡的城门，站在城堡的城墙上，就看到远处就像是一阵黑风席卷一样，奔腾而起一阵黑云，璨微上千的强盗都骑着马，火速而来，转眼之间就来到了城堡的跟前。他们用石头砸城门，我们从城墙上往下扔石头砸他们。他们向上射箭，我们躲在城垛后，没有一个人受伤。

我不经意地发现，在我身边站着一个胖子，啊，他是我商队的人，不是已经死了吗？我记得，璨微人杀了他，还刺穿他的肋骨扎到我的大腿上，怎么现下还活着？我仔细观瞧我身边的人，我记得所有人都被璨微人杀死了，怎能躲在这个城堡之内呢？我十分疑惑。

我们在城堡内坚守了三天，璨微人使用各种办法，都无法攻破城堡，而我们带的食品足够我们吃几个月的。城堡背靠悬崖，进深还有山洞，里面有滴水洞，可以提供淡水。第四天早晨，我起来之后发现，璨微强盗已经走了。

我们在城堡中又待了三天，并派出探子四下观瞧。那些打劫的璨微人真的退到鄯善去了，我们这才从城堡上下来，继续向敦煌进发。

我一下子醒过来，摇了摇脑袋，发现我还在洞窟里，面对着巨大的横卧着的佛祖涅槃像。我刚才做了一个有城堡的梦，这是不是化城喻品在我梦中的象征呢？我的商队六十个人都还活着，并没有被璨微强盗杀死。佛祖啊，这到底是一个梦，还是真实的呢？我很疑惑，我又困又累，接着我又睡着了。

我做了第二个梦。有一天，我骑马在路上行走，身后是我的几个伙计，赶着拉满了香料的马车。我们走过一个村镇。在穿越这个村镇的时候，我看到一个男人拉着一辆板车在走。板车上躺着一个少年，约莫十岁，他奄奄一息，显然是病了。

我们就停下来，问那个拉板车的男人。这个孩子是你的儿子吗？他怎么了？

男人听下来，看着骑在高头大马之上的我，说，老爷，是我的儿子，他快要死了，我刚从郎中那里出来，大夫说他的病很严重，只能回家去等死。再说了，我也没有钱给他看病。

孩子睁大眼睛看着我，目光清澈。这是一个好孩子，我问他，孩子，你有什么愿望吗？

孩子看着我，老爷，我就有一个愿望。我希望我的病能治好，我能长大成人，跟着商队四海为家。

我对孩子父亲说，这孩子治病的钱我出。走，你们跟我走，找最好的郎中给他看病。孩子的父亲就跟着我，去敦煌找郎中看病。我前后请了好几位郎中给孩子看病，用了好多种药，还做了手术，之后把孩子救活了。孩子父亲对我千恩万谢，我说，救人一命，胜造七级浮屠。这是我愿意的。然后一下子，似乎时间就过去了好多年，这个孩子长大了，果然成了从康国到长安路上奔走的一名商人，经常和我的商队擦身而过。他记得我的恩情，总是带给我最新的货品。然后我又醒了，我还在这个洞窟里，我的面前，依旧是横卧着的安详涅槃的佛祖像。

我已经有些分不清我做的是梦，还是我的人生中真实经历的事情。我后来又做了几个梦，梦见的都是我人生的缺憾，或者迟疑的时候。比如，我本应该救助一个深陷妓院的凉州女子出火坑，可我没有出手相救。但在梦中，我出手相救了，她逃离了火坑。还有一个商人同道，被官人陷害，我出手相救，他获得了自由。原来，我这一生干了这么多的好事，我救苦、救难、救死，我挣了很多的钱都花在别人身上，我做尽了好事。可是，我依旧得了重病，要死在这里了，这是怎么回事？

我醒了。我在这个洞窟里做的梦太多了。只要我一睡着就会做梦。我很疑惑，大声说，佛祖啊，你涅槃了，可是我还没有死去。我在你的面前不断做梦，分不清是真的还是假的。佛祖能给我什么启示吗？

你说的，我都听到了，让我来告诉你吧。一个声音在这时响起来。声音来自佛祖涅槃像的脚部位置，也就是洞窟的北壁。

我吓了一跳，以为遇到鬼了。在这个涅槃窟中，怎么还有另外一个人？我进来时看仔细了，什么人都没有，就只有我一个人。在这座洞窟的南壁和北壁，各有一身佛像，南壁是站立的过去佛，北壁是坐在那里的未来佛。然后，就是这一身佛祖涅槃像，躺在佛坛上。这个洞窟里，除了佛像就是壁画，连一只老鼠都不会有的，怎么会有人发出人声呢？

我爬起来，缓缓向北壁走过去。啊，真是有一个人，他个子不高，就像是一尊佛像，坐在佛祖涅槃塑像的脚侧的那尊未来佛坐像的边上。未来佛坐像边还有一个小台子，有个人盘腿坐在那里。他和那尊未来佛塑像几乎是浑然一体，怪不得我没有看到他。我手里拎着一盏马灯，凑近他。我看仔细了，这真是一个人，拄着拐杖，双腿有些萎缩，坐在一个垫子上。一只眼睛似乎瞎了，另一只眼睛是好的，正在眨巴着，看着我。

你是谁？我的声音因恐惧而颤抖，你在这里干什么？

我？我是一个捕梦人，也是巫医。我专门捕捉别人的梦，也给人看病。我是一个半瞎子，佛祖给了我捕捉别人的梦的能力后，就让我一只眼瞎了，另一只眼是朦胧的，让我失去了辨别这个世界的能力。

我听到这个半瞎子这么说，嘎嘎笑了起来。这也太荒唐了，还有什么捕梦人！骗子！我忽然又打了一个机灵，我刚才在这里做了那么多的梦，难道都被他捕捉到了？我就问他，瞎子，你说说，你捕到我的梦了吗？

瞎子眨巴着白眼，他说，我当然捕捉到了。然后，他一一告诉我，我刚才做的是什么梦。他一边说，我一边是汗流浃背。他说得一点没错，和我做的梦严丝合缝。我所有的梦，都被他捕捉到了。

半瞎子说，你看，我说对了吧？我真是一个捕梦人。昨天，我还在这附近的莫高乡流浪，在外面睡着了，我就捕捉到我自己的一个梦。这个梦告诉我，我要在这座涅槃窟里，等待一个人来。这人快要死了，他要在佛祖涅槃像前倾诉自己的一生，然后就能安心地死去，而治病的药只有我能给他。于是，我就在这里等待着。结果，你来了，你说了那么多，又睡着了，还做了很多梦，全被我捕捉到了，你的这些梦，也都由我把它们变成了现实。你的梦不再是梦了，而成了现实。

我惊呆了。我刚才是做了好多梦，都被他抓到了，而且，都被他变为了现实？这有点太迷幻了吧。我问，我商队的六十个同伴，都还活着？他确切地告诉我，都活着。他们依旧走在丝绸之路上。我问，那个少年没有死，那个妓女被我相救跳出了火坑？被官人陷害的商人摆脱了厄运，而我梦中救助的每个人最终都实现了圆满？

他说，是的，都实现了圆满。这个你不必担心了。半瞎子递给我一个袋子，你把这里面的丸药每天吞一颗下去，你的病就能控制住，你还能多活一年，就像你自己希望的那样。

我一阵狂喜，啊！我在佛祖面前祈祷的话灵验了，我果然能再活一年。我接过布袋，取出了药丸，吞下去一颗。药丸非常暖热，在我腹内升腾起一种热气和生机。我感觉好多了。我说，捕梦人，巫医，半瞎子，我吃了你的药，能多活一年。那你说，我接下来应该怎么做？

他说，我有一匹老马，拴在洞窟外边的白杨树上。我的眼睛半瞎了，你可以带我去沙州，帮助我实现我的三个梦。

我问，你的梦？你有什么梦想呢？

半瞎子巫医笑了起来，我的梦啊，就是我梦想用一个富人的钱，来帮助那些真正需要金钱帮助的人。在沙州，是您挣钱的地方，也应该是你散去金钱的地方。我们走吧。

我就跟他一起走出这座涅槃窟，果然，有一匹马拴在洞窟前的白杨树林边。是一匹黑色的走马。他骑上去,我牵着马,向沙州而去。

我们来到了沙州,这里都是我熟悉的街道、官衙、寺院、集市、客店。我在净土寺边,找到我曾经住过的一个客栈。我说,捕梦人,你说,我应该怎么做呢?

他说,你贴出一个告示,说你能扶危济困,看看有没有人前来找你。

我就在客栈的门边,贴出了这样一张告示。果然来了很多求助的人,以病人为主。我就像是药师佛一样,扶危济困,看来要从病人入手,人活在世,生老病死,病是最折磨人的。药师佛发下十二大愿,十二药叉神将是药师佛的护卫,在经变画中是十二盏灯轮在旋转。药师佛能治病救人,凡是无救、无归、无医、无药、无亲、无家的"六无"之人,只要是供养药师佛,就能得救。这不过是一个说法,现在,在沙州,药师佛变身为我了。

很多有病的人需要帮助,我就拿出钱来帮助他们。结果,满城的病人都得到了救治,我的美名传遍沙州。沙州就像是化城喻品中的佛所化出的城市,成为人们生活的美妙之地。就这样,几个月的时间,我把钱都花了,仗义疏财,给人治病。我没有分文了,可是我满心欢喜,感觉身体无恙。

捕梦人半瞎子巫医说,我还有一个梦,希望你帮助我实现。

我说,我没有钱了,不知道能不能帮助你实现你的梦想。

他说,你能实现的,只要你愿意花时间陪伴我。我的梦,就是我想去看看大海。我从来都是只听说过大海,没有见过大海。我见过沙海,却不能想象出大海里都是水的样子。你见过大海吗?

我说，我当然见过大海。我做生意，去过辽东，见过那里波涛汹涌的大海，就像是沙海一样，只不过所有的沙子都是水，那就是大海。

他说，太棒了！我希望你帮助我实现这个梦。你只需要当我的向导和马夫，拉着缰绳牵好马，就能圆满我的梦。

好像只是说话之间，我和半瞎子巫医一起来到了东海边。见到真正的大海，我这个在沙海戈壁间来回走动的商人还是十分激动。半瞎子用他那只朦胧的眼睛贪婪地看着大海，在马上惊叹，大海是活的，比沙海要活跃很多。水是丰沛的，无穷无尽的水在涌动。原来这个世界上真的有大海，有无穷无尽的水！

然后，捕梦人巫医对我说，谢谢你，帮助包括我在内的这么多人实现了梦想。你也能获得你希望的涅槃，就像是佛祖释迦牟尼的涅槃，不生不灭。

捕梦人巫医说完这番话，他手里牵着的老马不见了，他睁开了那只紧闭着的瞎眼，他成了一个双眼闪光的、重新看见光明的人。他说，我们不再互相需要了，我们的梦都实现了。你散尽了金钱，做尽了好事，你救苦救难救生救死，然后，你帮助我看到了大海。我们的梦做完了。然后，他就消失在一片光晕中。

我醒了，却发现我还在这座佛祖涅槃窟中。我仔细回忆发生的一切，却发现，我其实还是在做梦。我站起来，在这个洞窟中细细察看，没有别的人。那个半瞎子捕梦人巫医，是我梦中出现的。在他刚才出现的地方，只有那一座未来佛的坐像，在释迦牟尼涅槃像脚边坐着一动不动。我确信，我是在梦中梦到了那个捕梦人，我做了梦中之梦。

在梦中，我实际上回忆了我在前段时间里做的事情。那就是，我真的在沙州把我的钱散尽，用来扶危济困，用来治病救人，就像是药师佛那样。我满足了很多人的愿望，使他们得到了安慰。

至于看到大海，那不过是一个真正的梦。到目前为止，即将死去的我，还没有见过大海。我梦见我去过辽东海边，而刚才的梦中，我见到的还是大海的幻象，是我梦中想象的大海。

我拿着马灯，仔细观看这座洞窟里的壁画，看到的最为生动的画面，就是佛陀涅槃后弟子们的举哀像，真是画得太好了。只见迦叶伤心欲绝，双手上举，扑向了涅槃的佛陀，被几个同门弟子搀扶着，表情都是痛苦扭曲的。阿难一只手放在耳朵边，似乎还想听到释迦牟尼的讲经说法，可他永远听不到了。在这尊巨大的涅槃像的脚部也就是北壁上，画的是各国国王和王子举哀图，各国国王以刀刺面、刺胸、割耳，痛哭流涕。我反复观看壁画，重温了一遍又一遍，对佛祖涅槃有了理解。

然后，我面对佛祖涅槃像，在洞窟的中间铺好垫褥，躺了下来。我感到我的大限就要来临了。在这个洞窟中，最好的归宿也是我选择的，那就是，在这里死去，朝向涅槃，朝向肉体的寂灭和精神的不寂不灭。

我躺下来，和佛祖涅槃像是一个姿势。我已经了无遗憾，散尽家财，留得美名在人间，我也没有了牵挂。我躺下了，闭上眼睛。我不知道还会不会做梦，还会不会梦到那个捕梦人半瞎子巫医。我渐渐入定，进入到一片黑暗中，向着净土之地缓缓而行。黑暗的大地上，我踽踽独行。也许，我还会在一朵莲花中，重新化生。

第六窟：第98窟，一个国王

第98窟是曹氏归义军时期也就是五代时期所开凿的洞窟，是曹议金的功德窟，后人也称作"大王窟"。曹议金，是继张议潮赶走吐蕃在河西的势力、成为首任归义军节度使之后，又一位颇有作为的河西归义军统帅。张氏归义军政权在河西地区掌权六十多年，之后出现内部纷争，归义军的权力落在曹氏手中。张议潮和曹议金家族执掌河西归义军政权，前后历时近二百年，保持了河西地区对中原王朝的归附关系。

进入这个洞窟，可以看到洞窟进深比较长，是敦煌莫高窟中少见的大型石窟，进深长达十五米，洞窟的高度有二十米。洞窟是方形覆斗形殿堂窟。所谓殿堂窟，就是进来之后，洞窟中心有殿堂般的空间。在这个洞窟的中心有一个佛坛，原有的佛像彩塑今已不存。

佛坛背面有与窟顶相接的背屏，特别值得一说的是，这个洞窟顶的四个角，都凿有浅龛，在浅龛中绘制了四大天王壁画。天王们双眼圆睁，宛如两丸白水银中养着两丸黑水银，怒目圆睁，从洞顶的四角看下来，令人震撼。因这个洞窟的开凿年代属于五代战乱时期，四方并不安宁，所以洞窟的四大天王壁画像，象征着四大天王镇守四方，祈求四方边境都安宁。洞窟中有大量的经变壁画，一共绘制了十一种经变图，规模空前。在南北壁和西壁的下端，以屏风画的方式，根据《贤愚经》的内容，绘制了多达四十二扇屏风画的贤愚经变图。这个经变画在以前的洞窟中并不常见。

最为重要的是，这个洞窟中供养人画像非常多，身形高大到令人惊叹的地步。而且，供养人群像中出现的人物也十分重要，显示敦煌河西地区与于阗、回鹘的历史紧密相关。

在甬道的南壁，是供养人、曹氏归义军节度使曹议金的画像。排在首位的曹议金的供养人像，高达二点四二米，比常人要高出一大截。画面上，曹议金头戴展角幞头，面目舒展，高拔伟岸。他的三个儿子曹元德、曹元深、曹元忠的供养像分列其后。

在东壁门北边，绘制了曹氏家族女眷的供养像，依次排列开来，由大到小，有甘州回鹘可汗之女李氏，索勋之女索氏和广平宋氏这三位，她们都是归义军节度使曹议金的夫人。这三位曹议金的夫人衣着打扮各有不同，是一大亮点。比如，回鹘公主身形最高，头戴凤冠宛如仙桃，两鬓包面，面庞圆润，皮肤白皙，额头贴了花钿，身穿拖地红袍，脖颈上有一圈瑟瑟珠饰，显得华贵端庄。这三位夫人供养像的后面，排列的是曹议金的女儿和儿媳妇的供养人像。

在北壁，绘制的是归义军节度使张议潮和他的女婿索勋等人的供养人像。张氏和曹氏以及索氏都是敦煌的大姓家族，彼此联姻，形成了政治、经济和血缘的深厚联系。特别是曹议金曹氏政权先后与甘州回鹘、于阗国联姻，通过政治外交手段，维护了河西地区的安定。

在东壁门南和南壁的下部，绘有于阗国王及王后曹氏的供养像。这是整座石窟的最大亮点。于阗国王、王后的供养人像信息量极大。在他们身后，还绘制有曹氏女眷供养像。于阗国王李圣天的供养人像，高达二点八二米，在这个洞窟中最为高大显眼。他面容俊朗，庄严亲切，身穿衮服，阔袖长襟，衣襟右衽，头戴冕旒，身后若隐若现两条飘带。他右手拈着一朵莲花，左手手持香炉，身体趋前。在他衮服的左胸上部的圆环图案中，有鸟的形象，下有龙的图案。

特别是，在他头戴的冕旒之上，还绘有一顶圆形伞盖，伞盖的两边有两个身缠飘带的小人，正在奋力拽拉着伞盖，使得伞盖平伸如华盖。小人十分生动，就像是文艺复兴绘画中的两个小天使，在莫高窟的壁画中是罕见的。在于阗国王供养人像边，还有竖排一行字：大朝大宝于阗国大圣大明天子。可以确认，他是于阗国王李圣天也就是尉迟散跋婆的供养人像。

在他身后，是李圣天王后曹氏的供养人像。她是曹议金的女儿、后来的于阗国王尉迟苏罗的母亲曹氏的画像。她头戴凤冠，装饰有步摇，穿回鹘风格的翻领大袖大袍，身披罗巾。在她身后排列的其他女眷供养像，有穿回鹘装的女子，也有穿汉服的，姿态各异，花枝招展，妩媚非凡，个个都是端庄秀丽，落落大方。

直到现在，我依然记得很清楚，我年幼时在敦煌生活的那些日子。我起初是从德太子，名叫尉迟输罗。我来自于阗国，我的父亲是于阗国王，他被晋朝皇帝册封为大宝于阗国王。他叫尉迟散跋婆，因心向中原，还有一个汉名叫李圣天。在敦煌，服侍我的有一大堆人，敦煌的节度使曹议金是我的外公，我母亲是他的女儿。所以，我在敦煌是住在我母亲的娘家里。这让我的父王李圣天感到安心和放心。我在敦煌受教育，和曹氏宗亲的孩子们一起读书，玩耍。我的几个表兄弟和我的年纪都差不多，他们住在城内，那一片挨着节度使的府邸，就是曹氏宗亲的大宅子，一片片连起来十分壮观。

那是无忧无虑的童年，那是最美好的时光。在敦煌的太子庄，有我的很多亲戚，他们早就安排好了一切，为了让我能在这里舒舒服服地待下来。太子庄在敦煌的郊外，出了城，没走多远就能看到，在一片白杨树和柳树的掩映之下，一个汉式高门大户的屋顶突兀而起，周边有围墙，围起后，里面就是一座庄园。庄园里还有一个小型花园，这是孩子们和女眷们玩乐的乐园。还有谷仓，储物仓，以及供主人居住的大宅。

无论日升日落，无论花开花谢，我都不用理会，我在这个院子里的生活，是我童年的全部记忆。我和我的两个弟弟在这里生活，那些亲戚在太子庄内外走来走去。我怎么来到敦煌的？啊，此时，我想到了母后在于阗刚刚生下我，身体就不好，无法每天照看我。我得了一种奇怪的伤寒病，高烧、腹痛，浑身有玫瑰色的疹子，那时我才几个月大。母后担心我会早夭，就让奶妈员娘和婢娘、祐定两个汉族女人把我带回敦煌。

见到还在襁褓中的外孙来到敦煌，外公曹议金非常喜欢，一边让人建造太子宅，一边在敦煌郊区建太子庄园，另外又从凉州请来名医，给我救治。幸亏我小时候在敦煌生活了几年，不然我就会早夭了。我的伤寒病在敦煌治好了。可能敦煌的气候更适合我，一直长到三岁，我又被员娘和祐定这两个侍女带回于阗。

就这样，我的童年和少年时期，不断在于阗和敦煌之间游走。后来，我这个从德太子的两个弟弟接连出生，他们是从连和琮原。从德、从连和琮原，我们三个兄弟的少年时期，都在敦煌娘家生活，在敦煌接受教育。敦煌的大儒很有名，他们从汉武帝时期就从中原来到敦煌，有的是避祸，有的是迁徙，有的是流放而来，却都很有学问。加之敦煌佛寺林立，高僧大德云集，我和两个弟弟从儒家教育和佛学修养上都得到了学习。

我就这样慢慢长大，却不知父亲已经有隐忧。真是少年不识愁滋味啊！

敦煌，这个名字由来已久。可能是大月氏人在这里盘踞时起的名字，属于音译，到了后汉时期被人附会为敦者大也，煌者盛也。我喜欢敦煌，这里的地势是西南高，东北低，有河流从城外流过，灌溉了大片农田。早在一千年前，汉武帝设置河西四郡，敦煌就是四郡之一。

千年的经营，大批中原豪族士人迁居到敦煌，相互联姻，并与中原政权息息相关。敦煌也是向西前往西域诸国、向南抵达吐蕃、向东通达中原、向北前去匈奴之地的一个要塞和枢纽之城，好几万人生活在这里，敦煌因此无比重要。

我这次来，是故地重游。我和我的两个弟弟年幼的时候都在这里生活过，后来，我们又回到了于阗。大约在我三十岁的时候，我们又一次来到敦煌，非常开心。我少年时期的玩伴都长大了，我母亲的曹姓氏族是大家族，是敦煌望族，宗亲亲眷很多。可我是于阗国的太子，他们也不敢和我亲近，只有一些长辈和我的表兄弟，因为是一起长大的，就没有什么亲疏之分，见面就很高兴。

当时，我父王李圣天在位四十多年，他是一位有所作为的于阗国王。我也三十岁了，来到敦煌，一是看望我的母后娘家的亲眷，和曹氏宗亲叙旧，二是我要随着于阗使者一起前往中原，去朝拜大宋朝廷。在中原，大宋政权建立，于阗国得到消息，立即派遣我这个太子率团前去朝贺，并带去了玉团等礼物。

回忆起来，那些年，从于阗西边传来了莎车国已经被黑衣大石人占领的消息，这些人身穿黑色的衣服，缠着头，手里拿着弯刀，见人杀人，见佛杀佛。从西边莎车国传来的消息，战事吃紧，我父王说，于阗必须要做好两手准备。如果我从中原大宋朝拜，能搬来大宋的强大援兵，就再好不过了。即使他们不发援兵，我此行能代表于阗，与大宋建立良好关系，也是万全之策。

我可以感觉到我父王内心的焦虑感。面对西边而来的黑衣大石的势力东侵，他多年与他们缠斗，对政治、军事的走势判断得很准。他一直在培养我，他说他死后，就由我继承于阗国的王位，一定要与敦煌交好，朝拜中原，抵御西边的敌人。父王当政四十多年来，一直是风调雨顺，国泰民安。那么我呢？我会不会面临一个风雨飘摇的世界，我会不会在战端陡起的世界中丧失所有？

这是我当时对我自己的提问。我要当心啊，我虽然才三十岁，可我却不能像我的两个弟弟那样，只知道整天傻吃傻玩的。在敦煌，他们太开心了，见到了太多的朋友和亲戚，长辈和同辈，还有同辈生下的下一代的孩子们。可他们俩不知道，这世间的繁华说去就去，说没有就没了。这世间的幻景是转瞬即逝的。只有佛陀知道，父王和我心里也清楚。如果我不好好把握，无论是于阗，还是敦煌，这些小国很容易在更大的势力面前灰飞烟灭。

我记得，那一次我前往中原朝贺之前，在曹氏宗亲的带领下，我和两个弟弟曾经专程去敦煌西边的莫高窟，在曹氏家窟功德窟去朝拜供奉，焚香礼佛。那是一次声势浩、车马浩荡的礼佛活动，一幕幕在莫高窟曹氏功德窟内焚香礼佛的场景，历历在目。

时隔很多年后，现在，我又来到了莫高窟。可是，很奇怪，我感到我很轻，身体极其轻盈。我为什么这么轻？我转身看我自己，我却看不到。

这就更奇怪了，难道我是一阵风？难道我是透明的？我很困惑。不过，我很快自己有了答案，那就是，我现在已经变为了尉迟苏罗的亡魂，我真是一股透明的风，打着旋来到了莫高窟。

现在，我来到石窟里。在这个进深比较长的曹氏功德窟中，我一眼就看到两尊高大的供养人像。他们都是我认得的，是我最亲的人，最前面的画像，是我的父王、于阗王尉迟散跋婆，他还有一个与中原汉地打交道时的名字：李圣天。大唐是李姓王朝，我父亲叫李圣天，有心向中原的意思，他也是这么做的。可那时候，大唐已经灭亡，对河西地区失去了控制。

我靠近我父王的供养人画像，感到无比亲切，也感到有些陌生。其实，在于阗国，他平时不是这么穿戴的，在壁画上，他的供养人像的穿戴完全是中原帝王的装束。冕旒，衮服，龙袍，头顶还有华盖。这样的打扮，我父亲是否曾经有过？在我的记忆里，是没有的。不过没有关系，这是绘制壁画的画师对我父亲的想象。这也很好，这也没有什么，我父亲也可以这样穿戴，因为他也姓李，汉名叫李圣天。画面上，父王的表情十分亲切，面额饱满亲切，生动得就像是他还在世那样，我情不自禁打着旋，在洞窟的洞壁之间来回奔窜。

我冷静下来，抑制住思念父王和母后的激动心情，重新安稳下来，不再旋转，不再像一阵风刮过洞壁上的壁画。我想起来，父王在去世之前，拉着我的手，对我说的一番话，那就是，和敦煌的曹氏亲家决不能疏远，对西边侵扰的敌人决不能手软。父王叮嘱我，他死后，我继位为于阗王，要做的第一件事，就是继续交好敦煌曹氏归义军政权，建立更紧密的联盟关系，携手对抗来自西边的敌人。西边的敌人势力强大，他们手持弯刀，一路杀来。他们在疏勒和莎车那边攻城略地，不过，疏勒人还在抵抗着他们。他们侵占疏勒后，就会来攻打于阗，所以要做好准备。

此时此刻我想到这些，不禁潸然泪下。可我是透明的，我的眼泪如凤，也是看不见的。我抚摸着洞壁上父王和母后那高大的供养人画像，栩栩如生，他们和我说话的语气，他们的步态、表情都历历在目，让我泪奔，让我在洞窟中无法自持。

我知道，在大唐安史之乱后，河西地区也陷入混乱，吐蕃人乘虚而入，控制了敦煌和河西地区长达数十年。一直到张议潮起兵赶走了吐蕃的敦煌节儿，建立归义军政权为止。节儿是吐蕃人在敦煌设立的类似刺史的官吏。吐蕃人还把敦煌的州、镇等十三乡，全部变成了落后的部落制。后来，张议潮派多路人马，绕过甘州回鹘政权控制地区，前往长安，送去河西地图和人民籍册，要求归附大唐。

大唐朝廷接到地图民籍书册之后喜出望外，将张议潮任命为河西归义军节度使，河西正式成为大唐王朝的藩镇。但经过安史之乱后，大唐朝廷对地方的藩镇势力十分警惕，疑心很大。一方面，对张议潮河西归义军心向大唐十分赞赏，另一方面，又十分警惕戒备。大唐朝廷下诏，把张议潮的兄长扣在长安作为人质子，后来又把张议潮也调到长安去养老送终。后来继任的张淮深久久没有被大唐任命为河西节度使，因而受到敦煌大族的猜忌，最终被人暗害。张氏、索氏、李氏等敦煌大族陷入权力纷争和恶斗当中，敦煌河西地区日趋衰落，张氏归义军政权岌岌可危。

就在这个时候，是我的外祖父曹议金力挽狂澜。他出现在敦煌的历史上，从此留下英名，就像我的父亲在于阗留下英名一样。我是无法和父亲相比的，我继位的时候三十出头，感觉自己很没有经验，我父亲却老辣沉着，他在位时间长，很善于处理各种复杂问题。父王即位于阗国王的第二十二年，他原先的于阗王后去世，他就向敦煌归义军节度使曹议金派去使者，请求联姻。曹议金把长女嫁给了李圣天，就是我的母亲曹氏。

在这个洞窟里，就在父王李圣天的画像后面，站立着的，就是我的母亲。旁边的题记写道，"大朝大于阗国大政大明天册全封至孝皇帝天皇后曹氏一心供养"。

看到这一行题记，我的泪眼模糊，我哪里知道，父王去世后，于阗国的命运就要交给我，我就要面对复杂的局面，要和来自大石的黑汗王国对战。我并不怕打仗，我凡事学着父亲就好了。父王做于阗国的国王长达五十四年，真正做到了国泰民安。那不是吹的，又有几个国王能在位四十年以上呢？我的父王做到了。天下君王，短命的太多了，大部分死于非命。所以，我父王是仁者寿。

我记得，在我继位前两年，那一次，父王专门派我们三兄弟来到敦煌，联络曹氏宗亲。我们在敦煌太子宅和太子庄两边居住，十分惬意。那一次在敦煌，我们三兄弟做了很多法事活动。我们的母后身体不是很好，在于阗修养，常常不怎么出门。很多于阗的大型国事活动，她也不参加。我就很担心，母亲病恹恹的，怎么办呢？我们兄弟三人在莫高窟为母亲祈福，做佛事活动。

就是在那一年，我在敦煌的太子庄里，花了好几个晚上，一笔一笔地写了十叶贝叶经，这是我虔诚祈祷父王母后福寿安康的发愿文。我是用于阗语写的，我就着蜡烛光，在晚上默默祷念着，亲自写下了发愿文。后来，我带着弟弟来到莫高窟的曹氏功德窟里，将这篇发愿文在释迦牟尼佛像前，一字字念诵，敬献给佛陀，求佛保佑我们的父王母后安康吉祥。我记得，我用于阗文写下的发愿文原件，留在了敦煌净土寺。由我自己译成汉文，让人抄录下来，再到莫高窟念诵，敬献给曹氏功德窟中的佛祖。下面是我的发愿文：

一切恭敬，敬礼一切诸佛并诸菩萨、八圣贤、佛说真谛及常住三宝。

叹佛亿万功德，不能一一称颂，谨默诵在心，并数万次匍匐礼拜。

伏愿诸佛慈悲于我从德太子，佑我得真悟真识。

从无始时来，因痴而生身至今日，由身舌心三行，由不崇敬信徒，由众多烦扰而有无数行为，今并一切忏悔；因嗔、染痴而对母、对父、对诸师乃至对三宝造罪得罪，无量无间，无论记忆与否，今并发露，许我忏悔。

至心发愿，愿借菩萨善戒力而脱我虚妄，并借菩萨五力导我以正。

至心发愿，愿借三宝，脱离生死轮回，并借六婆罗密多而得识十地，得脱五毒。

至心发愿，向有生各界宣扬佛法，以此功德普及一切众生，庇佑疾苦，并成佛道，并愿自身敬信佛法无碍，恒到涅槃，如佛所行。

愿生而为男，有德有勇，有智有慧，孔武健壮，盛福大贵，肢躯为金刚身，神威无敌。

我至亲至善之父，王中之王、圣君功德无量。伏愿其命居三聚而宝位恒昌。

我至亲至善之母、大汉皇后,予我此生性命。伏愿其命居三聚而坚远永隆。

又愿诸王子、小娘子身体安康,已躬永寿。诸臣仆效力至忠,亦愿其灾病俱消,福庆相资,永不分袂。

又愿自身我从德太子灾祛孽除,瘵疾不作,破诸烦恼,永泰增寿。

愿我诸世皆识前生,愿我拯救诸界众生皆得涅槃。

愿我亲见诸佛,永无疾苦,愿我因虔敬而往生极乐世界。

从德太子一切恭敬,敬礼佛法,命人写讫。

我那篇发愿文诵读时的声音还在耳边,可如今,所有相关的人都去世了,都不在这个世界上了。我现在明白,我是一个游魂,是一股透明的风。我来到莫高窟,是想追寻我们的足迹,找到那些消逝的身影。

那一年,我和两个弟弟从连和琮原一起在敦煌礼佛、祈福之后,他们俩继续在敦煌居留,我带着于阗使者和敦煌归义军使者,前往大宋都城。我们去往大宋的使团,赶着朝贡的骏马几百匹、骆驼数十头,还有于阗玉石五百块、琥珀五百斤。因要路过甘州,甘州回鹘也派出使团,和我们一起结伴而行,前往大宋,他们带的贡品和我们的相当。

我们浩浩荡荡前往大宋都城。抵达后,在汴梁开封都城,我们的使团受到大宋太祖赵匡胤的亲切召见。他对我们礼数有加,并给我们赏赐了很多丝绸绵帛、金银铜器等厚礼。

这次出使,我饱览了中原壮丽的山河和秀美的风光。特别是,中原汉地物产丰富，人民壮美豪迈，大宋都城华丽壮观，是一座比于阗和敦煌都要大得多的城市。我向太祖皇帝禀报了于阗国愿和大宋长久交好纳贡的心愿。而心向中原，是于阗国的基本策略。我知道，在我父王李圣天迎娶我母亲曹氏之后，我才两三岁，父王就派遣了于阗使马继荣，携带于阗玉石，还有白毡布、牦牛尾、红盐、郁金、硇砂、大鹏砂、玉装鞍鞯、手刃等很多礼物前往中原朝贡交好。特别是，使团赶着马车，载着一些巨大的重达百斤的于阗玉团，有墨玉有白玉，都是于阗上好的玉石，是中原朝廷特别喜欢的礼物。

那时，中原还是后晋皇帝在位，他特封我父王李圣天为"大宝于阗国王"。这也是父王供养人像边，有题记"大朝大宝于阗国大圣大明天子"字样的来源，是我父王最喜欢的尊称。

就在我从大宋回到于阗的第二年，父王就病故了。仓促之间，于阗国王的王位由我继位，我不再是尉迟输罗太子了，即位为于阗国王。我心里有些忐忑。此时，疏勒已经被大石黑汗兵马占领，战事陡起，他们一路向东杀来。

我即位后，首要任务就是安定内政外交。我必须和黑汗王大石军奋勇作战。他们并不信仰佛教，也不信仰袄教也就是拜火教，他们对于阗觊觎已久，在我父王的对抗之下，曾经长久地在疏勒止步不前。听到我即位的消息，以为我年轻可欺，他们向于阗发起进攻。我披挂上阵，决定亲征，带领于阗精兵数千人，前往疏勒。在要道摆开口袋阵，和黑汗的军马对阵厮杀。

那些年，我主要的精力就是和黑汗军打仗。他们袭扰于阗，不仅仅是袭扰西来商路上的客商,而是对所有和于阗有关的人都进行打击。商队看不到了,于阗的经济出现问题。我还记得,我们和黑汗王军队作战的情形。虽然我心里紧张,可在战场上,是狭路相逢勇者胜。祈祷佛祖的保佑是当然的,黑汗军也在战前祈祷他们的保护神。

一阵乌云在天上移过来,一阵黑风刮起之后,我们的士兵就厮杀在一起。

那是一场残酷的战斗。黑汗王的黑衣军手持弯刀,还有三头巨大的战象,由领军将领乘坐,吹响了进军号角。巨大的战象冲过来,气势很足。我们的于阗兵没有见过战象,起初都很害怕。战象体型庞大,怒吼着,声震雷宇,在前进中战象那巨大的脚蹄翻飞,踩踏着战车和兵卒,就像是踩烂一枚水果一样轻而易举。在战象的背上,黑汗王将领挥动亮闪闪的弯刀,指挥兵马前进,黑汗军簇拥着几头战象,杀气腾腾,向于阗军的军阵而来。

于阗军的骑兵、步兵、弓箭手,还有埋伏在两侧的骑兵冲锋队,按照我的部署,分波次应敌。敌人的兵峰可以让开,然后我们从两侧进行攻击。

黑云笼罩之下,大地一片晦暗。只听见刀剑的碰击声,人马嘶喊声,利刃刺入人的身体发出的号叫声,响彻云霄。这样的战斗是残酷的,血流成河的,也是佛祖不愿意看到的。可于阗没有别的选择,要么灭国,要么存活。于阗兵在我的指挥下,有勇有谋,分多次冲击,佯装退却,然后再次反身迎击。

这场战斗打了整整两天,近万名黑汗王的军队士兵被我们杀死杀伤,少数黑汗王的军士逃走。我的于阗兵还俘获了一头战象。这头战象腿部中箭，跪地不起，身上的彩色方台脱落，方台上坐着的黑汗王副将跌落下来，被于阗兵捉住后杀死。

这场仗于阗大获全胜。我很高兴，风尘中的脸上带着血腥。我能闻到那沙场上无数死去的兵士的血流出来滋润土地的气味。这使我内心复杂，我想到佛祖像的慈悲面容。可是，有时候，世间的战争是必须发生的，世间的苦难是我们必须承受的。

这是在于阗天尊四年，也是大宋开宝三年（970年），我决定把战胜黑汗王的消息传递给敦煌时任归义军沙州节度使曹元忠。在信中，我告诉他，我出征疏勒获得大胜，打败了黑汗王朝的军队，俘获了一头战象，还俘虏了很多敌人的士兵，想把俘获的战象，进贡于大宋皇帝，希望获得他在敦煌的接应。

曹元忠是我的舅舅，我们亲密无间。等到俘获的那头战象的腿伤愈合之后，我让人把巨大的战象装上马车，经敦煌，送往中原大宋的都城汴梁。我能猜想，我的使团到达敦煌后，曹氏归义军节度使，我的舅舅曹元忠如何地惊讶和欣喜。我在于阗抵挡黑汗王朝的攻击，就为敦煌守住了西南方面的大门。我听说，战象在敦煌展览了几个月，之后，到开宝四年，我派于阗大僧吉祥率领使团，携我的于阗国国书继续东行，向大宋进贡战象。吉祥使团带了不少贡品，除了这头战象，还有玉团、白毡、马匹等很多礼物。

现在，我在这个曹氏功德窟内，看到敦煌的张氏、曹氏两族几代人，都绘制在这个洞窟的壁上列队供养。前面有张议潮、张淮深、索勋等人的供养像，接着，是曹议金高大的供养像，这显示了曹氏归义军和张议潮开创的敦煌归义军的继承关系。曹议金的三个儿子，也就是我的三个舅舅曹元德、曹元深、曹元忠,以及第三代曹氏归义军首领曹延恭、曹延禄等的画像历历在目。在洞壁的另外一侧,是敦煌归义军的主要将领、押衙等,第四组人物,则是敦煌的高僧大德,僧界代表人物,很多人,我就不认识了。

我是一股风,在这个洞窟中盘旋。我是怎么来到敦煌莫高窟的呢?我感到疑惑,聚精会神想着我的来路。啊,我想起来了,在于阗国王的王位上,我一共在位十年。我的性格不像我父王那样豁达开朗,我总是有些忧心忡忡。可我预感到西来的黑汗王的势力凶狠,他们对于阗的威胁并不容易解除。与他们作战,虽然我打了一场场的胜仗,还俘获了他们的战象,进贡给了大宋朝廷,获得了大宋的嘉奖,但我所面对的真正威胁并没有结束。我积劳成疾,在位十年之后,就去世了,我被葬在于阗王城西南边于阗国王家寺院后的陵墓中。可能是思念敦煌太久,很多年过去,我的儿子、于阗国王尉迟达摩也已死去,他之后的于阗国王尉迟僧伽罗摩也去世了。最后,是于阗国也不在了。于阗最终被黑汗王朝所击破而灭国。

于阗国自此消失了。地下的我知道大地之上的震动。这些我看不到,但风会说话,风来到地下,在墓穴中告诉了我。我的肉身腐朽,已不存在了,身形不再具体,可我渐渐变得透明,变成了无形的风。我似乎听到敦煌在召唤我,敦煌是我儿时的记忆,是我少年的欢乐,是我青年的欣喜。有一天,我忽然就飘出了陵墓,看到的是大地完全改换了模样,于阗国已不再是佛国,一轮新月在于阗上空升起。

我就这样以一股透明的风的形态,来到了敦煌,在我儿时生活过的地方盘旋良久，寻找记忆中的蛛丝马迹。可才过了几十年，太子宅里住进了新人，不再是敦煌太子和公主在敦煌的暂居之所。太子庄也破败了，成了一个养马场。我倍感神伤。

我又来到敦煌莫高窟。我看到，一阵阵大风把沙子从远处的鸣沙山刮过来，在莫高窟的山崖上形成了一道道沙的瀑布。空气里弥漫着沙尘，十分呛人。我在曹氏功德窟内待了一阵子，心心念念想了这么多，泪水也变成了无形的珠子四下撒播。我忽然想到，我要去找到另一个洞窟，我记得很清楚，在我小时候跟随我外公来到莫高窟上香礼佛时，由画工端详着我，把我画在洞窟的供养人群像中的。可那个洞窟在哪里呢？

我飞在莫高窟的半空，寻找着那一次我随着外祖父、归义军节度使曹议金前来敦煌的记忆。是的，当时，在一个洞窟内，外祖父带着小小的我礼佛上香，祈祷于阗国和敦煌归义军万民有福，国泰民安。那个洞窟，在哪里呢？里面的洞壁上，有我小时候的画像。

我找啊找，一个个洞窟外面，都是流沙，流沙将洞窟口变成了沙帘，我的视线受到了阻碍。好在我是透明的，我很轻盈，没有人能够看见我，我却能看见他们所有人。我没有语声，却有自己的记忆。

我找到了。这个洞窟是覆斗形洞窟，洞顶绘制有藻井，四披绘制的是千佛。正西的洞壁没有开龛，沿着从南到西再到北壁，在墙脚凿出了马蹄形的佛床，塑有彩塑的三世佛像，最中间的释迦牟尼佛像坐在须弥座上，结跏趺坐，另有二弟子迦叶和阿难的塑像，还有两尊菩萨像左右胁侍。在洞窟的南北两壁，还塑有一佛二菩萨，这个洞窟一共有十一身塑像。此时，我一下想起来了，所有的记忆都复活了。就在这个东窟的甬道南壁，左手，第一身供养像就是我的外公曹议金，在他身后，画了一个童子像，那个童子就是我。在童子像的身后，画的是一个持弓箭的侍从。在北壁相对应的地方，画的是我的舅舅、归义军节度使曹元德，他身后也画了一个童子像，和一个持弓箭的侍从。

在我外公身后的童子供养像边上有一则题记，我扑过去辨认，我认出来了，那几个字是：戊戌年五月十五日从德太子。

我找到了。我叹了一口气，又略略有些兴奋，扑过去，一下子附着在洞壁上那幅童子像身上，我成了有形的从德太子。不过，那时候我刚刚四岁，我还很小，不知道未来的世界那么广阔，不知道我还成了于阗国王。我回到了童年时代，在洞窟里，你要是仔细看，我会向你眨眼睛，可你再定睛一看，我就会一动不动。

第七窟：第17窟，一个学者

我到敦煌是来看望我的同学赵娉婷的，她在敦煌研究院工作。自从前年我们在工艺美院研究生毕业后，她就跑到敦煌，在研究院里当了一名壁画研究者，宁愿过着远离尘嚣的生活，整天和莫高窟的洞窟里那千年前绘制的壁画打交道，我很吃惊，也很佩服。

她来到莫高窟，源于我们毕业之前的一次社会实践。美院的毕业社会实践走的路线非常漫长，这样的社会实践，纵横万里之遥，时间跨度在半年以上。我们从北京出发，先到新疆南疆，从于阗再一路向西，靠近阿富汗，考察犍陀罗文明的遗迹，再向北，到达克孜尔石窟群，然后就往东走，经过吐鲁番的交河和高昌遗址，再进入敦煌。在敦煌莫高窟，我们都惊呆了，历时一千六百多年的营建所留下的文化遗产无比丰厚。那时，我就感觉赵娉婷看敦煌壁画时，眼睛放着光芒。

后来，我们去河西走廊附近的炳灵寺石窟，去麦积山石窟，去山西大同的云冈石窟和河南洛阳的龙门石窟，再去四川的一些石窟，继续向东，一直到达山东青州，寻访汉、唐时代的西来东传的文明轨迹。这样的社会实践，走了大半个中国，行程万里，历时数月，真是让学子们开眼。然后就是毕业，就是我们的各奔东西。我留在北京艺术研究院专心研究雕塑，赵娉婷西行，到达了敦煌。

这次我来敦煌莫高窟，是在十月国庆节假期之后的某一天。在这个季节，敦煌的天气已经十分寒凉，秋衣秋裤穿在身，早晚还要披上一件大衣。此时，大部分游客更喜欢到南方阳光明媚的海边游玩，敦煌呈现出喧嚷过后的一种清静。在敦煌市内，看不到更多的外地人，都是本地人在活动。

我在敦煌市区周围，寻找着一千多年前粟特人在这里的聚集区和生活区的遗迹。这需要依靠史料的指引，也要依靠当地朋友的引导。让我感到失望的是，汉唐时期在敦煌的粟特人聚集区，如今是一点影子都没有了。我在甘肃省博物馆看到一些出土文物，特别是粟特人的石棺围屏，令人惊叹，可敦煌的粟特人遗存极其少见。

莫高窟的秋天是绝对的清静。早晨起来，就能看到大地之上一片白色的寒霜。干燥的空气里，初升的太阳迅速把大地温暖，寒露逐渐消失。在赵娉婷的引导下，我在莫高窟的身后西边崖壁上高地，从远处观察莫高窟周边的所在。在莫高窟对面，三危山逶迤而去，在莫高窟的东边，大体是东北到西南走向，显得谦逊低矮，并不高大。公元366年，一位法名乐僔的和尚来到这里，从三危山映衬的霞光万道看到了佛光胜境，内心顿生敬畏和喜悦，于是在崖壁上开凿了第一个坐禅洞窟，莫高窟由此开端。

如今，大部分游客来到敦煌，要先在敦煌文化中心看电视片，就能领略很多洞窟里的壁画和雕塑的美，这样就能防止更多人在洞窟里呼出二氧化碳，毁坏那些千多年以前绘制雕塑的珍贵壁画和雕塑。这是敦煌研究院的一大功绩,在研究、保护、利用、开发等方面实现了艰难的平衡。

我算是一位专业的雕塑研究者,在敦煌市和敦煌研究院也有一些朋友,除了关心粟特人遗迹,我来到敦煌还有一个目的,就是想去莫高窟第16、17窟实地探访。我告诉赵娉婷,让她带着我,给我一个下午的时间,专心在洞窟里坐禅。我的这个请求经过了院长特许,因我是雕塑研究学者,又是赵娉婷的同学,她答应带着我去探访第17窟。想到这一点,我就感到十分兴奋。我们在莫高窟的会面十分亲切。两年过去了,高挑的赵娉婷还是那么清秀美丽,目光中含着执着和单纯。我其实暗自喜欢着这个女孩,但一直没有说出口,想来一切都是缘分,强求也是不行的。一晃两年过去了,天各一方,我还惦念着她。

她说,你这次来,应该好好看看敦煌彩塑,可你偏偏对藏经洞感兴趣,你是咋想的?

我笑着说,娉婷,我在北京天天研究雕塑,都嫌烦。所以,我特别想看看藏经洞。

她说,两年前的那次社会实践,咱们没有去过藏经洞。一般人不知道,第17窟就是著名的藏经洞,它是第16窟的甬道北洞壁上开凿出的一座小型影窟,是16窟这个大洞窟派生出来的小洞窟。

我说,对呢,听说,17窟藏经洞,是道士王圆箓在1900年左右发现的。他雇人在清理16窟的甬道积沙时,雇工发现北洞壁上似乎有缝隙,赶紧呼唤王圆箓,于是发现了17窟,也就是藏经洞。

嗯,是这样。王圆箓那时住在莫高窟的下寺里,敦煌有上、中、下三个寺庙，上寺和中寺住着喇嘛。他一个道士，住在下寺，看守着洞窟。一个道士看守一个佛教圣地，实在有点奇怪，后来到敦煌研究院，我才明白这个王圆箓道士实际上是个流浪汉，他以道士的身份住在莫高窟比较便利，后来就由假变真了。

这个王圆箓，是个罪人啊。他发现藏经洞之后，里面的几万件文书宝贝都流出去了。

赵娉婷说，没那么简单。王圆箓也干了很多好事，只是他的认知有限，有局限。他发愿整修残破的莫高窟，筹集了很多钱款。那是在清末民初，天下大乱，敦煌又在西北偏僻之地，他打开藏经洞，里面堆着的一摞摞纸本、绢本经卷，肯定让他惊呆了。王道士并不知道这些经卷的来由和真实价值。后来，前来敦煌考察探险的斯坦因和伯希和从王道士手里连骗带买，弄走了藏经洞内发现的约五万卷文书的一多半，也是事实。王圆箓卖了很多经卷，可他得到的银子，都拿去维护洞窟了。尽管他对有些塑像的翻新，实际上搞了破坏，可他发愿整修莫高窟的本心是好的。

娉婷，我明白啦。你先带我看看在莫高窟最早开凿的洞窟吧。

她笑了，吴刚，你就是喜欢最早的，最早的不一定是最好的。那我们就到北凉早期开的洞窟，第268洞窟去看看。

我走进去，感到洞窟里比较寒凉。这268窟是一个长方形洞窟，进去之后，借助上午的阳光，可以看到洞窟正面西壁上，开有一座圆券形的佛龛，在佛龛里塑造了一尊交脚佛像。这座长方形的洞窟进深只有几米，算是一座小型洞窟。在南北两侧的洞壁上，各开了两个对称的小龛窟，南壁的两个编号为267和269，北壁的两个小龛窟，编号为270和271。整个莫高窟一共编号有492座洞窟，这个洞窟就占了5个编号，算是很特殊的。

凑近仔细观察，这南北四个小龛，并不高大，容积很小，小到仅仅能容下一个人盘腿坐在里面。显然，这四个小龛窟，就是供僧人专门坐禅用的。赵婷婷告诉我，也有学者推测，这个洞窟就是乐僔和尚当年用过的禅窟。我说，我并不相信这一说法。

上午的时间里，我们都是在北凉和北魏时期开凿的洞窟间参访。我试图寻找到早期洞窟的那种风韵，那是北朝时期简朴、生动、大气的美学特征，这只有实地勘察，才能得到确认。

中午吃了饭，没有休息，我就很着急地让赵婷婷带着我，前去探访藏经洞所在的第16、17窟。这是晚唐时期著名高僧洪辩法师所开凿的一个功德窟，是一个中型石窟。进去之后，我感觉进深还比较长，是一个足够大的洞窟。主室在最里面，是方形的，西壁设有佛坛，塑造了一组佛像雕塑，一佛二弟子二菩萨。我手里拿着斯坦因当年在这个洞窟里所拍的照片，进行比较后发现，一百多年前，斯坦因在这个洞窟里拍摄的佛像和我眼前的佛像完全不一样，不是五尊，而是有九尊之多，是一佛、两弟子、四菩萨、两天王。

婷婷说，原先的佛像都损毁了，现在的五尊彩塑是后来重塑的。

我看到，在主佛像的背后，是圆券形的北屏，与洞窟顶部连接。佛坛前还有一个供上香的台子。覆斗型的洞窟顶部和四壁都绘有壁画。婷婷说，你看这些壁画，不是原作，都是后来画的。这是第16窟的情况。这时，我才反身去找藏经洞。在甬道北面的洞壁上，有一扇网格铁门，门前有半圆形的四级台阶，门右侧有一个牌子上写着017。这是这个洞窟的编号。也就是说，从这里进去，就是著名的藏经洞。

我的心在颤抖，有点紧张。赵娉婷带我走进了藏经洞。首先映入我眼帘的，是洪辩法师的坐禅塑像。17窟是洪辩法师的影窟，影窟的意思，就是纪念洪辩所开凿的专属洞窟。只见洪辩和尚的坐禅像，以真人大小比例塑造，他的塑像端坐在台地上。洪辩塑像神态慈祥庄严，眼望前方，身披袈裟，一看就是一位得道的高僧大德。

在藏经洞没有发现之前，是洪辩法师的塑像一直看守着眼前的五万卷的敦煌文书吗？

不是，赵娉婷说，洪辩的塑像在这个藏经洞封闭的时候，就搬到364窟去了。他的塑像重新搬回来，是在上世纪六十年代。

我注意到，在洪辩和尚塑像背后的洞壁上，绘有两棵枝繁叶茂的菩提树。菩提树的叶子是青绿色的，树干和枝叶枝蔓横生，树上还有紫藤垂下。在左右两棵树旁，分别站着一位梳着双髻的近侍女和一位比丘尼。近侍女穿着圆领长衫，有腰带，右手持着一杆顶端弯曲下垂的长杖，左手拿着一块布巾。她身旁的那棵树上挂着一个布挎包。洪辩坐像左侧的比丘尼画像，则是双手持着一柄长杆纨扇，身穿红色交领袈裟。她身边的树上挂着一个红色有菱形图案的陶水罐。我走近了仔细看，壁画上的近侍女和比丘尼完全是唐代风格的女相，脸部饱满生动，神态安详，姿容整洁，表情很纯净。

赵娉婷笑了，唐代的女子很美好呀。尼姑也美丽呢。

我说，没有你清秀呢。我拿出常书鸿的《敦煌，敦煌》一书，给她念到这一段：

> 1954年10月25日,是千佛洞有史以来空前的一个值得纪念的日子,这天晚上,新安装的电机开始发电……我听得轰鸣声,急忙从下寺跑出来,一下子冲进第16窟甬道中的第17窟那个有名的藏经洞中去。……我要亲眼看看,在强烈的灯光下这座半个世纪以来历经劫难的石室纤毫毕露、空无所有的现实情况。我对北壁上那两幅唐代供养仕女像审视良久。她们从这个石窟创建时起,就寸步不离地看守着石窟中的一切,她们是藏经洞惨痛历史的唯一见证人。现在,在明亮的灯光下,我看见她们正在向我露出动人的微笑,这是多么令人动心的幸福微笑啊!……

赵娉婷说,常先生写得很有趣,你再仔细看看,她们在冲你微笑呢。

我凑近洞壁上近侍女和比丘尼的画像,仔细观瞧,并没有看到她们的表情带有微笑。我说,这一定是常书鸿当年的幻觉吧!难道在这个洞窟中,能产生奇妙的幻觉?

赵娉婷说,你不是想在藏经洞中打坐坐禅吗,这是你来莫高窟的一个心愿,现在,就是实现的时候。她带着一个圆垫子,递给我说,你就在这里和洪辩和尚聊聊天吧。我就先不陪你了,等会儿来接你。然后,她就走出了洞窟。

现在,藏经洞里重归寂静。我把垫子放在洞窟里的地上,盘腿坐下来,闭上眼睛。在这个洪辩和尚修禅的洞窟里,此刻,像是时间停止了，凝固了，非常安静，安静得能听见我自己的心跳。我神思缥缈，内视自我，能够看到我周身的小宇宙在旋转。是的，有时候人自己就是整个宇宙。我的宇宙慢慢变成小一号的银河在旋转，巨大的银色旋臂带着无数恒星和行星在转动，我要寻找到我自己的家园，地球。我看到它是那么孤独，在群星中间，我凝视地球，放大地球的表面，山河渐渐呈现了走向。我瞩目于中国所在的欧亚大陆，随着地球的转动，我找到了河西地区，在祁连山的北面，河西四郡星罗棋布。我找到了敦煌市，三危山，莫高窟，我聚焦我的视线，看到了九层楼，也就是第96窟。然后，我渐渐看到了第16窟的门，走进来，洞窟内一片阴凉。我在甬道右侧看到了第17窟的台阶，走进来，看到了洪辩和尚塑像，朦胧中感觉到有一点微风拂面。

我睁开眼睛，恍惚间看到洪辩和尚正在对我微笑。是的，他正在看着我，周身有一种银光，让我感到微微的炫目。洪辩确实在我的对面安详地看着我。这难道是量子纠缠或者是多维空间里的复活？

施主，从哪里来？他发问道，声音像是透过了一层水那样带着波纹的颤动。

北京。洪辩法师，我是个研究雕塑的学者，这次来，就是为了看看你。

谢施主。我早就预料到你会来看我，因为，我看到了太多的事情，见到了太多的人。我也想告诉你我所见，所想。他的声音依旧像是从很深的洞里发出的。

我摸了摸我的脉搏，还在跳。这不是做梦。但我依旧觉得诧异：洪辩法师，我知道您是唐代河西地区的都僧统，掌管河西的佛教事务，您权力很大啊。

洪辩笑了，没有什么权力，只有一颗向佛之心。现在，被你们这些后人编号的、外面这第16洞窟，上面的二层、三层还有365、366两个洞窟，都是我在大唐大中五年，也就是公元851年开始修建的，前后建了十多年的时间。依着山崖还构建了三层木构窟檐，费了我好大的劲。

我感到很惊奇，啊，洪辩大师，这个一层的16、17窟，二层的365窟，号称七佛堂，三层的第366窟，都是您的功德窟？

嗯，都是我在当年所建的功德窟。那时候，这个洞窟叫作吴和尚窟，因为我姓吴。这组洞窟在当时算是规模宏大。你知道的，年轻人，大唐在安史之乱后江河日下，更需要弘大佛法，重振盛唐风貌。施主，我知道你是带着疑问而来。你问我，我是有问必答。

我忽然兴奋起来，这真是千载难逢的好机会。好啊，洪辩法师，那我就问第一个问题，王道士王圆箓是不是千古罪人？

洪辩微微颔首，说道，这个王圆箓发现藏经洞的时间，是光绪二十六年间，也就是1900年的5月26日。王道士祖籍湖北麻城，实际上是从陕西来到这里的行乞人。为了谋生，就自称道士，住在莫高窟的下寺里，发愿一心向佛，并开始清理洞窟内外的流沙积土。他打开了这个洞窟之后，看到了从地上一直堆到窟顶的一卷卷的佛经写本文书，摆得整整齐齐，就知道找到宝贝了。

我问：洪辩法师，是谁把这些经卷文书放到这个影窟里的？又是什么时候放进来的？有人说，是僧人为了防止西夏人到敦煌来烧掠经卷，才搜集起来放在这里的，是吗？

洪辩侧脸微笑着看着我，嗯，是，也不是。你自己看。洪辩和尚的右手轻轻一挥，我看见，在17窟外出现了一些人影，都是僧人，抱着、背着经卷、经文和各类文书，不断地进进出出这个影窟。他们就像是幻影所造就，没有实体，我和洪辩和尚都能清晰地看到他们进来，把大量的经卷搬运进来，很多次，很多天。当然，我所看见的就是一会儿工夫。这是时间的快放，是洪辩法师的法力，让我看到了很多无名僧人把经卷搬进来的过程。这都是发生在洪辩和尚圆寂之后的事情。僧人把17窟洞门用土坯封起来，砌好墙、画上壁画之后，就走了。

洪辩说，你看，其实，在僧人们看来，这些经卷是历代积累，不能毁弃，佛门子弟敬惜字纸，不会让这些经卷和各类俗世文书随便丢在外面，就要放起来。也就是一个平常动作。西夏人当时占领敦煌，外面的局势不稳定，也是一个原因吧。

洪辩和尚把手又一挥，我看到，在对面墙壁上，就像放电影一样，出现了日本敦煌学家藤枝晃在1969年出版的《敦煌写本概述》里的一段话：

> 这些写本为什么被弃置？藏经洞又为何封闭？伯希和认为，敦煌封藏这些写本，是由于十一世纪西夏人的入侵。斯坦因却持不同观点，他把藏经洞描写为"神圣废弃物的存放处"。比较而言，斯坦因先生的观点更合理一些，因为我们找不到理由要对西夏人隐藏佛典饰物的原因，因为西夏人大概在来到敦煌以前已皈依佛教了。从大部分的卷轴、绘画、织

空城纪

锦的保存状态较差的情况来看，它一定在洞中堆积很长时间了，因为这些写本过于神圣，不能随便抛弃或挪作他用，所以只能这样收藏。十一世纪早期，当对这座三层建筑后面的主窟（第十六号窟）进行修复时，洞内的这一大堆数量太多的写本无法迁移到他处保藏，便将藏经洞（第十七窟）垒墙封住并且在外面建造一条漂亮的通往主室的甬道。另外，必须指出的是，写本中的藏文本在数量上远远超过了那些汉文本，在当时不具有任何实用价值。

我点了点头，说，这些敦煌文书对于今天的人们来说，实在太珍贵了，现在已经发展成为一门显学，国际敦煌学。法师，请您接着说说王圆箓王道士的所作所为。

王道士发现我这个影窟之后，他曾拿着部分经卷、文书和绢画之类，去找当时的县令、省学政等人，希望引起他们的重视。可没有人重视这些宝贝，他就把这个洞窟安上木门，拿铁锁一锁，不让一般人进来。有人听说了，就来找他，他就卖给他们一点绢画或经卷，得来的钱加上他自己化缘的钱，在1906年这一年，全部拿来重修了我的三个功德窟，也就是16、365、366窟的窟前木檐，并请当时姓郭的知县写了一个《重修千佛洞三层楼功德碑记》。你说这个王道士，他是不是有些功德呢？

我点了点头，说，可他后来把藏经洞里的五万卷经卷的几乎一半，卖给了英国考古学家斯坦因和法国探险家伯希和。

洪辩的目光这时穿越了我的头顶，说，施主，你看。洪辩的手一挥，我看到，王道士的幻影出现了。没有声音，只有图像，是银色的，边缘有光。只见他身形削瘦，穿着一件松垮垮的道袍，袖子老长，遮住了手臂。头戴一顶圆道士帽，一副落魄道人的样子。但王道士的眼神十分狡黠，眼珠子转来转去。只见他穿梭在莫高窟的各处，和各种人周旋，指挥工匠和雇工清理各个洞窟积沙，怀着好心，却把一些雕像和壁画在修复中搞得更加庸俗。他一副到处奔忙的样子。时空压缩的幻影展示中，可以看到，王圆箓尽管见识不高，在狡狯的表象之下，实际上有些愚蠢。可他发愿一心向佛，一直到死，都在为莫高窟的清理和整修奔忙。

这个王道士，他以各种方式募集到银元二十多万，全部用来整修莫高窟了，没有贪污挥霍吃喝玩乐。他还雄心勃勃，发愿整修九层楼，参与了太清宫、古汉桥的修建，修葺了很多洞窟里的佛像，功未成而死于1931年。他的是非功过，就任人评说了。

我感到了汗颜，我问，洪辩法师，你能让我看到斯坦因和伯希和的身影吗？法师法力无边，我真是佩服啊。

洪辩法师微微一笑，右手施无畏印，左手做了一个与愿指，洪辩和尚是要让我如愿了。我果然看见了斯坦因的身影。只见他头戴英式圆顶毡帽，身穿英式猎装，左胸口袋处还露出了手绢的白色一角。他脚蹬皮靴，腰扎皮带，风尘仆仆却精神矍铄。还有一个穿布衣的汉人在他身后，我知道，那个汉人是斯坦因在喀什雇用的翻译和助手，名叫蒋孝琬，平时叫蒋师爷。由王道士带着他们俩，三人前后脚走进了藏经洞，就从我的面前和洪辩和尚的身边熟视无睹地擦身而过。

我吓了一跳，赶紧站起来。可他的银色影子与我穿透而过，并不影响我的存在。我明白那是时空幻影，是洪辩和尚召唤来的斯坦因的身影。斯坦因的表情当时是惊呆了。王道士在他身边喋喋不休，不知道在说什么。斯坦因翻捡着堆积如山的经卷，一边看着，一边掩饰着内心的激动不安。停了一会儿，他可能觉得这藏经洞内光线太暗，又十分逼仄，就让王道士把经卷拿出去，在16窟的主室里。他们走出去了。王道士进来抱了不少经卷出去，放在16窟的主室地上。

斯坦因和蒋师爷两个人在那里仔细翻看，小心翼翼地对待这千年以前的经卷。他们说什么我听不见，一切影像开始快进。斯坦因需要蒋师爷给他翻译。蒋师爷对斯坦因言听计从，即使在斯坦因把那二十九箱敦煌文书和绢画丝织物运走之后，还派他专门潜入敦煌，又从王道士手中买下来二百三十捆的敦煌文书。忽然，我看见，斯坦因把从王道士手里得到的藏经洞的写本二十四箱、绢画和一些丝织品五箱，装进马车里，运走了。

我对洪辩和尚说，斯坦因取走的这些敦煌宝物，经过了一年多的路途颠簸，1909年被运到英国伦敦，由大英博物馆收藏。痛心啊。

洪辩说，星移斗转，我说过我见了一千多年里太多的事情。你知道，斯坦因是如何得到了王道士的信任的？这个王道士最崇拜的人是玄奘法师。斯坦因得知他的喜好后，不经意地告诉王道士说，他也崇拜玄奘，他就像玄奘一样，从印度天竺那边，踩着玄奘的脚印一路来到了莫高窟，而他取走的这些经卷就是天意，印度现在需要这些已经没有的经卷。这一下子打动了王道士，才有了斯坦因获得这么多敦煌文书的结果。因为，王道士最喜欢的故事就是《西游记》里的情节。

我恍然大悟，原来如此啊。

洪辩的手又一挥，这时，我看到又有一个人来了。他骑在一头驴身上，带着几个人。他是法国探险家、汉学家伯希和。他的长处是和王道士用汉语交流，一点问题都没有，他的汉语说得棒极了。伯希和是一位十分严谨的学者，我看到他风尘仆仆的身影在莫高窟的旧影中浮现。他浑身都是灰尘，他对敦煌的洞窟进行了编号，还进行了拍照和测量，对洞窟里的各种题记，全部进行详细抄录。然后，云游数日的王道士回到了敦煌，他和伯希和见面了。伯希和绝口不提斯坦因，只是通过他的汉语取得和王道士绝佳的交流效果。

伯希和说，他肯定要给王道士一笔钱来帮助他清理整修洞窟，他被王道士感动了，王道士也被他说动了，直到把伯希和也引进了藏经洞。我看到，在藏经洞里，面对那靠墙堆积的古代文书，伯希和的表情是僵硬的，那是他完全被震撼的效果。他压抑住内心的激动，花了三个星期的时间，以每天一千卷的速度，耐心而快速地把藏经洞里所有当时所存的文书、绢画等物品，全翻了一遍，挑选出六千多件上乘的写本和丝绢，以五百两银子的价格，从王圆箓王道士的手中得到了它们。

在时间的深处，我看到了伯希和心满意足离开敦煌的身影。我感到我已经升到高处，不再在藏经洞内盘腿而坐，而是出了藏经洞，在莫高窟的崖壁前，获得了一个全景式的视角。如何形容我此刻获得的那种时空视觉呢？就像是在同一时刻，所有的空间和时间都压缩了，折叠了，共时空出现了很多人物，是的，这些人物都是在20世纪出现在敦煌的著名的或杰出的人物，继斯坦因之后，他们在洪辩的法力下，在我如同上帝的视角之下，以全方位、共时空折叠的方式，一瞬间全部显现。这对于我来说，有着科幻世界的那种魔幻感。

怎么说呢？比如说，我看到了那些接踵而至来到莫高窟的人。继英国人斯坦因、法国人伯希和之后，日本人吉川小一郎和橘瑞超，俄国人鄂登堡率领的俄国探险队十多人，美国人华尔纳等欧美日探险家和学者，也都纷纷出现在敦煌莫高窟。他们几乎在同一时空进行着同样的工作：在莫高窟爬上爬下，在一个个洞窟中进进出出，他们中间有的人给洞窟编号，有的在拍照，有的在剥下壁画，特别是美国人华尔纳的盗剥壁画手法十分粗暴野蛮。他在320、321、323、329、335等几座洞窟中，一共剥取了唐代壁画26铺，那些精美绝伦的壁画，被他装进十二个特制的木箱子，运回美国，路途中还弄坏了一箱。第二年，华尔纳带了五个人又从美国来到莫高窟，打算将第285窟的全部壁画剥下来，偷运到美国，这一次因北大学者陈万里等人的阻拦，最终没有成功。

至此，从斯坦因开始到华尔纳终止，近二十年的时间里，这些欧、美、日的探险家、考古学家在敦煌藏经洞和其他洞窟内对壁画、雕塑等文物的盗取活动宣告结束。但敦煌宝物已经流散到世界各地的博物馆和大学等研究机构，引发了世界学术界对敦煌莫高窟的极大关注。在他们之后，我看到，画家张大千的身影出现在敦煌。在敦煌，他按照自己的眼光，对敦煌洞窟进行了全面探查，并进行了更为细致的编号。在编号过程中，他对敦煌壁画进行了大量的临摹，一共临摹了两百多幅精美的敦煌壁画。我看到了张大千的身影在敦煌莫高窟出出进进，我说，洪辩和尚，张大千对莫高窟的编号和临摹等工作，有没有破坏敦煌壁画呢？

洪辩笑而不答。他只说，张大千啊，如果没有他大张旗鼓地来到敦煌，在敦煌待的好几年里进行编号、临摹、办画展，让社会各界关注莫高窟，敦煌莫高窟在当时的社会就不会受到很大的关注。他后来办的画展引发巨大轰动，客观上促进了敦煌艺术研究所在1944年宣告成立。

说到这里，洪辩不用挥手，我就看到了留法归来的常书鸿，作为第一任敦煌艺术研究所所长的影子。接着，岁月荏苒，由黑白渐渐变成彩色，后来，研究所变成了敦煌研究院，院长是段文杰，然后是樊锦诗、王旭东……他们带着更多的艺术家在莫高窟做着整理、保护莫高窟的工作。黯淡的画面也渐渐变得明亮。所有的时间和空间集合起来，重叠起来，一一演示给我看。

我说，洪辩大师，经历一千多年的风云岁月，你还有什么要说的，你是感到遗憾、痛苦，还是对敦煌的未来更有信心了？

洪辩笑而不答。但我感觉到他的目光早已穿透了未来的岁月。他的目光里有担忧、游移，也有欣悦和满足，有沉痛纠结，也有狂喜和宁静。未来的时间和空间我现在看不到，洪辩能够看到，可他不给我说结果。

他挥了挥手，说，施主，时间到了，你也该回去休息了。

然后，他端坐在远处形同一尊雕塑，不再说话。

我在藏经洞的坐禅中忽然醒转了。刚才的一切幻影全部消失，我眼前是洞窟内无边的寂静。我无法确认刚才我所看到的一切，我刚才坐禅时看到的、听到的是不是都是我的幻觉。我也不知道，是不是我眼前的洪辩和尚的塑像显灵，是他让我看到了这一切。在藏经洞里，我睁大眼睛看去，洪辩和尚的塑像依然端坐在那里。他一言不发，表情肃穆，这的确是一尊塑像，而不是一个活人。

我缓缓地站起来，活动了一下有些僵硬的腿，拿起坐垫，走了出去。在走出洞口的瞬间，我又回望了一下第17窟，我依稀看到洪辩法师端坐的影子似乎在延伸出来，向我告别。我双手合十，以示敬意，然后，我走出了第16窟。

不远处，我看到身穿红衣的赵娉婷站在那里等我。看到我出来走向她，她很惊讶地对我说，你知道你在藏经洞里待了多久吗？

我说，我不知道。她说，整整一个下午。是不是洞中已千年，洞外才半天？走吧，我们赶紧回研究院，晚上院长要和我们一起吃工作餐，他是洞窟艺术史专家，想和你聊聊雕塑呢。

我跟着她走着，我在想，要不要告诉她，我刚才在藏经洞里与洪辩和尚说话间所经见的一切。也许，她会觉得我出现了幻觉幻听幻视。

我张开嘴，说出口的却是：娉婷，我这次来，其实是想告诉你，我想到敦煌研究院来，和你一起工作。

我终于说出了口。这句话我压抑了好久，在毕业之后，我一直想对她说。现在，我终于说出来了。她看着我，表情非常生动，她感动了，微笑了，她既不点头，也不摇头。慢慢地，她伸出手，轻轻拉住我说，好啊，其实，我一直在等着你来。我们走吧。

这时，我们已经走到莫高窟外面的一片旷野之地。我忽然看到，就在我的眼前，三危山被晚霞点燃了，我和赵娉婷手拉手，正在晚霞中奔走。我惊呆了，此刻的三危山映衬着霞光万道，就像是一片金光闪闪的净土胜境展现在我们的面前。我确信看到了乐僔和尚当年看到的万丈金光，大地一片金黄，三危山就像是遥远的三尊大佛，过去、现在、未来，都在闪闪发光。此刻，天地之间似乎有某种启示在宣谕，而解读它的人即将诞生，就是我和赵娉婷。我们手拉手，受到某种召唤，将在敦煌度过这一生。

后记

盛代元音

我生于新疆天山脚下的一座小城。那时还很年少，我去了位于吉木萨尔县的一座古城废墟，当地朋友说这就是唐代的北庭都护府遗址。我在那些残垣断壁中流连忘返，看着夕阳斜下，看着成群的野鸽子腾空而起，看着拉长的身影引来了大戈壁的阵阵小旋风。出了废墟，我的脚下是芨芨草，是骆驼刺。暮色降临，北风卷地，那些蓬勃生长的红柳丛逐渐幻化成守卫军镇的唐代士兵，发出盛世边陲的呼啸。

后来，我又断断续续造访了很多地方，高昌故城、交河故城、库车克孜尔千佛洞、尼雅精绝国遗址、于阗约特干古城、米兰遗址、楼兰废墟等等。昆仑山以南、天山南北、祁连山边，在塔克拉玛干沙漠和古尔班通古特戈壁边缘，那些人去楼空的荒芜景象，引发了我不绝如缕的文学想象。

汉晋文献里关于楼兰的记载早已断流。可如今，人们反而对楼兰更加神往。十多年前，我曾和一些朋友到楼兰古城废墟一探究竟，若羌博物馆里展示着罗布泊地区的文物和干尸。那趟行走给我留下了难以磨灭的印象，让我直观地触碰到了西域大地自汉唐盛世以来所累积的历史文化的丰富性。

一部作品的酝酿和诞生必然经历一个漫长的过程。多年来，我收集了许多关于西域历史地理、文化宗教、民族生活方面的书籍，得闲了就翻一翻。久而久之，这样的阅读在心里积淀下来，那些千百年时空里的人和事就连缀成了可以穿梭往返的世界，对我发出遥远的召唤。

人在大地上短暂借寓，是浩渺星空中孤独的存在。因此，在倏忽而逝的生命旅程中，人才会对历史和记忆、时间和空间产生敬畏感。面对西域古城的废墟，就更有了沧海桑田、波诡云谲的复杂感受。在我脑海里，公元纪年后的第一个千年，汉、魏晋、隋唐史书里的记载和眼下的废墟交错起来，演绎成无数场景；一个个人物，开始有了生命，有了表情，他们内心的声音冲撞开了那些本来覆盖于其上的风的呼啸、沙的呜咽，越来越响亮和清晰。于是，我为这个世界命名"空城"，就是想复原这些废墟。紧接着，废墟之上的人们重新来到这里，就像创世纪似的，远古的精神依靠自己充沛的底气矗立起来。我为那些远古的人和事做时间刻度上的记录，是为"空城纪"。

千卷书我已读过，万里路我已走过。五六年过去了，如今我完成了它，心里得到了一种安慰。在表达形式上，我这部小说采取了石榴籽、橘子瓣或者糖葫芦式样的结构。全书分为六个部分，写六座古城废墟遗址的故事，如果再拆解开来，则又能分解成三十篇以上的短篇。相当于我在尝试着"装配"这个小说，由短篇构成中篇，再由中篇组装成长篇小说。

这部小说的几部分在题材表达上各有侧重。比如，在《龟兹双阕》中，侧重的是西域音乐，贯穿小说中的是汉琵琶的声音和形状。在

《高昌三书》中，侧重的是历史人物和帛书、砖书、毯书等书写表达的关系。《尼雅四锦》主题是汉代丝绸在西域的发现及背后的历史信息。在《楼兰五叠》中，主题是楼兰的历史层叠的变迁，贯穿其间的是一只牛角的鸣响。在《于阗六部》中，侧重的是于阗出土文物背后的想象可能，涉及古钱币、雕塑、文书、绘画、简牍、玉石等附着的故事。《敦煌七窟》涉及的是佛教的东传和敦煌莫高窟发生的人间烟火故事之间的联系。这部小说中所有的古城故事，都延伸到了当代，在六个部分的最后，小说主人公身临废墟，并发生了和这些地方的深刻联系。

在书写小说中历史主人公的时候，我更侧重于描绘人物内心声音的肖像，鲜活的历史人物，让位于那些背景式的、脆薄的、窸窣的、噪钝的、尖锐的声音，以此表达出他们在汉唐盛代中发出的元气充沛的初始强音。而铸牢中华民族共同体意识，也是作品中要表达的主题。即使我在写这部小说的时候远在北京的书房，可我还是时时都在想象中回到汉唐盛世西域大地上那些奋斗和掘进的人物身上，处于身临现场的激动人心的状态中。

某一年，我曾在库车的克孜尔尕哈烽燧遗址前，久久徘徊，写下了一首诗：

克孜尔尕哈烽燧

他就在那里，就在那里
已经在戈壁滩上站立了两千年
像一个没了头颅的汉代士兵

依旧坚守着阵地

他就在那里，就在那里
从未移动，也从来不怕黑沙暴
夜晚，大风，洪水，太阳，马匹和鸟群
以及所有时间的侵袭

　　这就是我写作《空城纪》时不断在我眼前出现的意象，烽燧已经化为站立大地的士兵，千百年来都在那里守卫着。而我写这本书，也终于完成了我埋藏多年的心愿，那就是，为我的出生地献上一个宏大的故事。

2022 年 11 月 12 日　星期六

和田尼雅遗址 1 　　和田尼雅遗址 2 　　唐朝雕塑 　　敦煌莫高窟壁画 　　新疆吐鲁番市高昌故城遗址照壁 　　交河故城 1

交河故城 2

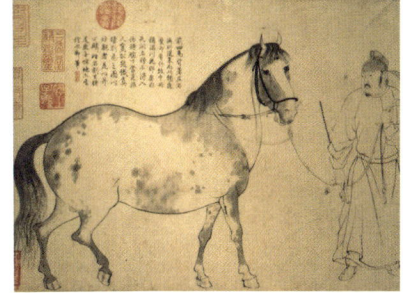

五花马，唐代有良马，名"五花马"，实为古代于阗出产的一种西域马 　　新疆吐鲁番市高昌故城遗址 　　六道轮回佛教圣地 千年莫高窟 　　新疆吐鲁番市高昌故城遗址旅游栈道

交河故城 3

交河故城遗址 　　夯土房 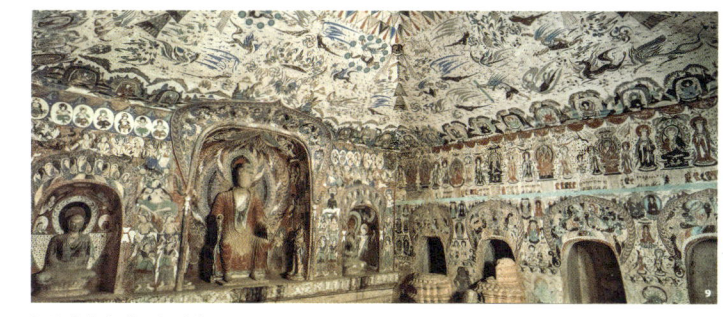　　敦煌莫高窟壁画与造像

库木吐喇千佛洞 58 窟壁画 　　和田热瓦克佛寺遗址 　　五铢钱陶范（汉代，库车市龟兹故城遗址出土） 　　库木吐喇千佛洞五连洞外景 　　哈拉墩遗址 　　交河故城 4

楼兰古城三间房（侧面）遗址 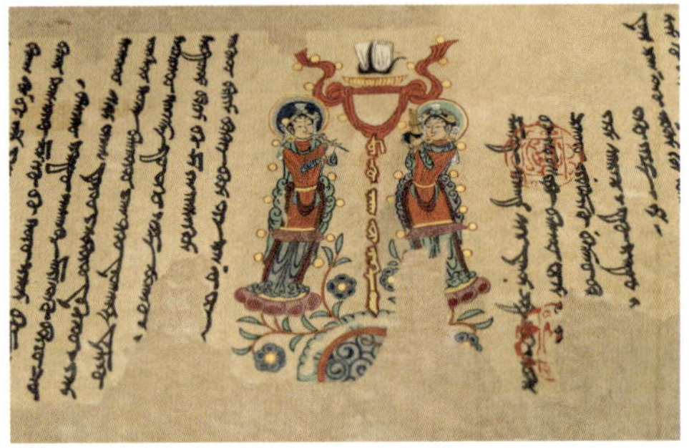　粟特文书信（复制，宋代，吐鲁番市柏孜克里克石窟出土）　罗布泊无人区戈壁滩　莫高窟第320窟壁画供佛像　龟兹故城遗址1　龟兹故城遗址2

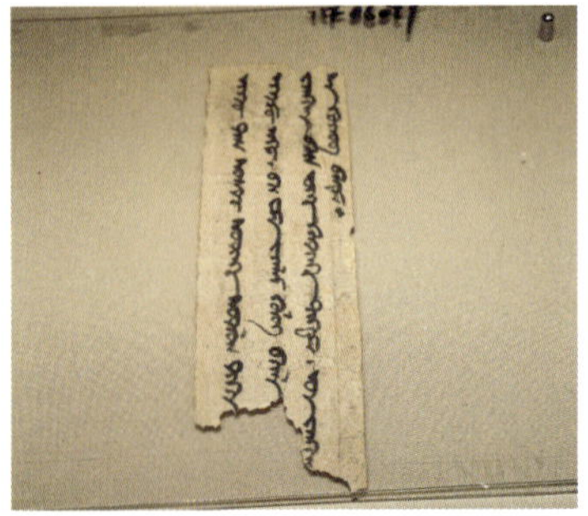

龟兹故城 库车神秘大峡谷

精绝古城（佛塔）　高昌回鹘文文书　黄釉陶弹琵琶女坐俑　莫高窟第285窟（西魏）

龟兹故城遗址3

楼兰古城小佛塔遗址　精绝古城　罗布泊无人区的雅丹地貌，荒凉的戈壁滩

楼兰古国

约特干故城　新疆吐鲁番高昌故城　新疆和田地区约特干故城

龟兹石窟艺术展